杨绛全集

6

·译文卷·

人民文学出版社

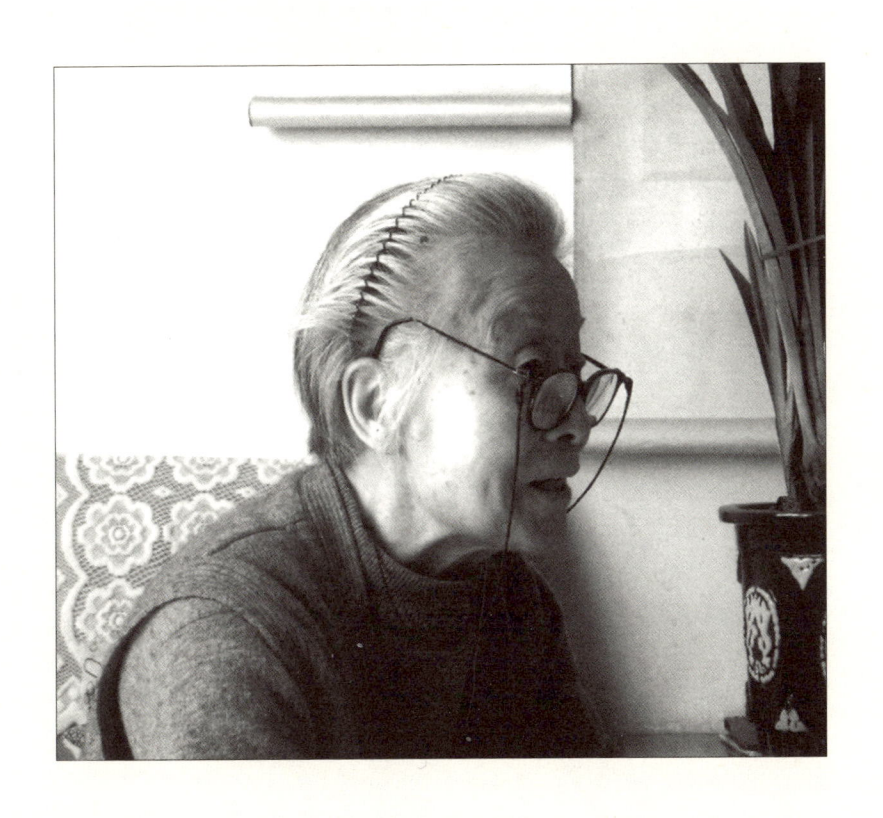

杨绛
2004年初,于三里河寓所

1983年11月，于马德里塞万提斯故居门前

1983年11月，于马德里塞万提斯广场堂吉诃德铜像前

1983年11月，访问西班牙参观酒厂

杨绛绘像(高莽 作)

杨绛绘像(高莽 作)

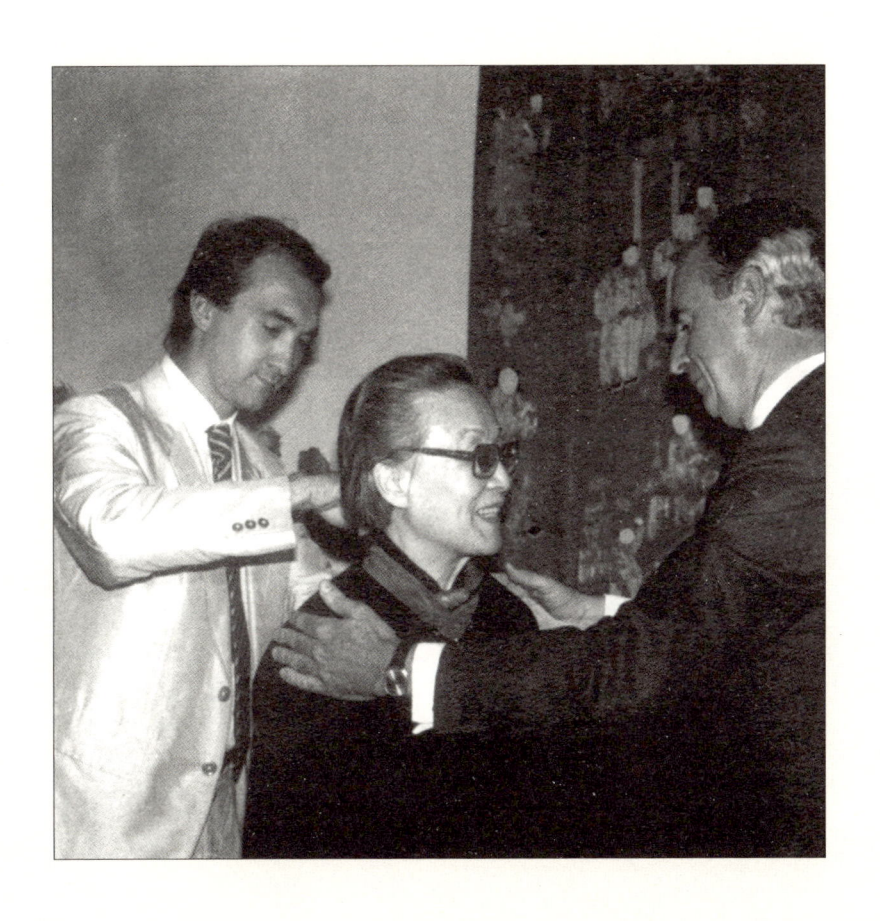

1986年10月6日,在西班牙驻华大使馆接受西班牙国王颁发的"智慧国王阿方索十世十字勋章"后,西班牙驻华大使向杨绛热烈祝贺

1986年10月6日，在西班牙驻华大使馆接受勋章后与大使夫妇合影

1986年10月6日，在西班牙驻华大使馆接受勋章后与大使夫妇及在场人员合影

JUAN CARLOS I
REY DE ESPAÑA
GRAN MAESTRE DE LA ORDEN CIVIL DE ALFONSO X EL SABIO

Y EN SU NOMBRE

EL MINISTRO DE EDUCACION Y CIENCIA
GRAN CANCILLER DE LA MISMA

EN CONSIDERACION A LOS MERITOS QUE EN VOS CONCURREN HE TENIDO A BIEN CONCEDEROS POR ORDEN DE ESTA FECHA

ENCOMIENDA
DE ALFONSO X EL SABIO

MADRID, 10 de Septiembre de 1986.

EL CANCILLER.

Dª JIANG YANG.

西班牙国王为《堂吉诃德》译者杨绛授勋证书

MINISTERIO DE EDUCACION Y CIENCIA

El Excmo. Sr. Ministro de Educación y Ciencia, por Resolución de esta fecha, en atención a los méritos y circunstancias que concurren en V.S. y de conformidad con lo prevenido en el Reglamento de 14 de abril de 1.945, ha dispuesto concederle la ENCOMIENDA de la Orden Civil de Alfonso X el Sabio.

Lo que comunico a V. S. para su conocimiento

Madrid, **10 de Septiembre de 1986**.

EL OFICIAL MAYOR

Dª JIANG YANG.

授勋证书之附件

杨绛答辞

尊敬的西班牙大使阁下暨夫人诸位
尊敬的各位贵宾、各位朋友

我得到獎子的勳章，感到意外榮幸，同時也很惭愧。我做了什么贡献呢？我曾把西班牙文学巨制勉强译成中文，这是为了让我国广大读者能欣赏这部伟大的经典。我只恨我的译文使作减色了。

一部伟大的文学作品，包涵着人类最崇高、最美好的理想，像光明一样。十七世纪欧洲人在发现和到中国文化的时候，大思想家莱伯尼兹把这种文化交流称为"交易光明"(unchange of light)。伟大的文学作品是人们的光明。无论分的越多，越分越亮，光传播，光继续……。译者是一个译者，传播了原作的光……不灭。照亮给说话的"借光"(reflect)……

我感谢颁给勋章的西班牙国王陛下
感谢西班牙王国外交部人员
感谢西班牙大使 董事长 阁下
感谢帮助我鼓励我的西班牙朋友
也谢谢各位同光临以壮我声势。

一九八六年十月七日

杨绛受奖答辞

目　　录

堂吉诃德(上)

译者序 …………………………………………… 003

致贝哈尔公爵 …………………………………… 021
前言 ……………………………………………… 023

第 一 章　著名绅士堂吉诃德·台·拉·曼却
　　　　　的性格和日常生活。………………… 031
第 二 章　奇情异想的堂吉诃德第一次离乡
　　　　　出行。…………………………………… 036
第 三 章　堂吉诃德自封骑士的趣事。…………… 043
第 四 章　我们这位骑士离开客店以后的遭
　　　　　遇。……………………………………… 049
第 五 章　我们这位骑士的灾殃。………………… 056
第 六 章　神父和理发师到我们这位奇情异
　　　　　想的绅士家，在他书房里进行有
　　　　　趣的大检查。…………………………… 061

第 七 章	我们这位好骑士堂吉诃德·台·拉·曼却第二次出行。	070
第 八 章	骇人的风车奇险;堂吉诃德的英雄身手;以及其他值得大书特书的事情。	076
第 九 章	大胆的比斯盖人和英勇的曼却人一场恶战如何结束。	085
第 十 章	堂吉诃德和他侍从桑丘·潘沙的趣谈。	090
第十一章	堂吉诃德和几个牧羊人的事。	096
第十二章	牧羊人向堂吉诃德等人讲的故事。	104
第十三章	牧羊姑娘玛赛拉的故事叙完;又及其他事情。	110
第十四章	格利索斯托莫的伤心诗篇,旁及一些意外的事。	119
第十五章	堂吉诃德碰到几个凶暴的杨维斯人,大吃苦头。	130
第十六章	这位异想天开的绅士在他认为堡垒的客店里有何遭遇。	138
第十七章	续叙英勇的堂吉诃德倒了霉,把客店当作堡垒,和他的好侍从桑丘·潘沙在那里遭到种种灾难。	146
第十八章	桑丘·潘沙和他主人堂吉诃德的谈话以及其他值得记述的奇事。	154
第十九章	桑丘和主人的妙谈;以及他主人碰到死尸等奇事。	165

第二十章	英勇的堂吉诃德·台·拉·曼却经历了破天荒的奇事，却毫无危险；世上著名的骑士从未有像他这样安然脱身的。	173
第二十一章	我们这位无敌骑士赢得曼布利诺头盔的大冒险和大收获，以及其他遭遇。	186
第二十二章	堂吉诃德释放了一伙倒霉人，他们正被押送到不愿去的地方去。	198
第二十三章	著名的堂吉诃德在黑山的遭遇——这部信史里罕有的奇事。	210
第二十四章	续叙黑山里的奇遇。	222
第二十五章	英勇的曼却骑士在黑山有何奇遇；他怎样模仿"忧郁的美少年"吃苦赎罪。	230
第二十六章	续叙堂吉诃德为了爱情在黑山修炼。	248
第二十七章	神父和理发师怎样按计而行；以及这部伟大历史里值得记载的事。	257
第二十八章	神父和理发师在这座山里遇到新奇有趣的事。	274
第二十九章	他们凭何妙计，解除了我们这位多情骑士最严厉的赎罪自罚。	287
第三十章	美人多若泰的机灵以及其他逗乐的趣事。	299

第三十一章	堂吉诃德和侍从桑丘·潘沙的趣谈以及其他事情。	310
第三十二章	堂吉诃德一行人在客店里的遭遇。	320
第三十三章	《何必追根究底》(故事)。	327
第三十四章	《何必追根究底》的下文。	345
第三十五章	堂吉诃德大战满盛红酒的皮袋;《何必追根究底》的故事结束。	363
第三十六章	客店里发生的其他奇事。	371
第三十七章	米戈米公娜贵公主的故事,以及其他趣事。	380
第三十八章	堂吉诃德对于文武两行的奇论。	390
第三十九章	俘虏叙述他的身世和种种经历。	394
第四十章	俘虏续述身世。	402
第四十一章	俘虏续述遭遇。	414
第四十二章	客店里接着发生的事,以及其他需说明的情节。	432
第四十三章	年轻骡夫的趣史以及客店里发生的其他奇事。	439
第四十四章	续叙客店里的奇闻异事。	449
第四十五章	判明曼布利诺头盔和驮鞍的疑案,并叙述其他实事。	458
第四十六章	巡逻队经历的奇事和我们这位好骑士堂吉诃德的狂怒。	466
第四十七章	堂吉诃德出奇地着魔以及其他异事。	474

第四十八章	教长继续讨论骑士小说，旁及一些值得他思考的问题。	484
第四十九章	桑丘·潘沙向他主人讲了一番颇有识见的话。	491
第 五 十 章	堂吉诃德和教长的滔滔雄辩以及其他事情。	499
第五十一章	牧羊人对押送堂吉诃德的一行人讲的事。	505
第五十二章	堂吉诃德和牧羊人打架；又冲犯一队苦行人，出了一身大汗圆满收场。	510

堂吉诃德(上)

译 者 序

《堂吉诃德》是国际声望最高、影响最大的西班牙文学巨制。可是作者米盖尔·台·塞万提斯·萨阿维德拉（Miguel de Cervantes Saavedra,1547—1616）一辈子只是个伤残的军士、潦倒的文人。后世对他的生平，缺乏确切的资料。

他是一个穷医生的儿子，生于马德里附近的阿尔加拉·台·艾那瑞斯城（Alcalá de Henares）。我们不知道他的生日，只知道他受洗的日子是1547年10月9日。我们也不知道他早年在哪里上学，只知道一位深受人文主义影响的教师胡安·洛贝斯·台·沃幼斯（Juan López de Hoyos）曾把他称为自己宠爱的学生。1569年，他随教皇派遣到西班牙的使者到了罗马；1570年投入西班牙驻意大利的军队，充当一名小兵；1571年参加有名的雷邦多（Lepanto）战役，受了三处伤，左手从此残废；1572年伤愈仍旧当兵；1575年他回国途中，被阿尔及尔海盗俘虏，在阿尔及尔做了五年奴隶，曾四次组织同伙基督徒逃亡，都没有成功，1580年才由西班牙三位一体会修士为他募化得五百艾斯古多，把他赎回西班牙。

塞万提斯回国一贫如洗，当兵已无前途，靠写作也难以维持生活，1582年曾谋求美洲的官职，也没有成功。1584年他娶了一位薄有资财的妻子。这位妻子居住托雷都，塞万提斯经常为衣食奔走，只能偶尔到托雷都去和妻子团聚。他去世时妻子还活着。1587年，塞万提斯得到一个差使，为"无敌舰队"在安达路西亚境内当采购员，有机会接触到许多城镇各行各业的人，但事情不好办，报酬又菲薄。1590年，他再次谋求美洲的官职，申请没受到答理。1594年他当了格拉那达境内的收税员。由于工作不顺利，再加无妄之灾，他曾几度入狱；据说《堂吉诃德》的第一部就是在塞维利亚的监狱里动笔的。

1605年，塞万提斯五十八岁，《堂吉诃德》第一部出版，深受读者欢迎。1614年，这本书的第二部才写到五十九章，他忽见别人写的《堂吉诃德》续篇出版，就赶紧写完自己的第二部，于1615年出版。这部小说虽然享有盛名，作者并没有获得实惠，依然是个穷文人，在高雅的文坛上，也没有博得地位。他患水肿病，1616年4月23日去世，葬在三位一体修道院的墓园里，但没人知道确切的墓址。

塞万提斯的作品除《堂吉诃德》外，还有牧歌体传奇《咖拉泰》（*Galatea*）第一部（1585）；剧本如《努曼西亚》（*Numancia*，1584），《尚未上演的八出喜剧和八出幕间短剧》（*Ocho comedias y ocho entremeses nuevos nunca representados*，1615）；短篇小说集《模范故事》（*Novelas ejemplares*，1613）；长诗《巴拿索神山瞻礼记》（*Viaje de Parnaso*，1614）；他身后出版的长篇小说《贝西雷斯和西希斯蒙达历险记》（*Persiles y Sigismunda*，1617）等。

《堂吉诃德》是举世闻名的杰作，没读过这部小说的，往往也知道小说里的堂吉诃德。这位奇情异想的西班牙绅士自命为骑士，骑着一匹瘦马，带着一个侍从，自十七世纪以来几乎走遍了世界。据作者塞万提斯的戏语,他当初曾想把堂吉诃德送到中国来,因没有路费而作罢论①。可是中国虽然在作者心目中路途遥远,堂吉诃德这个名字在中国却并不陌生,许多人都知道;不但知道,还时常称道;不但称道堂吉诃德本人,还称道他那一类的人。因为堂吉诃德已经成为典型人物,他是西洋文学创作里和哈姆雷特、浮士德等并称的杰出典型②。

　　但堂吉诃德究竟是怎样的人,并不是大家都熟悉,更不是大家都了解。他有一个非常复杂的性格,各个时代、各个国家的读者对他的理解都不相同。堂吉诃德初出世,大家只把他当作一个可笑的疯子。但是历代读者对他认识渐深,对他的性格愈有新的发现,愈觉得过去的认识不充分,不完全。单就海涅一个人而论,他就说,他每隔五年读一遍《堂吉诃德》,印象每次不同③。这些形形色色的见解,在不同的时代各有偏向。堂吉诃德累积了历代读者对他的见解,性格愈加复杂了。我们要认识他的全貌,得认识他的各种面貌。

　　读者最初看到的堂吉诃德,是一个疯癫可笑的骑士。《堂吉诃德》一出版风靡了西班牙,最欣赏这部小说的是少年和青年人。据记载,西班牙斐利普三世在王宫阳台上看见一个学生

---

① 《堂吉诃德》下部献辞里的戏语。
② 例如法国十九世纪批评家艾米尔·蒙泰居(Émile Montégut)在他的《文学典型和美学幻想》(*Types littéraires et fantaisies esthétiques*)(1833)里,把堂吉诃德、哈姆雷特、少年维特、维尔海姆·麦斯特四个角色称为合乎美学标准的四种典型;屠格涅夫在他的《哈姆雷特与堂吉诃德》(1860)里把哈姆雷特和堂吉诃德作为两个对立的典型。
③ 《精印〈堂吉诃德〉引言》(1873)。——见《文学研究集刊》第二册 165 页。

一面看书一面狂笑，就说这学生一定在看《堂吉诃德》，不然一定是个疯子。果然那学生是在读《堂吉诃德》①。但当时文坛上只把这部小说看作一个逗人发笑的滑稽故事，小贩叫卖的通俗读物②。十七世纪西班牙批评家瓦尔伽斯（Tomás Tomayo de Vargas）说："塞万提斯不学无术，不过倒是个才子，他是西班牙最逗笑的作家。"虽然现代西班牙学者把塞万提斯奉为有学识的思想家和伟大的艺术家，"不学无术"这句考语在西班牙已被称引了将近三百年③。可见长期以来西班牙人对塞万提斯和《堂吉诃德》是怎样理解的。

《堂吉诃德》最早受到重视是在英国④，英国早期的读者也把堂吉诃德看作可笑的疯子。艾狄生把《堂吉诃德》和勃特勒（Samuel Butler）的《胡迪布拉斯》（*Hudibras*）并称为夸张滑稽的作品⑤，谭坡尔（William Temple）甚至责备塞万提斯的讽刺用力过猛，不仅消灭了西班牙的骑士小说，连西班牙崇尚武侠的精神

---

① 保尔·阿萨（Paul Hazard）《塞万提斯的〈堂吉诃德〉》（*Don Quichotte de Cervantes*），梅岳泰（Mellottée）版 37 页。

② 沃茨（H. E. Watts）《塞万提斯的生平和著作》（*Life and Writings of Miguel de Cervantes*），沃尔特·司各特（Walter Scott）版 167 页。

③ 保尔·阿萨《塞万提斯的〈堂吉诃德〉》159—160 页。沃茨《塞万提斯的生平和著作》90 页。

④ 英国最早把《堂吉诃德》作为经典作品。1612 年，英国出版了谢尔登（Thomas Shelton）的英译本，这是《堂吉诃德》的第一部翻译本，1738 年出版家汤生（Jacob Tonson）印行了最早的原文精装本；1781 年，英国出版了博尔（John Bowle）的注译本，这是最早的《堂吉诃德》注译本。——见费茨莫利斯-凯利（James Fitzmaurice-Kelly）《塞万提斯在英国》（*Cervantes in England*）17 页。

⑤ 《旁观者》（*Spectator*）二四九期，"每人丛书"版第二册 299 页。夏夫茨伯利（Shaftesbury）也把《堂吉诃德》看作夸张的讽刺，见《论特性》（*Characteristics*），罗伯生（J. M. Robertson）编注本第二册 313 页。

都消灭了。① 散文家斯蒂尔(Richard Steele)、小说家笛福、诗人拜伦等对塞万提斯都有同样的指责。

英国小说家斐尔丁强调了堂吉诃德的正面品质。堂吉诃德是疯子吗？斐尔丁在《咖啡店里的政治家》(The Coffee-House Politician)那个剧本里说，世人多半是疯子，他们和堂吉诃德不同之处只在疯的种类而已。斐尔丁在《堂吉诃德在英国》那个剧本里，表示世人比堂吉诃德还疯得利害。戏里的堂吉诃德对桑丘说："桑丘，让他们管我叫疯子吧，我还疯得不够，所以得不到他们的赞许。"②这里，堂吉诃德不是讽刺的对象，却成了一个讽刺者。斐尔丁接着在他的小说《约瑟·安德鲁斯》(Joseph Andrews)里创造了一个亚当斯牧师。亚当斯牧师是个心热肠软的书呆子，瞧不见目前的现实世界，于是干了不少傻事，受到种种欺负。斐尔丁自称他这部小说模仿塞万提斯，英国文坛上也一向把亚当斯牧师称为"堂吉诃德型"。英国文学作品里以后又出现许多亚当斯牧师一类的"堂吉诃德型"人物，如斯特恩创造的托贝叔叔，狄更斯创造的匹克威克先生，萨克雷创造的牛肯上校等。这类"堂吉诃德型"的人物虽然可笑，同时又叫人同情敬爱。他们体现了英国人对堂吉诃德的理解。约翰生说："堂吉诃德的失望招得我们又笑他，又怜他。我们可怜他的时候，会想到自己的失望；我们笑他的时候，自己心上明白，他并不比我们

---

① 谭坡尔《论古今学术》(On Ancient and Modern Learning)。——斯宾冈(J. E. Spingarn)编《十七世纪批评论文集》(Critical Essays of the Seventeenth Century)第三册71页。

② 泰甫(Stuart Tave)《可笑可爱的人》(The Amiable Humorist)156、157页引。

更可笑。"①可笑而又可爱的傻子是堂吉诃德的另一种面貌。

  法国作家没有像英国作家那样把堂吉诃德融化在自己的文学里,只是翻译者把这位西班牙骑士改装成法国绅士,引进了法国社会。《堂吉诃德》的法文译者圣马丁(Filleau de Saint-Martin)批评最早的《堂吉诃德》法文译本②一字字紧扣原文,太忠实,也太呆板;所以他自己的译文不求忠实,只求适合法国的文化和风尚③。弗洛利安(Jean-Pierre Claris de Florian)的译本更是只求迎合法国人的喜好,不惜牺牲原文。他嫌《堂吉诃德》的西班牙气味太重,因此把他认为生硬的地方化为软熟,不合法国人口味的都改掉,简略了重复的片段,删削了枝蔓的情节。他的译本很简短,叙事轻快,文笔干净利落。他以为《堂吉诃德》虽然逗笑,仍然有他的哲学;作者一方面取笑无益的偏见,对有益的道德却非常尊重;堂吉诃德的言论只要不牵涉到骑士道,都从理性出发,教人爱好道德,堂吉诃德的疯狂只是爱好道德而带上偏执。他说读者对这点向来没有充分理解,他翻译的宗旨就是要阐明这一个道理④。可以设想,弗洛利安笔下的堂吉诃德是一位有理性、讲道德的法国绅士。以上两种漂亮而不忠实的译本早已被人遗忘,可是经译者改装的堂吉诃德在欧洲当时很受

---

① 《漫步者》(Rambler)第二期,"每人丛书"版7页。
② 最早的《堂吉诃德》法文本,第一部由乌丹(César Oudin)翻译,1614年出版;第二部由洛赛(F. de Rosset)翻译,1618年出版。
③ 保尔·阿萨《塞万提斯的〈堂吉诃德〉》337页。
④ 保尔·阿萨《塞万提斯的〈堂吉诃德〉》339—340页。勒萨日(A. R. Lesage)翻译假名阿维利亚内达(Avellaneda)恶意歪曲《堂吉诃德》的《堂吉诃德续集》,也把原文任意增删修改。阿维利亚内达的续集受尽唾骂,勒萨日的译本却有人称赏,因为和原文面貌大不相同。

欢迎,1682年的德文译本就是从圣马丁的法文译本转译的。

英国诗人蒲柏也注意到堂吉诃德有理性、讲道德的方面。他首先看到堂吉诃德那副严肃的神情①,并且说他是"最讲道德、最有理性的疯子,我们虽然笑他,也敬他爱他,因为我们可以笑自己敬爱的人,不带一点恶意或轻鄙之心"②。寇尔列支说,堂吉诃德象征没有判断、没有辨别力的理性和道德观念;桑丘恰相反,他象征没有理性、没有想象的常识;两人合在一起,就是完整的智慧③。他又说,堂吉诃德的感觉并没有错乱,不过他的想象力和纯粹的理性都太强了,感觉所证明的结论如果不符合他的想象和理性,他就把自己的感觉撇开不顾④。寇尔列支强调了堂吉诃德的道德观念、他的理性和想象力。我们又看到了堂吉诃德的另一个面貌:他是严肃的道德家,他有很强的理性和想象,他是一个深可敬佩的人⑤。

在十九世纪浪漫主义的影响下,堂吉诃德又变成一个悲剧性的角色。在十九世纪的浪漫主义者看来,堂吉诃德情愿牺牲自己,一心要求实现一个现实世界所不容实现的理想,所以他又可笑又可悲。这类的见解,各国都有例子。英国十九世纪批评家海兹利特(William Hazlitt)认为《堂吉诃德》这个可笑的故事

---

① 《笨伯咏》(Dunciad)卷一,21行。
② 舍本(George Sherburn)编《蒲柏书信集》(Correspondence)第四册208页。
③ 《论文与演说选》,"每人丛书"版251页。
④ 艾许(T. Ashe)编《谈话录》(Table Talk),1794年版179页。
⑤ 法国近代小说家法朗士(Anatole France)也把堂吉诃德看作一个值得敬佩的人。他说:"我们每人心里都有一个堂吉诃德,一个桑丘·潘沙;我们听从的是桑丘,但我们敬佩的却是堂吉诃德。"——见《西尔维斯特·博纳的罪行》(Le Crime de Sylvestre Bonnard),加尔曼-雷维(Calmann-Lévy)版150页。

掩盖着动人的、伟大的思想感情,叫人失笑,又叫人下泪①。按照兰姆(Charles Lamb)的意见,塞万提斯创造堂吉诃德的意图是眼泪,不是笑②。拜伦慨叹堂吉诃德成了笑柄。他在《唐璜》(Don Juan)里论到堂吉诃德,大致意思说:他也愿意去锄除强暴——或者阻止罪恶,可是塞万提斯这部真实的故事叫人知道这是徒劳无功的;堂吉诃德一心追求正义,他的美德使他成了疯子,落得狼狈不堪,这个故事之可笑正显示了世事之可悲可叹,所以《堂吉诃德》是一切故事里最伤心的故事;要去申雪冤屈,救助苦难的人,独力反抗强权的阵营,要从外国统治下解放无告的人民——唉,这些崇高的志愿不过是可笑的梦想罢了③。法国夏都布里昂说,他只能用伤感的情绪去解释塞万提斯的作品和他那种残忍的笑④。法国小说家福楼拜塑造的包法利夫人,一心追求恋爱的美梦,她和堂吉诃德一样,要教书本里的理想成为现实,有些评论家就把她称为堂吉诃德式的人物⑤。德国批评家弗利德利许·希雷格尔(Friedrich Schlegel)把堂吉诃德所表现的精神称为"悲剧性的荒谬"(Tollheit)或"悲剧性的傻气"

---

① 《论英国小说家》(On the English Novelists),郝欧(P. P. Howe)编《海兹利特全集》第六册 108 页。
② 《现代艺术创作的缺乏想象力》,鲁加斯(E. V. Lucas)编《兰姆全集》第二册 233 页。
③ 第十三章、八、九、十节。——斯蒂芬(T. G. Steffan)、普拉德(W. W. Pratt)集注本,第三册 363 页。
④ 《身后回忆录》(Mémoires d'Outre-Tombe)第一部第五卷,比瑞(Biré)编注本,第一册 259—260 页。
⑤ 雷文(H. Levin)《文学批评的联系》(Contexts of Criticism),1958 年哈佛大学版 96 页。雷内·吉哈(René Girard)《浪漫的谎言与小说的真实》(Mensonge Romantique et Vérité Romanesque),1961 年版 13—14、17—18、25—26 页。

(Dummheit)①。海涅批评堂吉诃德说:"这位好汉骑士想教早成陈迹的过去死里回生,就和现在的事物冲撞,可怜他的手脚以至脊背都擦痛了,所以堂吉诃德主义是个笑话。这是我那时候的意见。后来我才知道还有桩不讨好的傻事,那便是要教未来赶早在当今出现,而且只凭一匹驽马,一副破盔甲,一个瘦弱残躯,却去攻打现时的紧要利害关头。聪明人见了这一种堂吉诃德主义,像见了那一种堂吉诃德主义一样,直把他那乖觉的头来摇……"但是堂吉诃德宁可舍掉性命,决不放弃理想。他使得海涅为他伤心流泪,对他震惊倾倒②。俄罗斯小说家屠格涅夫也有同样的看法。堂吉诃德有不可动摇的信仰,他坚决相信,超越了他自身的存在,还有永恒的、普遍的、不变的东西;这些东西须一片至诚地努力争取,方才能够获得。堂吉诃德为了他信仰的真理,不辞艰苦,不惜牺牲性命。在他,人生只是手段,不是目的。他所以珍重自己的性命,无非为了实现自己的理想。他活着是为别人,为自己的弟兄,为了锄除邪恶,为了反抗魔术家和巨人等压迫人类的势力。只为他坚信一个主义,一片热情地愿意为这个主义尽忠,人家就把他当作疯子,觉得他可笑③。十九世纪读者心目中那个可笑可悲的堂吉诃德,是他的又一种面貌。

以上只是从手边很有限的材料里,略举十七、十八、十九世纪以来对于堂吉诃德的一些代表性的见解。究竟哪一种面貌,

---

① 艾契纳(Hans Eichner)编希雷格尔手稿《文学笔记》二〇五〇条,202—203页。
② 《文学研究集刊》第二册,163—165、166 页。
③ 《哈姆雷特与堂吉诃德》。——《文艺理论译丛》1958 年第三期 107、108、109 页。

哪一种解释是正确的呢？还是堂吉诃德一身兼有各种面貌，每种面貌不过表现他性格的一个方面呢？我们且撇开成见，直接从《堂吉诃德》里来认识堂吉诃德。

堂吉诃德是个没落的小贵族或绅士地主（hidalgo），因看骑士小说入迷，自命为游侠骑士，要遍游世界去除强扶弱，维护正义和公道，实行他所崇信的骑士道。他单枪匹马，带了侍从桑丘，出门冒险，但受尽挫折，一事无成，回乡郁郁而死。

据作者一再声明，他写这部小说，是为了讽刺当时盛行的骑士小说。其实，作品的客观效果超出作者主观意图，已是文学史上的常谈。而且小说作者的声明，像小说里的故事一样，未可全信。但作者笔下的堂吉诃德，开始确是亦步亦趋地模仿骑士小说里的英雄；作者确是用夸张滑稽的手法讽刺骑士小说。他处处把堂吉诃德和骑士小说里的英雄对比取笑。骑士小说里的英雄武力超人，战无不胜。堂吉诃德却是个哭丧着脸的瘦弱老儿，每战必败，除非对方措手不及。骑士小说里的英雄往往有仙丹灵药。堂吉诃德按方炮制了神油，喝下却呕吐得搜肠倒胃。骑士小说里的英雄都有神骏的坐骑、坚固的盔甲。堂吉诃德的驽骍难得却是一匹罕有的驽马，而他那套霉烂的盔甲，还是拼凑充数的。游侠骑士的意中人都是娇贵无比的绝世美人。堂吉诃德的杜尔西内娅是一位像庄稼汉那么壮硕的农村姑娘；堂吉诃德却又说她尊贵无比、娇美无双。那位姑娘心目中压根儿没有堂吉诃德这个人，堂吉诃德却模仿着小说里的多情骑士，为她忧伤憔悴，饿着肚子终夜叹气。小说里的骑士受了意中人的鄙夷，或因意中人干了丑事，气得发疯；堂吉诃德却无缘无故，硬要模仿着发疯。他尽管苦恼得作诗为杜尔西内娅"哭哭啼啼"，他和他的情诗都只成了笑柄。

但堂吉诃德不仅是一个夸张滑稽的闹剧角色。《堂吉诃德》也不仅是一部夸张滑稽的闹剧作品。单纯的闹剧角色,不能充当一部长篇小说的主人公,读者对他的兴趣不能持久。塞万提斯当初只打算写一个短短的讽刺故事。他延长了故事,加添了一个侍从桑丘,人物的性格愈写愈充实,愈生动。塞万提斯创造堂吉诃德并不像宙斯孕育智慧的女神那样。智慧的女神出世就是个完全长成的女神;她浑身披挂,从宙斯裂开的脑袋里一跃而出。堂吉诃德出世时虽然也浑身披挂,他却像我国旧小说里久死还魂的人,沾得活人生气,骨骼上渐渐生出肉来,虚影渐渐成为实体。塞万提斯的故事是随写随编的,人物也随笔点染。譬如桑丘这个侍从是临时想出来的,而桑丘是何形象,作者当初还未有确切的观念。又如故事里有许多疏漏脱节的地方,最显著的是灰驴被窃一事。我大胆猜测,这是作者写到堂吉诃德在黑山苦修,临时想到的,借此可以解决驽骍难得没人照料的问题。所以1605年马德里第一版上,故事从这里起才一次次点出灰驴已丢失。这类疏失不足减损一部杰作的伟大,因为都是作者所谓"无关紧要的细节",他只求"讲来不失故事的真实就行"。我们从这类脱节处可以看出作者没有预定精密的计划,却是一面写,一面创造,情节随时发生,人物逐渐成长。

塞万提斯不是把堂吉诃德写成佛尔斯塔夫(Falstaff)式的懦夫,来和他主观上的英勇骑士相对比,却是把他写成夸张式的模范骑士。凡是堂吉诃德认为骑士应有的学识、修养以及大大小小的美德,他自己身上都有;不但有得充分,而且还过度一点。他学识非常广博,常使桑丘惊佩倾倒。他不但是武士,还是诗人;不但有诗才,还有口才,能辩论,能说教,议论滔滔不断,振振有理。他的忠贞、纯洁、慷慨、斯文、勇敢、坚毅,都超过常人;并且坚持真理,性命都不顾惜。

堂吉诃德虽然惹人发笑,他自己却非常严肃。小丑可以装出严肃的面貌来博笑,所谓冷面滑稽。因为本人不知自己可笑,就越发可笑。堂吉诃德不止面貌严肃,他严肃入骨,严肃到灵魂深处。他要做游侠骑士不是做着玩儿,却是死心塌地、拼生舍命地做。他表面的夸张滑稽直贯彻他的思想感情。他哭丧着脸,披一身杂凑破旧的盔甲,待人接物总按照古礼,说话常学着骑士小说里的腔吻;这是他外表的滑稽。他的思想感情和他的外表很一致。他认为最幸福的黄金时代,人类只像森林里的素食动物,饿了吃橡实,渴了饮溪水,冷了还不如动物身上有毛羽,现成可以御寒。他所要保卫的童女,作者常说是"像她生身妈妈那样童贞"。他死抱住自己的一套理想,满腔热忱,尽管在现实里不断地栽筋斗,始终没有学到一点乖。堂吉诃德的严肃增加了他的可笑,同时也代他赢得了更深的同情和尊敬。

也许塞万提斯在赋予堂吉诃德血肉生命的时候,把自己品性、思想、情感分了些给他。这并不是说塞万提斯按着自己的形象创造堂吉诃德。他在创造这个人物的时候,是否有意识地从自己身上取材,还是只顺手把自己现有的给了创造的人物,我们也无从断言。我们只能说,堂吉诃德有些品质是塞万提斯本人的品质。

譬如塞万提斯曾在基督教国家联合舰队重创土耳其人的雷邦多战役里充当一名小兵。当时他已经病了好多天,但是他奋勇当先,第一个跳上敌舰,受了三处伤,残废了一只左手。《堂吉诃德》里写堂吉诃德看见三四十架风车，以为是巨人，独自一人冲杀上去拼命。尽管场合不同，两人却是同样的奋不顾身。又譬如塞万提斯被土耳其海盗俘虏，在阿尔及尔做了五年奴隶。他的主人是杀人不眨眼的魔君，常把奴隶割鼻子、割耳朵或活活地剥皮。塞万提斯曾四次带着俘虏一起逃亡，每次事败，他总把全部罪责独自承当，拼着抽筋剥皮，不肯供出同谋。他的主人慑于他的气魄，竟没有凌辱他。塞万提斯的胆量，和堂吉诃德向狮子挑战的胆量，正也相似。可以说，没有作者这种英雄胸怀，写不出堂吉诃德这种英雄气概。塞万提斯在这部小说里时时称颂兵士的美德，如勇敢、坚毅、吃苦、耐劳等等，这也都是骑士的美德，都是他所熟悉的道德和修养，也是他和堂吉诃德共有的品质。

　　塞万提斯有时把自己的识见分给了堂吉诃德。小说里再三说到堂吉诃德只要不涉及骑士道，他的头脑很清楚，识见很高明。塞万提斯偶尔喜欢在小说里发发议论，常借小说里的人物作自己的传声筒。例如神父对骑士小说的"裁判"，教长对骑士小说的批评，以及史诗可用散文写的这点见解，教长对于戏剧的一套理论，分明都是作者本人的意见。但神父和教长都不是小说里主要的角色，不常出场。堂吉诃德只要不议论骑士道，不模仿骑士小说，他就不是疯人，借他的嘴来发议论就更为方便。例如堂吉诃德论教育子女以及论诗和诗人，论翻译，论武职的可贵、当兵的艰苦，以及随口的谈论，如说打仗受伤只有体面并不丢脸，鄙夫不指地位卑微的人，王公贵人而没有知识都是凡夫俗子，等等，都像塞万提斯本人的话。堂吉诃德拾了他的唾余，就表现为很有识见的人。

也许塞万提斯把自己的情感也分了一些给堂吉诃德。塞万提斯一生困顿。《堂吉诃德》第一部出版以后,他还只是个又老又穷的军士和小乡绅①。塞万提斯曾假借堂吉诃德的话说:"这个世界专压抑才子和杰作。"他在《巴拿索神山瞻礼记》里写诗神阿波罗为每个诗人备有座位,单单塞万提斯没有,只好站着。诗神叫他把大衣叠起,坐在上面。塞万提斯回答说:"您大概没注意,我没有大衣。"他不但没有座位,连大衣都没有一件。这正是海涅说的:"诗人在作品里吐露了隐衷。"②塞万提斯或许觉得自己一生追求理想,原来只是堂吉诃德式的幻想;他满腔热忱,原来只是堂吉诃德一般的疯狂。堂吉诃德从不丧气,可是到头来只得自认失败,他那时的失望和伤感,恐怕只有像堂吉诃德一般受尽挫折的塞万提斯才能为他描摹。

堂吉诃德的侍从桑丘,也是逐渐充实的。我们最初只看到他傻,渐渐看出他痴中有黠。可是他受到主人的恩惠感激不忘,明知跟着个疯子不免吃亏倒霉,还是一片忠心,不肯背离主人。我们通常把桑丘说成堂吉诃德的陪衬,其实桑丘不仅陪,不仅衬,他是堂吉诃德的对照,好比两镜相对,彼此交映出无限深度。堂吉诃德抱着伟大的理想,一心想济世救人,一眼只望着遥远的过去和未来,竟看不见现实世界,也忘掉了自己是血肉之躯。桑

---

① 1615年西班牙大主教为皇室联姻的事拜会法国大使,大使的几位随员向大主教手下的教士探问塞万提斯的身世。听说他"老了,是一位兵士,一位小绅士,很穷"。法国随员很诧怪,感叹这样的人才,西班牙不用国库的钱去供养他。其中一人说:"假如他是迫于穷困才写作,那么,愿上帝一辈子别让他富裕,因为他自己穷困,却丰富了所有的人。"——沃茨《塞万提斯的生平和著作》148—150页。
② 《文学研究集刊》第二册168页。

丘念念只在一身一家的温饱，一切从经验出发，压根儿不懂什么理想。这样一个脚踏实地的人，只为贪图做官发财，会给眼望云天的幻想者所煽动，跟出去一同冒险。他们尽管日常相处而互相影响①，性格还是迥不相同。堂吉诃德从理想方面，桑丘从现实方面，两两相照，他们的言行，都增添了意义，平凡的事物就此变得新颖有趣。堂吉诃德的所作所为固然滑稽，却不如他和桑丘主仆俩的对话奇妙逗趣而耐人寻味。

《堂吉诃德》里历次的冒险，无非叫我们在意想不到的境地，看到堂吉诃德一些新的品质，从他的行为举动，尤其和桑丘的谈论里，表现出他的奇情异想，由此显出他性格上意想不到的方面。我们对堂吉诃德已经认识渐深，他的勇敢、坚忍等等美德使人敬重，他的学识使人钦佩，他受到挫折也博得同情。作者在故事的第一部里，有时把堂吉诃德作弄得很粗暴，但他的嘲笑，随着故事的进展，愈变愈温和。

堂吉诃德究竟是可笑的疯子，还是可悲的英雄呢？从他主观出发，可说他是个悲剧的主角。但主观上的悲剧主角，客观上仍然可以是滑稽的闹剧角色。塞万提斯能设身处地，写出他的可悲，同时又客观地批判他，写出他的可笑。堂吉诃德能逗人放怀大笑，但我们笑后回味，会尝到眼泪的酸辛。作者嘲笑堂吉诃德，也仿佛在嘲笑自己。

作者已把堂吉诃德写成有血有肉的活人。堂吉诃德确是个古怪的疯子，可是我们会看到许多人和他同样的疯，或自己觉得

---

① 参看马达利亚加（Salvador de Madariaga）《〈堂吉诃德〉读法》（*Guía del lector del Quijote*），1978年马德里版137—159页。

和他有相像之处;正如桑丘是个少见的傻子,而我们会看到许多人和他同样的傻,或自己承认和他有相像之处。堂吉诃德不是怪物,却是典型人物;他的古怪只增进了他性格的鲜明生动。

我们看一个具体的活人,不易看得全,也不能看得死,更不能用简单的公式来概括。对堂吉诃德正也如此。这也许说明为什么《堂吉诃德》出版近四百年了,还不断地有人在捉摸这部小说里人物的性格。

本书系根据 1952 年马德里版"西班牙古典丛书"(Clásicos Castellanos)中弗朗西斯戈·罗德利盖斯·马林(Francisco Rodriguez Marín)的编注本第六版翻译,并参照两个更新的原著版本把译文通体校订一遍。

我先物色得胡安·包蒂斯塔·阿巴叶-阿塞(Juan Bautista Avalle-Arce)编注的《堂吉诃德》(1977 年马德里版),听说是权威性的新版本。阿巴叶-阿塞在他的《导言》第一节《版本》里,提出了版本问题上的一个新发现——英国新出了傅洛瑞斯(R. M. Flores)的一篇论文:《〈堂吉诃德〉第一部马德里第一、第二版的排字工人》(*The Compositors of the First and Second Madrid Editions of "Don Quixote", Part I*)(1975 年伦敦版)。傅洛瑞斯指出:1605 年马德里出版的《堂吉诃德》第一部的第一版,按照塞万提斯的手稿排印,但排字工人不注意原稿的标点、音符和缀字法,各按自己的习惯排印;原稿已失,同年马德里印行的第二版按第一版排印,共改易了三千九百二十八处。因此,阿巴叶-阿塞认为 1605 年马德里印行的《堂吉诃德》第一部,只有第一版可靠。他的编注本除了个别例外,严格按照第一版,只把古老的缀字法、音符、标点等加以现代化。第一版上有些极明显的错字、遗漏和排错的章目等，都保存原貌，只在注释里加以说明。

接着我又得到穆里留（Luis Andrés Murillo）编注的《堂吉诃德》（1983年马德里版）。这是个更新的版本。穆里留在《前言》里也提到傅洛瑞斯的那篇论文，但他认为论文对于统一版本的缀字法很有价值，至于怎样修补第一版上那些明显的错误和脱漏，就没多大贡献。他的编注本主要依据两种旧版，其一就是我翻译时所根据的马林编注本。至于注释，他认为马林擅长解析塞万提斯时代的语言，而考订的精博，没有人赶得上他。

我把这两种新版本和马林本对比着做了一番校勘，发现马林本也是依据1605年马德里第一版。他五处采用第二版的改易，都注出充分理由（如作者本人的修改）。两种新版本和马林本有一点较大的不同，那就是关于灰驴的事。据1605年《堂吉诃德》第一部的马德里第一版，桑丘的灰驴在二十五章到二十九章已丢失，却没有说明怎么丢的。直到第四十六章才又提到灰驴，也未说明怎么又找到的。1605年马德里第二版上，作者在第二十三章里补上灰驴被窃数节，又在第三十章里补上重获灰驴数节。可是作者补上灰驴被窃后，只改了随后"桑丘横坐驴背"一句和同一章里"桑丘照常骑驴跟随"一句，此外另有几处桑丘骑在驴上，都没有改掉，因此造成灰驴已失而桑丘仍复骑着灰驴的谬误。两种新版本保存1605年马德里第一版的原貌，只把作者添在第二十三章和第三十章上的几节加在注里。但是《堂吉诃德》第二部第四章里批评《堂吉诃德》第一部时，明明说："毛病是灰驴还没出现，作者却说桑丘骑着他的灰驴。"按1605年马德里第一版，灰驴莫名其妙地丢失以后，直到灰驴莫名其妙地重又出现,桑丘一次也没有骑上他的灰驴。如果不把作者的改笔添在正文里,作者在第二部里自认的毛病就没有根据了。马林本按 1605 年马德里第二版,补上作者本人的修改,而在注里说明他的疏失。我细细斟酌,觉得马林这样处理比较妥当。

阿巴叶-阿塞和穆里留不知是否受了那篇英国论文的影响,似乎太拘泥于 1605 年马德里第一版了。那第一版上,二十九章和三十章互换了章目,穆里留也未更正,只加注说明。阿巴叶-阿塞本倒是更正了。他还把那第一版上的 cubren 一字按第二版改为 criban,这大约就是他所谓"个别例外"。但是这个错字既然改得,其他明显的错误和脱漏,在充分的证据前,为什么不能修改呢?我这次重订,仍旧按照马林的编注本。

杨　绛

1995 年 7 月

致贝哈尔公爵

吉布拉雷翁侯爵、贝那尔咖萨尔和巴尼阿瑞斯伯爵、阿尔戈塞尔城子爵、加比利亚、古利艾尔、布尔吉利欧斯等村镇领主。①

您大人热爱文艺,尤其喜欢造诣高雅、不降格趋时的作品,想来您对各种书籍都很重视,因此我冒昧把《奇情异想的绅士堂吉诃德·台·拉·曼却》依托您鼎鼎大名的庇荫出版。我怀着对您大人的无限崇敬,求您惠予保护。我这部书不像饱学的著作,没有博雅的外表,要依仗您垂庇,才敢出头露面,不怕一般无知妄作的批评家吹毛求疵,一笔抹杀。把这种小东西作为献礼,实在不值挂齿;也许您大人明鉴我的一片愚诚,不致唾弃吧。

米盖尔·台·塞万提斯·萨阿维德拉

---

① 贝哈尔公爵名堂阿隆索·狄艾果·罗贝斯·台·苏尼咖和索托马姚(Don Alonso Diego López de Zuñiga y Sotomayor),是西班牙十七世纪一位有钱有势的权贵。当时风气,书籍出版一定要献给一个有权势的人,希望得到他的庇护。塞万提斯显然不大愿意写这篇献辞,他大部分抄袭了费南铎·台·艾尔瑞拉(Fernando de Herrera)二十五年前给另一位贵人的献辞。贝哈尔公爵并没有理会塞万提斯的颂扬。塞万提斯也没有再提到这位公爵。

前　　言

　　清闲的读者,这部书是我头脑的产儿,我当然指望它说不尽的美好、漂亮、聪明。可是按自然界的规律,物生其类,我也不能例外。世上一切不方便的事、一切烦心刺耳的声音,都聚集在监牢里;那里诞生的孩子,免不了皮肉干瘦,脾气古怪,心思别扭。我无才无学,我头脑里构想的故事,也正相仿佛。①如果生活安闲,居处幽静,面对清泉旷野,又值天气晴和,心情舒泰,那么,最艰于生育的文艺女神也会多产,而且生的孩子能使世人惊奇喜欢。有的爸爸溺爱不明,儿子又蠢又丑,他看来只觉韶秀聪明,津津向朋友们夸赞儿子的伶俐逗趣。我呢,虽然好像是《堂吉诃德》的爸爸,却是个后爹。亲爱的读者,我不愿随从时下的风气,像别人那样,简直含着眼泪,求你对我这个儿子大度包容,别揭他的短。你既不是亲戚,又不是朋友;你有自己的灵魂;你也像头等聪明人一样有自由意志;你是在自己家里,一切自主,好比帝王征税一样;你也知道这句老话:"在自己的大衣掩盖下,可以随意杀死国王。"②所以你不受任何约束,也不担承任何义务。你对这个故事有什么意

---
① 《堂吉诃德》第一部是否在监狱里写成,注释者所见不同。有的以为这里只是打个比喻,有的认为作者确是身在狱中(如马林)。
② 西班牙谚语,又一说:"在自己的大衣掩盖下,可以对国王发号施令。"

见,不妨直说:说它不好,没人会责怪;说它好,也不会得到酬谢。

我只想讲个朴素的故事,不用前言和开卷例有的一大串十四行诗呀、俏皮短诗呀、赞词呀等等装点。我不妨告诉你,我写这部书虽然费心,却不像写目前这篇前言这样吃力。我好多次提起笔又放下,不知该写什么。一次我面前摊着纸,耳上夹着笔,胳膊支在书桌上,手托着腮,苦苦思索。忽然来了一位很有风趣、很有识见的朋友。他瞧我出神,问我想什么呢。我直言不讳,说我得要为堂吉诃德的传记写一篇前言,正在动脑筋,觉得真是一桩苦事,简直怕写,甚至连这位大勇士的传记也不想出版了。"我这个故事干燥得像芦苇,没一点生发,文笔枯涩,思想贫薄,毫无学识,也不像别的书上那样书页的边上有引证,书尾有注释。我多少年来默默无闻,早已被人遗忘,现在年纪一大把,写了这样一部作品和大家见面;读者从古以来是对作者制定法律的人,想到他们的议论,怎不栗栗畏惧呢?别的书尽管满纸荒唐,却处处引证亚里士多德、柏拉图和大伙的大哲学家,一看就知道作者是个博雅之士,令人肃然起敬。瞧他们引用《圣经》吧,谁不说他们可以跟圣托马斯①一类的神学大家比美呢?他们非常巧妙,上一句写情人如醉如痴,下一句就宣扬基督教的宝训,绝不有伤风化,读来听来津津有味。我书上可什么都没有。书页的边上没有引证,书尾没有注释。人家书上参考了哪些作者,卷首都有一个按字母排列的名表,从亚里士多德起,直到塞诺封,以至索伊洛或塞欧克西斯为止,尽管一个是爱骂人的批评

---

① 指圣托马斯·阿奎那(1225—1274),基督教神学家。

家,一个是画家。① 我压根儿不知道自己参考了哪几位作者,开不出这种名表。而且卷头也没有十四行诗;至少没有公爵、侯爵、伯爵、主教、贵妇人或著名诗人为我作诗。其实我有两三个朋友还是行家呢,如果我向他们求诗,他们准会答应,他们的诗决不输国内最著名的诗人。"我接着说,"总而言之,老哥啊,我决计还是让堂吉诃德先生埋没在拉·曼却的文献库里吧,等上天派人来把刚才讲的种种点缀品一一补齐再说。我自己觉得才疏学浅,没这个本事。而且我生性懒惰,为这么几首自己也能作的诗奔走求人,觉得大可不必,②所以我刚才直在发呆。你听了我这番话,就知道我确有道理了。"

我的朋友听我讲完,在自己脑门上拍了一巴掌,哈哈大笑道:

"嘻,老哥啊,我认识你这么久,一直没看清你,今天才开了眼睛。我向来以为你干什么事都聪明伶俐,现在看来,你跟我料想的真是天悬地隔。你这么一副圆活的头脑,困难再大,你也能应付自如;这一点点不足道的细事,很容易办,怎么竟会把你难倒,弄得束手无策呢?说老实话,不是你没有本事,你太懒,太不动脑筋了。我这话也许你还不信吧?那么,你留心听我说。著名的堂吉诃德是游侠骑士的光辉和榜样,你写了他的故事却顾虑重重,说有许多缺点,竟不敢出版。可是你瞧吧,我一眨眼可

---

① 亚里士多德这个名字以第一个字母 A 起首。塞诺封是古希腊哲学家苏格拉底的学生;索伊洛是古希腊的批评家,以爱挑剔责骂著名;塞欧克西斯是古希腊画家,后二人的名字是以最后字母 Z 起首。
② 塞万提斯以上一席话讥刺他同时的作家,尤其针对洛贝·台·维咖(Lope de Vega)。

以把你那些顾虑一扫而空,把你说的缺陷全补救过来。"

我说:"你讲吧,你打算怎样弥补那些缺陷,扫除我的顾虑呢?"

他说:

"第一,你那部书的开头不是欠些十四行诗、俏皮短诗和赞词吗?作者不又得是达官贵人吗?这事好办。你只需费点儿心自己作几首,随意捏造个作者的名字,假借印度胡安长老①也行,假借特拉比松达②的皇帝也行;我听说他们都是有名的诗人。就算不是,有些学究或学士背后攻击,说你捣鬼,你可以只当耳边风。他们证明了你写的是谎话,也不能剁掉你写下这句谎话的手呀。

"至于引文并在书页边上注明出处,那也容易。你总记得些拉丁文的片言只语,反正书上一查就有,费不了多少事,你只要在适当的地方引上就行。比如你讲到自由和奴役,就可以引

  为黄金出卖自由,并非好事③。

然后在书页的边上注明这是霍拉斯或什么人的话。如果你讲到死神的权力就可以引

  死神践踏平民的茅屋,

---

① 胡安长老(Preste Juan),中世纪传说里的人物。一说是土耳其东部一位信奉基督教的君王;一说是蒙古王;一说是阿比西尼亚王,古代阿比西尼亚王同时也是教会里的长老。
② 特拉比松达(Trapisonda),1220年古希腊帝国分裂为四个帝国,其中一个是特拉比松达帝国,京城临黑海口岸,亦名特拉比松达。这个帝国亡于1261年。骑士小说里常提到这个帝国和京城。
③ 原文是拉丁文。出于《伊索寓言》中《狼和狗的故事》。

　　　　照样也践踏帝王的城堡①。

如果讲到上帝命令我们对敌人也该友爱,你马上借重《圣经》,一翻就能找到上帝的金口圣旨供你引用:'我告诉你们,要爱你们的仇敌'②。如果你讲到恶念,就引用《福音》'从心里发出来的恶念'③。如果讲到朋友不可靠,那么加东的对句诗是现成的:

　　　　你交运的时候,总有许多朋友;
　　　　一旦天气阴霾,你就孤独了。④

你用了这类零星的拉丁诗文,人家至少也把你看成精通古典的学者。这个年头儿,做个精通古典的学者大可名利双收呢!

　　"至于书尾的注释,也有千稳万妥的办法。如果你书上讲到什么巨人,就说他是巨人歌利亚斯。这本来并不费事,可是借此就能有一大篇注解。你可以说:'据《列王记》,巨人歌利亚斯或歌利亚脱是斐利斯人,他是牧人大卫在泰瑞宾托山谷狠狠地掷了一枚石子打死的。'你查查出于哪一章,就注上⑤。

　　"你如要卖弄自己精通古典文学和世界地理,可以变着法儿在故事里提到塔霍河,你马上又有了呱呱叫的注解。你可以说:'塔霍河以西班牙的一位国王得名,发源某处,沿着里斯本

---

① 原文是拉丁文。出于霍拉斯《颂歌集》第一卷第四首颂诗。
② 原文是拉丁文。见《新约·马太福音》第五章第四十四节。
③ 原文是拉丁文。见《新约·马太福音》第十五章第十九节。
④ 原文是拉丁文。见奥维德(Ovidio)《愁怨集》(Tristes)第一卷第六首。加东指古罗马纪元前二三世纪的政治家加东。中世纪学校通用的教本《加东格言集》(Catonis Disticha)嫁名于他。但这两句诗不出《加东格言集》。
⑤ 见《旧约·撒母耳记上》第十七章。泰瑞宾托山谷应是伊拉山谷。

名城的城墙,流入海洋,相传河底有金沙'①等等。如果你讲到窃贼,我熟悉加戈②的故事,可以讲给你听。如果你讲到妓女,咱们这里有个蒙铎涅都主教,他可以把拉米亚、拉依达和荠萝拉借给你③,为你的注解生色不少。如果你讲到狠心的女人,奥维德诗里有个美狄亚④可用;如果讲到女魔术家和女巫,荷马有咖里普索⑤,维吉尔有西尔塞⑥;如果讲到英勇的将领,胡琉·凯撒在《戈尔之战和内战史的注释》⑦里,把他自己供你引用了,普鲁塔克⑧的书上还有上千个亚历山大呢。如果讲到爱情,你只需略懂土司咖纳语,可以参考雷翁·艾布雷欧⑨,随你要多少注释,他都能供应。如果你不愿到国外去找,那么国内冯塞咖《对上帝的爱》⑩,已把这方面的资料削繁提要,供你和其他大才子

---

① 据弗罗利安·台·欧冈博(Florian de Ocampo)《西班牙编年史》(*Crónica de España*),纪元前十八世纪有个传说的塔霍王,塔霍河由他得名。塞万提斯这里是讥刺洛贝·台·维咖。洛贝《福地》(*Arcadia*)的专门名词索引里有这样一段注释。
② 希腊神话里火神的儿子,有名的窃贼。
③ 蒙铎涅都主教名堂安东尼欧·台·圭瓦拉(Don Antonio de Guevara),他的《书信集》(*Epístolas familiares*)里有声有色地讲这三个妓女的事。塞万提斯这里是讥刺他。
④ 希腊神话里的女巫,因被丈夫遗弃,烹食自己的子女向丈夫报复。见奥维德《变形记》卷七。
⑤ 希腊神话里的女巫,曾把俄底修斯扣留了七年,答应保他长生不老。见荷马《奥德赛》卷十。
⑥ 希腊神话里的女巫,能把人变作猪。见维吉尔《伊尼德》卷七。
⑦ 古罗马凯撒大帝的著作。
⑧ 古希腊历史家,著有《希腊罗马名人传》。
⑨ 雷翁·艾布雷欧(León Hebreo)是葡萄牙犹太人,新柏拉图派的理论家,用意大利语——即土司咖纳语著《恋爱对话》,1535 年出版。塞万提斯作此序时,已有三个西班牙文译本,分别于 1568、1584、1590 年出版。
⑩ 冯塞咖(Cristóbal de Fonseca)的这部书于 1594 年出版。

利用。反正你只要在故事里提到这些名字，或牵涉到刚才讲的那些事情，注释和引文不妨都归我包办。我向上帝发誓，一定把你书页边上的空白全都填满，书的末尾还要费掉四大张纸供你注释呢。

"咱们再瞧瞧人家有而你没有的那份作家姓名表吧。弥补这点缺陷很容易。你只要找一份详细的作家姓名表，像你说的那样按字母次序排列的。你就照单全抄。尽管你分明是弄玄虚，因为你无须参考那么多作者，可是你不必顾虑，说不定有人死心眼，真以为你这部朴质无文的故事里繁征博引了所有的作家呢。这一大张姓名表即使没有别的用，至少平白为你的书增添意想不到的声望。况且你究竟是否参考了这些作者，不干别人的事，谁也不会费心去考证。还有一层，你认为自己书上欠缺的种种点缀品，照我看来，全都没有必要。你这部书是攻击骑士小说的；这种小说，亚里士多德没想到，圣巴西琉也没说起，西赛罗也不懂得①。你这部奇情异想的故事，不用精确的核实，不用天文学的观测，不用几何学的证明，不用修辞学的辩护，也不准备向谁说教，把文学和神学搅和在一起——一切虔信基督教的人都不该采用这种杂拌儿文体来表达思想。你只需做到一点：描写的时候模仿真实，模仿得愈亲切，作品就愈好。你这部作品的宗旨不是要消除骑士小说在社会上、在群众之间的声望和影响吗？那么，你不必借用哲学家的格言、《圣经》的教训、诗人捏造的故事、修辞学的演说、

---

① 巴西琉是第四世纪希腊教会的神学家。亚里士多德、巴西琉、西赛罗这三个名字，就是按字首的 A、B、C 举出的。

圣人的奇迹等等。你干脆只求一句句话说得响亮,说得有趣,文字要生动,要合适,要连缀得好;尽你的才力,把要讲的话讲出来,把自己的思想表达清楚,不乱不涩。你还须设法叫人家读了你的故事,能解闷开心,快乐的人愈加快乐,愚笨的不觉厌倦,聪明的爱它新奇,正经的不认为无聊,谨小慎微的也不吝称赞。总而言之,你只管抱定宗旨,把骑士小说的那一套扫除干净。那种小说并没有什么基础,可是厌恶的人虽多,喜欢的人更多呢。你如能贯彻自己的宗旨,功劳就不小了。"

我悄悄儿听着,他的议论句句中听,我一无争辩,完全赞成,决计照他的话来写前言。和蔼的读者,你从这篇前言里,可以看到我这位朋友多么聪明;我束手无策的时候,恰好找到这位军师,运气多好;你能读到这样一部直笔的信史,也大可庆幸。据蒙帖艾尔郊原的居民传说,鼎鼎大名的堂吉诃德·台·拉·曼却是多年来当地最纯洁的情人、最勇敢的骑士。可是我觉得他那位侍从桑丘·潘沙,把无聊的骑士小说里各个侍从的滑稽都会集在一身了。我向你介绍了那位超越凡俗、可敬可慕的骑士倒不想卖功,只希望你感谢我介绍了这位呱呱叫的侍从。我的话完了。希望上帝保佑你健康,也不忘了照顾我。再会吧!

第 一 章

著名绅士堂吉诃德·台·拉·曼却
的性格和日常生活。

不久以前,有位绅士①住在拉·曼却的一个村上,村名我不想提了。他那类绅士,一般都有一支长枪插在枪架上,有一面古老的盾牌、一匹瘦马和一只猎狗。他日常吃的沙锅杂烩里,牛肉比羊肉多些②,晚餐往往是剩肉凉拌葱头,星期六吃煎腌肉和摊鸡蛋③;星期五吃扁豆④;星期日添只小鸽子:这就花了他一年四分之三的收入。他在节日穿黑色细呢子的大氅、丝绒裤、丝绒鞋,平时穿一套上好的本色粗呢子衣服,这就把余钱花光。他家里有一个四十多岁的管家妈,一个不到二十岁的外甥女,还有一

---

① 原文 hidalgo,指绅士地主。他们没有爵位,还算不上贵族,是平民与贵族之间的阶级。他们世代信奉基督教,是纯粹西班牙血统,不混杂摩尔人或犹太人的血。
② 西班牙那时期的羊肉比牛肉贵。
③ 原文 duelos y quebrantos,星期六在西班牙是吃小斋的日子,不吃肉,可是准许吃牲畜的头、尾、脚爪、心、肝、肠、胃等杂碎,称为 duelos y quebrantos。但各地区、各时期习俗不同,在塞万提斯的时代,在拉·曼却地区,这个菜就是煎腌肉和摊鸡蛋。
④ 星期五是天主教的斋日,不吃肉。

个能下地也能上街的小伙子,替他套马、除草。我们这位绅士快五十岁了,体格很强健。他身材瘦削,面貌清癯,每天很早起身,喜欢打猎。据说他姓吉哈达,又一说是吉沙达,记载不一,推考起来,大概是吉哈那。不过这点在本书无关紧要,咱们只要讲来不失故事的真相就行。

且说这位绅士,一年到头闲的时候居多,闲来无事就埋头看骑士小说,看得爱不释手,津津有味,简直把打猎呀甚至管理家产呀都忘个一干二净。他好奇心切,而且入迷很深,竟变卖了好几亩田去买书看,把能弄到手的骑士小说全搬回家。他最称赏名作家斐利西阿诺·台·西尔巴①的作品,因为文笔讲究,会绕着弯儿打比方;他简直视为至宝,尤其是经常读到的那些求情和怨望的书信,例如:"你以无理对待我的有理,这个所以然之理,使我有理也理亏气短;因此我埋怨你美,确是有理。"又如:"……崇高的天用神圣的手法,把星辰来增饰了你的神圣,使你能值当你的伟大所当值的价值。"

可怜的绅士给这些话迷了心窍,夜里还眼睁睁醒着,要理解这些句子,探索其中的意义。其实,即使亚里士多德特地为此还魂再生,也探索不出,也不会理解。这位绅士对于堂贝利阿尼斯②打伤了人自己也受到的创伤,总觉得不大放心,因为照他设想,尽管外科医生手段高明,伤口治好了也不免留下浑身满脸的瘢疤。不过话又说回来,作者在结尾声明故事还未完待续,这点他很赞成。他屡次手痒痒地要动笔,真去把故事补完。只因为

---

① 塞万提斯同时代的骑士小说作家。
② 骑士小说里的英雄。下面举的都是骑士小说里的人物,本书第六章一一提到那些小说。

他时时刻刻盘算着更重要的事,才没有这么办,否则他一定会动笔去写,而且真会写出来。他常常和本村的一位神父(西宛沙大学①毕业的一位博学之士)争论骑士里谁最杰出:是巴尔梅林·台·英格拉泰拉呢,还是阿马狄斯·台·咖乌拉。可是本村的理发师尼古拉斯师傅认为他们都比不上太阳骑士,能和太阳骑士比美的只有阿马狄斯·台·咖乌拉的弟弟堂咖拉奥尔,因为他能屈能伸,不是个谨小慎微的骑士,也不像他哥哥那么爱哭;论勇敢,也一点不输他哥哥。

长话短说,他沉浸在书里,每夜从黄昏读到黎明,每天从黎明读到黄昏。这样少睡觉,多读书,他脑汁枯竭,失去了理性。他满脑袋尽是书上读到的什么魔术呀、比武呀、打仗呀、挑战呀、创伤呀、调情呀恋爱呀、痛苦呀等等荒诞无稽的事。他固执成见,深信他所读的那些荒唐故事都千真万确,是世界上最真实的信史。他常说:熙德·如怡·狄亚斯②是一位了不起的骑士,但是比不上火剑骑士;火剑骑士只消把剑反手一挥,就把一对凶魔恶煞也似的巨人都劈成两半。他尤其佩服贝那尔都·台尔·咖比欧,因为他仿照赫拉克利斯用两臂扼杀地神之子安泰的办法,在隆塞斯巴列斯杀死了有魔法护身的罗尔丹。他很称赞巨人莫冈德,因为他那一族都是些傲慢无礼的巨人,唯独他温文有礼。不过他最喜欢的是瑞那尔多斯·台·蒙达尔班,尤其喜欢他冲出自己的城堡,逢人抢劫,又到海外把传说是全身金铸的穆罕默德的像盗来。他还要把出卖同伙的奸贼咖拉隆狠狠地踢一顿,

---

① 一所小规模的大学,这类大学是当时人经常嘲笑的。
② 熙德·如怡·狄亚斯(Cid Ruy Diaz)是十一世纪的西班牙民族英雄。

情愿赔掉一个管家妈,甚至再贴上一个外甥女作为代价。

总之,他已经完全失去理性,天下疯子从没有像他那样想入非非的。他要去做个游侠骑士,披上盔甲,拿起兵器,骑马漫游世界,到各处去猎奇冒险,把书里那些游侠骑士的行事一一照办:他要消灭一切暴行,承当种种艰险,将来功成业就,就可以名传千古。他觉得一方面为自己扬名,一方面为国家效劳,这是美事,也是非做不可的事。这可怜家伙梦想凭双臂之力,显身成名,少说也做到个特拉比松达①的皇帝。他打着如意算盘自得其乐,急要把心愿见诸实行。他头一件事就是去擦洗他曾祖传下的一套盔甲。这套盔甲长年累月堆在一个角落里没人理会,已经生锈发霉。他用尽方法去擦洗收拾,可是发现一个大缺陷,这里面没有掩护整个头脸的全盔,光有一只不带面甲的顶盔。他巧出心裁,设法弥补,用硬纸做成个面甲,装在顶盔上,就仿佛是一只完整的头盔。他拔剑把它剁两下,试试是否结实而经得起刀剑,可是一剑斫下,把一星期的成绩都断送了。他瞧自己的手工一碰就碎,大为扫兴。他防再有这种危险,用几条铁皮衬着重新做了一个,自以为够结实了,不肯再检验,就当它是坚牢的、带面甲的头盔。

他接着想到自己的马。这匹马,蹄子上的裂纹比一个瑞尔所兑换的铜钱还多几文②;它比郭内拉那只皮包瘦骨的马还毛病百出③。可是在我们这位绅士看来,亚历山大的布赛法洛④、

---

① 据骑士小说,勇敢的骑士瑞尔多做了这地方的皇帝。参看本书前言 26 页注②。
② 原文 cuarto 有双关的意义:一指牲畜蹄上的裂纹,一是货币名,一个瑞尔可兑八文。原文说:蹄上的夸阿多,比一个瑞尔里的夸阿多还要多。
③ 郭内拉(Gonela),十五世纪意大利君主斐拉瑞(Ferrara)宫里的滑稽家,他那匹瘦马往往充他取笑的资料。
④ 亚历山大所骑的骏马。

熙德的巴比艾咖①都比不上。他费了四天功夫给它取名字,心想:它主人是大名鼎鼎的骑士,它本身又是好一匹骏马,没有出色的名字说不过去。他要想个名字,既能表明它在主人成为游侠骑士之前的身价,又能表明它现在的身价:它主人今非昔比了,它当然也该另取个又显赫又响亮的名字才配得过它主人的新声价和新职业。他心里打着稿子,拟出了好些名字,又撇开不要,又添拟,又取消,又重拟。最后他决定为它取名"驽骍难得",觉得这个名字高贵、响亮,而且表明它从前是一匹驽马,现在却稀世难得②。

他为自己的马取了这样中意的名字,也要给自己取一个,想了八天,决定自称堂吉诃德。大概就是根据这一点,上文说起这部真实传记的作者断定他姓吉哈达,而不是别人主张的吉沙达③。可是他想到英勇的阿马狄斯认为单以阿马狄斯为姓还不够,他要为国增光,把国名附加在姓上,自称阿马狄斯·台·咖乌拉。我们这位绅士因为要充地道的骑士,决定也把自己家乡的地名附加在姓上,自称堂吉诃德·台·拉·曼却。他觉得这样可以标明自己的籍贯,而且以地名为姓,可以替本乡增光。

他的盔甲已经收拾干净,顶盔已经改成头盔,马已经取了名字,自己也已经定了名称,可是觉得美中不足,他还得找个意中人。因为游侠骑士没有意中人,好比树没有叶子和果子,躯壳没有灵魂。他想:"游侠骑士常会碰到巨人。假如我是罪

---

① 熙德所骑的骏马。
② 原文 Rocinante,分析开来,rocin 指驽马;ante 是 antes 的古写,指"以前",也指"在前列""第一"。
③ 吉哈达和吉诃德声音相近。

有应得而倒了霉,或是交上了好运,也碰到个把巨人,我和他交手,把他打倒或劈作两半,一句话,我把他打败,降伏了他,那么,我可以命令他去拜见个人儿,叫他进门去双膝跪倒在我那可爱的小姐面前,低声下气地说:'小姐,我是巨人卡拉库良布洛,是马林德拉尼亚岛的大王。有一位赞不胜赞的骑士堂吉诃德·台·拉·曼却和我决斗,把我打败了,命我到您小姐面前来,听您差遣。'那可多好啊!"啊!我们这位绅士想出了这段道白,尤其是给自己意中人选定了名字之后,真是兴高采烈。原来,据人家说,他曾经爱上附近村子上一个很漂亮的农村姑娘,不过那姑娘看来对这事毫无所知,也满不在乎。她名叫阿尔东莎·洛兰索;他认为她可以称为自己的意中人。他想给她取个名字,既要跟原名相仿佛,又要带些公主贵人的意味,最后决定称她为"杜尔西内娅①·台尔·托波索",因为她是托波索村上的人。他觉得这个名字就像他为自己以及自己一切东西所取的名字一样,悦耳、别致,而且很有意思。

第 二 章

奇情异想的堂吉诃德第一次离乡出行。

他做好种种准备,急不可待,就要去实行自己的计划。因为

---

① 杜尔西内娅(Dulcinea)是从 dulce(甜蜜或温柔)这字化出来的。

他想到自己该去扫除的暴行、申雪的冤屈、补救的错失、改革的弊端以及履行的义务，觉得迟迟不行对不起世人。炎炎七月的一天早上，天还没亮，他浑身披挂，骑上驽骍难得，戴上拼凑的头盔，挎上盾牌，拿起长枪，从院子的后门出去，到了郊外。他没把心上的打算向任何人泄露，也没让一个人看见。他瞧自己的大志初步行来竟这么顺利，非常得意。可是他刚到郊外，忽然想起一桩非同小可的事，差点儿使他放弃刚开始的事业。原来他想到了自己并没有封授为骑士。按骑士道的规则，他没有资格和任何骑士交战，即使得了封授，新骑士只能穿素白的盔甲，拿的盾牌上也没有徽章；徽章得凭自己的力气去挣。他想到这些，没了主意。可是他的疯狂压倒了其他一切道理。他打算一碰到个什么人，就请他把自己封为骑士。在那些使他神魂颠倒的书本上，这类事他读到不少，都可作为先例。至于素白的盔甲，他打算等几时有空，把身上的一套擦得比银鼠皮还白。他这么一想，放了心继续赶路。这无非是信马而行，他认为这样碰到的事才是真正的奇遇。

我们这位新簇簇的冒险家一边走一边自言自语："记载我丰功伟绩的真史，将来会传播于世；那位执笔的博学之士写到我大清早的第一次出行，安知不是用这样的文词呢：——金红色的太阳神刚把他美丽的金发撒上广阔的地面，毛羽灿烂的小鸟刚掉弄着丫叉的舌头，啼声宛转，迎接玫瑰色的黎明女神；她呀，离开了醋罐子丈夫的软床，正在拉·曼却地平线上的一个个门口、一个个阳台上和世人相见；这时候，著名的骑士堂吉诃德·台·拉·曼却已经抛开懒人的鸭绒被褥，骑上他的名马驽骍难得，走上古老的、举世闻名的蒙帖艾尔郊原①。"他确实是往那里走。他接着说:"我的丰功伟绩值得镂在青铜上,刻在大理石上,画在木板上,万古流芳;几时这些事迹留传于世,那真是幸福的年代、幸福的世纪了。哎,这部奇史的作者、博学的魔术师啊②,不论你是谁,请不要忘记我的好马驽骍难得,我道路上寸步不离的伴侣。"他接着又仿佛真是痴情颠倒似的说:"哎,杜尔西内娅公主,束缚着我这颗心的主子!你严词命我不得瞻仰芳容,你这样驱逐我,呵斥我,真是对我太残酷了!小姐啊,我听凭你辖治的这颗心,只为一片痴情,受尽折磨,请你别把它忘掉啊!"

他还一连串说了好些胡话,都是书上学来的一套,字眼儿也尽量模仿。他一面自言自语,走得很慢,太阳却上升得很快,而且炎热得可以把他的脑子融化掉,如果他有些脑子的话。

他几乎走了一整天,没碰到什么可记载的事。这使他很失望,因为他巴不得马上碰到一个人,可以施展自己两臂的力量,彼此较量一下。据有些传说,他第一次遭遇的是拉比塞峡口之险,有说是风车之险,但是据我考证,并且据拉·曼却地方志的记载,他只是跑了一整天,到傍晚,人马都精疲力尽,饿得要死。他四面张望,想找个堡垒或牧人的茅屋去借宿,并解救一下目前的窘急;只见离大路不远有个客店。这在他仿佛看见了指引的明星,他不仅救急有门,也有了可供宿息的居处。他急忙赶路,到

---

① 有名的战场;1369 年西班牙的"暴君彼得"在这里被他弟弟打败。
② 骑士小说往往假托为魔术家或博学之士的记载。古代魔术和科学混淆不分,魔术家指探索天地间的玄奥,能操纵自然界的博学之士。

那里已经暮色苍茫。

恰巧客店门口站着两个年轻女人,所谓跑码头的娘们。她们是跟当夜在店里投宿的几个骡夫一起到塞维利亚去的。我们这位冒险家所思、所见、所想象的事物,无一不和他书上读到的一模一样,所以这个客店到他眼里马上成为一座堡垒,周围四座塔,一个个塔尖都是银光闪闪的;凡是书上写的吊桥、壕沟等等,这里应有尽有。他向心目中当作堡垒的客店走去,还差几步路,先勒住驽骍难得的缰绳,等待个侏儒在城堞之间吹起号角,传报有骑士来临。可是迟迟不见动静,驽骍难得又急要到马房去,他就跑往客店门口。他看见那里的两个妓女,以为是两位美貌的小姐或高贵的命妇在堡垒门口闲眺。恰好有个牧猪奴要从割掉庄稼的田里召回一群猪(我冒昧直呼其名了)①,吹起召集猪群的号角。堂吉诃德这可称了心愿,认为是侏儒见他到来而发的信号。他得意洋洋,跑到客店门口的那两个女人面前。她们看见这个全身披挂、拿长枪挎盾牌的人,吃一大惊,待要躲进店里去。堂吉诃德瞧她们躲避,料想是害怕,就掀起硬纸做成的护眼罩②,露出一张又干又瘦、沾满尘土的脸,斯文和悦地说:

"两位小姐不用躲避,也不用怕我粗野。按照我信奉的骑士道,对谁都不行非礼,何况您两位一望而知是名门闺秀,更不用说了。"

两个姑娘正在端详他,尽力张望那拼凑的护眼罩遮掩的嘴

---

① 当时西班牙的习惯,说到肮脏或卑鄙的东西须道歉,猪是那时代认为最肮脏的东西。
② 面甲分上下二部分,扣合在一起:上部护眼,形如帽檐;下部护口鼻,略似口罩;护眼的部分可随意抬起或合下。

脸。她们听到"闺秀"这个称呼,觉得跟自己的行业太不相称,忍不住哈哈大笑,笑得堂吉诃德都生气了。他说:

"美人应该举止安详,况且为小事大笑也很愚蠢。我这话并不是存心冒犯,也不是发脾气,我一片心只是为您两位的好。"

两个女人听了这套话莫名其妙,又瞧他模样古怪,越发笑得打跌;我们这位骑士也越发生气了。这时候要不是店主人出场,说不定会闹出事故来。店主人是个大胖子;胖人都性情和平。他瞧这人蒙着个脸,配备的缰绳、长枪、盾牌、盔甲等等又都不伦不类,差点儿也跟着两个女人笑起来。可是他毕竟给那一整套兵器吓倒了,觉得说话和气为妙,就说:

"绅士先生,您如果要借宿,我们店里就只没有床,别的都多的是。"

堂吉诃德把店主当作堡垒长官,看他这样赔小心,就回答说:

"咖斯底利亚诺①先生,我不拘怎么样都行,因为'我的服装是甲胄,我的休息是斗争……'②。"

店主人以为他把自己看作咖斯底利亚的良民③,所以这么

---

① 原文 castellano,指城堡长官,亦指咖斯底利亚人。
② 堂吉诃德引用的是十四世纪的西班牙歌谣:
    我的服装是甲胄,
    我的休息是斗争,
    我的床是硬石头,
    我睡眠是长夜清醒。
③ 原文 Sanos de Castilla,即咖斯底利亚的良民;按贼帮的黑话,则指"狡猾的窃贼"。

称呼。其实他是安达路西亚人,圣路加码头生长的;他和加戈①一样的贼皮贼骨,和学生、小僮儿一样的调皮促狭。他回答说:

"照这么说,您的床应该是'硬石头',您的睡眠是'长夜清醒'。您不妨下马吧,我这小店里稳可以叫您整年不睡,别说一夜。"

他说着就上来给堂吉诃德扶住鞍镫。堂吉诃德很困难、很吃力地下了马,因为他从早起还没吃一口东西呢。

他随就吩咐店主加意照料他的马匹,说天下一切吃草料的牲口里数它最好。店主把马匹端详一番,觉得并不像堂吉诃德说的那么好,打个对折还嫌过分。他把马安顿在马房里,然后回来听客人的吩咐。两个姑娘已经和这位客人言归于好,正在替他脱卸盔甲。她们脱下护胸和护背的甲,却脱不下护脖子的部分和那只仿造的头盔;那是用绿带子系住的,一个个结子无法解开,只好割断。可是他死也不答应,因此头盔整夜就戴在脑袋上,那滑稽古怪的模样简直难以想象。他把替他脱卸盔甲的两个跑码头妓女当作堡垒里的高贵女眷,所以她们替他脱卸盔甲的时候,他很客气地说:

"从来女眷们款待骑士,
哪像这一次的殷勤周至!
她们是款待堂吉诃德,
他呀刚从家乡到此。
公主照料他的马匹,

---

① 原文 Caco,神话里极狡猾的窃贼,曾偷窃赫拉克利斯的牛,因此被赫拉克利斯掐死。

他自己有小姐服侍。①

"两位小姐,我的马叫作驽骍难得,我自己的名字是堂吉诃德·台·拉·曼却。我本来不想自报姓名,要等我为两位效劳而立下的功绩来表明我是谁。可是我忍不住要把古代这首朗赛洛特的歌谣改来应景,就预先把姓名奉告了。不过我听候两位小姐差唤的日子还有的是,到时且看我用力之猛,就可以知道我为两位效劳何等热心。"

两个姑娘没听惯这种辞令,无言可对,只问他要不要吃些什么东西。

堂吉诃德回答说:"我不拘什么都吃,因为我觉得很该吃些东西了。"

那天偏偏是个星期五②,客店里只有几份鱼。那种鱼,咖斯底利亚人称为鳘鱼,安达路西亚人称为鳕鱼,有些地方称为长鳕鱼,又有些地方称为小鳟鱼。他们问他要不要吃小鳟鱼,因为没别的鱼给他吃。

堂吉诃德说:"多几条小鳟鱼就抵得一条大鳟鱼,比如给我价值八个银瑞尔的铜钱,或者一个当八的大银瑞尔③,都是一

---

① 这是模仿《朗赛洛特之歌》,原歌如下:
   从来女眷们款待骑士,
   哪像这次的殷勤周至!
   她们是款待朗赛洛特,
   他呀,刚从不列颠到此。
   小姐照料他的马匹,
   他自己有傅姆服侍。
   朗赛洛特是英国阿瑟王的圆桌骑士之一。
② 天主教徒的斋日,不吃肉,可吃鱼。
③ 瑞尔,西班牙币名。一个银瑞尔可兑三十四文小钱(maravedi);当八的大银瑞尔(real de a ocho)重一两银子,可兑八个银瑞尔。

样。还有一层,说不定小鳟鱼反倒好。比如小牛肉比牛肉好,小羊肉比羊肉好。反正不管什么,赶快做上来!背着这一身盔甲很累很沉,空心饿肚子撑不住。"

店家把桌子摆在门口,取那儿凉快。店主送上一份腌鳘鱼,没泡掉盐,烹调也很糟;外加一个面包,和他的盔甲一样又黑又发霉。他吃东西的样子实在令人发笑。他戴着头盔,掀起护眼罩,拿了东西吃不到嘴,得别人把东西送进他嘴里去。一个姑娘就在干这件事。可是要喂他喝却没办法。这还多亏店主,他通了一根芦苇,把一头插在他嘴里,从另一头灌酒进去。种种麻烦他都耐心忍受,只要不割断他系住头盔的带子。正好这时候客店里来了个阉猪的人;他一进门就把芦笛吹弄了四五声。堂吉诃德听了心上愈加踏实了:他的确是在一个有名的城堡里,主人家正在奏乐款待他;小鳟鱼是大鳟鱼,面包是上好白面做的,两个妓女是贵妇人,店主是城堡的长官,因此他觉得自己打的主意不错,这番出行大有好处。不过他有一桩心事未了,他还没有封授骑士;没这个称号而从事冒险是名不正、言不顺的。

第 三 章

堂吉诃德自封骑士的趣事。

他心上有事,草草吃下那餐简陋的客饭,就把店主叫到马房里,关上门,对他双膝跪下说:

"英勇的骑士,我求您一件事:这事会增长您的名誉,也是为人类造福,请您惠然垂允;要不,我就跪在这儿一辈子不起来。"

店主看到脚边跪着的客人,又听到他这套话,瞪着眼不知所措,拉他又不肯起来,只好答应;他这才起身。

堂吉诃德对店主说:"我的先生,我知道您顶爽气;您既已答应,我就告诉您吧。我是个游侠骑士,一心要去周游世界,猎奇冒险,拯救苦难的人,尽我骑士的本分。我急要有个骑士的头衔,干这些事才名正言顺。所以我求您明天封授我骑士的名号,多承您已经答应了。今晚我在您堡垒的小礼拜堂守夜,看护我的盔甲①,明早呢,我已经说过,您就可以封我。"

上文已经说过,店主相当狡猾,早怀疑这位客人脑经有病;他听了这番话心里越发了然,决计迎合他,借此晚上可以逗笑取乐。店主就对堂吉诃德说,他的愿望和要求都很合理,他这样相貌堂堂,风度文雅,一望而知是很高贵的绅士;这么高贵的绅士应该有这样的心愿。店主还说自己年轻的时候也曾干过这个光荣的事业,到各地去猎奇冒险,像玛拉咖的晾鱼场呀,利阿朗的"列岛"呀,塞维利亚的管辖区呀,赛果比亚的小市场呀,巴伦西亚的橄榄林广场呀,格拉那达的环行路呀,圣路加码头呀,果都巴的石马区呀,托雷都的小酒店②呀,等等,他都到过,凭他脚轻手巧,干下不少坏事,引诱过许多寡妇,糟蹋过几个姑娘,也欺骗过几个孤儿,反正西班牙国内所有的衙门、法院,都知道他的名

---

① 待封的骑士在举行封授仪式的前夕,须彻夜在礼拜堂里守着自己的盔甲祷告。
② 这都是流氓小偷活跃的地方。

字。后来他退隐在这座城堡里,靠自己和别人的财产过日子,凡是游侠骑士,不论什么等级、什么地位的他都招待,这无非因为对他们情谊深厚,并且指望他们分出些财物来,作为酬谢。他又说,他堡垒里没有小礼拜堂供客人看守盔甲;小礼拜堂已经拆掉,准备重盖新的呢;不过据他所知,不得已的时候,随便哪里都可以看守盔甲,今晚堂吉诃德不妨在堡垒的院子里看守,明天早上只要天公作美,就可以举行封授仪式,叫堂吉诃德成为全世界最货真价实的骑士。

他问堂吉诃德带钱没有。堂吉诃德说,一个子儿也没带,他在游侠骑士的传记里从没读到骑士带钱。店主说这不对,随身带些钱和干净衬衣分明是少不了的,这种事不言而喻;尽管书上不写,不能就以为游侠骑士不带。他拿定那么许多书上写的游侠骑士,个个都带着饱满的钱袋做盘缠,还带干净衬衣,还带一满盒油膏,受了伤可以用来治疗。他们在荒郊野地里跟人家决斗,受了伤谁给治疗呀?如有要好的魔术家,就马上会去救护,叫个小姑娘呀、侏儒呀带一瓶仙水,乘一朵云从天上飞去;受伤的骑士喝下一滴仙水,伤口立刻平复,好像没受伤一样。如果没这种方便,从前的骑士总叫自己的侍从随身带着些钱和少不了的东西,像医疗用的软布油膏之类。不带侍从的骑士是很少的,他们就把东西装在精致的褡裢袋①里亲自带着。这种褡裢袋看不出来,搭在马鞍后面好像是别的什么贵重东西;因为游侠骑士如果不是为了刚才讲的那个缘故,带着个褡裢袋究竟不成体统。店主人还说,他一会儿就要做堂吉诃德

---

① 西班牙人出门携带的旅行袋,往往用色彩鲜明的毛织品制成,中间开口,两头缝死,搭在牲口背上。

的教父了,教父可以命令教子,但他只劝告堂吉诃德,以后出门一定要带钱,还得置备刚才讲的那些东西,碰到意外就知道多么有用。

堂吉诃德答应一一听从店主的劝告,就照当时的安排到客店旁边一个大院里去看守盔甲。他把盔甲一件件堆在井边水槽里,自己挎着盾牌,绰起长枪,神气十足地在水槽前面来回巡行。这时天色已渐渐昏黑。

店主把这位客人的疯病告诉了所有的旅客,又讲他要看守盔甲,等待那封授骑士的典礼。大家想不到他疯得那么别致,都赶出来远远观望。只见他一会儿专心一志地来回巡行,一会儿靠着长枪站定,好半天目不转睛地看着自己的盔甲。夜渐深,可是月光皎洁,照耀得如同白昼,这位新骑士的一举一动大家都看得清清楚楚。当时住店的一个骡夫想起要打水饮他的一群骡子,他得把堂吉诃德堆在水槽里的盔甲挪开。这位骑士瞧他跑近来就大声喝道:

"嘿!莽撞的骑士!这副盔甲的主人是带剑的骑士里最勇敢的,你想来碰他的盔甲吗?不论你是谁,瞧着点儿,别来碰!要是大胆胡闹,准备着拿性命赔偿!"

骡夫听了这番话要是小心在意,就安全无事了;可是他满不理会,抓着盔甲上的皮带,把盔甲扔得老远。堂吉诃德看见了就抬眼望天,好像是和他的意中人杜尔西内娅通诚的样儿,说道:

"我的小姐啊!我这颗向你归依的心第一次受到侮辱了,我求你救援!这是我第一个紧急关头,请不要吝惜你的保佑啊!"

他一面说,一面放下盾牌,双手举起长枪,对准骡夫的脑袋狠狠打了一下。骡夫重伤倒地,假如再挨那么一下,就不用请教外科医生了。堂吉诃德打倒了骡夫,把盔甲仍旧堆好,还照原先那样专心一志地来回巡行。过一会儿,又一个骡夫跑来,也是要打水饮他的一群骡子。他没知道刚才的事,因为第一个骡夫还没苏醒。他正想把水槽里的盔甲挪开,堂吉诃德一句话不说,也不求哪位保佑,重又放下盾牌,拿起长枪。他没把长枪打断,只把第二个骡夫的脑袋打得四分五裂。客店里的人都闻声赶来,店主也在内。堂吉诃德一见就挎上盾牌,按剑喊道:

"美丽的小姐呀!我这副软弱的心肠靠了你才有勇气和力量!为你颠倒的骑士正有大难临头,现在是请求你小姐垂念的时候了!"

他这么一喊,觉得勇气百倍,即使全世界的骡夫都向他冲来,他也绝不退却一步。别的骡夫看见同伙受伤,就在远处拣起石子,雨点也似的向堂吉诃德掷来。堂吉诃德尽力用盾牌抵挡,却不敢离开水槽,因为要守护盔甲。客店主大声叫骡夫别惹堂吉诃德,说已经告诉他们这人是疯子,即使把他们一个个都打死,也不能依法判罪。堂吉诃德也在叫嚷,嚷得比店主还响。他骂那伙人两面三刀,不讲信义,堡垒长官纵容他们这样,可见也是混蛋,不是好人,他堂吉诃德要是已经封授骑士的称号,对他决不轻饶。"至于你们这伙下贱小人,我不跟你们计较。你们掷吧!向前吧!来吧!尽量跟我作对吧!回头你们自己瞧瞧,你们这样愚蠢粗暴,对自己有什么好处!"

他讲得非常理直气壮,掷石子的那伙人不由得害怕了。他们一半为此,一半也因为店主劝阻,就住手不掷。堂吉诃德让他们把两个受伤的骡夫抬走,照旧看守盔甲,和原先一样沉着、镇静。

店主受不了这位客人的胡闹,决计直截了当,马上把那倒霉的骑士封号授予他,免得再出乱子。他找了堂吉诃德,为自己辩解说,一点没知道那伙蠢人冒犯他;他们胆大妄为,反正已经狠狠地受了惩罚。他又说,他早已声明堡垒里没有小礼拜堂,所以封授骑士也就不必再讲究仪式。他知道这种仪式的关键只在用手掌拍一下颈窝,再用剑平拍一下肩膀;这是郊野里也可以举行的。看守盔甲只消两个钟头,堂吉诃德已经看守了四个多钟头,可算是格外地道了。堂吉诃德句句信以为真,表示一切听命,只求尽快完事;等他封授了骑士称号,如果再受攻击,准把全堡垒的人杀个一干二净,除非堡垒长官特别关照的,才卖面子手下留情。

这位堡垒长官听了他的话提心吊胆,忙去拿一本供给骡夫草料的账簿,叫一个男孩子举着个蜡烛头跟着,还带着上文说起的两个姑娘,同到堂吉诃德跟前,叫他跪下。店主仿佛念经似的对着账簿念念有词,一面举手在堂吉诃德颈窝上狠狠打一掌,接着又用堂吉诃德自己的剑在他肩膀上使劲拍一下,齿缝里嘟嘟囔囔,好像在念经;然后命令一个姑娘替堂吉诃德挂剑。她干事非常正经,也非常沉着;要不是那么正经沉着,举行这套仪式随时都保不住失声大笑的。可是两个姑娘领教过这位新骑士的本领,忍住没笑。这位贵小姐替他挂剑的时候说:

"但愿上帝保佑您做个福将,百战百胜。"

堂吉诃德问她叫什么名字,让他知道自己是受了谁的恩,将来凭力气赢得荣誉,可以分一份给她。她很谦虚地说,她名叫托萝沙,父亲是托雷都的鞋匠,住在桑丘·卞那牙①那些小店附

---

① 托雷都的菜场。

近;还说她无论在哪里,都愿意伺候他,把他奉为主顾。堂吉诃德说,请她赏脸以后用"堂"的尊号,自称堂娜托萝沙。她一口答应。另一个姑娘替他套上踢马刺,他也照样答谢,问她的名字。她说叫莫利内拉,父亲是安德盖拉有身份的磨坊主人。堂吉诃德也请她用"堂"的尊号,自称堂娜莫利内拉。他说以后还要为她效劳,给她好处。

这一套破天荒的仪式飞快举行完毕,堂吉诃德急不可待,就要骑马出去猎奇冒险。他立即为驽骍难得套上鞍辔,骑上马,拥抱了店主,谢他封授骑士称号的恩典;他那套话异想天开,简直无法转述。店主巴不得他出门,答辞虽然风格相似,却简洁得多。他连住店的钱都没要,就欢送客人走了。

第 四 章

我们这位骑士离开客店以后的遭遇。

堂吉诃德走出客店,天都快亮了。他想到自己已经封授骑士,说不尽的满意、得意、快意,鼓鼓的一肚子欢欣,险得把坐骑的肚带都迸断①。可是他记起店主的劝告,决计回家一趟,置办些出门必备的东西,尤其是钱和衬衣。他还要带个侍从,打算就雇用街坊上的一个老农。这人很穷,又有孩子,可

---

① 西班牙谚语。

是做骑士的侍从却很合适。他心上那么盘算,就带转驽骍难得回家。这匹马仿佛嗅到了自己马房的气味,跑得脚不沾地,十分起劲。

他没走多远,忽听得右边树林深处隐隐有哭喊的声音。他立刻说:

"感谢上天照应,叫我马上有机会尽尽本分,实现自己的雄心壮志。准有男人或女人遭了难在叫喊,要我去援救呢。"

他掉转辔头,寻声跑去,进树林才走了几步,就看见一棵橡树上拴着一匹母马,另一棵橡树上绑着个十五岁左右的男孩子,上身脱得精光;正是他在哭喊。原来一个粗壮的农夫正拿着一条皮腰带狠狠地抽他,一下下抽,一声声训斥。他说:

"少说话!多留神!"

那孩子说:

"我的主人啊,我下次不敢了,我对上帝发誓,下次一定改过,保证以后看羊多多留心。"

堂吉诃德看见了怒声喝道:

"你这骑士不讲理!怎么虐待一个不能自卫的人啊!太不像话了!你骑上马,拿起长枪,"——原来那人也有一支长枪倚在拴马的橡树上——"你这样卑劣,我要好好儿教训你呢!"

农夫忽见一个浑身披挂的人举枪在他头上挥舞,怕性命难保,忙赔小心说:

"绅士先生,我惩罚的这小子是我佣人。我叫他在附近看管我的一群羊,他心不在肝儿上,每天丢一只,也许是不小心,也许竟是不老实。我惩罚他,他却说我抠门儿,要借此赖掉欠他的工钱。我凭上帝、凭自己的灵魂发誓,他撒谎!"

堂吉诃德道:"你这下流东西,竟在我面前说'他撒谎'①!我凭照耀咱们的太阳发誓,我要用这支长枪戳你一个透明窟窿!不准分辩,快把工钱付给他!你要道个'不'字,我凭主宰咱们的上帝告诉你,我此时此刻就断送了你!快把他解下来!"

农夫一言不发,低头解下了他的佣人。堂吉诃德就问那孩子,主人欠了他多少钱。他说:九个月的工钱,每月七个瑞尔。堂吉诃德一算,共计六十三个瑞尔,就对农夫说:如果不想送命,马上掏出钱来。农夫吓得战战兢兢,说没欠那么多钱,因为曾经给他佣人三双皮鞋,佣人生病还放过两次血,花了他一个瑞尔,这些费用都该一一扣还;他生死关头,决不敢胡说,况且这是他发誓保证的——其实他并没有发誓。

堂吉诃德答道:"好,可是他平白挨了你这顿鞭打,皮鞋和放血的账就此抵销了。他虽然穿破了你那几双皮鞋的皮,你也打破了他身上的皮;他生了病,你虽然叫理发师给他放血,他这会儿身体好好的,却给你打得出血。所以旧账一笔勾销了。"

"绅士先生,糟的是我没带钱。让安德瑞斯跟我家去,我一定把工钱如数付给,一个瑞尔也不短他的。"

那孩子说:"我还跟他家去吗?那真是倒霉了!先生,我怎么也不去的!他背着人,准把我像圣巴多罗美②那样活剥了皮呢。"

堂吉诃德道:"那不会。我怎么命令,他就得照办。如果他凭自己封授的骑士称号起个誓,我就放他走,保证他把钱付给你。"

---

① 按西班牙古老的规矩,在尊长面前说别人撒谎是严重的失礼;平辈间如果说到别人撒谎也得先道歉一声。
② 耶稣十二门徒之一,他是给人活剥了皮倒钉在十字架上死的。

那孩子说:"先生,请您还仔细想想,我主人不是骑士,也从没有封授过什么骑士的称号。他是居住金达拿尔的财主胡安·阿尔杜多。"

堂吉诃德说:"这不相干,阿尔杜多族里也会有骑士;况且'干什么事,就成什么人'①。"

安德瑞斯说:"不错呀,可是我这个主人赖掉我的工钱,白叫我辛苦劳累,他干的是什么事,他该是什么人呢?"

农夫说:"安德瑞斯小兄弟,我没有赖。请你跟我回去,我凭骑士的一切称号发誓,一定把工钱付给你,像我刚才说的那样,一个瑞尔不短你的;甚至还要给你添上点儿油水呢。"

堂吉诃德说:"油水我就免了你,只要你把瑞尔照数付给他就行。记着,你发了誓务必做到,不然的话,我凭你刚才的誓也发个誓,我一定回来找了你痛打一顿,你即使比壁虎还藏得严,我也能找你出来。假如你先要问明是谁的命令,才死心塌地地服从,那么,你听着,我是专打不平的勇士堂吉诃德·台·拉·曼却。再见吧,你要是不想挨我刚才说的那顿打,别忘了你许的愿和发的誓。"

他说完踢动驽骍难得,一阵风似的跑了。农夫目送他出了树林,不见影踪,就转身对他佣人安德瑞斯说:

"过来,我的孩子,我听从那位专打不平的侠士下的命令,要把欠你的都还你呢。"

安德瑞斯说:"您非还不可!您得听那位好骑士的话。我祝愿他长命百岁!他真勇敢!真是个公正的判官!您要是不

---

① 西班牙谚语。

还,他一定回来,怎么说就怎么干。"

农夫说:"我也一定怎么说就怎么干。只为我爱你深,所以要多欠你点儿,好多多还你。"

他抓住孩子的胳膊,重又把他绑在橡树上,把他狠狠地抽了一顿,抽得他九死一生。

那农夫说:"安德瑞斯少爷啊,你现在把那位专打不平的家伙叫来吧!瞧他再有什么办法打不平!不过我还是手下留情了;你虑得不错,我恨不得活剥了你呢!"

农夫终究把孩子解下,随他去找他那位判官来怎么说、怎么干。安德瑞斯垂头丧气地走了,发誓要去找英勇的堂吉诃德·台·拉·曼却,把方才的事一一报告,叫他主人加几倍还账。尽管这么说,他是哭着走的,他主人却在那里笑。勇士堂吉诃德的打不平,原来是这么回事。他却为此得意非凡,觉得自己在骑士的道路上迈出了可喜可傲的第一步,欢欢喜喜骑马回村,一面低声自言自语:

"绝世美人杜尔西内娅·台尔·托波索啊,你真是现在世界上最有福的人!英名冠绝古今的堂吉诃德·台·拉·曼却,注定是向你拜倒、随你使唤的!谁不知道他昨天刚封授骑士,今天已经消除了穷凶极恶的暴行呢!残忍的敌人刚才无故鞭打一个娇弱的孩子,他把那家伙手里的鞭子夺掉了。"

这时他走到一个十字路口,立刻想到这是游侠骑士停马选择道路的地方;他要学样,也停下来。往哪条路上走呢?他仔细想了一回,就撂下缰绳,让驽骍难得自己做主。这匹马随着它第一个心愿,奔向自己的马房去。堂吉诃德走了约莫两个米里亚[①]路,忽见一

---

① 1米里亚合1.6公里。

大队人马。原来那是到穆尔西亚去买丝的一伙托雷都商人。他们一行六人,都打着阳伞,四个佣人骑马跟随,还有三个步行的骡夫。堂吉诃德远远望见,立刻认为碰上奇遇了。他正要尽量模仿书上读到的行径,觉得这来真是天赐其便,可以照书行事。他雄赳赳地在鞍镫上坐稳了,紧握长枪,把盾牌遮在胸前,在路中心勒住马,等候他心目中的那队游侠骑士。他们走向前来,到可以见面打话的远近,他就提高嗓门,傲然说:

"你们大家都得承认,普天下的美女,都比不上拉·曼却的女王、独一无二的杜尔西内娅·台尔·托波索!谁不承认,休想过去!"

一群商人听了都停步端详这发话的人,瞧他模样古怪,又加上刚才那番话,马上知道这人是疯子。可是他们还想从容追究一下那句话的用意。其中一人爱开玩笑,也很风趣,就说:

"绅士先生,我们不知道您刚才说的那位美人儿是谁,您且让我们瞧瞧吧。如果她真像您说的那么美,您要我们承认的就是事实,我们不用强迫,都甘心承认。"

堂吉诃德答道:"我要是让你们瞧见了,我说的就是明摆着的事,你们承认了有什么稀罕呢?关键是要没看见就相信,死心塌地地奉为真理,坚决卫护。你们不这样,就是狂妄自大,得和我交交手见个高下。你们或者按骑士道的规则,一个一个上来;或者照你们这伙人的下流习惯,一拥齐上。我在这儿等着你们。正义在我的一面,我是有信心的。"

那商人说:"骑士先生,我替在场几位王子向您求情。我们没有耳闻目见的事,承认了于心不安;况且这话对阿尔咖利亚和埃斯特瑞玛杜拉①的那些女皇和王后很不公平。您别叫我们心上不安,把那位小姐的相片儿给我们瞧瞧吧,哪怕只有麦粒儿大小的也行,因为'拿到了线头儿,就抽开了线球儿'②。这样我们才心安,您也可以满意。而且我觉得我们已经非常向往那位小姐,即使相片上她一眼瞎、一眼流朱砂和硫黄,我们为了讨您的好,随您要怎么恭维我们就怎么恭维。"

堂吉诃德勃然大怒,喝道:"无耻的混蛋!她眼睛里不流那些东西!不流你说的那些东西!流的是龙涎香和裹在棉花里的麝香③!她不是独眼,也不是驼背,她身子比瓜达拉玛的纺车轴儿还直④。你信口亵渎我那位绝世美人,我决不白饶你!"

他说罢斜托着长枪,怒气冲天,直奔那个商人。要不是侥天之幸驽骍难得半道绊倒,那冒昧的商人就遭殃了。驽骍难得一跤跌倒,它主人摔在野地里滚得老远,想爬起来,却给长枪呀、盾牌呀、踢马刺呀、头盔呀,再加上那套古董铠甲的分量碍着手脚,怎么也爬不起来。他一面挣扎,一面喊道:

"胆小鬼,不要跑!奴才,等着我!我的马把我摔倒了,不是我的错。"

他们中间有个赶骡的小伙子脾气不大好,听这个倒霉货躺在地上口出狂言,忍不住要回敬他一顿好打。他走上来夺过长

---

① 阿尔咖利亚是当时西班牙人口最稀少的地区,埃斯特瑞玛杜拉是当时西班牙最落后的省份。那个商人跟疯子开玩笑,故意把这两个不足道的地方说得仿佛是两个国家。
② 西班牙谚语。意思是有了线索,便知底蕴。
③ 当时西班牙的麝香是用棉花包裹着由国外输入的。
④ 瓜达拉玛山里出木材,纺车轴儿是当地名产。西班牙文 tuerto(a)指"独眼",也解作"歪斜不正",所以堂吉诃德说这番话。

枪,折做几段,随手拿起一段,把堂吉诃德结结实实地揍了一顿。堂吉诃德虽然披着一身铠甲,也打得像碾过的麦子一样。骡夫的东家都大声喝住他,那小子却打上火来,定要打个畅快才罢。他拣起其余的断柄,一股脑儿全撒在那摔倒的可怜虫身上。堂吉诃德虽然着了暴雨似的一顿棍子,嘴却没有闭一闭,直在呵天喝地,又恫吓他心目中的这一帮强盗。

那小子打累了,一队商人重又上路;一路上只顾谈论这挨揍的倒霉蛋。堂吉诃德一看只剩自己一人了,又试图爬起来。可是方才身体好好儿的都爬不起,这会子揍得七死八活,哪里还行呢?他倒是私自庆幸,觉得这种灾殃是游侠骑士分内应有的,都怪他那匹马不好。不过他浑身疼痛,要自己起来真是休想了。

第 五 章

我们这位骑士的灾殃。

他瞧自己实在动弹不得,就应用惯技,默想他书上读过的那些情节。他疯癫的头脑立刻想起巴尔多维诺斯在山里给卡洛多打伤后碰到曼图阿侯爵的事①。这段故事小孩子都熟悉,青年

---

① 这是欧洲古代歌谣里的故事,见 1955 年在安贝瑞斯出版的《歌谣集》(*Cancionero de Amberes*)。这段故事讲查理曼大帝的儿子卡洛多爱上了巴尔多维诺斯的妻子,想杀掉巴尔多维诺斯而占有他的妻子。巴尔多维诺斯受伤后碰到他的舅父曼图阿侯爵,救得性命。

人也知道,老年人不仅赞赏,还信为真实——当然,这只是像穆罕默德的奇迹一样真实。他觉得那情节和自己的处境恰好相似,就在地上打滚,好像疼痛得厉害,一边有气无力地背诵那位绿林骑士①受伤后的话;相传是这么说的:

> 你在哪里啊?我的夫人,
> 怎么对我的痛苦毫无怜悯?
> 夫人啊,你大概不知道吧?
> 不然就是已经失节变心。

他一句句往下背诵,直背到下面两行:

> 啊,尊贵的曼图阿侯爵!
> 我的舅舅,我的骨肉至亲!

无巧不巧,他刚背到这里,他街坊上一个老乡运了麦子上磨坊,回来恰好路过,看见躺着个人,就来问是谁,害了什么病哼得这么苦痛。堂吉诃德拿定他是自己的舅父曼图阿侯爵,所以并不答话,只照着歌谣往下背诵,叙说自己怎么遭祸,自己的老婆怎么和大皇帝的儿子恋爱,讲的全是歌谣里的那一套。

老乡听了这一派胡言,莫名其妙。堂吉诃德的护眼罩已经给那顿乱棒打碎,老乡揭开了,抹掉满脸尘土,一看原来认识,就说:

"吉哈那先生,"——他发疯变为游侠骑士之前,还安安闲闲当绅士的时候,想必就叫这个名字——"谁把您弄成这副模样的呀?"

---

① 巴尔多维诺斯的别号。

随人家问什么,他只顾把那歌谣背下去。老乡没奈何,只好尽力把他胸前背后的铠甲除下,看受伤没有,可是未见流血,也找不到伤痕。他设法把这位街坊扶起来,费了好大劲,抱上了自己的驴子,因为觉得还是这头驴安稳。他把许多兵器和长枪的断柄捆成一堆,叫驽骍难得驮着,自己拉着一马一驴的缰绳,取道回村,一路上想着堂吉诃德说的那些胡话,老大不放心。堂吉诃德心上也一样沉重,他挨了好一顿揍,驴背上摇兀不稳,不时大口叹气,声彻云霄。老乡不免又问他哪里疼痛。准是魔鬼在提示他对景的故事,他这会儿把巴尔多维诺斯忘了,却记起了摩尔人阿宾德来被安德盖拉总督罗德利戈·台·那尔巴艾斯捉住,押送到总督署去的事。这是他在霍尔黑·蒙台玛姚的传奇《狄亚娜》里读到的;他就把书上阿宾德来被俘后回答罗德利戈·台·那尔巴艾斯的话,逐字逐句照搬着回答。他应用得很对景,老乡听着那一派胡言,只好自认晦气;由此知道这位街坊是疯了,就赶紧回村,免得听他没完没了的背诵不耐烦。堂吉诃德背到末了说:

"您知道吗,堂罗德利戈·台·那尔巴艾斯先生,我刚才说的哈丽法美人,就是现在那位漂亮的杜尔西内娅·台尔·托波索。我曾经为她立下些骑士的功绩,都赫赫有名,而且空前绝后,当世无双;今后呢,我还要照样干下去。"①

农夫听了这话,答道:

"先生,您瞧瞧,我区区不是罗德利戈·台·那尔巴艾斯,

---

① 霍尔黑·蒙台玛姚的《狄亚娜》第四卷里,讲摩尔人阿宾德来和哈丽法美人的恋爱。

也不是曼图阿侯爵,我是您的街坊贝德罗·阿朗索;您既不是巴尔多维诺斯,也不是阿宾德来,您是有体面的绅士吉哈那先生。"

堂吉诃德说:"我知道自己是谁,也知道自己不但可做刚才说的那两人,还可以做法兰西十二武士①,甚至世界九大豪杰②。他们的功绩,不论各归各或一股脑儿总在一起,都比不上我的伟大。"

他们说着话,到村已经夜色四合。老乡要等天黑了进村,免得人家看见这位挨打的绅士骑着这么下贱的牲口。他看着是时候了,就进村到堂吉诃德家,只听得里面闹嚷嚷的。本村的神父和理发师是堂吉诃德的好朋友,两人都在那里,管家妈正提高嗓子跟他们说话呢。

"贝罗·贝瑞斯硕士先生,"——这是神父的名字——"您瞧我们先生是遭了什么祸吧?三天没见他的影儿了。他的马呀,盾牌呀,长枪呀,盔甲呀,都不见了。真糟糕!他收藏了那些倒霉的骑士小说,成天成夜的读,我瞧他准是读得头脑颠倒了。这好比一个人有生就有死一样千真万确。我现在想起来,我有好几回听见他自言自语,说要做游侠骑士,走遍世界去猎奇冒险呢。那种书断送了拉·曼却最精明的头脑,我真恨不得一股脑儿都交给地狱里的魔鬼去!"

那外甥女也这么说,还说得多些:

---

① 指扈从查理曼大帝的十二勇将,如奥利维罗斯、罗尔丹、瑞那尔多斯·台·蒙答尔班等。
② 指约书亚、大卫、犹太·马加利欧三犹太人,亚历山大大帝、赫克托、凯撒大帝三异教徒,阿瑟王、查理曼大帝、戈都弗瑞多·台·布利盎三基督徒,共九人。

"尼古拉斯师傅,"——这是理发师的名字——"您可知道,我舅舅往往一口气把那种胡说乱道的倒霉小说连看两日两夜,看完了把书一撩,拔剑对着墙乱斫,斫得精疲力尽,就说自己杀了高塔似的四个巨人;他累得浑身大汗,就说那是打仗受伤流的鲜血。他喝下一大壶凉水,定下神,就说那是他朋友大法师艾斯忌讳博士①送来的仙水。都怪我不好,没把我舅舅这些疯疯癫癫的事告诉您两位,让你们趁早防止,并且把那些害人的书烧光。他有好多书就像邪说异端一样,该一把火烧掉。"

神父道:"我也这么说。明天一定要对他的书公审一番,判处火刑,免得人家读了也像我这位好朋友一样行径。"

里面说话,外面都听见。那老乡才明白他这位街坊的病情,就高声喊道:

"请开门啊!重伤的巴尔多维诺斯先生由曼图阿侯爵送回来了!摩尔人阿宾德来先生给英勇的安德盖拉总督罗德利戈·台·那尔巴艾斯活捉了押回来了!"

大家闻声赶到门口,朋友上来认朋友,管家妈上来接东家,外甥女上来迎舅父。堂吉诃德没有下驴,因为没力气了。大家跑来拥抱他,他说:

"你们大家别乱,都是我这匹马的罪过,害我受了重伤回来。你们抬我上床,想办法请女法师乌尔甘达②来给我治伤吧。"

管家妈道:"瞧!真倒霉!我早看透我们东家瘸了哪一条腿!③

---

① 骑士小说里常提到一位大法师,名阿尔基菲(Alquife),这位外甥女把他的名字叫错了。
② 乌尔甘达(Urganda)是阿尔基菲的妻子,下文管家妈也把她的名字叫错了。
③ 西班牙成语,指犯了什么毛病。

您好好儿上楼吧,不用请什么乌尔疙瘩,我们这里会给您治疗的。嗐!我真要千遍万遍咒骂那些骑士小说,把您害到这个地步!"

他们随即抬他上床,检点他身上的伤痕,可是一点没找着。他说自己刚和十个巨人交战,一个个都高大无比、凶猛绝伦;正打呢,他坐下的驽骍难得把他摔了一大跤,他身上的伤都是跌撞的暗伤。

神父说:"啊哈!这里面还有巨人呢!我凭圣十字架发誓,明天不到天黑,准把那些小说烧个干净。"

他们问堂吉诃德许多话,他一句不答,只要求给点儿东西吃,让他睡觉;那是他最迫切的需要。他们照办了。神父就细细盘问老乡怎样找到堂吉诃德的。老乡原原本本讲了一遍,连堂吉诃德躺在地下和一路上说的那些疯话也没漏掉。这位硕士①听了越发觉得自己想办的事得赶紧下手,第二天就邀了他的朋友尼古拉斯理发师同到堂吉诃德家来。

第 六 章

神父和理发师到我们这位奇情异想的
绅士家,在他书房里进行有趣的大检查。

堂吉诃德还直在睡觉。他那些害人的书都在书房里;神父问主人家的外甥女要那书房的钥匙,她欣然交出。大家进去,管

---

① 指神父,神父必须是研究神学、获有学位的人。

家妈也跟着；只见里面有一百多部精装的大书，还有些小本子①。管家妈一看见这些书，忙出去拿了一盆圣水和一柄洒圣水的帚子进来说：

"硕士先生，请您屋里洒上圣水吧。咱们要把书里那许多魔术家赶出人世呢，别留下个把在这里兴妖作怪，对咱们报复。"

硕士瞧管家妈那么实心眼，忍不住笑了。他叫理发师把书一本一本递给他，看里面讲些什么，也许有几本可以免于火刑。

外甥女说："不行，对哪一本书都不能开恩，因为都有害。最好把书从窗口扔到天井里去，做一堆烧掉；或者搬到后院去大堆焚烧，免得烟气熏人②。"

管家妈也那么说，她们俩都一心要把那些无辜的东西处死。可是神父不答应，他至少先要看看书名再说。尼古拉斯师傅递给他的第一部书是《阿马狄斯·台·咖乌拉四卷》。神父说：

"看来这是当时应运而生的东西。我听说这是西班牙出版最早的骑士小说，是其他一切骑士小说的祖宗③。就为它创立了这样坏的流派，我觉得应当毫不宽恕，判它火里烧死。"

理发师说："先生，这话不对。我听说它是骑士小说里写得最好的。它是部杰作，应该赦它无罪。"

---

① 西班牙的骑士小说一般都是对开本的大书，诗歌和牧歌体传奇往往用小四开或十二开本印行。
② 因为天井（patio）狭小，四周有楼房挡住，烟气不散；后院（corral）宽敞，围墙也最矮。
③ 《阿马狄斯·台·咖乌拉》（*Amadis de Gaula*），1508年出版，是西班牙骑士小说的鼻祖，但不是最早的一部。下文提到的《著名的白骑士悌朗德传》1490年就出版了。

神父说:"这也对;凭这点,暂且缓刑。咱们且瞧瞧它旁边的那部书吧。"

理发师说:"那是《艾斯普兰狄安的丰功伟绩》,它是阿马狄斯·台·咖乌拉的嫡亲儿子。"

神父说:"平心而论,父亲的长处不能归功于儿子。管家太太,你把它拿下!打开这扇窗子,扔它后院去!咱们要堆个大堆生火呢,叫它去垫底吧。"

管家妈欣然照办,这位艾斯普兰狄安就给抛入后院,耐心等待火焰烧身。

神父说:"下一部!"

理发师说:"下一部是《希腊的阿马狄斯》。照我看,这一边全是阿马狄斯的子子孙孙。"

神父说:"那么请他们全伙儿都到后院去。里面的宾底基内斯特拉皇后呀,达利耐尔牧童呀,加上他们的牧歌呀,再加那扭扭捏捏、令人作呕的文章呀,都非烧掉不可。假如我的亲爸爸扮作游侠骑士在外漫游,宁可连累他一起遭殃,也不能放过那些家伙。"

理发师说:"我也是这个意思。"

外甥女说:"我也是。"

管家妈说:"那么全伙儿都到后院去!"

他们就把书交给她,好大一堆书,她省得下楼,都从窗口扔下去。

神父说:"那大件儿是什么?"

理发师说:"那是《堂奥利房德·台·劳拉》。"

神父说:"这部书就是《群芳圃》的作者写的。我实在不知道这两部书里哪一部真话多些,或者干脆说,哪一部谎话少些。我只能说,它很荒谬,应该到后院去。"

理发师说:"下一部是《莆萝利斯玛德·台·伊尔加尼亚》。"

神父答道:"莆萝利斯玛德先生在这儿吗?哼哼!尽管他身世离奇,经历怪诞,单为文笔枯燥,也该到后院去!管家太太,送它上后院!那一部也一起去。"

她说:"好得很啊!"她忻忻喜喜地执行命令。

理发师说:"这一部是《普拉底尔骑士》。"

神父说:"这是一部古书,里面也找不出可以赎罪获赦的东西。干脆叫它和扔出去的书做伴儿去。"

这件事照办了。他又翻开一本,只见书题是《十字架骑士》。

"这部书标题这么神圣,内容荒谬可以不计较了吧。可是常言道:'魔鬼就躲在十字架后面',送它火里去!"

理发师又拿起一本书说:

"这是《骑士宝鉴》。"

神父说:"这部大作我读得很熟。里面有瑞那尔多斯·台·蒙答尔班先生和他的朋友伙伴们,都是赛过加戈的大贼;还有十二武士和实事求是的史家杜尔宾①。这些人物对名诗人玛德欧·博雅铎②的作品有贡献;基督教诗人卢铎维戈·阿利奥

---

① 这是塞万提斯的反笔。杜尔宾(Juan Turpín)死于800年左右,是莱姆斯(Reims)大主教,死后二百年,有人假借他的名字出了一部满纸荒唐的《查理曼大帝传》,杜尔宾从此以善于撒谎著称。
② 博雅铎(Mateo Boyardo)是十五世纪意大利诗人,著有《奥兰陀的恋爱》。

斯陀①又从博雅铎取材。平心说,单为这一点,我对这部小说里的人物判个终身流放的罪也就罢了。至于阿利奥斯陀,如果他跑来不说本国话,我对他并不佩服;如果他说本国话,我对他顶礼膜拜②。"

理发师说:"我藏的一部倒是意大利文的,只是看不懂。"

神父答道:"你看懂了也没什么好处。那位上尉先生不该把它带到西班牙来,叫它入籍归化;它就此大为减色了。翻译诗都有这毛病;不论功夫多深,技巧多精,总不能像原诗一样美好。我说呀,以后再有讲法兰西故事的书③,都该和这本一起扔到干爽的地窖里去存着,等仔细查审了再决定怎么处置。不过有两本书是例外:一是《贝那尔都·台尔·咖比欧》,这里准有它;一是《隆塞斯巴列斯》。这两本书一到我手里,那就毫无宽容,马上得交给管家妈,由她扔到火里去。"

理发师一一赞成,认为这样处置很恰当。他知道神父是好基督徒,坚信真理,不合理的话是决不出口的。他又翻开一本书,一看是《巴尔梅林·台·奥利巴》;旁边一本是《巴尔梅林·台·英格拉泰拉》。那位硕士看见了说:

"奥利巴该劈碎了烧得灰也不剩。这个巴尔梅林·台·英格拉泰拉该当作稀世的珍品,好好保藏。从前亚历山大大帝征

---

① 阿利奥斯陀(Ludovico Ariosto)是十五至十六世纪意大利诗人,著有《奥兰陀的疯狂》。
② 乌瑞阿上尉(Jerónimo de Urrea)把《奥兰陀的疯狂》译成西班牙文,译文生硬乏味,也很不忠实。
③ 指有关查理曼大帝及其武士的传奇。

服了达利欧大帝,从战利品里获得一个匣子①,他专用来贮藏诗人荷马的著作;咱们也该做那么一个匣子贮藏这部书。老哥啊,这部书有两点可贵:一是作品本身好;二是相传作者是一位贤明的葡萄牙国王②。书里讲米拉瓜达堡垒里的种种冒险,都妙不可言,笔下很有功夫,对话又文雅,又流利,贴切人物的身份,并且很入情入理。所以我说呀,尼古拉斯师傅,这部书和《阿马狄斯·台·咖乌拉》一起留下不烧,别的书不用再审查,一律处死吧,你说怎么样?"

理发师说:"那不行,老哥,我手里这本是有名的《堂贝利阿尼斯》。"

神父说:"这本书的第二、第三、第四部都火气太旺,得吃些大黄清泻一下。里面写'光荣堡'的一段,还有些更荒谬的部分都得删掉。咱们不妨暂缓定案,瞧它悔改的情形,再酌定从宽发落还是依法裁判。目前就寄放在你家里吧,老哥,可是谁都不许看。"

理发师说:"好得很!"

神父懒得再费心审查,吩咐管家妈拣大本子的都扔到后院去。管家妈只想烧书,即使织了一匹幅面最宽、质地最细的布,也不如这件事快意称心。她不傻不聋,听了吩咐,一下子抱着七八本往窗外扔。她拿得太多,有一本掉在理发师脚边。他想瞧瞧是谁的作品,一看原来是《著名的白骑士悌朗德传》。

---

① 据普鲁塔克(Plutarco)和普列尼(Plinio)的记载,这个匣子镶金嵌宝,制作非常精美。
② 近来据维森特·萨尔巴(Vincente Salvá)发现,这部书的作者是西班牙人鲁伊斯·乌尔塔多(Luis Hurtado)。

神父嚷道:"啊呀!白骑士悌朗德原来在这里!老哥,拿来给我。我觉得这部书趣味无穷,很可解闷。里面讲到英勇的骑士堂吉利艾雷宋·台·蒙达尔班、他的兄弟托马斯·台·蒙达尔班和封塞咖骑士;还讲勇敢的悌朗德和恶狗打架,少女'欢乐姑娘'口角玲珑,寡妇'娴静夫人'谈情说爱、弄虚作假,还有皇后娘娘爱上了她的侍从伊博利多。老哥,你听我说句平心话,照它的文笔来说,这是世界上第一部好书。书里的骑士也吃饭,也在床上睡觉,并且死在床上,临死还立遗嘱,还干些别的事,都是其他骑士小说里所没有的。可是,话又说回来,作者故意捏造这么许多荒唐无稽的事,应该发送到海船上去,罚做一辈子苦役。你拿回家去看看,就知道我说的都千真万确。"

理发师说:"那准是不错的。可是这里还剩些小本子的书,咱们怎么办啊?"

神父说:"那些想必是诗歌之类,不是骑士小说。"

他翻开一本,一看是霍尔黑·蒙台玛姚的《狄亚娜》①,料想其余都是一类的,就说:

"这种书不比骑士小说,向来不那么害人,读了增长知识,无害于人,不用烧毁。"

外甥女说:"哎,硕士先生,您还是送出去一起烧掉吧。等我舅舅养好了骑士病,一读这种书,保不定又想当牧羊人,跑到树林和田野里去唱歌奏乐;或者又想做诗人,那就更糟了,据说想作诗的那种病是治不好的,而且还传染呢。"

神父说:"这位姑娘说得不错。咱们朋友前途的魔障还是

———————
① 这是牧歌夹杂散文的传奇。

及早除掉为妙。咱们就从蒙台玛姚的《狄亚娜》开头。我想这本书不要烧,只把有关女巫费丽西亚和仙水的部分全删掉,长诗也一概删掉,只保留散文的部分,就不失为这类作品里最出色的一本。"

理发师说:"下一本是所谓《萨拉曼咖人的〈狄亚娜〉续集》,另一本是希尔·波罗写的《狄亚娜》。"

神父说:"萨拉曼咖人的那本,送到后院那伙罪犯里去充数;希尔·波罗的一本,应该当作阿波罗①的著作那样保藏起来。老哥,看下去吧,咱们得赶紧,时候不早了。"

理发师又翻开一本说:"这是《爱情的运道十卷》,作者是萨狄尼亚诗人安东尼欧·台·罗弗拉索。"

神父说:"我凭自己的职位发誓,自有阿波罗、缪斯②和诗人以来,还没有谁写过这样离奇有趣的书;就书论书,也是这类作品里最拔尖儿的。没读过这本趣味横生的书,就是没开眼界。老哥啊,给我吧。我找到这本书,比得了莆萝伦西亚哔叽的道袍还稀罕③。"

他喜滋滋地把这本书放在一边。理发师接着说:

"以下是《伊贝利亚的牧羊人》《艾那瑞斯的仙女》和《疗妒篇》。"

神父说:"这些呀,只好交给管家妈去依法处理了。别问我为什么,省得说个没完。"

"这一本是《费利达的牧羊人》④。"

---

① 太阳神,也是诗神。
② 文艺女神,共有九位。
③ 莆萝伦西亚出产的哔叽非常名贵。
④ 1582 年出版,作者蒙答尔佛(Luis Gálvez de Montalvo)是塞万提斯的朋友。

神父说:"这不是牧羊人,是个很有风趣的朝臣,该把它当作珍品收藏。"

理发师说:"这个大本子标题叫作《诗库》①。"

神父说:"假如诗不那么多,就更好了。该把夹杂在里面的坏诗都删掉。作者是我的朋友,他还写过些气魄大、格调高的作品呢;这本书收起来吧。"

理发师接着说:"这是《罗贝斯·马尔多那多诗歌集》②。"

神父说:"这本书的作者也是我的好朋友。他亲口朗诵起来声调悠扬,简直迷人,谁听了都倾倒。他写的牧歌稍为长些,不过好东西不会嫌长。这本书可以和刚才挑出来的几本藏在一起。它旁边的那本是什么呀?"

理发师说:"米盖尔·台·塞万提斯的《咖拉泰》③。"

"这个塞万提斯是和我有深交的老友。我看他与其说多才,不如说多灾。这本书里有些新奇的想象,开头不错,结局还悬着呢,该等着读他预告的第二部。现在有些读者求全责备,修改了也许大家都会宽容。且把它监禁在你家,等将来再瞧吧。"

理发师说:"好啊,老哥。这里一起又有三本:堂阿隆索·台·艾尔西利亚的《阿饶咖那》④,果都巴法官胡安·儒富的

---

① 1580年出版,作者巴狄利亚(Pedro de Padilla)是塞万提斯的朋友。
② 1586年出版,作者是塞万提斯所赏识的。
③ 这是塞万提斯早年所作的牧歌体传奇,第一部于1585年出版,这个传奇始终没写完。
④ 《阿饶咖那》(La Araucana)叙述阿饶咖之战,作者艾尔西利亚(Alonso de Ercilla)是参与这场战役的战士,白天奋勇打仗,晚上写诗记述日间的战事。这部优秀的史诗分别于1569、1578、1590年出版。

《奥斯特利阿达》①,巴伦西亚诗人克利斯多巴尔·台·比鲁艾斯的《蒙塞拉德》②。"

神父说:"这三本书都是咖斯底利亚语的史诗杰作,可以跟鼎鼎大名的意大利史诗比美;应该当作西班牙诗歌里无上珍贵的宝物,好好保藏。"

神父没心思多看,不问情由,要把其余的一概烧毁。可是理发师已经翻开了一本,叫作《安杰丽咖的眼泪》③。

神父听到这个题目说:"要是把这样的书送出去烧掉,我也要掉眼泪呢。作者全世界闻名,不仅在西班牙。他翻译过奥维德的几个故事,译笔也好得很。"

第 七 章

我们这位好骑士堂吉诃德·台·拉·曼却
第二次出行。

这时堂吉诃德忽大叫大嚷,喊道:

"来啊!来啊!英勇的骑士,该来显显身手了!这场比武都让朝廷上的骑士占了上风!"

---

① 1584 年出版,叙述奥地利堂胡安的功绩。
② 1588 年出版,叙述一个修士的故事。
③ 该书于1586年出版,作者索托(Luis Rarahona de Soto)是塞万提斯的朋友。

他们听见叫嚷忙赶去，其余的书就没再检查。所以《咖罗雷阿》①《西班牙的狮子》②和堂鲁伊斯·台·阿比拉的《大皇帝的功业》③这几本书，大概未经审查，就送进火里去了。它们一定是在剩下的那堆书里，神父要是看见，也许不会判处它们那样的酷刑。

他们赶去，堂吉诃德已经起床，嘴里乱嚷，手里挥剑四面乱剁乱斫。他非常清醒，没一点睡起蒙眬的样子。他们抱住他，硬把他又送上床。他安静了一些，对神父说：

"杜尔宾大主教大人啊，这番比武，我们自称十二武士的没当作一回事，竟让朝廷上的骑士得胜，真是奇耻大辱。过去三天都还是我们这班有冲劲的骑士赢得了锦标呢。"

神父说："老哥啊，您安静着点儿，也许天照应您就要转运了。今天失掉的，明天会到手。④ 目前您且养好身体，我瞧您尽管没受重伤，一定也疲劳过度了。"

堂吉诃德说："受伤倒没有，揍得浑身酸痛是千真万确的。罗尔丹那混蛋用整棵的橡树干揍了我一顿。他无非为了忌妒，因为知道只我一人赛得过他的英勇。不过随他魔术多高，等我起床，不还他个厉害，我不叫瑞那尔多斯·台·蒙答尔班！现在

---

① 《咖罗雷阿》(*La Carolea*)，黑隆尼莫·塞姆贝瑞（Jerónimo Sempere）著，歌颂查理五世的战绩。1560 年出版。
② 《西班牙的狮子》(*El León de España*)，费西利亚·咖斯德利亚诺（Vezilla Castellanos）著，歌颂雷翁古国的英雄。1586 年出版。
③ 西班牙文学史上没有这本书，塞万提斯大约指鲁伊斯·萨巴塔（Luis Zapata）的《威名显赫的卡尔洛》(*Carlo famoso*)。这部书歌唱卡尔洛和德国新教徒的战争。1566 年出版。
④ 西班牙谚语。

给我吃点东西吧,我觉得这是当前最紧急的,至于报仇,我自会等待时机。"

他们给他吃了些东西,他又睡着了。大家瞧他疯成这样,不胜惊讶。

当晚管家妈把扔在后院的书和家里所有的书全都烧掉。有些是值得保藏的,大概也烧了。它们命该如此,又加审查的人懒得挑选,就此同归于尽。这就应了一句老话:"有时候好人替坏人受罪"①。

神父和理发师设法医治他们朋友的病。一个办法是把那间书房的门砌上砖堵死,叫他起床后无从找他的那些书。说不定铲掉病根,病症也会消失。他们可以说:有个魔术家把他的书房连带所有的书一起摄走了。他们马上着手办这件事。过两天堂吉诃德一起床就去看他的书。他不见藏书的屋子,就满处寻找。他跑到原先有门的地方,用手去摸索,东看西望,一言不发。过了好一会,他问管家妈他的书房在哪里。管家妈早知道该怎么回答,她说:

"您还找什么书房,什么没影儿的东西呀?现在这座房子里没书房也没有书了,魔鬼亲自出马,一股脑儿都摄走了。"

外甥女说:"不是魔鬼,是个魔术家,您出门以后一个晚上腾云来的。他骑着一条蛇,一下地就走进书房去,我也不知道他在里面干些什么,只见他过一会儿穿出屋顶飞走了,留下满屋子的烟。等我们赶去瞧他干下了什么事,一看,书呀,书房呀,全都没有了。有一件事我和管家太太记得很清楚。那老混蛋临走大

---

① 西班牙谚语。

声说:他和这些书和书房的主人有私仇,所以到这儿捣乱来了;他干的事一会儿就有分晓。他还说,他名叫穆尼阿冬博士。"

堂吉诃德说:"大概说的是弗瑞斯冬①。"

管家妈接口说:"我也搅不清他叫弗瑞斯冬还是弗利冬,只知道名字末了一个字是'冬'。"

堂吉诃德说:"对啊。这人是个博学的魔术家,是我的死冤家。他恨我,因为他精通法术,预知他庇护的一位骑士将来要跟我决斗,输在我手里;他却没法儿阻挡,所以他拼命跟我作对。叫他瞧着吧,上天注定的事,他不能违拗,也躲避不了。"

外甥女说:"这还用说!可是舅舅,谁叫您去干预这些吵架的事呀?安安静静待在家里,不是顶好吗?吃了人间最上好的白面包还嫌不好,硬要走遍天下去找更上好的②,这又何苦呢?您也不计较计较,出去剪羊毛,自己给剃成秃瓢③。"

堂吉诃德答道:"哎,我的外甥女,你计较错了。我才不让人家剃我的毛呢!谁要想碰我一根头发梢儿,我先就把他的胡子揪光拔净!"

她们俩瞧他发火,就不敢再开口。

他以后在家安安静静待了十五天,好像一点没有再想出门胡闹的意思。这些日子,他跟神父和理发师两个老朋友谈论得非常有趣。他认为世上最迫切需要的是游侠骑士,而游侠骑士道的复兴,全靠他一人。神父有时反驳,有时附和,因为不用这种手段不能劝服他。

---

① 博学的魔术家。据说《希腊的贝利阿尼斯》是他的著作。
② 西班牙谚语,指寻求不到的东西。
③ 西班牙谚语。

堂吉诃德趁这时候，游说他街坊上的一个农夫。假如穷苦人也可以称为"好人"，那么这人该说是个好人，不过他脑袋里没什么脑子。反正堂吉诃德说得天花乱坠，又是劝诱，又是许愿，这可怜的农夫就决心跟他出门，做他的侍从。堂吉诃德还叫他尽管放心跟自己出门，因为可能来个意外奇遇，一眨眼征服了个把海岛，就让他做岛上的总督。这农夫名叫桑丘·潘沙。他听了这话，又加许他的种种好处，就抛下老婆孩子去充当他街坊的侍从。

堂吉诃德马上去筹钱，或卖或当，出脱了些东西，反正都是吃亏的交易；这样居然筹到小小一笔款子。他又弄到一面圆盾牌，是向朋友商借的；又千方百计把破碎的头盔修补完整。他就把上路的日期和时间通知他的侍从桑丘，让他收拾些随身必需的东西，还特地嘱咐他带一只褡裢袋。桑丘说一定带，还说他有一头很好的驴子，也想骑着走，因为他不惯长途步行。堂吉诃德为这头驴的问题踌躇了一下。他搜索满腹书史，寻思有没有哪个游侠骑士带着骑驴的侍从。他记不起任何先例，可是决计让桑丘带着他的驴子，等有机会再为他换上比较体面的坐骑；也许路上碰到个无礼的骑士，就可以把他的马抢来抵换驴子。他按照客店主人的劝告，尽力置备了衬衣和其他东西。一切齐备，桑丘没向老婆和孩子告辞，堂吉诃德也没向管家妈和外甥女告辞，两人在夜晚离开了村子，没让任何人看见。他们一夜走了老远的路，到第二天早上放定了心，家里人即使找他们也找不到了。

桑丘一路上骑着驴，像一位大主教①，他带着褡裢袋和皮酒袋，

---

① 耶稣基督骑驴进耶路撒冷城，天主教会的首脑如教皇和大主教都骑驴。

满心想当东家许他的海岛总督。堂吉诃德恰好又走了前番的道路，向蒙帖艾尔郊原跑去。他这回不像上回那么受罪，因为是清早，太阳光斜照着他们，不那么叫人疲劳。桑丘·潘沙这时对他主人说：

"游侠骑士先生，您记着点儿，别忘了您许我的海岛；不论它多么大，我是会管理的。"

堂吉诃德答道："桑丘·潘沙朋友，你该知道，古时候游侠骑士征服了海岛或者王国，总把自己的侍从封做那些地方的总督，那是通常的习惯。我决不让这个好规矩坏在我手里，还打算做得更漂亮些呢。那些骑士往往要等自己的侍从上了年纪，厌倦了白天受累、夜晚吃苦的差使，才封他们在或大或小的县里、省里，做个伯爵或至多做个侯爵。可是只要你我都留着性命，很可能六天之内，我就会征服一个连带有几个附庸国的王国，那就现成可以封你做一个附庸国的国王。你别以为这有什么稀奇。游侠骑士的遭遇，好些是从古未有而且意想不到的，所以我给你的报酬即使比我答应的还多，我也绰有余力。"

桑丘·潘沙答道："假如我凭您说的什么奇迹做了国王，那就连我的老伴儿华娜·谷帖瑞斯也成了王后了，我的儿子也成了王子了。"

堂吉诃德道："那还用说吗？"

桑丘·潘沙说："我就不信。我自己肚里有个计较，即使老天爷让王国像雨点似的落下地来，一个也不会稳稳地合在玛丽·谷帖瑞斯①头上，先生，我跟您说吧，她不是王后的料，当伯

---

① 塞万提斯给桑丘老婆的姓名时有变换，上文她叫华娜，这里又叫玛丽，下文又称她泰瑞萨，又一处说她娘家姓夹石夹核。

爵夫人还凑合,那也得老天爷帮忙呢。"

堂吉诃德说:"那你就听凭老天爷安排吧,他自会给她最合适的赏赐。可是你至少也得做个总督才行,别太没志气。"

桑丘回答说:"我的先生,我不会的。况且我还有您这么尊贵的主人呢。只要对我合适,我又担当得起,您什么职位都会给我。"

第 八 章

骇人的风车奇险;堂吉诃德的英雄身手;
以及其他值得大书特书的事情。

这时候,他们远远望见郊野里有三四十架风车。堂吉诃德一见就对他的侍从说:

"运道的安排,比咱们要求的还好。你瞧,桑丘·潘沙朋友,那边出现了三十多个大得出奇的巨人。我打算去跟他们交手,把他们一个个杀死,咱们得了胜利品,可以发财。这是正义的战争,消灭地球上这种坏东西是为上帝立大功。"

桑丘·潘沙道:"什么巨人呀?"

他主人说:"那些长胳膊的,你没看见吗?那些巨人的胳膊差不多二哩瓦①长呢。"

桑丘说:"您仔细瞧瞧,那不是巨人,是风车;上面胳膊似的

---

① 1哩瓦合6.4公里。

东西是风车的翅膀,给风吹动了就能推转石磨。"

堂吉诃德道:"你真是外行,不懂冒险。他们确是货真价实的巨人。你要是害怕,就走开些,做你的祷告去,等我一人来和他们大伙儿拼命。"

他一面说,一面踢着坐骑冲出去。他侍从桑丘大喊说,他前去冲杀的明明是风车,不是巨人;他满不理会,横着念头那是巨人,既没听见桑丘叫喊,跑近了也没看清是什么东西,只顾往前冲,嘴里嚷道:

"你们这伙没胆量的下流东西!不要跑!前来跟你们厮杀的只是个单枪匹马的骑士!"

这时微微刮起一阵风,转动了那些庞大的翅翼。堂吉诃德见了说:

"即使你们挥舞的胳膊比巨人布利亚瑞欧①的还多,我也要和你们见个高下!"

他说罢一片虔诚向他那位杜尔西内娅小姐祷告一番,求她在这个紧要关头保佑自己,然后把盾牌遮稳身体,托定长枪飞马向第一架风车冲杀上去。他一枪刺中了风车的翅膀;翅膀在风里转得正猛,把长枪迸做几段,一股劲把堂吉诃德连人带马直扫出去;堂吉诃德滚翻在地,狼狈不堪。桑丘·潘沙趱驴来救,跑近一看,他已经不能动弹,驽骍难得把他摔得太厉害了。

桑丘说:"天啊!我不是跟您说了吗,仔细着点儿,那不过是风车。除非自己的脑袋里有风车打转儿,谁还不知道这是风车呢?"

堂吉诃德答道:"甭说了,桑丘朋友,打仗的胜败最拿不稳。

---

① 希腊神话里和神道作战的巨人,有一百条手臂。

看来把我的书连带书房一起抢走的弗瑞斯冬法师对我冤仇很深,一定是他把巨人变成风车,来剥夺我胜利的光荣。可是到头来,他的邪法毕竟敌不过我这把剑的锋芒。"

桑丘说:"这就要瞧老天爷怎么安排了。"

桑丘扶起堂吉诃德;他重又骑上几乎跌歪了肩膀的驽骍难得。他们谈论着方才的险遇,顺着往拉比塞峡口的大道前去,因为据堂吉诃德说,那地方来往人多①,必定会碰到许多形形色色的奇事。可是他折断了长枪心上老大不痛快,和他的侍从计议说:

"我记得在书上读到一位西班牙骑士名叫狄艾果·贝瑞斯·台·巴尔咖斯,他一次打仗把剑斫断了,就从橡树上劈下一根粗壮的树枝,凭那根树枝,那一天干下许多了不起的事,打闷不知多少摩尔人,因此得到个绰号,叫作'大棍子'。后来他本人和子孙都称为'大棍子'巴尔咖斯。我跟你讲这番话有个计较:我一路上见到橡树,料想他那根树枝有多粗多壮,照样也折它一枝。我要凭这根树枝大显身手,你亲眼看见了种种说来也不可信的奇事,才会知道跟了我多么运气。"

桑丘说:"这都听凭老天爷安排吧。您说的话我全相信;可是您把身子挪正中些,您好像闪到一边去了,准是摔得身上疼呢。"

堂吉诃德说:"是啊,我吃了痛没作声,因为游侠骑士受了伤,尽管肠子从伤口掉出来,也不得哼痛②。"

桑丘说:"要那样的话,我就没什么说的了。不过天晓得,

---

① 因为在马德里到塞维利亚的大道上。
② 骑士规则第九条:"骑士不论受了什么伤,不得哼痛。"

我宁愿您有痛就哼。我自己呢,说老实话,我要有一丁丁点儿疼就得哼哼,除非游侠骑士的侍从也得遵守这个规矩,不许哼痛。"

堂吉诃德瞧他侍从这么傻,忍不住笑了。他声明说:不论桑丘喜欢怎么哼,或什么时候哼,不论他是忍不住要哼,或不哼也可,反正他尽管哼好了,因为他还没读到什么游侠骑士的规则不准侍从哼痛。桑丘提醒主人说,该是吃饭的时候了。他东家说这会子还不想吃,桑丘什么时候想吃就可以吃。桑丘得了这个准许,就在驴背上尽量坐舒服了,把褡裢袋里的东西取出来,慢慢儿跟在主人后面一边走一边吃,还频频抱起酒袋来喝酒,喝得津津有味,玛拉咖最享口福的酒馆主人见了都会羡慕①。他这样喝着酒一路走去,早把东家许他的愿抛在九霄云外,觉得四出冒险尽管担惊受怕,也不是什么苦差,倒是很舒坦的。

长话短说,他们当夜在树林里过了一宿。堂吉诃德折了一根可充枪柄的枯枝,换去断柄把枪头挪上。他曾经读到骑士们在穷林荒野里过夜,想念自己的意中人,好几夜都不睡觉。他要学样,当晚彻夜没睡,只顾想念他的意中人杜尔西内娅。桑丘·潘沙却另是一样。他肚子填得满满的,又没喝什么提神醒睡的饮料,倒头一觉,直睡到大天亮。阳光照射到他脸上,鸟声嘈杂,欢迎又一天来临,他都不理会,要不是东家叫唤,他还沉睡不醒呢。他起身就去抚摸一下酒袋,觉得比昨晚越发萎瘪了,不免心上烦恼,因为照他看来,在他们这条路上,无法立刻弥补这项亏空。堂吉诃德还是不肯开斋,上文已经说过,他决计靠甜蜜的相

---

① 玛拉咖的酒是著名的。

思来滋养自己。他们又走上前往拉比塞峡口的道路;约莫下午三点,山峡已经在望。

堂吉诃德望见山峡,就说:"桑丘·潘沙兄弟啊,这里的险境和奇事多得应接不暇,可是你记着,尽管瞧我遭了天大的危险,也不可以拔剑卫护我。如果我对手是下等人,你可以帮忙;如果对手是骑士,按骑士道的规则,你怎么也不可以帮我,那是违法的。你要帮打,得封授了骑士的称号才行。"

桑丘答道:"先生,我全都听您的,决没有错儿。我生来性情和平,最不爱争吵。当然,我如要保卫自己身体,就讲究不了这些规则。无论天定的规则、人定的规则,总容许动手自卫。"

堂吉诃德说:"这话我完全同意。不过你如要帮我跟骑士打架,那你得捺下火气,不能使性。"

桑丘答道:"我一定听命,把您这条戒律当礼拜日的安息诫一样认真遵守。"

他们正说着话,路上来了两个圣贝尼多教会的修士。他们好像骑着两匹骆驼似的,因为那两头骡子简直有骆驼那么高大。两人都戴着面罩①,撑着阳伞。随后来一辆马车,有四五骑人马和两个步行的骡夫跟从。原来车上是一位到塞维利亚去的比斯盖贵妇人;她丈夫得了美洲的一个很体面的官职要去上任,正在塞维利亚等待出发。两个修士虽然和她同路,并不是一伙。可是堂吉诃德一看见他们,就对自己的侍从说:

"要是我料得不错,咱们碰上破天荒的奇遇了。前面这几个黑魆魆的家伙想必是魔术家——没什么说的,一定是魔术家;

---

① 西班牙人旅行用的面罩,上面安着护眼的玻璃,防尘土入目,也防太阳晒脸。

他们用这辆车劫走了一位公主。我得尽力去除暴惩凶。"

桑丘说:"这就比风车的事更糟糕了。您瞧啊,先生,那些人是圣贝尼多教会的修士,那辆马车准是过往客人的。您小心,我跟您说,您干事要多多小心,别上了魔鬼的当。"

堂吉诃德说:"我早跟你说过,桑丘,你不懂冒险的事。我刚才的话是千真万确的,你这会儿瞧吧。"

他说罢往前几步,迎着两个修士当路站定,等他们走近,估计能听见他搭话了,就高声喊道:

"你们这起妖魔鬼怪!快把你们车上抢走的几位贵公主留下!要不,就叫你们当场送命;干了坏事,得受惩罚!"

两个修士带住骡子,对堂吉诃德的那副模样和那套话都很惊讶;他们回答说:

"绅士先生,我们不是妖魔,也并非鬼怪。我们俩是赶路的圣贝尼多会修士。这辆车是不是劫走了公主,我们也不知道。"

堂吉诃德喝道:"我不吃这套花言巧语!我看破你们是撒谎的混蛋!"

他不等人家答话,踢动驽骍难得,斜绰着长枪,向前面一个修士直冲上去。他来势非常凶猛,那修士要不是自己滚下骡子,准被撞下地去,不跌死也得身受重伤。第二个修士看见伙伴遭殃,忙踢着他那匹高大的好骡子落荒而走,跑得比风还快。

桑丘瞧修士倒在地下,就迅速下驴,抢到他身边,动手去剥他的衣服。恰好修士的两个骡夫跑来,问他为什么脱人家衣服。桑丘说,这衣服是他东家堂吉诃德打了胜仗赢来的战利品,按理是他份里的。两个骡夫不懂得说笑话,也不懂得什么战利品、什么打仗,他们瞧堂吉诃德已经走远,正和车上的人说话呢,就冲上去推倒桑丘,把他的胡子拔得一根不剩,又踢了他一顿,撇他直挺挺地躺在地下,气都没了,人也晕过去了。跌倒的修士心惊胆战,面无人色,急忙上骡,踢着骡子向同伴那里跑;逃走的修士正在老远等着,看这番袭击怎么下场。他们不等事情结束,马上就走了,一面只顾在胸前画十字;即使背后有魔鬼追赶,也不必画那么多十字。

上文已经说了,堂吉诃德正在和车上那位夫人谈话呢。他说:

"美丽的夫人啊,您可以随意行动了,我凭这条铁臂,已经把抢劫您的强盗打得威风扫地。您不用打听谁救了您;我省您的事,自己报名吧。我是个冒险的游侠骑士,名叫堂吉诃德·台·拉·曼却;我倾倒的美人是绝世无双的堂娜杜尔西内娅·台尔·托波索。您受了恩不用别的报酬,只需回到托波索去代我拜见那位小姐,把我救您的事告诉她。"

有个随车伴送的侍从是比斯盖人,听了堂吉诃德的话,瞧他不让车辆前行,却要他们马上回托波索去,就冲到他面前,一把扭住他的长枪跟他理论,一口话既算不得西班牙语,更算不得比斯盖语,似通非通地说:

"走哇! 骑士倒霉的! 我凭上帝创造我的起誓:不让车走啊你,我比斯盖人杀死你是真! 好比你身在此地一样是真①!"

这话堂吉诃德全听得懂。他很镇静地答道:

"你呀,不是个骑士;你要是个骑士,这样糊涂放肆,我早就

---

① 关于比斯盖人这句话的意义,注释家众说纷纭,这里是根据马林(Francisco Rodríguez Marín)注本的解释翻译的。

惩罚你了,你这奴才!"

比斯盖人道:

"我不绅士①?对上帝我发誓:你很撒谎!好比我很基督徒一样!如果你长枪放下,拔出来剑,马上可以你瞧瞧,你是把水送到猫儿旁边去呢②!陆地上比斯盖人,海上也绅士!哪里都绅士!③ 你道个不字,哼,撒谎你就是!"

堂吉诃德答道:"阿格拉黑斯说的:'你这会儿瞧吧。'④"

他把长枪往地下一扔,拔出剑,挎着盾牌,直取那比斯盖人,一心要结果他的性命。比斯盖人因为自己的坐骑是雇来的劣骡子,靠不住;他想要下地,可是瞧堂吉诃德这般来势,什么也顾不及,只有拔剑的功夫,幸亏正在马车旁边,就从车上抢了个垫子,权当盾牌使用,两人就像不共戴天的冤家那样打起来。旁人想劝解,可是不行,比斯盖人用他那种支离破碎的话向大家声明:他们要是不让他把这一仗打到底,他就亲手把女主人杀掉,把所有阻挡他的人都杀掉。车上那位太太看到这样情况,又惊又怕,忙叫车夫把车赶远些,就在那边遥遥观看这场恶战。当时比斯盖人伸手越过堂吉诃德的盾牌,在他肩上狠狠劈了一剑;要不是他身披铠甲,腰以上早劈做两半了。这一剑好不凶猛,堂吉诃德觉得分量不轻,大喊道:

---

① 原文双关,又指骑士,又指绅士。堂吉诃德指的是骑士,比斯盖人指的是绅士。
② 西班牙谚语:"送猫儿下水"指一桩非常难办的事,因为猫儿是不肯下水的。比斯盖人恼怒中把成语说颠倒了。
③ 西班牙人只要是比斯盖世家子弟,就是贵族。
④ 阿格拉黑斯是《阿马狄斯·台·咖乌拉》里的人物。每当他拔剑在手,总说:"你这会儿瞧吧。"这句话变了成语。

"啊！我心上的主子、美人的典范杜尔西内娅！你的骑士为了不负你的十全十美，招得大难临头了！请你快来帮忙呀！"

他说着话，一手握剑，一手用盾牌护严身子，直向比斯盖人冲去。说时迟，那时快，他一股猛劲，要一剑劈去立见输赢。

比斯盖人瞧堂吉诃德这股冲劲，看出对手的勇猛，决计照样跟他拼一拼；可是坐下的骡子已经疲乏不堪，况且天生也不是干这种玩意儿的，所以一步也挪移不动，左旋右转都不听使唤，他只好把坐垫护严身子，站定了等候。上文说过，堂吉诃德举剑直取这机警的比斯盖人，一心要把他劈做两半；比斯盖人也举着剑，把坐垫挡着身子迎候；旁人不知道这两把恶狠狠的剑下会生出什么事来，惴惴不安地等待着；车上那位太太和几个侍女只顾向西班牙所有的神像和礼拜堂千遍万遍地许愿，求上帝保佑这侍从和她们自己逃脱当前这场大难。可是偏偏在这个紧要关头，作者把一场厮杀半中间截断了，推说堂吉诃德生平事迹的记载只有这么一点。当然，这部故事的第二位作者决不信这样一部奇书会被人遗忘，也不信拉·曼却的文人对这位著名骑士的文献会漠不关怀，让它散失。因此他并不死心，还想找到这部趣史的结局。靠天保佑，他居然找到了。如要知道怎么找到的，请看本书第二卷①。

---

① 一般骑士小说往往在故事的紧要关头截住，叫读者等"下回分解"。塞万提斯故意模仿这种手法。他原先把第一部分作四卷，但后来改变了这种分法。

第 九 章

大胆的比斯盖人和英勇的曼却人
一场恶战如何结束。

这个故事第一部分的结尾,讲到骁勇的比斯盖人和威名赫赫的堂吉诃德都举着明晃晃的剑,待要狠命地往下劈;如果这两把剑不偏不倚地劈下去,那就至少各把对手从上到下分做两半,像裂开的石榴一样。正在这千钧一发的当口,这么有趣的故事忽然中断了,作者也没交代散失的部分有何下落。

这使我非常懊丧。依我看,这个趣味无穷的故事大部分是散失了。我想到散失的大部分无从寻觅,才读了那一小段反惹得心痒难搔。那样一位好骑士,却没个博学者负责把他的丰功伟绩记录下来,我认为事理和情理上都说不过去。凡是游侠骑士,所谓漫游冒险的人物,从来少不了有摇笔杆子的为他们写传作记。他们都有一两个好像是专为他们用的博学大师,不仅把他们的功业记载下来,就连他们琐碎无聊的心思,不论多么隐秘,都一一描绘。像普拉底尔那一流的骑士,还有很多博士为他们作传呢,我们这么一位卓越的骑士决不会倒霉得无人过问。所以我不信他那么有趣的故事会残缺不全;我只归罪于时间的恶意捣乱,它磨灭一切东西,把这篇故事埋没或吃掉了。

但是我又转念:堂吉诃德所藏的书里既有《疗妒篇》《艾瑞

那斯的仙女和牧羊人》这类近代作品,他本人的传记当然也是近代的了;或许还没写成文字呢,可是他本乡和附近的人一定还记得他的事情。我这么一想,就像热锅上的蚂蚁也似,急要把我们这位西班牙名人堂吉诃德·台·拉·曼却的生平奇迹考查确实。他是曼却骑士道的光辉和典范;在我们这个年代,在这样多灾多难的时世,他第一个投身于游侠事业,去消灭强暴,援助寡妇并保护童女。古时候确有那种执鞭骑马的童女,带着她们的贞操,在山岭和田野里来来往往;如果没有恶棍或手拿斧头、头戴兜帽的村夫、或魁伟的巨人对她们横施强暴,她们尽管活到八十岁没有在屋里睡过一宵,进坟墓依然还是清白无玷的闺女,像生她的妈妈一样。① 反正为了以上种种缘故,咱们这位豪侠的堂吉诃德值得万世颂赞;我费了心力去访求这部趣史的下文,我区区也应得表扬。诸位如果专心阅读,整个故事大约可供两小时的消遣和享受②;我深信若不是靠天、靠机会、靠运气,这点消遣和享乐是得不到的。现在我且讲讲找到这部趣事的经过。

有一天,我正在托雷都的阿尔咖那市场。有个孩子跑来,拿着些旧抄本和旧手稿向一个丝绸商人兜售。我爱看书,连街上的破字纸都不放过。因此我从那孩子出卖的故纸堆里抽一本看看,识出上面写的是阿拉伯文。我虽然认得出,却看不懂,所以想就近找个通晓西班牙文的摩尔人来替我译读。要找这种翻译并不困难,即使要翻译更好更古的文字③也找得到人。我可巧找到一个。我讲明自己的要求,把本子交给他。他从半中间翻

---

① 塞万提斯不止一次用这种话来挖苦流行的骑士小说不合实际。
② 可见塞万提斯当时并没打算把这部作品写得很长。
③ 指希伯来文,当时认为是最古老的文字。

开,读了一段就笑起来。我问他笑什么,他说:笑旁边加的一个批语。我叫他讲给我听;他一面笑一面说:

"书页边上有这么一句批语:'据说,故事里时常提起的这个杜尔西内娅·台尔·托波索是腌猪肉的第一把手,村子里的女人没一个及得她'。"

我听他提起杜尔西内娅·台尔·托波索这个名字,不胜惊讶;立刻猜测到这些抄本里有堂吉诃德的故事。我心上这么想,就直催他把开头一段翻给我听。他依言把阿拉伯文随口译成西班牙文,说这是《堂吉诃德·台·拉·曼却传》,作者是阿拉伯历史家熙德·阿梅德·贝南黑利。我听到这个书名,真是十二分的乖觉才没把快活露在脸上。我从丝绸商人手里抢下这笔买卖,花半个瑞尔收买了那孩子的全部手稿和抄本。如果他是个机灵的小子,看透我多么急切,为这笔交易尽可以讨价六个瑞尔以上,稳稳地可以成交。我马上带着摩尔人走出市场,跑到大教堂的走廊里。我请他把抄本里讲到堂吉诃德的部分全翻成西班牙文,不得增删;随他要多少代价我都愿意。他要两个阿罗巴①的葡萄干,两个法内加②的小麦,答应一定翻得又好、又忠实、又迅-速。我为了工作方便,又要把这么名贵的稿本留在手边,就把他请到家里。一个半月以后,他全部翻完。以下都是他的译文。

抄本的第一册有一幅堂吉诃德和比斯盖人交战的图,画得栩栩如生。两人的姿态就像故事里讲的那样,都举着剑,一个用

---

① 1阿罗巴合11.5公斤。
② 1法内加合55.5升。

盾牌护身,一个用垫子招架。比斯盖人的骡子画得尤其得神,远在一箭之地以外就看得出是一头雇骡。比斯盖人脚下有个标签,写着"堂桑丘·台·阿斯贝悌亚",这一定就是他的名字。驽骍难得脚下也有个标签,写着"堂吉诃德"。驽骍难得画得妙极了,它又长又细溜,又瘪又瘦,背脊上骨骼嶙峋,仿佛害了极重的痨病,称它驽骍难得显然是名副其实,恰配身份。旁边是桑丘·潘沙牵着他驴子的缰绳,驴子脚下也有个标签,写着"桑丘·桑伽斯"。照那幅画上看来,他是个大肚子,矮个子,两条小腿却很长,大概因此称为"潘沙",又称"桑伽斯",故事里往往用这两个名字称呼他①。此外还看到些枝枝节节,不过都无关紧要;故事只要真实就好,那些末节是无足轻重的。

假如有人批评这个故事不真实,那无非因为作者是阿拉伯人,这个民族是撒谎成性的。不过他们既然跟我们冤仇很深,想来是只讲得减色贬低,不增光夸大。我就是这么想,因为有时候应该笔酣墨饱,把这位好骑士称扬一番,作者却故意不赞一词。这种行为不好,居心更是可恶。历史家的职责是要确切、真实、不感情用事;无论利诱威胁,无论憎恨爱好,都不能使他们背离真实。历史孕育了真理;它能和时间抗衡,把遗闻旧事保藏下来;它是往古的迹象,当代的鉴戒,后世的教训。我知道这部历史以最有趣的方式,具备了一切应有的条件。如果有什么美中不足,我认为都是那混蛋作者的过错,绝不是题材的毛病。闲话少说,按照译文,以下是第二卷的开头。

---

① 潘沙(Panza)的意思是"肚子",桑伽斯(Zancas)的意思是"小腿"。但下文只用了"潘沙"一个名字。

两位勇猛而愤怒的战士都高举着锋利的剑,仿佛是向上天下土和地狱示威,他们的勇敢和神气真是不可一世。暴怒的比斯盖人先下手,他一剑劈得非常凶猛,要不是歪了些,单这一下子就足以结束这场恶战,咱们这位骑士毕生的冒险也都完了。可是命运还要保全着他,有更伟大的事业要等他去干呢,所以他冤家的剑锋偏了方向;那一剑虽然斫在他左肩上,只斫掉整半边铠甲连带一大块头盔和半只耳朵。斫下的东西零落满地,使这位骑士狼狈不堪。

这曼却人瞧自己遭了毒手,心头冒火。天啊!谁能描摹他当时的情景呢!这里只能说,他在鞍镫上重又挺直身子,两手更使劲捧住剑,恶狠狠地向比斯盖人斫下去。这一剑隔着垫子在他脑袋上斫个正着。比斯盖人尽管有那么好的防身之具,顶门上也仿佛塌下了一座大山;他的鼻孔里、嘴里、耳朵里鲜血直冒,看样子就要栽下地去,要不是抱住牲口的脖子,一定摔倒了。不过他两脚终究脱开了脚镫,两臂也松了劲;骡子给那狠狠的一剑震惊得落荒逃跑,颠几颠就把它主人掀在地下。

堂吉诃德冷眼瞧着,看见比斯盖人落地,就跳下马,三脚两步抢上来,把剑锋直指到他眼前,叫他投降,不然就斫下他的脑袋。比斯盖人吓呆了,一句话也答不上来。堂吉诃德火头上什么都不顾,照那样子,比斯盖人准得送命。车上几个女眷一直在哆哆嗦嗦看打架,这会儿亏得她们赶来,恳求堂吉诃德宽宏大量,手下留情,饶了她们这位侍从的性命。堂吉诃德大咧咧地正色回答说:

"行啊,诸位美人,我愿意遵命,不过有一个条件、一点默契:这位骑士得答应我到托波索村上去走一遭,代我拜见那位绝世无双的堂娜杜尔西内娅,由她随意发落。"

几个女人惊慌失措,也没有考虑堂吉诃德的要求,也没有探问杜尔西内娅是谁,满口答应说,她们的侍从必定一一照办。堂吉诃德说:

"我认为他不该轻饶,不过既有你们担保,我就不难为他了。"

第 十 章

堂吉诃德和他侍从桑丘·潘沙的趣谈。

桑丘·潘沙挨了修士的骡夫一顿收拾,这时已经爬起来,看他主人堂吉诃德打架。他心里暗暗祷求上帝保佑主人打个胜仗,赢得个把海岛,可以践诺封自己做岛上的总督。他瞧这一架已经打完,他主人又要上马,就去扶住鞍镫,在他上马之前双膝跪倒,抓住他的手,亲吻一下说道:

"我的堂吉诃德先生啊,您这场苦战赢来的海岛,求您赏我管辖吧;不论它多么大,我觉得自己有本领管辖;别处岛上的总督怎么管,我也怎么管,人家能管得多好,我也能管得多好。"

堂吉诃德回答说:

"我告诉你,桑丘兄弟,今天的事和所有这一类的事,都是四岔路口碰上的,不是什么赢取海岛的奇遇;从这种厮杀里得不到什么,除非砸破个脑袋,或者赔掉一只耳朵。你且耐着点儿心,将来还会有别的奇遇,我不但能照应你做总督,还做到比总督更大的呢。"

桑丘对他谢了又谢,再吻一下他的手,又吻他铠甲的边缘。他扶主人骑上驽骍难得,自己也骑上驴子,跟着他一同上路。堂吉诃德没向车上的女人辞行,也没跟她们再说什么话,就纵马跑进附近的树林。桑丘跟在后面,让驴子撒着腿追赶。可是驽骍难得跑得太快,他瞧自己落在后面,只得大声喊他主人等他一下。堂吉诃德依他勒住驽骍难得,等待这个疲乏的侍从赶上来。桑丘到了他跟前说:

"先生,我瞧咱们还是到哪个教堂里去躲一躲妥当①。刚才那家伙跟您交手吃了那么大亏,说不定会去报告神圣友爱团②来抓咱们。说实话,咱们要是给抓去,得尾巴尖儿上都冒了汗才得脱身呢。"

堂吉诃德说:"住嘴吧。游侠骑士可以杀人累累,哪有抓进法院的!你见过或读到过吗?"

桑丘答道:"我不懂得什么'杀人类'③,我对谁也没干过这种事。我只知道神圣友爱团专管野外打架;至于您说的那话儿,反正与我无关。"

堂吉诃德说:"那你就放心吧,朋友,你即使落在咖勒底人④手里,我也能救你出来,别说神圣友爱团。不过你老实告诉我,

---

① 欧洲中世纪,教堂有治外法权;罪人避入教堂,法院不得入内追捕。
② 神圣友爱团(Santa Hermandad),西班牙十三世纪建立的一种司法机构,由绅士、地主等有身份的人组成,负责保卫郊野和大道上的治安;"神圣友爱团"有权判处死刑,被判的罪犯无上诉权。
③ 即堂吉诃德所说的"杀人累累"。桑丘把堂吉诃德的话听错了。
④ 咖勒底(Caldeo)是巴比伦的一部分。纪元前536年犹太人被咖勒底人俘虏,做了七十年奴隶,波斯王居鲁士征服了这个国,才把犹太人释放。

你瞧全世界还有比我勇敢的骑士吗？我既能猛冲，又能苦战，有本领把对手杀得马仰人翻，你在传记上读到的古今骑士，有谁胜如我的吗？"

桑丘回答说："老实告诉您，我从来没读过什么传记，因为我不会看书，也不会写字。不过我可以打赌，我这一辈子从来没伺候过比您勇敢的主人。但愿天保佑，您别勇敢得出了乱子，落到我刚说的那地方去。您让我给您包扎一下伤口吧，您这只耳朵直流血；我这褡裢袋里现带着软布和白油膏呢。"

堂吉诃德说："我要是早想到做一瓶子大力士的神油①，你那些东西都用不着，只要搽上一滴，马上药到病除。"

桑丘·潘沙问道："那是什么瓶子、什么油呀？"

堂吉诃德答道："是治伤的油，我记得炮制的方子。有了这种油就不会死，受了重伤不愁送命。等我几时做了给你。你要是看见我打仗给人家齐腰斩成两段（这是常有的事），你趁血没凝结，轻巧地把掉下地的半截身子好好儿合在鞍子上的那半截身子上，要扣得严丝合缝；然后你只消给我喝两口油，我马上就完好无恙，比个苹果还完好。"

潘沙道："照这么说，我以后不想做您许我的海岛总督了。您只要传授我神油的方子，就能酬报我的种种效劳。我估计一两油至少值两瑞尔，哪里都卖得出，单靠这种油就够我下半辈子

---

① 大力士（Fierabrás）是查理曼大帝手下的武士，身躯魁伟，力大无比，曾凭他的武力赢得耶稣就难时戴的荆棘冠和涂泽耶稣尸体的香油。据传说，这种油一滴能除万病，一切创伤，敷上立即痊愈。参看尼古拉斯·台·比阿蒙德（Nicolás de Piamonte）的《查理曼大帝及其武士传》(*Historia caballeresca de Carlomagno*) 第十七章。

过得又体面又舒服的了。不过我先得问问,这东西的成本贵不贵?"

堂吉诃德答道:"花不了三瑞尔就可以做三阿松布瑞①的油。"

桑丘说:"哎呀!那么您还要等怎么着才动手去做呀?您几时才教给我呀?"

堂吉诃德说:"别着急,朋友。我还打算教你更了不起的奥妙、给你更大的好处呢。咱们这会子且包扎伤口吧,我这只耳朵疼得不好受。"

桑丘从褡裢袋里取出些软布和油膏。可是堂吉诃德一看到自己的头盔,差点儿发疯。他一手按剑,抬眼望着天,说道:

"伟大的曼图阿侯爵曾经发誓:他没有为他外甥巴尔多比诺斯报得杀身之仇,就不摊着桌布吃饭,不和妻子亲近,还有其他等等,我一时记不起了。现在我凭天地万物的创造者和全套四部福音②起誓:我没有对侮辱我的人报仇,就完全按照曼图阿侯爵发誓说的那样过日子;就连我记不起的事,也权当我声明了一样,都得一一照做。"

桑丘听了这话,对他说:

"堂吉诃德先生,您可别忘记,那位骑士要是听您的吩咐跑去见了咱们的杜尔西内娅·台尔·托波索小姐,他的事情就完了;他要是没干别的坏事,就不该再受惩罚。"

堂吉诃德答道:"你这话很对,也说在骨节上。所以报仇的

---

① 阿松布瑞,容量名,约合 2 公升。
② 《新约全书》的《马太福音》《马可福音》《路加福音》《约翰福音》称为"四大福音"。

誓言就此作废了。可是我重新发誓声明:我一定要从不论哪个骑士头上抢过一只头盔来,要和我这只相仿,而且一样好;这件事没做到,我就永远照我刚才说的那样过日子。桑丘,你别以为我随口乱说,我是确有依据的。从前为了曼布利诺的头盔出过一模一样的事,萨克利邦泰就为它吃了大亏①。"

桑丘说:"我的先生,发这种誓既害身体,又坏良心,我劝您把这些都送给魔鬼吧。要不,我请问您,假如连着几天碰不到一个戴头盔的人,咱们怎么办?您现在重申了那个曼图阿老疯子的誓言,什么不脱衣服睡觉呀,在荒野里过夜呀,还有千千万万吃苦赎罪的勾当,您就不管多么不方便、不舒服,当真要一一照办吗?您留神瞧瞧,这一路上来往的,并没个披戴盔甲的人,只有骡夫和赶车的,他们非但不戴头盔,只怕连头盔这个名字都一辈子没听见过呢。"

堂吉诃德说:"这来你错了。咱们在这个四岔路口耽不了两个钟头,就能看到很多披甲戴盔的武士,比赶到阿尔布拉卡去夺取美人安杰丽咖的还多②。"

桑丘说:"得了,但愿如此吧。我求上天保佑咱们走好运,累我赔好大本钱的海岛能早早到手,我就死也闭眼了。"

"我跟你说过,桑丘,你不用为这个担心。要是没有海岛,有的是丹麦王国,或者索布拉狄萨王国③,给了你就仿佛戒指戴

---

① 据博雅铎《奥兰陀的恋爱》,摩尔王曼布利诺有一只具有魔力的头盔,后来给瑞那尔多斯抢去。据阿利奥斯陀《奥兰陀的疯狂》,为这只头盔吃了大亏的是达狄耐尔·台·阿尔蒙德(Dardinel de Almonte),不是萨克利邦泰。
② 安杰丽咖是契丹公主,阿尔布拉卡是契丹皇帝的城堡。据博雅铎《奥兰陀的恋爱》,有二百万武士攻打那座城堡,为了要夺取那位美丽的公主。
③ 《阿马狄斯·台·咖乌拉》里一个虚构的国家。

在指头上那么合适；而且你是在大陆上，一定更加享福。不过这些事将来再说吧，你且瞧瞧褡裢袋里有什么可吃的。然后咱们得找个城堡过夜，还得做些我刚说的那种油。老实告诉你，我这只耳朵痛得厉害。"

桑丘说："我这里带着一个葱头，一点干奶酪，还有几块掰剩的面包。不过像您这样一位英勇的骑士，不是吃这种东西的。"

堂吉诃德答道："你太外行了。我告诉你，桑丘，游侠骑士整个月不吃东西是光荣；即使吃东西，也是有什么吃什么。你要是像我读过那么多的传记，就知道这是千真万确的。我读得真不少，可是没一本书上讲到游侠骑士吃东西，除非偶然提起，或者在款待他们的大宴会上才吃；其他日子他们过得很清苦。当然，他们究竟是跟咱们一样的人，一定得吃东西，还得干些人身罢不得的事；不过他们一辈子老在树林荒野里奔走，又不带厨师，经常吃的当然也就是你这会儿给我吃的这种简朴的东西了。所以，桑丘朋友，你别为我甘心的事担忧，别另出花样，也别去改革游侠骑士道的常规。"

桑丘说："我请您原谅，我才说了我不会看书写字，游侠骑士的规矩我也不懂，也不熟悉。以后我就在褡裢袋里给您装上各种干果子，因为您是一位骑士；我呢，不是骑士，我就给自己另外采办些鸡鸭之类和经饱的东西。"

堂吉诃德答道："桑丘，我并不是说，游侠骑士只许吃你说的那些果子；我只说，他们经常吃的想必是那些东西和一些野菜。我和他们一样，都能辨识野菜。"

桑丘说："能辨识野菜是好事，因为照我看来，恐怕有一天得要用到这门学问呢。"

他一面把带的干粮拿出来,两人吃得很亲热。不过他们急要找个地方过夜,草草吃罢,立即各上坐骑忙忙赶路,趁天还没黑想找个村落。可是太阳下去了,他们的希望也落空了。附近有几间牧羊人的茅屋,他们决计到那里去投宿。桑丘因为赶不上宿头非常懊丧,他主人却因为要在露天过夜不胜欣喜,因为觉得露宿一次就是修炼一番骑士道的功行。

第 十 一 章

堂吉诃德和几个牧羊人的事。

堂吉诃德受到牧羊人殷勤接待。当时他们火上炖着一锅腌羊肉正在沸滚,香味四溢。桑丘尽力安顿好驽骍难得和自己的驴,闻香赶来,恨不得马上尝尝锅里的东西熟了没有。可是不用他多事,牧羊人已经把锅子端下。他们把几张羊皮铺在地下,一转眼就摆上了朴素的便饭,诚诚恳恳邀请两位客人同吃。茅屋里住着一伙六人;他们把木盆反过来,用村野的礼数请堂吉诃德坐,自己就团团围坐在羊皮上。堂吉诃德坐下,桑丘站在旁边拿着羊角杯给他斟酒。这位东家瞧桑丘站着,就对他说:

"桑丘,我要你和他们几位同席,坐在我旁边,和自己的主子不分彼此,同在一个盘儿里吃,一个杯子里喝。据说恋爱'使一切平等',这话对游侠骑士道也照样适用。你由此可以看到游侠骑士道的好处,谁为它服务,不论职位,马上受到大家尊重。"

桑丘说:"多谢您了。不过我告诉您吧,我只要有好吃的,自己一人站着吃,不输坐在皇帝身边吃,还吃得更香呢。而且,说老实话,如果得嚼得慢,喝得少,时刻擦嘴巴,要打嚏咳嗽都不行,自己一人可以放肆的事都干不得,那么,即使坐酒席,吃火鸡,还不如在自己角落里,不装斯文,不讲礼数,吃些面包葱头香得多呢。我的先生啊,我当了侍从为游侠骑士道服务,您不是要给我种种体面吗?我请您折换些更实惠的东西赏我吧。您给的这些体面,我很领情,可是我从现在起直到世界末日也用不着啊。"

"可是你还是得坐下,因为上帝抬举卑逊的人。"

堂吉诃德抓住桑丘的胳膊,硬拉他在自己身边坐下。

那些牧羊人不懂得什么侍从呀、游侠骑士呀那一套话,他们不声不响地只顾吃,一面愣着眼看那两位客人。他们俩很自在,胃口也很好,拳头大的腌羊肉一块块往肚里塞。羊肉吃完了,牧羊人又把许多干橡树子堆在羊皮上,旁边还摆上半个比灰泥饼子还硬的干奶酪。当时那只羊角杯一刻不停地在各人手里传来递去,一会儿满,一会儿空,像水车上的吊桶;面前两皮袋酒转眼就空了一只。堂吉诃德吃饱了,就抓一把橡树子凝神细看,大发议论道:

"古人所谓黄金时代真是幸福的年代、幸福的世纪!这不是因为我们黑铁时代视为至宝的黄金,在那个幸运的时代能不劳而获;只因为那时候的人还不懂得分别'你的'和'我的'。在那个太古盛世,东西全归公有。茁壮的橡树上,甜熟的果实累累满树,要吃饱肚子不用操劳,伸手采来吃就行。泉源和活水河里,清冽的水滔滔不尽,供人饮用。勤劳智慧的蜜蜂在石缝和树洞里建立了共和国,它们无比甜蜜的工作收获丰富,随大家分享,毫不计较利息。高大的软木树自己脱下很轻的大片树皮,不用费力去剥,就可以拣来盖在朴质的梁柱上,造成可蔽风雨的房子。那时一片和平友爱,到处融融洽洽。弯头的犁还没敢用它笨重的犁刀去开挖大地妈妈仁厚的脏腑。她不用强迫,她那丰厚宽阔的胸膛,处处贡献出东西来,使她的儿女能吃饱喝足,生存享乐。现在这群儿女做了妈妈的主人了。那时候,天真美丽的牧羊姑娘在田野山林里来来往往,披散着头发,不穿衣服,只把人身上为遮羞而历来掩盖的部分,规规矩矩地遮上;这点遮饰,不用狄罗紫色①的绫罗巧加剪裁,而是用碧绿的羊蹄叶和茑萝编成的。她们这样打扮非常鲜妍美丽,不输朝廷命妇穿了赶时髦的奇装异服。那时候,表达爱情的语言简单朴素,心上怎么想,就怎么说,不用花言巧语,拐弯抹角。真诚还没和欺诈刁恶掺杂在一起。公正还有它自己的领域;私心杂念不像现在这样,公然敢干扰侵犯。法官心目里还没有任意裁判的观念,因为压根儿没有案件和当事人要他裁判。贞洁的年轻姑娘就像我刚才说的,尽管单身满处跑,不怕遭受轻薄或强暴,她要是失身是自己甘心情愿的。现在我们这个可恶的年代呢,没一个女人是安全的了。即使再盖一所克里特的迷宫②,把女人关在里面也没用。爱情的瘟疫凭它那股子该死的钻劲儿,会从隙缝里、空气里传透进去,她们尽管藏得严严密密,也会失身丧节。世道人心,

---

① 狄罗(Tiro)是地中海沿岸古都,那里染的紫颜色是当时盛行的。
② 希腊神话,克里特(Creta)岛的国王造了一座迷宫,把牛头怪人禁闭在内。

一年不如一年了。建立骑士道就是为了保障女人的安全,保护童女,扶助寡妇,救济孤儿和穷人。各位牧羊的老哥啊,我就是干这一行的。我和我的侍从多承你们殷勤款待,我谨向你们道谢。尽管照顾游侠骑士人人有责,我知道你们并不懂得这项义务,却殷勤留宿款待,所以我一片至诚,感谢你们的美意。"

这个长篇大论大可不发。我们这位骑士因为看到牧羊人给他吃的橡树子,想起黄金时代,所以异想天开,对他们说了这一套废话。那群牧羊人莫名其妙,一言不答,只听他讲。桑丘不声不响地咀嚼着橡树子,又频频光顾晾在软木树上的第二只酒袋。

堂吉诃德早已吃完,只是话讲得长。一个牧羊人等他讲完说道:

"游侠骑士先生,一会儿我们有个伙伴要来。那小伙子很聪明,很多情,还会看书写字,三弦琴弹得好极了。我们要叫他唱个歌给您解闷,略尽我们的心意,也免得虚负了您刚才的夸奖。"

他刚说完,就听得三弦琴声;一会儿弹琴的人也到了。他是个将近二十二岁的小伙子,相貌非常漂亮。他的伙伴问他吃过晚饭没有,他说吃过了。建议要他唱歌的人说:

"那么,安东尼欧,你赏脸给我们唱个歌吧,让我们这位贵客知道,山林里也有懂得音乐的人。我们已经对他夸过你的本领,希望你拿点儿出来,证明我们不是吹牛。你请坐下;你那位领教会薪俸的叔叔不是把你的恋爱故事编成了歌吗,咱们村里大家都很欣赏,你就把那歌儿唱一遍吧。"

那小伙子说:"好!"

他不等人家三邀四请,就坐在一棵斫倒的橡树上,调准三弦琴,很动听地唱了下面的歌。

安东尼欧的歌

　　我知道你爱我,欧拉丽亚,
尽管你嘴里不说,你眼睛
——传达爱情的哑默的舌头
也并没有向我道出衷情。

　　但我知道你已经看透我,
因此深信你会怜我情痴;
痴情一旦被心上人识破,
就不是没指望的单相思。

　　确实也有时候,欧拉丽亚,
你对我流露出一些迹象:
你的灵魂似是青铜铸成,
雪白的胸膛如石头一样。

　　可是随你把我责备埋怨,
你无限端重中对我冷淡,
希望的女神并没有离去,
我时时瞥见她飞动的裙缘。

　　我的信心是一往直前地
投止在它信赖的人身上,

受到冷淡它并不消减，
受到青睐也不能再增长。

　　假如和颜悦色表示有情，
那么你的容色使我揣想：
我梦魂中缠绵思量的事
也许有一天能如愿以偿。

　　假如一片殷勤地趋奉献好
能博取意中人的喜爱怜悯，
那么我取悦于你的一些事
也许能赢得你几分欢心。

　　假如你曾留意到那些事，
你会看出我在刻意修饰，
会看到我屡次在星期一
还打扮讲究得像星期日。

　　因为爱情常和鲜衣美服
并肩联步走在一条路上，
我愿意自己在你眼睛里
永远显得整洁、优雅、漂亮。

　　我甭说供你娱乐的舞蹈，
甭说为你演奏的乐章——

你往往欣赏倾听到半夜,
有时到清晓第一声鸡唱。

我也不提我对你的称誉;
说你的容貌是怎样美丽,
我的话虽然没一句虚假,
却招到其他女人的嫌忌。

山边那位德瑞萨姑娘
听到我正在夸耀你美好,
就说:"你以为爱上了天使,
你其实是对猴精倾倒。

"她是凭借了假发的丰软,
她是凭借了宝石的光艳,
她是凭借了矫饰的娇媚,
竟使恋爱神也心迷目眩。"

我说她诽谤,她怫然嗔怒,
她表兄还对她一味偏袒,
竟向我挑战,以后我怎样、
他又怎样,反正你都了然。

我对你的爱并不同等闲,
我没一点苟且非分之想,

> 我所以追求你、为你效劳,
> 是为满足我更高的愿望。

> 　　教堂里备有柔韧的丝绳,
> 牢牢拴缚住同轭的两人。
> 你如肯俯首在轭下就缚,
> 你瞧吧,我更是多么甘心!

> 　　不然的话,大家都请听着
> 我凭德行最高的圣人起誓:
> 我从今隐遁在这座山里,
> 要下山呢,除非去做修士。

牧羊人唱完了,堂吉诃德请他再唱。桑丘却不赞成,因为他急要睡觉,不耐烦听唱歌了。他对东家说:

"您今夜在哪儿歇,这会就去躺下吧。几位老哥辛苦了一天,不能整夜唱歌。"

堂吉诃德答道:"桑丘啊,我懂你的意思,我心里透亮,你几次三番光顾那只酒袋,这会得用睡觉来还账了,音乐是不能抵账的。"

桑丘说:"谢天,我们大家都喝得乐陶陶的。"

堂吉诃德说:"这也是真的。你爱哪儿歇就歇着去吧;干我们这一行的,总觉得睡觉不如守夜好。不过桑丘,我这只耳朵实在疼得厉害,你得替我重新包扎一下。"

桑丘奉命替堂吉诃德包扎耳朵。一个牧羊人看见伤处,叫堂吉诃德放心,他有药敷上就好。那地方多的是迷迭香,他摘下些叶子,嚼烂了调上些盐,给他敷在耳上,包扎妥帖,告诉他说这就不用别的药了。他的话果然不错。

第 十 二 章

牧羊人向堂吉诃德等人讲的故事。

这时有几个小伙子从村上运了些粮食来,一个说:

"伙伴儿们,你们知道村上出的事吗?"

一个牧羊人回答说:"我们怎么会知道呢?"

那小伙子道:"那么,听我讲吧。今天早上,有名的牧羊学士格利索斯托莫死了,人家说是因为爱上了富翁基列尔摩的女儿玛赛啦那害人精。她扮成牧羊姑娘,常在这儿附近来来往往。"

一个牧羊人说:"你说是为了玛赛啦吗?"

那牧羊人答道:"是啊。妙的是他遗嘱上要求像摩尔人那样葬在野地里,墓穴选在软木树下泉水旁边的岩石脚下。据说他自己告诉人家,他在那里第一次碰见那位姑娘。他还有些别的嘱咐,村上那些神父都说有异教的嫌疑,不便照办。他的好朋友——和他一起牧羊的安布罗修学士坚持不折不扣地执行遗嘱。为这件事村子上闹得沸沸扬扬。据说后来还是按照安布罗修和他那些牧羊伙伴的主张办事。明天他们要在我说的那地方举行别致的葬礼,想必很好看,反正我一定去,即使当天回不了村子也要去瞧瞧。"

那群牧羊人说:"咱们都去瞧热闹吧。谁留下给大家看羊,咱们拈个阄。"

一个牧羊人说:"贝德罗,你说得对,可是不用拈阄,我留下替代你们大家得了。我倒不是做好人,或者没兴趣;只因为那天脚上扎了个刺,走不得路。"

贝德罗说:"我们还是感谢你帮忙。"

堂吉诃德探问贝德罗:死者是谁,牧羊姑娘又是谁。贝德罗说:据他所知,死者是附近山村里的一个有钱公子,在萨拉曼咖上了好多年大学回村的,盛传他什么都懂,学问好得很,尤其精通星星的科学,知道太阳和月亮在天上的情况,能说准哪一天太阳和月亮给吃掉。

堂吉诃德说:"朋友啊,太阳星和太阴星的晦暗叫作'蚀',不是'吃'。"

可是贝德罗顾不得这些琐碎,他接着说:

"他还能预言哪年是丰年或是谎年。"

堂吉诃德说:"朋友,你大概是说'荒年'吧?"

贝德罗说:"荒年、谎年,都是一回事。我告诉你,他父亲和朋友们相信他,靠他发了大财。他经常给他们出主意:'今年种大麦,别种小麦;或今年种小豆,别种大麦;明年橄榄油大丰产,以后三年一滴油也不收。'他们全听他的。"

堂吉诃德说:"这种学问叫作占星学。"

贝德罗说:"我也不知道这叫什么名堂,反正他都懂,还不光是这些事。干脆说吧,他从萨拉曼咖回来不多几个月,忽然有一天他脱下学士的长袍,拿起牧羊人的杖,披上羊皮袄,扮成了牧羊人。他的同学好友安布罗修也跟他一起换上牧羊人的装束。我还忘了说,死者格利索斯托莫作诗很有一手,能写圣诞夜唱的颂歌,还能编写耶稣圣体节演的圣经故事戏,给村上的小伙子们扮演;据说都写得好极了。村上的人看见这两位学士忽然改扮成牧羊人,非常诧怪,猜不透他们究竟为什么突然来一番这么奇怪的改装。正在那时候,我们这位格利索斯托莫的父亲去世了,格利索斯托莫得了好大一份遗产:货物呀,田地呀,大群的牛羊呀,大注的现钱呀,都由这小伙子继承了。他确实也配,因为他是个很好的伙伴,心肠热和,专跟好人做朋友,脸蛋儿也生得讨人喜欢。后来大家知道他改装是要在旷野里追随那个牧羊姑娘玛赛啦;可怜的死者爱上她了。现在我告诉你那姑娘是谁吧,你真该听听。你即使比萨纳①还长寿,说不定——或者竟可以断定——你一辈子没听到过这种事。"

堂吉诃德听不惯牧羊人的别字,就说:"该是'萨啦'吧。"

贝德罗回答说:"萨纳够长寿的。先生,你要是每句话都挑我的错,咱们说一年也没个完。"

堂吉诃德说:"别见怪,朋友,我只为萨纳和萨啦大不相同,所以告诉你一声。不过你说得很对,萨纳比萨啦还长寿。你讲下去吧,我再也不打岔了。"

那牧羊人说:"那么你听我讲,我的好先生。我们村里有个老乡叫基列尔摩,比格利索斯托莫的父亲还富裕;上帝赏赐了他大宗财富不算,还赏赐他一个女儿。这孩子出世就断送了她妈。

---

① 萨啦(Sarra)是《旧约》里亚伯拉罕的妻子,活到一百二十七岁,所以萨啦就指长寿的人。萨纳(sarna)是顽癣。西班牙有句成语:"比顽癣还老。"堂吉诃德以为牧羊人所说的萨纳是萨啦之误。

她妈是村上最受尊重的女人,这会儿好像就在我眼前,那张脸仿佛上边有个太阳,下边有个月亮似的①,而且做事勤快,热心帮助穷人。所以我相信她的灵魂正在极乐世界享福呢。她丈夫基列尔摩失去了这样的好妻子,伤心得不久也死了,把个豪富的年轻女儿玛赛婭抛给她叔叔抚养。这叔叔是修士,就是本村的神父。小姑娘渐渐长大,出落得非常漂亮,叫人想起她妈妈的相貌。她妈妈很美,可是大家觉得还比不过女儿。这姑娘长到十四五岁,人人见了都颂赞上帝把她长得这么美,多半人爱上了她,为她失魂落魄。他叔叔把她管得很紧,藏得很严。饶是这样,她的美名还是传扬开了。再加她还有好大一份家产,我们村上和周围好几哩瓦内那些富贵人家的公子哥儿,都缠着她叔叔求婚。这位叔叔是个方正的好基督徒,瞧侄女已到婚嫁的年龄,很想马上为她成家,可是一定要征得她本人同意。他虽然保管着侄女的财产,并不想拖延她的婚事借此占便宜。村子上三三两两地讲起来,都称赞这位好神父。我告诉你吧,游侠先生,这种小地方,一举一动大家都要议论。你不妨相信我的话,一个神父准是好得出奇,他那教区的人才会称赞,尤其在村子里。"

堂吉诃德说:"这话不错。你讲下去吧,这件事很有趣,而且,贝德罗老哥,你讲得也很厚道。"

---

① 西班牙民间常把太阳和月亮来形容女人的美,如民歌:
美人儿我也常见,
不如你那么光鲜,
太阳在你脸上,
月亮在你胸前。

贝德罗说:"但愿上帝也对我厚道,这是最要紧的。你请听下文吧。她叔叔把一个个求婚人的情况都告诉她,劝她挑个中意的。她总说自己年纪还小,觉得没本事撑起门户当家,目前还不想结婚呢。她的推托说来也有道理,所以她叔叔不再勉强,等她年纪稍大,自己能选择称意的男人。他说得好:做长辈的不能强迫儿女成家。可是,嗨!意想不到,这个拘谨的玛赛啦忽然一天变成了牧羊姑娘。她叔叔和村上的人都不赞成,劝她别那样,可是她满不理会,跟着村上的牧羊姑娘们跑到山野里去看守自己的羊群了。她这么一露面,大家看见了她的美貌,我也说不清多少青年公子和富农家的小伙子换上牧羊人的装束,到山野里去追着她求婚。格利索斯托莫也是里面的一个。据说他不是什么爱她,干脆是崇拜她。玛赛啦过着这种无拘无束的生活,在家的日子很少,简直不待在家里了。可是你别就此以为她有什么不规矩或不像样的事。她品行非常端重,追求她的许多人谁也没夸口说她给了自己半点儿如愿的希望,他们凭什么也不能这样夸口的。牧羊人去找她做伴,跟她谈话,她并不逃跑,也不躲避,总和和气气,以礼相待。谁要向她谈情,尽管是正经纯洁地求婚,她就像弹弓似的,把人家一下子弹得老远。她生就这种性情,在村上的祸害比瘟疫还大。她温柔美丽,和她相交就不由得倾心相爱;可是她瞧不起人,说话又直率,叫人没法儿忍受。他们不知道怎样才能说动她,只好大声叹怨,说她狠心无情;这种话用在她身上很恰当。先生,你要是在这里多待几时,你有一天会听到山野里一片声都是追求绝望的人在怨恨叹息。附近有二十多棵大榉树,每棵树的光皮上都刻着玛赛啦的名字;有的名字上还刻着一只王冠,表示玛赛啦夺到了美人的王冠,全世界只有她配戴。那些牧羊人这里叹气,那里伤心;那边是热情的恋歌,这边是绝望的哀唱。有的彻夜坐在橡树或岩石脚下,一眼不闭地直流眼泪;早上太阳出来,他还在害相思失魂落魄。夏天有人中午在毒太阳底下,躺在滚烫的沙地上,连连叹气,向慈悲的上天诉苦。姣美的玛赛啦把他们一个个都颠倒了,自己却平平静静,无牵无挂。我们认识她的都想瞧瞧她骄傲一世,怎么下场,不知哪个有福气的男人能驯服这个厉害家伙,消受她的绝世美貌。我讲的都是实实在在的事,所以,我一听说格利索斯托莫为她死了,就知道是可靠的。先生,明天的葬礼我劝你务必到场,一定很有看头。格利索斯托莫朋友很多,他选定的葬地离这里还不到半哩瓦。"

堂吉诃德说:"我一定去,多谢你给我讲这样有趣的事,我听得很有味道。"

牧羊人说:"哎,关于玛赛啦那些情人的事,我知道的还不到一半呢。不过咱们明天也许路上碰到个把牧羊人,会讲给咱们听。你这会儿还是到屋里去睡吧;你的伤口敷上药就不怕了,可是着了露水不好。"

桑丘·潘沙听牧羊人那么啰唆,直在暗暗咒骂。他这时也劝主人到贝德罗的屋里去睡。堂吉诃德在那屋里学着玛赛啦那些情人的样,彻夜思念他的杜尔西内娅小姐。桑丘·潘沙在驽骍难得和他的驴子中间找到个安身的地方,酣呼大睡,不像失恋的情郎,只是个挨了踢打、浑身疼痛的汉子。

第 十 三 章

牧羊姑娘玛赛妲的故事叙完；
又及其他事情。

太阳刚从东方露脸，六个牧羊人里五个起来了。他们叫醒堂吉诃德说，如果他仍想去看格利索斯托莫的别致葬礼，可以一起走。堂吉诃德觉得再好没有，起身叫桑丘立刻备好驴马；桑丘赶紧照办，大家立刻出发。他们走了不到四分之一哩瓦，在一个十字路口看见迎面来了六个牧羊人，都穿着黑羊皮袄，戴着松柏枝编成的冠，各拿一条粗壮的冬青木棍；一起还有两个骑马的漂亮人物，都穿着讲究的旅行服，三个佣人步行跟随。大家碰到一处，彼此叙过礼，一问才知都是送丧的。大家就并作一路走。

一个骑马的客人跟他同伴说：

"比伐尔多先生，咱们耽误了行程去瞧这场别致的葬礼，我想一定值得。据这几位牧羊人的话，去世的牧羊人和害死人的牧羊姑娘行径都非常古怪，这番葬礼一定不同寻常。"

比伐尔多答道："我也这么想。别说耽搁一天，耽搁四天，我也去看。"

堂吉诃德问他们听到了什么有关玛赛妲和格利索斯托莫的事。一个客人说：他和他同伴今天清早碰到这几位牧羊人，瞧他们穿着丧服,问起原因,据说有位牧羊姑娘名叫玛赛拉,她怎么乖僻,又怎么美貌,许多求婚的人对她怎么爱慕颠倒;接着讲到格利索斯托莫的死,说他们都是去送丧的。一句话,他把贝德罗告诉堂吉诃德的话重复了一遍。

他们又谈起别的事。那个名叫比伐尔多的问堂吉诃德,在这样安静的地方行走,干吗浑身披挂。堂吉诃德回答说:

"干了我们这一行,在外行走,只可以这样打扮。安闲享福是娇懒的朝臣所追求的;而辛勤劳苦,披坚执锐,只有世上所谓游侠骑士才当作自己的本分。惭愧得很,我就是一个微不足道的游侠骑士。"

他们一听这话,知道他是疯的,可是还想探问着实,并且要瞧瞧是怎样的疯,所以比伐尔多又请教他,什么叫作游侠骑士。

堂吉诃德说:"你们各位没读过记载阿瑟王丰功伟绩的英国史吗?那阿瑟王咱们西班牙语历来称为阿图斯王。据大不列颠王国流行的古老传说,阿瑟王并没有死,只是由魔术变成了一只乌鸦,将来还要执政,恢复自己的王国和主权。所以直到现在,有哪个英国人杀死过一只乌鸦吗?历史上找不到一点儿凭据呀。就在这位贤君当政的时代,建立了鼎鼎大名的圆桌骑士道。也是在这个时代,堂朗赛洛特·台尔·拉戈爱上希内布拉王后,高贵的金塔尼欧娜傅姆替他们俩牵线,充当了心腹。这件事如实地记载在历史上,由此产生了咱们西班牙人传诵的歌谣:

> 从来女眷们款待骑士,
> 哪像这次的殷勤周至!
> 她们是款待朗赛洛特,

>他呀,刚从不列颠到此。①

歌谣里把他这段儿女英雄故事叙述得娓娓动听。从此骑士道逐渐推广到世界各地,许多人献身此道,各个立下大功,享到威名。例如骁勇的阿马狄斯·台·咖乌拉和他五代的子子孙孙,豪侠的费丽克斯玛德·台·伊尔加尼亚②,赞不胜赞的白骑士悌朗德。像堂贝利阿尼斯·台·格瑞西亚那样英勇无敌的骑士,我们如今还仿佛能看见他,和他交往,听到他说话。各位先生,像他们那样的就叫作游侠骑士;我讲的就是他们的骑士道。我方才说过,我虽然罪过多端,却已经献身于骑士道;那些骑士毕生致力的事业,就是我的事业。因此我跑到这个荒野的地方来猎奇冒险,决心在最险恶的境地,舍身尽力,帮助弱小穷困的人。"

两个旅客听了这番议论,断定堂吉诃德确是疯子,也看明他是哪一路的疯。他们和别人一样,初次见到这种发疯非常惊讶。比伐尔多很俏皮,喜欢说笑。他听说到达山里的葬地还有一小段路,就故意怂恿堂吉诃德再发些怪论路上解闷。他说:

"游侠骑士先生,我觉得您献身的事业是天下最艰苦的。据我看,当苦修会的修士都没那么艰苦卓绝。"

我们这位堂吉诃德答道:"很可能一样艰苦。不过是否一样切合时代的需要呢,这一点我就不敢说了。老实讲,执行命令的战士,功劳不亚于发号施令的将帅。我认为教士是平平安安地向上天祈求世人的福利,而我们战士和骑士却要实现他们的祷告,凭勇力和剑锋来保卫世人的福利。而且这些事不是在室

---

① 参看本书 42 页注①。
② 即本书第六章提到的莳萝利斯玛德。

内,却是在野外干的,夏天要忍受毒太阳,冬天要忍受刺骨的冰霜。我们是上帝派到世上来的使者,是为上帝维持正义的胳膊。凡是打仗和一切有关战斗的事,不出汗、不吃苦是不行的,所以把战斗当职业的,比平平安安求上帝扶弱济贫的教士显然来得辛苦。我不是说,游侠骑士和寺院里的修士地位相当,我绝无此心。我只说,凭我亲身的经历来看,游侠骑士分明比教士劳累,常常挨打,得忍饥耐渴,受种种困苦,而且穿得破烂,浑身虱子。古时候的游侠骑士,一生要忍受许多折磨,这是没什么说的。假如有几个骑士凭勇力做到了帝王,他们流的血和汗也实在不少;要是没有法师博士从旁帮忙,他们想升到那个地位就不免空有雄心,难以如愿。"

那旅客说:"我也这么想。不过我觉得游侠骑士干的好些事很糟糕,别的不提,单说一桩吧。每当他们干什么凶险的事,在性命交关的时候,基督徒就该把自己交托上帝保佑,他们却从不想到这点,只一片虔诚,把自己交给意中人庇护,好像她们就是上帝。我觉得这来有点异教的情味。"

堂吉诃德说:"先生,游侠骑士非如此不行啊,不这样就失体了。据骑士道的规矩:游侠骑士准备狠打一场的时候,心目中就见到了他的意中人,他应该脉脉含情,抬眼望着她的形象,仿佛用目光去恳求她危急关头予以庇护;尽管没人听见,也该牙齿缝里喃喃求告。这种例子历史上多得数不清呢。别就此以为他们不向上帝祈祷,他们厮杀的时候尽来得及,尽有机会。"

那旅客说:"不过我还是有点想不通。我常读到两个游侠骑士争论几句就动起火来,两人各自掉转马头,跑得老远,然后又拨回马头,相向冲杀。他们冲上前去的路上就祷告意中人保佑。交锋的结果,往往是一个给对手的长枪刺透,颠下马去;那一个要不是抓住马鬃毛,也不免翻身落地。事情来得这么急迫,那个戳死的骑士哪还有工夫求上帝保佑呀。我看他还是把冲杀之前向心上人通诚的那点时间,干些基督徒应尽的本分吧。况且游侠骑士不见得个个都在恋爱,如果没有意中人,向谁去祷告呢?"

堂吉诃德说:"这话绝不可能。游侠骑士哪会没有意中人呀!他们有意中人,就仿佛天上有星星,同是自然之理。历史上决找不到没有意中人的游侠骑士;没有意中人,就算不得正规骑士,只是个杂牌货色,他没从正门走进骑士的营垒,而是像强盗小偷一样爬墙进去的。"

那旅客说:"不过我要是没记错,照书上看来,英勇的阿马狄斯·台·咖乌拉的弟弟堂咖拉奥尔从没有专一的意中人,叫他向谁祷告去?但是他并不因此低了名头;他还是个很威武显赫的骑士呀。"

我们这位堂吉诃德答道:

"先生,单有一只飞燕,还算不了夏天①。况且我知道这位骑士底子里是一往情深的。至于他见一个惹眼的女人就爱上一个,那是不由自主的生性,算不得数。反正证据确凿,他心中的意中人只有一个:时常偷偷儿向她祷告,因为他自诩是个深沉的骑士。"

那旅客说:"游侠骑士既然一定得恋爱,您是干这一行的,想必也在恋爱呢。如果您不像堂咖拉奥尔那样自诩深沉,我恳

---

① 西班牙谚语。

求您看在场诸君面上,也看区区薄面,把您那位意中人的姓名、籍贯、身份和她那美丽的相貌讲给我们听听吧。要是人人知道像您这样一位骑士为她颠倒、听她使唤,她一定自己也觉得脸上增光。"

堂吉诃德听了这话,深深叹口气说:

"我那位可爱的冤家是否愿意大家知道我听她使唤,我还摸不透呢。您既然彬彬有礼地问我,我只能一一奉告。她名叫杜尔西内娅;她的家乡在托波索,那是拉·曼却的一个村子;她的地位至少也该是一位公主,因为她是我的王后和主子。她的美貌是人间没有的,诗人赞美意中人的许多异想天开的形容词一一体现在她的身上。她头发是黄金,脑门子是极乐净土,眉毛是虹,眼睛是太阳,脸颊是玫瑰,嘴唇是珊瑚,牙齿是珍珠,脖子是雪花石膏,胸脯是大理石,手是象牙,皮肤是皎洁的白雪;至于害羞而遮掩的部分,依我愚见,守礼的正人只能极口称叹,不能用事物比方。"

比伐尔多说:"我们还想问问,她是什么血统,什么氏族,什么门第。"

堂吉诃德说:"她不是罗马古代的古尔修氏、咖由氏、西比翁氏,或近代的郭罗那氏、乌西诺氏;不是咖达卢尼亚的蒙咖达氏、瑞盖塞内氏;不是巴伦西亚的瑞贝利亚氏、比良诺巴氏;不是阿拉贡的巴拉佛克塞氏、奴萨氏、罗咖贝尔悌氏、戈瑞利阿氏、卢那氏、阿拉高内氏、乌瑞亚氏、佛塞氏、古瑞阿氏;不是咖斯底利亚的塞尔达氏、曼利盖氏、曼都萨氏、古斯曼氏;不是葡萄牙的阿阑咖斯特罗氏、巴利阿氏、梅内塞氏;她是拉·曼却的托波索氏,虽然不是旧家,将来一定能光大门楣,成为数一数二的名门望族。从前塞尔比诺在悬挂奥兰陀兵器的纪念碑上题了这么一句：

> 不是罗尔丹的匹敌，
> 不要动这些兵器。①

我也用同样的条件，奉劝诸君不要回驳我刚才的话。"

那旅客说："我尽管出于拉瑞都的咖丘比内氏②，却不敢把自己的姓氏和拉·曼却的托波索氏相比。不过说老实话，这个姓氏我还从没听到过呢。"

堂吉诃德说："竟还没有听到过！"

旁人都全神贯注，听着他们俩谈话，连那些牧羊人都瞧透我们这位堂吉诃德疯得厉害。只有桑丘·潘沙把他主人的话句句当真，因为这位主人是他熟悉的，而且从小认识。只是有关漂亮的杜尔西内娅·台尔·托波索的那段话他将信将疑；因为他家离托波索不远，从未听说过这个姓名和这样一位公主。他们一边走一边谈，忽见两座高山的山坳里下来二十来个牧羊人，都穿着黑羊皮袄，戴着冠子——近前来看出是松柏枝编的。他们中间有六人抬着个担架，上面盖着许多杂色的花朵和树枝。一个牧羊人望见了说：

"这些人抬着格利索斯托莫的遗体来了，遗嘱指定的葬地就在那座山脚下。"

他们就三脚两步赶去；那些人刚把担架放下，其中四人正拿

---

① 见《奥兰陀的疯狂》第二十四章第 57 行。罗尔丹即奥兰陀。塞尔比诺是苏格兰王子，罗尔丹曾对他有恩。
② 这个姓氏通常指西班牙人在美洲殖民地发财回国的暴发户。

了锋利的鹤嘴锄在岩石旁边挖坟坑。

大家彼此叙过礼,堂吉诃德和同来的一伙人就去看那个担架。只见尸体盖在花底下,穿着牧羊人的服装,大约三十上下年纪;虽然死了,还看得出生前相貌漂亮,体格亭匀。尸体周围放着几本书,还有许多手稿,有的散着,有的卷叠着。这时瞻仰遗体的、挖坑的和其他等人都肃静无声。有一个抬尸体的对另一个说:

"安布罗修,你既要一丝不苟按格利索斯托莫的遗嘱办事,你且留心瞧瞧,这里是不是他指定的地点。"

安布罗修答道:"正是这里。我这位不幸的朋友曾有好几次在这里跟我讲他的伤心史。据说,他第一次碰见那个害人精是在这里;第一次很热情、很纯洁地向她诉说衷情也是在这里;玛赛妞最后一次断然拒绝他,也是在这里。他就此演了一幕悲剧,结束了烦恼的一生。他为了纪念这许多不幸的事,要求就在这里安置他长眠。"

他又回身向堂吉诃德和几位旅客说:

"各位先生,你们不忍看的遗体,寄寓过一个天赋深厚的灵魂。死者格利索斯托莫是最杰出的天才,最有礼貌,最温文,最笃于友谊,也最豪爽慷慨;他严肃不带骄矜,和悦不流庸俗;总而言之,他品德的美好是天下第一,遭遇的不幸也是世间无双。他一往情深却受到嫌恶,倾心爱慕只受到鄙弃;他仿佛是向猛兽央告,向顽石恳求,和飘风赛跑,在无人的荒野里呼吁;他伺候了不知感激的女人,到头来,只落得年轻轻的送了性命。断送他的是一个牧羊姑娘。你们看见的这些手稿,他嘱咐我埋了他就一把火烧掉;要不是他这么嘱咐,你们读了就会知道,他要使这位姑娘万代传名呢。"

比伐尔多说:"你要是这样处理遗稿,就比作者更残酷了。嘱咐不合情理,就不该依从。奥古斯陀大帝假如让人执行曼图阿诗圣的遗嘱①,他就错了。所以,安布罗修先生,你只管把令友的遗体安葬,可别把他的遗稿烧毁。那是伤心人的嘱咐,你不该冒冒失失地照办。我劝你倒是留着这些稿子,让后世见到玛赛娅的残酷而有所鉴戒,免得一失足遗恨千古。你这位痴情朋友的身世、你们俩的友谊、他致死的缘故和临终的嘱咐,我们同来的全都知道。我们从这段惨史能看到玛赛娅多么无情,格利索斯托莫多么痴心,你的友谊多么诚挚,而一个人一纳头走上爱情的迷途,会落到什么下场。我们昨晚听到格利索斯托莫的死讯,知道要在这里下葬;他那些事我们听了非常惋惜。我们出于好奇和同情,不辞绕道决计亲眼来瞧瞧。安布罗修啊,你是个明白人,我们——至少我以个人的名义,求你顾念我们不仅同情,还愿意尽量为他效力呢,你就别烧毁这些稿子,让我带走几份吧。"

他不等回答,伸手就把手边的稿子拿了几卷。安布罗修见了说道:

"先生,我出于礼貌,你拿去的也就算了,要我不烧其余的稿子可办不到。"

比伐尔多要瞧瞧稿子上说些什么,马上打开一卷,看见标题是《绝望之歌》。安布罗修听到这个题目就说:

---

① 曼图阿诗圣指维吉尔(Virgilio),因为他是曼图阿人。他遗命把他的史诗《伊尼德》烧毁,凯撒大帝不予执行。

"这是那可怜人的绝笔。先生,你念给大家听吧;可见他失意伤心到什么地步了。坟圹还没有挖好呢,你有的是时候。"

比伐尔多说:"好!我就念。"

在场的人都围上来听。以下是他朗诵的诗。

第 十 四 章

格利索斯托莫的伤心诗篇,旁及
一些意外的事。

格利索斯托莫的歌

　　狠心的姑娘,你既要众口宣扬
你坚如铁石又冷若冰霜,
我得把地狱里惨叫的声音
装入我幽抑苦闷的胸膛,
换去我日常言谈的腔吻,
用那种可怕的声调叫嚷,
才能痛痛快快、称心数说
你的作为和我受的创伤。
我要负痛在呼号中呕出
我的点点热血、寸寸断肠。

听吧,这不是和谐的歌声,
却是惨厉不堪入耳的哀唱,
出自我辛酸的胸膛深处,
发于压不下的怨慕凄怆,
凭此舒泻我心头的郁结,
或许也能触动你的惆怅。

狮子的怒吼,豺狼的狂嗥,
鳞甲斑斓的毒蛇嘶嘶长啸,
山魈海怪阴森森的呼喊,
预示凶兆的乌鸦呱呱鸣噪,
压不服的狂风和天地争抗,
卷起大海里汹汹滚滚的波涛,
斗败的公牛余怒未息,
气咻咻不住声地咆哮,
失侣的鹁鸪宛转悲啼,
遭忌的鸱枭①凄声怪叫,
配上地狱里的呦呦鬼哭,
合成闹嚷嚷一片喧嚣,
蕴涵着复杂错综的情感,
齐声助我发泄胸中的苦恼。
要道出我深入骨髓的悲痛,

---

① 西欧传说,鸟类中只有鸱枭亲眼看见耶稣钉在十字架上,因此遭群鸟之忌,不敢白日出现。

必须用不同寻常的音调。

　　塔霍大河底的金沙璨璨,
贝底斯两岸成林的橄榄
听不到这一片悲惨的回响;
我只向僻远的幽谷深山,
或寂寞凄清的穷郊僻野,
或人迹全无的荒凉海滩,
或阳光照临不到的地域,
或向利比亚的尼罗河畔
那许多成群的毒虫猛兽
倾诉我怎样心碎肠断,
调动我临死僵硬的舌头
说出那不可磨灭的语言。
我数落你无情,哀歌断续
只缭绕着这荒寒的高原;
但为了补偿我此生短促,
这嘶声的歌曲将举世流传。

　　鄙夷能杀人;猜疑销蚀耐心,
不论猜疑得有因无因;
妒忌更是残酷的软刀子,
无尽期的离别黯然销魂;
惶惑不安地怕遭人嫌弃
摧毁了期待好运的信心。

这些苦恼每桩都能致死,
然而我啊,真是旷古无伦,
我妒忌、猜疑,备受鄙夷,
别离多时还依然生存,
久遭嫌弃仍热情不减;
受尽了折磨、尝遍了苦辛,
希望的女神从未露踪迹,
我意懒心灰并不追寻;
却宁愿流尽悲伤的血泪,
抛弃希望拼着抱恨终身。

  希望和忧惧是否相容?
忧惧而存希望,岂非愚蒙?
该嫉妒的事分明在面前,
闭上两眼不瞧有什么用?
我心上的伤口个个是眼,
我心上开裂着百窍千孔。
自知受鄙夷,并且亲见到
十拿九稳的事竟会落空,
猜疑的事却都证实,到此
怎么能使忧惧不闯入心胸?
嫉妒,你为我套上手铐吧,
在恋爱的领域内由你称雄!
鄙夷啊,拿出你的绳索,
我俯首帖耳甘受络笼!

可是她在我心上的影像
也终于埋没在痛苦之中。

　　我将与世长辞；我死我生
都不指望有丝毫侥幸。
我只顾抱住自己的幻想：
以为有情人该坚贞有恒；
对专制的爱神矢忠不二，
束缚的灵魂才别无牵萦；
我认为和我作对的冤家
内心和外貌都美好绝顶；
我遭她嫌弃是咎由自取，
磨折我是爱神施行专政。
我既已执迷于这种痴想，
又加身心已被牢牢缚定，
你的鄙夷对我指示了道路，
你只能斩断这苦恼的生命，
让躯壳和灵魂随风消散，
幸福和光荣都归泡影。

　　你的偏见造成我的短见，
我厌弃此生是理所当然；
如今我心上深重的创伤
能对你表白得十分明显：
只因你对我刺骨地冷酷，

我为你牺牲,死而无怨。

如果你昏暗了天蓝的美目,

因为觉得我还值你怜念,

请你切勿为我流泪;因为

我把灵魂向征服者奉献

并没有希冀任何代价,

我只愿你能欢笑开颜,

表示我的末日是你的节日。

但我这劝告真愚呆可怜!

因为我知道,我的死亡

正可以资你夸耀自炫。

　　永远不得解渴的坦塔娄①

从地狱里来吧,这恰是时候;

昔昔浮也捐着巨石来吧②;

悌修带着不离身的鹰鹫③,

缚在轮上团团旋转的艾雄④,

---

① 希腊神话,坦塔娄(Tántalo)是宙斯的儿子,因为向人类泄露了神的秘密罚他永远解不得渴,身子浸在地狱的河里但喝不到水,各色鲜果直垂到他头顶上但吃不到嘴。
② 希腊神话,昔昔浮(Sísifo)是科林斯王,以残暴著称,死后罚入地狱苦役,要他把巨石滚上山头;石头滚上山顶又掉下来,他永远劳而无功。
③ 希腊神话,悌修(Ticio)是巨人,他要强奸太阳神阿波罗的母亲,被阿波罗投入地狱,叫大雕啄食他的肝,肝吃完立刻又长出来,他的痛苦没有完的时候。
④ 希腊神话,艾雄(Egión)是拉比德王,因亵渎宙斯之妻,罚入地狱,缚在旋转不息的火轮上。

苦役的姊妹们劳碌无休①,
都来向我这个胸怀里倾注
你们各自的苦恼和烦愁;
假如伤心人值得悼念,
对我这不配入殓的尸首,
请你们低唱凄切的挽歌;
守卫地狱门口的三头狗
和成千上万的鬼怪妖魔
都来参与这哀伤的歌讴;
因为对一个情死的痴人,
这样埋葬正是礼仪优厚。

  离开了我这个不幸的人,
绝望的歌啊,也该收住余音:
既然使我绝望的姑娘
越是我苦恼她越舒畅,
那么,在我坟上也不要悲伤。

  大家听了格利索斯托莫的歌很赞赏,可是朗诵的这位先生却说,诗里讲的好像和传闻不符。他听说玛赛拉很规矩,格利索斯托莫的诗里却抱怨什么妒忌呀,猜疑呀,遗弃呀,等等,这些话都有玷玛赛拉的清名。安布罗修深知他朋友的隐衷,他回答说:

---

① 希腊神话,阿果斯(Argos)王达恼斯(Danaus)有五十个女儿,嫁给伊吉普托斯(Aegyptus)的五十个儿子。四十九个女儿听了父亲的吩咐,在新婚之夜杀死了自己的丈夫。她们死后罚在地狱里用筛子从深井汲水。

"先生,你听我讲几句话就会明白。这可怜人作诗的时候已经离开了玛赛娅;他是故意走开的,因为要瞧瞧所谓'眼不见、心不想'的规律,对自己是否有用。情人分散了什么事都放不下心,格利索斯托莫把猜疑的事都当了真。玛赛娅的清名和她的美德完全相称:她是冷心冷面,有点骄傲,很瞧不起人,除此之外,即使存心嫉妒也无从指责她。"

比伐尔多说:"这话很对。"

他想从抽出的手稿里另拿一份来读,可是没来得及。因为忽然出现一个光艳照人的神仙——她真像个神仙。原来牧羊姑娘玛赛娅在墓旁岩石顶上露脸了。她相貌比传说的还美。没见过她的都凝望着她默默赞叹,见过的也惊诧无言。可是安布罗修一见就气愤愤地对她说:

"山里的妖精啊!你难道还要来瞧瞧,给你虐待死的可怜人当了你的面、伤口里是否会冒出血来吗[①]?或是干下了狠心事儿自鸣得意吗?或是要像个全无心肝的尼罗,居高临下地观赏烧剩的罗马吗[②]?或是要像达吉诺的忤逆女儿践踏父亲的尸首那样[③],凶悍地来践踏这倒霉人的遗体吗?你来干什么?你要怎么样才称心?快说!我知道格利索斯托莫生前对你唯命是听,尽管他死了,我也叫和他友好的人全都听你吩咐。"

玛赛娅答道:"哎,安布罗修,你说的全不对,我是为自己辩

[①] 据中世纪的迷信:在杀人凶手的面前,被杀者尸体的伤口会冒出血来。
[②] 罗马暴君尼罗(54—68年在位),因为要知道特洛亚城失陷焚烧时是何景象,就纵火焚烧了罗马城。
[③] 达吉诺(Tarquino)是古罗马王室的姓氏。据传说,达吉诺弑岳父篡得王位。他的妻子要为丈夫夺取王位,撺掇她丈夫杀死她父亲。塞万提斯据西班牙歌谣,说成达吉诺的女儿弑父。

护来的。有人把自己的烦恼和格利索斯托莫的死都怪在我身上,我要说说明白他们这来太没道理。各位请听吧:反正跟明白人讲理,只要一会儿工夫,几句话就行。照你们说:我天生很美,害你们不由自主地爱我;因为你们爱我,我就应该也爱你们。你们是这么说,甚至这么要求我的。我凭上帝给我的头脑,知道美的东西都可爱。可是不能就说:因为他爱你美,你就也得爱他。也许爱人家美的,自己却生得丑;丑是讨厌的。假如说,因为我爱你美,所以我虽丑你也该爱我,这话就讲不通了。就算双方一样美,也不能因此有一样的感情。美人并不个个可爱;有些只是悦目而不醉心。假如见到一个美人就痴情颠倒,这颗心就乱了,永远定不下来;因为美人多得数不尽,他的爱情就茫无归宿了。我听说真正的爱情是专一的,并且应当出于自愿,不能强迫。我相信这是对的。那么,凭什么只因为你说很爱我,我就该勉强自己来爱你呢?假如天没有把我生成美人,却生得我很丑,请问,我有理由埋怨你们不爱我吗?况且你们该想想,美不是自己找的,我有几分美都是上帝的赏赐,我没有要求,也没有选择。譬如毒蛇虽然杀人,它有毒不是它的罪过,因为是天生的。我长得美也照样怪不得我。一个规矩女人的美貌好比远处的火焰,也好比锐利的剑锋;如果不挨近去,火烧不到身上,剑也不会伤人。贞洁端重是内心的美,没有这种美,肉体不论多美也算不得美。有人只图自己快活,费尽心力想剥夺意中人的贞操。贞操是身心最美的德行,一个美女难道因为男人爱她美,就该遂了他的心愿,不顾自己的贞操吗?我是个自由的人,我要优游自在,所以选中了田野的清幽生活。山里的绿树是我的伴侣,清泉是我的镜子;绿树知道我的心情,清泉照见我的容貌。我是远处的火,不是身边的剑。见了我的相貌对我有痴心的,听了我的话就该死心。我对格利索斯托莫或其他人——反正我对他们每个人都没有假以辞色,谁都没有理由痴心妄想。该是他执迷不悟害死了自己,不是我什么狠心。如果说他要求正当,我应该答应,那么我也有回答。他在挖坟坑的这里对我倾诉正当的愿望,我就对他说:我愿意一辈子独身,把我贞洁美丽的躯壳留给大地消受。我讲得这样明白,他还不死心,偏要逆水行船,他掉进地狱去有什么说的呢?假如我敷衍他,就是我虚伪了;假如我答应他,就违背了我高洁的心愿。我已经对他讲得透亮,他硬是不明白;我并没有嫌恶他,他自己伤心绝望。你们说吧,凭什么理把他的苦痛怪在我身上呢!他受了骗,才可以埋怨;我答应了他又赖,他才会失望;我勾引了他,他才可以空欢喜;我迎合了他,他才可以得意。他没得到我的许诺,没受我欺骗、勾引、迎合,怎么能骂我狠心杀人呢?老天爷至今没叫我爱上人,要我自投情网是妄想。但愿我这番表白对每个追我的人都有好处。大家请听吧:从今以后,如果谁为我死了,那就不是因为妒忌或遭受了鄙弃。一个人如果谁也不爱,不会引起妒忌;把话说得直接爽快,也算不得鄙弃。称我猛兽和妖精的,不妨把我当作害人的坏东西,别来理我;说我无情的别来奉承我,说我古怪的别来结交我,说我残酷的别来追求我。我这个猛兽、妖精、无情残酷的怪物,既不找你们、奉承你们、结交你们,也不用任何花样来追求你们。格利索斯托莫急躁狂妄,害死了自己,我幽娴贞静有什么罪呢?有人要我在男人中间保持清白,可是为什么不容我在山林里洁身自好呢?你们都知道,我自己有财产,不贪图别人的钱。我生性自由散漫,不喜欢拘束。我谁也不爱,谁也不恨。我没有欺骗这个,追求那个;没有把这个取笑,那个玩弄。我有自己的消遣:我和附近村上的牧羊姑娘们规规矩矩地来往,还要看管自己的羊群。我的心思只盘旋在这一带山里,如果超出这些山岭,那只是为了领略天空的美,引导自己的灵魂回老家去。"

她说完不等谁回答,转身就走进附近树林深处去了。大家觉得她的慧心不亚于她的美貌,都倾倒不已。有些人给她美目的光芒夺去魂魄,尽管听了她一番表白也没用,还想去追她。堂吉诃德看到这个情况,觉得正需要他的骑士道来保护落难女子了,他按剑朗朗地说:

"不论你们什么地位、什么身份,都别去追美丽的玛赛娅;谁胆敢去追,别怪我恼火!她已经把话讲得一清二楚:格利索斯托莫的死怪不得她,她并没有错。谁求婚她也不会答应。像她这样洁身自好的,全世界独一无二;所有的好人都该敬重她,不该追她、逼她。"

那群牧羊人一个都没走开;也许因为听了堂吉诃德的威胁,也许因为安布罗修要他们完成对死友的责任。坟坑掘好,格利索斯托莫的遗稿烧掉,他们就把尸体埋葬了;一面还洒了不少眼泪。他们暂用一块大石头盖上墓穴,因为墓碑还没有凿好;据安布罗修说,他打算墓碑上镌刻这样几句:

> 这里长眠的情痴,
> 可怜遗体已僵,
> 他曾在这里牧羊,
> 遭人鄙弃而死。

美人无情的讥诮

给了他致命创伤；

爱神借她的力量

增强了自己的权势。

  大家在墓上撒了许多花朵和树枝，又向死者的朋友安布罗修吊唁了一番，就纷纷告辞。比伐尔多和他的同伴也如此；堂吉诃德又辞别了款待他的牧羊人和两位旅客。那两人劝他一起到塞维利亚去，因为那里最宜冒险，每条街、每个拐弯上都会发生奇事。堂吉诃德对他们的劝告和美意表示感谢，可是他传闻这一带山里尽是盗贼，得去扫除干净，目前不想到塞维利亚去，也不该去呢。他们瞧他有这雄心，不再相强，说声再见就撇下他走了；路上谈谈玛赛妲和格利索斯托莫的故事，或堂吉诃德的疯傻，颇不寂寞。堂吉诃德决计去找牧羊姑娘玛赛妲，全心全力为她效劳。可是据这部信史的记载，以后的事完全出他意外。故事的第二部分就此结束。

第 十 五 章

堂吉诃德碰到几个凶暴的
杨维斯人，大吃苦头。

  据熙德·阿默德·贝南黑利博士的记载，堂吉诃德辞别了款待他的牧羊人和参与格利索斯托莫葬礼的来客，就带着他的侍从,走入刚才牧羊姑娘玛赛拉进去的那座树林。他们在里面走了两个多钟头到处寻找,不见她的踪迹。后来他们走到一片碧油油的草地上,旁边有一条平静清澈的溪水;当时正是酷热的中午,这地方引逗得他们身不自主,要歇下睡个午觉。两人下了牲口,随驴子和驽骍难得在茂盛的草地上啃青。他们搜刮了褡裢袋里的干粮,主仆俩不拘礼节,亲亲热热地同吃了一餐。

桑丘忘了拴上驽骍难得的前腿。他知道这匹马非常驯良,非常道学,拿定它见了果都巴牧场上所有的母马都不会起淫心。可是命运自有安排,魔鬼也不是常在睡觉的。有些杨维斯搬运夫常带着大群马匹在水草肥饶的地方歇午;堂吉诃德停留的地方恰是他们选中的,他们的一群加利斯小母马正在这片草原上啃吃青草。可巧驽骍难得偶然情动,要和那几位马姑娘玩耍一番。他是闻到她们的气味,改了常态,也不问主人许可,撒腿就奔向她们那边去诉说衷肠。可是她们呢,看来准是觉得吃草比别的事更有滋味,所以着实回敬了他一顿蹄子和牙齿,弄得他一眨眼肚带迸断,鞍子落地,身上赤条条一丝不挂。可是他还有更难堪的呢:那群搬运夫看见他要对母马强行非礼,拿着木桩子①赶来,把他一顿痛打,打得遍体创伤,躺倒在地。

堂吉诃德和桑丘看见驽骍难得挨揍,气喘吁吁地赶去。堂吉诃德对桑丘说:

"桑丘朋友,照我看,那些人不是骑士,只是卑贱的下等人。我这话是要让你知道,你尽可以帮我一手。咱们眼看驽骍难得

---

① 搬运夫在马背上装货时,用木桩顶住驮鞍,不使偏坠。

受了侮辱,该替他报仇。"

桑丘答道:"见鬼的报仇!他们有二十多人呢,咱们才两人,也许还不到两个,只有一个半。"

堂吉诃德说:"我一人就当得一百个!"

他不再多说,拔剑向那群杨维斯人冲去。桑丘见了主人的榜样,也发奋跟上去厮打。堂吉诃德一剑就砍中一个杨维斯人,把他身上的短皮袄砍破,还带下一大片肩膀。

杨维斯人为数不少,他们瞧自己在区区两人手里吃了亏,忙拿起木桩,围着他们俩恶狠狠地擂打。桑丘是挨了第二下就倒了。堂吉诃德尽管本领超人、勇气冲天,也没用处,一般也给他们打倒。他恰恰倒在躺着的驽骍难得脚边。由此可见愤怒的村夫抡起木桩来多么凶猛。两个冒险者给打得浑身疼痛,满心气苦。杨维斯人瞧自己闯了祸,赶紧把货物装上牲口,撇下两人走了。桑丘·潘沙先苏醒,看见他主人在身旁,就有气无力地负痛说:

"堂吉诃德先生,哎,堂吉诃德先生啊!"

堂吉诃德也一丝没两气地含痛答道:

"桑丘老弟,你要什么?"

桑丘·潘沙说:"您手边要是有那'大力气'①的药水,给我喝两口行吗?它能治外伤,断了骨头大概也能治。"

堂吉诃德答道:"我真倒霉!我这会儿要是有这种药水,咱们就好了。可是,桑丘·潘沙,我凭游侠骑士的信义对你发誓,如果命运没另作安排,不出两天,我一定把这种药水配制出来,

---

① 指本书第十章的"大力士",桑丘把名字说错了。

除非我这双手是不中用了。"

桑丘·潘沙说:"可是咱们这双脚照您看还得多少天才中用呀?"

挨了痛打的骑士堂吉诃德说:"据我看,不知道还得多少日子呢。不过都怪我不好。那群人不像我有骑士的封号,我不该拔剑跟他们交手。准是因为我违犯了骑士道的规则,战神就叫我受这场惩罚。桑丘·潘沙啊,我现在吩咐你一句话,你好好记着,因为对咱们俩的祸福大有关系。以后如有这种下等人冒犯咱们,别等我对他们拔剑,我决不再干这种事;你倒是该拔剑痛痛快快收拾他们一顿。如有骑士来卫护他们,我也会卫护你,并且出死力跟他们拼去。这种事,你亲眼见过成百上千次了,该知道我这条铁臂多么有劲。"

这位可怜的先生战胜了勇猛的比斯盖人,自大得不可一世。可是桑丘·潘沙听了主人的吩咐并不以为然,答道:

"先生,我是个温和平静的人,不管受到什么冒犯都能容忍,因为我有老婆儿女要我抚养呢。我不能吩咐您,可是我也跟您讲明白:人家是乡下佬也罢,骑士也罢,反正我决不拔出剑来;从现在起直到我见上帝的日子,不管上等人、下等人、富人、穷人,绅士、贫民,随他是什么地位、什么身份,如果冒犯了我,或者想冒犯我,我不管是过去、现在、将来,反正全都原谅。"

他主人听了这一席话,答道:

"我但愿能够舒口气,讲话不那么吃力;但愿我这边肋上痛得不那么厉害,好让我跟你讲讲明白。潘沙,你的见解是错误的。你听我说,你这可怜家伙,咱们一向是走背运;如果时来运转,咱们一帆风顺,安然无阻地进了一个海岛的港口——我不是说要给你一个海岛吗？如果我征服了那个岛，封你做了岛上的总督，你怎么办呢？你不是骑士，又不想做骑士，也没有勇气和志气抵御敌人入侵，保卫自己的主权，你做总督简直就不行啊。你该知道，在新征服的国家或地方，民情还没有十分归顺，对新的领主不会死心塌地，保不定有人兴风作浪，想改天换日，或者像有人说的那样，想碰碰运气。所以一个新领主必须有识见，能治国安民；也必须有胆量，无论在什么境地都能够抗敌自卫。"

桑丘说："就在咱们当前的境地，我也但愿有您说的那份识见和胆量呢。可是我凭穷人的信义发誓，我这会子最需要的是几张膏药①，不是什么训话。您瞧瞧能不能爬起来，咱们把驽骍难得扶一把吧；尽管它害咱们吃了这顿打，不配咱们帮助。我再也想不到驽骍难得会这样，我老以为它很规矩，像我一样稳重呢。真是老话说得好：'日久见人心'；又说是'世事无常'。您刚把那个倒霉的游侠骑士狠狠地斫了几剑，谁料随后就会有雹子和雨点似的木桩子落在咱们肩膀上呢？"

堂吉诃德说："可是，桑丘，你的肩膀一定惯受这种风摧雨打，我的肩膀却是裹着软布细纱娇养惯的，这番遭了殃，痛得就更厉害。我猜想——说什么猜想呢？我确实知道，这种种艰苦都是和披甲拿枪的行业分不开的，不然的话，我就倒在这里活活地气死了。"

这位侍从说：

"先生，原来这种倒霉事都是骑士道的收成。那么请问您，

---

① 这是用药膏摊在软布上做成的。

这种事是不是常有的？出这种事有没有一定的季节？因为我觉得咱们有了两次收成，再来第三次可吃不消了，除非老天爷大慈大悲，给咱们点儿帮助呢。"

堂吉诃德说："我告诉你，桑丘朋友，游侠骑士一生要遭遇千百次的危险和苦难；可是他们也有千百个机会，可以马上称王称帝。你只要看看，各色各样的骑士都有这种经历，他们的传记我全熟悉。我要不是痛得喘不过气，这会子就可以讲给你听。有些骑士靠勇力升到很高的地位，而他们在成功的前后，总受到种种艰苦。譬如勇敢的阿马狄斯·台·咖乌拉曾经落在他的死冤家阿尔咖拉乌斯魔法师手里。这个魔法师把阿马狄斯捉去，缚在院子里一根桩子上，用马缰绳抽了他二百多下，这是千真万确的事①。还有个不大出名的作家，可是声望也不小，据他说，太阳骑士曾经有一次落了圈套：他在一个堡垒里，忽然脚底下裂出个大窟窿，他就掉进很深的地阱，手脚都给捆住，人家用雪水和着泥沙给他灌肠，害得他差点儿送命。要不是跟他交情很深的一位法师在他奄奄一息的时候解救了他，这可怜的骑士就遭殃了。我能和这些大人物并列，也就够体面了，而他们受的侮辱比咱们刚才受的还大呢。因为，桑丘，你得明白，要是人家偶然拿着什么器械打伤了你，算不得侮辱；这是决斗章程上明文规定的。譬如一个鞋匠拿手里的鞋楦打人，楦子固然是块木片，不能因此就说挨打的人吃了一顿板子。我跟你讲这些话，免得你以为咱们这番挨揍是受

---

① 阿马狄斯的传记里只说他两次受困于阿尔咖拉乌斯，但并没有说他挨马缰绳鞭打。

了侮辱;因为那些人随手用来揍咱们的器械,不过是他们的木桩子,据我回忆,他们中间没一个是带着长剑或短剑或匕首的①。"

桑丘说:"我没工夫看得那么仔细,因为我还没来得及拔剑,他们的松木桩子已经横七竖八地打在我肩膀上了,打得我眼前发黑,脚里发软,一挫身就栽在这里了。至于挨了这顿桩子算不算侮辱,我是满不在乎;苦的是给揍得疼痛,肩膀上、心眼里都痛得撒不开。"

堂吉诃德说:"可是潘沙老弟啊,你听我说:心眼里的事,日子久了会消掉;不论什么痛苦,一死就完了。"

潘沙说:"要等日子久了才消,到死才完,那不是苦恼透顶的事吗?咱们遭了殃要是贴两个膏药会好,就没什么大不了的;可是我现在看来,要医好咱们呀,把医院里所有的膏药都贴上还不够呢。"

堂吉诃德说:"桑丘,别这么说,该从疲软里提炼出劲儿来;我也要这么办呢。咱们且瞧瞧驽骍难得怎么了。照我看来,这可怜家伙这番吃的苦头不小。"

桑丘说:"这没什么稀奇的,因为他也是个游侠骑士呀。我只奇怪这头毛驴儿却一点没事,倒是咱们俩落得腰瘫背折。"

堂吉诃德说:"运道往往在不幸的地方开着一扇门,让坏事有个补救。我说这话有个道理。这头驴可以顶驽骍难得的缺,

---

① 欧洲封建时代的风俗习惯:贵族用比剑的方式解决彼此间的争端;平民间用棍或棒打架;贵族欺负平民则用鞭子抽或板子打。因此挨一顿鞭子或吃一顿板子是受侮辱。

把我驮到个城堡里去治疗创伤。而且我认为骑这种牲口也无损体面。我记得书上说，笑神的师傅昔雷诺老头儿①就是得意洋洋地骑着一匹很漂亮的驴子跑进'百门城'的②。"

桑丘说："那老头儿也许真是像您说的那样骑驴去的，不过，是骑跨在驴背上，还是像一口袋肥料似的横搭在驴背上，那可远不是一回事啊。"

堂吉诃德答道："打仗受了伤只有体面，并不丢脸。所以，潘沙朋友，别多说了，你还是照我的话，挣扎着起来，随你怎么样把我放在你的驴上，咱们快离了这儿吧，别等一下子天黑了，咱们还落在这个荒野里。"

潘沙说："可是我听您说过，游侠骑士一年里该有大半年睡在荒山野地里，还觉得那样很幸福呢。"

堂吉诃德说："那是指迫不得已或正逢恋爱的时候，确是千真万确的。有的骑士瞒着意中人，不顾天阴天晴，严寒酷暑，在岩石上露宿了整两年。'忧郁的美男子'阿马狄斯就是这样，他在'荒岩'上住了不知是八年还是八个月——我记不清了。反正他是在那里悔过赎罪，因为我不知他怎么得罪了他的奥莉安娜公主。可是闲话少说，桑丘，上劲吧，别让这头驴也像驽骍难得那样出了事。"

桑丘说："那就一定是魔鬼和咱们捣蛋了。"

他喊了三十声"哎唷"，叹了六十口气，把引他到这里来的

---

① 希腊神话，昔雷诺(Sileno)是酒神的伴侣(一说是养父)，性爱音乐，是个贪酒纵欲、爱寻快乐的秃头老人。
② 这里指的是希腊忒巴斯(Tebas)城，但所谓"百门城"是埃及的忒巴斯城。塞万提斯把二者混淆了。

人咒诅了一百二十遍,才从地下爬起来,像一张土耳其弓似的伛着腰站在当道,直不起身子来。他虽然浑身疼痛,居然给他的驴备上鞍辔——那驴逍遥了一天,也是干了些放荡勾当的。他随就扶起驽骍难得。这匹马要是会叫苦,它叫的苦决不输于桑丘和他的主人。长话短说,桑丘把堂吉诃德安放在驴上,把驽骍难得系在驴后,拉住驴子的缰绳,捉摸着方向往大路上走去。他们的运气渐渐好转,没走得一哩瓦路,大道已经在望,道旁还有个客店。堂吉诃德不由桑丘分说,随着心硬说是一座堡垒。桑丘坚持那是客店;他主人说不是,那是堡垒。两人争论不已,一路到了那里还没争完。桑丘不再斤斤声辩,领着一行人畜进了大门。

第 十 六 章

这位异想天开的绅士在他认为堡垒的
客店里有何遭遇。

客店主人看见堂吉诃德横卧在驴背上,就问桑丘这人害了什么病。桑丘说他什么病都不害,只是从山上栽下来,肋上受了些伤。店主有个老婆,性情和一般客店主妇不同;她生性厚道,关心旁人的疾苦。她忙来替堂吉诃德治疗,还把她的年轻漂亮的闺女也叫来帮着照料。客店里还有个帮佣的阿斯杜利亚姑娘,她宽脸盘,扁脑勺,塌鼻子,瞎一只眼,另一只眼也有毛病。

不过她体态风流，足以弥补她的缺陷。她从头到脚不满七拃①，背有点儿驼，所以她不由自主，老是眼望着地。这位好姑娘帮着客店小姐在顶楼上给堂吉诃德铺了一张破陋的床。这个顶楼分明是多年堆草料的，里面还住着个骡夫，床铺和堂吉诃德的相去不远。他那床铺虽然是用骡子的驮鞍和披盖凑成的，却比堂吉诃德的强多了。堂吉诃德的床只是四块粗糙的木板架着高低不平的两只板凳；褥子薄得像床单，里面尽是疙瘩，要不是窟窿眼里露着羊毛，摸来硬邦邦的疙瘩就像石子；两条床单好像盾牌上的皮革；一条毯子上经纬的线缕分明，谁要是有兴数一数，准可以一根不漏。

堂吉诃德躺上这只破陋的床，店主妇和她女儿马上替他从头到脚敷上膏药，阿斯杜利亚姑娘玛丽托内斯在旁举火照着。店主妇一面敷药，看见堂吉诃德身上一道道青紫，就说这看来不像摔的，倒像揍出来的。

桑丘说："不是揍的。石头上高高低低全是尖角，一个尖角就撞出一块青紫。"

他又说：

"太太，您的软布省着点儿使，保不定还有人要用；我腰里就有点疼呢。"

店主妇说："那么你一定也摔跤了。"

桑丘·潘沙说："我没摔；不过看见我主人摔跤，吓一大跳，就此浑身疼痛，仿佛着了一千下棍子似的。"

那小姑娘说："真会有这种事。我常做梦从塔上摔下来，老

---

① 这是张开了手，从大拇指到小手指的距离。

摔不到地；一觉醒来，就觉得浑身酸痛，好像真摔了似的。"

桑丘·潘沙答道："小姐，奇怪的是我当时并没有做梦，比这会子还清醒呢，可是我身上一道道的青紫简直跟我主人堂吉诃德的一样多。"

阿斯杜利亚姑娘玛丽托内斯问道："这位绅士叫什么名字？"

桑丘·潘沙说："他叫堂吉诃德·台·拉·曼却，是冒险的骑士；从古以来天下最出众最勇敢的骑士里就数得到他。"

那丫头说："什么是冒险的骑士呀？"

桑丘·潘沙说："你太不懂事了，连这个都不知道吗？我告诉你，我的小妹，冒险的骑士是怎么回事呢，就是一会儿挨揍、一会儿做皇帝；今天是天下最倒霉、最穷困的人，明天手里就会有两三个王冠可以赏他的侍从。"

店主妇说："你既然跟了这样一位好主人，怎么看来连个伯爵也没挣上呀？"

桑丘说："还早着呢。我们出门冒险，才一个来月，到今还没有碰到一遭真正的奇遇。有时候找这样东西，偏出现了那样。不过老实说，我主人堂吉诃德这回受了伤、或摔了跤，如果能养好，我自己也没成残废，那么，即使把西班牙最高的爵位封我，也还不称我的心呢。"

他们讲的话堂吉诃德句句听在耳朵里，他硬撑着在床上坐起来，握着店主妇的手，说道：

"美丽的夫人，请听我说，我在你这座堡垒里留宿，可算是你的荣幸。像我这样的人，不便自称自赞，因为老话说得好，'自称自赞，适见其反'；不过我的侍从会告诉你我是谁。我只跟你说,有劳你服侍,我铭刻在心,一辈子感激。我现在给爱情约束得服服帖帖,我齿缝里喃喃念诵着的那位狠心美人,一双眼睛直看管着我,不然的话,我就甘心为你这位漂亮女儿颠倒,专瞧她的眼色行事了。"

客店主妇、她的女儿和实心眼的玛丽托内斯听了这位游侠骑士的话莫名其妙,仿佛他讲的是希腊语;不过也知道这一套无非是讨好奉承。她们没听惯,直瞪着他发愣,觉得他与众不同。她们用客店里的套语答谢一番,随他去躺着。阿斯杜利亚姑娘玛丽托内斯就去治疗桑丘的伤;他也亟待治疗呢。

骡夫和玛丽托内斯约定当晚欢会;她答应等人静后主人都睡了,就来找他,让他趁愿。据说这好姑娘只要答应了人家,尽管在深山旷野里没人在旁作证,她也守信赴约,表示自己是个一诺千金的贵妇人。她在客店帮佣并不以为耻,只说是倒霉走了背运,落到这个地步。那间透漏星光的破屋里,前面当中是堂吉诃德那张又硬、又狭、又陋、又不平稳的床。紧挨着就是桑丘的铺。那不过是一领草席和一条毯子;毯子不像羊毛的,倒像破烂的帆布。这两个床铺后面是骡夫的床铺:上文已经说过,那是用他两匹头等好骡子的驮鞍和全副披盖拼凑成的。他总共有十二匹骡子,都膘肥毛润、精精壮壮。据这部传记的作者说,他在阿瑞巴洛的骡夫里是头等富裕的。作者深知他的底细,所以特笔写他;据说他们俩还有几分亲戚关系呢①。再加熙德·阿默德·贝南黑利这位历史家对什么事都追根究底,而且很精确,只

---

① 在塞万提斯的时代,尤其在阿瑞巴洛那个地方,骡夫和搬运夫多半是摩尔人。假托为本书作者的熙德·阿默德·贝南黑利也是摩尔人。

要看上文的叙述,就知道他对琐碎不足道的事也一点不漏,一丝不苟。严肃的史家都可以学他的样。他们叙事太简略,读来索然无味。他们或是粗心,或是恶意,或是疏陋无知,把作品最重要的部分都沉淀在墨水瓶底里了。《塔布朗德·台·黎加蒙德》的作者和佗米利阿斯伯爵生平事迹的作者,把一桩桩情节描摹得多么细致啊①,真该千遍万遍地祝福他们!闲话少叙,且说骡夫照看了他的牲口,喂过第二遍草料,就躺在驮鞍上,等待那位绝顶守信的玛丽托内斯。桑丘这会儿已经敷上膏药躺下了;他竭力想睡,可是胁上作痛,总睡不着。堂吉诃德也痛得像兔子似的大睁着眼睛。客店里已经寂无人声,一片漆黑,只有挂在大门口正中的一盏灯笼还放着光亮。

我们这位骑士看书中了毒,老想着书上经常讲的一些情节。当时店里非常静寂,他就想入非非。上文已经说过,他把自己投宿的客店都当作堡垒;这时就想自己是在一个有名的堡垒里,店主的女儿是堡垒长官的小姐,她爱上自己风度高雅,答应当夜瞒着父母来陪他睡觉。他既把自己虚构的幻想当作真情实事,就惶恐不安,觉得自己端方的品节要靠不住了。他暗暗拿定主意,即使希内布拉王后带着她的金塔尼欧娜夫人前来亲热,他也决不亏负他的杜尔西内娅·台尔·托波索小姐。

他正在胡思乱想,合是他倒霉,阿斯杜利亚姑娘恰来赴约。她穿一件衬衣,光着脚,用粗布头巾裹住头发,轻轻蹑脚走进他们三人合住的屋子来找骡夫。可是她刚进门,堂吉诃德就知觉了。他虽然敷着膏药,而且腰胁作痛,却从床上坐起,张开两臂

---

① 塞万提斯这番称赞是挖苦,这两位作者的骑士小说最不出色,也最没销路。

来迎接他的美人。阿斯杜利亚姑娘哈着腰、缩着脖子,屏息敛气地走来,一面伸着双手摸索她的情人。她恰恰碰着堂吉诃德的胳膊,堂吉诃德就紧紧抓住了她的手腕;当时她不敢声张,被他一把拉到身边,强按着坐在床上。他就去抚摸她的衬衣。那是粗麻布的,他却觉得是最细软的纱罗。她两腕笼着些玻璃珠串,他却看到了东方的珍珠光彩莹莹。她头发和马鬃毛一样,他却以为是灿烂无比的阿拉伯金丝,衬得太阳都黯然无光。她的气息分明氤氲着隔宿的冷杂拌味道,他却觉得她吐气芬芳。他曾经读到一位公主情不自禁,去探望一位重伤的骑士。他这时想象的种种,就和那位公主当时的打扮一一相仿;反正他心目中描绘的这位美人,相貌体态和那位公主完全一样。可怜的绅士迷了心窍,尽管他摸到的、闻到的以及这位好姑娘身上的其他等等,除了骡夫谁都要作呕,却没有使他醒悟。他只觉得抱在怀里的是美丽之神。他紧紧搂着,含情低语道:

"尊贵美丽的小姐,承你惠然光降,让我瞻仰你的天姿国色,我但愿能够不负你的恩情。可是惯爱捉弄好人的造化小儿,叫我浑身瘀伤、筋酸骨痛地倒在这张床上,即使有意要遂你的心愿,也无可奈何。而且,我还有更深一层的无可奈何。我已经对绝世无双的杜尔西内娅·台尔·托波索矢忠不二,她是我心窝里唯一的意中人。不然的话,承你一片深情给我这个好机会,我哪会白白放过呢,我不是那么个呆骑士呀。"

玛丽托内斯给堂吉诃德紧紧抱住,焦躁万分,身上直冒汗。她听不懂人家对她说的话,也没心思听,只闷声不响地挣扎着想脱身。骡夫那好家伙正满腔邪念,睡不着觉。他的情妇一进门他就知觉了;堂吉诃德讲的话他句句都留心听着,以为阿斯杜利亚姑娘为了别人对他失信了,不免浸着一缸醋。他挨近堂吉诃德床边,站定了瞧他那套怪话怎么收场。可是他一见那丫头挣扎着想脱身,堂吉诃德却竭力拉住不放,觉得这样捣乱太不像话,就举臂下死劲一掌打在这位多情骑士的瘦脸上,打得他满口鲜血。他还不心足,竟跳到堂吉诃德身上,用跑马步伐,从他第一根肋骨踩到末一根。那张床本来不大结实,又不平稳,经不起再添上一个骡夫的重量,豁琅一声塌下地去。店主给这一声闹醒。他高声喊玛丽托内斯,没听到回答,就料定是她闹的乱子;心上这么猜想,忙起来点了一盏油灯寻声找去。那丫头瞧脾气暴躁的主人来了,吓得慌了手脚,直往桑丘·潘沙的床上躲;桑丘睡得正熟,她就钻进他的被窝,蜷缩成一团。客店主一面进屋来,一面嚷道:

"婊子!你在哪里?准是你闹的事!"

这时桑丘醒来,觉得一团东西几乎就压在身上。他以为是魔鬼,就挥拳四下乱打,玛丽托内斯身上着了不知多少下。她负痛顾不得体面,就动手还打,打得桑丘不由得从梦里清醒过来。他发现有人打他,却不知是谁,就挣扎起身,揪住玛丽托内斯对打;两个都不要命了,打得煞是好看。骡夫在店主人的灯光下瞥见他情妇的景况,忙撇下堂吉诃德来救她。店主人也来帮一手,不过他另有用意。他拿定这番大合奏都由那丫头而起,所以要收拾她一顿。这就好像经常说的"猫儿追耗子,耗子追绳子,绳子追棍子"①;骡夫打桑丘,桑丘打丫头,丫头打他,店主打丫头,一个个忙得手不停留。妙的是店主那盏油灯忽然灭了,大家在

---

① 西班牙童话里讲的。

黑地里恶狠狠地乱打,扭成一团;拳头落处,没一块完好的皮肉。

那晚上恰巧有个所谓托雷都旧神圣友爱团①的巡逻队长在客店过夜。他听到打架吵闹,就拿起行使职权的短杖②和藏置官衔的铁皮盒,摸着黑跑进屋来,一面喊道:

"大家住手,服从法律的命令!大家住手,服从神圣友爱团的命令!"

他进来先碰上吃饱拳头的堂吉诃德,这时人事不知,脸朝天挺在那张倒塌的床上。他可巧揪着堂吉诃德的胡子,一面还只在喊:"大家协助执行法律!"可是他觉得揪住的人并不动弹,就以为是死了,并且以为屋里那些人都是凶手。他动了这个疑心忙高叫:

"关上店门,一个别放走!这里杀了人了!"

大家听到这声喊,吓一大跳,马上一个个撒手溜了。店主人回到自己屋里,骡夫回去躺在自己的驮鞍上,那丫头也回到她的破屋里去;只有倒霉的堂吉诃德和桑丘还待在原处。巡逻队长这时撒开堂吉诃德的胡子,跑出去取火,打算寻找犯人,把他们逮捕。可是他没处取火,原来店主乘回屋的时候,故意把灯笼也灭了。他只好到炉灶上去想办法,煞费一番手脚,也费了好大工夫,才点着一盏油灯。

---

① 指十三世纪在托雷都建立的神圣友爱团(参看本书91页注②)。到十五世纪,这个组织重经整顿,称为新的神圣友爱团。
② 西班牙职位低的官员手执短杖,职位高的官员手执长杖;神圣友爱团巡逻队长的杖是绿色的短杖。

第 十 七 章

续叙英勇的堂吉诃德倒了霉,把客店
当作堡垒,和他的好侍从桑丘·潘沙
在那里遭到种种灾难。

堂吉诃德已经苏醒,他用前一天躺在"那木桩子的平原上"[①]呼唤他侍从的那个声调说:

"桑丘朋友,你睡着了吗?你睡着了吗,桑丘朋友?"

桑丘满肚子气恼,回答说:"倒霉!我哪能睡啊!所有的魔鬼今晚都缠着我呢。"

堂吉诃德说:"大概真是这么回事,没什么说的。我瞧这座堡垒准是魔法笼罩着的;要不,我就太没识见了。我告诉你——不过我这会儿告诉你的话,你得发誓保密,等我死了才可以说出去。"

桑丘说:"我发誓保密。"

堂吉诃德说:"我这话是因为不愿意败坏人家的名誉。"

桑丘重复说:"我说了呀,我发誓把这秘密直保到您百年以后。不过我但愿上帝让我明天就可以说出去。"

---

① 这是引用古代有关熙德的民谣,开头一句"在那木桩子的平原上",指他们挨杨维斯人用木桩子捶打的草原。

堂吉诃德说:"桑丘,我怎么亏待了你,竟要我马上就死啊?"

桑丘说:"不是这个缘故;只因为我最恨把东西老藏着,我不喜欢东西闷着发霉。"

堂吉诃德说:"不管怎么样吧,凭你对我的情分和尊敬,我还是信得过你的。我告诉你,今夜我碰到一桩没法形容的奇事妙事。我干脆讲吧。刚才这里堡垒长官的女儿跑来看我。她的风度和相貌都美极了,简直绝世无双。我真不知道怎样来形容她那模样的俏丽,心眼的灵巧;至于她那些遮掩着的美妙之处,我因为忠于我的杜尔西内娅·台尔·托波索小姐,就避而不谈了。我只是要告诉你,我交运有这等艳福,也许惹了老天爷的嫉妒;也许我刚才说得不错,这座堡垒真是魔法笼罩着的;反正为这些缘故吧,我跟她正谈得最甜蜜、最亲热的时候,我没看清,不知打哪儿伸来一只巨大的大手,在我下巴颏上揍了一拳,揍得我鲜血直流;接着又把我毒打一顿。昨天那些搬运夫为了驽骍难得的过失给咱们的一顿打,你是知道的;我今天挨的比昨天的还凶。所以我想,准有个魔法禁咒着的摩尔人守护着这位小姐,不让我消受她的美色。"

桑丘说:"也不让我消受,因为足有四百多摩尔人把我狠狠地揍;我挨的那顿桩子,比起来只算小点心罢了。可是先生,我请问您:刚才的事把咱们害到这步田地,您怎么说是奇事妙事呢?您还好些,因为还搂到一个据您说是绝世美人;我呢,除了挨一顿从没挨过的毒打,还有什么呢?我和生我的妈妈真倒霉呀!我又不是游侠骑士,一辈子也不想做游侠骑士,可是所有的灾殃大半却落在我身上!"

堂吉诃德说:"原来你也挨打了?"

桑丘说:"我不是跟您说,我挨了打吗?真是倒了祖宗十八代的霉!"

堂吉诃德说:"朋友,不要烦恼,我现在就来做那种宝贵的治伤油,咱们喝下,一眨眼就病痛全没了。"

这时巡逻队长点上油灯,进屋来瞧他心目中的死人。桑丘看着他进来,身上穿件衬衣,头上裹块布,手里拿个油盏子,一张脸狰狞可怕,就问他主人说:

"先生,说不定这就是受魔法禁咒的摩尔人吧?他大概有事未了,又来收拾咱们。"

堂吉诃德说:"不会是那个摩尔人,因为受魔法支使的,肉眼看不见。"

桑丘说:"肉眼看不见,可是肉体感觉得到;不信,问我的肩膀。"

堂吉诃德说:"也可以问我的肩膀。不过这还不能证明这就是魔法禁咒着的摩尔人。"

巡逻队长进来,看见他们俩安静地说着话,不禁呆住了。堂吉诃德因为浑身瘀伤,又贴满膏药,所以还脸朝天挺着,动弹不得。巡逻队长走到他跟前说:

"老哥,你怎么了?"

堂吉诃德说:"我做了你,说话还得讲究些礼貌。你们这里对游侠骑士说话,行得这样吗?你这蠢东西!"

巡逻队长瞧这么狼狈的人对他盛气相凌,哪里受得了,就举起油盏,连着满满一盏子油,对准堂吉诃德的脑袋砸下来,把头皮砸伤好大一块;他乘一片漆黑,三脚两步走了。桑丘·潘沙说：

"没什么说的，先生，这一定是魔法禁咒的摩尔人。他准是为别人守护着宝贝，咱们份里只是拳头揍、油盏砸。"

堂吉诃德说："是啊，而且着魔的事没法认真，生气发火也没用，因为肉眼看不见，是变幻出来的；随你用尽方法，也找不出对手来向他报复。桑丘，你要是挣得起身，你且起来，找这座堡垒的长官，替我问他要些配制治伤油的油、酒、盐和迷迭香。老实说，我觉得这会儿很需要，因为那个鬼给我砸出来的伤口里直流血。"

桑丘浑身筋酸骨痛，挣着起来，摸黑去找店主人。巡逻队长正在外面听他的对手说些什么话呢。桑丘碰见了他，说道：

"先生，不管您是谁，麻烦您行个方便，给我们些迷迭香，还要些油、盐和酒；因为有个游侠骑士里的头号人物，给店里一个魔法禁咒着的摩尔人打得身受重伤，躺在那边床上，要用这些东西治疗。"

巡逻队长听了这番话，断定这人是疯子。当时天色已经透亮，他就打开店门，叫起店主，转达了这位老兄的要求。店主把所要的东西都拿来，桑丘就去交给堂吉诃德。堂吉诃德给油盏砸得疼痛，正捧着脑袋在那里哼哼。那一砸，只砸出了两个大鼓包；他以为直流血，其实只是给那场风险急出来的满头大汗。

长话短说，他把这些药材和在一起，熬了好久，认为火候到家，这剂药已经炮制成功，就讨个瓶子来装。客店里没有瓶子，店主送了他一个铁皮的油罐子，他就用来装药。然后他对着这罐药念了八十多遍《天主经》，又把《圣母经》《赞美歌唱和辞》和《信经》也念了那么多遍，念一个字就像祝福那样画一个十字。当时桑丘、客店主人和巡逻队长在旁从头直看到底；骡夫已经悄悄去料理他的牲口了。堂吉诃德制成了心目中的神油,就想亲自试试它的效验。熬药的锅里还剩着些油罐里装不下的药,他拿来喝了一升左右。可是他刚喝下就恶心,把肚里的东西吐个罄净,吐得搜肠抖肚,浑身大汗。他就叫人家给他盖严了,让他独自躺着。他们遵命;他一觉睡了三个多钟头,醒来觉得身体舒泰,痛楚大减,自以为完全好了,并且深信自己制成了大力士的神油,有了这种药,以后无论多么危险的冲锋陷阵都不怕了。

桑丘·潘沙瞧他主人身体大好,也以为是奇迹。锅里剩下的药还不少,桑丘求他主人都给他。堂吉诃德一口答应。桑丘信心百倍,决心千倍,捧着锅子一口气直往肚里灌,喝下的量和他主人喝的不相上下。可怜的桑丘肠胃不像他主人那么娇,所以先还不呕吐,只是一阵阵肚痛、恶心、出虚汗、发晕,觉得马上要死了;他痛苦不堪,只顾咒骂治伤油和给他喝油的混蛋。堂吉诃德瞧他这样,就说:

"桑丘,你这么难受,准是因为你没有封骑士。依我看,没封骑士的喝了这种药不见效。"

桑丘答道:"您知道这个道理,干吗还让我喝呢?真是倒了我几辈子的霉呀!"

这时桑丘喝下的汤药药性发作,可怜的侍从身上两个渠道一齐决口,直流猛泻;他已经重行躺下,垫的草席和盖的粗布毯子都弄得不能再使用了。他一身身虚汗,一次次昏厥,自以为要死了;大家也都这么想。他身上的狂涛恶浪迁延了将近两个钟头方才平息。桑丘和他主人不同,事后只觉得浑身瘫软,连站都站不起来。可是堂吉诃德呢,上文已经说过,他觉得身轻体健,想立刻出门冒险去。他以为耽搁在这里对不起这个世界和需要他扶助的人;况且他有了治伤的油,越加胆大放心了。所以他急不可待,亲自替驽骍难得套上鞍辔,替他侍从的驴子安上驮鞍,还帮他侍从穿衣裳,扶他上牲口。然后他自己也骑上马;客店的一个角落里有一支短柄的枪,他就拿在手里,准备当长枪使用。

客店里一起有二十多人,都站定了瞧他,店主的女儿也在内。他目不转睛地望着她,还频频叹气,一声声都仿佛从心底里抽出来的。大家只道他是胁上作痛——至少昨晚看着他敷药的人是这样想。

他们俩都已经上了坐骑;堂吉诃德站在客店门口,喊了店主,板着脸一本正经说:

"长官先生,我在你这座堡垒里多承盛情招待,我非常感激,一辈子也忘不了。假如有蛮横无理的人得罪过你,我希望能替你出口气,作为报答。我告诉你,我的职务无非是扶弱济穷,申雪无辜,惩罚不义。请你回想一下,如有这类的事要我效劳,只消说一声,我凭封授的骑士职位向你保证,一定叫你称心。"

店主也一本正经地回答说:

"骑士先生,我不用您替我出什么气;谁得罪了我,我自有手段对付。我只要您付清昨晚的各项花费:你们头口的干草、大麦,还有你们的晚饭和床铺。"

堂吉诃德说:"那么,这是个客店了?"

店主回答说:"是啊,而且是个很上等的客店。"

堂吉诃德说:"我一向弄错了;不瞒你说,我以为这是一座堡垒,而且是一座很不错的堡垒。既然这不是堡垒却是客店,现在只好把这笔账目勾销了事。因为我不能违反骑士道的规则,我确实知道,游侠骑士住了客店从来不出房钱,也不付别的账;我从没看见哪本书上讲到他们付钱。他们在外冒险,不分日夜和季节,或步行,或骑马,耐着饥渴寒暑,冲风冒雨,受尽折磨;他们这样辛苦,对他们不论多么殷勤款待只是合法的报酬,并且也是合情合理的。"

店主说:"这个与我不相干。您且把欠我的钱付清,不用讲这些闲话和骑士道。我不管别的,只管收我的钱。"

堂吉诃德说:"你就是个愚蠢卑鄙的客店主人。"

他踢动驽骍难得,绰着长枪直冲出店门,谁也没拦他。他并不瞧瞧自己的侍从是否跟在后面,一口气跑得老远。店主人瞧他跑了,账却没付,就去问桑丘·潘沙要钱。桑丘说,他东家既然不肯付,他也不付;他是游侠骑士的侍从,他东家住了旅馆或客店,什么东西都不花钱,这个规矩、这点道理在侍从身上照样适用。客店主人大怒,恫吓他说,要是不付账,就给他吃些苦头,不由他不拿出钱来。桑丘回答说:他遵守他主人奉行的骑士道,即使要他的命,也不给一文钱;游侠骑士自古以来的好规矩不能坏在他手里,他也不能让后世的侍从怪他放弃了这样公道的权利。

倒霉的桑丘合是走了背运。当时住店的客人里有四个赛果比亚的拉毛匠,三个高都比亚石马区卖针的小贩,还有两个塞维利亚市场附近的居民。这伙人喜欢闹着玩,并没有恶意,却很促狭淘气。他们仿佛是同心协力地一齐赶到桑丘身边,把他揪下驴;其中一人到店主屋里去拿了他的床毯,大家把桑丘推倒在毯子上,他们抬眼看看屋顶太低,碍着他们的道儿,就决计到后院去,那里是以青天为顶的。他们把桑丘兜在床毯里,向天空高高抛去,仿佛人家在狂欢节耍狗那样耍他①。

给他们抛着玩的倒霉人没命地叫嚷,喊声直传到他主人耳里。他主人停步细听,以为又遭遇了什么奇事,后来才听清楚原来是他的侍从在叫嚷。他忙兜转马急急跑回客店,看见店门紧闭,就绕着店找地方进去。后院的围墙不高,他跑到那里发现他的侍从正遭人捉弄。他瞧桑丘那么轻盈活泼地在空中一起一落,要不是当时气愤填胸,准会发笑的。他想踩着马背爬上墙头,可是筋骨无力,连下马都不能,只好在马上向抛掷桑丘的那伙人破口大骂,一迭连声,作者简直没法记录。他们还只顾嬉笑,并不住手。桑丘在空中翻滚,不住声地叫苦,一面恫吓,一面央求,可是没有什么用处——简直一点用处也没有,他们直到力气使尽,才放他下来。他们把他的驴牵来,扶他上驴,替他披上外衣。软心肠的玛丽托内斯瞧他疲软不堪,觉得给他喝一罐凉水是最当景的救济,特地从井里汲了一罐透心凉的水送上来。桑丘接过罐子,正凑到嘴边,却给他主人大声喊住说:

"桑丘儿子,别喝水!儿子,这罐水要送你性命的,别喝!我这儿有的是万应神油,你瞧见吗?"他把盛药的罐子举给桑丘看看,"你只消喝下两滴,一定药到病除。"

桑丘斜过眼去一看,压倒了主人的声音大嚷道:

"您大概忘了我不是骑士吧?您还是要我把昨夜剩在肚里的心肝肺肠都吐掉呀?您那见鬼的药您自己留着吧,别管我的事。"

他说完马上就喝,可是一喝是水,就不肯再喝。他求玛丽托

---

① 把人兜在毯子里抛掷作戏,古罗马暴君史威东在朝时就有这风气。在塞万提斯的时代,西班牙学生在狂欢节把狗这般抛掷着开玩笑。

内斯给他倒些酒来。她很乐意,而且是自己花钱买的。人家本来就说她虽然吃这一行饭,却有基督徒的气息。这时店门已经大开,桑丘喝完酒,踢动驴子直冲出大门去。尽管他的肩膀照例又替他当了灾,他却非常得意,因为没花一个钱,坚持着自己的主张出了客店。其实客店主人已经把他的褡裢袋扣下抵账,不过桑丘出门的时候急急慌慌,没觉察少了东西。店主等他一走,就要把店门牢牢闩上,可是抛掷桑丘的那伙人不赞成;即使堂吉诃德真是圆桌骑士里的一员,在他们眼里也不值半文钱。

第 十 八 章

桑丘·潘沙和他主人堂吉诃德的谈话
以及其他值得记述的奇事。

桑丘赶上他主人的时候,已经精疲力竭,连催趱驴子的劲儿都没有了。堂吉诃德瞧他那样,就对他说:

"桑丘老弟啊,我现在确实相信那座堡垒或客店是魔法笼罩着的。把你恶作剧的那群家伙要不是鬼怪或另一个世界上的东西,又是什么呢?我留心到一件事,证实了我这看法。刚才我在后院围墙外面看着你那出倒霉戏,我竟爬不上墙头,连下马都不能,可见我一定是着了魔法的道儿。我凭自己的身份对你发誓:我要是爬得上墙,或下得来马,一定替你狠狠报仇,叫那起流氓恶棍一辈子忘不了他们那场胡闹。当然我知道这一来违反骑士道的规则,因为我说过多少回了,骑士除非保卫自己的身体性命,情势紧急,万不得已,照例是不准和没封骑士的人交手的。"

"我要是办得到,不管自己封不封骑士,也会替自己报复,只是办不到啊。不过我觉得捉弄我的那伙人不是您说的鬼怪,也不是魔法支使的,他们和咱们一样是有皮肉筋骨的人,而且都有名字,因为我听见他们在抛弄我的时候彼此称呼的。一个叫贝德罗·马丁内斯,一个叫德诺留·艾南代斯;我听他们管店主叫左撇子胡安·巴洛梅给。所以,先生啊,您爬不上墙、下不来马另有缘故,不是着了魔法的道儿。我现在明白了一个道理:咱们四处冒险,无非落得吃尽苦头,连自己的左右脚都分辨不出。依我浅见,现在正是收获的季节,最好还是回村料理咱们的田地去,别像老话说的东奔西走,乱撞乱投①。"

堂吉诃德说:"桑丘,你全不懂骑士道的事。你别闹,也别着急,总有一天你会亲眼看到干这一行多么光荣。你倒说说,天下还有什么事比打胜仗、降伏敌人更快意的吗?没有了!这是没什么说的。"

桑丘说:"您这话想必是对的,不过我也不懂。我只知道自从咱们做了游侠骑士——或者自从您做了游侠骑士(因为那么体面的人物里凭什么也数不上我),咱们没打过胜仗,只有跟比斯盖人交手的那一次。您就在那次还赔掉半只耳朵和半个头盔呢。以后咱们总是挨一顿棍子,又一顿棍子,吃一顿拳头,又一顿拳头;我额外还给人家兜在毯子里抛掷了一顿,而且他们是魔法支使的,我不能报复,您说的降伏了敌人的快意,我就没法

---

① 西班牙谚语。

领会。"

堂吉诃德答道:"桑丘啊,我的苦恼正在这里,想必也是你的苦恼。可是我以后要想法子弄到一柄降魔的神剑,带在身上能破除一切魔法。说不定我时来运转,火剑骑士阿马狄斯的剑①会落在我手里呢。那是全世界骑士的宝剑里数一数二的,不但有刚才说的那点功用,而且还像剃刀一样锐利,铠甲尽管坚厚,或有魔法呵护,它都斫得透。"

桑丘说:"我反正够倒运的,即使您真找到这么一把剑,也就像治伤油似的,只对封上骑士的才有用;至于侍从呢,随他们去吃苦罢了。"

堂吉诃德说:"这个你不用愁,桑丘,老天爷会对你开恩的。"

堂吉诃德和他侍从一边走,一边说着话,忽见前途大阵尘土滚滚而来,就对桑丘说:

"桑丘啊,今天是我命里注定要交好运的日子!我告诉你,今天不比往日,我要大显身手呢,我今天的一番作为是要青史留传,永垂不朽的。桑丘,你瞧见前面卷起了一片尘土吗?数不清的民族组成了浩浩荡荡的一支大军,正向这里开发;这阵尘土就是他们翻腾起来的。"

桑丘说:"照这么说,该有两支军队呢,因为对面照样也起了这么一阵尘土。"

堂吉诃德回头一看,果然不错,喜得心花怒放;他拿定这是

---

① 这里指的是希腊的阿马狄斯,不是阿马狄斯·台·咖乌拉。所谓火剑,是胸膛上显现的一个红色剑印,堂吉诃德误以为是一柄可以使用的剑了。

两支军队,开到这片旷野里来交锋打仗的。原来他脑筋里时刻想着游侠小说里讲的那些打仗呀,魔术呀,冒险呀,奇迹呀,恋爱呀,决斗呀,等等,他说的、想的、干的全都是这一路的事。其实他看见的尘土是道路两头赶来的两大群羊掀起的;羊给尘土遮掩了,没到近前还看不清楚。堂吉诃德一口咬定是两支军队,桑丘也就信以为真,说道:

"先生啊,那咱们怎么办呢?"

堂吉诃德说:"怎么办?扶弱锄强啊!我告诉你,桑丘,迎面来的军队是大皇帝阿利芳法隆率领的,他的领土是广大的忒拉玻巴纳岛①;我背后来的是他仇敌咖拉曼塔斯国王的军队,他名叫卷袖的潘塔坡林,因为他跟人家打架的时候常露着一条右胳膊。"

桑丘问道:"那么,两位国王干吗结下这等深仇呢?"

堂吉诃德说:"他们结仇有个缘故。阿利芳法隆是凶狠的异教徒,他爱上了潘塔坡林的女儿。那位公主很美,而且很文雅,她是基督徒;她父亲不愿意把她嫁给异教的国王,除非他背弃了伪教主穆罕默德,改信基督教。"

桑丘说:"我凭自己的胡子发誓,潘塔坡林很有道理呀!我得尽力帮他的忙。"

堂吉诃德说:"你这样就是尽本分了,桑丘,不封骑士,也能参与这种打仗。"

桑丘答道:"这个我也懂得。可是咱们把这头毛驴寄放在什么地方,打完仗才稳稳地找得到呢?骑着这种牲口去打仗,只怕从来没这个规矩。"

---

① 亦称达普罗巴那,即锡兰的旧名,现在的斯里兰卡。

堂吉诃德说:"这话不错。你最好还是随它去,走失不走失瞧它的运气。咱们打了胜仗,可以到手不知多少马匹,就连驽骍难得也保不定要换掉呢。我现在要把两支军队里的主将向你介绍一番,你留心听着,也留心瞧着。那边山坡上一定看得见这两支军队,咱们退到那里去,你可以观察得更仔细些。"

他们过去站在一个小山头上。堂吉诃德当作军队的两群羊要是没有给掀起的尘雾遮盖住,山头上看得很清楚。可是那些看不见而且并不存在的东西在堂吉诃德想象里却历历如睹。他高声说:

"那边一位骑士穿一身火黄铠甲,盾牌上画着一只戴王冠的狮子蹲伏在一位小姐脚边,那是英勇的银桥大王拉乌尔咖尔果。那一位铠甲上有一朵朵金花,盾牌是天蓝色的底子,上面有三只银子的王冠:那是吉罗夏的大公,威武的米果果兰博。他右边那个彪形大汉是天不怕、地不怕的布朗达巴巴朗·台·博利契,阿拉伯的三个部属都归他管辖。他披一张蛇皮当铠甲,举一扇大门当盾牌;据传说,那扇门就是参孙拼掉性命报仇的时候毁了大教堂拆下来的①。你再回头瞧瞧那一边吧。军队前面打头的是常胜无敌的悌蒙内尔·台·咖尔咖宏纳。他是新比斯盖的王子。他军器上的徽章分成四格,是蓝、绿、白、黄四色;盾牌是褐色的底子,上面画一只金猫,标着一个'喵'字,是他情人芳名的第一个字,据说她是阿尔费尼根·台尔·阿尔咖尔贝公爵的女儿、举世无双的苗丽娜。旁边那一位沉甸甸地压在一匹高头大马的背上,穿一身雪白的铠甲,盾牌也是白的,没一点纹章;他是个新骑士,法国人,名叫庇艾瑞斯·巴宾,是封在乌忒利盖的

---

① 参孙(Sansón),古犹太的大力士,见《旧约全书·士师记》第十三至十六章。

男爵。还有一位骑一匹轻快的花条儿斑马,脚跟上套着马刺,直在踢那马肚子,他的徽章是一排排银铃交错着一排排蓝铃的图案,他是勇猛的奈尔比亚公爵艾斯帕塔费拉多·台尔·博斯盖,他盾牌上画着一畦芦笋,有一句咖斯底利亚的标语:'我的命运贴着地面追寻前途'①。"

他就这样随着自己的奇情异想,把臆造的两军将领一一举出姓名,还顺口诌出各人的铠甲、颜色、徽章和标语。他滔滔不绝地说:

"前面的这支军队是由许多民族组成的。有喝著名的顼托河甜水的人;有玛西琉山地上来来往往的人;有在阿拉伯乐土筛取金沙的人;有在清澈的泰莫东泰河两岸著名的清凉胜地享福的人;有开凿了种种渠道来排引含蕴黄金的巴克多洛河水的人;还有说了话不当话的奴米狄亚人;射箭出名的波斯人;一面逃跑一面战斗的巴尔提亚人和梅狄亚人;游牧的阿拉伯人;性情极残酷、皮肤极白净的西塔人;嘴唇上穿窟窿的埃塞俄比亚人;还有数不清的其他民族,他们的面貌我都认得出,只是记不起名字了。那一支军队里:有的民族喝灌溉橄榄树的贝底斯河的清水;有的用金黄灿烂的塔霍河水擦面洗脸;有的居住在圣洁的黑尼尔河流域,享用那赐福的河水;有的在牧草丰茂的塔西达平原来往;有的在享福的黑瑞斯草原上逍遥,有富庶的曼却人,戴着金黄色稻穗编的冠儿;有古老的哥特族遗民,穿着铁甲;有的是在毕苏艾咖河里沐浴的,那条河以水势悠缓闻名;有的是在瓜狄亚

---

① 原文 Rastrea mi suerte, rastrear 指用耙来耙地,或指随着足迹寻找,或指掠地低飞。许多译者对这一句解释不同,但都不能结合"一畦芦笋"的意义。一说,芦笋的根像耙齿;一说,芦笋是贴地生长的。

纳河两岸大片牧场上放牧的,那条曲曲弯弯的河以潜伏地下的暗流闻名;还有些耐寒的民族,有的住在森林苍翠的毕利内欧山头,有的居住在白云堆积的阿贝尼诺高原;总而言之,欧洲所有的民族全在那个队里。"

天啊!他说了那么多的地名,举出了那么多的民族!还一口气顺顺溜溜把各民族的特色都说出来。原来他读了那些谎话连篇的书,整个人都浸透在里面了。桑丘·潘沙睁睁地听着,一声不言语,有时东张张、西望望,看有没有他主人指名道姓的骑士和巨人。他什么也没瞧见,就说:

"先生,您讲的什么骑士,什么巨人,真是活见鬼,一个都没有啊——至少我没看见啊,大概就像那晚上的鬼一样,都是魔术变出来的。"

堂吉诃德说:"你怎么说这话呀?你没听见萧萧马嘶、悠悠角声、咚咚鼓响吗?"

桑丘答道:"我只听得公羊母羊的叫声,没听见别的。"

这倒是真的,因为那两群羊已经走近来了。

堂吉诃德说:"桑丘,你心上害怕,所以看不准,也听不准。怕惧的一个效果就是叫你感觉错乱,觉察不到事物的真相。你要是害怕得紧,你就躲过一边去,撇我一人在这里吧;单我一个人,就可以左右两军的胜负。"

他一面说,一面踢动驽骍难得,托定长枪,一道电光似的直冲下山坡去。

桑丘大声喊住他,叫嚷说:

"堂吉诃德先生,您回来!我对天发誓,您冲杀到羊群里去了!您回来!我的亲爸爸都倒足了霉呀!您这是发什么疯啊?

您瞧瞧,这里没有巨人,没有骑士,没有猫,没有徽章,没有杂色或一色的盾牌,也没有图案上的银铃、蓝铃和见鬼的铃。我真倒霉呀!您这是干什么呀?"

堂吉诃德并不回马,只高声叫道:

"唅!骑士们!谁投在卷袖的潘塔坡林大帝旗下作战的,都跟我来!你们可以瞧瞧,我毫不费力,就能降伏他的敌人阿利芳法隆·台·拉·忒拉坡巴纳。"

他一面说,一面冲进羊群,举枪乱刺,那股猛劲儿,好像真在刺杀他的宿世冤家呢。看羊的牧人大声喝住他,可是看来喝不住,就解下弹弓,把拳头大的石子向他耳边弹来。堂吉诃德并不理会这些石子,却左冲右突,嘴里喊道:

"不可一世的阿利芳法隆,你在哪里?你跑来!我是单枪匹马的骑士,只为你欺负了英勇的潘塔坡林·咖拉曼塔,我要惩罚你,跟你一对一地较量武力,送你的性命呢!"

正说着,一颗石子飞来打在他胁上,把两根肋骨打得陷进肉里去。他遭了毒手,断定自己不送命也受了重伤。他记起治伤油,忙取出油罐子,凑到嘴边,倒了些下肚;可是没喝上他认为足够的量,又一颗石子弹来,恰恰打在他的手和油罐上,把油罐迸碎,还连带磕了他嘴里三四只板牙和盘牙,把他两个手指砸得疼痛不堪。第一颗石子来势凶猛,第二颗也不弱,可怜的骑士不由自主,从马上倒栽下来。牧羊人赶到他身边,以为他已经打死。他们赶忙集合羊群,把七八只死羊掮在肩上,不管三七二十一就急急走了。

桑丘一直站在山头上,看着他主人发疯,一面只顾揪自己的胡子,咒骂命里的倒霉时刻,叫他认识了这位主人。他瞧主人

跌倒在地下,一群牧羊人都走了,就下山跑到主人那里,看见他面无人色,却还有知觉。桑丘就说:

"堂吉诃德先生,我不是跟您说的吗:回来!您冲杀的不是军队,只是两群羊!"

"跟我作对的混蛋魔法师会这样变来变去的。我告诉你,桑丘,那些家伙要咱们变什么样就是什么样,非常容易。盯着我捣乱的那个恶人瞧我这番一定得胜,心上嫉妒,就把敌对的两军变做两群羊。你要是不信啊,桑丘,你瞧我面上干一件事,就会恍然大悟,知道我说的都千真万确。你骑上驴,悄悄地跟着他们去,你走不多远就会瞧见他们恢复原形,不是羊,却是一丝不假的人,正像我刚才对你形容的一样。不过你现在且别走,我要你照看呢。你过来,瞧瞧我掉了几个盘牙、几个板牙,我觉得嘴里一个都不剩了。"

桑丘走到贴近,把眼睛直凑到他嘴边。堂吉诃德喝下的治伤油这时药性发作,桑丘正向他嘴里细看,油汁冲口而出,比火枪里射出来的还猛,全喷在这位好心侍从的脸上。

桑丘说:"圣玛利亚!这是怎么回事呀?这可怜人嘴里喷出血来,一定受了致命伤了。"

可是他再仔细检查,凭颜色和气味,知道那不是血,只是他刚才瞧见主人喝的治伤油。他恶心得很,一阵反胃,把肚里的东西全吐在他主人身上;两个人都淋漓尽致。桑丘找到了他的驴,想从褡裢袋里拿些东西自己擦擦干净,并且替他主人治疗一番。他发现褡裢袋丢了,差点发疯。他反复咒骂自己,心里暗打主意,想撇下他主人回老家去;尽管辛苦一场,工资白丢,主人家许他的海岛总督也只好落空,他都顾不得了。

驽骍难得非常忠良,一步没离开主人。堂吉诃德这会儿爬起身,左手扪着嘴,防一口牙齿全掉出来,右手牵着这匹马,跑到他侍从那里。这位侍从正胸脯靠着驴背,手托着腮,满面愁容。堂吉诃德瞧了他那副沮丧的样儿,就说:

"桑丘,你听我说:不干超人之事,不成出众之人①。咱们经过的那些狂风暴雨,都是马上要天晴风定的征兆,表示时势就要好转。因为无论好运坏运,绝不能老不转变;由此可见,坏运交了很久,好运就在眼前了。所以你不必为我倒霉而烦恼,我那些事都和你不相干。"

桑丘说:"怎么不相干啊?难道昨天给人家兜在毯子里抛着耍弄的不是我老子的儿子?今天丢掉的褡裢袋和我的全部家当都不是我的东西?"

堂吉诃德说:"桑丘,褡裢袋丢了?"

桑丘回答说:"可不是丢了吗!"

堂吉诃德说:"那么,咱们今天就没什么吃的了。"

桑丘说:"据您说,您能辨识野菜;您这种倒霉的游侠骑士没东西吃就可以救饥。这片草原上如果没有这些野菜,咱们就没什么吃的了。"

堂吉诃德答道:"可是我宁愿吃个两斤或四斤重的面包,加上两条沙丁鱼呢;至于狄欧斯戈利台斯描写的那些野菜,尽管拉古那医生还附上图解②,我却并不稀罕。不过这都不去管它,桑

---

① 西班牙谚语。
② 拉古那(Andrés de Laguna),西班牙十六世纪的名医和植物学家,曾把古希腊名医狄欧斯戈利台斯(Dioscórides)的著作译成西班牙文,加上精详的图解。

丘老弟,你且上驴跟我走吧。上帝养活着天下万物,连天空的蠛蠓、地下的蛆虫、水里的蝌蚪都有它们的口粮;而且上帝慈悲无量,叫阳光普照好人坏人,雨水普及正人邪人,他决不会短了咱们的,何况你我还满处奔波着为他效劳呢。"

桑丘说:"您做说教的教士,比做游侠骑士还强。"

堂吉诃德说:"桑丘,游侠骑士件件都能,也必须件件都能;古时候有些游侠骑士,随时能在战地上像巴黎大学的学生那样说教或讲学。可见枪头秃不了笔尖,笔头也钝不了枪尖①。"

桑丘说:"好吧,您讲的敢情都对。这会儿咱们且离了这里,找个地方过夜去。但愿上帝保佑,那儿没有毯子,也没有用毯子抛人的家伙,也没有鬼怪,也没有魔法支使的摩尔人;不然的话,我就要把包袱和挂包袱的钩子一股脑儿都交给魔鬼去了。"

堂吉诃德说:"儿子啊,你把这话向上帝祷告吧。你爱到哪里,随你领路,这回让你来挑选过夜的地方。可是你伸手给我摸摸我右上腭缺了几个牙,我这边觉得痛呢。"

桑丘伸进指头,一面摸索,一面问道:

"您这边原先有几个盘牙?"

堂吉诃德说:"犬牙不算,有四个,个个都完好。"

桑丘说:"先生,您再仔细想想。"

堂吉诃德答道:"我说是四个呀,要不,就是五个。我这一辈子,不论盘牙板牙,一个都没有拔掉,也没有落掉,也没有因为虫蛀或风湿病而坏掉。"

---

① 西班牙谚语。

桑丘说:"那么,您底下这边只有两个半盘牙;上面这一排半个都没有,什么都没有,整片光溜溜的像手掌一样。"

堂吉诃德听了这个伤心的消息,说道:"我真倒霉啊!我宁可丢掉一只胳膊,只要不是拿剑的一只。我告诉你,桑丘,嘴里没有牙齿,就仿佛磨坊里没有磨石;一颗牙齿比一颗金刚钻宝贵得多。不过干了这行艰辛的骑士道,这种苦头都得忍受。朋友,骑上驴带头走吧;快慢由你,我跟着你走。"

桑丘奉命,料想哪里能找到宿头就朝那方向走,总是不离开那条平直的大道。

他们走得很慢,因为堂吉诃德牙床痛得心神不宁,不便赶路。桑丘想和他闲谈消遣,让他忘掉些疼痛;桑丘的话详见下章。

第 十 九 章

桑丘和主人的妙谈;以及他主人
碰到死尸等奇事。

"我的先生啊,咱们这几天连连倒霉,我看一定是因为您违反了骑士道,犯了罪,所以受罚了。您发誓要把那个摩尔人——叫什么马郎得利诺的那顶头盔①抢到手,不然,您就不摊着桌布吃面包,不跟王后睡觉,还有一连串发誓要做的事,可是您都没

---

① 参看本书94页注①,指曼布利诺的头盔。

做到呀。"

堂吉诃德说:"桑丘,你这话很对。不瞒你说,我把那个誓忘得一干二净了。你不及时提醒我,也准是犯了过错,所以给人家兜在毯子里抛滚。不过我决计补过赎罪;照骑士道的规则,什么事都可以挽救。"

桑丘说:"我难道发过什么誓吗?"

堂吉诃德说:"你没发誓也不相干,反正照我看来,你保不住是个从犯。不管怎样,咱们设法补救总是不错的。"

桑丘答道:"照这么说,您可留心,别再把这句话也像您发的誓那样忘了,也许那群妖魔鬼怪又要来耍弄我;他们瞧您屡犯不改,连您都要耍弄呢。"

两人路上说着话,天已经黑了,没赶上宿头,也看不见哪里可以投宿。这来苦的是饿得要死,因为丢了褡裢袋,没东西吃了。祸不单行,他们又遭了意外。这倒绝不是幻想,看来确是一桩奇事。当时暮色苍茫,他们还只顾赶路。桑丘因为这条路是官道,拿定再走上一两哩瓦,自然会找到客店。他们走着走着,已经是黑夜了,侍从正饿得慌,主人也在想吃东西;忽见前面路上一大簇点点的光亮,好像一团流动的星星,向他们迎面而来。桑丘一见吓得心惊胆战,堂吉诃德也不能镇静自在;一个扯紧驴缰,一个勒住马,都站定了留心观看究竟。这一簇光渐渐逼近他们,愈近愈亮。桑丘见到这个景象,就像中了水银的毒①,浑身索索乱抖;堂吉诃德一脑袋头发森然倒竖起来。他勉强振作精神,说道:

---

① 西班牙有很多水银矿,开采的工人中了水银的毒会浑身发抖。

"桑丘啊,没什么说的,这番准碰到了最艰巨、最凶险的事,我得把全身的勇气和力量都使出来才行。"

桑丘答道:"我真倒霉啊!我看这是和妖魔鬼怪打交道的事;如果真是的,我怎么受得了啊?"

堂吉诃德说:"尽管是十足的妖魔鬼怪,我也决不让他们碰到你衣服上一丝绒毛。上次我是因为爬不上那后院的围墙,才让他们耍弄了你。这会儿咱们在开旷的野地里,我可以挥使我这把剑。"

桑丘说:"要是他们又像上次那样对您使魔法,叫您手脚瘫软,旷野里又有什么好处呢?"

堂吉诃德说:"管它怎么样,桑丘,我劝你壮起胆来;你亲眼瞧瞧,就知道我的胆量了。"

桑丘答道:"只要天从人愿,我是要壮起胆来呀。"

两人退到大路边,再仔细观察那簇移动的光。不一会,他们看见许多穿白衣的人①。这景象吓得桑丘泄尽勇气,仿佛害了疟疾正在发冷,一个个牙齿都捉对儿厮打起来。他渐渐看清究竟,他的牙齿越加打战得厉害。那些穿白衣的有二十来个,都骑着牲口,拿着亮煌煌的火把。随后来一架盖着黑布的抬床,另有六人骑着牲口伴送。他们连人带畜披着丧服②,只露出骡子的脚——因为走得很慢,分明不是马。那些穿白衣的一面走,一面喃喃念诵,音调凄沉。黑夜里又在那么荒凉的地方,看到这种奇

---

① 穿白衣的人(encamisados)指穿白衬衣的人。那时候,西班牙战士夜出袭击摩尔人,铠甲上罩白衬衫以为识别;又节日晚上化装跳舞的人也罩着白衬衣,骑马举着火把游行。
② 他们的丧服是黑色的。

事,怪不得桑丘害怕;他主人要不是堂吉诃德,换了别人,也会害怕的。桑丘已经吓成一团,堂吉诃德却一点不怕;他的幻想立刻活灵活现地把这件事构成他书上讲的那种奇遇。

他以为那抬床是担架,担着个骑士;这骑士受了重伤,或者已经死了,专等他堂吉诃德代为报仇的。他更不打话,托定长枪,马鞍上坐稳身子,雄赳赳气昂昂地站在那群白衣人要经过的路当中,瞧他们渐渐走近,就高声叫道:

"骑士们!或者随你们是什么人吧,站住!快快交代:你们是谁,打哪里来,往哪里去,这担架上抬着的又是谁。瞧这光景,不是你们伤害了人,就是受了人家的伤害;我该问问明白,或者惩罚你们的罪行,或者为你们报仇雪恨。"

一个穿白衣的回答说:"我们有紧急事儿,到客店还有一段路呢,没功夫停下来——回答。"

他踢动骡子直往前跑。堂吉诃德听了这话大怒,一把揪住他骡子的笼头,说道:

"别走,你还得懂点礼貌,回答我的话;要不,我就跟你们大伙儿开战。"

那头骡子胆怯,给揪住笼头,吓得掀起前腿人立起来,把它主人从臀后翻落下地。一个步行的仆人看见这人跌倒,就对堂吉诃德破口大骂。堂吉诃德动了火,不问情由,挺枪就向一个穿丧服的人冲去,把那人刺得重伤倒地。他回马左冲右突,那副灵活劲儿煞是好看;驽骍难得旋转得很轻快,简直像长了翅膀似的。那些穿白衣的都胆子小,又没带兵器,并不想厮杀;他们举着火把赶紧向旷野里逃跑,恰像庆祝日或节日晚上一群化装跳舞的人举着火炬游行。那几个穿丧服的给长袍裹缠得行动不便,堂吉诃德很轻易地把他们全伙打了一顿。他们以为这家伙不是人,而是地狱里的魔鬼,为了夺取抬床上那具尸首来袭击他们的,他们无可奈何,只好败退下来。

桑丘都看在眼里,对他主人的勇气不胜钦佩,心里暗想:"没什么说的,我这个主人果然像他自己讲的那么勇敢有力呢。"当时第一个颠下骡的人旁边有个火把还在地下燃烧,堂吉诃德在火光里看见了他,就跑去把枪头指着他的脸叫他投降,否则刺死他。倒在地下的人回答说:

"我早已给你降服得不能动弹,一条腿都折了。您如果是信奉基督教的绅士,请不要杀我,杀我是要亵渎圣教的,因为我是个硕士,现在执行初等的神职。"

堂吉诃德说:"你既然是教士,着了什么鬼迷跑到这里来啊?"

倒在地下的人说:"着了什么鬼迷?先生,只是我倒霉罢了。"

堂吉诃德说:"我刚才问你的话你不好好回答,你还得大倒霉呢!"

那硕士答道:"我立刻遵命,请听我说:我刚才自称硕士,其实不过是学士;我名叫阿朗索·罗贝斯,家在阿尔戈班达斯。我刚从拜沙城来,一起还有十一个教士,就是拿着火把逃跑的那些人;我们护送抬床上的尸体到赛果比亚去。那是一位绅士的尸体,他死在拜沙,暂时埋在那里,现在呢,我已经说了,我们正把他的骨头送回他家乡赛果比亚去安葬。"

堂吉诃德问道:"谁杀死他的呢?"

学士答道:"上帝借一场瘟病送了他的命。"

堂吉诃德说:"那么老天爷省了我的事了。如果是别人杀他的,我还得为他报仇呢。既然是老天爷要了他的命,我只好缩着脖子不作声;假如老天爷要杀我本人,我也只好这样。教士先生,我告诉您,我是拉·曼却的一个游侠骑士,名叫堂吉诃德;我的事业是遍天下去打抱不平,为人除害。"

那学士说:"我不懂您这个打抱不平是怎么回事。您害我折了一条腿,我原先好好一个人给您弄成瘸子,一辈子也站不平了。您为人除害,却害苦了我,叫我终身受害。我碰到您这位多事冒失的人真是够倒霉的。"

堂吉诃德说:"世界上的事不是都沿着一条轨道的。阿朗索·罗贝斯先生,这次的事坏在你们来的时候恰在夜里,又穿着这种法衣,拿着火把,嘴里喃喃念诵,有的还穿着丧服,你们实在像另一个世界的邪鬼妖精,所以我不能不尽我的责任来跟你们厮杀。哪怕确实知道你们是地狱里的魔王,也得跟你们厮杀呀。我一直就是把你们当作那种东西了。"

学士说:"反正我命该如此吧。害我倒足了霉的游侠骑士先生,我一条腿在骡子身下的脚镫和座鞍中间压住了,麻烦您帮我拖出来。"

堂吉诃德说:"您怎么不早把苦处告诉我呀?我还只顾絮絮叨叨地没完没了!"

他连忙大声喊桑丘过来,可是桑丘不愿意。原来那些有身份的先生们带着一匹驮骡,满载着吃的东西,桑丘正在那里卸货呢。他把自己的外衣做成个口袋,尽量塞满东西,装在自己的驴背上,然后才听命跑来,帮他主人从骡子身下拉出学士先生,扶他骑上骡,又拣了火把交给他。堂吉诃德叫这位学士去找同伙,

并代向他们道歉说,方才冒犯他们是事不由己。桑丘插嘴道:

"假如那几位先生要知道冒犯他们的勇士是谁,请告诉他们,那是鼎鼎大名的堂吉诃德·台·拉·曼却,又称'哭丧着脸的骑士'①。"

学士骑骡走了。堂吉诃德问桑丘为什么这会儿忽然称他"哭丧着脸的骑士"。

桑丘答道:"我告诉您吧,我在那倒霉人的火把底下瞧了您一会,您刚才也许是因为厮杀得疲劳或掉了牙齿,真是哭丧着脸,没那么样儿的狼狈相。"

堂吉诃德说:"不是这么回事儿。从前骑士都有绰号:一个叫'火剑骑士',一个叫'麒麟骑士',这个叫'姑娘们的骑士',那个叫'凤鸟骑士',另外还有'飞狮骑士''骷髅骑士'等等;他们凭这些绰号和标识名闻天下。专管记述我生平事迹的那位博士一定觉得我也该像他们那样取个绰号。我说呀,准是那位博士把'哭丧着脸的骑士'放在你的舌头上和心眼里了,叫你这会儿脱口就叫出这个绰号来。我打算以后就采用这个称号,将来有机会,一定请人在我的盾牌上画一个哭丧着脸的像,这个诨名就显得更恰当了。"

桑丘说:"不必费功夫花钱去画这幅像;您只消露出脸来,让人家照照面,不用什么画像和盾牌,人家马上会叫您'哭丧着脸的人'。没错儿,真是这么回事。因为我老实跟您讲,先生

---

① 原文 Caballero de la Triste Figura,据马林注释,这里的 Triste 不作忧愁解,西班牙三百年前所谓 triste figura 指衣服不整洁、不体面,邋邋遢遢,或形容狼狈。上文桑丘自己解释为什么如此称呼,说是因为堂吉诃德脸容十分 ma-la——就是说:形容狼狈,一副倒霉相。所以这里译为"哭丧着脸的骑士"。

啊,(我说句笑话),您挨着饿,掉了牙,一副倒霉相,我刚才说了,哭丧着脸的画像很可以省掉的。"

堂吉诃德听了桑丘的趣谈呵呵地笑了。不过他还是打算采用这个绰号,照自己的设想去画他的盾牌。他对桑丘说:①

"桑丘啊,我想刚才我是对神圣的东西动手行凶了;按'据此,凡受魔鬼引诱者……'那个条款②,我就要被驱逐出教会。可是我确实知道自己并没有动手,只动用了这支枪,而且当时没想到是冒犯了教士或教会的什么东西。我这么个虔诚的基督教徒,对教会当然是尊崇的,我只以为那是另一个世界的妖魔鬼怪。如果要把我开除出教会,我就记起了熙德·如怡·狄亚斯的事:他当着教皇陛下把一位国王使节的椅子砸了,因此给驱逐出教会③;可是照罗德利戈·台·比伐尔那天的行径,他实在是一个很有体面、很勇敢的骑士!"

上文已经说过,那位学士听了这番话一句不答理,只顾走了④。堂吉诃德想瞧瞧抬床上的尸骸是否只剩了骨头,可是桑丘不答应,说道:

"先生,我见过您多次冒险,只有这一遭最得手。那些人虽然败退,也许想到打败他们的只是单独一人,就会又羞又恼,等

---

① 按马德里第一版的原文,以下的话是桑丘说的。这就完全不合桑丘的身份,因此引起许多不同的修改。马林认为不该妄自修改;他按作者本人修改过的第二、三版,改为堂吉诃德的话。
② 堂吉诃德引的是拉丁文,这是1545—1563年特伦托(Trento)会议所定的法令的第一句。
③ 据《熙德的歌谣》(*Romancero del Cid*),熙德(即西班牙民族英雄罗德利戈·台·比伐尔)发现圣彼得大教堂里法兰西国王的座位设在西班牙国王的上首,就把法兰西国王的象牙椅子一脚踢翻,椅子碎成四块。
④ 上文学士没听这番话就骑骡走了,这是作者失于照顾的地方。

喘过一口气,又来找咱们,给咱们个厉害瞧。这头驴已经装备停当,附近就是山,咱们都饿得慌,现在咱们只消开步走就得了。常言道:'死人进坟墓吧,活人且吃面包'。"

他赶着驴,请主人跟着走。堂吉诃德觉得桑丘说得有理,不再多话,跟着就走。他们在两座小山中间走了一段路,跑到一个宽敞幽静的山谷里。两人下了牲口,桑丘卸下了驴背上的东西;他们饿得胃口正好,就躺在草地上把早饭、午饭、点心、晚饭都并作一顿吃。教士先生们向来不难为自己的肚子,这次伴送尸首,驮骡上带了好几篓子熟肉,主仆俩吃了不止一篓,填满了空肚子。可是他们又遭到一件不如意的事,桑丘认为这事比什么都糟。原来他们没有酒喝,连一口白水都不能到嘴。两人口渴难熬;桑丘看着满地碧油油的细草,说出一番话,详见下章。

第 二 十 章

英勇的堂吉诃德·台·拉·曼却经历了
破天荒的奇事,却毫无危险;世上著名
的骑士从未有像他这样安然脱身的。

"我的先生,凭这片草地,可以断定附近有泉水或河流润湿了地脉。咱们最好往前走走,也许会找到可以解渴的地方。这会儿渴得厉害,实在比饿肚子还苦。"

堂吉诃德觉得主意不错,他牵着驽骍难得,桑丘把晚饭吃剩的东西装上驴背,也牵着驴子,两人就在草地上摸索着往前走;

因为夜色昏黑,什么都看不见。可是他们没走得二百步,忽听得水声震耳,好像有一股瀑布从悬崖峭壁里冲泻下来。他们大为高兴,停步倾听究竟是哪方传来的;忽然又听到另一种响声,搅扰了水声入耳的快意。桑丘天生懦怯胆小,听了尤其沮丧。那是有节奏的敲打声,夹杂着铁片和铁链的碰擦声,再加上汹涌的水声。除了堂吉诃德,谁听了都会害怕的。上文已经说过,当时夜色昏黑,周围又都是大树,轻风吹动树叶,窸窣作响,阴森可怕。孤零零落在那么个地方,一片漆黑,只听得水声和飕飕的树叶声,再加击拍声不停,风声不息,长夜漫漫,又不知身在何处,都叫人心惊胆战。可是堂吉诃德怀着大无畏的心,跳上驽骍难得,挎着盾牌,绰着长枪,说道:

"桑丘朋友,你该知道,天叫我生在这个铁的时代,是要我恢复金子的时代,一般人所谓黄金时代。各种奇事险遇、丰功伟绩,都是特地留给我的。我再跟你说一遍,我是有使命的。我要光复圆桌骑士、法兰西十二武士和世界九大英豪的事业。那些普拉底尔呀,塔布朗德呀,奥利房德呀,悌朗德呀,斐伯呀,贝利阿尼斯呀,以及前代著名的全伙游侠骑士,都要给我比下去。因为我要在当今之世,干大事,立大功,拿出惊人的武力,衬得他们最辉煌的成就都黯然无色。忠诚的侍从啊,你可注意,今夜这样一团漆黑,这样寂无人声,树林里这些低沉嘈杂的声息,咱们跑来寻找的水源发出这样可怕的响声,好像是从月亮的高山上冲泻下来的,再加这一片击拍不停的刺耳声——种种凑合一起,或单独的每一桩,都可以使战神也心惊胆落,何况没惯经这类惊险的人呢。可是这种种只激发了我的勇气,使我一颗心按捺不住,不管是多么艰巨的冒险,也要尝试一番。所以,你把驽骍难得的肚带紧一紧,咱们分手吧。你在这里等我三天,不用多,到时我不回来,你就可以回家。你回家以后,为了照应我和帮助我①,请到托波索去走一遭,通知我那位绝世无双的杜尔西内娅小姐:她所颠倒的骑士为了不辱没她,要干些事业,争些体面,就此送命了。"

桑丘听了主人的话伤心痛哭道:

"先生,我不懂您为什么要去冒这种凶险。现在正是黑夜,这里又没人看见,咱们尽可以绕道避开,哪怕三天不喝水也使得。反正没人看见,更不会有谁说咱们胆怯。还有一层,咱们村上的神父您是很熟的,我听他讲道说:寻找危险的人,危险里送命②。所以咱们不应当干这种惊人的大事去招惹上帝;这种事一旦遭到了,只好靠奇迹才脱得难。老天爷已经保全了您,没像我那样给人家兜在毯子里耍弄。您和伴送尸体的一大群人打架,又让您占了上风,平安无事。老天爷为您显的奇迹已经够多的了。况且您一离开这里,不管谁来抢我的灵魂,我准吓得马上送掉;假如我刚才的话感化不了您的硬心肠,您就顾念这一点,回心转意吧。我离开家乡,抛下老婆孩子来伺候您,满以为是上算的,不是吃亏的。可是,贪心撑破了口袋③,贪心照样也打破了我的想望。我对您多次许我的倒霉海岛正盼望得紧,以为马上可以到手的,谁知道海岛不给我,现在却要把我撇在这么个人迹不到的地方。我的先生,你瞧上帝分上,别对我这么不讲理呀。你一定要干这件事,不肯罢休,那么至少也等天亮再说。据

---

① 遗嘱和公文上的套话。
②③ 西班牙谚语。

我牧羊的时候学到的窍门,再等三个钟头天就亮了,因为小熊星的嘴巴正在我头顶上,它跟我右胳膊连成一直线的时候恰好是半夜。"

堂吉诃德说:"桑丘,今夜一片漆黑,天上一颗星都不见,你说的成一直线呀,嘴巴呀,脑袋呀,你怎么瞧出来的?"

桑丘说:"您说得不错。可是怕惧有许多眼睛,地层底下的东西都看得见,天上的更不用说。况且想情度理,分明是不一会儿就要天亮了。"

堂吉诃德说:"管它一会儿、不一会儿,反正不论现在或任何别的时候,总不能说我因为人家哭呀,求呀,就放弃了骑士应尽的责任。所以,桑丘,我请你甭再多说。上帝这会儿既然要我立志冒这个破天荒的奇险,自然会保护我平安,也叫你宽心。你只需把驽骍难得的肚带束紧,在这里等着我。我活也罢,死也罢,赶紧就要回来的。"

桑丘瞧他主人拿定主意,满不理会自己的劝告哭求,就决计凭捣鬼来强迫他等待天亮。他在束紧马肚带的时候,悄悄儿人不知鬼不觉地用他驴子的缰绳拴住驽骍难得的前腿。堂吉诃德要动身却动身不得,因为那匹马不会跑只会跳了。桑丘·潘沙瞧自己的诡计有效,就说:

"哎!先生,老天爷瞧我流泪央求动了慈悲,叫驽骍难得不能跑了。您如果还要固执,只顾踢它,硬要它走,就会触犯造化的神道,就是老话说的'向钉子上硬碰'。"

堂吉诃德很着急,越是使劲踢马,越不能叫它行走。他想不到马腿会拴住,觉得还是捺定性子等天亮,或者等驽骍难得能够走路再说。他没料到桑丘捣鬼,以为另有缘故,所以他说:

"桑丘,既然驽骍难得不能行走,我只好等待黎明开颜微笑了。可是她迟迟不来,我是哭着等待呢。"

桑丘答道:"不用哭啊,我可以给您讲故事消遣,等着天亮。除非您要照游侠骑士的习惯,下马在青草地上睡一会;这样呢,天亮以后,到您要去冒眼前这番奇险的时候,就越发精神抖擞了。"

堂吉诃德道:"你还说什么下马、什么睡觉呀?难道我是那种临危偷安的骑士吗?你生来是贪睡的人,你睡你的,你要干什么随你去。我可有和自己志趣相称的事要干呢。"

桑丘答道:"我的先生,您别生气,我说的不是那意思。"

他挨到堂吉诃德身边,一手在马鞍前,一手在马鞍后,抱住了他主人的左腿,一步不敢分离;他实在是给那个不停的、有节奏的敲打声吓坏了。他刚才说要讲个故事给主人消遣,堂吉诃德就叫他讲。桑丘回答说,要不是听着那个声音心慌,他确是要讲的。

"不过我还是勉强讲一个吧。我要是能讲到底,没人打搅,那是个很妙的故事。您请留心听着,我这就讲了。往事已成过去,将来的好事但愿人人有份;坏事呢,留给寻求坏事的人……①。我的先生,我告诉您,古人讲故事,开场白不是随口乱说的,这是罗马检察官加东的一句名言,说是'坏事呢,给寻求坏事的人'。这句话恰好当景,好比指头上戴的戒指那么合适,这就是叫您待在这里,哪儿都不要去寻求坏事。这条路既然这么可怕,没人逼着咱们,咱们还是走别的路吧。"

---

① 西班牙民间讲故事,往往用这种方式开场。

堂吉诃德说:"桑丘,把你那故事讲下去,咱们该走哪条路由我做主。"

桑丘接下说:"那么,我讲。埃斯忒瑞玛杜拉一个村子里有一个牧羊人,就是说啊,一个看羊的。据我这故事里说,这个牧羊人或是看羊的名叫罗贝·汝伊斯。这个罗贝·汝伊斯爱上了一个牧羊姑娘,她名叫托拉尔巴。这个牧羊姑娘托拉尔巴的爸爸是个有钱的牧户。这个有钱的牧户……"

堂吉诃德说:"桑丘,照你这个讲法,每句话都重复两遍,你这故事说两天也没个完。你该像有头脑的人那样连连贯贯地讲啊,不然就别讲了。"

桑丘说:"我们村里讲故事都像我这样,我没有别的讲法,您也不该叫我另改新样儿。"

堂吉诃德说:"随你怎么样讲,反正我命里注定只好听你的,你讲下去吧。"

桑丘接着说:"那么,我的亲爱的先生啊,我刚才是这么讲的,这牧羊人爱上了牧羊姑娘托拉尔巴。她是个又胖又野的姑娘,带点儿男人相,因为她有些些胡子。她现在仿佛就在我眼前呢。"

堂吉诃德说:"原来你认识她?"

桑丘答道:"我不认识她。不过跟我讲这故事的人说,事情千真万确,转讲给别人听的时候,尽可以一口咬定,并且发誓说都是亲眼看见的。且说,一天去,一天来,魔鬼是不睡觉的,什么事都捣乱;他挑拨一番,把牧羊人对牧羊姑娘的爱情变成厌恨。缘故呢,据人家的贫嘴恶舌,说是这位姑娘害他吃了点醋,她的行为出了格,犯了规。牧羊人从此对她厌恶入骨,情愿离开家乡,跑到永远见不到她的地方去,免得跟她照面。托拉尔巴虽然从来不爱罗贝,这会子瞧罗贝嫌弃她,马上就爱得他不得了。"

堂吉诃德说:"这是女人的常态:谁爱她呢,她瞧不起;谁嫌她呢,她就爱。讲下去吧,桑丘。"

桑丘说:"后来牧羊人打定了一个主意,并且想到就做到。他赶着自己的一群羊,经过埃斯特瑞玛杜拉郊原,打算进葡萄牙国境。托拉尔巴知道了就去追他。她赤脚步行,远远地跟在后面,手里拿一支杖,脖子上搭一只褡裢袋,据说里面带着一面镜子,一只梳子,还有一瓶搽脸的不知什么油膏。且不去管她带些什么东西吧,我这会儿懒得追根究底了。我只说,据这个故事,牧羊人带着一群羊要渡过瓜狄亚纳河。那时候正是水涨,差点就要漫上岸来。他到了河边,附近没一只船、没一只小艇,也没有摆渡的人把他和一群羊渡到对岸去。他非常着急,因为眼看托拉尔巴已经快追上他了,她准要哀求痛哭,纠缠个不休。他四下里极力寻找,居然找到一个渔夫,旁边有只小船。船小得很,只容得一个人和一只羊。他顾不得许多,跑去情商,讲定由这个渔夫把他和他的三百只羊摆渡过河。渔夫上船把一只羊渡过河去,回来又把一只羊渡过去,又回来又把一只羊渡过去。渔夫摆渡几只羊,您可记清楚了,要是漏掉一只,故事就完了,一句也讲不下去了。我连着讲吧,且说对岸下船的地方都是烂泥,滑得很,渔夫一去一回要耽搁很久。可是他回来又摆渡一只,又一只,又一只。"

堂吉诃德说:"你就算全都过去了吧,别这样去一趟、来一趟的,讲一年也摆渡不完。"

桑丘说:"这会儿已经摆渡几只羊了?"

堂吉诃德说:"我哪里知道。"

"我早说过,您得记清楚了。现在,天晓得,这个故事就此完了,讲不下去了。"

堂吉诃德说:"哪有这种事?记清楚摆渡的羊数,对这个故事那么要紧吗?数错一只,故事就讲不下去了?"

桑丘答道:"讲不下去了,先生,怎么也讲不下去了。因为我问您渡了几只羊,您说不知道,就在这个当儿,底下的事都从我脑筋里跑了。底下的事实在很有意思,也很有趣味呢。"

堂吉诃德说:"照这么说,故事就是完了?"

桑丘说:"跟我妈妈一样的完了。"

堂吉诃德说:"老实告诉你,你这个寓言或故事或历史新鲜极了,谁都想不出来;你这种讲法和这种结尾法是从来没有的①。当然,我没有指望你这副好头脑能想出别的故事来。我并不奇怪,那敲打不停的声音大概搅得你头脑糊涂了。"

桑丘说:"您怎么解释都行,反正我就知道我这个故事没法再讲下去;摆渡了几只羊的数目一错,故事到那里就完了。"

堂吉诃德说:"随它爱哪里完就哪里完吧。咱们且瞧瞧驽骍难得能不能走路了。"

他又去踢马,马又跳了几下,还停留原处;它的两腿拴得非常牢固。

这时候快要天亮了,桑丘不知是着了清早的凉气,还是晚饭吃了滑肠的东西,更可能是因为自然之理,他急要干一件别人替代不了的事。可是他胆小得要命,连手指甲的黑边缘那么宽的

---

① 这个故事很古老,从十二世纪以来在西班牙就流行。

几分几毫都不敢离开他主人。他的水火事儿不干又不行。他就用个折中办法,放开搭在鞍后的右手,轻轻解开裤带上的活扣。他的裤子全靠这条带子系住,带子一解,裤子马上掉落下来,像脚镣似的套在脚上。然后他高高掀起上衣,露出两瓣不很小的屁股。他满以为到此已经过了难关,不料难的还在后面:他方便的时候要不出声响实在办不到。他咬紧牙根,缩拢肩膀,狠命屏住气。可是不幸得很,白费了许多力,终究还是走漏了一点声音,和吓得他胆战心惊的那个声音大不相同。堂吉诃德听见了,说道:

"桑丘,这是什么响?"

他回答说:"不知道啊,先生,准是出了什么新的乱子;险事和倒霉事总是大伙一齐来的。"

他再碰碰运气,居然很顺利,没像前番那样;他没再出声,没再折腾,就把憋在肚里的那堆东西出脱干净。可是堂吉诃德的嗅觉和听觉同样灵敏,桑丘和他又是紧紧挨在一起的,一阵阵气味直往上冒,不免向堂吉诃德的鼻孔里钻进一些去。他赶紧揞住鼻子,用两指紧紧捏住,齆着鼻子说:

"我瞧啊,桑丘,你是吓坏了。"

桑丘说:"对呀,可是您怎么这会儿忽然知道了呢?"

堂吉诃德说:"因为你这会儿身上的气味比往常浓郁了,而且不是龙涎香的气味。"

桑丘说:"很可能。不过这怪不得我,却要怪您半夜里带我到这种荒僻的地方来。"

堂吉诃德两个指头还捏着鼻子,说道:"朋友,你走开几步吧。以后对自己一身多检点些,对我也该有个分寸。我把你惯坏了,你就这样不拘礼貌。"

桑丘说:"我可以打赌,您准以为我方便一下是放肆了。"

堂吉诃德答道:"桑丘朋友啊,还是少搅拌为妙①。"

主仆俩说着话,过了一夜。桑丘瞧天快要亮了,就轻轻解开驽骍难得的束缚,自己也系上裤子。这匹马生来好性子,可是这会儿一恢复自由,就发脾气似的只顾用前蹄扑地——因为不是小看它,它实在不会蹦跳。堂吉诃德瞧驽骍难得能活动了,认为是好兆,他相信这就是敦促他去冒险。这时已经天亮,东西都看得清楚。堂吉诃德发现四周都是很高的栗树,遮得阳光不透。他听那敲打的声音还是不停,却不知从哪里来的。他不再犹豫,踢动驽骍难得准备出发,临行再次向桑丘告别,叫桑丘在这里至多等待三天,照他上次的话,过了三天他如果不回来,那就是上帝的意旨叫他在这番冒险里送命了。他又讲到托桑丘向杜尔西内娅传送的口信。至于桑丘的工钱,他说不用着急,他离乡之前已经立下遗嘱,写明按桑丘当差多久,该多少工钱如数照付;不过如果上帝保佑他安然脱险,一无损伤,那么,答应给桑丘的海岛可以千拿万稳。桑丘听他的好主人又说这套叫人伤心的话,又哭起来;他打定主意,他主人这件事情没有完结,他决不离开。

本传作者凭桑丘·潘沙的眼泪和高尚的决心,断定他是好出身,至少是老基督徒。堂吉诃德看到他侍从的情意,有点心软,不过还不至于流露出来,只装得声色不动,寻着水声和拍打声一路跑去。桑丘步行跟随,照例牵着他的驴;他交运也罢,倒运也罢,和这头毛驴总是形影不离的。他们在绿荫沉沉的栗树

---

① 西班牙谚语:"煮米将熟,不宜搅拌,搅拌就坏了。"

底下走了好一段路，忽见高山下面一片草地，一股汹涌的瀑布从岩石里冲泻下来；山脚下有几间破屋，看样儿不像房子，却像倒塌的房基。他们发现还直在拍打不停的响声就是从那里出来的。驽骍难得听了水声和拍打声很害怕，堂吉诃德安抚着它，一步步向那几间屋子跑去，一面向他的意中人虔诚祷告，他遭到了危险，求她保佑；顺便也祷告上帝照应，不要抛弃他。桑丘紧紧跟在后面，拼命伸着脖子，突出眼珠，在驽骍难得腿缝里张望，想瞧瞧究竟什么东西吓得自己这样心惊胆落。他们又走了一百步左右，在一个转角处，赫然真相大明，疑团尽消。他们听来阴森可怕的声音，一夜来搅得他们提心吊胆的（读者请勿见怪），原来是砑布机上六个大槌子交替着拍打，造成的一片喧响。

堂吉诃德一看原来如此，瞪着眼直发愣，一句话都说不出来。桑丘瞥了他一眼，只见他把脑袋直垂到胸前，满面羞惭。堂吉诃德也瞧了桑丘一眼，见他鼓着两个腮帮子，含着满嘴的笑，分明就要憋不住了。他尽管心里懊恼，看到桑丘这副模样也不禁笑起来。桑丘瞧他主人先开了头，就放肆了，他笑得只好两手捧着腰，免得笑破肚皮。他忍住几次，可是忍住了又笑起来，笑得跟原先一样厉害。堂吉诃德瞧他这样，已经冒上火来，禁不起他又连讥带讽，学着自己的腔吻说："桑丘朋友，你该知道，天叫我生在这个铁的时代，是要我恢复黄金时代或金子的时代。各种奇事险遇、丰功伟绩，都是特地留给我的。"当初堂吉诃德听了这可怕的敲打声，说了一席话，这时桑丘差不多照样学了一遍。

堂吉诃德瞧桑丘拿他挖苦取笑，恼羞成怒，举枪把他打了两下。这两下要不是打在背上而打在头上，他就从此不用付工钱

了,除非付给桑丘的继承人。桑丘开了玩笑大讨没趣,怕他主人还不罢休,忙赔着小心说:

"您别生气,天晓得,我是开玩笑。"

堂吉诃德说:"就因为你开玩笑,我偏不开玩笑。哈哈笑的先生,你过来。照你瞧,假如咱们碰到的不是砑布机上的槌子,而是一件凶险的事,我当时没有拿出应有的冒险精神和干事的劲头吗?难道我当了骑士,听到响声就该知道是砑布机发出来的吗?况且,我也许一辈子没见过那种东西——我的确没见过,不像你乡下佬,生长在砑布机旁边的,你才见过。假如你把那六个槌子变成六个巨人,叫他们一个一个或全伙一起和我厮打,我要不把他们个个打得两脚朝天,我就随你笑去。"

桑丘说:"算了算了,我的先生,我承认刚才是太乐了,乐得过了头。我但愿您以后逢到什么凶险,老天爷都叫您像这次一样安然无事。咱们现在已经讲和了,您说说吧:当初咱们吓破了胆,不是个笑话和话柄吗?至少我是吓坏了;至于您呢,我现在知道您是不害怕的,也不懂得什么叫怕。"

堂吉诃德说:"我承认刚才的事可笑,但是不该当作话柄;不能指望每个人都聪明绝顶,会把事情一眼看准。"

桑丘说:"至少您会把枪一下子打准:要打我的脑袋,却打在背上。这是亏得上帝保佑,我自己也躲闪得快。可是,算了,碱水里什么脏都洗得掉;我听人说,害你哭的人爱你深;①况且主人骂了底下人,事后往往赏他一条裤子。不知道主人揍了底下人一顿板子,照例赏什么东西。如果他是游侠骑士,大概就赏

---

① 两句均为西班牙谚语。

海岛或陆地上的王国吧?"

堂吉诃德说:"凭运道,这种事都有可能,你说的这些都会兑现。刚才的事请你原谅;你是明白人,你会了解,一个人一时性起,不由自主。以后你记着:你得克制自己,别跟我多说话。我读过不知多少骑士小说,就没见过侍从对主人像你这样多话的。这实在是咱们俩的大错。你对我不够尊敬,是你错;我随你这样,是我错。比如说吧,阿马狄斯·台·咖乌拉的侍从甘达林是封在斐尔美岛的伯爵,据书上讲,他见了主人总是拿着帽子,低着头,像土耳其人行敬礼那样鞠躬到地。咱们再瞧瞧堂咖拉奥尔的侍从咖萨巴尔,他也沉默得很。那部真实故事长极了,可是那么长的故事里,只提到他一次;这就可见他那样出奇的沉默,真了不起。桑丘,你听了这些话可以知道:主仆之间,上头和下人之间,骑士和侍从之间,一定要有个界限。所以从今以后,咱们得放端重些,别嬉皮笑脸的。因为我要是跟你发火,不管怎么样,遭殃的总是瓦罐儿①。我许你的赏赐到时自然会来;要是没有,我已经跟你说了,你的工资至少是拿稳的。"

桑丘说:"您说的都很对。不过,我想问问,假如您那些赏赐还遥遥无期,只好靠工资的话,从前侍从伺候了游侠骑士赚多少钱呢? 他们讲工资的时候,还是论月,还是像砌砖匠似的有一天算一天呢?"

堂吉诃德说:"我不信那时候的侍从拿什么工资,他们只领赏赐。我留在家里一份密封的遗嘱,上面提到了你。我是为了防备万一。因为在这个糟糕的时世,还不知骑士道实行

---

① 西班牙谚语:"无论瓦罐碰了石头,或者石头碰了瓦罐,遭殃的总是瓦罐。"

起来是怎么样呢。我不愿意为了小小的疏忽,害我的灵魂在阴司受罪。我告诉你,桑丘啊,这个世界上,只有冒险家担的风险最大。"

桑丘说:"对呀,光是砑布机上几个槌子的声音,就把您这样一位勇敢的骑士吓得提心吊胆。不过您尽管放心,从今以后,我张开嘴巴,决不再拿您的事来开玩笑,只把您当作东家和天生的主子来颂赞。"

堂吉诃德说:"你要这样,就能在这个世界上生存了①。尊敬父母是第一要紧,其次就是把主人也当父母那样尊敬。"

第二十一章

我们这位无敌骑士赢得曼布利诺头盔的大冒险和大收获,以及其他遭遇。

这时下起小雨来了。桑丘想和他主人到砑布机的机房里去躲躲,可是堂吉诃德为了那场惹气的笑话,对砑布机深恶痛绝,怎么也不肯进去。他们就往右一拐,走上一条昨天没经过的路。走了一程,堂吉诃德看见一个人,骑着马,头上戴着个闪闪发亮的东西,好像是金的。他一见立刻转身对桑丘说:

"照我看来,桑丘,老话没一句不真,因为都是从经验来的,

---

① 西班牙谚语:"驯良、和善、懦弱的人,将在这个世界上生存。"

而经验是一切学问之母。老话说:'这扇门关了,那扇门就开①。'这是尤其千真万确的。我这样说有个缘故。昨晚运道也许用砑布机欺骗咱们,关上了咱们寻找奇事的门,今天却给咱们大大地敞开了另一扇门,让咱们去找更美好、更确实的奇事。我要不及时赶进这扇门,就得自己认错,不能再说是对砑布机少见多怪或者黑夜里看不真。为什么呢?我要是没看错,有人朝咱们这边来,头上就戴着曼布利诺的头盔呢。我为这只头盔发的誓,你是知道的。"

桑丘说:"您说话得仔细,干事更得仔细啊。我但愿别又是捶打得咱们昏头昏脑的砑布机之类。"

堂吉诃德说:"你这该死的家伙!头盔跟砑布机又有什么相干呀?"

桑丘答道:"我不知道。不过,老实讲,我要是能像往常那样多话,我也许能说出一番道理,说明您这话是错了。"

堂吉诃德说:"你这顾虑重重的混蛋!我刚才的话怎么错了?你倒说说。你就没瞧见对面来了一位骑士,骑着一匹花点子的灰马,头上戴着一只金子的头盔吗?"

桑丘说:"我只瞧见一个人骑着一头驴,——像我这头驴似的一头灰驴,他头上戴着个闪亮闪亮的东西。"

堂吉诃德说:"那就是曼布利诺的头盔呀!你走开,单让我来对付他。你可以瞧瞧,我不用白费时间,一句话不说,马上就能完事,把我一心想望的头盔弄到手。"

---

① 西班牙谚语,在安达路西亚另有个说法:"如果关上一扇门,另会开出一百扇门。"

桑丘说:"我会小心躲开,不过,我再说一遍,但愿天保佑,这是香菜①,不是砑布机。"

堂吉诃德说:"老哥,我跟你说过了,再别提砑布机的话,连影儿都别提,我发誓……我不多说②,我会打得你灵魂出窍呢!"

桑丘不再作声,生怕他把嘴巴张成圆形而发的那个誓③,当真干出来。

且说堂吉诃德看见的头盔呀,马呀,骑士呀,是怎么回事。那里附近有两个村子:一个很小,村上既没有药剂师的铺子,也没有理发师④;接境的另一个村上却都有。所以大村子里的理发师也为小村子服务。这小村子里有个病人要放血,又有个人要剃胡子,理发师就带着铜盆到小村子里去。他去的时候恰巧下雨,他的帽子大概是新的,怕沾湿,所以把盆顶在头上。那盆擦得很干净,半哩瓦以外都闪闪发亮。他骑的驴就像桑丘说的,是一头灰驴。堂吉诃德眼里就看成了花点子的灰马呀骑士呀和金子的头盔。因为他按照自己那套疯狂的骑士道想入非非,把所见的东西一下子都改变了。他心目中的那位倒了霉的骑士走近前来,他更不打话,纵马挺枪,直向那人刺去,一心要把他刺个对穿。他和那人劈面相迎,并不勒住马,只喊道:

---

① 西班牙谚语:"但愿上帝保佑,这是香菜(orégano),不是草(alcaravea——类似芫荽的草)。"又一说:"别以为满山都是香菜。"桑丘只说了谚语的上半句。
② 发誓是凭神明来证明自己的真诚,但后来变成骂人或泄怒之辞。呼上帝之名骂人泄愤是亵渎神明,绅士和骑士不得那样。所以堂吉诃德发的誓只用六个点子和"我不多说"来包含。
③ 原文是"圆球似的誓",因为发誓(voto a Dios)时嘴是圆的。
④ 那时欧洲的风俗,理发师以医疗为副业。

"奴才!动手自卫!要不,就把我份里的东西双手献出来!"

理发师做梦也没想到或提防到这种事,看见这个怪东西迎面冲来,只好滚鞍下驴,躲过他的长枪。他比雄鹿还矫捷,身子刚着地,立刻跳起来往野外飞跑,风都追他不及。他把盆儿丢在地下;堂吉诃德见了很得意,说道:"海獭看见猎人追赶,凭本能知道是要它身上的一件东西,就用牙把那件东西咬下来;这个异教徒很乖,也学了海獭的样。"他吩咐桑丘把头盔拣起来。桑丘双手拣起,说道:

"啊呀,这盆儿真不错!要说值钱的话,至少也值一个当八的银瑞尔!"

他把盆交给他主人。堂吉诃德拿来立刻戴在头上,转过来,转过去,想找面盔的部分,可是找不到。他说:

"这只有名的头盔当初是配着一个异教徒的头形铸造的,那人的脑袋一定大得很。可惜这东西缺了一半。"

桑丘听他把盆儿叫作头盔,忍不住好笑;可是想到他主人的火气,笑了一半忙又忍住。

堂吉诃德说:"桑丘,你笑什么?"

他说:"我是想到那位异教徒原主的脑袋那么大,这只头盔完全像一只理发师的盆儿了。"

"桑丘,我告诉你我是怎么想的。这只有名的神盔,大概是由意外事故,落在一个外行人的手里了,那人不识货、不知道它的价值,瞧是纯金铸成的,一定就糊里糊涂地把那一半熔化卖钱了,把剩下的一半做成这么个东西,看着就像你说的理发师的盆儿。不过,随它是怎么回事,反正我识货,不在乎它变样。回头哪个村子里有金匠,我叫他修理一下,要修得像锻神替战神打造的东西一样好①,甚至更好。目前我就凑合戴上,总比没有头盔好;如果有石子打来,就可以抵挡。"

桑丘说:"可以呀,只要人家不用弹弓来弹你。上次那两支军队混战的时候,他们用弹弓打的石子,打折了您几个大牙,把害我呕掉肠子的万应神油的罐儿也砸破了。"

堂吉诃德说:"损失那些油我并不心疼,因为你知道,桑丘,那个药方我记在心上呢。"

桑丘答道:"我也记得呀。可是我这一辈子如果去按方配制,或者再喝点试试,天叫我马上就死!而且我打算动用身上的五官一齐护着自己,既不受伤,也不伤人,压根儿用不着这种药。至于再给人兜在毯子里抛呢,这话我不提,因为这种倒霉事没法预防,碰到了只好缩着肩,屏住气,闭上眼,听凭命运和毯子抛送。"

堂吉诃德听了这话,说道:"桑丘啊,你这个基督徒很糟糕,吃了人家一次亏,老也不忘记。你该知道,伟大的心胸不计较细事。你难道折了腿、断了肋骨、破了脑袋吗?你就念念不能忘记那番玩笑呀?仔细想来,那是捉弄你,闹着玩儿的。我如果没看明这点,早回去为你报仇了;我要为你干的事,准压倒希腊人为拐走海伦而造成的浩劫②。其实那位海伦如果活在现代,或者我的杜尔西内娅活在那个时代,可以拿稳了说,海伦的美貌不会有那么大的名气。"

---

① 堂吉诃德记错了,锻冶之神并没有替战神铸造过兵器,他为了捉拿自己的妻子(爱神维纳斯)和战神的私情,铸造了一个精巧的网,把他们俩一起罩在网里。
② 引用特洛亚王子劫走希腊美人海伦,希腊联军攻破特洛亚城的典故。

他说到这里,长叹一声,把叹息送上云霄。桑丘说:

"就算是开玩笑罢了,反正也不能认真报仇。随它是认真、是玩笑,我终归尝到那个滋味了,也知道那是我身上抹不掉、心上忘不了的。不过这些都不去说它,我且问您,您把那个曼低诺①打倒了,他那匹看来像灰驴的灰点子花马,撇在这里没个着落,咱们把它怎么办?照那个人拔腿飞跑的样子,不见得再想回来找它了。天啊!好一匹灰驴啊!"

堂吉诃德说:"我向例不剥夺我手中败将的东西。按骑士道的规则,也不准剥夺他们的马匹,叫他们步行。除非打仗的时候,胜者损失了坐骑,才可以夺取败者的马匹作为合法的俘获。所以,桑丘,这匹马呀,驴呀,不管你当它什么东西吧,你随它去,它主人等咱们走了会回来找它的。"

桑丘说:"我真恨不得牵了走呢!至少把自己的驴和它对换也好,我觉得我的驴没它那么好。骑士道的规矩实在是严厉,连换掉一头毛驴儿都不准。我请问您,驴子身上配备的东西,总可以掉换吧?"

堂吉诃德答道:"这个我可不大清楚,还拿不定,得仔细研究呢;你如果急切需要,暂且让你换吧。"

桑丘说:"急切得很,即使是我自己身上穿的戴的,也没那么急切的需要。"

他得到许可,马上举行换帽礼②,把自己的毛驴装扮一新,比原先漂亮好几倍。然后他们吃了些驮驴上抄来的干粮,又喝

---

① 桑丘想说曼布利诺,但是说错了。
② 换帽礼(mutatio caparum),天主教的仪节:复活节日,大主教和教长脱掉冬天的衣帽,换上春天的衣帽。

了些推动砑布机的溪水;只是背着脸不看那些砑布机。他们受了惊吓,对那些东西深恶痛绝。

他们饥火已平,气恼也消了,两人骑上牲口,不择道路,随驽骍难得任意而行,因为这样才是游侠骑士的本色。马的主人随着马的意向,就连那头毛驴也那样,总是又亲热又和顺地跟着那匹马;马到哪里,驴就跟到哪里。他们终究又回到大路上,毫无定向,只顺着大路随便跑。

他们一路走,桑丘对主人说:

"先生,您许我跟您说一两句话吗?自从您下了那道严厉的命令不让我说话,我肚子里好些东西都闷得发霉了。这会儿我舌头尖上有句话要说,我不愿意憋坏了它。"

堂吉诃德说:"你说吧。话要简短,啰里啰唆就没趣。"

桑丘说:"那么,先生,我就说了。这几天我老在想:您在荒野里和四岔路口来回冒险,到手的好处实在是太少了;即使克服了天大的凶险,成了大功,既没人看见,也没人知道,当然也永远埋没了,这就亏负了您的心愿和您的一番事业。所以我想,除非您有更好的主意,咱们最好还是去投奔一个正在打仗的皇帝或国王。您替他效劳,可以显显您的身手、您了不起的力气和更了不起的头脑。咱们投奔的主子看到了这种种,一定按咱们各自的功劳酬报咱们;他那里一定也有人把您的事迹写下来,一代代流传下去。我干的事就不提吧,因为不过是侍从的事罢了。如果按骑士道的规则,侍从干的事也行得记下来,那么我敢说,我的事不该略过不提。"

堂吉诃德答道:"桑丘,你说得不错。但是一个骑士要达到这个地步,先得四面八方去冒险,经受考验;等功成名就,一旦到了哪一国的京城,那里已经久闻他的大名了。他进了城,小孩子一见立刻跟上来围住他,大喊:'这是太阳骑士呀','蛇骑士呀',或者其他徽号的骑士,反正他是在那个徽号下干了大事业的。他们会说:'这是单枪匹马战胜大力巨人布洛咖布鲁诺的骑士呀!禁咒了将近九百年的波斯国玛梅鲁戈大帝,靠这位骑士破了魔法的呀!'他的事迹就这么一传十、十传百地播开了。后来国王在宫殿里听到小孩子和许多别人的嚷嚷,赶到宫殿窗口,一看见这位骑士,凭铠甲或盾牌上的徽章认出他是谁,就不由自主地喊道:'啊呀,骑士道的模范来了!我满朝的骑士们快出去迎接呀!'大家奉旨赶出去,国王亲自跑到半楼梯,紧紧拥抱了这位骑士,和他行吻面礼,然后携手带他到后宫,会见王后和公主。这位公主的才貌反正是当代第一、举世无双的。她立刻凝目注视着骑士,骑士也盯着公主看,都觉得对方像天神一般,不是凡人。他们不知怎么的给撩拨不开的情网套住了,却不知怎样表达爱慕的情意,心上非常痛苦。随后准有人把骑士送到陈设富丽的房间里,替他卸下盔甲,又拿一件华丽的红袍给他穿上。他披戴着盔甲就够漂亮的,换上便服越显得风度翩翩。当晚他和国王、王后和公主同进晚餐。他两眼离不开公主,只顾偷偷看她;她也乖觉地偷眼看骑士,因为据我刚才的话,她是一位很慎重的姑娘。饭罢,忽有个又丑又小的侏儒进餐厅来,后面跟着一位漂亮的傅姆,两个巨人陪在她左右。她提出了一件艰险的事,是古代一个法师造成的,谁能完成这件事,就公认他是天下最好的骑士。

"国王命令在场的骑士都尝试一下。大家都不行,成功的只有这位做客的骑士,这就越发增长了他的名望。公主快活极了,她爱上这样杰出的人物,更觉得心满意足。无巧不巧,这位国王,或王子,或随他是什么,正和一个势均力敌的敌人苦战。做客的骑士在宫里住了几天,要求参战,为国王效劳。国王一口应允,骑士恭恭敬敬地对国王吻手谢恩。这天晚上,他去向公主告别。公主卧房的窗对着花园,她曾经隔着窗子的栅栏和骑士谈过好几次话;她的心腹侍女替她传递消息。当时骑士长吁短叹,公主昏厥过去,侍女忙去舀凉水;侍女很着急,因为天快亮了,怕私情泄露,坏了公主的名誉。后来公主醒过来了,她把一双白手从栅栏里伸给骑士;骑士就千遍万遍地亲吻,把眼泪冲洗这双玉手。两人约定怎么样互通或好或坏的消息。公主要求他尽早回来;他连连发誓允诺。他再次吻了公主的手和她告别,心上说不尽的难受,简直要活不下去了,回屋倒在床上,满腔离愁,一夜没睡。他大清早起来,向国王、王后和公主辞行,可是只见到国王和王后,听说公主不舒服,不能见他了。骑士知道她是为了离别悲伤,只觉得万箭钻心,差点儿脸上流露出来。牵线的侍女当时在场,都看在眼里,回去告诉公主,公主听了不禁流下泪来。她说,她最苦恼的是不知这位骑士什么出身,是否帝王的后代。侍女一口保证说,他如果不是帝王公侯的子孙,决不会这么高贵、温文、勇敢;这话安了公主的心。她极力自己宽慰,免得父母看出她的心病。过两天,她也就在公共场所露面了。这位骑士早走了,他投入战争,征服了国王的敌人,夺得许多城池,打了好几次胜仗。他回宫和公主在经常相会的地方见面,约定由他去要求国王酬报他的功勋,把公主嫁给他。国王不答应,因为不知道他的出身。可是,他和公主或是私奔了,或是别有什么办法,公主终究做了他的妻子。国王对这桩婚事很满意,因为后来发现骑士的父亲原来是一位英勇的国王。我不知道他的国土在哪里,因为我想地图上是不会有的。父王去世,公主继承,这位骑士转眼做了国王。这就该论功行赏了;侍从和所有帮他登上宝座的人都有赏赐。新王把公主的一个侍女配给侍从——不用说,她就是那个牵线的侍女,她父亲是一位很显赫的公爵。"

桑丘说:"正合了我的心愿;这得实实在在,没有虚假。我就是这样指望的,事情准会像您刚才讲的那样,——应在您这位哭丧着脸的骑士身上。"

堂吉诃德答道:"桑丘,这还用说吗!从前游侠骑士做到帝王就是这样一步步升上去的。现在只要看哪个基督教或异教的国王正在打仗,又有美貌的女儿。不过现在还顾不到这点,因为我已经说过,上朝之前,先得在别处显身手,扬名气。况且我还有个缺陷:假如国王正在打仗,他又有美貌的女儿,而我已经名满天下,我却不知道怎么能发现自己是帝王的子孙,就连叔伯的亲也攀不上。国王要是这方面拿不稳,即使我功勋显赫,尽配得过公主,他也不肯把公主嫁我呀。所以我只怕就为这一点缺陷,白卖了力气,还是一场空。当然,我出身旧家,有财产,还有权利要求五百苏艾尔多的罚金①,说不定将来为我写传的博士会把我的祖宗考查清楚,发现我原来是什么国王的第五、六世的子孙。我告诉你,桑丘,世界上有两种家世:一种是从帝王传下来的,一代代衰落,到末了只剩了一个点,像个底在上、尖在下的金字塔;另一种是从平民开始,步步高升,直升到公侯。两种家

---

① 苏艾尔多(sueldo),币名,约值半个瑞尔。按西班牙中世纪的法律,贵族如人身受到侵犯,可要求五百苏艾尔多的赔偿。

世不同:一种丧失了过去的地位;一种取得了过去未有的地位。我的家世大概是前一种。据考证,我也许是名门望族出身,将来做我丈人的国王准会满意。即使他不满意,公主对我准是一片痴情,明知我是挑水夫的儿子,也会不顾父命,把我认作家主和丈夫。不然的话,我就抢了她,随意把她带到别处去,等过些时候,或者等她父母身死,他们的气恼也就完了。"

桑丘说:"这里正用得上一句混蛋的话:'硬抢也能到手,何必向人乞求。'不过还有句话更当景:'实心眼儿求人,不如一走脱身。'我说这话有个缘故。做您老丈的国王陛下如果不肯回心转意,把公主小姐嫁给您,那就别无办法,除非像您说的,抢了她带到别处去。不过这样也不妥;您还没跟他们讲和,还没安安顿顿做上国王呢,这个时候,可怜的侍从对他那份赏赐,还得瞪着眼干等吧?除非将来做他老婆的心腹侍女跟着公主一起逃出来,和他同过苦日子,等老天爷另作安排——因为我相信他主人一定马上把侍女赏他做正室夫人了。"

堂吉诃德说:"这是谁也不能阻挡的。"

桑丘说:"那么咱们只要靠上帝保佑,随命运去安排得了。"

堂吉诃德说:"桑丘啊,随上帝照我的愿望和你的需要去安排;谁自卑自贱,就是卑贱的人①。"

桑丘说:"随老天爷安排吧。我是个老基督徒,我能做到伯爵就足够了。"

堂吉诃德说:"还不止呢。即使你做不到伯爵也不要紧,因为我既然是国王,就可以封你爵位,不用你花钱买,也不用你格

---

① 西班牙谚语。

外效劳。我封你做了伯爵,你马上就是绅士了,人家爱怎么说,随他们说去;尽管他们不愿意,也少不得称你一声'阁下'。"

桑丘说:"好哇!我可会卖弄我的官眼儿。"

他主人说:"该说'官衔',不是'官眼儿'。"

桑丘说:"就算官衔。我说呀,我是很会做官的。讲老实话,我从前当过教会的庭丁;我穿上庭丁的袍儿,神气极了,大家都说,凭我的气概,可以做教会的总务员呢。如果我披上公爵的袍儿,或者像外国伯爵的派头,浑身戴着黄金珠宝,那可多么体面啊!保管一百哩瓦以外的人都要赶来看我了。"

堂吉诃德说:"你一定很漂亮。可是你得经常剃胡子。像你这种又浓又粗又乱的胡子,至少每两天剃一回;不然的话,大老远就看得出你是什么人。"

桑丘说:"那只消用个理发的,把他雇在家里,不就行了吗?假如少他不得,可以叫他跟在我背后,像贵人的马弁那样。"

堂吉诃德问道:"你怎么知道贵人有马弁跟着呢?"

桑丘说:"我告诉您。几年以前,我在京城里待过一个月。我看见一位贵人在那里散步;他个子很小,据说爵位很高。有个人骑马来回跟着他跑,好像他的尾巴似的。我问人家这人干吗老跟在那人背后,却不跟着别人。人家说,这是他的马弁,贵人照例有个马弁跟着。从此我就知道了,一直没忘记。"

堂吉诃德说:"对呀!所以你照样也可以叫你的理发师跟着你。风气不是一下子兴起来的,也不是一致同意了创造出来的。说不定你就是第一个背后带着个理发师的伯爵;而且剃胡子比套马更是贴身的事。"

桑丘说:"理发师的事您留给我就行,您只管想办法做国王,封我做伯爵。"

堂吉诃德说:"有那一天。"

他抬头忽有所见,看见的是什么东西,且待下一章叙述。

第二十二章

堂吉诃德释放了一伙倒霉人,他们
正被押送到不愿去的地方去。

曼却的阿拉伯作家熙德·阿默德·贝南黑利在这部正经、夸张、细致、有趣而又异想天开的故事里记述如下。在上文二十一章末尾,著名的堂吉诃德·台·拉·曼却和他的侍从桑丘·潘沙一番谈话之后,堂吉诃德抬眼看见前面路上来了十一二个步行的人,一条大铁链扣着他们一个个的脖子,把他们联成念珠似的一串;他们都戴着手铐。一起还有两人骑马,两人步行;骑马的拿着新式火枪,步行的拿着标枪和剑。桑丘见了说:

"这队人是国王强迫着送到海船上去划船的。"

堂吉诃德问道:"怎么强迫?难道国王强迫了谁吗?"

桑丘说:"不是的,我只是说,这些人是犯了罪罚去划船,强迫他们为国王当苦役。"

堂吉诃德说:"不管是怎么回事吧,这些人反正是硬押着走的,不是自愿的。"

桑丘说:"对啊。"

他主人说:"照这么说,恰好就是我的事了;锄强救苦正是我的责任。"

桑丘说:"您小心啊,国王是最公道不过的;他强迫这些人是因为他们犯了罪,惩罚他们。"

这时候,一串囚犯已经走近前来。堂吉诃德很客气地请教押送的人,为什么把一群人这样押着走。一个骑马的回答说:他们是到海船上去的苦工,是国王判了罪的犯人;此外没什么可说的,也没什么可问的。

堂吉诃德说:"可是我还想问问每个人招祸的缘由呢。"

他还说了许多好话央求。另一个骑马的就说:

"我们携带着这些混蛋犯罪的案卷呢,只是现在不便停下来找给您看。您去问他们本人吧。他们要是高兴,会跟您讲;这种人干坏事和讲坏事都有兴味,一定乐意。"

其实堂吉诃德即使得不到准许,也会自作主张去问。他既然得到准许,就跑向那串囚犯,问打头第一人犯了什么罪,落得这样狼狈。那人说是为了恋爱。

堂吉诃德说:"就为了恋爱吗?如果为了恋爱得押上海船,我早该在那儿划船了。"

那囚犯说:"不是您心眼里的恋爱:我是爱上一大筐浆洗好的衬衣,竟把它紧紧搂住了,要不是给法律的铁手夺下,我到今也不会自愿放手。我是当场拿住的,不用严刑逼供。审问完毕,我背上吃了一百鞭子,再饶上三年'古拉八斯'①,事情就了结了。"

---

① 原文 gurapas。

堂吉诃德问道:"什么叫'古拉八斯'?"

囚犯说:"'古拉八斯'就是罚上海船做苦工。"

这人是个小伙子,二十四岁左右,据说是庇艾德拉依塔的居民。堂吉诃德照样又去问第二个囚犯。那人愁眉苦脸,一言不发。第一个囚犯替他回答说:

"他呀,先生,因为他是金丝雀;就是说,是音乐家、歌唱家。"

堂吉诃德说:"什么?音乐家和歌唱家也罚上海船做苦工吗?"

囚徒说:"是啊,先生,吃了痛苦唱歌是最糟糕的事。"

堂吉诃德道:"我倒是听说:唱歌能驱愁解闷①。"

囚徒道:"该反过来说:'唱歌一次,哭一辈子'。"

堂吉诃德说:"这话我可不懂了。"

一个押送的公人说:

"绅士先生,吃了痛苦唱歌,按这帮无赖的黑话,就是上了刑招供。这个犯人上了刑就认罪了,供出自己是'夸特来罗'②,就是偷牲口的贼。他既然招了,就判了六年划船的苦役,背上还吃了二百鞭。他老是愁眉苦脸地,因为和他一起的匪徒——那边牢里和这边同路的,瞧他自己招供,不能咬着牙抵赖,都瞧不起他,把他欺侮捉弄。他们说:自称'无罪'或'有罪'一样都是两个字,一个人犯了罪如果人证、物证都没有,死活全凭自己的舌头做主,那就算运气够好的了。我觉得这话也有道理。"

---

① 西班牙谚语。
② 原文 cuatrero。

堂吉诃德说:"确是不错的。"

他照样又去问第三个囚犯。这囚犯满不在乎地立刻回答说:

"我因为短了十个杜加,得要到古拉八斯夫人家去待五年。"

堂吉诃德说:"我愿意出二十杜加,让你脱难。"

那囚徒说:"我看这就好比身在海上,饿得要死,尽管有钱却没处买需要的东西。您要给我的二十杜加,如果来得及时,我可以用来润润书记官的笔,活活辩护律师的心思,那么,我今天准还在托雷都的索果多维尔市场上逛呢,不会像狗似的牵着在这条路上走。不过上帝是伟大的,忍耐吧,不用多说了。"

第四个犯人道貌岸然,一部白胡子直垂到胸前。堂吉诃德问他为什么到那边去,他听了就哭起来,一句话也不说。第五个囚犯代他答道:

"这个体面人要到海船上去待四年;他临走还穿上礼服,骑骡逛了大街。"

桑丘说:"照我看,那就是游街示众了。"

那犯人说:"是啊。他的罪名是做掮客,而且是皮肉交易的掮客;干脆说吧,这位绅士是拉皮条的,也懂得几分邪术。"

堂吉诃德说:"他如果没有那几分邪术,单为拉皮条,就不该罚去划海船,倒是可以指挥海船,做个舰队司令。因为拉皮条的事谈何容易,要通达世情的人才做得。在治理得当的国家,这是最少不了的职业,不是好出身都不配干。这事该像别的职业那样,要有监督和检查,又该像交易所的经纪人那样,得经过选派,限定人数。这就可以避免许多弊病。如果干这一行的是笨人和糊涂蛋,譬如不很晓事的丫头老妈子呀,年轻无识的小僮儿和骗子呀,那就弊病多了。在紧要关头,必须有急智的时候,这些人往往拿着面包不会往嘴边送,自己的左右手都分辨不出。我还有许多话要说,还想讲明干这件国家大事的人为什么应该精选,不过现在不是时候,将来有人负责改善这事,我再跟他谈吧。目前我只说:他白胡子一把,道貌岸然,为了拉皮条受这样的罪,我看了心上很难受;不过他既然又有邪术,我就不能同情了。当然,我并不像一些死心眼的人,以为邪术能够转移或克服人的意志;我确实知道世界上没有这种邪术。我们的意志是自由的,不受药草和符咒的强制。无识妇女和江湖骗子常配制些有害的药来愚弄男人,说是能激起情欲。其实呢,我已经说了,意志是没法强制的。"

那老头儿说:"对呀。老实讲,先生,我那邪术的罪是冤枉的;拉皮条的罪呢,我不能抵赖。不过我绝没有想到这是干坏事,因为我只求世上男女皆大欢喜,没有争吵,也没有烦恼,安安静静过日子。但是我空有一片好心,免不了还是要到那边去。我已经上了年纪,又加小便有病,一刻不得安顿;这一去,再没有回来的希望了。"

他说罢又哭。桑丘觉得他很可怜,从怀里掏出一个当四的银瑞尔来周济他。

堂吉诃德又前去问另一个囚徒犯了什么罪。这人不像先前的一个,回答很爽利。他说:

"我到那边去是因为跟两个表姐妹和两个别人家的姐妹玩得太放肆了;我和她们随意取乐,结果我的子女繁殖得乱七八糟,魔鬼也算不清这笔糊涂账。我犯的事都证据确凿;我既没有靠山,又没有钱,差点儿断送了我的脖子①。我判了六年划船的苦役;行啊,我犯了罪,就自食其果呀。我年纪还轻呢,但愿能活下去,留着性命,总有办法。绅士先生,您要是有什么东西周济我们这群可怜虫,将来上帝在天堂上会报答您,我们在世间念经的时候也会记着为您祷告,求上帝不亏负您这满面慈祥,保佑您长寿绵绵,身体康健。"

这个囚徒是大学生装束,据一个护送的公人说,他很有口才,而且精通拉丁文。

这队囚犯的末尾一人三十岁左右,相貌很好,不过两个眼珠子是对接的。他的枷锁和别人的不同:脚上拖一条很长的铁链,缠住全身;脖子上套着两个铁圈,一个圈扣在铁链上,另一个圈是所谓护身枷或叉形护身枷②上的。这个铁圈下面垂着两条铁棍,到齐腰的地方装一副手铐,把两手套住,再用大锁锁上。这就使他不能把手举到嘴边,也不能把脑袋低到手边。堂吉诃德问为什么这人和别人不同,要这么许多枷锁。护送公人回答说:因为他一人犯的案,比所有别人的案总在一起还多;而且他非常胆大狡猾,就是这样押着,还保不定会逃走。

堂吉诃德说:"如果他不过是罚去划船,他又能犯下什么罪呢?"

护送公人说:"他判了十年苦役,这就相当于终身剥夺公权了。咱们只要一句话就说得明白:这家伙是大名鼎鼎的希内

---

① 指受绞刑。
② 护身枷或叉形护身枷(guardaamigo o pie de amigo),是一个有脚的铁架,撑在犯人颔下,管住脑袋,鞭打时不能躲闪。

斯·台·巴萨蒙泰,诨名'强盗坏子小希内斯'。"

那因犯接口道:"说话客气点儿啊,差拨先生,这会儿可别给人家起诨名,扣绰号。我名叫希内斯,不是小希内斯;我姓巴萨蒙泰,不是什么'强盗坏子'。各人自己瞧瞧自己吧,这就够了。"

那差拨说:"天字第一号的贼强盗,你如果不指望人家给你封上嘴巴,就别这么标劲十足。"

那因犯答道:"'人的行为得顺从上帝的意旨'①,这是没什么说的。不过总有一天,人家会知道我是不是'强盗坏子小希内斯'。"

护送的公人说:"你这撒谎的混蛋,他们不是这样称呼你吗?"

希内斯说:"是这样称呼,可是我自有办法叫他们不这样称呼,不然的话,我捋掉他们的毛!我甭说生在哪里的毛!绅士先生,您要是有什么东西给我们,快给了我们走吧。您只顾打听人家的历史,真叫人不耐烦。您如要问我的历史,我告诉您,我是希内斯·台·巴萨蒙泰,我的历史已经亲手写下来了。"

差拨说:"这是真的。他写了自己的传,写得没那么样儿的美。他在牢里把那本自传押了二百瑞尔。"

希内斯说:"即使押了二百杜加,我也要赎它回来的。"

堂吉诃德说:"就那么好吗?"

希内斯说:"好得很呢!压倒了《托美思河上的小癞子》②

---

① 西班牙谚语。
② 西班牙十六世纪无名氏作,是流浪汉体小说的鼻祖。

那类的书,不管是从前的或将来的,比了我的自传都一钱不值了。我可以告诉您,我这部自传里写的全是事实;谎话决不能编得那么美妙。"

堂吉诃德问道:"书名叫什么呢?"

希内斯说:"《希内斯·台·巴萨蒙泰传》。"

堂吉诃德问道:"写完了吗?"

他回答说:"我一生还没有完,怎么能写完呢。我从自己出世写起,到最近这次又罚去划船为止。"

堂吉诃德说:"那么,你从前已经去划过船?"

希内斯答道:"我为上帝和国王当差,去过一次,待了四年,尝过硬面包和牛筋鞭子的味道。到海船上去我也不怕,那里有机会续写我的书。因为我还有许多事情要写,西班牙的海船上多的是闲工夫。当然,我也用不了很多时间,因为心里已经有稿子了。"

堂吉诃德说:"看来你很有才气。"

希内斯说:"也很倒霉,因为高才总是走背运的。"

差拨说:"混蛋总走背运。"

巴萨蒙泰说:"我跟你说过了,差拨先生,说话客气点儿。上头交给你这支差拨的棍子,叫你解送我们这班可怜人到国王陛下指定的地方去,不是叫你来糟蹋我们的。你要是不客气,哼哼……我不用多说。客店里沾上的肮脏,说不定有一天会漂洗干净①。大家别闹,好好过日子,说话放和气些。咱们耽搁得够了,上路吧。"

---

① 西班牙谚语,和"碱水里什么脏都洗得掉"意义相类。

差拨因为巴萨蒙泰出言不逊，举起棍子要打他。可是堂吉诃德拦身挡住，求差拨别虐待这人，因为他一双手已经锁得那么牢固，让他舌头放松点儿也就算了。他回到一串犯人那里，对他们说：

"亲爱的弟兄们，我听了你们的话，事情都明白了。你们虽然是犯了罪受罚，却不爱吃那个苦头。你们到海船上去是满不情愿、非常勉强的。看来你们有的是受刑的时候不够坚定，有的是短了几个钱，有的是没有靠傍，一句话，都是法官裁判不当，断送了你们，没让你们得到公正的处置。老天爷特意叫我到这个世界上来，实施我信奉的骑士道，履行我扶弱锄强的誓愿。我听了你们的事深受感动，义不容辞，要为你们实现上天的旨意。不过我也懂得，事情可以情商，就不要蛮做；这才是谨慎之道。所以我想要求押送的差拨先生们行个方便，放了你们，让你们好好儿走吧。尽有别人为国王当差呢，不用这样强迫的苦役。我认为人是天生自由的，把自由的人当作奴隶未免残酷。况且，押送的诸位先生，"堂吉诃德接着向他们说，"这群可怜人并没有冒犯你们各位呀。咱们一旦离开了人世，有罪各自承当；上帝在天上呢，他不会忘了赏善罚恶。好人不该充当刽子手，这个行业和他们不沾边。我现在平心静气向你们请求，你们答应呢，我自有报酬；如果好话不听，那么，我这支枪、这把剑、这条胳膊的力量，会叫你们听话。"

差拨说："笑话奇谈！说了半天，说出这种荒唐的话来！要我们释放国王的囚犯！竟好像我们有权力释放他们，您也有权力命令我们！先生，您好好儿走您的路吧，把脑袋上的尿盆儿戴正了,别找三只脚的猫儿①。"

堂吉诃德说:"你就是猫! 就是耗子! 就是混蛋!②"

他一面说,一面直冲上去。说时迟,那时快,对方措手不及,被他打倒在地,用长枪刺伤。恰是堂吉诃德的运气,那人是带火枪的一个。其他押送的人出乎意料,都惊慌失措。不过他们立刻定下神,骑马的几个③拔剑在手,步行的拿起标枪,一齐来斗堂吉诃德;堂吉诃德就不慌不忙地应战。那队囚犯一看有机会脱身,就设法挣脱锁住他们的铁链,打算逃跑。这件事却便宜了堂吉诃德。当时乱成一团,押送的人一面要追赶逃脱的囚犯,一面又要对付赶着他们厮打的堂吉诃德,弄得两头都顾不全。桑丘也出一份力,释放了希内斯·台·巴萨蒙泰。这人第一个脱却枷锁,灵便地跳出来。他直取倒地的差拨,夺了剑和火枪,举枪向这人瞄瞄,那人指指,尽管没有开枪,却把场上押送的人赶得无影无踪;他们怕巴萨蒙泰的火枪,又加脱身的囚犯向他们投掷许多石子,所以都逃走了。桑丘为这件事很担忧;他料想逃走的人一定会去报告神圣友爱团,团里一打起警钟,他们的巡逻队马上会出来追捕逃犯④。他把这话告诉主人,求他快快离开那里,躲到附近山里去。

---

① 西班牙谚语,又一说,"别在猫儿身上找五只脚",都指办不到的事。
② 堂吉诃德发怒,骂对方是猫,同时联想到儿童故事里猫追耗子,耗子咬绳子,绳子缚棍子,等等。
③ 作者忘了本章开始说,押送囚犯的共有二人骑马,都拿火枪;上文骑马的一个已受伤倒地,应该只剩一个骑马的了。
④ 按神圣友爱团的法令,哪里出了事,就打起警钟,神圣友爱团的巡逻队闻声立即赶出追捕罪犯,须追赶五哩瓦之远,一路上每到一处就打警钟,当地神圣友爱团的巡逻队亦闻声出动,各追赶五个哩瓦。

堂吉诃德说:"好啊;不过目前该怎么办,我自有主张。"

当时一群囚犯正在起哄,把差拨剥得只剩了贴身的内衣。堂吉诃德叫他们过来;他们就围上来听他有何吩咐。堂吉诃德对大伙儿说:

"有教养的人受了恩惠知道感激;不知感激是上帝最不容恕的罪行。我说这话有个缘故。你们各位已经亲身受到我的恩惠了;你们要报答,就该为我了却一个心愿。我要你们扛着脖子上解下的铁链,立刻上路,到托波索城里去拜见杜尔西内娅·台尔·托波索小姐,对她说,她的哭丧着脸的骑士叫你们去向她请安,还把我今天这桩了不起的事,从开头直到我把你们释放,一一告诉她。完了这个差使,就随你们自便了。祝愿你们前程美好。"

希内斯·台·巴萨蒙泰代表大家答道:

"我们的救命恩人先生啊,您吩咐的事是我们万万办不到的。因为神圣友爱团一定会来搜捕我们;我们不能在大道上一起行走,得各自设法躲进地道去。您还是想法变通一下,把您向杜尔西内娅·台尔·托波索小姐的效劳和献礼改作念经,我们可以为您念诵若干遍的《圣母颂》和《信经》。这事不论日夜,不论逃跑或休息,打架不打架,都做得到。您如要我们这会子回到埃及的肉锅旁边去①,换句话说,要我们扛着这副链子到托波索的大道上去,那就等于说,目前不是上午十点,却是夜晚;您要我

---

① 《旧约全书·出埃及记》第十六章第三节,记以色列人在旷野里挨饿,埋怨说,宁愿在埃及肉锅边吃得饱足时死去。"回到埃及的肉锅边去",一般指恋念过去丰足的生活,这里指办不到的事。

们干这件事就仿佛要榆树结梨①。"

堂吉诃德勃然大怒道:"好吧,婊子养的先生,强盗坏子小希内斯,或者随你叫什么名字吧,我发誓,我要叫你单独一人,夹着尾巴,背着整条链子到那边去。"

巴萨蒙泰看到堂吉诃德荒谬绝伦,竟要释放他们,早料到他头脑不大清楚。他本来不是好惹的,这时受到辱骂,就向伙伴们丢个眼色;他们就退后几步,拣起石子来打堂吉诃德。石子雨点似的打来,堂吉诃德拿着盾牌招架不住,可怜的驽骍难得又像铜铸的一般,踢它刺它都不动。桑丘躲在驴子后面,避掉了向他们俩打来的一阵阵雹子。堂吉诃德的盾牌没多大用处,石子来势凶猛,他身上着了不知多少,竟打倒在地。他刚倒下,那大学生就扑上来,抢了他头上的盆儿,在他背上打了三四下,又在地上摔三四下,险的把盆儿打破。一群囚犯把他披在铠甲上的袍儿抢去;他们还想剥他的袜子,幸亏有护膝压住,没有剥掉。桑丘的大氅也给他们剥去,只剩了贴身的衣裤。他们怕神圣友爱团,一心只想逃走,并不想扛着铁链去拜见杜尔西内娅·台尔·托波索小姐,所以把抢来的东西大伙分了,就各自逃走。

旷野里只剩了驴子和驽骍难得、桑丘和堂吉诃德。驴子低着脑袋默默沉思,时常把耳朵扇动一下,以为那阵石子雨还没有停止,耳朵里还听到那个声音呢。驽骍难得也给一阵石子打倒,躺在它主人身边。桑丘穿了一身衬衣裤,想着神圣友爱团栗栗自危。堂吉诃德对那群囚犯行了大好事,却在他们手里大受虐弄,气得不可开交。

---

① 西班牙谚语,指不可能的事。

第二十三章

著名的堂吉诃德在黑山的遭遇——
这部信史里罕有的奇事。

堂吉诃德吃了大亏,对他的侍从说:

"桑丘,我常听说:对坏人行好事,就是往海里倒水①。我要是早听了你的话,就免了这番气恼。可是事情已经做下了,忍耐吧,从此学个乖。"

桑丘说:"您会学乖,就好比我会变土耳其人。可是您既然说,早听了我的话不至于吃这个亏,那么,您就听我的话,免得再吃更大的亏吧。我告诉您,跟神圣友爱团讲骑士道是不行的,他们把所有的骑士都看得一钱不值。我跟您说吧,这会子我耳朵里就听到他们的箭飕飕地响呢②。"

堂吉诃德说:"桑丘,你天生是个胆小鬼。可是我省得你说我固执、老不听你的劝告,这一遭就听你的话,避开你害怕的凶神。不过有个条件:你这一辈子,无论死呀活呀,都不准对人说我这次是害怕而逃避危险;你得说,我是听从你的请求。如果说我害怕,你就是胡说。从现在直到将来,从将来回

---

① 西班牙谚语。
② 神圣友爱团拿获了现行犯,当场用箭射死。

溯到现在①,你如果有这个念头或说这个话,我就要反驳你,声明你是撒谎。别再多话了。你别以为我是要逃避危险;我这一遭沾着点儿害怕的嫌疑,尤其得讲讲明白。你只要有这种想头,我就待着不走,一人在这里等着,不仅等着你害怕的神圣友爱团,还等着以色列十二族的友爱团,玛咖贝欧七兄弟的友爱团,咖斯特和波鲁克斯的友爱团②,和世界上所有的弟兄们和友爱团。"

桑丘说:"先生啊,回避不是逃跑。凶险很大、出路很少的场合,死挺着算不得聪明。聪明人留着自己的身子等待来日,不在一天里拼掉性命。我跟您说吧,我虽然是个乡下土包子,还懂得几分谨慎小心的道理。所以您听我的话,决不会后悔。您要是能上马,上马吧;要是不行,我扶您上去,您跟我走。我的脑袋告诉我,这会子咱们的一双脚比一双手更有用处呢。"

堂吉诃德不再多说,他骑上马,由桑丘骑驴领路,从一个山口走进附近的黑山。桑丘打算越过山岭,从比索或阿尔莫多瓦·台尔·冈坡③出来;他们可以在深山里躲几天,如果神圣友爱团追捕他们,就寻找不到。他发现驴背上的干粮还在,那群囚犯穷搜乱抢,居然没有拿走;他认为这是奇迹,加添了上山的劲头。

---

① 古代西班牙公文里的套语。
② 玛咖贝欧七兄弟是纪元前二世纪争取犹太独立的英雄。咖斯特和波鲁克斯是希腊神话里宙斯的双生子。
③ 这两个城都在拉·曼却。虽说越过山岭,并不是从山北的拉·曼却到山南的安达路西亚。

他们当晚到了黑山深处①。桑丘决计在那里过夜,或许再多待几天,反正瞧他们带的干粮能支持多久就待多久。他们在软木树林里的两块大石头中间过夜。据愚昧的外教徒看来,一切事情都是命里注定的。命运驱使那有名的骗子和强盗希内斯·台·巴萨蒙泰又和他们碰上了。希内斯靠堂吉诃德的发疯仗义,脱去了枷锁,当然怕神圣友爱团追捕,所以决计到这座山里来躲避。他像堂吉诃德和桑丘·潘沙那样受了命运的摆布和怕惧的驱使,恰恰也到了他们俩寄宿的地方。那时候他们俩刚刚睡着,希内斯凭当时的天色,还认得出他们是谁。坏人往往忘恩负义,而且一个人窘急的时候,不免干些不应该的事,或顾了眼前的便宜,不顾将来的利害。希内斯原是个没良心的,又不怀好意,就想偷桑丘·潘沙的驴。他并不理会驽骍难得,因为那头劣马既不能押钱,也卖不出去。桑丘·潘沙睡得正熟,希内斯偷了他的驴,天亮以前早已跑得老远,追寻不到了。

　　太阳出来,大地欢笑,却苦了桑丘·潘沙,因为发现他的灰驴丢了。他不见了驴伤心痛哭,哭得没那么样儿的悲切。堂吉诃德竟给他哭醒了,只听得他在数说:

　　"哎,我肠子里生出来的儿子啊! 我自己家里养大的孩子啊! 我孩子们骑着玩的伴侣啊! 我老伴儿的开心丸子啊! 叫我街坊眼红的宝贝啊! 我的负担,靠你减轻! 我的生活,一半也靠你支撑! 因为你每天赚二十六文钱②,分担了我饭食的半份儿

---

① 从这里起到下文桑丘失驴痛哭、堂吉诃德答应赔他驴驹、桑丘拭泪道谢止,中间四段,《堂吉诃德》马德里1605年第一版里都没有;1605年第二版里作者本人添上了这几段。详见本书译者序19—20页。
② 一文钱(maravedi),古西班牙币名,一个瑞尔可兑三十四文钱。

开销啊!"

堂吉诃德瞧他痛哭,问明缘故,就极力用好话安慰,叫他别着急,还答应给他出一张交换票据,凭票把家里五匹驴驹里的三匹给他。

桑丘这才宽心;他擦干眼泪,忍住抽噎,向堂吉诃德谢赏。堂吉诃德到了山里,觉得这种地方正会碰到他指望的奇遇,心上很愉快。他追忆着从前游侠骑士在荒山僻野里遭逢的事,边走边想,一心专注,把别的事全都忘了。桑丘认为已经到了安全的地方,忧虑全消,只想着夺来的干粮还有剩余,正好拿来填饱肚子。他驮着灰驴身上的东西,跟在主人背后①,把粮袋里的干粮掏出来往自己肚里塞,且吃且走,满不愿意再遭逢别的奇遇。

他抬眼忽见他主人停着马,想用枪头挑起地下一堆不知什么东西。桑丘想他或许需要帮忙,立刻赶上去。堂吉诃德刚用枪头挑起一个鞍垫,上面系着一只手提箱。箱子已经半烂——竟可说全烂了,不过重得很,得桑丘下地去拣起来②。他主人叫他看看箱子里是什么东西;桑丘立刻遵命。箱上束着链子,还锁着锁,可是他从破烂的地方看见里面有四件荷兰细麻纱衬衫,还有些别的内衣,都是很精致很干净的。他又发现一块手绢里包着一大堆金艾斯古多③。他看见了说道:

"谢天啊!这遭奇遇给我们发了利市了!"

他细细搜寻,又找出一册装潢精致的记事本。堂吉诃德问他要了这个本子,叫他把钱留下,那是赏给他的。桑丘吻了堂吉

---

① 第一版作"他像女人似的横坐在驴背上"。
② 这里桑丘又好像是骑着驴子的。这是作者第二版修改时疏忽之处。
③ 艾斯古多(escudo),币名,金的值四十瑞尔,银的值十瑞尔。

诃德的双手谢赏,又把手提箱里的内衣全掏出来,装在盛干粮的口袋里。堂吉诃德在旁看着,说道:

"桑丘,据我想,准有个迷路的旅客在这座山里碰到强盗,给他们杀了,搬到深山里来埋了;一定是这么回事。"

桑丘答道:"不见得;要是强盗,不会留下这笔钱。"

堂吉诃德说:"你说得不错。究竟是怎么回事,我可猜不透也想不明白了。且慢,咱们瞧瞧这记事本上有没有什么线索,能帮咱们打开这个闷葫芦。"

他打开本子,第一眼就瞧见一首十四行诗,看来还是初稿,字却写得很好。他高声念出来,让桑丘也听听。原诗如下:

> 或许是恋爱神的昏愦糊涂,
> 也可能是他异常的残狠,
> 再不然就是对我责罚过甚,
> 惨酷的折磨使我这样痛楚。
>
> 但昏愦和神明名实不副,
> 恋爱神是无所不知的天神,
> 他绝不凶顽,却无限悲悯,
> 那么,是谁遣使我这样受苦?
>
> 如说是你,茜丽,那是谬误,
> 无瑕的美质决不包蕴祸害,
> 也不可能是上天把我蹂躏。
>
> 反正我身死在即,这是定数,
> 如果查不出病因何在,
> 不靠奇迹怎能妙手回春。

桑丘说:"诗里看不出什么线索,除非从您说的那个'线缕'上抽出个头绪来①。"

堂吉诃德说:"哪有什么'线缕'呀?"

桑丘说:"您不是在叫人家'线缕'吗?"

堂吉诃德说:"我说的是'茜丽'。这首诗是对一位小姐诉苦的,'茜丽'一定就是她的名字。我瞧这首诗确是写得不错,要不,我就是个大外行了。"

桑丘说:"唷,您还会作诗呀?"

堂吉诃德说:"你想不到我作得多好呢。我明儿叫你送封信给我的杜尔西内娅·台尔·托波索小姐,通篇都是诗,你就知道我作诗多么内行了。我告诉你吧,桑丘,古时候的游侠骑士,差不多个个都是了不起的抒情诗人和音乐家。作诗和奏乐这两种本领——或者该说这两种天赋的才能,和多情的游侠骑士是分不开的。不过古代骑士的诗热情有余,略欠雕琢。"

桑丘说:"您再念念那本子,也许会找到些关节。"

堂吉诃德翻过一页,说道:

"这是散文,好像是封信。"

桑丘问道:"是公文信吗? 先生。"

堂吉诃德说:"看这封信的开头,好像是情书。"

桑丘说:"那么您大声念吧,我最喜欢这种谈情说爱的东西。"

堂吉诃德说:"好!"

他就高声朗读。信上说:

  你的背约失信和我注定的苦命,使我到了这座荒山里。

---

① 西班牙谚语:"拿到了线头儿,就抽开了线球儿。"

我在这里埋怨你的话,也许要等你听到我的死讯之后,你才会听到了。负心人啊,人家比我有钱,不是比我品德好,你怎么竟为他抛弃了我呢?我如果以美德为贵,我就不必羡慕人家有福,叹恨自己不幸。你相貌美好受人景仰,你的行为却使人看低了你。我凭你的美貌把你当作天使,凭你的行为知道你不过是个女人罢了。你害得我心乱如麻,我但愿你能心平如镜。但愿上天叫你永远看不破你嫁的欺心骗子,免得你后悔,也免得我违着心吐气称快。

堂吉诃德念完信,说道:

"信里比诗里更找不出什么东西来。只有一点是明白的,写信的是个失恋的情人。"

他把记事本差不多每一页都翻了,又找出些诗和信,有的笔迹清楚,有的潦草模糊。写的无非是埋怨呀,悲哀呀,忧虑呀,相思和痛苦呀,有情和无情呀,等等;也有赞扬的,也有伤感的。堂吉诃德翻看记事本的时候,桑丘在翻检手提箱。他把一个个角落都搜遍;又检看了鞍垫的四角,把每一条缝都拆开,每一撮羊毛都理过,生怕忙中有错。他找到的艾斯古多有一百多个,引起了他好大的贪心呀!他并没有再找到什么,不过他觉得到手的那笔钱作为酬劳,已经绰绰有余,尽管给人兜在毯子里抛弄,喝了治伤油呕吐,挨了七横八竖的桩子,吃了骡夫的拳头,丢失了褡裢袋,抢掉了外衣①,再加跟了这位好主人受到种种饥寒劳累,都不冤枉了。

哭丧着脸的骑士急切要知道手提箱的主人究竟是谁。他凭

---

① 作者未提灰驴被窃。

那首诗、那封信、那些金币和精致的衬衣,料想那人准是个痴情公子,受不了意中人的鄙夷和折磨,自寻短见了。可是在那崎岖的荒山里,没人可以问讯。他只好随着驽骍难得的意向——也就是随它挑可走的路,往前走去。他深信在这座荆棘丛生的荒山里,必定有意外奇遇。

他怀着这个心念信马而行,忽见前面山冈上有个人飞步跳过一块块岩石、一丛丛灌木。那人看来没穿衣服,胡子黑而浓,头发多而乱,赤着脚,光着小腿,大腿上穿着裤子,好像是棕色丝绒的,可是破烂不堪,许多地方露出肉来;他也没戴帽子。尽管他像刚才说的那样飞越而过,他的状貌却一一都落在哭丧着脸的骑士眼里。这位骑士想去追赶,可是不行,因为驽骍难得太弱,不善走崎岖的山路,而且它生来脚步慢,性子也慢,压根儿跑不快。堂吉诃德立刻猜想那人是手提箱和鞍垫的主人,打定主意要去追赶,即使得在这座山里跑一年,也要找到了那人才罢休。所以他叫桑丘下驴①抄近道到山那边去,他自己由另一边过去,这样也许会碰到刚才一瞥而过的人。

桑丘说:"这可不行,我一离开您就心惊肉跳,见神见鬼的。我跟您说开了吧,从今以后,我就是寸步不离地紧跟着您。"

哭丧着脸的骑士说:"好吧,你要依靠我的勇气,我很高兴。尽管你吓掉了魂,我总有勇气扶持你。你现在跟着我慢慢走或随步走,把一双眼睛当灯笼使。咱们走遍这条山脊,说不定会碰到方才看见的那人。咱们拣到的那些东西,没错儿准是他的。"

桑丘听了这话,答道:

---

① 这又是第二版上作者没有改正的句子。

"还是别去找他好。如果找到了他,那些钱果然是他的,分明我就得还给他呀。还是别白费力气,让我保留了那笔钱吧。原主将来自会出现,不用钻头觅缝地找。到那时候,大概钱也花光了,国王就不向我追究了。"

堂吉诃德说:"桑丘,这来你错了。咱们既然看准原主是谁,那人又近在眼前,那就义不容辞,得找到他,把东西还他。只要咱们看准他是原主,就等于知道原主是谁,咱们不找他是有罪的。所以,桑丘朋友,你别为了要找他就不乐意,我可要找到了他才乐意呢。"

他就踢动驽骍难得往前跑去;桑丘驮着东西步行跟随①,这都是小希内斯·巴萨蒙泰作成他的。他们在山路上跑了一转,忽见山沟里倒着一匹死骡子,鞍辔俱全,尸体给野狗和乌鸦吃得只剩一半了。他们一见,心上越发拿稳:飞跃而过的人准是骡子和鞍垫的主人。

他们正在看那头死骡子,忽听得一声唿哨,好像是牧人赶羊的哨声,随后看见左边跑出一大群山羊;羊群后面,在一个山顶上,出现一个赶羊的老牧人。堂吉诃德大声请他下山到这边来。老牧人高声说:这里简直人迹不到,只有来往的羊群或出没的豺狼等野兽;谁把他们带到了这种地方来。桑丘请他下来了再跟他仔细讲。那牧羊人就下山前来,说道:

"我可以打赌,你们是在看死在这条山沟里的雇佣骡子吧?说实在话,这头骡子倒在那里已经六个月了。请问,你们在附近碰见了那骡子的主人吗?"

---

① 第一版作"桑丘照常骑驴跟随",这是作者在第二版上修改的。

堂吉诃德说:"我们没碰到谁,不过离这儿不远看见一个鞍垫和一只手提箱。"

牧人说:"我也看见了,可是没去拣,也没走近去,怕沾了晦气,也免得人家指控我做贼。因为魔鬼是狡猾的,他在你脚底下放些东西,叫你绊倒了还不知是怎么回事。"

桑丘答道:"我就是这么说呀。我也看见那些东西了,老远就没肯过去。东西原封不动的撇在那里呢;我不要挂铃铛的狗①。"

堂吉诃德说:"老哥,请问你,你可知道那些东西的主人是谁呢?"

牧人说:"我知道多少,都可以告诉您。大概六个月以前,有个漂亮斯文的年轻人到了三哩瓦以外的一个牧羊人的小屋里来。他的坐骑就是死在这里的骡子,他的鞍垫和手提箱也就是你们看见了没碰的。他打听我们这座山里哪一处最荒僻。我们对他说,这里就是。这是真话,因为你们如果再往山里走半个哩瓦,也许连出来的路都找不到呢。我不懂你们怎么会跑到这儿来,因为大路小路都不通的。且说那年轻人听了我们的回答,掉转辔头,就往我们指点的地方跑。我们喜欢他长得漂亮,听了他问的话,瞧他急急忙忙地回身往山里跑,都觉得奇怪。我们从此没有再看见他。直到几天以前,他忽然半路上拦住我们的一个同伙,也不打话,就对他拳头脚尖乱打乱踢,随后跑到驮骡身边,把驮带的面包和奶酪抢光,飞快地又躲进山里去。我们几个放羊的知道了这件事,就去找他,在山里最荒僻的地方跑了差不多两天,总算找着了;他在一棵大软木树的树洞里蹲着呢。他和和

---

① 西班牙谚语,意思是:不要惹麻烦的东西。

气气地迎出来,身上的衣服已经破烂,脸给太阳晒得又干又黄,我们简直不认得他了。不过我们记得他的衣服,还可以凭那破烂的衣服认出他是我们要找的人。他很有礼貌地跟我们招呼,说话不多,却很诚恳。他说自己罪孽深重,他这种行径是为了忏悔赎罪,请大家不要见怪。我们问他姓名,他却怎么也不回答。我们又对他说,不吃东西活不了命,他什么时候需要粮食,请告诉我们他住在哪里,我们对他很关切,马上会给他送去;假如他不要我们送,至少可以出来问我们要来吃,不用抢。他感谢我们的好意,请原谅他前几次的抢劫,还答应以后不再抢,只求看上帝面上给他些吃的。至于他的住处,他说并没有一定,夜来碰到哪里可住就住下。他说完伤心痛哭。我们听他哭得那么悲切,想到初次看见他是什么样子,这次又是什么样子,真该是石头人才能够不陪眼泪呢。我已经说过,他是个和蔼可亲的青年人,说话很文雅,可见是有教养、懂礼貌的。他那样斯文,我们在场的尽管是乡下佬也看得出来。他正和我们说着话,忽然顿住了,好半响,一双眼直勾勾地看着地下。我们很惊讶,等着瞧他发完这阵呆又怎么样,看着都觉得可怜。他一会儿睁眼瞪着地,好些时候连睫毛都不动;一会儿又闭上眼,抿紧嘴唇,皱起眉头。我们一看就知道他是发疯了。果然,他倒下地,忽又怒冲冲地跳起来,拼着性命,咬牙切齿地扑到旁边一人身上,我们要没把那人拉开,准给他打死咬死。他一面嚷着说:'啊!费南铎,你这奸贼!你害得我好苦!这会儿呀,这会儿呀,我可不饶你了!你的心是万恶之窝,尤其是奸诈的巢穴;我非要亲手挖出你这颗心才罢!'他说些话都是骂那个费南铎的,还指责他背信弃义。我们费了好大劲才把我们的伙伴从他手里拉开。他不再多说,撇下我们飞跑着躲到密密丛丛的荆棘里去,我们都没法追赶。我们由此猜想,他那疯病是发一阵好一阵的。大概那个名叫费南铎的干了什么对不起他的事;他会落到这个地步,想必受害不浅。我们的猜想都坐实了。他以后出来好几回,有时候问放羊的要东西吃,有时候就抢。他发疯的时候,尽管我们放羊的好意把东西送给他,他也不理,非要打几拳抢走。他清醒的时候就客客气气求人家看上帝面上给他点东西吃;吃了还含着眼泪连声道谢。"那牧羊人接着说:"我老实告诉你们两位吧,我和另外四个看羊的——我的两个帮工和两个朋友——昨天打定了主意要找他出来;等找到了,不管他愿意不愿意,定要把他送往八哩瓦以外的阿尔莫多瓦尔城去。他的病要是能治,就在那儿治,或者趁他神识清楚,问明他姓甚名谁,有没有亲属可由我们去报告他的苦难。两位先生问的话,我知道的都说了。还有,你们找到的那些东西就是那人的;你们看见那飞跑的人,衣服露着肉的,也就是他。"——因为堂吉诃德已经告诉牧羊人,刚才看见一个人在山上飞跑。

堂吉诃德听了牧羊人的话很惊讶,越发要知道那不幸的疯子究竟是谁。他还抱定原先的主意,要在这座山里满处寻访,每个角落、每个山洞都不放过,要找到了那人才罢。可是事情巧得出于意外。正在这个当儿,他要找的年轻人就在对面山沟里出现了。他一面走过来,一面喃喃自语,说的话靠近了都听不清,离远了更不用说。他的衣服就像上文说的那样,不过堂吉诃德在他走近的时候,看到他身上那件破烂的短袄是龙涎香皮子做的①。由此可知穿这种衣服的绝不是卑贱的人。

---

① 硝皮时加上龙涎香,制成的皮子有香味,很名贵。

那年轻人近前来向他们打招呼,声音带些嘶哑,不过很客气。堂吉诃德也很客气地还礼,然后,他下了驽骍难得,斯斯文文地过去拥抱那人,好半响把他紧紧抱在怀里,仿佛是多年的老相识。我们把堂吉诃德称为"哭丧着脸的骑士";那一位呢,我们不妨称为"晦气脸的褴褛汉"。他让堂吉诃德拥抱了一番,退后一步,双手搭在堂吉诃德肩上,把他细细端详,好像要认认是否相识。他看了堂吉诃德的神情相貌和浑身的铠甲,大概和堂吉诃德见了他一样惊奇。长话短说,两人拥抱之后,那位"褴褛汉"先开口,说的一席话详见下章。

第二十四章

续叙黑山里的奇遇。

据记载,堂吉诃德全神贯注地听着褴褛的"山中绅士"说话。那人开言道:

"先生,我虽然不认识你,不知道你是谁,我衷心感谢你对我表示的好意和礼貌。承你热情拥抱,可见你对我的心意,我但愿能够报答你。可是我走了背运,力不从心,只好虚有此愿了。"

堂吉诃德说:"我一心想帮助你,甚至打定主意,不找到你不出这座山岭。你过着这样古怪的生活,分明是心里有烦恼;我想问问,你的烦恼有没有办法解除。要是有办法,我一定千方百计去找。如果你的烦恼绝不能找到安慰,那么我就陪你尽情号哭一场;遭了不幸能有人同情,总是个安慰。假如我怀着这番好心该有什么酬报,那么,先生,我有个请求。你是很有礼貌的;我请你为了礼貌,为了你生平最心爱的人,赏脸告诉我:你究竟是谁,为什么跑到这种荒僻的地方来,和没灵性的牲畜同样生死;照你的衣服和你的模样,你不是过这种日子的人。"堂吉诃德接着又说:"我虽然是个卑微的罪人,却奉行了骑士道。我凭骑士道和游侠骑士的职业起誓,如果你答应我的请求,我一定怀着游侠骑士应有的热忱,对你的不幸能补救就补救,不然就像我刚才说的,陪你痛哭一场。"

"树林里的绅士"①听了哭丧着脸的骑士这么说,只把他看了又看,再又从头到脚地看。他看了个仔细,说道:

"你要是有东西给我吃,看老天爷面上给我些吧。等我吃了东西,你有什么吩咐,我都听命;我就这样来答谢你表示的一番好意。"

桑丘马上去掏他的粮袋,牧羊人也去掏他的口袋,他们拿出些干粮给褴褛汉充饥。他拿来就吃,来不及一口一口咽,却直着脖子吞,像傻子似的吃得快极了。当时他和看吃的人都一言不发。他吃完了招呼大家跟他走。他们由他带着绕过一块岩石,到一片青草地上。他就躺下了;大家也躺下,谁都不开口。褴褛人躺舒服了,说道:

"各位先生,你们如要我把自己那些说不尽的苦恼一口气讲出来,就得答应我一件事;不要问我什么话,也不要搅乱我这段伤心史的头绪。因为一搅乱,故事就讲不下去,只好悬在那儿了。"

---

① 就是上文的"褴褛人"和"山中绅士"。

槛褛汉这番话使堂吉诃德想起他侍从讲的故事,渡河几只羊的数目忘了,故事就悬在那里了。且说这位槛褛汉接着道:

"我把话说在前头,为的是要把自己的糟心事快快讲完;重温旧事,不免勾起新的烦恼。你们问得越少,我就完得越快。不过我也不漏掉要紧的情节,凡是你们要知道的事我都会讲。"

堂吉诃德代表大家答应了槛褛汉的要求,这人就原原本本讲述如下:

"我名叫卡迪纽,家在安达路西亚的一个大城市里。我出身高贵,父母很有钱,可是我这样的苦命准叫我父母痛哭,亲属慨叹,有钱也抵赎不了;因为命由天定,钱财没法补救。我那城里有个天堂,爱神把我所追求的光明全安顿在那里——陆莘达真美呀,她就是我的天堂。这位小姐和我一样富贵,而比我福气好,只是不够坚贞,辜负了我对她的心愿。我从小就对陆莘达爱慕崇拜,她也小姑娘家一片天真地诚心爱我。我们父母知道我们的心,可是并不担忧,因为他们很明白,到我们爱情更深厚的时候,无非让我们结婚就完了;彼此门户相当,家道相称,简直就是天生的配偶。我们俩年岁渐长,情爱也越深。陆莘达的父亲后来为了礼教的防范,不许我上门了。诗人乐于歌唱蒂斯贝的故事①,陆莘达的父亲这来多少是模仿了蒂斯贝的父母。他的

---

① 蒂斯贝(Tisbe)是古代巴比仑的一个美貌的少女,她和与她相爱的青年比若莫(Píromo)是比邻。两家的父母不许他们见面,他们就从墙缝里互通消息。一次他们约定在一棵白桑树下相会。蒂斯贝看见一头狮子扑来,急忙逃避,遗下一条面纱,被狮子抓破并染上血迹。比若莫见了以为蒂斯贝已被狮子吃掉,就自杀了。蒂斯贝回来见比若莫身死,也用佩刀自杀。相传这对情人的血,使白桑葚从此染成红色。他们的恋爱故事见奥维德《变形记》(IV);莎士比亚《仲夏夜之梦》中也引用到这个故事。

禁令使我们火上加火，情外添情。他们能管住我们的舌头，却管不住我们的笔头，而要表达心里话，笔头总比舌头灵便；因为当着情人的面，最坚决的主意也会游移，最勇敢的舌头也会懦怯。哎，我的天！我写给她多少情书啊！我收到她多少优雅有趣的回信啊！我编写了许多歌词和情诗，表达灵魂深处的感受，描摹埋藏在那里的热情，流连往事，想望前途。到后来我忍无可忍，憋不住要和她见面。我觉得若要称心如愿，最好是正式向她父亲求婚。我决计照这办法，一下子把事情解决。我想到做到。她父亲回答说：承我瞧得起，要求和他家攀亲，他很感谢；不过，我父亲还在，应该由我父亲出面求亲才对，如果他老人家不很乐意，陆莘达不是可以偷娶偷嫁的女人。我谢了他好言回答，觉得这话有理，只要我向父亲一开口，他准会同意的。因此我立刻去见父亲，要把心上的事禀告他。我到他屋里，看见他拿着一封拆开的信，没等我开口，就把信递给我说：'卡迪纽，你看看这封信，李卡多公爵有心要提拔你呢。'各位想必知道，这位李卡多公爵是西班牙的头等贵人，他的采地是安达路西亚最肥沃的部分。我接过信来读了一遍，辞意非常恳切，假如我父亲不答应他，我本人也会不以为然的。公爵要我马上到他那里去做他大公子的伴侣——不是仆人，他保证瞧我是怎样的人才，安插我合适的位置。我读了信哑口无言，尤其是听到我父亲说：'卡迪纽，你过两天就动身，去听候公爵的吩咐。你该感谢上天，送你走上这条路，从此可以不负我对你的期望了。'他还说了些类似的话来勉励我。我动身的前夕把情形都去告诉陆莘达，也告诉了她的父亲，求他等待几天，把女儿的亲事缓一缓，让我先瞧瞧李卡多对我的安排。他一口答应。陆莘达连连发誓保证，又频频晕倒,我看她分明也是同意的。我到了李卡多公爵家,受到非常优厚的接待,甚至不久引起了旁人的嫉妒;例如那些老家人,他们觉得公爵另眼照顾我,就不免损害他们的利益。最欢迎我的是公爵的二公子。他名叫费南铎,是一位慷慨多情的风流公子。没几天他和我就成了密友,招得大家尽说闲话。大公子虽然很喜欢我,也待我好,总不如费南铎那么亲近。朋友彼此什么秘密都谈,这是常情。堂费南铎对我的庇护已经变成友谊,他就把心事都告诉我,尤其是他不大随心的一件私情事。他爱上一个农家姑娘。她父母很富裕,是公爵的佃农。这姑娘美丽、贞静、聪明、善良,真是十全十美,熟悉她的人都说不出她哪方面更美好些。她的相貌品性使堂费南铎热情如火。他无法克服这位姑娘的坚贞,满足自己的欲望,只好下决心答应娶她。我出于友谊,告诉他这样不妥,还举了些活生生的例子,竭力劝他打消这个念头。可是我看看阻挡不住,就决计把这事告诉他父亲李卡多公爵。堂费南铎是个机灵人,防到这一着。他知道我是个忠心的仆人,不能隐瞒这种有损主人家体面的事。他就哄我说:他要撇开一心眷恋的美人,最好走开几个月,打算和我一起避到我父亲家去;我家乡出产全世界最出色的骏马,他可以向公爵托词,说那儿有几匹好马,他要去看了买下来。他的主意尽管不怎么好,我为自己的爱情打算,一听就满口赞成,认为再好没有,因为我觉得这是回去看望陆莘达的大好机会。我存着这个心,赞成他的主意,也附和他的建议。我催他赶紧走,说爱情不论多么坚定,眼不见、心不想是自然之理。据我后来知道,他和我谈这番话的时候,早已假借未婚夫的名义,享用了那个农家姑娘。他怕父亲知道了他那样胡闹要难为他,打算等机会适当,再把事情抖搂出来。其实,年轻人的爱情多半不是真正的爱情,只是情欲。情欲只求取乐,欢乐之后,欲念消退,所谓爱情也就完了。这是天然的界限,不能逾越,只有真正的爱情才无限无量。我这话无非说,堂费南铎把那姑娘骗上了手,欲念消了,爱情也冷了。他原先只说走开了眼不见、心不想,后来却是存心躲避,免得履行婚约。公爵准许他出门,吩咐我陪他同走。我们到了我住的城里,我父亲按堂费南铎的身份款待他,我就马上去看陆莘达。尽管我爱她的心始终如一,没有冷,也没有呆钝,可是一见了她,这颗心好像又获得了新生。我不幸把自己的恋爱告诉了堂费南铎。我觉得照他对我那么友谊深挚,我什么都不该瞒他。我对他夸赞陆莘达怎么美,怎么有风趣、有识见。我的夸赞动了他的心,想瞧瞧那么美好的小姐。我不幸又随顺了他。一天晚上,陆莘达在经常和我会面的窗口,蜡烛光下我指给他看了。她已经卸妆;堂费南铎一见她的容貌,马上把生平所见的美人全撇在脑后了。他张口结舌,呆瞪瞪地,魂都掉了,反正他已经颠倒不能自主。你们听了下文,就知道他入迷多深。他的爱情是瞒着我的,只有天知道。偏偏命运又助长了他的痴迷。有一天,他看见陆莘达给我的一封信,要求我去向他父亲求婚,措辞很委婉,很合礼,又很热情。他看了信对我说,天下女人多半才貌不能兼备,只有陆莘达才貌双全。我现在不妨老实承认,我虽然知道他的称赞很确当,可是出于他的口,我听来很不入耳。我有点害怕担心。因为他时时刻刻只想跟我谈论陆莘达,总把话引到她身上去,尽管扯不上也硬扯上。这就惹起我一种说不出的妒忌。我不是怕陆莘达的信义靠不住,可是,她能叫我放心,命运却使我放心不下。堂费南铎常要求看我和陆莘达来往的信,只说我们两人的妙笔,他读来很有趣味。陆莘达很喜欢骑士小说,一次她向我借看《阿马狄斯·台·咖乌拉》……"

堂吉诃德一听他提到骑士小说,忙说:

"您要是一开头就说陆莘达小姐爱读骑士小说,不用您夸赞,我就知道她聪明绝顶。她假如对这样有趣的书不感兴味,我瞧她就不会像您形容的那么好。对我呀,不用费那么许多话来形容她怎么美、怎么好、怎么聪明,我只要知道她有这点爱好,就拿稳她是天下最美丽、最聪明的姑娘。我只愿您把《阿马狄斯·台·咖乌拉》送给她的时候,把《堂儒亥尔·台·希腊》那部妙书也一起送去。我知道陆莘达小姐一定欣赏,比如书上讲的达莱达和咖拉亚呀,达林耐尔牧童的俏皮话呀,他那些牧歌里的佳句呀,而且他唱来多么有趣、多么传神、多么自然啊!这本书您将来可以补送,而且也不用等待多久,您只要跟我回乡,我那儿可以供给您三百多本书,都是我解闷消闲的。且慢!我这会儿想起来了,有些恶毒忌刻的魔术家存心害我,弄得我一本书都没有了。您请原谅,刚才答应不打断您的话,这会儿又打岔了。我一听到骑士道和游侠骑士这类事,要我不说话就办不到,仿佛要太阳光不发热、月光不发潮一样。您该讲下去了,请您原谅,您讲下去吧。"

堂吉诃德说话的时候,卡迪纽低垂着脑袋,好像在沉思。堂吉诃德一再请他讲下去,他也不抬头,也不答理,过了好久,才仰起头来说道:

"我心里纠结着一个念头,谁都没法消除,也改变不了。我认为那个大坏蛋艾利沙巴师父是玛达西玛王后的情人①。谁说不是,谁不信我这话,就是个大傻瓜!"

堂吉诃德一听之下,怒气冲天,像往常那样发誓说:"我发誓!没那事儿!这是恶意中伤,或者竟可以说是诽谤污蔑。玛达西玛王后是很高贵的公主,这样高贵的王妃怎么会和江湖医生有私情呢?谁反驳我就是混蛋胡说!我不论步战、马战,拿兵器或赤手空拳,黑夜或白天,随他喜欢怎么交手,一定要叫他认了错才甘休。"

卡迪纽只顾眼睁睁地瞪着堂吉诃德。他已经疯病发作,没心情讲自己的旧事了。堂吉诃德听到有关玛达西玛的话很愤怒,也没心情再听他讲。说也奇怪,堂吉诃德一心为玛达西玛辩护,仿佛她是自己的合法夫人;那些倒霉书竟把他迷惑到这步田地!且说卡迪纽已经疯了,听人家骂他胡说呀,混蛋呀,等等,不由得也大怒。他从身边拣起一块大石子,对堂吉诃德胸口使劲掷来,把堂吉诃德打了个仰面朝天的大筋斗。桑丘·潘沙看见主人吃了亏,捏起拳头就去打那疯子。褴褛汉回手一拳,把桑丘打倒在地,然后跳在他身上,把他的肋骨踩了个畅快。牧羊人想卫护桑丘,一样也挨了打。那疯子把大家打倒打伤,就撇下他们,心平气和地躲到山里去了。桑丘觉得自己平白无辜受了一顿收拾,气愤不过。他爬起身,找牧羊人出气,怪他不早说这人会发疯,让他们有个防备。牧羊人说他早就说过,桑丘自己没听见,不能怪人。桑丘·潘沙还是不肯住嘴,牧羊人再又跟他分

---

① 《阿马狄斯·台·咖乌拉》里的人物。这部小说里共有三个玛达西玛,但都不是王后,都没有和艾利沙巴发生关系。

辩,两人弄得互相揪着胡子对打起来,亏得堂吉诃德排解,才没打得皮破血流。桑丘紧紧揪住那牧羊人说:

"哭丧着脸的骑士先生,您别管我。这回他和我同是乡下佬,不是有封号的骑士。他得罪了我,我尽可以像上等绅士那样,跟他交交手,报复一下。"

堂吉诃德说:"话是对的,不过我知道刚才的事一点不能怪他。"

堂吉诃德平息了两人的火,又问牧羊人有没有办法找到卡迪纽,因为他心痒难熬,要知道他那段故事怎么结局呢。牧羊人还像原先那样说,不知道卡迪纽究竟住在哪里,不过他们如果在附近多跑跑,卡迪纽保不定疯不疯,反正会碰到。

第二十五章

英勇的曼却骑士在黑山有何奇遇;
他怎样模仿"忧郁的美少年"[①]吃苦赎罪。

堂吉诃德辞别了牧羊人,骑上驽骍难得,叫桑丘跟着走。桑丘满不情愿,只好骑驴[②]跟随。他们渐渐走入山里最险陡的去处。桑丘心痒痒地想跟主人说话,只希望他先开口,免得自己违背命令。可是他主人总不说话。他再也按捺不住,说道:

---

① 阿马狄斯在"穷岩"苦行赎罪时的别名。
② 这又是第二版上作者没有改正的句子。

"堂吉诃德先生,请您祝福了我,打发我走吧。我想就此回家,找我的老婆孩子去了。我跟他们在一起,至少可以随心如意地说说话。您要我跟着您日日夜夜在这种荒僻的地方奔走,想跟您说话又不能够,这简直是活埋了我。假如造化现在还让牲口说话,像伊索的时代那样,那还好些,我想讲什么,可以跟我的驴谈谈,我倒了霉也好受些。像这样一辈子东奔西跑地找稀奇事儿,碰到的呢,不过是挨踢呀,给兜在毯子里抛掷呀,石子砸呀,拳头揍呀,等等,这还不够,还得封上嘴巴,心里有话也不敢说,像哑巴似的,这实在是件苦事,叫人忍受不了。"

堂吉诃德答道:"桑丘,我懂你的意思;你煎熬不住,要求解除我对你舌头的禁令。现在就算是开禁了,你想说什么,说吧。不过有一个条件,开禁只限于咱们在这座山里来往的时候。"

桑丘说:"好,现在就让我说话吧,天知道以后怎么样呢,眼前我且享受这项特权。我说呀,您何必拼死命地卫护着那个什么玛吉玛沙①王后呢?那个阿巴德②是不是她的情人又有什么关系呢?这件事,您也没法儿判断。您如果不去管它,我相信那疯子会把故事讲下去,咱们也就免得给石子砸呀,给脚踩呀,再饶上那六七八个反手巴掌了。"

堂吉诃德说:"老实讲,桑丘,你要是像我一样,知道那位玛达西玛王后多么规矩,多么高贵,你一定会说我很有涵养,听他说出那么亵渎的话,竟没有打歪他那嘴巴。不论嘴里说或心上想王后跟外科医生有私情,都是莫大的亵渎。根据那段故事的

---

① 桑丘记不真玛达西玛的名字,说错了。
② 桑丘记不真艾利沙巴的名字,说错了。

真情,那疯子讲的艾利沙巴师傅是很有头脑、很有识见的人,他是王后的老师,也是她的医生。可是把王后当作他的情妇就荒谬透顶,应当严加斥责的。你该知道,这话是卡迪纽神识昏迷的时候说的,可见他是信口胡扯。"

桑丘说:"我就是这么说呀,疯子的话,何必当真呢。您为那个倒霉的王后辩护,还亏得您运气好,不然的话,要是石子不打在您胸口,却打在脑袋上,咱们就够瞧的了。至于卡迪纽呢,他是个疯子,只好由他。"

"凡是游侠骑士,只要听到女人的名誉受到诽谤,就该挺身出来辩护,不论是什么女人,也不论诽谤的人疯不疯;何况事关玛达西玛那样高贵的王后呢。我因为她品性高尚,特别敬爱她。她不仅相貌很美,头脑也很清楚,而且她饱经忧患,深有修养。艾利沙巴师傅替她出出主意,陪她做个伴儿,对她很有帮助,也是莫大的安慰;她就能够小心而耐心地经受自己的苦难。因此那些识见全无、存心不良的俗物,就传说或猜疑她是艾利沙巴的情妇了。我再重复一遍:他们是胡扯!谁这么想、谁这么说的,就是一百二百个胡扯!"

桑丘说:"我既不这么说,也不这么想。随他们自食其果,随他们和面包一块儿吃下去①。那王后和医生是不是情人,他们自己会向上帝交代。我从自己的葡萄园里出来,什么也不知道②;我不爱管别人的事。谁买了东西又抵赖,自己的钱包

---

① 西班牙谚语:"谁作恶就自食其果;随他和面包一起吃下去,随他自作自受。"
② 西班牙谚语,表示不愿意为人做见证,推卸干系。

有数①。况且我光着身子出世,如今还是个光身,我没吃亏,也没占便宜②。他们如果是情人,又与我什么相干呢?许多人以为这儿挂着咸肉呢,其实连挂肉的钩子都没有③。不过,谁能在旷野里安上大门呢④?再说吧,人家对上帝都会说闲话的⑤。"

堂吉诃德说:"天哪!桑丘,你一连串说些什么废话呀?你把些成语连成一串,跟咱们讲的又有什么相干呢?对不住,桑丘,别说话了。从今以后,你只顾赶你的驴,不相干的事你别管。你运用自己的五官,认识清楚:我不论过去、现在、将来,我干的事都是对的,也都合骑士道的规矩;我对这些规矩,比哪个骑士都熟悉。"

桑丘说:"先生,咱们在这个没有路径的山里瞎跑着找个疯子,找到了呢,他也许就要把他没干完的事干完——不是讲完他那故事,却是把您的脑袋和我的肋骨一股脑儿砸碎完事。难道骑士道的好规矩要咱们这么办吗?"

堂吉诃德说:"我再跟你说一遍,桑丘,你别再多话了。我告诉你:我到这里来,不单是要找那疯子,我还得在这座山里干一件事,我由此可以天下闻名,百世流芳;一个游侠骑士得干下了这件事,才成为地道杰出的骑士。"

桑丘·潘沙问道:"这件事很危险吗?"

哭丧着脸的骑士答道:"不危险。可是骰子转出来的点子

---

① 西班牙谚语,表示"自己做的事,自己有数"。
② 西班牙谚语。
③ 西班牙谚语,指捕风捉影。
④ 西班牙谚语,指堵不住众人的嘴。
⑤ 西班牙谚语,指闲话难免。

里,说不定没有彩头,只有晦气。不过这件事全靠你卖力。"

桑丘说:"靠我卖力?"

堂吉诃德说:"是啊。我要派你到一个地方去,你去了要是能早早回来,我的苦行就可以早早结束,我的光荣也就可以早早开始。你甭瞪着眼莫名其妙,桑丘,我告诉你吧,那位著名的阿马狄斯·台·咖乌拉是第一流的、十全十美的游侠骑士;说他第一流还不对,他是当时代全世界骑士里独一无二的,是天字第一号人物,是超群出众、带头领队的。谁要是说堂贝利阿尼斯有些地方可以跟他比美,那么,堂贝利阿尼斯和说这句话的人都是活见鬼!我可以千稳万妥地发誓,他们都错了。我还告诉你:一个画家如果要靠绘画的艺术出名,他就凭自己的知识,选择最杰出的几个画家,尽力模仿他们的原作。凡是为国增光的事,多半离不了这个常规。一个人如要取得谨慎忍耐的美名,就得模仿尤利西斯。荷马描写了他的性格和经历的苦难,从中活画出一个聪明有能耐的人物。维吉尔描写伊尼亚斯,也活生生地体现出这个孝顺儿子如何刚毅、这个智勇兼备的领袖如何英明。他们描写的不是真人真事,而是想象的当然必然的事物;描画出来的种种美德就成了后世的典范。因此,勇敢多情的骑士可以把阿马狄斯当作北极星、启明星或太阳;凡是在爱情和骑士道的旗帜下战斗的,都应该模仿他。照这个道理,桑丘朋友,我觉得一个骑士愈是极力模仿他,就愈符合骑士道的典范。阿马狄斯有一件事特别表现了他的谨慎、刚毅、勇敢、忍耐、坚贞、热情。他受了奥莉安娜小姐的冷淡就退隐到'穷岩'①上去苦修赎罪,改名

---

① 因为在那里吃苦修行须过赤贫生活。

为'忧郁的美少年'。他自己选择了这种生活,取这个名字确是意味深长的,而且很合适。我模仿他这件事,就比劈杀巨人呀、斩断蛇头呀、宰掉毒龙呀、打败军队呀、摧毁舰队呀、破除魔法呀等等容易多了。在这个地方干这件事,又是天造地设。既然机缘凑合,我就不应该错过。"

桑丘说:"干脆,您打算在这个荒僻的地方干些什么事呀?"

堂吉诃德说:"我不是跟你说了吗?我要模仿阿马狄斯,在这里做伤心人,做疯子,做狂人;同时也要模仿英勇的堂罗尔丹。罗尔丹在泉水旁边发现些形迹,知道美人安杰丽咖和梅朵罗干下了丑事,就此气得发疯。他把树木连根拔掉,搅浑清泉,杀死牧人,赶散羊群,烧掉茅屋,推倒房子,把一匹匹母马倒拖着走,还干了许多狂暴的事①,都值得记载史册,一代代流传下去。罗尔丹,或奥兰陀,或罗佗兰多——这三个名字原是一个人——他发了疯干的、说的、想的种种事,我虽然不打算一桩桩照办,我可以挑最重要的尽量模仿一个大概。也许我以后单模仿一个阿马狄斯就够了。他发疯不闯祸,只是伤心流泪,照样也成了最有名望的骑士。"

桑丘说:"我觉得干这种事情的骑士都因为受了刺激,都有个缘故才这样疯疯傻傻、吃苦修行。您可有什么缘故要发疯呢?哪一位小姐瞧不起您了吗?还是您发现了什么形迹,认为杜尔西内娅·台尔·托波索小姐和摩尔人或基督徒干了什么不规矩的事呢?"

堂吉诃德说:"这就是筋节所在,正是我干这件事的妙处。

---

① 见阿利奥斯陀《奥兰陀的疯狂》。梅朵罗是安杰丽咖的情人,他是一个俊美的摩尔人。

一个游侠骑士有缘有故地发疯,值不当什么;关键是要无缘无故地发疯,让我那位小姐瞧瞧,虚的尚且如此,何况实的呢。还有一层,我念念在心的杜尔西内娅·台尔·托波索小姐已经多时不见,这就够叫我发疯的。就像前些时候那个牧羊人安布罗修说的:情人分散了,什么事都放心不下。所以,桑丘朋友,你不用白费唇舌来阻挡我。我这番学着样发疯很奇很妙,而且是从来没有的。我现在就发疯,得一直疯下去。我打算叫你送一封信给我那位杜尔西内娅小姐,我要等你捎了她的信回来再说呢。如果她的回信不负我一片忠贞,我的疯病就会好,我的苦修忏悔也就结束。不然的话,我就要当真的发疯了。既然是真的发疯,就不会感觉苦恼。所以不管她怎样回信,反正到你回来的时候,你临走看见我忍受的痛苦烦恼都会解脱。我或是神识清楚,为你带来了喜讯而快慰;或是疯疯癫癫,你带来了噩耗我也漠无感觉。可是,桑丘,我问你,曼布利诺的头盔你藏好了吗?我看见你从地下拣起来了。那个坏心眼的家伙想砸碎它,可是砸不碎,可见是精炼细制的东西。"

桑丘听了这话,回答说:"我凭上帝老实跟您讲,哭丧着脸的骑士先生,您说的有些话,我简直受不了,也不耐烦听。听了您那些话,我就觉得您跟我讲的骑士道呀,征服王国和帝国呀,拿海岛赏人呀,给人家什么恩典什么爵位呀,所有这些游侠骑士照例规矩的一套,全都是空话骗人,都是'三孩经'或'山海经'或咱们说的什么经。您把个理发师的铜盆说成曼布利诺的头盔,好多天了还硬不认错,人家听了该怎么想呢?当然认为说这种话还自以为是,准是头脑有毛病。盆儿我收在粮袋里呢,全砸瘪了。我带在这里有个打算:如果天可怜见,有朝一日让我跟老婆孩子团聚，我到家把它修补一下，剃胡子的时候好用。"

堂吉诃德说："桑丘，你听着，我也照你的样儿发誓说：全世界古往今来的侍从里，数你头脑最简单。游侠骑士的事，看起来都是虚幻的，荒唐无稽的，而且都是不顺当的。你跟了我这么多时候，难道还没有注意到吗？不过那都是假相。因为我们身边老跟着一大群魔术家，凡是和我们有关的事物，他们都要变化，爱怎么变就怎么变，全看他们是存心帮我们还是害我们。所以你看来是一只理发师的铜盆，我看来是曼布利诺的头盔，在别人眼里又可能是什么别的东西。其实呢，那是曼布利诺的头盔，卫护我的那位魔术家叫大家看作一只理发师的铜盆，这是他特别照应我。因为那只头盔是了不起的宝贝，人人都会追着我来抢我的。如果他们看着不过是一只理发师的盆儿，就不想要了。刚才那人想砸碎它，扔在地下也没拣，分明就是这个道理。他要是识货，怎么也不会撂下的。朋友，你好好儿收着吧，我目前没有用处。如果我决计学罗尔丹而不学阿马狄斯那样苦修赎罪，我还得卸下全副盔甲，像刚出娘胎那样光着身子呢。"

他们说着话，跑到一座高山脚下。这座山在周围许多小山里孤峰特峙，简直像削出来的。山边缓缓流着一条小溪，山坡上成片的草地，青葱悦目。这里的树木自然成林，点缀些花草，更显得境地幽静。哭丧着脸的骑士选中了这块地方来苦修赎罪；他一见就发了疯似的大声说：

"天啊！我就选中这块地方来号哭自己的苦命了！我的泪水要涨满这条小溪，我一声声的长叹要把这片森林里的树叶吹拂得不得静止，借此来表明我这个伤心人的悲痛。荒野里诸位不知名的山神啊，我这个痴情的可怜虫和意中人分离多时，疑神疑鬼地放不下心,只好到深山里来哭诉那位绝世美人的冷酷,请你们听我诉苦吧!树林里的诸位女神啊,善走而又好色的山羊怪追求你们,搅扰你们的清静,你们害怕而躲到了这里来;我求你们对我的苦恼洒一把同情之泪,至少不要听着厌烦吧! 杜尔西内娅·台尔·托波索啊!我黑暗中的光明!痛苦中的快乐!前途的北斗星!命运的主宰!我求天保佑你称心如意!我离开了你,到了这种地方,落得这步田地,求你顾怜我,不要亏负我的一片忠贞!寂寞的树木啊!以后你们就是我隐居的伴侣了,请你们轻轻摆动树枝,表示不多嫌我吧!至于你啊,我的侍从,不论我走运背运,你总是我随心的伴侣!我在这里的一举一动,都是为了我心上的人儿,你看了牢牢记着,好去向她报告。"

他一面说,一面下了驽骍难得,转眼就卸下了它的鞍辔。他在它臀部拍一巴掌,说道:

"盖世奇才而又倒霉透顶的马儿啊,我这个不得自由的人,现在让你自由了!你爱到哪里去,就去吧!你脑门子上标着自己的价值呢。你的神速,阿斯托尔佛的飞马都赶不上①,著名的骏马弗隆悌诺也不如,尽管布拉达曼泰为它付出了昂贵的代价②。"

桑丘瞧他这样,就说:

"多亏那个好家伙,免得咱们费手脚替我那灰毛儿③卸鞍辔

---

① 飞马名伊波格里佛,阿斯托尔佛曾骑了这匹飞马去寻访奥兰陀。参看《奥兰陀的疯狂》第二十二章。
② 弗隆悌诺是汝希艾罗(Ruggiero)的名马,他的情人布拉达曼泰曾代他豢养。参看《奥兰陀的疯狂》第二十三章27—28节。
③ 桑丘指他的灰驴。按1605年马德里第一版,从这里起,灰驴已经丢失。

了。老实说,我少不了也会拍弄它几下,称赞几句。不过灰毛儿要是还在这里呢,我决不让人家卸它的鞍辔。我从前靠天之福是它的主人;我从来不恋爱,也从来不伤心绝望,它也就和这种事情全不沾边,不需要什么自由,所以不用卸它的鞍辔。其实,哭丧着脸的骑士先生,如果我当真的要走,您当真的要疯,那么,还是重新替驽骍难得备上鞍辔,让它顶灰毛儿的缺,我来去可以省些时候。我要是一步步走去送信,不知几时走到,也不知几时走回来呢;因为,干脆说吧,我的脚力是不行的。"

堂吉诃德说:"好吧,桑丘,随你怎么办都行,我觉得你的主意不错。我看,三天以后你就可以动身。这几天里我要你瞧瞧我为她说些什么话、干些什么事,好让你一一向她报告。"

桑丘说:"我已经看见了,还有什么要看的呢?"

堂吉诃德说:"你看见的算什么呀!我现在还得把身上的衣服撕掉,把盔甲四面乱扔,把脑袋到石头上去撞,还有些一类的事,叫你看了都吃惊呢。"

桑丘说:"您看上帝面上,把脑袋去撞石头可得小心啊。说不定你撞的那块石头上有个尖角,一撞上去,您这套苦修赎罪的勾当就一股脑儿全完了。我说呀,您这一套反正都是假的,装样儿的,开玩笑的,假如您认为撞头少不了,非撞不行,那么,您把脑袋撞撞水面,或者撞撞棉花那类的软东西,也就算了。您把事情全交给我,我会去跟咱们那位小姐说,您把脑袋在石头角上撞,那石头角比金刚钻还硬。"

堂吉诃德回答说:"桑丘朋友,多谢你一番好意。可是我要跟你讲明白,我干的这些事都不是开玩笑,却是很认真的。不然的话,我就违反了骑士道的规矩了。按那些规矩,我们什么谎话都不准说,说了谎就要按叛徒的罪名处罚。干了这件事而冒充那件事,就跟说谎一样。所以我说撞头,就得着实地使劲撞,不能带一星半点的虚假。你还得留下些软布给我裹伤,因为咱们倒了霉把治伤油丢了。"

桑丘说:"丢了驴更倒霉呢,因为软布和这类东西一起都丢了。我请您别再提起那倒霉的油,我只要一听到那话儿,不光是反胃,连我的灵魂都翻腾起来。我还求您一件事。您叫我再等三天瞧您发疯,您只算那三天已经过去了吧。您发的疯,我也只算已经亲眼看见,证据确凿了。我会去对咱们小姐讲它个天花乱坠。您写了信派我马上动身吧,因为我急着要回来救您出这座炼狱呢。"

堂吉诃德说:"桑丘,你说这是炼狱吗?该说地狱才对。假如还有不如地狱的去处,你就可以说这里不如地狱。"

桑丘说:"据我听说,'一个人进了地狱,就永被拘留。'①"

堂吉诃德说,"我不懂你讲的什么'拘留'。"

桑丘答道:"'拘留'就是说,一个人进了地狱,就永远不出来了,也出不来了。您在这里可不是这么回事呀。您要是被拘留了,我这一双脚尽管套上马刺,狠命催着驽骍难得快跑也不中用。可是现在呢,我只消跑到托波索,见到咱们的杜尔西内娅小姐,我就会去对她形容您直在干些什么疯疯傻傻的事——反正疯呀傻呀都是一回事。尽管她一上来比软木树还硬,我也要叫她变得比手套还软。然后我就带着她甜蜜的回信,像魔法师似

---

① 拉丁成语:"进了地狱永远不能赎罪"(In inferno nulla est redemptio),桑丘把 nulla est redemptio 说成 nula es retencio。

的乘着风直飞回来,救您出这座炼狱。您认为是地狱,其实不是,因为您有希望出来。我已经说了,一个人进了地狱就不能再有这个希望;我不信您对这句话还有什么说的。"

哭丧着脸的骑士道:"你说得不错。可是咱们用什么办法写信呢?"

桑丘接着问道:"您给我驴驹子的单据也写吗?"

堂吉诃德说:"都要写。这会儿没有写信的纸,咱们可以学古时候的办法写在树叶上或蜡版上。可惜这些东西现在也像纸一样难得。不过我倒想起了可以写字的纸,再好没有了;那就是卡迪纽的记事本子。你记着,你一到前面村里,就找人恭楷抄在纸上。那儿有的是小学教师。如果没有,随便哪个教堂的管事员都会替你抄。你可别去找法院的文书,他们那种公文字体①连魔鬼都看不懂的。"

桑丘说:"可是签名怎么办呢?"

堂吉诃德答道:"阿马狄斯写了信从不签名。"

桑丘说:"那好。不过单据非签名不可。如果抄写,人家说签名是假的,我就领不到驴驹子了。"

"票据也写在那个记事本上,我是要签名的,我外甥女看了一定照办,不会为难。至于那封情书,你就署名'至死对你忠心的、哭丧着脸的骑士'。请人代签这个名没多大关系,因为我记得杜尔西内娅不会写字,也不识字,生平没见过我的笔迹,也没看过我的信。我和她的恋爱向来只是心灵上的,至多不过规规矩矩地看一眼罢了;就是看一眼也很难得。我敢据实起誓:我这

———————

① 公文字体是一笔连书的。

十二年来,虽然爱得她比自己这一对早晚要埋掉的眼珠还宝贝,我只见过她四次。说不定每一次她都没知道我在看她。她父亲洛兰索·戈丘艾罗、她母亲阿尔东莎·诺加雷斯真是把她养在深闺的。"

桑丘说:"啊哈!原来洛兰索·戈丘艾罗的女儿就是杜尔西内娅·台尔·托波索小姐!她不是又叫作阿尔东莎·洛兰索吗?"

堂吉诃德说:"就是她。她配做全世界的女皇。"

桑丘说:"她是我很熟悉的。我可以告诉您,她会掷铁棒①,比村子里最壮的大汉还来得。天哪,她多结实啊!身子粗粗壮壮,胸口还长着毛呢!哪个游侠骑士或浪游的人娶了她,即使陷在泥里,她也能一把胡子揪他出来。哎呀,我的妈!她中气真足,嗓门儿真大!我告诉您,有一天她跑到村子里的钟楼上去喊她家的长工,他们在她爹的田里,离她有半个多哩瓦呢,可是听着她的声音,仿佛就在头顶上似的。她好在一点不装正经,因为她很随和,跟谁都开玩笑,对什么事都是嘻嘻哈哈的。我现在跟您说吧,哭丧着脸的骑士先生,您为了她不但可以发疯,应该发疯,您还真有理由给她气得上吊呢。尽管吊死了要给魔鬼带走,可是人家知道了都会说您上吊实在应该!我但愿这会子已经动身上路,专程去瞧她了。好些日子没见她,想必改了样子。老在乡下风吹日晒,女人的脸皮子经不起这样糟蹋的。堂吉诃德先生,我跟您说句老实话,我到今天一直很糊涂,当真的以为杜尔西内娅小姐是您爱上的一位公主,或是什么尊贵的人物,值得您

---

① 西班牙农民的一种运动或游戏,类似掷铅饼。

贡献那些珍贵的礼物呢,譬如像那个比斯盖人呀,那一队囚犯呀,还有其他等人——因为我跟您做侍从以前,您一定也打过许多胜仗。您不论过去将来,总是吩咐您打败的人跑去跪见阿尔东莎·洛兰索姑娘——我是说,杜尔西内娅·台尔·托波索小姐;可是我仔细想想,这对她有什么好处呢?也许他们跑去的时候,她正在理麻或打麦,他们见了会觉得很窘;她呢,说不定对您奉送的这份礼物会又好笑又好气的。"

堂吉诃德说:"桑丘,我跟你说过多少回,你这人说话太多。你生成一副死脑筋,却常常自作聪明。我给你讲个小故事,叫你知道你是多么傻、我是多么有道理。有个寡妇年轻漂亮,无拘无束,又很有钱,尤其很放诞风流。她爱上一个粗粗壮壮的年轻教士。这事给教士的上司知道了,有一天这位上司亲切地规劝这位寡妇说:'夫人,像您这样尊贵,这样美貌,又这样有钱,我们修道院里多少大师、多少博士、多少神学家都可以像梨子似的由您挑选,由您说:"我要这个,不要那个",您怎么却爱上像某人那么卑贱、那么低微、那么愚蠢的家伙呢?我很诧异,也怪不得我诧异呀。'寡妇的回答很俏皮,也很直爽。她说:'师父啊,您尽管认为某人笨,但如果说我挑错了人,那就是大错,而且您的脑筋也太古板了。因为他在某一点上,比亚里士多德还有学问;我爱他,就是为了他那一点。'我也照样告诉你,桑丘,杜尔西内娅·台尔·托波索在某一点上,比世界上最高贵的公主还高贵;我爱她,就是为了她那一点。老实说吧,诗人歌颂女人,无非随意捏造个名字,并不都是真有那么个意中人。书里、歌谣里、理发店和戏园子的墙壁上满是女人的名字,什么阿玛丽莉呀,斐丽呀,西尔维亚呀,狄亚娜呀,伽拉泰呀,费莉达呀,等等,你以为那些都是有血肉皮骨的女人吗?古往今来歌颂她们的诗人真有那些意中人吗?绝不是的。他们多半是捏造一个女人,找个题目来作诗,表示自己在恋爱,或者借此自高身价。所以我只要当真的认为阿尔东莎·洛兰索姑娘美貌贞静就行了,她的家世无关紧要;不用调查了家世给她什么封号,她在我心眼里就是世界上最尊贵的公主。你该知道,桑丘——也许你还不知道,最动人爱恋的只有两件东西:相貌美,声名好。这两件东西在杜尔西内娅身上都是十全的。她的相貌世上无双,她的声名女中第一。总之,我认为我说的完全恰如其分,一点不多也一点不少。她的美貌和她的尊贵,都由我任意想象,不论海伦,或鲁克瑞霞,或古时候希腊、伊斯兰、罗马的任何有名的美人都比不上她。别人爱怎么说,随他们说去吧。也许愚昧无知的人会批评我,可是识见高明的人不会责备。"

桑丘答道:"我认为您的话都对,我是一头驴罢了。不过我不知怎的又提起驴来,因为在绞杀犯家里,不该提到绳子①。您且把信写好,我就辞了您动身了。"

堂吉诃德拿出记事本子,走过一边去,安安静静地写信。他写完把桑丘叫到跟前,说要念给他听,让他记在心上,防路上万一丢失了信,因为照自己那么倒霉,什么事都保不定。桑丘听了答道:

"您在本子上写它两遍三遍,交给我,我带着小心在意就是。指望我记在心上可就荒唐了;我记性没那么样儿的糟,常常连自己的名字都记不起来。不过,您还是给我念吧,听听准是很

---

① 西班牙谚语,不触犯忌讳的意思;因为他丢了驴正伤心。

有趣的,一定写得好极了。"

堂吉诃德说:"你听着,信上这么说:

堂吉诃德给杜尔西内娅·台尔·托波索的信

尊贵无比的小姐:

一别至今,肝肠寸断。我身不安,心不宁,但愿最甜蜜的杜尔西内娅·台尔·托波索身心安宁。如果你凭貌美而小看我,你仗高贵而鄙视我,你对我的轻蔑使我尝遍了辛酸,我尽管有能耐,也受不起这样的苦,因为苦得太厉害,也太长久了。哎,冷酷的美人,亲爱的冤家啊!我为了你落到什么田地,我的好侍从桑丘会一一告诉你。假如你愿意救我,我就是你的人了,不然呢,也就随你吧。反正我只要一死,就随了你的狠心,也了了我的心愿。

至死是你的,
哭丧着脸的骑士。"

桑丘听他读完信,说道:"我的爹呀!我一辈子没听见过这么文雅的东西!我的天呀!怎么您心上想说什么,信上都会说出来!还安上'哭丧着脸的骑士'这么个签名,真是好极了!说真话,您简直就是魔鬼变的,什么都能。"

堂吉诃德说:"干我们这一行就得件件都能。"

桑丘说:"哎,您现在把交换三匹驴驹子的单据写在背面吧,把名字签得清清楚楚,让人家一看就认得出来。"

堂吉诃德说:"好啊。"

他写完就照下面念道:

"外甥小姐:请您凭这张交换驴驹的单据,把家里您照看的五匹驴驹里取出三匹,交给我的侍从桑丘。我请您把这三匹驴驹来抵偿我在这里已经收到的三匹。凭此据并桑丘的收据,就可以把驴驹如数交割。本年八月二十二日于黑山深处立据。"

桑丘说:"写得好!您签上名吧。"

堂吉诃德说:"这不用签名,我画个花押就跟签名一样。别说为三头驴驹子,就是三百头,这也行了。"

桑丘回答说:"您的话准没错儿。让我去给驽骍难得套上鞍辔,您就准备为我祝福吧,因为我打算马上动身,您还得干些什么疯疯癫癫的事,我都不瞧了。我会对她说,我看见您干了多少多少疯傻的事,叫她听不下去。"

"桑丘,你至少得依我一件事,因为这是罢不了的。我说呀,我要你瞧我脱光了衣服,耍一二十套疯子的把戏,不用半个钟头就行。你亲眼看见了,随你加油加酱,也可以放心赌咒,说是真的。我一会儿要干的事,保管你讲都讲不完。"

"我的先生,看上帝分上,别叫我瞧你光着身子,我瞧了心上难受,忍不住要哭的。我昨夜为那头灰驴哭了一场,脑袋直发胀呢,今天不能再哭了。您如果一定要我瞧您耍些发疯的把戏,您就穿着衣服,耍几套简单方便的吧。其实,我已经说过,您不用为我耍,省点儿时间,让我早早回来。我带回的消息一定是您指望的,也不亏负您的。不然的话,让杜尔西内娅小姐瞧着点儿!她的回答要是不合道理,我一心至诚地向天起誓,我会拳打脚踢,从她肚子里逼出个好的回答来。凭什么让您这样一位大名鼎鼎的游侠骑士发了疯呀?无缘无故的,为一个——那位小姐别叫我说出好的来!哼!我什么都说得出!反正我豁出去了!我会耍这一手!她还不知道我呢,老实说吧,她如果知道,可得怕我!"

堂吉诃德说:"说老实话,桑丘,看来你和我疯得正不相上下呢。"

桑丘答道:"我没您那么疯,只是比您火气大些。闲话少说,您在我回来之前,吃些什么呢?您也得像卡迪纽那样,到大路上去抢牧羊人的东西吃吗?"

堂吉诃德说:"这个不用你操心。我只吃这片草地上的野菜和这些果树上的果子,即使另有可吃的东西也决不吃。我这件事的妙处,就在不吃东西,单吃这一类的苦头。咱们再见吧。"

"可是您知道我发愁的是什么?这个地方很隐僻,我这会子撇下您一走,只怕找不到原路回来。"

堂吉诃德说:"你且认清这里的标记。我决不离开附近这一带;我还要经常爬上最高的岩石,瞧能不能在你回来的时候望见你。还有个最妥当的办法,免得你找不到我或迷失道路。这里满山都是灌木,你斫下些丫枝;回头一路出去,走一程就撒下些,直到你走上平地为止。你回来找我的时候,那些灌木枝可以一路上指引你,仿佛引导忒修斯走出迷宫的那条线一样①。"

桑丘·潘沙说:"好,我就照办。"

他斫了些灌木枝,然后求他主人为他祝福;两人不免还洒了好些眼泪,就此分手。堂吉诃德很郑重地把驽骍难得托付给桑丘,叫他务必爱马如己,尽心照顾。桑丘骑上马,就向平原跑去,一路上照他主人教的办法,隔几步撒些灌木枝。堂吉诃德还直

---

① 希腊神话,忒修斯牵着一条长线走入迷宫,杀掉牛头怪人,又顺着那条线走出迷宫。

留他,叫他至少瞧自己耍那么两套发疯的把戏,他却不理会,只顾走了。可是他没走得一百步,又跑回来,说道:

"我说呀,先生,您刚才的话很对。尽管您一人耽在这山里就是大发疯,我至少还得看您发一次疯,以后我发誓说看见您发疯,就不会良心不安。"

堂吉诃德说:"我不是早跟你说的吗?你等一等,桑丘,不到念一遍《信经》的工夫,我就疯给你看。"

他急急忙忙褪下裤子,脱得精光,只剩一件衬衫,然后啥也不顾,先踊身跳跃两次,又两番头在下、脚在上倒竖蜻蜓。他露出了些东西,桑丘忙揽住马缰回转身,免得再看见第二眼。他觉得可以安心赌咒发誓,说看见他主人发疯了。我们且随他赶路去,他一会儿就要回来的。

第二十六章

续叙堂吉诃德为了爱情在黑山修炼。

且说哭丧着脸的骑士一个人在干些什么事吧。据史书记载,堂吉诃德下身精光,上身穿件衬衣,跳跃一番,又倒竖蜻蜓。他瞧桑丘不肯耽着看他发疯,已经走了,就爬到一块大岩石顶上。他有一件事曾经反复想过好多回,总没有打定主意:罗尔丹疯得癫狂,阿马狄斯疯得忧郁,他究竟学哪个好?学哪个合适?他这会子在岩石顶上又细细思忖,嘴里自言自语:"罗尔丹尽管名不虚传,的确是个很好的骑士,也的确很勇敢,但是他并没有什么稀奇,因为他毕竟有魔法护身,谁也杀不了他,除非把个大钉子钉进他的脚跟,可是他脚上老穿着七层铁底的鞋呢。不过一切法术难不倒贝尔那都·台尔·加比欧,他全识得破。他在隆塞巴列斯双手把罗尔丹扼死了。罗尔丹的胆量且撇开不谈,只说他怎么会神识昏迷的。这事千真万确,因为他在泉水旁边发现些迹象,又听到牧羊人传说,安杰丽咖跟梅朵罗睡过不止两次午觉,那小子是个卷头发的摩尔人,是阿格拉曼泰的侍僮。他既然认为他意中人确是亏负了他,那么他发疯也是理所当然。我呢,并没有同样的缘由,怎么能照着他的样发疯呢?我可以打赌,我的杜尔西内娅·台尔·托波索一辈子也没看见过一个穿摩尔服装的地道摩尔人,她现在就像生她的妈妈一样①,如果我对她多心,也像疯狂的罗尔丹那样发起疯来,分明就是侮辱她了。至于那个阿马狄斯·台·咖乌拉呢,他没有神识昏迷,也没有做出疯疯癫癫的事来,可是他享有多情之名,不输世界上最多情的人。据传记上说,他的意中人奥莉安娜吩咐他:不得她许可,不要去见她。他受了嫌弃,并没有干什么事,只是跟一位修士结伴在'穷岩'隐居,在那儿尽情痛哭,求上帝保佑;直到后来他万分苦恼的时候,老天爷援救了他。这都是实在的事。那么,我这会儿何必费事把衣服脱光呢?何必去损伤这些树木呢?树木又没害了我什么。我何苦把碧清的溪水搅混呢?等我口渴的时候可得喝水呀。真该把阿马狄斯永远记在心里;堂吉诃德·

---

① 作者不止一次用这话来形容童贞女子(参看本书第九章),有的本子把这句话改为"就像她刚从妈妈肚里生出来的时候一样",但这样是改掉了原文。作者好像是故意这样说的。

台·拉·曼却该尽量模仿他！据说他虽然没有完成伟大的事业，却为了试图干那些事业而献身了；但愿这话将来也能移用在我身上。我虽然并没有遭到杜尔西内娅·台尔·托波索的嫌弃，但是我说过，离别了她就够我受的。哎，好，说干就干！让阿马狄斯的事，一桩桩都到我脑筋里来，启示我应该从何学起吧。不过我知道，他干的事多半是念经和祷告上帝保佑，我没有念珠，可怎么办呢？"

这时他想出一个办法。他把衬衫的下摆撕下一大条，挽了十一个结子，其中一个挽得特别大些。他在那里一直就把这几个结子当念珠用，念了几千万遍的《圣母颂》。苦的是当地找不到一个隐居的修士，可以请来听他忏悔，给他安慰。他无可消遣，就在那里一片草地上踱来踱去，做了许多诗，或写在树上，或刻在树上，或划在地面的沙上。那些诗都抒写他心里的忧郁，也有几首是赞美杜尔西内娅的。不过后来人家在那里找到他的时候，发现只有下面几首诗还完整，字迹也还清楚。

　　四周围参天的高树，
遍地碧油油的绿草
还有漫山丛生的灌木，
你们如果不笑我苦恼，
请倾听我圣洁的哭诉。

　　愿你们别为我悲凄，
虽然我心痛如剐；
为了向你们聊申谢意，
堂吉诃德在此哭哭啼啼，
思念远方的杜尔西内娅·

台尔·托波索。

　　最坚贞不二的情人
为了躲避他心爱的姑娘
跑到这个地方来藏身；
他弄成这副狼狈相
不知是为了什么原因。
　　爱情太促狭暴戾，
总侮弄他、虐待他；
待要倾泻满腔的涕洟，
堂吉诃德在此哭哭啼啼，
思念远方的杜尔西内娅·
　　　　台尔·托波索。

　　在崎岖曲折的山径上
寻找奇遇，不辞艰险，
咒诅着山石般坚硬的心肠，
但是乱石荒榛之间，
倒霉人只找到灾殃。
　　爱情用鞭子当武器，
不用柔软的带子抽打；
因为鞭伤了后脑的颈皮，
堂吉诃德在此哭哭啼啼，
思念远方的杜尔西内娅·
　　　　台尔·托波索。

他们看到上面几首诗里,杜尔西内娅的名字下面还附上"台尔·托波索"几个字,都忍不住大笑。因为他们猜想,堂吉诃德准以为诗里如果单提杜尔西内娅的名字,而不加上"台尔·托波索"几个字的说明,人家就看不懂他的诗。据他自己承认,他果然是这个心思。他写的诗不少,可是上文已经说过,除了这三首,其余都字迹模糊,而且也不完整了。他就这样作诗消遣,还只顾长吁短叹,叫唤着当地森林里的牧神、树神、河溪里的女神,以及含悲带泪的"回声"神,请他们回答他、安慰他、倾听他的诉苦。他在等待桑丘回来的时候,找了些野菜充饥。假如桑丘不是耽搁三天而耽搁了三星期,哭丧着脸的骑士一定面貌全非,连他的生身妈妈都认不得他了。

我们让他叹气作诗去吧。且说桑丘奉命出差,碰到了些什么事。他走上大道,寻路往托波索去。第二天,他来到上次不幸遭人兜在毯子里抛掷的客店。他一看见那客店,立刻觉得自己又在天空翻滚,就不肯进去了。其实他不妨进去,也应该进去,里面正开饭,他好多天只吃冷食,很想吃些热的呢。

他因此不由自主地在客店旁边直打转,拿不定主意究竟进去不进去。正在这个当儿,店里出来两个人。他们一眼就认识他,其中一个对另一个说:

"硕士先生,你瞧,那骑马的不是桑丘吗?据咱们那位冒险家的管家妈说,他当了她家主人的侍从,跟着一起出门的。"

那位硕士说:"是他呀!那匹马也就是咱们那位堂吉诃德的马呀!"

他们对桑丘熟悉得很,原来不是别人,正是桑丘本乡的神父和理发师,也就是检查和处决那些书籍的两个。他们认明是桑

丘和驽骍难得,就想问问堂吉诃德的消息,忙迎上来。神父喊着桑丘的名字说:

"桑丘·潘沙朋友,你的主人呢?"

桑丘·潘沙立刻也认出了他们俩。他打定主意决不泄露主人何在、情况何如。所以他回答说:他主人正在某一个地方办一件非常要紧的事,什么地方、什么事情他不能说出来,挖掉他的眼睛也不能说出来。

理发师说:"不行!桑丘·潘沙,你不说出他在哪里,我们就怀疑你杀了他又抢了他的东西。你骑的是他的马,我们正怀疑你呢!我跟你老实说:你得交出这匹马的主人来;不然的话,你逃不了干系!"

"你们不用吓唬我,我从来不是抢东西杀人的家伙。一个人生死有命,或由上帝做主。我主人在这座深山里苦行修道呢,是他自己喜欢的。"

于是他一口气把所有的事全抖搂出来:他主人目前如何光景;遭遇了什么事情;他怎么去捎信给杜尔西内娅·台尔·托波索小姐;这位小姐就是洛兰索·戈丘艾罗的女儿,是他主人打心窝里爱恋的姑娘。两人听了桑丘的话不胜诧异。他们虽然知道堂吉诃德发疯,也知道他发的是什么样的疯,可是每次听到他发疯的事,还不免惊奇。他们叫桑丘把捎给杜尔西内娅·台尔·托波索小姐的信给他们瞧瞧。桑丘说:信写在一个记事本里,他主人吩咐他到了前面村里找人抄在纸上。神父听了就叫桑丘把信拿来,让他恭笔誊写。桑丘伸手到怀里去掏摸那记事本子,却找不到。他即使找到如今,恐怕也找不出来。原来那本子还在堂吉诃德身边,没有交给桑丘,桑丘也忘了问他要。

桑丘找不到那记事本,立刻面如死灰,赶紧又浑身摸索,还是没有。他不问情由,两手把自己的胡子乱揪,竟揪下了一半;又在自己脸上、鼻子上一连打了五六拳,打得满面流血。神父和理发师瞧他这副模样,忙问出了什么事,把自己这样糟蹋。

桑丘说:"出了什么事吗?我一换手、一眨眼的工夫,丢失了三匹驴驹子,每一匹都抵得一座大房子呢。"

理发师说:"究竟是怎么回事儿呀?"

桑丘说:"我把笔记本子丢了,上面有写给杜尔西内娅的信,还有我主人画了押的一个笔据,笔据上叫他外甥女从他们家的四五匹驴驹子里拿出三匹来给我。"

他接着就告诉他们怎么把灰驴丢了。神父安慰他说,等找到了他主人,一定叫他为桑丘立一个正式笔据,按合法的规定写在纸上,因为写在笔记本上的向来不能算数,是无效的。

桑丘这才放了心。他说,既然如此,丢掉杜尔西内娅的信也不着急了,他大致还记得,随时可以让他们笔录下来。

理发师说:"好啊,桑丘,你说吧,让我们写下来。"

桑丘竭力追忆信上的话,站定了只顾搔头皮;一会儿着力在左腿上,一会儿着力在右腿上,一会儿看着地,一会儿望着天,把一个手指甲啃得只剩了半截。他们两个直等着他开口。好半响,他才说道:

"天晓得,硕士先生,我要能记住信上的话呀,那真是活见鬼了!不过开头是这么说的:'尊贵无皮的小姐'。"

理发师说:"不会是'无皮',除非是'无上'或是'无比'吧。"

桑丘说:"这就对了。我要是没记错呢,下面说——我要是没记错的话,接下是这么说:'一憋着筋,肝肠撑断。我身不安,心拧了,冷酷的冤家美人。我吻你的手。'还讲什么救命呀,什么苦恼。就这么一顺溜地下去,结尾说:'至死对你忠心的、哭丧着脸的骑士。'"

他们俩瞧桑丘这般好记性,不胜好笑,都把他的记性大大夸赞一番,还叫他把那封信再背两遍,好让他们也记在心上,等有工夫再写下来。桑丘又翻来覆去背了三遍,每遍都不一样,遍遍笑话百出。接着他把自己主人的其他些事情也讲了。至于他不愿光顾的这家客店里曾把他兜在毯子里抛掷,这事他却一字不提。他还讲,等他从杜尔西内娅·台尔·托波索小姐那儿带了好消息回去,他主人就要设法谋做大皇帝,至少也做个国王。这是他们商量好了的事。凭他主人的人才和勇力,这是很容易办到的。他主人成功之后,就要为他桑丘完婚。到那时候,他少不了已经成了鳏夫了。他主人就把伺候皇后的宫女配给他做老婆,那宫女还承继了大片肥沃的田地,那是在大陆上的,不是什么海岛河岛;海岛他现在不稀罕了。桑丘一面讲,一面只顾抹拭鼻子,他的神情是那么正经,头脑又是那么简单,更使神父和理发师惊奇不已。他们想不到堂吉诃德疯得这么厉害,把这个可怜家伙也拖带得疯了。他们懒得去纠正他,觉得反正于他的天良无损,还是随他去为妙;况且听他满口荒唐,也怪有趣的。他们叫他求上帝保佑主人身体强健,很可能将来有一天,他主人真做了大皇帝,起码也做了大主教之类的贵人。桑丘回答说:

"两位先生,我这会儿想问问,假如命里注定我主人不要做皇帝,倒要做大主教,那些游侠的大主教通常对侍从赏赐些什么呢?"

神父说:"他们通常是赏个神职,有的领干薪,有的带管教区;或者赏个执事,给固定的薪俸,外加祭台上的外快。外快往往和薪俸不相上下呢。"

桑丘说:"那么,侍从得是个独身汉吧?至少得会帮做弥撒吧?这样说来,我就糟糕了。我是有老婆的,而且连头一个字母都不认得。要是我主人不照游侠骑士的老规矩去做大皇帝,却要做大主教,我可怎么办呢?"

理发师说:"桑丘朋友,别着急。我们会求他,劝他,甚至抬出良心来责备他,叫他做大皇帝,别做大主教。他做大皇帝还比较容易,因为他那好战的心,压倒了学道的心。"

桑丘答道:"我也这么想。不过我敢说,他什么都来得。我呢,打算祷告上帝,指引他做个事儿,对他自己最相宜,对我又最有利。"

神父说:"你讲得对,你干事也一定符合好基督徒的要求。可是据你说,你主人还在苦行修道呢,现在得想办法叫他放弃这种没有必要的苦修。这会儿正是吃饭的时候,咱们还是进客店去,一面想想咱们该怎么办,一面可以吃饭。"

桑丘说:他们俩尽管进去,他只在外边等着,以后再告诉他们自己为什么不进去,也不便进去;可是请他们为他弄些热东西吃,再为驽骍难得要些麦子。他们俩就撇下桑丘进客店;过一会,理发师给桑丘送来了饭食。当下神父和理发师两人细细商议。神父想出一个办法,既配合堂吉诃德的脾胃,也能完成他们的计划。他一一告诉了理发师。他打算乔装打扮成一个出门浪游的少女,叫理发师尽可能把自己扮成少女的侍从,然后两人跑到堂吉诃德那里去。少女假装遭了苦难,向堂吉诃德求助,堂吉诃德既是勇敢的游侠骑士,少不得答应她。她提出要求,她到哪里,也要堂吉诃德跟到哪里,只说她受了一个坏骑士的侮辱,请堂吉诃德替她雪耻;还请他别要求她除下面罩,也别探问她的身世,等为她雪耻复仇之后再说。神父拿定堂吉诃德会吃这一套。

这样就可以哄他出山，把他带回家乡；到了家乡，他们就可以设法医治他那古怪的疯病。

第二十七章

神父和理发师怎样按计而行；以及
这部伟大历史里值得记载的事。

理发师认为神父的计策不错，而且很妙，所以他们马上就按计行事。他们问客店主妇要了一条裙子和几块头巾，把神父的道袍做抵押。店主人有一条灰褐色的牛尾巴，平时插梳子用的；理发师拿来做成一部大胡子。店主妇问他们这些东西要来干什么用。神父简单地把堂吉诃德的疯病告诉她听，说他目前还在深山里，他们想乔装打扮了去哄他出山。店主夫妇恍然大悟，原来那疯子正是炮制治伤油的那位客人，他的侍从也就是给人兜在毯子里抛弄的家伙。他们就把这疯子在他们店里的事全告诉了神父，连桑丘绝口不提的也都讲出来。长话短说，店主妇把神父打扮得没那么样儿的好看。他穿一条细呢裙子，裙上钉着一条条一拃宽的黑丝绒横条，整条裙子从前到后都镶嵌褶裥①。

---

① 镶嵌褶裥（acuchillado），把衣料裁出一条条裂缝，每个裂缝里镶上两头尖、中间大的瓜皮形长条，这往往是另一种料子、另一个颜色的；女人的裙子和衣袖，男人的上衣都行得这样镶嵌褶裥，使膨成圆形。

他的上衣是绿丝绒的短袖紧身,白缎子沿边。这套衣裙准是万巴王[1]时代做的呢。神父不肯戴女人头巾,只戴着他自己的睡帽。他把绑腿的黑绸带子一条蒙在脑门上,一条当作面罩,遮住胡子和脸颊。他戴上可充阳伞的宽檐大帽,又披上大氅,像女人那样横坐在骡背上。理发师也骑骡;胡子直垂到腰间,颜色是灰褐夹花白,上文说过,那是用灰褐色的牛尾巴做的。

他们辞别了店里众人,也辞别了那个好丫头玛丽托内斯。她虽然是有罪过的人,却发愿要念一串《玫瑰经》,求上帝保佑,让他们把着手要干的这桩慈心救人的难事办妥。神父刚出店门,忽又转念,自己不该这样打扮;一个做神父的扮成这般模样,虽说是为了干一件要事,究竟不成体统。他把这意思告诉了理发师,要和他调换服装,让理发师扮落难女子,自己扮侍从,这样比较合适,不至扫尽神父的体面。他说,如果理发师不依他,随堂吉诃德给魔鬼抓去,他也决不再往前一步。恰好桑丘跑来,看见他们俩这样打扮,忍不住哈哈大笑。理发师到底都依了神父的主张,两人把原先的计划变通了一下。神父教导理发师该摆出什么样的身份,用什么话去说动堂吉诃德,劝他跟他们一同回去,别为了无谓的苦修赎罪还耽在他选中的那片荒山野地里。理发师说他不用教导,自己都会应付。他不肯马上换装,要等跑近堂吉诃德所在的地方再换。所以他把衣服叠上,神父也把胡子藏好,两人跟着桑丘一同上路。桑丘把他和主人在山里碰见疯子的事都讲给他们听了,只是没说发现手提箱和箱子里的东

---

[1] 万巴王(Rey Wamba),西班牙戈斯系的国王,672—680年在位。万巴王时代指很古的时代。

西。这家伙傻虽傻却有点贪心呢!

第二天,他们跑到一个地方,路上有桑丘标志他主人所在的灌木枝。桑丘认得那路标,就告诉神父和理发师这是上山的入口,假如他们得乔装打扮了救他主人出山,这里可以化装了。原来神父和理发师已经和桑丘讲明:如果要免他主人自寻苦恼,他们不装扮成那副模样跑去是不行的。他们再三叮嘱桑丘:别说破他们是谁,只算是不认识的;他主人想必定会问,给杜尔西内娅的信捎去没有,如果问到这话,就说,信送到了,她不识字,所以托他捎回口信,请堂吉诃德马上去见她,不去她要生气的。他们说,这个口信对桑丘自己非常要紧,因为凭这么一说,再加上他们打算说的一套,稳可以叫他主人不再那么受罪,还可以劝他主人马上设法去做大皇帝或国王——桑丘不用担心,他主人不会去做大主教。桑丘听了一一牢记在心,很感激他们存心劝他主人做大皇帝而不做大主教,因为照他估计,若要赏赐自己的侍从,大皇帝比游侠的大主教更有权力。他对神父和理发师说:最好让他先去找他主人,传达那位小姐的口信;也许不用他们费多大的事,单靠那个口信就可以叫他出山了。他们觉得这话有理,决计等他见了主人回来,听了他的消息再说。

桑丘上山,把他们俩撇在山峡口上。从峡口流出一条平静的小溪,溪边的山石背后和树木底下一片清荫,怡人心目。那时正当八月盛暑,往常是当地最热的天,时间又是下午三点,那块地方越显得可爱。他们身不由己,就在那里歇下等待桑丘。两人正在树荫里休息,忽听得没有乐器伴奏的唱诵声,很悠扬悦耳。他们想不到这种地方会有人唱得这么好,非常惊讶。尽管人家常说,山林里有些牧羊人嗓子非常好,那不过是诗人的夸张,不会真有其事。况且唱的不是牧羊人的山歌,却是文雅的诗,他们听了越发诧异。他们确没听错,唱的是以下几首诗:——

  是什么使我的幸福渺茫难期?
    嫌弃。
是什么使我痛苦上增添痛苦?
  嫉妒。
是什么把我的耐心不断熬炼?
   相思不见。
照这样,任何药石针砭
都不能解除困顿我的病痛,
因为使我灰心绝望的种种
是嫌弃、嫉妒和相思不见。

  是什么使我这样苦闷悲哀?
    恋爱。
是什么使我弃绝了上进之心?
   命运。
是谁坐视我痛苦缠绵?
   苍天。
照这样怎能怪我惴惴不安
怕这一场奇病会断送了我,
因为他们勾结着把我折磨:
恋爱、命运和那苍苍者天。

  改善我的命运凭何良方?

　　　　死亡。
恋爱的欢乐怎样可以追寻?
　　　　变心。
恋爱的苦恼怎样得以避免?
　　　　疯癫。
照这样要指望我身愈病痊
除非是糊涂人事理不明,
因为如要治疗我的痴情,
只能依靠死亡、变心、疯癫。

　　那个时间、那个季节、那荒僻的地点、那个嗓子和那熟练的唱工,使倾听的人又诧异,又叹赏。他们悄悄地等那人再唱些别的,可是等了一会没有声音,就想去找那好嗓子的歌唱家。他们正要起身,听得那人又唱了,忙停下来。唱的是下面一首十四行诗:

　　神圣的友爱,你凭矫健的翅膀
早已轻捷地飞身高上云端,
单把自己的影子留在人间,
你却和幸福的神灵逍遥天堂。
　　你只许世人隔着帷幕窥望
正义的和平,他们欲见无缘;
罪恶蒙上了道德的假面,
隐隐现现透出诱惑的光芒。
　　友爱啊,求你别再高居天上,
让虚伪穿上你家人的号衣,

毁灭了人间所有的真心诚意。

你如果不去揭破那些欺诳，

世界上眼看着就要纷争不已，

又回复到混沌初辟的时期。

一声长叹结束了歌唱。两人还倾耳静听，可是歌声变成了哭泣和哀叹。他们决计要去瞧瞧哪个伤心人唱得这么好听，又叹息得这么凄惨。他们没走多远，转过一块岩石，看见一个人，那相貌神情，就跟桑丘形容的卡迪纽相仿。这人见了他们并不吃惊，照旧低着头，好像沉思的样子，也不抬眼看他们，只在他们俩突然跑来的时候瞥了他们一眼。神父凭这人的种种特点已经料定他是谁，又听说过这人的倒霉事，所以就迎上去。他很善于辞令，虽然说话不多，却说得极委婉。他谆谆劝导，叫这人抛弃这种苦恼的生活，不然，万一在这里断送了性命，那就更是不幸中之大不幸了。卡迪纽常发疯，神识昏迷，可是这时候却完全清醒。他看到两人的装束不像这一带荒野里来往的人，已经觉得诧异，听他们讲到自己的事仿佛都熟悉（因为照神父对他讲的话，分明知道他的事），就越加惊奇，因此回答说：

"两位先生，我虽然不认识你们，却很明白你们两位是上天派来解救我的。天保佑善人，连坏人也常蒙上天保佑。我何德何能，有劳两位跑到这种与世隔绝的荒僻地方来。你们要劝我离开此地，另找好的去处，举出了各种中肯的道理，叫我看到自己过这种生活多么不合情理。可是我知道，假如我解脱了这个苦难，就要陷入更大的苦难。两位不知道这个缘故，也许会把我当作头脑不清的人，甚至头脑完全糊涂的人。你们真要是这么想，也不足怪，因为我自己明白，每当我想起自己那些不幸的事，觉得万箭钻心,不能忍受,我就不由自主地变成石头一样,什么知觉都没有了。人家把我神识昏迷的时候干的事告诉我听,讲得有凭有据,我才知道自己确是失去了知觉。我毫无办法,只好空自悲叹,咒诅命运,并且把自己发疯的缘由向愿意听的人告诉一番,希望他们谅解。因为明白事理的人知道了缘由,对后果就不会诧怪;尽管无法补救,至少不会责备我,他们对我这个疯子的嫌恶,会变成对我这个苦命人的怜悯。如果你们两位也像别人那样存心来开导我,那么,请你们且不要头头是道地劝说,还是听听我那数说不完的倒霉事吧。你们听了也许就不再白费心思来安慰我了。我的苦恼是无可救药的。"

他们俩正要听他亲口讲讲致病的根源,就请他讲,并且答应决不违反了他本人的意愿去帮助或安慰他。这位倒霉的绅士就把自己的伤心史讲给他们听。他讲的话和他的讲法,都跟前两天对堂吉诃德和牧羊人讲的差不多。上文已经说过,堂吉诃德为了维护骑士道的尊严,对艾利沙巴师傅的事斤斤计较,因此故事没有讲完。这番运气好,卡迪纽没有发疯,居然一直讲到底。他讲到堂费南铎在《阿马狄斯·台·咖乌拉》书里找到的那信,说他记得很清楚,原信如下:

陆莘达致卡迪纽:

你的品性之美,我每天都有所发现,我对你的器重也与日俱增。这仿佛是我欠你的债,不能抵赖。假如你要我完偿这项债务而不伤我的体面,你很容易办到。我父亲知道你,他又很爱我。如果你真像自己说的和我想的那样看重我,那么,我父亲不用勉强我就可以把应该属于你的归还你。

"我已经讲过:我向陆莘达的父亲求婚是受了这封信的鼓励;堂费南铎把陆莘达看作最聪明最有主意的女人,也由于这封信;使他蓄意不等我如愿就毁了我,也正是这封信。我告诉堂费南铎:陆莘达的父亲一定要我父亲出面求亲,这一点他很在乎;而我怕父亲不答应,还没敢对他说。我不是怕我父亲不知道陆莘达的高贵、善良、德貌双全,无论门第人品,都足以替西班牙的任何世家增光,可是我看出他不愿意我马上结婚,先还要瞧瞧李卡多公爵怎样提拔我。总之,我告诉堂费南铎,我为这点顾虑,不敢冒冒失失地就去跟我父亲讲;我另外还有些怕惧,自己也不知道怕什么,只觉得一心盼望的事永远不会实现。堂费南铎听我讲了就一力承当,说要去见我父亲,叫他找陆莘达的父亲谈谈。哎,野心勃勃的玛利欧啊!残酷的卡悌利纳啊!恶毒的西拉啊!奸诈的加拉隆啊!反叛的维利多啊!挟私报复的胡良啊!贪钱的犹大啊!① 忍心害理、恩将仇报的奸贼啊!我这个可怜虫一片天真,把心里的秘密向你和盘托出,我哪一件事对你不起了?我什么地方得罪你了?我对你说的话,我为你出的主

---

① 玛利欧(Mario)是罗马大将,纪元前十二世纪与西拉(Sila)争权,激起内战,互相残杀。
卡悌利纳(Catilina,纪元前109—前61)是个善于阴谋的罗马政客,这个名字代表一切争求个人名位、不惜牺牲国家的人。
加拉隆(Galalón)是出卖罗兰都的,这个名字代表一切叛徒和奸诈的人。
维利多(Vellido)是熙德(Cid)传说中的叛臣,于1073年谋杀西班牙国王桑丘二世。
胡良(Julián),十一世纪西班牙叛臣,因报私仇,引阿拉伯人入侵。
犹大(Judas)指出卖耶稣的叛徒。
以上都是卡迪纽愤怒中列举的,有些用在费南铎身上并不恰当,如野心勃勃的玛利欧,贪钱的犹大等等。

意，哪一点不是为你的体面和利益着想啊？可是我这个倒霉人有什么好埋怨的呢！灾星带来的晦气，仿佛从天而降，来势凶猛，地上没力量抵挡，世人也无法防止，这是没什么说的。堂费南铎是贵家公子，又明达事理，对我的效劳也还知感，而且他不管爱上谁，都能够遂心如愿的，谁想到他会像常言所说的丧尽天良，竟要夺我仅有的、还没到手的一只小羊羔呢①。不过这些话都不说了，说也没用，我还是把没讲完的痛史讲下去吧。且说堂费南铎觉得我在旁边碍着道儿，不便实行他那奸恶的计策，决计把我差遣到他哥哥那里去，借口要我去讨一笔款子偿付六匹马价。其实他只为实行自己的恶计，要把我支使出去，故意在他答应找我父亲谈话的那一天买了六匹马，叫我去讨那笔钱。我怎会料到这是骗局呢？怎会起这个疑心呢？当然不会的。我却觉得那几匹马买得很上算，非常高兴，愿意立刻动身。那天晚上我和陆莘达会面，就把我和堂费南铎商量好的事告诉她，还说，我们正当的愿望拿定可以满足。她和我一样，全没提防到堂费南铎的欺心，只叫我尽早回来，因为照她料想，只等我父亲和她父亲当面一讲，我们俩马上可以称心如愿。不知道是怎么回事，她说完这话，眼泪汪汪，嗓子也哽住了，好像还有许多话要说，却一句也说不出口。这是从来没有的奇事，使我很诧异。我们俩只要机会凑巧，或是我设法找到机会，见了面总很快活、很称心。我们的谈话里搀不进什么眼泪呀，叹息呀，嫉妒呀，猜疑呀，忧虑呀，等等。我总是夸耀自己幸运，承上天把她给我做了意中人。

---

① 这是引用《旧约全书》的典故。大卫王害死乌利亚，娶了他的妻子拔示巴；拿单对大卫打了一个比喻，说他的行为好比富户攫取穷人仅有的一只羊羔（《撒母耳记下》第十一、第十二章）。

我赞她美,称赏她的品德和识见。她有来有往,情人眼里看到我种种值得称赞的好处,也满口称赞我。此外我们还谈论有关街坊亲友的许多家常琐碎。我最放肆的行为是硬拉着她一只纤纤玉手,凑到嘴边去亲吻一下,可惜窗外那道半截高的铁栅栏挡在我们中间,而栅栏的缝缝又很窄。我动身的倒霉日子前夕,陆莘达一反常态,又是哭,又是长吁短叹,然后回身走了。我看到她那压抑不住的伤感和往日大不相同,心里很吃惊,觉得惶惑不安。可是我并不丧气,只以为是她对我爱情深挚,亲密的人一旦分离,悲痛总是难免的。总之,我凄凄惶惶地离开了她,满肚子猜疑,却又不知道猜疑些什么。这分明是预兆,暗示我就要遭到悲惨不幸的事了。

"我到了地头,把信呈给堂费南铎的哥哥。他接待得很殷勤,只是不马上打发我走,却要我耽搁八天。这使我很不乐意。他还叫我躲在李卡多公爵瞧不见我的地方,因为他弟弟信上嘱咐他,捎这笔钱要瞒着他们父亲。这都是奸贼堂费南铎的计策;他哥哥有的是钱,尽可以马上打发我。这种命令使我简直不愿意服从,因为觉得要离开陆莘达那么多天,日子实在过不下去,尤其因为我刚才讲的,我们分别的时候她非常伤心。不过我毕竟是个听话的佣人,尽管知道这要损害自己的幸福,我还是服从了。可是我在那里刚待了四天,忽有人找我,给我捎来一封信。我看到信面上的姓名地址,知道是陆莘达写的,因为是她的笔迹。我拆着信战战兢兢,心想准是出了什么大事,她才远道寄信来,往常我们相近的时候,她很难得写信的。我不及看信,先问来人:信是谁交给他的,在路上耽搁了多久。那人说,他有一天中午,偶尔在城里一条街上走过,看见个很美的女人在窗口招他。她含着两眶泪,情急慌忙地说:'朋友,你看来是个基督徒;你真是个基督徒的话,我求你看上帝分上,立刻把这封信按封面上的姓名地址送去,人名地点都是大家知道的。这是为上帝干一件大好事。我这个手巾包里的东西请你收下,你办事可以方便些。'①她一面说,就从窗口扔出一个手巾包裹和我交给你的这封信,包里有一百瑞尔和我这里带着的一只金戒指。她看见我拣起信和手巾包并打招呼表示遵命,就离开窗口,没再等我回答。我想给你送信即使要费点事,我已经得了很好的报酬;又看到信面上的姓名原来是你,先生,我对你是很熟悉的;那位美人的眼泪也使我义不容辞,所以我决计不转托别人,亲自赶来送信。我自从拿了信一路赶来,总共费了十六小时。从那边到这里,道路的远近你是知道的,有十八哩瓦呢。那位满心感激的临时信差在讲话的时候,我全神贯注地听着,两腿索索地抖个不住,几乎连站都站不住。后来我拆了信,看到信上说:

> 堂费南铎曾答应去见你父亲,劝他找我父亲面谈。他履行这句诺言的时候,只遂了自己的心愿,没顾到你的利益。我告诉你吧,先生,他已经向我父亲求我为妻。我父亲觉得堂费南铎这门亲压倒了你这门亲,所以一口应允,急不可待,再过两天就要举行婚礼。这是很秘密的,很少几个人参加,见证只有上帝和几名家人。我的情况,你可想而知。你也瞧瞧,你是否该回来了。将来你看到这件事情的结局,会知道我是否真心爱你。但愿上帝保佑。这封信到你手里的时候,我还没有被迫和那个背信弃义的人携手成礼。

---

① 上文是送信人转述的话。下文是他讲的话。

"总之,信上是这么说的。我看了信,不再等东家打发,也不再等那笔款子,马上就动身上路。我当时心里明白,堂费南铎差我到他哥哥那里去,并非为了买马,而是别有用心的。我一方面痛恨堂费南铎,一方面又怕失掉我凭多年的真心诚意赢得的宝贝,因此我仿佛长了翅膀,飞也似的,第二天就赶回家乡了。那时候正便于会见陆莘达。没人看见我进城;我骑回去的骡子已经寄放在那个送信的热心人家里。运气凑巧,我跑去正逢陆莘达在她窗口的栅栏前面——我们经常谈情的地方。陆莘达立刻看见我了,我也立刻看见她了,不过彼此都不像往常一样。世上有谁能把女人复杂的心思和多变的性情看透识破呢?谁都不敢夸这个口,这是千真万确的。且说陆莘达见了我,就对我说:'卡迪纽,我已经穿上新娘的礼服,堂费南铎那奸贼和我那贪心的爸爸,还有几个见证正在厅堂上等着我。不过他们只会看到我死,不会看到我结婚。朋友,你别慌,你且设法来瞧瞧这场祭献的典礼。我如果凭一张嘴阻止不了这件事,我还怀着一把短剑,天大的强暴也抵挡得住。我可以一剑结束自己的生命,借此表白我对你始终如一的心。'我怕没时间细讲,急急忙忙地说:'小姐,但愿你说到做到。你既然怀着短剑,准备自保坚贞,我这里带着一把长剑,可以卫护你,如果咱们运命舛错,我还可以自杀。'我想她大概没来得及听完,因为传来一片催促声,新郎正等着她呢。当时我的悲苦像黑夜那样笼罩着我,我的欢乐像落日那样沉没了。我眼前不见了光明,心里失去了理智。我没有力气到她家去,一步也挪移不动。可是我考虑到自己如果在场,对事情的发展大有关系,就极力振奋精神,跑进她家。她家出入的道路我都熟悉,而且她家暗里正忙着大事,所以谁也没看见我。我潜身匿迹,偷入厅堂,躲在一个弧形窗的凹处。我前面有两幅窗帘交掩着,人家看不见我,我从窗帘的缝里却张得见厅堂上的一举一动。我在那里等待的时候心慌意乱,思前想后,万念交攻。那种种情绪,现在谁能表达呢?那真是没法说的,也不说为妙。我只说新郎到了厅堂上来;他还是随常衣服,毫无装饰。傧相是陆莘达的一位堂兄,厅堂上没有外客,只有几名家人。过了一会,陆莘达由她妈妈和两个侍女陪着从内室出来。她的服饰恰配她的身份和美貌,又华贵,又时髦。我急急惶惶,没有心情细看她的服装,只见衣服是深红和白色,头纱和衣服上缀满的珠宝钻石灿灿放光,衬得那一头金黄色的好头发特别美丽。宝石和厅堂上四支四芯①大蜡烛的光,都不如她的头发耀眼。记忆力啊!你和我抵死作对,不容我心地安宁!你现在何苦叫我看到自己倾心爱慕的冤家这样美貌无双呢?残酷的记忆,你不如叫我把她当时的行为追忆一下,重温一遍吧;她那么明显地辜负我,如果不能促我报仇,至少也可以激我自杀。两位先生,请你们听了这些琐琐屑屑不要厌烦。因为我的苦恼不能三言两语草草带过,也不应该那样;我自己觉得每个情节都值得详细叙述。"

神父插嘴说,听他讲这些细节非但不觉得厌烦,还很感兴趣,因为都是不该忽略的,和重大事件同样值得注意。

卡迪纽接着说:"大厅上大家到齐之后,教区神父就进来了。他按照结婚的仪式,拉着新郎新娘的手说:'陆莘达小姐,你是否愿意按神圣教堂的规定,和这位堂费南铎先生结为夫

---

① 一支蜡烛有四个烛芯。

妇?'我等着陆莘达的一句话来判定自己的死生,从窗帘缝里探出整个脑袋和脖子,全神贯注,心怦怦地听她怎么回答。嗐!我当时但能有那胆量,挣出来大喊一声说:'啊,陆莘达!陆莘达!你下一步得慎重啊!别忘了你对我的信义!记着你是我的未婚妻,不能再嫁别人!你该知道,你答应一声"愿意",马上可以断送我的性命!哎,剥夺我体面、杀害我生命的奸贼堂费南铎啊!你要怎么着?你图什么?你该想想,你既是基督徒,就不能随你的心,因为陆莘达是我的妻子,我是她的丈夫。'嗐!我真是疯了!现在离开了他们,也没有危险,却空说当时应该怎么办。我让强盗抢了我的宝贝,只顾咒骂强盗,如果我这片怨命的情绪换作报仇的胆气,我尽可以找那强盗雪恨呀。总而言之,我当时既然胆小糊涂,现在惭恨疯狂而死,正是我活该的。

"神父等着陆莘达回答;她半晌不作声。我还以为她要拔出短剑自明心迹,或吐露些有利于我的真情呢,却听得她有气无力地说:'我愿意。'堂费南铎也答应一声'愿意',给她戴上戒指,两人就结下了解不开的亲。新郎过来拥抱新娘,她却一手按住胸口,倒在她妈妈怀里晕过去了。现在且讲讲我当时的情况吧。我听得她一声'愿意',明白自己的希望是一场空,陆莘达的诺言是鬼话,而我这时失去的宝贝再也不能重获。我不知所措,觉得老天爷唾弃了我,生长我的大地把我当作仇敌了。我呼吸堵塞得不能叹息,眼睛枯涩得不能流泪,只有火气旺盛,忿火妒火浑身燃烧着我。陆莘达一晕倒,大家都乱了手脚。她妈妈解开她胸口让她回过气来,发现她怀里有一张封好的字条。堂费南铎立刻拿去就着烛光细看,看完了坐在椅上,手托着腮,很有心事的样子,随旁人去救护自己的新娘,也不插手帮忙。

"我瞧他们家一片混乱,就大着胆子跑出来,不管人家看见不看见。我打定主意,如果给人看见,就大干一场,惩罚奸诈的堂费南铎,也不饶那昏迷未醒的水性女人,让人人知道我满怀气愤是理直义正的。可是命运准是保留着我去承当更倒霉的事呢——假如还会有更倒霉的事。命里注定我往后昏迷不清的头脑,那时候格外清醒。我不愿把怨愤向我的两大冤家发泄,只想惩罚自己,把他们应得的痛苦,亲自施加在自己身上,甚至比他们应得的还变本加厉。我当时如果向他们俩报复,很容易办到,因为他们心上绝没有想到我这个人。可是我即使当场杀了他们,突然一死的痛苦是一下子就完的,而我糟蹋自己却是长期缓慢的自杀,比马上送命更加痛苦。干脆说吧,我离开了他们,跑到我寄放骡子的人家。我烦主人给骡子备上鞍辔,也不及向他告辞,就骑骡赶出城去,像罗德一样,不敢回头看①。我孤身在郊外,夜里的一片漆黑遮蔽着我,四下里的沉寂仿佛等着听我诉苦。我没什么顾忌了,不怕人听见,不怕人看见,就放开嗓子,解开舌头,把陆莘达和堂费南铎千百遍地咒骂,好像这样就能抵消他们对我的亏负。我骂她残酷、薄情、诈伪、负心,尤其骂她贪婪,被我仇人的财富迷了心窍,把对我的爱情转移到幸运的富贵公子身上。我在任情咒骂的时候,却又替她开脱。我说,一个姑娘在父母家闺房里受到的熏陶教育,无非是服从父母;父母为她挑了这样一个富贵漂亮的公子做丈夫,她当然乐于听命,她要是不答应,人家就以为她是糊涂蛋,或是另有所欢了,这对她的声

---

① 这是引用《圣经》的典故。罗德逃出所多玛城,天使告诫他不得回头看(《旧约·创世记》第十九章)。

名是很不好的。可是我马上又把话说回来。她只要说已经和我订有婚约，她父母觉得她挑选了我还算不错，就会原谅她。因为在堂费南铎向她家求亲之前，他们如果没有奢望，也不能找到比我更好的女婿。她在最后那个紧要关头，不妨慢着和人家结婚，尽可以说已经和我私订终身；反正随她怎样说，我都会坐实她的借口。总之，我断定她薄情浅见，又眼高心大，贪慕荣华显赫，竟把自己的诺言全抛在脑后了；而我却陶醉于自己抱定的希望和正当的爱情，把她的空话信以为真。

"我叫骂着失魂落魄地跑了一夜，天亮跑到这座山的一个峡口。我上山不辨路径，跑了三天，到一片草地上，不知那是山的哪一面。我问几个牧羊人哪里是山里最荒僻的地方。他们说朝这边走就是。我马上就朝这边走，打算到这里来了却我的余生。我到了这一带荒僻的地方，我的骡子因为又累又饿，我想它更可能是要扔掉我这个毫无用处的背累，竟倒地死了。我只好下地，当时精疲力竭，饿得发慌，又没处求救，而且也不想求救。我就这样在地下躺了不知多久。我爬起来的时候已经不觉得饿，只见身边有几个牧羊人，想必是他们给了我吃的喝的，因为他们告诉我他们怎样发现了我，还说我当时满嘴胡言乱语，分明是神识昏迷的征象。从此我自己觉得有时候脑筋不清，非常混乱糊涂。我竟会疯疯癫癫，或把衣服撕破，或在僻静的地方大叫大喊，或咒骂自己的命运，或无聊赖地反复呼唤我负心人的芳名。我当时没有别的指望，只求呼号而死。等我清醒过来，就觉得浑身瘫软疼痛，动都不能动。

"我经常住在一棵软木树的窟窿里，那窟窿容得下我这个苦命人的身体。这座山里来往的牧牛牧羊的人可怜我,养活着我。他们把吃的东西放在路旁边或石头上,预料我会走过那里,并且看见那些东西。我尽管心理昏乱,凭生理的需要,知道怎样活命,看见了吃的东西会馋,就想拿来吃。他们在我清醒的时候告诉我说:我有几回碰到牧羊人由村里运粮到这边草屋来,就拦路挡住,尽管他们愿意给我吃,我却要抢。我苦恼的残生就是这样过的,要等上天照应,让我死了才罢;或者等我的记性死了,记不起陆莘达怎样美、怎样负心,记不起堂费南铎怎样欺侮我,如果天保佑有那一日,而我还活着,我才可以往好处着想。不然呢,我只可以求上天对我的灵魂无限慈悲吧,因为我甘心在这种痛苦的生活里沉沦,自己觉得没有勇气也没有力量超拔出来。

"两位先生啊,这是我遭遇不幸的伤心史。你们说吧,像这样的事,我能讲得比刚才还冷静吗?请不要白费唇舌,把你们按道理认为可以救人的方法来劝诫我,因为你们对我劝诫,好比名医为不肯服药的病人处方,都是没用的。我没有陆莘达就不要恢复健康。她本来是我的,或者应该是我的,她却甘心跟了别人;那么,我本来是能有幸福的,也就甘心做苦命的人了。她愿意凭她的反复无常,置我于死地;我就愿意毁了自己,让她称心。后世的人可以把我看作样品,因为只我一个没有倒霉人共有的特长:他们往往因为找不到安慰就安定下来;我却为此越加悲痛,我相信到死也余恨难消。"

卡迪纽滔滔不断地讲完了这个缠绵悱恻的故事。神父正打算安慰他几句,忽听得一个悲切的声音在那儿数说,就把他的话打回去了。要知道说的什么话,且看本传第四卷,因为博闻卓识的历史家熙德·阿默德·贝南黑利在这里结束了他的第三卷①。

第二十八章

神父和理发师在这座山里遇到
新奇有趣的事。

勇敢无比的骑士堂吉诃德诞生的时代,真是无比的幸福快乐!因为他立志高尚,要在当时的世界上,恢复那被人遗忘而且已经半死的游侠骑士道。全亏他这样一来,我们在缺乏娱乐的今天,不仅能够津津有味地品尝他的信史,还能够欣赏里面穿插的故事。有些穿插很奇妙真实,竟也不输正文呢。这部书里叙述的事,节外生枝,线上打结,现在又继续如下。且说神父正想去安慰卡迪纽,忽听得一个声音,就此停顿下来。那个声音悲悲切切地数说着以下一段话:

"啊呀,天哪!我真能找到个地方,让我悄悄地埋了自己吗?我这身子成了沉重的负担,我实在不愿意再背着它了!如果这座山真像我期望的那么荒僻,我就是找到了葬身之地!哎,

---

① 这里又一次证明作者原来打算把故事分为四卷(参看本书第八章、第十四章的结尾),他到这里已完成作品的四分之三。但后来故事延长了,作者以后不再采用四卷的分法。

我这个苦命的人啊!迷失了路没人指引,心上痛苦没人安慰,落了难没人解救,全世界竟没一个可以做伴的人!只有这里的乱石荒荆是我最相契的伴侣,因为在它们中间,我还能够向上天哭诉。"

这一番话,神父和他的同伙听得一清二楚。他们断定声音就在附近,就起身寻找那说话的人。他们走了不到二十步,看见山石后面一个农夫装束的小伙子坐在一棵白杨树下。当时看不见他的脸,因为他正低着头在树旁河溪里洗脚呢。他们脚步很轻,那人没有听见,一门心思地洗脚,没顾到旁的。溪水里有许多石头,他那一双脚就像嵌在石头堆里的两块白玉。他们看见这双脚又白又美,不胜惊奇,觉得这双脚不配踩泥块,也不配跟着犁和耕牛奔跑,和身上的装束不相称。神父走在头里,瞧那人还没觉知,就做手势叫他那两个伙伴在附近岩石后面躲一躲。他们都躲起来,注视那小伙子在干什么。他穿一件两侧开衩的灰褐色短外衣,腰里紧紧地束着一条白毛巾。他的裤子和绑腿也是灰褐色的,头上戴一只灰褐色的便帽;绑腿卷到小腿的半中间,那两条腿真是雪花石膏似的白。他洗完那双纤美的脚,从便帽底下抽出一块擦布,把脚擦干。他抽出那块擦布的时候,抬起脸来,那几个注视他的人乘此瞧见了他无比的美貌。卡迪纽不由得低声对神父说:

"这人既不是陆莘达,就该是天上神仙了,不会是凡人。"

小伙子脱下便帽,脑袋左右一摇晃,把头发都披散下来,那头发真是叫太阳的光芒都要嫉妒的。他们这才知道看似农夫的小伙子原来是娇弱女子,而且是绝世美人。他们三人里,两人生平没见过这等美貌,卡迪纽如果不认识陆莘达,也就大开眼界了,因为据他后来说,只有陆莘达可以跟她比美。她那一头金红色的头发又长又多,不但遮没肩背,连全身都罩没,只露出一双脚。她把两手当梳子用。如果说她的脚在水里像两块白玉,她的手在头发里就像雪花捏出来的。三个注视着她的人看了越加惊奇、越加急切地要知道她究竟是谁。因此他们决计跑出来。他们起身的时候有些声响,那美貌姑娘立刻抬起头,两手分开蒙在眼前的头发,看是什么响。她一见他们,马上站起来,不及穿鞋,也不及挽上头发,忙抢了身边一捆东西——好像是衣裳,惊惶失措地想要逃走。可是她那双柔嫩的脚受不了山石的棱角,没走得五六步就跌倒了。那三人看见,就赶上去。神父第一个赶到,对她说道:

"姑娘,不问你是谁,劝你别跑了。我们这几个人是存心来帮你的。你不用跑,跑也没用,你这双脚既跑不动,我们也不会让你跑掉。"

她又惊又慌,听了这番话只不作声。其他两人这时也跑来了,神父拉着她的手说:

"姑娘,你这套衣服把我们蒙住了,可是你的头发却泄露了真相。你分明是遭了什么重大的事故,才用这样不合式的衣服遮掩着自己的美貌,跑到这样荒僻的地方来。幸喜我们在这里找到了你,即使不能解救你的苦难,至少也能帮你出出主意。一个人不论遭了多么大的苦难,不论多么烦恼,只要还活着,就不至于连人家好心出的主意都不愿意听。所以,姑娘——或者先生,随你喜欢怎么称呼都行,我劝你不要害怕;且把你或好或歹的遭遇告诉我们,我们全伙每个人都会同情你的不幸。"

神父说话的时候,那化装的姑娘呆呆地看着大家,也不开

口,也不出声,活像村夫突然看见了从未见过的稀奇东西那样。神父反复劝说,她才长叹一声,打破沉默,说道:

"这片荒山既然不容我藏身,我披散的头发又不容我冒充男人,我现在就不必再遮遮掩掩了;你们不说破我,也不过是出于礼貌罢了。事到如此,诸位先生,我只有感谢你们表示的一番好意,因此也不得不答应你们的要求。我只怕你们听了我那些不幸的事,同情之外,还得赔上相当的烦恼;因为我的不幸没办法补救,也没语言可以安慰。不过你们已经知道我是女人,瞧我年纪轻轻,孤单一人,又扮成这副模样,这种种都可以使我声名扫地的;免得你们怀疑我的贞操,我只好把一心要隐瞒不说的事告诉你们了。"

这位姣美的姑娘把以上那些话一口气说完。她口角玲珑,声调柔婉,使他们对她的才和貌都倾倒不已。他们又表示愿意帮忙,请她把答应讲的快讲出来。她并不推辞,文文静静地穿上鞋,绾起头发,在一块石头上坐定,让那三人围着她坐下。她极力忍住眼泪,沉着清楚地讲述自己的身世①:

"安达路西亚有个公爵的封邑,领主是西班牙第一等的大贵人。他有两个儿子:大儿子是他家业的继承人,也承袭了他那些好的品性;小儿子承袭了他什么,我不知道,只知道他承袭了维利多的欺心,加拉隆的奸诈②。我的爹妈是属这位公爵管辖的农民,出身卑微,不过很有钱;假如他们的家世能和他们的财产相称,那就十全十美,我也不至于遭到目前这种不幸了。因为

---

① 这个穿插的故事根据真人真事。故事里的堂费南铎是奥苏那公爵的二儿子堂贝德罗·希容,但受骗的女子没有像故事里那样和他结婚。
② 参看本书264页注①。

我的薄命大概就由于他们不是贵族。当然,他们也并不下贱,不至于自惭家世,可是也不够高贵。我总觉得自己的不幸都因为出身卑微。干脆说吧,他们是庄稼人,是身家清白的平头百姓,所谓世代相传的基督教徒。他们家财万贯,凭富裕和阔绰,已经渐渐攀上乡绅的行列,甚至是起码的贵族了。可是他们最得意的是有我这么一个宝贝女儿。他们没有别的儿女,又很溺爱,所以我是历来爹娘宠出来的最娇惯的女儿。我是他们照鉴自己的镜子,是他们老来的拐杖。他们所有的愿望,只要上天容许,都以我为主,而且都是非常好的,和我本人的愿望没一点参差。我不仅是他们心灵的主人,也是他们财产的主人。家里的佣人由我雇用,由我辞退。安排播种、登记收获,都是我管的。家里的油磨、酒榨、多少头牛羊、多少箱蜜蜂,一句话,像我爹那么一个富农应有尽有的,全归我一手经营。我是大总管,也是女主人。我尽心竭力,他们也心满意足。我每天给牧牛牧羊的头儿、家里的管事人和其他雇工们布置好工作,有余闲就做些姑娘家分里的活儿来消遣,譬如针线、刺绣、纺织之类;有时候休养精神,扔下这些,读读宗教书籍,或者弹弹竖琴,因为我亲身体会到,疲劳的时候,音乐能怡情养性。这是我在父母家的日常生活。我讲得这么仔细,不是卖弄,也不是表示自己家里有钱,只是要让你们明白,我从这么好的境地落入当前的苦难,并不是自己的罪过。

"那时候我每天忙着许多事情,而且关在家里,简直像在修道院里一样,大概除了家里的佣人,外人谁也见不到我。我上教堂望弥撒是在大清早,有我妈妈和女佣人们紧紧陪随,我的脸是遮得严严密密的,我又非常拘谨,眼睛只望着下脚的地方。可是爱情的眼睛——也许该说游荡的眼睛比山猫的眼睛还尖。堂费南铎——就是那位公爵的小儿子,凭这双眼睛东张西望,竟看见了我。"

她一提到堂费南铎这个名字,卡迪纽立刻变了脸色,冷汗直冒,神情非常激动。神父和理发师曾经听说他的疯病是常发的,这时瞧他那模样,生怕他又要发疯了。可是卡迪纽除了冒汗,倒还镇定,他别无举动,只眼睁睁地盯着那农家姑娘看,心上已经猜到她是谁了。她呢,并没有注意到卡迪纽的激动,还继续讲她的事:

"据他后来对我说,他一看见我,就颠倒得不由自主。这从他的行为上都看得出来。他要对我表明自己的心,使了种种手段。他贿赂了我们全家。他向我爹妈送礼,给他们种种优待。我们那条街上每天都热闹得像过节或庆祝什么喜事似的,每晚演奏音乐,闹得谁也不得睡觉。数不清的情书,不知怎么的会送到我手里,信上满纸诉衷情、献殷勤的话,许的愿和发的誓比信上的字数还多。这些事我不细说了,因为我要把自己那数说不完的伤心事,快快讲完了罢休。他种种讨好非但没叫我心软,反叫我横下了心,好像他是我的死冤家,好像他要赢我欢心的事,都是来惹我生气的。我并不是瞧不上堂费南铎的高贵气派,也不是多嫌他对我用情。我看到这样一位贵公子对我倾心爱慕,心上说不出的喜欢。我看了他信上恭维我的话也并不腻味。我觉得我们女人不论多么丑,听到称赞自己美,总是乐意的。可是我自己的操守和我爹妈经常的劝告,都不容我接受他的殷勤。我爹妈已经看透堂费南铎的用心;因为他早拼着给人人看破,满不在乎了。我爹妈对我说,他们全靠我的贞洁来保全他们的声名体面。他们叫我别忘记自己和堂费南铎的门第太不相称；只要明白这一点，就能看出他尽管嘴里说得天花乱坠，心上是只图寻欢取乐，并没有顾到我的幸福。他们说，如果我愿意给他点儿什么阻挡，好叫他打消妄想，他们可以马上叫我嫁个合意的人，不论本城或附近地区的贵家子弟都由得我挑选，因为凭他们的家产和我的声名，这都是好办的。我听他们提出的办法这样切实，他们的话又确有道理，就越加坚贞自守。我对堂费南铎从不肯答应一句话，让他自以为能遂心如愿；我没给他任何渺茫的希望。

"我的端重他大概以为是矜持，使他的邪欲越加旺盛。他对我表示的情意我该称为邪欲；假如那是正当的爱情，你们今天就不会有机缘听我讲这件事了。堂费南铎后来知道我爹妈在给我找配偶，为的是要叫他死了心别再想弄我到手，至少可以多几个人来卫护我。这是他听到或猜到的。他因此就干出一件事来。你们听我讲吧。有一天晚上，我在卧房里，身边只有一个贴身的使女，屋子的门都关得严严地，防有人钻空子对我强行非礼；当时这样小心防范，又是深闺静夜，不知怎么回事，他忽然在我面前出现了。我一看见吓得眼前发黑，舌头发硬，喊都喊不出声。我想他也不会让我叫喊，因为他立刻跑上一步，把我搂在怀里。我已经说过，当时我惊慌失措，没有力量抵拒了。他就对我说了一套话。我真不懂他嘴舌怎会那么伶俐，竟把假话说成真话。那奸贼用眼泪来保证自己的誓言，用叹息来保证自己的忠诚。我这个孤单的可怜虫，一辈子守在家里，对这种事情毫无经验，不知怎的也竟相信了他的话。不过我对他只有正当的同情，并没有因为他的流泪叹气就感动得违礼非分。我最初的惊慌已经过去，心魂渐定，凭自己都没想到的胆量对他说：'先生，假如像你这样抱住我的是一只凶猛的狮子，它要我做了丢脸的事或说了丢脸的话才肯放我，我也不能答应；这好比要把过去变作未来一样办不到。你尽管抱住我的身体，我的心却是坚贞不移的。你如果遂着自己的心蛮来硬做，我就会叫你瞧瞧，你的心远不是我的心。我是属你管辖的农民，不是你的奴隶。你不能仗自己出身高贵，糟践我这个出身卑贱的人。我地位低，是农家姑娘；你是主子，是绅士，可是我和你同样的尊重自己。你的力气压不服我，你的钱财我不稀罕，你的诺言哄不倒我，你的叹息和眼泪也不能使我心软。如果我父母为我选择的丈夫凭以上种种来求我，我会随顺他，我和他是一条心的。所以先生，你现在强求硬逼的事，如果是合礼的，尽管我不贪求，也愿意答应你。我这话无非表明：除了我合法的丈夫，谁也休想在我身上得到些什么。'那个没信义的绅士说：'美丽无比的多若泰啊（这就是我这个倒霉人的名字），如果你不过是计较这一点，你瞧，我现在就和你握手为盟，订下婚约；鉴临一切的上天和你这里的圣母像都是见证。'"

卡迪纽听说她名叫多若泰，又激动起来。他心上着实了，知道原先猜想的果然不错。他对这件事的结果虽然略有所知，却要听个究竟，所以不愿意打断她的话，只说：

"姑娘，你叫多若泰吗？我听说过一个和你同名的人，她遭遇的不幸大概也和你差不多。你讲下去吧，回头我要告诉你些事情，准叫你又吃惊又伤心的。"

卡迪纽的话和他那套怪样儿的破烂衣服引起了多若泰的注意。她要求卡迪纽如果知道有关她的任何事情，赶快讲出来。

她说,如果命运还留给她一点儿好处,那就是她还没有丧失勇气,能承当任何灾祸,反正她拿定自己已经倒霉透顶,不能再增加一丝一毫了。

卡迪纽回答说:"姑娘,假如我的猜想不错,我马上会告诉你,可是目前还不是时候,你知道了也没什么用。"

多若泰说:"好吧,我且继续讲我的事。堂费南铎把我屋里的一尊圣母像放在面前,作为我们俩订婚的见证。他海誓山盟,保证一定娶我。可是我没等他住嘴,就对他说,这事还得从长计议,他父亲瞧他娶了自己管辖下的乡下姑娘,准会发怒;我劝他别为我这点儿美貌迷昏了头,因为不能借此开脱自己的错误。我说,他假如真心爱我,要待我好,那就该让我安分,因为门第太不相当,婚姻决不会美满,开头的一股子热情也不能持久。这些话,还有些记不起的,我都跟他说了,可是没能够叫他回心转意。不打算守约的人,订约的时候不计较困难;他就是那样。当时我心上自问自答:'女人靠结婚升高了地位的,不由我开始。贵公子贪恋美色,或者更可能因为盲目的爱情,娶地位不相称的女人,堂费南铎也不是第一个。反正我没有立榜样、开风气。命运给我的体面,我何妨就领受呢?即使他满足了自己的要求也就结束了对我的爱情,我在上帝面前毕竟是他的妻子了。假如我不理他而严词拒绝,预料他就要不客气动粗;我受了污辱,人家不知道我怎会好端端地落到这个地步,还会责备我,我却无法替自己开脱,因为我怎么能叫我爹妈和旁人相信这位公子是擅自闯进我卧房来的呢?'这许多计较,我一下子都想到了。再加堂费南铎发的誓,举出的见证,流的眼泪,他的俊秀文雅,再加他表现的一片真情,也渐渐打动了我,使我没头没脑的毁了自己。心无所属的规矩女孩子,身当此境,都会把持不住的。我就叫过贴身伺候的使女,让她随同神证,做个人证。堂费南铎把他发过的誓重新证实一番,另又加上几位神圣做见证,说他如果失信背约,愿上天对他降下千灾百难。他又眼泪汪汪,叹息深深。他抱着我始终没有松手,这时候越加抱得紧了。伺候我的女孩子随就退出我的闺房,从此我就不复是闺女了,他也就成了负心的骗子。

"我觉得堂费南铎只嫌我遭殃的那一夜太长,急着等天亮。一个人餍足了,就一心只想离开他得到餍足的地方。我这么说是因为堂费南铎忙忙地想走。原来他是由我的使女引进来的,这时又由她设法,天没亮就把他送出去。他和我告别的时候,已经不像来的时候那样热情了。他叫我放心,说他的誓言是真诚可靠的,还从手上脱下一只贵重的戒指作为信物,替我戴上。他就走了。我当时不知是悲是喜,只能说,夜来这件事弄得我心神恍惚,简直失落了魂魄一般。我那使女出卖了我,把堂费南铎藏在我卧房里,我竟没精神也没心思去责骂她,因为自己也拿不定这番遭遇是好是坏。我临别对堂费南铎说:我反正已经是他的人了,他不妨照样晚上到我屋里来相会,等他愿意把事情公布的时候再说。可是他除了第二晚,再也没有来过。一个多月之久,无论在街上或教堂里,我连他的影儿都看不到。我知道他在城里,日常出去打猎;这是他非常喜爱的消遣,可是我费尽心机,总找不到他。

"那些日子,那一时一刻,在我是多么愁苦沉闷,只有我心里自知。我那时候对堂费南铎的真诚已经怀疑了,甚至不相信了。我从前没有责骂过我的使女,那时候开始怪她胆大妄为了。

而且我得忍住眼泪,强作欢笑,不然的话,如果我爹妈问我为什么不称心,我就不得不撒谎支吾。不过这种种情况只是暂时的。因为我马上就抛开一切顾虑,不再讲究体面,不再求忍耐,我把自己的私情也和盘托出了。原来不多几天以后,村里传来消息,说堂费南铎已经在附近城里结婚,娶的是个绝世美人,她父母都很高贵,只是家道不那么富裕,凭她那份嫁妆,还攀不上那么高贵的亲。据说她名叫陆莘达,他们结婚那天还出了些奇事。"

卡迪纽听到陆莘达的名字,耸起肩膀,咬住嘴唇,皱紧眉头,接着就流下两行泪来。不过这并没有打断多若泰的话头,她继续说:

"我听到这个不幸的消息,不是心寒,而是怒火中烧,差点跑到街上去大嚷,把我上当受骗的事公布出来让人人知道。不过我当时抑住了愤怒,因为我打算当晚干一件事。我真是那么干了。我换上这套衣服赶往城里去。农民家雇有长工,我这套衣服就是我父亲的一个长工给我的。我听说我的冤家在城里,我就把自己的倒霉事全告诉了那个长工,求他陪我到城里去找他。那长工先是怪我鲁莽,不赞成我的主意,可是瞧我很坚决,就自告奋勇要陪我,据他说,陪我到天涯海角也愿意。我立刻把一套女人衣服、一些首饰和现钱塞在一只麻纱枕套里,防万一有用。当夜人静以后,我瞒着出卖我的使女,带着那个长工,怀着满腔心事从家里逃出来,步行到城里。我急急赶去,身上仿佛长了翅膀似的,尽管我认为事情已经干下了,不能挽回,我至少要去问问堂费南铎,凭什么心肠干出这种事来。我走了两天半才到城里,一进去就打听陆莘达父母家的住址。我探问的人把我没想打听的事都告诉了我。他指点了那家的住址,又讲那家女儿结婚出的事。那件事城里已经传遍,三五成群的纷纷议论。据那人说,堂费南铎和陆莘达结婚的晚上,陆莘达答应了一声愿意结婚,立即晕死过去。新郎正解松她的胸口让她缓过气来,忽发现陆莘达的亲笔字条,声明她不能做堂费南铎的妻子,因为她是卡迪纽的未婚妻。据那人说,卡迪纽是本城的一位贵公子。字条上说,她当着堂费南铎的面说愿意结婚,是为了不违拗父母之命。总之,那人说,字条上表示她存心等婚礼完毕就自杀,并且说明自杀的缘故。据说,他们在她衣服底下不知哪里找到一把短剑,这就证明字条上写的不是空话。堂费南铎就此觉得自己受到了陆莘达的嘲弄和轻蔑,不等她苏醒,拿起她身边那把短剑要去戳她。如果不是给她父母和其他在场的人拦住,他真就干出来了。那人还说:堂费南铎当下就走了,陆莘达到第二天才醒过来,她就告诉父母她和刚才讲的那个卡迪纽确实已经订婚。还据说,那次举行婚礼的时候卡迪纽也在场,他万想不到陆莘达会跟别人结婚,瞧她竟嫁了别人,就伤心绝望,出城走了,临走留下一封信,说明陆莘达怎么亏负了他,他从此要跑到与世隔绝的地方去。这许多事城里传得沸沸扬扬,大家都在议论。还有更招人议论的事呢。传说陆莘达已经从她父母家出走,也不在城里,满城都找不到她;她父母急得没了主意,不知道怎样去找她。我听了这些话,心上又生了希望,觉得自己的事还有挽救的余地;尽管没找到堂费南铎,也比看到他结婚好些。我想,上天这样阻挠他第二次结婚,也许是要提醒他对第一次结婚承担的责任,叫他想到自己究竟是基督教徒,对灵魂的关心应该压倒世俗的打算。我这么想来想去,强自安慰,却得不到安慰。我是自骗自,用渺茫的希望来维持我已经厌倦的生命。

"我在城里找不到堂费南铎,正不知怎么办,忽听得叫喊消息的报子①宣布,谁找到了我有重赏,还把我的年龄和身上这套衣服作为标志,细细形容了一番。据说我是由陪我的那小伙子拐带逃跑的。我听了这个消息非常刺心,由此可见,我已经声名狼藉。我出走已经够丢脸的,又说是私奔,跟的又是么卑贱、那么不值得顾恋的人。我一听到这个消息,立刻带着我的佣人逃出城去。他当初答应为我效忠,这时候渐渐露出靠不住的样子。那晚上我们怕给人找着,躲到了这座山里最隐僻的去处。可是正应了老话说的'祸不单行',又说是'灾祸往往由小到大,衔接而来',我就碰到了这种情况。我那个好家伙的佣人虽然向来老实,瞧我到了这么隐僻的地方,觉得荒山野地里有机可乘,就想占个便宜。这实在是他自己混账,不是我的美貌诱惑了他。他不顾廉耻,对上帝毫无畏惧,对我也丧失敬意,竟来向我求欢。他最初打算用好话央告,可是我义正词严,拒绝他那无耻的要求,他就对我动粗。多亏天道圣明,保佑正人。我正当的心愿得到了上天的庇护。我力气虽小,也没费多大劲,竟把那个小子推下峭壁。我撇他在那里,不知他是死是活。我连忙跑入深山,虽然又怕又累,居然还跑得很快。我心上没别的打算,只求藏在深山里,别让我父亲和他派出来的人找到我。我存着这个心躲在山里,大约过了几个月,忽碰到一个牧畜主。他雇用了我,把我带到一个深山坳里。这些时候我一直在那儿做他的牧童。我设法经常待在野外,为的是不让人看见我这一头头

---

① 叫喊消息的报子(pregón),是市政机构用来广播新闻的人;有什么新闻或通知,由他们在各条街上叫喊。

发——刚才就是这一头头发,害我无意中露出本相来。可是我所有的机灵和谨慎全没用处,因为我的主人瞧破我不是男人,也和我那个佣人一样起了坏心。遭了难不能单靠运气来解救。我不能再一次找到对付我那个佣人的悬崖峭壁,好把我那个主人也推下去送他的命。我觉得如果跟他较量力气或向他求饶,还不如离了他再躲进荒山。所以我又躲起来,想找个去处,能毫无顾忌地凭叹气流泪求上天可怜我落难,给我智慧和机会,帮我从困境脱身,否则就让我这个无辜遭受本乡和外地议论的可怜虫,在这个荒凉隐僻的地方一死了事,谁也别再记起我。"

第二十九章

他们凭何妙计,解除了我们这位
多情骑士最严厉的赎罪自罚。

"诸位先生,我讲的就是我这出悲剧的本事。现在你们可以明白,我叹息、数说、流泪,不是无缘无故,也没有过分。你们只要想想我是怎样的不幸,就知道对我劝慰都是多余的,因为事情已经无可挽救了。我只求你们一件事,想必是你们轻而易举的。我现在提心吊胆,怕家里人找到我。请你们指点一个容我安身的地方,让我去度过余生。当然,我知道爹妈溺爱,一定会欢迎我回家的。可是这番再见,我已经不复是他们心目中的女儿了。我一想到这点,就羞惭得无地自容。我已经丧失了他们对我责望的清白,每看到他们的脸,就要想到他们正看到我的丢脸。我为此宁愿流亡他乡,一辈子不再见他们的面。"

她说到这里,默不作声,脸上泛出红晕,显然很痛心,很惭愧。听她讲话的几个人对她不幸的遭遇又同情,又惊奇。神父正想安慰劝解,卡迪纽却抢先说:

"姑娘,你是大财主克雷那尔多的独养女儿、美丽的多若泰吧?"

多若泰听他提起自己父亲的名字,又瞧这人模样儿寒酸——卡迪纽衣衫褴褛已见上文——她觉得很奇怪,就对他说:

"兄弟①,你是谁?你怎会知道我父亲的名字?我要是没记错,我讲自己这桩倒霉事的时候,直到现在始终没有提起他的名字。"

卡迪纽答道:"姑娘,你刚才讲到陆莘达称为未婚夫的倒霉人,我就是他,我就是那个没造化的卡迪纽。坑害了你的家伙行为卑鄙,把我弄成目前这副模样。我穿得破破烂烂,衣不蔽体,在人世间得不到一点安慰,最糟的是连头脑都不清楚了,因为我已经神识糊涂,只靠天照应还有零星片刻的清醒。多若泰啊,堂费南铎胡作非为的时候我正在场,亲耳听到陆莘达说愿意嫁他的。她晕倒以后的下场,她怀里发现了字条的后文,我都没勇气再看;那么许多不幸的事积在一起,心上受不了。我忍无可忍,离开了她家,留下一封信②,托我寄放东西的那家主人亲手交给陆莘达。我就跑到这个荒僻的地方来,打算在这里了结余生。因为我从那时候起,痛恨自己的生命,仿佛是不共戴天的仇敌。

---

① 兄弟(hermano),西班牙人对乞丐和地位卑微的人用这个称呼。
② 但上文没有提到这封信,只说他不辞而行。

但是命运只剥夺了我的理性,并不要剥夺我的生命;也许它特地留我一命,好让我今天有幸和你相逢。我相信你讲的都千真万确,因此,说不定老天爷在咱们自以为倒霉的事情里,还为咱们两人留着一步意外的好运呢。因为陆莘达既然是属于我的,就不能嫁给堂费南铎,这句话她已经说得明明白白了;而堂费南铎既然是属于你的,也就不能娶她。那么,咱们很可以希望上天把分属于你我的归还原主。因为名分已经定了,改换不了。咱们这点安慰不是从空虚的希望或胡思乱想里来的,所以我是要另打主意了,姑娘,劝你也另打正经主意,准备等待更好的运气吧。我凭自己是绅士和基督徒向你起誓:我决不弃你不顾,直要瞧你得到堂费南铎的保护才罢;如果我的劝说不能叫他承认他对你的责任,我就拿出我绅士的权利,名正言顺地为他欺侮了你而向他挑战。我为了要在这个世界上为你申冤,可以把他对不起我的事丢开,由上天去为我报复。"

多若泰听了卡迪纽这番话不胜惊奇,瞧他这么激昂慷慨,愿为自己效劳,不知该怎样答谢,就要去吻他的脚,可是卡迪纽不答应。神父出来解围,又称赞卡迪纽讲得有理;他急切要求并劝说他们俩跟自己一起回乡,因为在那里可以添补些必需的东西,如要寻找堂费南铎,或把多若泰送还她父母,或者他们认为怎么办最合适,到了那里就可以着手去办。卡迪纽和多若泰听了很感激,都接受这番好意。理发师一直出神地听着,没有作声,这时也殷勤致辞,和神父一样热心地表示要尽力为他们效劳。他又约略讲了他和神父到这里来的缘故,也讲到堂吉诃德发疯的离奇,又说他们正在等待堂吉诃德的侍从,那侍从找他主人去了。卡迪纽记起他恍惚在梦里和堂吉诃德吵过一架;他讲给大家听,只是说不出为什么争吵。这时候,他们听得叫喊,听出是桑丘的喊声。原来桑丘到了和他们分手的地方却找不见他们,所以大声叫唤。他们跑去迎上他,探问堂吉诃德的情况。据桑丘说,他看见他主人身上只穿一件衬衫,面黄肌瘦,饿得要死,还直在为他的意中人杜尔西内娅唉声叹气;又说他已经告诉主人,杜尔西内娅小姐命令他下山回托波索村上去,她在那里等着呢,可是他主人说,已经打定主意,先得干下一番事业,能博得美人眷顾,才肯跑去相见。桑丘说,照这样下去,他主人做大主教都没指望,别说做大皇帝了,请他们瞧瞧该怎么办,才救得他主人出来。神父叫桑丘别着急,他们准叫堂吉诃德离开那里,不管他愿意不愿意。神父接着就告诉卡迪纽和多若泰,他们打算用什么办法治好堂吉诃德的病,至少把他送回家去。多若泰听罢说:她扮落难女子比理发师好,而且她身边带着衣服呢,穿上活脱儿就是那个角色;她也懂得要堂吉诃德中计该怎样表演,这事不妨交托给她,因为她读过许多骑士小说,熟悉落难女子向游侠骑士求救的那套话。

神父说:"那就样样齐全,只要马上着手就行。咱们一定是都碰上了好运道;你们两位意外地发现自己的事还可以补救,而我们要办的事也更加顺当了。"

多若泰马上从她的枕套里拿出一件质料精致的连衣长裙和一件华丽的绿披肩,又从一只小盒子里拿出一串项链、几件首饰。她一眨眼的工夫把自己打扮成一位雍容华贵的小姐。她说从家里带了这类东西防万一有用,可是至今还没用到。大家瞧她风度娴雅、相貌姣美,都不胜喜爱,认为堂费南铎抛弃这样的美人,实在是眼力太差了。可是最对她倾倒的是桑丘·潘沙,他觉得生平没见过这等美人——他确实是没见过,所以急切请问神父,这位极美的姑娘是谁,她到这种荒僻的地方找什么来了。

神父说:"桑丘老哥啊,咱们不说虚头,这位漂亮小姐是伟大的米戈米公王国男系嫡派的继承人。她是来找你主人,求他帮忙。有个凶恶的巨人欺负了她,她要你主人代她报仇。你主人是举世闻名的好骑士,这位公主久闻大名,特地从几内亚赶来找他的。"

桑丘·潘沙说:"找得也巧!碰见得也巧!假如我主人有幸,能把您刚才讲的那个婊子养的巨人杀掉,替她报了仇,申了冤,那就运气更好了。只要那个巨人不是鬼,我主人碰见了准会杀死他;我主人碰到了鬼却是毫无办法的。硕士先生,我别的且不说,有一件事要请您帮个忙。我想请您劝我主人赶快和这位公主结婚,免得他想去做大主教——我就怕他有这个念头。他结了婚当不了大主教,就可以顺顺当当地去做大皇帝,我也就可以称心如愿了。这件事我曾经细细打过算盘。照我估计,我主人做了大主教对我不利。因为我是结了婚的人,教会里用不着我;我有老婆孩子,要领取教会的薪俸还得请求特准,事情就没完没了。所以,先生啊,叫我主人马上娶这位公主是最要紧的——我至今还不认识她,不知道怎么称呼。"

神父答道:"她叫米戈米公娜公主;因为她的王国叫作米戈米公国,她当然就是这个名称了。"

桑丘说:"这可是没什么说的,我看见许多人都从自己出生的地方取名,叫什么贝德罗·台·阿尔咖拉呀,胡安·台·乌贝达呀,狄艾戈·台·瓦利亚多利德呀等等;在几内亚想必也是这样的。"

神父说:"准是的。至于你主人结婚的事,我一定尽力撺掇他。"

桑丘听了这话非常满意,而神父瞧他头脑简单也非常惊讶,想不到他主人的痴想在桑丘心上生了根,竟拿定他主人要做皇帝。

这时多若泰已经坐上神父的骡子,理发师也已经戴上牛尾巴做的胡子。他们叫桑丘领他们到堂吉诃德那里去,一面叮嘱他不要说认识神父和理发师,因为全靠他装作不认识,他主人才做得成皇帝。神父和卡迪纽不愿意跟他们同走。卡迪纽防堂吉诃德记起上次他们俩的争吵,而神父暂时还不必跑去,所以两人让大伙先走,他们缓步跟随。神父没忘了教导多若泰该怎么行事,可是她听了只叫大家放心,她自会按照骑士小说上描写的一套去表演,一丝不走样。她和一行人走了四分之三哩瓦的路,望见堂吉诃德在重叠的乱山岩里,已经穿上衣服,只是没戴盔甲。多若泰瞧见了他,向桑丘问明是谁,就把坐骑打上几鞭;满面胡子的理发师紧紧跟着她,两人跑到堂吉诃德那里。理发师就下骡去抱扶多若泰。她很轻快地下了骡,跑去跪在堂吉诃德面前。他请她起来,她却跪着说了以下一番话:

"勇猛的骑士啊,我是天下最苦恼、最受气的姑娘。我凭您的仁心热血,求您一件事。这不但有助于我,也可以增加您的荣誉,抬高您的声望。您如果不答应,我就跪在这里再不起身。我是个可怜人,听到了您的大名,特地远道赶来求您救苦救难的。如果您的勇力果然名不虚传,您就义不容辞,得帮帮我。"

堂吉诃德答道:"美丽的小姐啊,你要是跪在地下不起来,我就一句话也不答理,也不听你的。"

落难女子答道:"您如果不答应我的要求,我就决不起身。"

堂吉诃德说:"只要你这件事不损害我的国王、我的国家和主管我心灵的那位小姐,我就答应你。"

这位悲苦的姑娘说:"我的好先生,您说的都不会受到损害。"

这时桑丘·潘沙跑到他主人身边,在他耳朵里悄悄地说:

"先生,尽管答应她的请求,没什么大不了的事。那不过是去杀掉一个大型的巨人罢了。向您求救的是高贵的米戈米公娜公主,她是埃塞俄比亚大米戈米公王国的女王。"

堂吉诃德说:"随她是谁,我做事总要尽职责,凭良心,遵守自己奉行的规则。"

他转身向那姑娘说:

"美丽无比的小姐,请起身吧,你要求的事我答应就是了。"

那姑娘说:"那么我就把要求您的事讲讲吧。有个奸贼无法无天,篡夺了我的王国。我要劳您大驾,马上起身跟我回去;还请答应我,在我这件事完成之前,您决不找别的事去冒险拼命。"

堂吉诃德答道:"我重申,我答应你。小姐,你从今以后,可以抛开心上的烦扰,让你那委顿的希望重新振奋起来。你靠天保佑,又有我为你出力,不久就可以夺回权位,在你那古老伟大的国家重登宝座,叫那些反对你的坏人无可奈何。咱们就着手干事吧;常言道:'拖拖延延,就有危险'。"

落难女子坚决要吻他的手,可是堂吉诃德在各方面都是谦恭有礼的骑士,怎么也不答应。他扶她起来,恭恭敬敬地和她行了个拥抱礼。他吩咐桑丘查看一下驽骍难得的肚带,立刻替他披上盔甲。当时他的盔甲正像战利品似的挂在树上呢。桑丘取了下来,又查看了马肚带,随即为他主人披上盔甲。堂吉诃德瞧自己披挂停当,就说:

"咱们瞧上帝分上,动身为这位贵公主效劳去吧。"

理发师还跪在那里,竭力忍着笑,一手按着胡子,生怕这部胡子掉了下来,这条妙计就行不下去。这时他瞧堂吉诃德已经答应请求,忙着准备干事去,他就起身用另一只手去搀扶女主人,和堂吉诃德一起把她扶上骡子。堂吉诃德随就骑上驽骍难得,理发师也上了坐骑,只剩桑丘步行。桑丘不免又记起那丢失的灰驴,这时正用得着。不过他一切都甘心忍受,因为觉得他主人已经踏上那直达皇帝宝座的大道,马上就要做皇帝了。他拿定主人会和这位公主结婚,至少也能做到米戈米公国的国王。他只担心一件事。这个王国在黑人的土地上,将来他封地上的百姓想必都是些黑人。他想到这里,马上想出一个补救的好办法,心上自忖:"我封地上的百姓是黑人,这对我有什么关系呢?我只消把他们装上船,运到西班牙,就可以把他们卖掉。我收回的身价是现金,拿来买个爵位或官职,就可以安安逸逸过一辈子,这不就行了吗?如果糊里糊涂,没有头脑,没有手段,不会把自己的百姓转眼三万一万地卖出去,那就糟了!我发誓得飞快地把他们连大带小、全部或尽量出脱,随他们多黑,也要把他们变成白的或黄的①。瞧吧!我是个傻呆呢!"他一边走,只管一门心思地打算盘,竟把步行的辛苦都忘了。

卡迪纽和神父在乱树丛里望见这一切经过,不知道怎样迎

---

① 白的是银,黄的是金。

上去和他们搭话。亏得神父机灵,立刻想出个应付的办法。他从随身带的剪子套里拿出剪子,几下就剪掉了卡迪纽的胡子;然后把自己身上的一件灰褐色短上衣给他穿上,又给他披上一件黑大氅,自己脱剩一套紧身衣裤。卡迪纽完全改了样,只怕照了镜子连自己都不认得了。他们化装的时候堂吉诃德一行人已经走向前去,可是山里满处荆棘,又加道路险陡,骑了牲口走路不便,反不如步行快;他们两人化装完毕,轻轻便便走上大道,还赶在堂吉诃德那伙人的前头呢。长话短说,他们俩跑到山峡口的平原上,等堂吉诃德和一行人从山里出来,神父就对着这位骑士仔细端详,装出似曾相识的样子,然后张开两臂迎上去,叫道:

"真是巧遇啊!这位就是骑士道的模范、我的老乡堂吉诃德·台·拉·曼却呀!这位绅士的表率、落难人的靠山和救星、游侠骑士的佼佼者却是在这里呀!"

他一面说,一面抱住堂吉诃德的左膝盖。堂吉诃德对这人的言谈举动很诧怪,留神细看,才认出是神父。他很出乎意料,忙着要下马。可是神父不答应。堂吉诃德就说:

"硕士先生,您别拦我,我自己骑着马,倒让您这样德高望重的人步行,太不像话了。"

神父说:"这个我可怎么也不能答应。您这样一位大人物,应该骑马;因为咱们这个时代的大事业大冒险,都是您在马上干的。我呢,不过是个区区教士。您同路的随便哪一位如果不嫌,让我骑在鞍后就行。大家知道贝加索是一匹飞马;著名的摩尔人穆扎拉盖——他着了魔法禁咒,至今还在公普鲁多大城附近的苏雷玛大山底下躺着呢——他骑一匹神骏的斑马;我骑在鞍后,就仿佛骑着飞马或斑马一样。"

堂吉诃德说："硕士先生,就是这样我也不能同意;我知道我们这位公主小姐会瞧我面子,吩咐她侍从把坐骑让给您;如果骡子吃得消,他可以骑在鞍后。"

公主回答说："我看吃得消,而且知道我这位侍从先生是不用吩咐的;他非常客气,非常有礼,有骡子可骑却让一位教士步行,他是决不答应的。"

理发师说："是啊。"

他立刻下骡,请神父上鞍;神父不再推让,就骑上去。那骡子原是雇来的,这就足以说明它是一头刁骡子。事不凑巧,理发师刚骑在鞍后,骡子就掀起后臀,往空踢了两下。假如那两下踢在尼古拉斯师傅的胸口或脑袋上,他准要咒诅这番出门寻访堂吉诃德是倒足霉了。他虽然没踢着,却掀翻在地,仓促间竟把脸上那部胡子掉了。他无法挽救,只好双手护着脸,呻吟说,踢掉了大牙。堂吉诃德看见这个跌倒的侍从脸上脱下一大堆胡子,胡子不连着下巴颏儿,也没有血;他说:

"天啊！这可是了不起的奇迹呀！他脸上一部胡子全掉了,连根拔了,好像特地剃下来的。"

神父生怕自己的计策泄露,忙拣起胡子,赶到躺着直在哼痛的尼古拉斯师傅身边,把他的脑袋扶在怀里,一下子替他把胡子安上,嘴里还念念有词,说是在念一种专粘胡子的咒语,回头他们瞧了就知道。他替理发师戴好胡子就抽身走开,侍从又像原先那样胡须满面,完好无恙。堂吉诃德看了说不出的惊奇,要求神父几时有空教他这个咒语。他相信咒语一定还有别的功效。因为揪下了胡子,皮肉总有损伤,既然咒语能使皮肉完好,那分明就不止能粘上胡子了。

神父说:"您猜得对。"他答应有机会马上教他。

到前面客店还有二哩瓦路;他们讲定这一路上,神父骑的骡由他和另外两人轮着骑。当时堂吉诃德、公主和神父三人乘坐牲口,卡迪纽、理发师和桑丘·潘沙三人步行。堂吉诃德对那位姑娘说:

"高贵的公主,您要到哪里,就带我们去吧。"

神父不等她答话,抢先说:

"公主,您要带我们到哪一国去呀?大概是要到米戈米公王国去吧?准是的;要不,我对这些国家就是一无所知的了。"

她很识窍,知道该回答一声"是",所以她就说:

"是啊,先生,我正要取道到这个王国去。"

神父说:"照这么说,咱们就得路过我的家乡。从那儿可以取道往咖太基。到了咖太基,机会凑巧就可以乘到船;如果顺风,海上平静,没有风暴,那么,不到九个年头可以望见美欧娜大湖——我是说,美欧底台斯大湖。那儿离您的国土大概不过一百多天的路程了。"

她说:"先生,您错了。我离开那里还不到两年,虽然一路上没碰到好气候,我还是见到了我一心要见的堂吉诃德先生。我一踏上西班牙国土,立即听到他的大名,就想找他,求他保护,靠他无敌的勇力为我维持公道。"

堂吉诃德打断她说:"够了,请别夸奖吧。凡是恭维的话我都不爱听;尽管这不是恭维,也污染我纯洁的耳朵。公主啊,我只有一句话,不论我有没有勇力,我有的没的全都贡献出来,直到我送掉性命为止。这个以后再谈吧。现在我要请问硕士先生,怎么会单身跑到这里来,也没个人跟着,而且身上穿得这样单薄,真叫我很吃惊呢。"

神父说:"这个我一讲就明白。我告诉您,堂吉诃德先生,我跟咱们的朋友尼古拉斯理发师一起到塞维利亚去收一笔款子。那是好多年前到美洲去的一个亲戚给我捎来的,数目不小,有六万多比索①,都是足色;这笔钱是非同小可的。我们昨天经过这里,忽然碰到四个强盗,把我们的东西抢光,连胡子都抢了,而且把胡子割得不像个样子,害得理发师只好戴上一部假胡子了②。"他又指着卡迪纽说:"这位年轻先生也给他们收拾得完全改了样。妙的是这一带的人都在传说,抢劫我们的是几个发送到海船上去划船的囚犯。据说有个非常勇敢的人,不顾押送的公差和卫兵阻挡,约莫就在这个地方把一大群囚犯全释放了。没什么说的,那人准是个疯子,不然就是和那些囚犯一样的大坏蛋,或者是没有灵魂又没有良心的家伙。因为他故意把豺狼放到羊群里去,把狐狸放到鸡群里去,把苍蝇放到蜜里去,他是有心违法乱纪,反抗国王和天派的主子,干犯国家公正的法令。我说呀,他是存心剥夺海船上划船的脚力③,并且使安静了好多年的神圣友爱团又忙乱起来。一句话,他干这件事是断送自己的灵魂,肉体也得不到好处。"

桑丘已经告诉神父和理发师,他主人释放了一群囚犯洋洋自得,所以神父提出来严加谴责,瞧堂吉诃德怎么回答。堂吉诃德听着神父的话,脸上红一阵,白一阵,却没敢承认释放那群好

---

① 比索(peso),银币名。美洲西班牙殖民地通用的货币。
② 这又是作者前后有失照顾的一例,因为堂吉诃德并不知道公主的侍从是尼古拉斯师傅,也不知道大胡子是假的。
③ 那时西班牙的海船是由囚犯们用脚划船的。

家伙的就是他自己。

神父接着说:"抢劫我们的就是那些囚犯。释放他们的人不让他们去受该当的惩罚,但愿上帝慈悲,饶恕他吧。"

第 三 十 章

美人多若泰的机灵以及其他逗乐的趣事。

神父还没讲完,桑丘插嘴道:

"我老实说吧,硕士先生,干这件事的就是我主人呀。而且我事先不是没提醒他,我说这事得小心,释放那伙人是犯法的,因为押送到那边去的都是天字第一号的坏坯子。"

堂吉诃德当时就发话道:"你这个笨蛋!游侠骑士路见吃苦头、带锁链、受压迫的人,无须查究他们是犯了罪还是走了背运,才落到这个地步,受这等苦楚;他看到他们有难,就该帮他们一把。他着眼的是他们的苦楚,不是他们的罪行。我碰到了连锁成一串的一队垂头丧气的人,我按照宗教的训诫把他们打发了,没顾到别的。硕士先生的圣德和威望,我是没什么说的。除他之外,谁认为我是干错了,哼!他对于骑士道就是个瘟外行!他就像婊子养的、出身下贱的人那样胡说八道!我要凭我这把剑着实地教训他!"

他一面说,就在马鞍上坐稳身子,把顶盔戴上。因为他当作曼布利诺头盔的那只理发师的盆儿就在鞍框上挂着,给囚犯砸坏了正待修理呢。

多若泰很乖觉，也很有风趣。她早看透堂吉诃德脑筋有病，而且除了桑丘·潘沙，人人都在取笑他。她也不甘落后，瞧堂吉诃德火气冲天，就对他说：

"骑士先生，请别忘了您答应我的话啊。照您答应的话，您就不能再为别的事拼命，随它多么紧急也不行。您别生气吧。如果硕士先生早知道那队囚犯是您这条天下无敌的胳膊放走的，他宁愿嘴上缝三针，甚至把舌头咬三下，也决不说出冒犯您的话来。"

神父说："这话我满可以发誓保证的，我还情愿割掉一部胡子呢。"

堂吉诃德说："公主啊，我就不多说了，我一定把冒上来的义愤压下去，平心静气，且把答应你的事完成再说。不过我既然一心一意愿为你效劳，你如果没什么不便，就请回答我几句话。你的苦难是怎么回事？你要我找谁去雪恨报仇？对方有几个人？是些什么人？"

多若泰答道："只要你听了苦恼不幸的事不厌烦，我很愿意讲。"

堂吉诃德说："我的公主啊，我不会厌烦的。"

多若泰说：

"那么，诸位先生，请听我讲吧。"

她这么一说，卡迪纽和理发师就忙去站在她旁边，想瞧瞧这位灵心妙舌的多若泰怎样捏造自己的故事。桑丘也挨近去，他和他的主人一样，对这位姑娘的身世还一无所知。她在鞍上坐稳，先咳嗽几声，清了嗓子从容说道：

"诸位先生,请听我讲,我名叫……"

她说到这里,顿了一下,原来她把神父给她取的名字忘掉了。神父已经知道,就点拨她说:

"公主啊,怪不得您讲起自己的不幸就讲不下去,因为不幸的事往往使遭受的人把记性坏了,甚至连自己的名字都记不起来。您就是这样,忘了自己名叫米戈米公娜公主,是大米戈米公王国的合法继承人。现在这么一提,您记性虽坏,也就可以把要讲的事顺顺当当地记起来了。"

那姑娘说:"真是这么回事。我想往后我不用再提,自己会把这段真史好好讲完。我父亲名叫智慧的悌那克利欧。他精通魔术,凭这门学问,算准我母亲哈拉米莉亚王后要比他早死,他自己不久也要过世,我就成为无父无母的孤儿。他说,他虽然为这件事担心,他算准的另一件事更使他着急。据他说有个彪形巨人名叫攒眉怒目的巨人庞达斐兰都,管辖着和我国差不多是接境的一个大岛。原来那巨人的两眼虽然长得端正,两个眼珠子却总是斗鸡似的相对着。这是因为他居心叵毒,要人家看了害怕。据我父亲推算:那巨人知道我成了孤儿,就要率领大军入侵,夺取我的整个王国,不留一个小村子让我安身;除非我肯嫁他,才免得亡国落难。可是我父亲预知我对于这样不相配的婚姻是不愿意的。他这话一点不错,我绝不想和那巨人结婚;不论多高多大的巨人,我都不嫁的。我父亲还说:他死之后,我一看到庞达斐兰都要进犯国境,就别留在国内防守,自取灭亡;如果我要让忠心的老百姓活得性命,不至全被歼灭,我得毫无抵抗,把整个国家让给他。因为那个巨人力大无比,我们没法抵御。我只好带领几个手下人,立刻到西班牙去。那里有一位名震全国的游侠骑士,我找到了他,我的苦难就有解救。我要是没记错,那位骑士名叫堂阿索德或堂希诃德。"

桑丘·潘沙插嘴说:"公主,你说的准是堂吉诃德,别号哭丧着脸的骑士。"

多若泰说:"准是的。他还说:那位骑士是高高的个儿,消瘦的脸,他左肩膀下面,靠右边,或是约莫在那地方有一颗暗红色的痣,上面还有几根鬃毛似的汗毛。"

堂吉诃德听了这话,对他的侍从说:

"桑丘,儿子,来,帮我把衣服脱下,我要瞧瞧那位先知的国王所预言的骑士是我不是。"

多若泰说:"可是您干吗要脱衣服呢?"

堂吉诃德说:"因为要瞧瞧我身上有没有你父亲说的那颗痣呀。"

桑丘说:"不用脱衣服,我知道您背脊当中有那么样的一颗痣;您这颗痣,主身强力壮。"

多若泰说:"这就行了。朋友之间不计细节,痣长在肩膀上或背脊上没多大分别,只要有那颗痣,长在哪里都一样,反正都在同一个人的皮肉上。我贤明的父亲说的话分明句句都准,我来投靠堂吉诃德先生也正是碰对了。他就是我父亲说的那一位,因为父亲形容的面貌,跟我听到的那位骑士的面貌完全一致。那位骑士的名气大得很,不仅在西班牙,就在拉·曼却也人人知道,我在奥苏那一下船①,就听到人家传说他干的许多丰功

---

① 这里写多若泰不熟悉地理,把西班牙说成拉·曼却的一部分,把奥苏那说成海口。

伟绩,我马上知道这就是我要找的人了。"

堂吉诃德问道:"可是您怎会在奥苏那下船呢?那又不是海口。"

神父不等多若泰回答,忙插嘴道:

"公主大概是说:她在玛拉加下船以后,第一次听到您的事是在奥苏那。"

多若泰说:"我就是这个意思。"

神父说:"想必是这个道理。公主,您讲下去吧。"

多若泰说:"以下没什么讲的了,无非我运气很好,居然找到了堂吉诃德先生。我就算是坐稳我国女王的宝座了,因为他慈心侠骨,已经答应我的请求,随我带着他走。我只要带他到攒眉怒目的巨人庞达斐兰都那里去,让他杀死巨人,把巨人无理霸占的仍旧归还我。这些事准会如我心愿的,因为智慧的悌那克利欧——我贤明的父亲早就这么说过。我父亲还用我看不懂的文字——大约是咖勒底文或希腊文指示我说:他预言的那位骑士杀了巨人,如有意和我结婚,我得一诺无辞,把自己的王国连同自己本人一并交托给他。"

堂吉诃德听到这里,说道:"怎么样啊?桑丘朋友,你没听见公主的话吗?我不是跟你说过的吗?你瞧,咱们不是可以做王国的君主、女王的丈夫吗?"

桑丘说:"这是我可以打赌保证的!谁砍掉了庞达斐兰都的脑袋而不愿意和女王结婚,他就是婊子养的!难道女王蠢得很吗!但愿我床上的跳蚤都能变成她那模样!"

他说着就踊身跳跃两次,简直快活得按捺不住的样子。他随就跑去把多若泰的骡子扯着缰绳带住,对多若泰双膝跪倒,求她伸手让他亲吻,表示她是自己的女王和主人。在场看了堂吉诃德的疯和他佣人的傻,谁能不发笑呢?多若泰真把手伸给他,还答应等她靠天照应收复了国土,做了国王,就封他做大官。桑丘千恩万谢的一番话又惹得大家都笑起来。

多若泰接着说:"诸位先生,这就是我的故事。我只有一件事还没说:跟我从国内出来的许多人,除了这位大胡子的侍从,一个都不剩了。我们在望得见港口的地方遭到了大风暴,一行人全都淹死,只有他和我浮在两块木板上到了岸边。这简直像奇迹。你们也许注意到,我一生的事都很神奇。如果有些事情我讲得太啰唆,或者不大对头,那都怪我遭受的灾难连一接二,又非同小可,把我的记性毁了;硕士先生在我开头讲的时候就这么说的。"

堂吉诃德说:"尊贵的公主啊,我为你效劳,不论得经历多少大灾大难,也决不忘记我答应你的话。我现在重申一遍,并且还发誓保证:一定跟你走遍天涯海角,直到找着了你那个凶恶的敌人才罢。我打算砍掉他那颗高昂的脑袋;这要靠上帝保佑,也靠我自己的力气——我不能说靠我的宝剑,多谢希内斯·台·巴萨蒙泰,他把我的宝剑拿走了。①"

末了一句话是喃喃自语。他接着说:

"我砍下了那个脑袋,让你安然做了一国的女王,你愿意怎样处置自己,全由你自便,因为我爱恋着一位小姐,心不自主,也无理可喻。我不多说,反正照我这情况,我决没有结婚的意思,连想都不想,即使和凤凰鸟结婚都不想。"

---

① 但上文并未说起这件事,这又是作者疏忽之处。

桑丘听他主人说到不愿意结婚,觉得太不像话了,他很生气,提高了嗓子说:

"我赌咒!我发誓!堂吉诃德先生,您真是脑筋糊涂了!跟这样高贵的公主结婚还有什么推三阻四的?您以为目前这份好运气是随地可拣的吗?难道咱们的杜尔西内娅小姐比她还漂亮吗?当然不如!连一半儿都比不上!我竟可以说,她给咱们跟前的这一位拾鞋还不配呢!您要往海底捞针去,我一心想封伯爵的希望就完蛋了。您结婚吧!赶快结婚!但愿魔鬼也作成您这件事。现成落在您手里的王国,您就拿下吧。您做了国王,可以封我做伯爵或总督;以后怎么样,管他妈!"

堂吉诃德听他这样亵渎杜尔西内娅小姐,忍无可忍,他更不搭话,也没哼一声,举枪就把桑丘狠狠打了两下,打得桑丘倒在地下,要不是多若泰喊住他,准把桑丘当场打死。

他停了一下,对桑丘说:"蠢货!你以为我老会让你戏弄吗?你只管犯过错我总会饶你吗?你别打错了主意,你这个无法无天的混蛋!你分明就是这么个混蛋,因为你竟敢毁谤天下无双的杜尔西内娅!你知道吗,你这个流氓、地痞、乡下佬,要不是她把力气布运到我这条胳膊里来,我连杀死一个跳蚤的劲儿都没有!你说吧,你这个贫嘴恶舌的家伙,你知道是谁赢得了这个王国?谁砍下了巨人的脑袋?谁封你做了伯爵?(这些必然的事尽可以当作真实的事。)这不是都靠杜尔西内娅的力量,使用我这条胳膊干的吗?她凭我来厮杀取胜,我靠她生存活命;她是我的命根子,有了她才有我这个人。哎,你这婊子养的混蛋,你多没良心啊!把你从泥土里提拔出来,封了你爵位,你却用混话来报答人家的恩情!"

桑丘没受大伤,堂吉诃德的话他句句听得分明。他灵活地爬起来,躲到多若泰坐骑后面,从那儿向他主人发话道:

"先生,您说吧,您要是打定主意不和这位高贵的公主结婚,那个王国分明就不是您的了;既然不是您的,您能赏我什么好处呢?我抱怨的就是这个呀。现在这位女王就仿佛是天上掉下来的,您不管怎么样且跟她结婚,以后还可以回去找咱们的杜尔西内娅小姐;有几个妃子的国王,这世界上多的是啊。至于美貌,我并不在乎。要说老实话呢,我觉得两人都好,尽管那位杜尔西内娅小姐我还从没见过。"

堂吉诃德说:"怎么没见过?你这个胡说乱道的反复小人!你不是刚从她那儿捎了口信来吗?"

桑丘说:"我是说没仔细看她,不能分辨她哪儿长得美、哪儿长得好,我只是笼统看了一眼,觉得不错。"

堂吉诃德说:"现在我原谅你了,请你也原谅我打痛了你。那是一时性起,自己按捺不住。"

桑丘说:"这个我也懂得。我呢,一时性起,就想说话;话到了舌头上非说不可,一次也按捺不住。"

堂吉诃德道:"可是,桑丘,你说什么话得仔细想想。因为'水罐儿一次次到井边去……'①,底下我不说了。"

桑丘说:"好哇!上帝在天上呢,坏事他都瞧见。我是话说坏了,您是事情干坏了,咱俩谁更坏,上帝会来裁判。"

多若泰说:"行了行了。桑丘,过去吻你主人的手,请他饶恕吧。从今以后,你称赞人或骂人都得小心着点儿,别再说那位

---

① 西班牙谚语:"水罐儿一次次到井边去,结果就砸碎了。"

托波索小姐的坏话。我不认识她,只知道自己是听她命令的。你且放心依靠上帝,将来少不了会封爵封地,让你像王爷似的过日子。"

桑丘垂头丧气地跑到主人身边,求他伸出手来。堂吉诃德很严肃地把手伸给桑丘亲吻,还为他祝福,然后叫他跟着自己前走几步,因为有很要紧的事问他并和他细谈。桑丘听命,两人离开大伙往前跑了一段路,堂吉诃德对桑丘说:

"自从你回来了,我还没机会也没工夫问问你这次来往捎信的详细情况。现在正好有功夫也有机会,你快把大好消息告诉我吧,好让我喜欢。"

桑丘说:"您有什么要问的,您问吧。我能把脑袋探进去,就照样能缩出来。可是我的先生,以后请您别那么存心报复。"

堂吉诃德说:"桑丘,你为什么说这话呢?"

桑丘答道:"我说这话呀,因为您刚才打我那两下子,其实还是为了那天晚上魔鬼在咱俩中间挑起的那场争吵①,我说话冒犯咱们的杜尔西内娅小姐还在其次。我对她就像对圣人的遗物那样敬爱呢——当然,那只因为她是属于您的,不是说她像遗物那样陈年古董。"

堂吉诃德说:"桑丘,你千万别再提那话儿,我听着生气。那件事我早已原谅你了。你该知道老话说的:'重新犯罪,重新忏悔'。"

正说着②,只见迎面有人骑着一头驴跑来,近前一看,好像

---

① 指上文第二十章桑丘为砑布机的事嘲笑了堂吉诃德。
② 从这一段起,到下文桑丘向主人道谢为止,四段都是作者在第二版添上的。

是个吉卜赛人。桑丘只要看见驴子就全神贯注;他一见那人,就认得是希内斯·台·巴萨蒙泰。他从这个人的线索,认出了自己的驴。果然,巴萨蒙泰骑来的正是他的灰驴;那家伙防人家认得,又因为要卖掉驴子,所以化装成吉卜赛人;他会说吉卜赛语和其他好多种语言,都像说家乡话一样流利。桑丘看见了他,认明他是谁,立刻大喊道:

"啊!小希内斯,你这个贼!这头驴是我的宝贝、我的命根子!它是省我脚力、供我享福的!快还给我!你这个婊子养的!你这个贼!滚开吧,别霸占我的东西!"

其实他不必说那么多话,也不必那么臭骂;希内斯一听他开口,立即下驴飞跑,转眼就无影无踪了。桑丘跑到他的灰驴旁边,一把抱住说:

"我的宝贝、我的伙伴儿、我心眼儿里的灰毛儿啊,你好吗?"

他一面说,一面把驴当人似的亲吻抚摩。驴子静静地由他亲热,一声不响。大家跑上来,都恭喜桑丘找到了灰驴。堂吉诃德尤其高兴,他对桑丘说,给他三匹驴驹的票据并不因此作废。桑丘对主人感恩道谢。

他们主仆俩说话的时候,神父对多若泰说:她那故事编得又巧妙,又简短扼要,而且和骑士小说里的一模一样,可见她聪明得很。她说以前有空常把这种书当作消遣,不过她不知道各省的位置,也不知哪里是海口,就捉摸着说是在奥苏那下船的。

神父说:"我知道是这缘故,所以赶忙点拨一句,替你圆场。这套胡编乱扯,只要和骑士小说上讲的一个腔调,这位倒霉的绅士马上都信以为真,你说怪不怪?"

卡迪纽说:"真是疯得古怪,从来没有的。他这种疯病,要假装也假装不出,得有他那样的奇情异想才行呢。"

神父说:"还有可怪的:这位绅士除非触动了他的病根,说的话才荒谬,如果谈别的事,他头头是道,可见他的头脑各方面都清楚、稳健,所以只要不提起骑士道,谁都认为他识见很高明。"

他们这边议论,堂吉诃德和桑丘也在那边谈话。堂吉诃德说:

"潘沙朋友,咱俩争吵的事,从此撒开手别再计较了。你现在别生气,也别记恨,且告诉我:你是在什么地方找到杜尔西内娅的?怎么找到的?那是什么时候?她正在干什么?你跟她说了些什么话?她怎么回答的?她看了我的信,脸上怎么样?那封信是谁给你誊写的?反正你认为值得讲究的,都告诉我,不要加油加酱或说些谎话来哄我高兴,更不要防我不高兴而瞒着什么不说。"

桑丘答道:"先生,若要说老实话呀,那封信谁也没替我誊写,我压根儿没带什么信。"

堂吉诃德说:"你这话确是不错。你走了两天以后,我发现我写那封信的记事本子还在身边,我因此很着急,不知道你找不到信怎么办,我直以为你半路上发现信没带走,又会跑回来。"

桑丘答道:"要不是您念给我听的时候我都记在心上,我就得跑回来了。可巧我都记得,就说给一个教堂里的管事员听,他就照着一句句写下来。据他说,他看过许多驱逐出教的训令,像您那样漂亮的信,他却一辈子也没见过,也没读过。"

堂吉诃德说:"桑丘,信上的话你还记得吗?"

桑丘说:"先生啊,现在记不得了。我口授了那封信,觉得再记着没什么用,就把它忘掉了。要是还有点儿没忘记的呢,那就是'尊贵无皮——'我是说,'尊贵无比的小姐',还有末尾'至死对你忠心的、哭丧着脸的骑士';在这个头尾中间,我夹上了三百多个'灵魂'呀,'性命'呀和'我的眼珠子'。"

第三十一章

堂吉诃德和侍从桑丘·潘沙的
趣谈以及其他事情。

堂吉诃德说:"你这些话,我听来都还满意。说下去吧。你去的时候,那位绝世美人在干什么呢?准在为我这个被她俘虏的骑士穿珠子,或者用金线绣花吧?"

桑丘说:"不是的;她正在她家后院里簸两个阿内咖①的麦子。"

堂吉诃德说:"那你可以拿稳,麦粒儿经过她的手,准变成一颗颗珍珠。朋友,你瞧了那麦子吗?是白的还是黑的?"

桑丘说:"是黄的。"

堂吉诃德说:"我可以向你保证,麦子经她簸过,做出来准是雪白的面包,决没有错。你再讲下去吧。你把信交给她,她拿

---

① 阿内咖(hanega)亦称法内咖,容量名,容一百十几斤麦子,合55.5公升。

来亲吻没有?把信顶在头上了吗①?她行了什么相应的礼节来迎接我那封信呢?她是怎么办的?"

桑丘说:"我把信交给她的时候,她刚盛了一大筛麦子,一纳头地使劲儿簸呢。她对我说:'朋友,把信放在那个口袋上吧,我得把这些麦子全簸完了才能看信。'"

堂吉诃德说:"多谨慎的小姐呀!她这来准是因为要把那封信仔细阅读,反复寻味。桑丘,说下去呀。她一面干活儿,跟你说了些什么话呢?她问到我了吗?你怎么回答的?你一直讲下去,把所有的话都告诉我,别有一星半点的遗漏。"

桑丘说:"她什么也没问。可是我告诉她,您怎么为了她直在苦修赎罪,光着上半身,住在这座山里,像个野人似的,睡就睡地下,吃面包也不摊桌布,胡子也不梳理,只顾哭,还只顾咒诅自己的命运。"

堂吉诃德说:"你说我咒诅自己的命运可不对了。我倒是庆幸自己的命运呢,而且一辈子庆幸,因为能攀上这位高不可攀的杜尔西内娅·台尔·托波索小姐,和她恋爱。"

桑丘说:"她真是高得很,说实话,她比我还高一拃呢。"

堂吉诃德说:"怎么的,桑丘?你跟她比过身量吗?"

桑丘答道:"凑巧比了一下。我去帮她把一口袋麦子扛上驴背,我们俩挨得很近,我发现她比我高出好一拃还不止。"

堂吉诃德说:"她既有那么高的身材,也就有数不清的才德来配合衬托!桑丘,有一件事我是拿定的:你挨近她,准有一股

---

① 西班牙人把教皇谕旨或国王的特准状顶在头上,表示尊敬;这原来是阿拉伯人的风俗。

阿拉伯的味儿①,一种芬芳或不知名的馨香,像高贵的手套铺里若有若无的兰麝之气,你总闻到吧?"

桑丘道:"我只好说闻到一点男人味儿。准是她使了大劲出了汗,有点汗酸气。"

堂吉诃德说:"不会。我很知道那朵带刺的玫瑰、那朵野百合花、那融化的龙涎香是什么味道。你准是伤风了,不然就是闻到了自己身上的气味。"

桑丘说:"都可能;因为我自己身上常有那股子味儿,当时就以为是杜尔西内娅公主玉体发散出来的了。这没什么稀奇,魔鬼彼此都是一样的。"

堂吉诃德说:"好吧,她当时已经筛完麦子,送往磨房去了。她看信的时候有什么表情呢?"

桑丘说:"她说不识字,也不会写,所以没看信,只把那信撕得粉碎,说是不愿意让别人看见了把她的秘密泄露给村里人。她说,反正我已经告诉了她您怎么爱她,怎么为她一直在山里奇奇怪怪地苦行修道,那就够了。一句话,她叫我传个口信,说她吻您的手,她懒得写信了,只想见见您,所以要求您并且命令您,见到了我,就离开这片灌木林,别再疯疯癫癫的,除非您有更紧急的事,不然就快上路往托波索去吧,因为她急着要和您见面呢。我告诉她您绰号'哭丧着脸的骑士',她听了大笑。我问她,好久以前有个比斯盖人到她那里去了没有。她说去了,还说那人顶老实。我又问起那群囚犯,她却说至今一个也没看见。"

堂吉诃德说:"你讲的这些事都还不错。可是我问你,你给

---

① 阿拉伯以出产香料闻名。

她捎了我的信去,临走她酬报了你什么首饰呢?照游侠骑士和他们意中人之间的惯例,侍从呀、侍女呀或侏儒呀为他们彼此传递了消息,他们总酬报些贵重首饰的。"

"这很可能,我认为这个惯例很好。不过这一定是古时候的事吧,现在只行得给一块面包和干酪了。我临走,咱们杜尔西内娅小姐隔着后院矮墙就递给我这么一块面包和干酪;说得地道些,那是一块羊奶干酪。"

堂吉诃德说:"她是最慷慨不过的;她没给你金镶的宝石首饰,一定是当时手边没有。可是'过了复活节给的节赏,照样是好的'①。我快要和她见面了,该怎么着,都会照办。桑丘,你可知道我奇怪的是什么?我觉得你好像是乘着风来往的,因为从这里到托波索有三十多哩瓦的路,你一去一回只耽搁了三天多点儿。所以我相信准有精通魔术的法师在关心我的事,而且是我的朋友。这是理所当然的,不然我就不是个出色的游侠骑士了。我说呀,这位魔法师想必在你走路的时候帮了你一把力,却没有让你觉知。从前有个魔法师趁游侠骑士睡眠的时候,把他摄走了;这个骑士不知是怎么回事,第二天醒来,离临睡所在的地方已有一千多哩瓦的路。游侠骑士们常互相帮助,要不靠这种魔法,遭了危险怎么能彼此帮忙呢。有时候游侠骑士在亚美尼亚的山里跟毒龙或凶猛的妖怪或别的骑士搏斗,吃了败仗,命在顷刻;忽然,一转眼的工夫,他的一位身在英吉利的朋友乘着一朵云或一辆火焰车到了他面前,他承这位朋友救了性命,当晚就在自己家里舒舒服服地吃晚饭了。从这里到那里往往隔着二

---

① 西班牙谚语。

三千哩瓦的路呢。这都靠经常照应这些英勇骑士的魔术家们有本领、有学问。所以,桑丘朋友,你这么短短几天就从这里到托波索走了一个来回,我并没什么信不过的。因为我刚才说了,准有和我好的魔法师摄了你在空中飞行,你却没有感觉到。"

桑丘说:"也许是吧。说老实话,驽骍难得跑得像吉卜赛人的驴,耳朵里灌了水银似的①。"

堂吉诃德说:"仿佛灌了水银吗?大批的魔鬼簇拥着它呢!魔鬼自己能跑,如果高兴,还能带着人畜跑,叫他们跑了路不累。这话且撇开不说吧。我那位小姐命令我去见她,这事你瞧我这会儿该怎么办呢?我觉得应该听从她的命令,可是又觉得办不到,因为我已经答应了咱们一起的那位公主的请求。照游侠骑士的规矩,说了话要当话,顾不得自己的喜好。我一方面牵肠挂肚要去看看我那位小姐,另一方面又为自己的信义和完成这番事业的光荣振奋得不能罢手。不过我打算加紧赶路,快到巨人那里去。等我砍掉了巨人的脑袋,扶助公主安安稳稳做了女王,我就立刻回去瞧那位放光照耀着我的女郎。她听了我委婉的解释,就会赞成我,知道我迟迟不去是要为她扬名。反正我这一辈子,无论过去、现在、未来,凡是凭武力得到的成就,全靠她的保佑,全靠有了她这么个主子。"

桑丘说:"啊呀,您的头脑真是糊涂了!您说吧,先生,您这一趟路打算白跑吗?这样富贵的亲事,陪嫁是一个王国呢,您就随便放弃吗?老实告诉您,我听说这个王国方圆有两万多哩瓦,凡是养生活命的东西都富足极了,全国的地域比葡萄牙和咖斯

---

① 据说吉卜赛人贩卖骡子的时候,用这办法使骡子跑得快。

底利亚并在一起还大呢。看上帝分上,别多说了;您刚才那些话,说了该自己惭愧的。您听我的劝告,别见怪,前头哪个村里有神父,您马上就结婚吧。要是没有神父,咱们的硕士就在这儿,给您主持婚礼再好没有。我告诉您,我这把年纪了,可以给您出出主意,我这些话也说得正在筋节上。'天空的老鹰,不如手里的麻雀';'有好的偏挑坏的,好的不要就不来了'①。"

堂吉诃德说:"你听我说,桑丘,假如你劝我结婚,不过是要我杀了巨人马上做国王,有力量照应你,把许你的东西给你,那么我告诉你,我不用结婚,也很容易叫你遂心。我只需事先讲明条件:打了胜仗,尽管不结婚,也得把国土分割一部分给我,让我随意赏人。我分到了国土,你说吧,不给你给谁?"

桑丘答道:"这是明摆着的。不过您得留心挑选沿海的地方。我要是过得不乐意,可以把我管辖的黑人装上船,照我以前说的办法打发他们。您别心心念念想马上去见咱们的杜尔西内娅小姐;您只顾去杀掉那个巨人,了结这桩事情。没错儿,我拿定这件事大有名利可图呢。"

堂吉诃德道:"我说呀,桑丘,你这话讲得很对,我应该听你的劝告,先不去看杜尔西内娅,且跟着公主走。我还告诫你,咱们刚才的话,你跟谁都一字不提,也别告诉咱们一起的人。因为杜尔西内娅既然那么谨慎,不愿意人家知道她的心思,我就不该替她泄露,也不该让别人泄露。"

桑丘道:"照这样说,您怎么又叫您打败的人都跑去见咱们

---

① 西班牙谚语:"有好的偏挑坏的,得了坏的就别抱怨。"桑丘把下半句说错了。

的杜尔西内娅小姐呢?这不就是签字声明您很爱她、是她的情人吗?那些人既然得跑去跪在她面前,说是奉您的命去致敬的,您两位的心思怎么隐瞒得了呢?"

堂吉诃德说:"哎,你真傻!真是死心眼儿!桑丘,你不懂吗,这都是大大抬高她身份的呀!你该知道,照我们的骑士道,一位小姐手下有许多游侠骑士是很光荣的。他们只是为她自身,一心一意给她效劳,一片忠诚,不求报答,只指望她肯收录为她名下的骑士。"

桑丘说:"我听过神父讲道,说我们爱上帝就该这样:只为他自身而爱他,不是为了追求荣誉或害怕责罚。不过我倒愿意为了他的权力而爱他并为他效劳呢。"

堂吉诃德说:"别瞧你是个乡下佬,有时候说些话顶有意思!你倒像个有学问的人。"

桑丘答道:"说老实话,我是不识字的。"

这时候理发师尼古拉斯喊他们停停,那里有一脉流泉,他们要歇下喝点水。堂吉诃德就带住了马,这来桑丘非常乐意。他撒了半天谎很劳神,生怕他主人从他话里捉出错来。因为他虽然知道杜尔西内娅是托波索的一个农家姑娘,他却是从没见过①。

卡迪纽已经换上多若泰初出现时穿的那套衣服;衣服虽然不怎么好,比他换下的强多了。他们大伙在泉水旁边下了牲口,大家都很饿,就拿出神父在客店里买的东西来充饥。

这时路上走过一个男孩子。他对水边的那群人注视一下,就赶到堂吉诃德面前,抱住他的腿,放声大哭道:

---

① 可是上文第二十五章里桑丘说见过这位姑娘,还把她形容了一番。

"啊呀,我的先生!您不认得我了吗?那么请您仔细认认:我就是绑在橡树上的那小子安德瑞斯,多亏您解救的呀!"

堂吉诃德认识那孩子,他搀住孩子的手,转身对旁边一伙人说:

"诸位请听,这个世界上强横霸道的人干下的暴行,全靠游侠骑士去铲除,可见他们多么重要。我可以给你们举个例子。前几天我走过一个树林,听到悲惨的叫喊,好像是什么人负痛求救的声音。我觉得这和自己的职责有关,忙寻声赶去,只见一棵橡树上绑着个孩子——就是你们面前的这小子。他到了这儿来我很高兴,因为可以证明我的话没一点虚假。当时他光着上半截身子绑在一棵橡树上,一个乡下佬用马缰绳①抽得他皮开肉绽。据我后来知道,那是他的主人。我一看见就问那人为什么毒打。那家伙说孩子是他的佣人,不光是没脑子,而且还不老实,干了些坏事。这孩子说:'先生,他无非因为我问他要工钱,就把我鞭打。'他那主人讲了一套不知什么道理给自己遮脸。我听了并不相信。干脆说吧,我叫那乡下佬把孩子解下来,叫他发誓带着孩子回家,把工钱照实算还,还另加些赏钱。安德瑞斯小子,我讲的不都是真话吗?我威风凛凛地命令他,他诺诺连声地照办,你不是看见的吗?你不用顾虑,且把那些事情向他们几位讲讲,让他们知道我说的一点不错,游侠骑士云游世界确是有益的事。"

那孩子答道:"您讲的都很真实,可是结局却满不是您想的那样。"

---

① 上文第四章说是用皮腰带。

堂吉诃德说:"怎么满不是？那乡下佬没付你工钱吗？"

孩子答道:"不但没付工钱;您一走,树林里只剩了我和他两个,他就重新把我绑在那棵橡树上,又从头把我鞭打一顿,打得我成了揭掉皮的圣巴多罗美。他每打一下,就对我说一句俏皮话把您挖苦取笑。我要不是痛得厉害,听了也要笑的。那坏家伙真是害我吃足苦头,我从那次打伤以后,直在医院治疗。这全是您的罪过。假如您走您的路,没请您去的地方别去,也别多管闲事,那么我主人把我抽了十几下或二十几下也就完了;他会解我下来,把该我的工钱付给我。可是您把他侮辱得过了头,乱骂一通,惹起他的火来;他不能对您发作,等您一走,就把一肚子气都出在我身上,害得我这一辈子都抬不起头来了。"

堂吉诃德说:"坏就坏在我当时跑了,没等他付了你工钱再走。其实我早就有经验,该知道乡下佬除非有利可图,说了话从来不当话。安德瑞斯,你总记得我当时发的誓:他要是不付你工钱,我一定去找他;他即使躲在鲸鱼肚里,我也一定找他出来。"

安德瑞斯说:"是有这个话,不过没什么用。"

堂吉诃德说:"有用没用,你这会儿瞧吧？"

他一面说,一面忙着起身,叫桑丘为驽骍难得备上鞍辔;这匹马在他们吃东西的时候正在一边啮青。

多若泰问他这是要干什么。他说,那乡下佬太混账了,不管世界上有多少乡下佬,他也要把那一个找出来惩罚他,逼他把拖欠安德瑞斯的工钱如数付清。多若泰说:"请他别忘记自己的诺言,她的事没完,他不能承担别的事;这点道理,他比谁都明白,所以请他且平心静气,等从她的国土回来再作计较。

堂吉诃德说:"这话不错,安德瑞斯少不得像您公主说的那样,暂且忍耐一下,等我回来再说。我再一次对他发誓,再一次答应他:一定替他报仇,叫他工钱到手,否则决不罢休。"

安德瑞斯说:"这种发誓我是不相信的;什么报仇我都不在乎,这会儿只希望有点盘缠,让我到塞维利亚去。您这儿要是有什么给我吃的、或给我带走的,给我点吧,我就向您和所有的游侠骑士们告别了。但愿他们游来游去,对自己也大有好处,就像对我的一样好!"

桑丘从他的干粮里拿出一块面包、一块干酪,递给那小子说:

"拿去吧,安德瑞斯小哥儿,我们大家都沾上了你的晦气。"

安德瑞斯问道:"你沾了什么晦气呀?"

桑丘答道:"我给你的这份干酪和面包,天晓得我自己是不是要吃呢。朋友啊,我告诉你,游侠骑士的侍从经常得挨饿吃苦,还得遭受些别的事,那滋味说不出来,只好自己感受。"

安德瑞斯拿了面包和干酪,瞧他们谁也没别的东西给他,就低着头动身上路。他临走对堂吉诃德说:

"游侠骑士先生啊,您要是再碰到我,尽管瞧我给人切成一块块,请您看上帝分上,别来救我帮我,还是随我倒霉去。凭我多么倒霉,总不如受您帮忙倒霉得厉害。但愿上帝咒诅您!咒诅世界上所有的游侠骑士!"

堂吉诃德要起来打他,可是他拔腿飞跑,谁也别想追得上。堂吉诃德听了安德瑞斯的一番话羞愤不堪,大家只好极力忍住笑,免得他无地自容。

第三十二章

堂吉诃德一行人在客店里的遭遇。

他们吃罢那顿好饭,就给牲口套上鞍辔,一路上没什么值得记载的事,第二天,他们到了桑丘怕去的那家客店。他虽然不愿意进去,却又没法不进去。客店的主妇、主人和他们的女儿以及玛丽托内斯看见堂吉诃德和桑丘来了,都欣然出来迎接。堂吉诃德严肃而随和地和他们相见,吩咐他们给他铺一张好好的床,别再像上次的那样。店主妇说:只要他付账比上次漂亮,准给他一张王爷也睡得的床。堂吉诃德一口答应,他们就在他上次睡觉的顶楼上给他铺了一张还像样的床。堂吉诃德已经精疲力尽,昏头昏脑,倒头就睡了。

他们刚关上店门,店主妇就赶着理发师一把揪住他胡子说:

"我凭圣十字起誓,你不能老拿我的尾巴当胡子用,你得还我尾巴!像话吗,我丈夫的那件东西只好放在地上了——我是说他的梳子,我向来把它插在我这条好尾巴上的。"

她尽管揪,理发师却不肯放手。后来神父对他说:给她吧,这套玩意儿现在不用了,不妨除掉假面,露出真相,只消对堂吉诃德说,那天遭到一群囚犯的抢劫,逃进了客店来;如果他问起公主的侍从,就说公主已经打发侍从先回去通知她的百姓,说她就要带着他们大家的救星一同回国。理发师听了这话才肯把尾巴还给店主妇,并且把借来解救堂吉诃德的那些东西都还了。店里的人见了多若泰的美貌都大惊小怪,就连农夫打扮的卡迪纽那么俊秀也使他们惊奇。神父吩咐店家瞧店里有什么可吃的就做给他们吃。店主指望好报酬,忙给他们开上一桌像样的饭。这时候,堂吉诃德直在睡觉。大家觉得他睡觉更比吃东西要紧,就不去叫醒他。饭后,店主夫妇和女儿以及玛丽托内斯和其他旅客都在场,神父和理发师对他们谈起堂吉诃德的古怪疯病,又讲到怎样把他找回来的。店主妇就把堂吉诃德和骡夫的故事讲给大家听。她注意桑丘是否在场,一看没有,就把他给人兜在毯子里抛弄的事都讲出来,大家听了非常好笑。神父说,堂吉诃德读的那些骑士小说害他迷了心窍。店主道:

"我不懂怎么会有这种事。老实说,我觉得世界上没有比这种书更有趣的了。我这里就有两三部,另外还有些抄本。我和许多别人都靠这几部书有了生趣。收获的季节,逢到节日,收割的人都聚在我这里;我们中间总有个把识字的,就拿一本来读,我们三十多人都围着他,听得津津有味,简直都返老还童了。至少,单说我自己吧,我听到书上那些骑士狠狠地劈呀、斫呀,我就恨不得照样也来那么几下。我但愿日日夜夜有人把这种书读给我听呢。"

店主妇说:"我也巴不得你日日夜夜地听去,因为只有你听小说的时候家里才安静;你听出了神,连骂人都忘了。"

玛丽托内斯说:"真是这样。说老实话,我也顶爱听。这种故事美极了,尤其是讲到一个姑娘在橘子树下给她的骑士搂在怀里,她的傅姆又眼红、又提心吊胆地给他们望风。我说呀,这味道就像蜜糖一样的甜蜜蜜呢。"

神父对店主的女儿说:"你呢,小姑娘,你觉得怎么样?"

她回答说:"先生,我实在是不知道。我也听;老实说,我虽然不懂,听着也顶有趣。不过我不像我爸爸那样喜欢一刀一枪的打架,我喜欢听骑士离开了意中人伤心叹气。真的,有几回我都哭了,觉得他们怪可怜的。"

多若泰说:"那么,小姑娘,假如他们为你哭哭啼啼,你会好好儿安慰他们吧?"

小姑娘说:"我不知道该怎么办,只知道有些女人太狠心,弄得她们的骑士管她们叫老虎呀,狮子呀,还有不知多少难听的名字。哎呀,我真不懂她们是什么样的人,这样没心肝,好好儿一位有身份的人,她们瞧一眼都不肯,叫人家不是死了,就是疯了。我不懂干吗这样装蒜;如果说是为了礼法,那么结婚就是了,人家就是要结婚呀。"

店主妇说:"住嘴吧,你这丫头!你对这些事情倒好像内行得很。姑娘家不该这么懂事,也不该这么多嘴。"

她说:"这位先生问了我,我不能不回答呀。"

神父说:"得了得了。店主先生,请把你那几部书拿来,我想看看。"

他说:"好啊。"

他到自己屋里去拿出一个有锁链锁着的旧提包。他打开提包,拿出三大本书,还有些书法很好的手稿。神父翻开第一本,一看是《堂西荣希留·台·特拉西亚》[1];另一本是《费丽克斯

---

[1] 骑士小说,贝尔那德·台·瓦加斯(Bernardo de Vargas)著,1545 年出版。

玛德·台·伊尔加尼亚》①;又一本是《大元帅贡萨洛·艾南台斯·台·果都巴传,附狄艾果·加西亚·台·巴瑞台斯传》②。神父看了头两本的书名,回脸对理发师说:

"这会儿要有我朋友的管家妈和外甥女在这里就好了。"

理发师说:"不用她们,我也会把书送上后院或送进火炉去,这炉子烧得正旺呢。"

店主说:"您原来要烧掉我的书吗?"

神父说:"只烧《堂西荣希留》和《费丽克斯玛德》这两本。"

店主说:"难道我的书是邪门歪道,或是正教分排,所以您要烧掉吗?"

理发师说:"朋友,你说的是正教分派吧?不是'正教分排'。"

店主说:"对啊。不过您要烧书的话,那就烧掉大元帅和狄艾果·加西亚;我宁愿让您烧掉我一个儿子,这两本书可一本也不让烧。"

神父说:"老哥啊,这两部书是凭空捏造的,里头全是胡说八道。这部大元帅的传却是真史,讲的是贡萨洛·艾南台斯·台·果都巴的生平事迹。他凭自己的丰功伟业,赢得大元帅的称号;这显赫的称号只有他当之无愧。这位狄艾果·加西亚·台·巴瑞台斯是高贵的骑士,生长在埃克斯特瑞玛杜拉的特鲁希留城。他是非常勇敢的战士,而且力大无比,磨坊的车轮转得最猛的时候,他一个指头就抵住了;他双手捧着一把宽刃的剑守

---

① 即《莆萝利斯玛德·台·伊尔加尼亚》,见本书第六章。
② 这是一部传记,作者佚名,1559年出版。贡萨洛(Gonzalo Hernandez de Córdoba)是有名的西班牙大将,绰号"大元帅";狄艾果(Diego García de Paredes)是他的战友。

住桥堍,一支大军无千无万的人就过不了桥。这类的事他干了不少。他是一位绅士,又是写自传,当然很谦虚;如果让没有拘束的旁人照直写,他的事迹可以把赫克托、阿喀琉斯、奥兰陀等人的事迹都压倒呢。"①

客店主人说:"去你的吧!抵住一个磨坊的车轮有什么稀罕呀!您这会儿真该读读书上讲的费丽克斯玛德·台·伊尔加尼亚的事。他反手一剑,把五个巨人都齐腰斩断;他们就像小孩子用豆荚做成的小修士一样②。有一次,他和一支非常强大的军队厮杀,队里有一百六十万人,个个浑身披挂,可是他们就像一群绵羊似的给他打得落花流水。至于我们这位堂西荣希留·台·特拉西亚,您简直没法儿说了。照书上的故事,他的胆量和气魄真了不起呀。有一次他乘船在河里走,忽见水里蹿出一条火蛇来。他立即扑上去,骑跨在它鳞甲斑斓的背脊上,两手下死劲扼住它的咽喉。那条蛇觉得要扼死了,没别的办法,只好直往水底下沉。这位骑士不肯松手,跟着沉下水去。他到了水底下,原来那里有宫殿,有花园,富丽堂皇,美得不得了。那条蛇立刻变成个老人,告诉他好些千奇百怪的事。先生啊,您甭多说了。您要是听到那些故事,准乐得发疯。您说的什么大元帅,什么狄艾果·加西亚,真是不值一文钱。"

多若泰听了这番话,悄悄对卡迪纽说:

"咱们这位店主只差一点点,就可以做堂吉诃德第二了。"

卡迪纽说:"我也这么想。瞧他这光景,准是把书上的话句

---

① 那部书上并没有这些记载。
② 把蚕豆荚的一头去掉一块,露出大半颗豆子,状如戴帽的修士。

句当真的,赤脚修士也没法打消他这个信念①。"

神父重又申说:"你想想吧,老哥,世界上压根儿没有费丽克斯玛德·台·伊尔加尼亚,没有堂西荣希留·台·特拉西亚,没有骑士小说里讲的那类骑士。那都是吃饱了饭没事干的才子凭空捏造的。他们编故事是为了你所说的消遣;你那群收割的人就是读来消遣的。我认真对你发誓:世界上从来没有那种骑士,也从来没有那些了不起的作为和离奇的遭遇。"

店主答道:"您把这根骨头扔给别的狗吧!好像我连五个指头都不会数,自己的鞋哪里紧了都不知道②!您别打算用奶糊来喂我,天晓得,我不是小娃娃!您要我相信这些好书全是胡说骗人,那就是大笑话了。这些书是由枢密院的大老爷们批准了付印的。如果书上谎话连篇,讲的那许多打仗呀,魔法呀能叫人头脑颠倒,那些贵人会准许出版吗?"

神父说:"朋友啊,我跟你说过了,那是写来给咱们解闷的。治理得当的国家容许下棋、打球、打弹子之类的游戏;有人不愿意工作,或者不必工作,或者不能工作,就可以借此消遣。国家准许印行这种小说,也正是这个道理。想来谁也不至于那么糊涂,会把这种书当作真情实事;确实也没有这种人。至于骑士小说该怎样写才好,我有我的见解,如果现在讲来合适,诸位也愿意听,我可以讲讲,也许有可取之处,甚至有人还会感到兴趣。不过我希望将来会有人出来挽救文风,到时我可以把自己的意思说给他听。目前呢,店主先生,请你相信我的话,把书拿回去,

---

① 当时认为赤脚修士最善于说教。
② 三句都是西班牙成语;末一句又作:"鞋哪儿紧了,穿鞋的自己知道。"

书上讲的是真是假,你自己打主意吧。但愿这几本书对你大有好处!但愿上帝保佑你,别犯了堂吉诃德一样的病!"

店主人说:"那可不会,我还不至于发了疯自己去当游侠骑士。从前呢,据说有著名的骑士漫游世界,可是我很明白,现在是没有的了。"

他们正说得热闹,恰好桑丘跑来。他听说这个年头儿没有游侠骑士了,又听说所有的骑士小说全是胡说撒谎,就很着急、很担心。他暗打主意,且看他主人走了这一遭怎么下场,假如到头来并不像他想的那么便宜,他决计辞了这个主人,回到老婆孩子身边,干他的老本行去。

店主正要把提包和书拿走,神父说:

"且慢,我要瞧瞧这是什么手稿,字写得好漂亮。"

店主人把手稿拿出来给神父看,原来是八大张手抄稿,头上大字标题:《何必追根究底》(故事)。神父默读了三四行,说道:

"我真觉得这故事的题目不错,我想从头到底读它一遍。"

店主人回答说:

"您尽管读呀。我告诉您,有几位旅客读了非常满意,钉着要讨我这份稿子,可是我没肯给。这一提包的书和手稿是人家忘在这儿的,我打算还给原主;很可能过些时候他会回来取。我尽管少不了这几部书,还是得还人家,因为我虽然是个开店的,我毕竟是个基督徒呀。"

神父说:"朋友,你这话很有道理。不过我要是喜欢这个故事,你得让我抄一份。"

店主人说:"您尽管抄去。"

两人说话的时候,卡迪纽已经把这故事读了一段。他和神父所见略同,所以就请神父把故事读给大家听。

神父说:"假如这时候大家不想睡觉,宁可听我读故事,我就读。"

多若泰说:"听故事消遣,在我就是很好的休息,因为我心神还不大安定,要睡也睡不着。"

神父道:"那我就读吧。我愿意读,至少很好奇,说不定这故事还有点儿趣味呢。"

尼古拉斯理发师和桑丘都求他读。神父瞧大家都有兴听,他自己也有兴读,就说:

"那么,大家请听吧,故事开场了。"

第三十三章

《何必追根究底》(故事)。

弗罗伦西亚是意大利托斯加纳省有名的繁华城市。那里有两个富贵公子:一个叫安塞尔模,一个叫罗塔琉。两人非常要好,认识他们的人因为他们的交情不同寻常,把他们称为"朋友俩"。他们都没有结婚,都很年轻,年岁相仿,生活习惯也相同。因此他们交情很深。安塞尔模喜欢谈情说爱,罗塔琉却喜欢打猎。安塞尔模往往撇开了自己的嗜好来追随罗塔琉,罗塔琉也放弃了自己的嗜好来陪伴安塞尔模。这样呢,两人同心同意,便是准确的钟表也不能像他们那样协调。

安塞尔模爱上了本城一位高贵美貌的小姐,为她神魂颠倒。

她父母和她本人都是非常好的,所以安塞尔模打算向她父母求亲。他干什么事都要请教朋友;他征得罗塔琉的同意,就打定主意,着手办事。罗塔琉代他说合,把婚事谈妥。安塞尔模很称心,不久就和那位小姐结婚了。卡蜜拉嫁了安塞尔模也很满意,经常感谢上天,也感谢罗塔琉做媒成全了她的幸福。办喜事照例是要庆贺的,开头几天罗塔琉照常到他朋友安塞尔模家去,尽力撑朋友的场面,为他摆酒庆贺。可是办完喜事,贺客稀少了,罗塔琉就存心不常到安塞尔模家去。有识见的老成人都会称许他。他觉得朋友结了婚就不该再像彼此单身的时候那样来往。真诚的友谊是不多心的,也不该多心,可是有妇之夫的体面很碰不起,兄弟之间都有顾忌,何况朋友之间呢?

安塞尔模觉察到罗塔琉疏远他,就大加埋怨。他说:早知道结婚妨碍朋友照常来往,他就一辈子不结婚;他单身的时候,两人感情融洽,赢得"朋友俩"的美名,不该只为顾忌,抛掉这个尽人皆知的好称号;如果他们之间可用"请求"这个字眼,他就请求罗塔琉仍旧把他家当作自己的家,随意出入。他保证卡蜜拉和丈夫是一条心的,她知道他们俩从前多么要好,现在看到罗塔琉的疏远也很惶惑不安。

安塞尔模还讲了许多别的话,劝罗塔琉照常到他家去。罗塔琉解释了一番,说的话很高明中肯。安塞尔模对这位朋友的诚意也满意了。他约定罗塔琉每星期两次再加每个节日到他家吃饭。罗塔琉虽然答应,却要看怎样对朋友的体面相宜才决定自己的行止。他把朋友的声名看得比自己的还重。他有句话说得好。他说:一个人靠天之福,娶到了如花美眷,就该对自己请上门的朋友加意选择,对妻子来往的女友也不能大意;做丈夫的当然不能禁止妻子上菜场、上教堂，以及公众庆祝或私人祈祷的场合①，可是她在那些地方干来碍眼的事，在亲信的女友或亲戚家里就很方便。罗塔琉还说，每个结了婚的人都该有个朋友指出自己的疏忽。因为丈夫对妻子往往过于宠爱，怕她生气，就不去告诫她什么事该做、什么事不该做；而这却牵涉到自己的体面或头脸。如有朋友提醒一下，很容易补救。可是像罗塔琉所说的那么高明、那么忠诚的朋友，哪里去找呢？我实在不知道了；只有罗塔琉是这样的。他小心翼翼地为朋友的体面着想，设法把约定到这位朋友家去的日子压缩裁减。因为像他这样一个富贵公子，自己知道颇有几分人才，如果经常到卡蜜拉那样漂亮夫人的家里去，那些吃了闲饭没事干的人就不免歪言散语，恶意中伤。尽管她的贤德封得住恶毒的口舌，他却不愿意自己和朋友遭人家议论。他因此在约定到安塞尔模家去的那两天，往往推说有迫切的事分不开身。于是他们俩一个朝朝暮暮地埋怨，一个口口声声地推诿。有一天，两人在城外草地上散步，安塞尔模对罗塔琉说了以下一番话：

"罗塔琉，我的朋友，你也许以为我享着上帝赏赐的福气，正感激不尽。我有这样的父母，天赋的才和人间的财都不薄；而且锦上添花，还有你做朋友、卡蜜拉做妻子。这两件宝贝，我看得比命根子还珍重。别人在我这个境地就心满意足了；而我呢，却是世界上最苦恼、最不称心的人。不知是从哪天起，我心上纠缠着一个离奇古怪的愿望，我自己都诧异，私下责怪自己，克制

---

① 私人祈祷的场合(estaciones)，指不在集体礼拜的时间，个人上教堂或设有神位的地方去祷告。

自己，极力把这愿望掩埋在心底里。可是我按捺不住，仿佛蓄意要把心事张扬出来。这个秘密早晚得公开，所以我宁愿交给你来保管吧。你是我的真心朋友，我拿定你知道了会设法帮我。我的疙瘩就解开了；我靠你的关怀可以心情愉快，自己发了疯找的不论多少烦恼也就都抵消了。"

罗塔琉听了安塞尔模这番话莫名其妙，不懂他为什么要来这么一篇开场白，也捉摸不出他为了什么愿望烦扰到这个地步。罗塔琉免得空着急，就怪安塞尔模不推心置腹，这样拐弯抹角，对不起他们深挚的友谊。做了他的朋友当然会劝他消除烦恼，或帮他满足愿望，难道他还信不过这点交情吗。

安塞尔模答道："你说得不错，我正因为信得过咱们的交情，所以要把纠缠着我的心愿告诉你。罗塔琉，我的朋友，我想知道我的妻子卡蜜拉是否真像我想的那么贞洁、那么完美。我无法证实。金子要经过烧炼，才见得成色好坏；她照样也得经过一番考验，才见得她的节操。朋友啊，照我看，一个女人得有人追求，才能断定她是否贞洁。她如果对情人的许愿、送礼、流泪、日夜的纠缠不迁就，那才算得坚贞。"他接着说："女人如果没人引诱她不正经，她的正经有什么稀罕呢？如果她没有机会放纵，而且知道丈夫一旦发现她行为不端，就会要她的命，那么，她规矩谨慎有什么了不起呢？女人如果只为胆小或没有机会而不失节，我看就不如受了男人挑诱而屹然不动来得可贵。我另外还可以讲许多道理来阐明我的见解。我为此要我的妻子卡蜜拉受些考验，叫她受到引诱，而引诱她的又是个配得过她的人，我打算借这番锻炼验看她的成色。我相信她是真金不怕火烧的。果然如此，我就把自己看作最幸福的人了；我可说是心满意足，圣人所谓'哪里去找？'的那种女人①，我恰好碰到了。假如我的料想恰恰是错了，我的考验得不偿失，我当然是苦痛的；可是由此证实了自己的见解也就心安理得。反正随你怎么反对都没用，我这件事是横着心非干不可的。所以，罗塔琉，我的朋友啊，请你权当我进行这件事的工具吧。我会给你方便；我认为追求一个安静贞洁的女人所少不了的配备，准叫你应有尽有。我把这件难事交托给你，另外还有个缘故。假如卡蜜拉败在你手里，你不必攻破最后一关，可以顾全体面，适可而止，没完事也只当大功告成。这样呢，你们不过是心上侮辱了我。我知道你厚道，关于我丢脸的事是绝口不谈的，所以不会传出去。如果你要我活了不白活，你得赶紧上阵出马，不是温吞吞、懒洋洋地求欢，却得拿出劲道，用尽心思，不亏负我的嘱咐和咱们的老交情。"

罗塔琉全神贯注地听安塞尔模讲完，除了上文几句插话，始终没有开口。他瞪着眼把这位朋友看了好久，简直就像看怪物似的；然后说道：

"安塞尔模，我的朋友啊，我怎么也不能相信你刚才的话不是开玩笑。我早知你是认真的，就不会让你说下去；我不听你，就堵住了你的长篇大论。照我想，不是你不认识我，就是我不认识你。可是不然：我明知你是安塞尔模，你也知道我是罗塔琉。可惜我觉得你不是从前的安塞尔模了，你准也以为我不是原来的罗塔琉了。因为你说的那些，不像我老友安塞尔模的话；你也不该向你知心的罗塔琉提出那种要求。良朋好友之间的依赖和

---

① 这是引所罗门的话："才德的妇人，哪里去找呢，她的价值远胜过珍珠。"见《旧约·箴言》第三十一章第十节。

利用,应该像诗人所说的:'能供在祭坛上'①。这就是说,不该利用友谊干违反上帝的事。异教徒对于友谊尚有这样的体会,基督徒反而不如他们吗? 因为基督徒该知道,谁都不能为人间的友谊抛弃神的友谊。假如一个朋友竟不顾一切,撇开了自己对上天的责任来为朋友效劳,那就除非是为朋友的名誉和性命,绝不是为轻微的小事。现在我问你,安塞尔模,你要我不顾一切,顺着你的心,干你提出的卑鄙透顶的事,是你的名誉或性命遭到了危险吗? 分明都没有啊。照我看来,你却是尽力要毁掉自己的名誉和性命,而且把我的名誉和性命也赔进去。因为一个人丧失了名誉,还不如死了好;我如果毁掉你的名誉,分明也就是送掉你的性命。我既然随了你的心意成了你的工具,把你害到那个地步,我不是也就丧失了名誉吗? 因此不也就丧失了性命吗? 安塞尔模,我的朋友,关于你那个愿望,我想到些话要跟你讲,请你耐心听完,你再说你的,让我来听你,咱们有的是时间。"

安塞尔模说:"好啊,你有什么话,说吧。"

罗塔琉接着说道:

"安塞尔模啊,我觉得你现在的头脑就像一般摩尔人的头脑一样。对他们引证《圣经》也罢,凭思索、凭信条来说理也罢,都不能叫他们了解自己信仰上的错误。得向他们举出浅显的、看得见拿得稳的实例,用驳不倒的算学公式来讲。比如说,'从相等的数量里减掉相等的数量,余下的依然相等'。可

---

① "能供在祭坛上"(usque ad aras),这是纪元前五世纪古希腊政治家贝利克雷斯(Pericles)的话,见普鲁塔克(Plutarco)《杂文集》(*Moralia*)《论羞愧》(*De la mala vergüenza*)一文中。塞万提斯记错了,以为是一个诗人的话。

能这样解释还不明白,那就得做手势比给他们看。尽管这样,还是没法能叫他们信服咱们圣教的真理。对你讲理也是这样。你的愿望太荒谬不合事理,我简直觉得要你从糊涂里醒悟过来是白费工夫。我只说你糊涂,因为这会儿不愿意用别的名称。我甚至想惩罚你的恶愿,随你胡闹去。可是我对你的友谊不容我这样忍心;明放着你有毁了自己的危险,我不能坐视。我给你把事情摆摆清楚吧。我问你,安塞尔模,你不是叫我向一个贞洁的女人去追求探诱、送礼献媚吗?你确是对我这样说的呀。你既然知道自己的夫人幽娴贞静,你还求什么呢?你既然相信她不会输在我手里——她一定会赢的——那么你现在对她的鉴定已经够好了,还有什么可改进的呢?她本人又比现在增添了什么美德呢?也许你并不把她看得像你说的那么好;不然就是你没知道自己要求的是什么。假如你并不把她看得像你说的那样,你又何必证明呢?你不妨随意把她当作一个不规矩的女人看待就完了。如果她确实是像你相信的那么贞洁,事实又何必加以考验呢?经过考验,价值还是照旧呀。所以没什么说的,想干这种有害无益的事是莽撞糊涂,况且又没有必要,分明就是发疯罢了。干艰苦的事,无非为了上帝分上或世俗的打算,再不然,就是兼为两者。修道的圣人要自己血肉之躯过天使一样的生活,他们是为上帝。有人漂洋过海,忍寒冒暑,走遍各地,追求所谓财运,那是为世俗的打算。勇敢的战士看到敌方城墙给炮弹轰破,马上奋不顾身,为保卫自己的信仰、自己的祖国和君王,长了翅膀似的冒着万死直冲上去,他们是为上帝分上也兼有世俗的打算。这些都是世人勉力的事;尽管有艰难险阻,都可以赢得光荣、名誉和利益。但是你要干的那件事既得不到天界的光荣,也得不到人间的财富和名誉。假如事情的结局恰如你的希望,你也不会比现在更得意、更有钱、更光荣;要是适得其反,你的苦恼就不堪设想。到那时候,你尽管认为没人知道你的羞耻也没用,因为自己心里知道,就足以叫你伤心,叫你抬不起头来。我可以引著名的诗人路易斯·谭西洛①写的《圣彼得的眼泪》②第一章末尾的诗来证明这个道理。那一节是这样说的:

> 彼得望着将要破晓的天,
> 加添了悲痛,越发意乱心亏,
> 虽然当时没有谁在旁边,
> 他心里明白自己是犯了罪:
> 伟大的胸怀不肯自欺自骗,
> 不必被人知道才感觉羞愧,
> 有了过错良心的谴责难免,
> 尽管天地之外一无人见。

"所以尽管没人知道,痛苦还是难免的,你就要经常流泪;如果不是流眼泪,就是心上流血泪,像诗人讲的实心眼儿的医生

---

① 谭西洛(Luis Tansilo),十六世纪意大利诗人。塞万提斯的朋友路易斯·加尔维斯·台·蒙塔尔伏(Luis Gálvez de Montalvo)曾把他的《圣彼得的眼泪》以及其他一些诗译成西班牙文。
② 《新约全书》,耶稣预言自己要受难,他的门徒彼得表示甘心陪着一同受难。耶稣说:"彼得,我告诉你:今日鸡还没有叫,你要三次说不认得我。"耶稣被捕后,有人说彼得是耶稣的门徒;彼得抵赖说不识得耶稣。他抵赖了三次,听到鸡叫,想起耶稣的话,就羞愧痛哭(参看《路加福音》第二十二章三十三、三十四、五十四——六十二节)。

用魔杯喝了酒那样①。谨慎的瑞那尔多斯不肯尝试,就比他高明了。这虽然是诗人的幻想,包含的教训却值得我们深思,并引为鉴戒。我现在还要跟你讲个道理,你听了就会明白你要干的事是大错特错的。安塞尔模,假如你托天之福,或交了好运,得到一颗最上好的钻石。鉴识宝石的人对这颗钻石的水色和分量没一个不满意的,一致认为钻石不能更重、更好、更纯粹,你自己也没什么说的。如果你想把这颗钻石放在铁砧上,用铁锤使劲捶打,瞧它是否真像大家说的那么坚硬纯粹,我问你,这样想合理吗?何况你竟要这么干呢!这颗钻石即使经得起你这无聊透顶的试验,并不能增长什么价值和光彩;如果碎了呢——这是可能的,你就一无所有了。这是当然的。钻石的主人就成了大家心目中的大傻瓜。安塞尔模,我的朋友,你该知道,卡蜜拉无论在你自己或别人心眼里都是一颗上好的钻石,不该叫她有砸碎的危险。她保得住坚贞,并不能抬高她现有的价值;如果竟保不住,你现在且想想,她失节之后成了什么样的人,到那时候你因为毁了她、毁了自己而自怨自恨,就是活该了。你想想吧,贞洁端重的女人是稀世之宝,而女人的体面全靠她声名好。你夫人的声名既然这么好,你认为不能再好了,你对这个事实何必怀疑呢?朋友啊,你该知道,女人是有缺陷的动物,不该在她生命的历程上布置绊脚石,应该为她扫除一切障碍,让她平安顺利地成

---

① 诗人指阿利奥斯陀。塞万提斯把《奥兰陀的疯狂》四十三节里的两个情节混而为一了。"心上流血泪"的是招待奥兰陀住宿的一位绅士,因为他用魔杯喝了酒。另外有个船夫对奥兰陀讲起某医生用魔杯喝酒,当众出丑的事。魔杯是中世纪传说里的,这只杯子可测出饮者妻子是否贞节:如妻子不贞,饮时杯中的酒会泼出来。

为贞节无亏的女人①。据生物学家说,银鼠是皮毛最洁白的小动物,猎取银鼠有个窍门。瞧它经常在哪里出入,就堵上污泥;然后把它赶到那里去。它就蹲着不动了,宁可被猎人捉住,也不肯从泥里过去,玷污了皮毛;它们爱干净,连自由和生命都顾不得。贞洁的女人就好比银鼠;贞洁的美德比雪还白,比雪还干净,要保持女人这点清白不让玷污,就不能用对付银鼠的办法,让追求她的情人把送礼献媚这种污泥堵在她前面。那些障碍,单靠她自己的坚贞可说是决不能突破的,得帮她去清除,让她去追求清白的操守,美好的名誉。贞洁的女人又好比水晶镜子,呵上一口气就昏暗了。应该把她们当作圣人的遗物那样,只许瞻仰,不容抚摩。应该把她们当作鲜花盛开的美丽的花园那样爱护,园主不让任何人进去,也不让抚弄花朵,只许远远地隔着园子的铁栅领略花卉的芬芳娇艳。我想起了新戏里听来的几首诗,我觉得正合用,可以说给你听听。一个高明的老头儿劝一个年轻姑娘的老父把女儿关闭在深闺里,他有几句话是这么说的:

  女人是琉璃做成,
   别考验她的坚脆,
   试试她碎、不碎,
   因为两者都可能。
   而碎掉更是容易,
   你如果冒险尝试,
   你就是无知的傻子,

---

① 这一套议论代表旧时代对女人的观点,许多书上都有类似的话,如"关于这种有缺陷的动物,脆弱多变的女人,你应该像避开烈火一样避开她"。

打碎焊不上的东西。

这样看法并非过虑,
大家都认为应该,
因为世上有达那艾,
也就会有金钱雨。①

"安塞尔模啊,我以上的话都是为你着想;现在说说为我自己的考虑吧。假如我的话太多了,请你原谅,因为你已经进了迷宫,我要拐弯儿抹角地带你出来,这许多话都少不了。你把我当作朋友,却完全违背了友谊,要丢我的脸,而且还极力要我来丢你的脸。你要丢我的脸是很明显的。我如果照你的要求去追卡蜜拉,她瞧我存心干这种非礼背义的事,一定把我当作无耻的邪人。你要我丢你自己的脸也是一清二楚的。卡蜜拉瞧我追她,准以为我是看她轻佻,才胆敢向她披露邪心。她就会觉得自己受了侮辱;她受的侮辱也就是你受的侮辱,因为你是属于她的。不是常有这种情形吗:一个人妻子不贞,尽管做丈夫的并不知情,也不是他自取其咎,也不由他做主,也不是他粗心大意、疏于防范,可是人家还奉送他一个鄙贱的称号;知道他妻子丑事的人尽管明知他是倒霉,自己没有过错,只是妻子淫荡,他们对他却没有怜悯,心眼里只是瞧他不起。不过我要告诉你,淫妇的丈夫尽管不知道妻子不贞,自己也没有过错,他既不知情,也无责任,他丢脸却是千该万该。你不要厌烦,这些话都是为你好。据

---

① 希腊故事:古希腊阿克利修王因预言他要被自己的外孙杀死,就把独生女儿达那艾囚在塔里。天神朱庇特化作一阵金钱雨打进塔里,达那艾有感而孕,生的儿子杀死了阿克利修王。

《圣经》上说,上帝在乐园里创造了咱们始祖亚当,就叫他睡觉,趁他睡里从他左胁下取出一条肋骨,造成了我们的原始母亲夏娃。亚当醒来看见她,就说:'这是我肉里的肉,骨头里的骨头。'上帝说:'男人为了他的女人,要离开自己的父母,他们两人要合为一体。'从此就制定了神圣的婚姻大礼,把男女两人牢牢缚在一起,到死才能分开。这个神奇的典礼功效非常之大,能使两人合成一体;融洽的婚姻还不止如此,两人虽然各有自己的灵魂,却只有同一个心愿。由此可见,妻子和丈夫是一体,妻子有污点或遭侮辱,就连丈夫也不干净,尽管他毫无过错。比如一个人脚上或四肢任何部分疼痛,全身都感觉到,因为是一体;脚踝上的伤虽然不由脑袋造成,脑袋也感觉到。所以妻子的羞耻丈夫有份,因为他们是一体。世上的体面和丢脸,都是由血肉之躯造成的,淫妇的丢脸就属于这类,做丈夫的当然有份,他尽管不知情也不免丢脸。安塞尔模啊,你夫人幽娴贞静,你要去搅扰她的心境,该瞧瞧你自己担当的风险,该瞧瞧你这样追根究底多么无聊而且多事。你该想想,你孤注一掷,所得微乎其微,所失却非常重大,我都没法说,只好不说了。假如我这许多话还不能打消你的馋主意,你尽可以另找别人做侮辱你、害你倒霉的工具,我不想做这个工具;即使为此断送你的友谊——这是我莫大的损失,我也无可奈何。"

有品行、有识见的罗塔琉讲完了;安塞尔模心绪纷乱,半晌说不出一句话来。他末了说:

"罗塔琉,我的朋友,你看见我把你讲的话都留心听了。我从你的议论、你举的例、你打的比喻里,看出你识见高明,对我也一片真情。我如果不听你的话而固执己见,就是弃善就恶。这是我知道而且也承认的。可是你得体谅我现在仿佛害了某种女人的病,只想吃泥土呀,石灰呀,煤炭呀,以及不堪入口、看着都反胃的东西。你得设法把我医好。这也容易,只要你对卡蜜拉试探一下,随你半冷不热、敷衍了事都行。她也不至于那么脆弱,会见几次就体面扫地。你只消试试,我就满意,你也就对我尽了朋友的责任,使我不但活得不冤枉,也心安理得,不再去丢自己的脸。我还有个缘故,你单为这个也得依我。我已经打定主意要做这番实验,你不能让我把自己的痴念告诉别人;否则你极力为我保持的体面就保不住了。至于你自己的体面呢,你追求卡蜜拉的时候在她心眼里尽管有点亏损,也没多大关系,可说毫无关系,因为不久你瞧她果然坚贞不二,不出咱们所料,你就可以把咱们设的圈套据实告诉她,你的信誉就恢复了。你担的风险很有限;却使我说不尽的称心满意,即使你眼睛里还有重重困难,也请你答应我吧。我刚才说过,你只消试一试,事情就算是圆满了。"

　　罗塔琉瞧安塞尔模很固执,要他回心转意又举不出别的例子,也讲不出别的道理,而且听他声言要把他那荒乎其唐的打算告诉别人,那就更糟了,因此他决计答应安塞尔模的要求。他拿定主意,干这件事既要不搅乱卡蜜拉的心情,又要叫安塞尔模满意。他就答应下来,说等自己高兴就进行,但嘱咐安塞尔模不要向别人声张。安塞尔模亲热地拥抱罗塔琉,感谢他惠然应允,好像他给了自己莫大的恩惠。两人约定第二天就着手办事。安塞尔模安排下机会和时间让罗塔琉和卡蜜拉两人密谈,还备了钱和首饰让罗塔琉送给卡蜜拉。他叫罗塔琉为卡蜜拉演奏音乐,还作诗赞美她;假如罗塔琉懒得作诗,他可以代笔。罗塔琉一一答应,不过他的存心和安塞尔模所想的远不是一回事。他们这样讲定,就回到安塞尔模家里。卡蜜拉很焦急地等着她丈夫,因为比往常回家晚了。

安塞尔模在家说不尽的称心;罗塔琉回去却说不尽的烦恼,不知怎么样把这件无聊的差使搪塞过去。当晚他想出一个方法,既哄得过安塞尔模,又不侮辱卡蜜拉。第二天他就到朋友家吃饭。卡蜜拉知道丈夫和他的交情,对他殷勤款待。饭罢撤了杯盘,安塞尔模就请罗塔琉和卡蜜拉小坐聊天,他要去办一件要紧的事,大约过一个半小时回来。卡蜜拉求他别走,罗塔琉愿意陪他去,他都不听,定要罗塔琉留下等他,说还有大事得和罗塔琉商量。他又叮嘱卡蜜拉在他回来之前别把罗塔琉撇在一边。他借故走开大可不必,他却装得好像非出去不可,谁也看不出他是假装。安塞尔模走了,饭桌上只剩卡蜜拉和罗塔琉两人,佣人都吃饭去了。罗塔琉觉得自己真像他朋友要求的那样上了战场,面前的敌人单凭美貌就可以征服一队武装的骑士。怎叫罗塔琉不心惊胆战呢?不过他自有办法。他两肘撑在椅子的扶手上,手托着腮,请卡蜜拉原谅他无礼,想在安塞尔模回来之前休息一下。卡蜜拉请他到起坐室①去睡觉,比椅子里休息舒服。罗塔琉不肯,就坐在那里打盹儿,等待安塞尔模回来。安塞尔模回来看见卡蜜拉在自己屋里,罗塔琉还没有醒,就以为自己耽搁得久了,他们俩谈完话还有时间睡觉。他急要等罗塔琉醒来,和他一起出去,问问他的成败。事情都如他的意。罗塔琉醒了,两

---

① 起坐室(estrado),阿拉伯式布置的内室,没有桌椅,只有地毯和坐垫;女眷在这里起坐,并接待客人。

人立刻出门，安塞尔模就探问罗塔琉。罗塔琉说，他觉得一开头就倾吐衷情不大好，所以他只恭维卡蜜拉美，说城里一片声地称赞她美丽聪明。他认为这样入手最妥，可以哄她喜欢，下一次就听得进他的话。他说魔鬼引诱有操守的人就用这种手法，这个地狱里的煞神总扮成光明天使，满面善良，开头不让人识破他的狡计，到末了就可以露出本相，如愿以偿。安塞尔模很满意，说以后他每天可以给罗塔琉同样的机会；他不必出门，有家里的事当身，卡蜜拉不会看透他捣鬼。

这样过了好多天，罗塔琉并没有跟卡蜜拉讲过一句话，只对安塞尔模说，已经跟她谈过，她毫不为动，没表示一点可以迁就的意思，却警告他如果邪心不改，她就要告诉自己的丈夫了。

安塞尔模说："这就很好。卡蜜拉到今还没有给空话打动。现在得瞧瞧她对实力是否也顶得住。我明天给你两千元金艾斯古多让你奉送她，另外两千元金艾斯古多让你买些首饰去引诱她。女人不论多么贞节，都喜欢穿得漂亮，打扮得俏丽，美女尤其如此。假如这也撩她不动，我就称心了，不会再来麻烦你。"

罗塔琉回答说，他尽管知道这件事是枉费心力，注定要失败的，他已经开了头，总要干到底。第二天，他收到四千金的钱，也收到四千斤的烦恼，因为他不知道再怎么圆谎。后来他决计对安塞尔模说，对卡蜜拉送礼许愿，就像对她甜言蜜语一样，都打不动她；以后不用再麻烦，都是白费工夫。谁知命运却另有安排。那天安塞尔模照常把罗塔琉和卡蜜拉撇在一起，自己却去躲在隔壁，从钥匙洞里观察两人的关系。只见罗塔琉半个多钟头没跟卡蜜拉说一句话，再待一个世纪也不会跟她说话。安塞尔模这才明白他朋友说卡蜜拉怎样回答全是凭空捏造的。他要问个究竟,就出来把罗塔琉叫到一边去,问他事情有何进展,卡蜜拉心情如何。罗塔琉说,这件事他不想干了,卡蜜拉的回答非常严厉,他没胆量再向她兜搭了。

安塞尔模说:"啊!罗塔琉,罗塔琉,你真是对不起我,辜负了我的信任!我刚从这个钥匙洞里看你,没见你对卡蜜拉说一句话。可见你前几次也没说话,准没错儿。那么,你为什么骗我呢?为什么弄玄虚叫我不得遂心如愿呢?"

安塞尔模没再多说,不过这几句话已经使罗塔琉够窘的。他给朋友揭穿,觉得丢脸,发誓说,以后保证叫安塞尔模满意,决不再撒谎。他说安塞尔模不妨留心侦察,就会知道这是真话;不过安塞尔模不必费这个心了,因为他一定认真地顺着安塞尔模的意思办事,叫他无可怀疑。安塞尔模就相信他了。安塞尔模要方便这位朋友,让他放心不用提防,决计离家到邻村朋友家去住八天;他叫那位朋友来信殷勤邀请,他在卡蜜拉面前就有个借口。安塞尔模啊!你真是倒了霉、打错了主意!你干些什么、策划些什么、安排些什么呀?你在设法丢自己的脸,打算断送自己,这都是自害自,你该知道呀!你妻子卡蜜拉是正经的。你安安顿顿受用她。谁也不来打扰你的幸福。她的念头不离自己的闺房。在这个世界上,你就是她的天;她的愿望都是为你,她的乐趣都在你身上,她的一片心以你为准,只求合你的愿望和天意。她好比蕴藏着贤惠、美丽、贞洁、幽娴等等品德的宝矿;她不用你费力,已经把自己所有的和你所要求的宝藏全都给你了,你为什么不顾矿井倒塌的危险,还要挖掘下去,由新的矿脉里找新的、从来没有的宝藏呢?她那个矿井只靠她脆弱的天性做支架,是很不牢固的。你该知道,一个人如果追求不可能的事,当然就放弃了可能的事。一位诗人说得好：

> 我从死亡求生命，
> 我从衰病求健康，
> 牢狱里求自由解放，
> 封锁的地区求通行，
> 向叛徒求忠实坚强。
> 可是我运蹇命穷，
> 永远是劳而无功。
> 这也是上天的意旨：
> 我追求不可能的事，
> 可能的就因此落空。

　　第二天安塞尔模动身到那个村上去，临走嘱咐卡蜜拉说：他出门期间，罗塔琉会来照料家务，陪她吃饭；她务必把罗塔琉当她丈夫本人一样看待。卡蜜拉是个聪明贞静的女人，听了丈夫临走的吩咐很为难。她提醒丈夫说，他不在家，让别人坐在他座位上吃饭不成体统；假如他是怕她不会当家，那么，这次不妨试试她，经过这番考验，就知道更重的担子她也挑得起。安塞尔模说，他爱这么安排，她只消依顺就行。卡蜜拉说，这样不合她的意愿，不过她遵命就是了。安塞尔模出门，第二天罗塔琉到他家来吃饭；卡蜜拉接待得很殷勤，也很大方。她从不单独和罗塔琉在一起，总有男女佣人跟随，有个名叫蕾欧内娅的使女更是不离左右。卡蜜拉很喜欢这个使女，因为从小在娘家和她一起长大，嫁了安塞尔模把她带过来的。罗塔琉开始三天什么话也没跟卡蜜拉讲。其实饭后撤了杯盘，佣人们匆促吃饭的时候，他还是有机会的。佣人们吃饭匆促正是卡蜜拉的命令,她甚至吩咐蕾欧内娅在女主人吃饭前吃,叫她时刻跟在身边。可是蕾欧内娅心心念念想着自己乐意的事,正要趁饭后的时机寻快活,常把女主人的吩咐放在脑后,她反而像奉了命似的,把卡蜜拉和罗塔琉两人撇在一起。可是卡蜜拉非常贞静,脸色端庄,举止安详,使罗塔琉不敢轻易开口。

卡蜜拉的美德使罗塔琉箝舌无言,可是这对他们两人却更有害。因为他舌头虽然不动,心却在动,正把卡蜜拉的美好一一观察。石头人见了她也不免动情,何况血肉之身呢。罗塔琉照理可以跟她说话的场合,只把她看了又看,觉得她真可爱。这个念头渐渐地侵蚀了他对安塞尔模的忠实。他千番百次想出城到别处去,叫安塞尔模一辈子见不到他,他也一辈子见不到卡蜜拉。可是他见了卡蜜拉又喜又爱,已经撇不下、离不开了。他极力克制自己这种贪恋之情,只顾天人交战,独个儿就责备自己疯了,骂自己不够朋友,甚至不是好基督徒。他曾为自己和安塞尔模争辩较量,结论是自己虽然不够忠实,究竟怪安塞尔模太荒谬托大;他私心要干的事在上帝和世人面前都情有可原,犯了罪不怕受罚。

干脆说吧,卡蜜拉的美丽贞静再加她那位糊涂丈夫给予的方便,使罗塔琉信义扫地。他在安塞尔模离家后头三天还只顾内心交战,要克制自己的爱情。可是以后他就不顾一切,率意而行,如痴如狂地向卡蜜拉说起疯话来。卡蜜拉吓坏了;她一言不答,站起身躲进自己屋里去。可是爱情是不会死心的;罗塔琉碰了一鼻子灰并不绝望,反而对卡蜜拉越加颠倒了。她万想不到罗塔琉会这样,不知该怎么办。她觉得让他再有机会和自己会面不妥当,也不合适,决计当夜就派佣人送一封信给安塞尔模。

信见下章。

第三十四章

《何必追根究底》的下文。

常言道,无将之军不行,无主之堡不保;可是我认为已婚的年轻妇女更不能身边没有丈夫,除非那是万不得已。你走了我很苦恼,实在受不了这孤单。你如果不能马上回来,我只好到我父母家去住几天,顾不得给你看家了。因为你留给我的保护人虽然借这个名义待在这里,我觉得他只图自己快活,并不为你尽心。反正你是个聪明人,我不用多说,也不便多说。

安塞尔模接到信,知道罗塔琉已经开始干事,卡蜜拉的反应也正合自己的希望。他得了这项消息乐不可言,就捎回口信叫卡蜜拉无论如何不要离家,他不久就要回来的。卡蜜拉得了安塞尔模的回音很吃惊;她越发为难了,既不敢硬着头皮待在夫家,更不敢回娘家,因为待在夫家难保自己的清白,回娘家又违背了丈夫的命令。她打定的主意对自己更是不妙。她决计待在夫家,不再躲避罗塔琉,免得佣人说闲话。她后悔写了那封信,生怕丈夫疑心是罗塔琉看出她轻佻才非礼冒犯。她信得过自己的节操,她依靠上帝和自己的贞静,随罗塔琉说什么话,只还他一个不理睬,不再去告诉自己的丈夫,免得惹他去决斗或替他招麻烦。她甚至考虑,如果丈夫问到为什么写那封信,她该怎样为罗塔琉开脱。这些心思很光明正大,只是既不合适,也没用处。她却是怀着这种心情听了罗塔琉第二天说的话。罗塔琉抵死纠缠,使卡蜜拉渐渐心软。他流的泪,说的话动了她的怜悯。她十分克制,眼睛里才没流露感情。罗塔琉都看出来了,越加热情如火。总之,他觉得必须乘安塞尔模外出的时机,把这座堡垒加紧围攻。他称赞她美,借以打动她的虚荣;因为这点虚荣最能抵消美人的高傲。他紧攻紧打,用猛烈的火力来突破卡蜜拉的坚贞;她即使是铁人儿也抵敌不住。他流泪,央求,献好,赞美,纠缠不已,显得他一往情深,满腔热忱,竟使卡蜜拉贞操扫地;他意想不到而求之不得的事,居然成功。

卡蜜拉败了,投降了。可是怎能怪罗塔琉的友谊靠不住呢?这是明显的例子:要克服爱情,只有逃走一法,谁也不该和这样的强敌交手。因为人性使然,只有神力才能克服。卡蜜拉出毛病只有蕾欧内娅知道,这一对辜负朋友的新情人瞒不了她。罗塔琉没肯告诉卡蜜拉她丈夫的意图,也没说自己和她上手是靠她丈夫给了方便;他怕卡蜜拉小看了他的爱情,认为不是有心追求,不过是现成有那机会。

过了几天,安塞尔模回家了。他并未发觉家里已经丢失了最重大却最轻忽了的一件宝贝。他马上到罗塔琉家去,见了这位朋友。两人拥抱后,安塞尔模就探问自己性命交关的事。

罗塔琉说:"安塞尔模,我的朋友,我可以告诉你:你夫人不愧是贤德妇女的模范。我对她讲的话,她只当耳边风;我许的愿她鄙夷不屑;我送的礼她坚不肯收;我假惺惺的眼泪她公然取笑。一句话,卡蜜拉具备美人的千娇百媚,而且贞洁谦和,也具备正经女人令人敬重的种种品德。朋友,你的钱毫无用处,还在这里,你拿回去吧,送礼许愿这等卑鄙的手段打不动卡蜜拉的坚贞。安塞尔模,你该满意了,不用再考验她了。女人往往令人添烦恼、生猜疑,掉在苦海里;你既已安然脱离苦海,就别再掉进去了。你渡过尘世的船是上天给的,别再找领港人去检验船身是否坚固。你不妨权当自己已经进了安全港,抛下稳重的锚安顿下来,等候上帝召唤吧。"

安塞尔模听了罗塔琉这番话心满意足,仿佛对上帝的圣旨那样虔诚相信。不过他要求罗塔琉不要就此罢休,来一番追根究底作为消遣也好,只不必再像以前那样上劲。他只要罗塔琉作几首诗,借柯萝莉的名字来赞美卡蜜拉;他会去告诉卡蜜拉,说罗塔琉爱上一个女人,要赞扬她而不碍面子,所以称她为柯萝莉。安塞尔模还说,如果罗塔琉懒得费神作诗,他可以代笔。

罗塔琉说:"那倒不必。文艺的女神并不讨厌我,她们年常也偶尔来拜访我。你只管把你为我捏造的话去告诉卡蜜拉,说我爱上了人,诗由我来做。尽管我的诗配不过那么好的题目,至少是我尽了力的。"

这一对朋友,一个糊涂,一个奸诈,一起商量停当。安塞尔模回家问卡蜜拉,上次送他那封信是什么缘故。卡蜜拉正诧怪他没提起呢,就回答说,她觉得罗塔琉对她有点放肆,不像安塞尔模在家时那样规矩;不过现在她知道是误会,是她自己多心,因为罗塔琉老躲着她,不跟她见面或单独在一起。安塞尔模说她大可不必多心,因为他知道罗塔琉爱上了城里一位高贵的小姐,假借了柯萝莉的名字在赞美她。他说,即使罗塔琉没有这回事,也不用怀疑他的老实和他对自己的深情厚谊。卡蜜拉听到罗塔琉爱上柯萝莉的惊人消息并不难受,因为她知道是凭空捏造的,罗塔琉已经向她交代了底细,①说明他是要乘机赞美她自己。不然的话,她一定要伤心吃醋了。

第二天,他们三人一起吃饭的时候,安塞尔模请罗塔琉把他为意中人柯萝莉作的诗念些给他们听,好在卡蜜拉不认识那位小姐,他可以放了心畅所欲言。

罗塔琉道:"即使她认识,我也没什么要隐瞒的。赞美意中人的相貌并埋怨她冷酷,对她的清名无损。反正我可以告诉你们,昨天我作了一首诗叹恨柯萝莉的无情,让我念给你们听。

十四行诗②

夜晚,人静后寂寞的深宵,
世人都已沉酣在甜梦里,
我独向上帝和柯萝莉,
诉说我无穷无尽的苦恼。
天渐亮,见红日杲杲
在玫瑰红的东门口升起,
我有声无调地连连叹气,
重复昨日的怨苦和牢骚。
太阳升上了灿烂的宝座,

---

① 安塞尔模从罗塔琉家回去,就和卡蜜拉谈这番话;罗塔琉似乎还未有机会向卡蜜拉交代底细。这是个漏洞。
② 《堂吉诃德》第一部出版以后,塞万提斯在他的喜剧《猜忌的家庭》(*La casa de los celos*)第二幕里引用了这首诗。

夺目的光芒直射地面,
我叹息愈频、怨苦更甚。
　　天又夜了,我又伤心诉说;
我在烦恼中忽然发现:
天聋哑,柯萝莉不闻不问。"

卡蜜拉觉得这首诗不错;安塞尔模尤其欣赏,他称赞诗写得好,又说那位小姐太冷酷,诗里真情毕露,她却不答理。卡蜜拉听了这话就说:

"难道痴情的诗人说的都是真心话吗?"

罗塔琉答道:"诗人说的不是真话,可是情人说的却千真万实,而且还没有道出真实情感的万分之一呢。"

安塞尔模说:"这是没什么说的。"他在卡蜜拉面前一力为罗塔琉打边鼓。卡蜜拉毫不知安塞尔模的计策,只是一片心地爱上了罗塔琉。

卡蜜拉对罗塔琉的事都感兴趣,而且知道他心上想的、诗里写的都是为她,柯萝莉就是她自己,所以她问罗塔琉还记得什么别的诗也请念来听听。

罗塔琉说:"记得。不过我相信这一首还不如刚才一首好;或者该说,比刚才那首更糟。你们不妨自己瞧吧,我现在念给你们听。

十 四 行 诗

我自分将死,这话你如不信,
我更无生望、必死无疑,

我死在你脚边也无悔意,
还是一心爱你,狠心的美人!
　　等待我抛却生命、荣誉和幸运,
到了万事全忘的境地,
人家会在我绽裂的心里,
看到你的倩影镌刻多深!
　　那是我临终遗留的至宝;
你的冷酷使我痴情胶固,
胶固的痴情断送了我这一生。
　　哎,我冒着海上的怒涛,
漆黑的夜里摸索航路,
不见港口,也不见北斗星。"

安塞尔模对这首诗也像对第一首那样赞赏。他就这样一环又一环地连成锁链,把耻辱牢牢扣在自己身上。罗塔琉愈侮辱他,他愈觉罗塔琉对他尊重。卡蜜拉堕落愈深,她丈夫愈看得她品德高、声名美。有一天,卡蜜拉只有那个使女在旁,就说:

"蕾欧内妞,我的朋友,我想到自己太不自重,心上惭愧。我都没叫罗塔琉在我身上多赔些时候,一下子就遂顺了他。我怕他瞧不起我的爽利,忘了自己当初要我依他使了多大的力。"

蕾欧内妞答道:"我的太太,你别为这个烦心。只要给的是珍贵的好东西,给得爽利并不就贬低了价值。况且老话说:'趁早给赏,一物当两'。"

卡蜜拉说:"可是老话又说:'得来容易,看作等闲'。"

蕾欧内妞说:"这句话不能用在你身上。据我听说,爱情有时飞行,有时步行;有人的爱情是奔跑的,有人的爱情是踱步的;

有的冷静,有的热烈;有人为爱情受伤,有人为爱情送命。爱情从初生到长成,只在一刹那之间。爱情在早上攻打一座堡垒,往往到晚上就攻破了,因为它的力量所向无敌。爱情趁我们先生不在家,就把你和罗塔琉降伏了。罗塔琉准是跟你同样情况,你怕什么呢?爱情得趁热打铁,不能慢吞吞等安塞尔模回来;他在家事情就完不成了。情人要如愿,全靠机会;恋爱都由机会助成,尤其是开头。我对这些事很内行,多半是亲身经验,不是听来的。太太,我将来跟你细谈吧,因为我也有肉体和青春的血。况且,卡蜜拉夫人,你并没有一下子就依顺罗塔琉,你是从他的眼睛里、叹气里、说话里,从他的许愿送礼上看到了他的一片心,由他的那一片心和种种美德看出他实在可爱,你这才依顺了他呀。所以你别想不开自寻烦恼。你尽管放心,罗塔琉就像你看重他那样看重你。你可以称心满意,因为虽然坠入情网,你爱的是个值得敬重的人。据说真正的情人该有'四德'①,他不但有这'四德',情人品德表②上的那一套他样样俱全呢。不信,我背给你听。我觉得他一知感激,二和善,三够得上绅士,四慷慨,五热情,六坚定,七温文,八诚实,九显赫,十忠诚,十一年轻,十二高尚,十三正直,十四贵家出身,十五富裕,十六阔绰,十七就是我刚才说的'四德',十八沉默,十九真挚,二十热心爱护你的名誉。"

---

① 原文四"s",指乖觉(sabio)、独特(solo)、殷勤(solícito)、缜密(secreto)。
② 原文是情人品德的"A.B.C.",即下文列举的那些品德,按字首的字母排列:agradecido, bueno, caballero, dadivoso, enamorado, firme, gallardo, honrado, ilustre, leal, mozo, noble, onesto, principal, quantioso, rico, s(见上注), tácito, verdadero, x(据这位使女说,这个字母生硬,没适当的字), y(同i), zelador (de la honra de su dama)。

卡蜜拉听她侍女背了这一连串,忍不住笑了,觉得这个情场老手,行为准比口说还内行。蕾欧内妲承认确是如此,说她正和本城一位年轻绅士谈情呢。卡蜜拉听了很不放心,生怕有了这条漏缝,自己的声名就难保了。她追问蕾欧内妲,只是口头上谈情呢,还是超过了口头。蕾欧内妲并不难为情,脸皮很厚,说是超过了口头。女主人行为不检,女佣人也就无耻,这本来是一定的道理;她们看到女主人已经失足,自己就不在乎瘸脚拐腿,也不怕女主人觉察。卡蜜拉没办法,只好求蕾欧内妲别把她卡蜜拉的事告诉自己的情人,和情人行事也当缜密,免得给安塞尔模或罗塔琉发觉。蕾欧内妲说一定听命。可是她的行为只坐实了卡蜜拉的忧虑,卡蜜拉正是从蕾欧内妲这条漏缝丧失了清名。这个使女又放浪,又胆大,她瞧女主人的行为不比从前了,竟擅自引情人来家过夜,拿定女主人知道了也不敢闹出来。这是女主人出了毛病带来的又一个苦处:她们成了自己佣人的奴隶,佣人做了无耻下流的事,她们得代为遮掩。卡蜜拉就是如此。她屡次在家里撞见蕾欧内妲和情人在一起,非但不敢责骂,还给她机会窝藏情人,替她扫清障碍,免得自己的丈夫知道。不过麻烦还是难免。蕾欧内妲的情人有一次破晓从安塞尔模家出来,给罗塔琉看见了。罗塔琉没看清是谁,起初还以为是鬼呢;可是瞧那人蒙头遮脸、躲躲藏藏地,就起了疑心,不那么想得简单了。他这点疑心险的断送一切,还亏得卡蜜拉挽救了危局。罗塔琉在这个蹊跷的时刻看见安塞尔模家里跑出个人来,没想到是蕾欧内妲引进去的;他压根儿没想到世界上有个蕾欧内妲。他只觉得卡蜜拉既然会轻易和自己上手,也会和别人那样。这又是女人行为不端的后果。当初对她央求诱惑、使她失身的男人就信不过她的节操,总以为她对别人更容易失身,起了疑心就信以为真。这时罗塔琉清楚的头脑全糊涂了,谨慎的考虑都抛开了,尽管卡蜜拉没丝毫对不起他,他却妒火中烧,按捺不住,拼命要对她报复。他不好好儿想想,甚至想都不想,等不及安塞尔模起来,就不管三七二十一跑去找他,对他说:

"我告诉你,安塞尔模,这好多天来我直在天人交战。有句话我极力想不告诉你,可是不能不说,也不该再瞒你。你可知道,卡蜜拉这座堡垒已经失守,完全由我管领了。我迟迟没告诉你,因为还断不定她是轻佻还是在试探我,要瞧我奉你命的谈情是否真心。我认为她如果是咱们想的正经女人,她早该告诉你我追求她;我瞧她还没告诉你,就知道她答应我的话是认真的。她答应等你下次出门,在你贮藏首饰的小房间里和我幽会。"——他的确常在那里和卡蜜拉幽会——"我不主张你冒冒失失地马上向她报复,她究竟只在心上犯了罪,也许不等干出事来,又懊悔了。你向来采纳我的意见;请听我这会儿给你出个主意,叫你把事情弄明白,还能仔细想个合适的办法来报复。你假装又像往常那样出门两三天,你却设法躲在你那间小屋里,壁衣和什物后面藏身很方便。到时你可以亲眼瞧瞧卡蜜拉安的是什么心;我也可以亲眼瞧瞧。但愿她的心是正经的,可也难保不是;那么,你就可以悄悄儿乖觉谨慎地下手为自己雪耻。"

安塞尔模以为卡蜜拉抵住了罗塔琉的假意进攻,正洋洋自得,不料听到罗塔琉这番话,惊骇得不知所措。他一言不发,两眼瞪着地,一根睫毛也不动,半响说道:

"罗塔琉,你真够朋友,没亏负我的期望。我完全听从你的主意;你爱怎么办就怎么办,你瞧这件万想不到的事该怎么保密就怎么保密。"

罗塔琉一口答应。可是他辞了安塞尔模出来,对自己的每句话都后悔了。他觉得自己太胡闹;他尽可以自己对卡蜜拉报复,不必使这样卑鄙毒辣的手段。他咒骂自己糊涂,怪自己轻率,不知事情怎样挽回或补救。后来他决计全告诉卡蜜拉。他有的是机会,当天就单独会见了她。卡蜜拉瞧有机会和罗塔琉谈话,就对他说:

"我告诉你呀,罗塔琉,我的朋友,我有件苦事,憋得我心都要胀破了,不胀破才是怪事。蕾欧内妞现在肆无忌惮,她的情人每晚留在这里过夜,天亮才走。谁看见那人天色朦胧从我家出去,就会疑心到我,这对我的声名大有妨害。我苦的是不能责骂她;咱们靠她做心腹,这就封上了我的嘴,对她的私情事也不好开口。我生怕这样下去会出事。"

罗塔琉听了卡蜜拉的话,开始还以为是假撇清,表示从她家出去的那人不是她的情人而是蕾欧内妞的。可是他看卡蜜拉流泪着急,求他想办法,知道是真情;他这才对自己干的事感到惶恐后悔。不过他还是叫卡蜜拉不要烦恼,他会对付蕾欧内妞,不让她肆无忌惮。接着他就告诉卡蜜拉自己因误会而妒火中烧,向安塞尔模和盘托出,并约他躲在小房间里亲眼瞧她的不贞。他求卡蜜拉饶恕自己的疯狂,一时冒失,弄得这样尴尬,求卡蜜拉设法解救。

卡蜜拉听了大吃一惊。她很生气,很有分寸地数说了他一顿,责备他坏心眼,想出这样糊涂糟糕的主意来。可是女人的理智虽然不如男人,干好事或坏事的急智却天生比男人强。当时事情好像是无从补救了,可是卡蜜拉立刻计上心来。她叫罗塔琉将计就计，让安塞尔模躲起来；她打算借机开一个方便之门，从此她和罗塔琉可以一劳永逸，不必再担惊受怕。她没把自己的主意全说出来，只嘱咐罗塔琉留心等安塞尔模躲好了，听到蕾欧内娅召唤就到她那儿去；她问什么，只管回答，好像没知道有安塞尔模在旁偷听一样。罗塔琉一定要她把计划说出来，让他心里有数，能从容应付。

卡蜜拉说："我告诉你，没什么要你应付的；我问什么，你只消回答就行。"她不愿意预先把自己的打算告诉罗塔琉，怕他不依，要另出主意或另想办法；她觉得自己的打算是再好没有的。

罗塔琉随就走了。第二天，安塞尔模推说要到他朋友的村上去，他出了门就回家躲起来。这事很顺利，因为卡蜜拉和蕾欧内娅存心给他方便。

安塞尔模躲在那里等人家剥掉他的面皮，不用说，他心里是七上八下的。他眼看心爱的卡蜜拉给他的最高幸福，马上就要断送了。卡蜜拉和蕾欧内娅拿定安塞尔模已经躲好，就跑到那个小房间去。卡蜜拉一进屋，长叹一声，说道：

"哎，蕾欧内娅，我的朋友，我不愿意把我想干的事告诉你，怕你阻挡；不过你如果把我问你要的这把安塞尔模的短剑趁早刺进我这倒霉的胸膛，岂不更好呢？可是你别刺我；叫我代人受过，不合道理。我先要问问明白，罗塔琉放肆下流的眼睛里看到了我什么行为，使他抛弃了朋友，侮辱了我，胆敢向我吐露那么卑鄙的心愿。蕾欧内娅，你到窗口去叫他一声，他准在街上指望着遂他的邪心呢。可是我先得遂我自己的心！我的心有多正，就有多狠！"

那晓事知情的蕾欧内娅答道："哎，我的太太，你拿了这把短剑想干什么呀?你要自杀还是要杀掉罗塔琉呀?随你干哪一件,都会断送你的声名。你还是隐瞒了遭受的侮辱,别让那坏人这会儿进来,发现家里只有你我两人。太太,你想想,咱们是软弱的女人,他是个男人,而且是打定了主意的;他既然迷了心窍,色胆包天,存着恶意跑来,只怕你没下手,他倒先得手,害得你比送命还糟。我真要诅咒我们的安塞尔模先生,自己家里让这个不要脸的家伙来胡作非为。太太,我瞧你是要杀掉他;如果杀了他,他的尸首怎么处理呢?"

卡蜜拉道:"朋友啊,你问怎么处理吗?留给安塞尔模去埋呀。掩盖自己的羞耻该是轻松的活儿。你去叫罗塔琉来,快叫去,我受了侮辱应该报复,一时一刻的拖延都对不住我的丈夫。"

安塞尔模全听见,他的心思随着卡蜜拉的话转变。他听到卡蜜拉决心要杀掉罗塔琉,就想挺身出来拦住她。不过他又想瞧瞧这样贞烈的决心会造成什么局面,就克制了自己,打算到时再露面阻挡。

卡蜜拉这时一阵昏厥,倒在那屋里的床上。蕾欧内娅就悲悲切切地哭着说:

"哎!美德的花朵呀!贤惠女人的顶峰呀!贞节的模范呀!你如果不幸而死在我怀里,我可真糟糕了呀!"

听她这样数说,谁都以为她是世上最悲伤、最忠诚的使女,而她的女主人俨然又是个受围困的裴内洛贝[①]。卡蜜拉一会儿

[①] 裴内洛贝是荷马《奥德赛》里俄底修斯的妻子;她丈夫十年漂流在外,许多求婚的人逼她再嫁,她用计拒绝了他们。她代表坚贞而又有智谋的妻子。

苏醒过来,说道:

"蕾欧内妯,你怎么还不去把那位忠实的朋友叫来呀?比他更忠实的朋友,太阳没照见过,黑夜也没包藏过!你去啊,跑啊,赶紧啊,快走啊。我期待着一场理直气壮的报复呢,你别拖拖拉拉泄了我的火气,弄得一场报复化作几句恫吓和咒骂。"

蕾欧内妯说:"我的太太,我就去叫他。可是你先得把短剑给我,免得你趁我不在干出些事来,叫爱你的人一辈子伤心落泪。"

卡蜜拉说:"蕾欧内妯,我的朋友,你放心去吧,我决不干那种事儿。尽管你觉得我为了自己的体面又冒失,又死心眼儿,我却不至于像人家讲的鲁克瑞霞那样,不把污辱自己的人杀掉,却杀了毫无过错的自己①。我死就死,可是一定要对那个肆无忌惮、害我伤心流泪的人报了仇,吐了这口气才死呢。"

蕾欧内妯经女主人再三催促,才去叫罗塔琉。卡蜜拉一面等她回来,一面自言自语:

"天啊!尽管罗塔琉马上会知道真情,我让他把我当作淫贱的女人究竟欠妥;也许还是像以前一次次拒绝他好。好是好,可是他动了邪心掉在泥坑里,如果让他平安脱身,我就不能为自己报复,我丈夫的羞耻也不得洗雪了。那奸贼既然一肚子邪念头,安着这个恶心思,合该叫他用性命抵偿!如果事情闹出来,就让全世界知道:我卡蜜拉不但是个贞妇,还有胆量对非礼之徒报复。不过,我觉得最好还是把这事告诉安塞尔模。我当初送信到村上去,就是想告诉他呀。他准是太忠厚老实了,想不到这样交情深久的朋友会存心侮辱他,所以我暗示了危险他也不来

---

① 罗马贵妇人,因被人奸污,愤而自杀。她是贞烈女子的典范。

救我。头几天就连我自己也不相信,可是他越来越无耻,公然赠送礼物,漫天许愿,不断地流眼泪,我这才看透他安着什么心;不然的话,我怎么也不会相信的。不过我现在何必思前想后呢?拿定了勇敢的主意,还用考虑吗?当然不用!好,无聊的念头,别来搅我!让我报复吧!叫那个没信义的家伙进来!叫他向前来!近我的身来!我要叫他死!叫他完蛋!管它以后是什么了局!我当初嫁给天配给我的丈夫,我是清白的,我离开他也是清白的。不过我浴血而死的时候,我的干净血得和那负心朋友的肮脏血交流在一起,这是最遗憾的事。"

她一面说,一面拿着明晃晃的剑,在屋里歪歪倒倒地走来走去,还做着手势,简直发疯似的;她不像娇弱女子,却像个不要命的凶徒。

安塞尔模躲在壁衣后面,全看得清楚,心上不胜惊奇。他觉得凭自己所见所闻,更大的疑团也可以消释了。他怕出意外的祸事,情愿豁免了罗塔琉亲来证实。他正要露脸出场,拥抱自己的妻子,把真情告诉她,忽见蕾欧内娅领着罗塔琉进来,忙又缩住。卡蜜拉一见罗塔琉,就用短剑在面前地下划一长道,对他说:

"罗塔琉,你听我说:假如你胆敢跨过或走近这道线,我立即把手里的剑刺进自己的胸膛。你且不要开口,先听我说完了,随你回答。第一,我要问问你,罗塔琉,你认识不认识我的丈夫安塞尔模,你对他是怎么个看法;第二,我也要问问,你认识不认识我。你回答吧。这不是什么难题目,不用迟疑,也不用思索的。"

罗塔琉不是笨人,当初卡蜜拉要他揎掇安塞尔模躲起来,他就猜出她的用意。所以他很乖觉凑趣,顺着她意思一吹一唱,把谎话说得比真话还可信。他当时回答说：

"美丽的卡蜜拉，你问的话和我前来的意愿毫不相干，没想到你叫我来是要问这些话。假如你是要延迟你许我的好事，你不妨尽量延迟，因为如愿的希望越近，心上越加慌乱。不过，免得你说我不回答你，我就回答吧。我认识你的丈夫安塞尔模，我们从小认识。我们的交情你知道得很深，这段交情我不愿意谈，免得证明自己对他不起。我是为了爱情迫不得已；更大的过错为了这个坚强的理由也情有可原。我也认识你；我像他一样的尊重你。如果不是为了我视为至宝的你，我不至于违背自己的本分和神圣的友谊；现在我把这些都糟蹋了，因为抵不过爱情这个强敌。"

卡蜜拉道："你对一切值得爱重的东西简直是不共戴天的仇敌！你既然招认了刚才的话，你还有什么脸站在我面前呢？你知道，我是他的镜子；而你呢，正该从他身上照鉴自己，瞧瞧你侮辱他实在岂有此理。可是，哎，我真倒霉啊，我这会儿明白了，你这样不守本分，准因为我有点儿轻浮——我不愿意说轻佻，因为不是有意；女人觉得不必拘谨的时候，无意中往往会有失检点。除此之外，我问你，奸贼，你凭什么以为你那下流无耻的心愿可以得逞呢？我听了你的央求说过一言半语、或有任何表示、叫你心生妄想吗？你求情说爱，我哪一次没严厉地申斥吗？你大开口许下的愿，我相信了吗？你阔手笔送来的礼，我接受了吗？可是我认为情人的痴心妄想，没有希望就断绝了。你对我有意，想必是我无心造成的。所以我愿意把你的狂妄，归罪于我自己，你该受的惩罚，也由我自己承当。我丈夫是最有体面的人，可是你费尽心机去扫他的面子，我却又漫不经心，疏于防范，或许助长了你的邪心。我要为我丈夫受的侮辱，来一番赎罪的祭献。现在叫你来,就是要你到场看看,让你知道,我对自己都这样冷酷,对你决不讲人情。我再一次声明:我怀疑自己有失检点,滋生了你的妄想;我正是为这点疑心惶恐不安,决计亲手惩罚自己,因为如果假手别人,我的罪过会闹出去。可是我要对一个人报了仇才泄得心头之恨;我对自己下手之前,得杀了他,带着他同死。我不论到哪个世界,都可以看到天道无私,那个送我上绝路的人,自己也受到了惩罚。"

她一面说,一面拿着那把出鞘的短剑向罗塔琉直扑上去,又猛又快,出人意料,分明是只想一剑刺进他的胸膛,连罗塔琉都拿不定她这番做作是真是假。他只好靠自己的本领和力气,不让卡蜜拉下手。卡蜜拉这场别致的把戏演得惟妙惟肖,她要逼真如实,还不惜用自己的鲜血来渲染。她瞧自己刺不中罗塔琉,或是假装刺不中,就说:

"尽管命运不让我正当的心愿完全得偿,我对自己至少还做得几分主,命运也没法阻挠我。"

她拿剑的手已经给罗塔琉捉住,她用力挣脱,把剑锋对着自己身上不伤要害的部分,一剑刺在左肩锁骨下。她立刻倒在地下,好像是晕死了。

蕾欧内妲和罗塔琉吓呆了;他们瞧卡蜜拉躺在自己的血里,拿不定这件事的真假。罗塔琉慌忙把剑拔出来,一看伤势很轻,心才放下,不禁暗暗钦佩美丽的卡蜜拉足智多谋。他随即串演自己担当的角色,仿佛卡蜜拉已经死了,对着她的身躯放声恸哭,不仅咒骂自己,还咒骂指使他的人。他知道老友安塞尔模正在旁听,故意说些话,叫他觉得即使卡蜜拉已经送命,也不如他罗塔琉命苦。蕾欧内妲把卡蜜拉抱上床,求罗塔琉出去找个人来悄悄地为卡蜜拉治伤;还求他出个主意,如果到安塞尔模回家她女主人的伤还没好,怎么向男主人交代。罗塔琉说:随她们俩怎么说吧,他心乱如麻,想不出好主意。他只嘱咐蕾欧内娅设法止血,他自己就要躲到不见人迹的地方去。他装出非常悲痛的样子走了。他出门四顾无人,就不停地画十字,惊佩卡蜜拉的机变,以及蕾欧内娅恰到好处的表演。他料想安塞尔模一定死心塌地把自己的夫人看作珀霞第二①。这出戏演得巧妙透顶,他急要和安塞尔模一起赞美戏里的真情或假意。

卡蜜拉流血不多,只够把假戏润色得像真事。蕾欧内娅照罗塔琉的吩咐止了女主人的血,用酒洗净伤口,尽力包扎好。她一面包扎,一面说话;假如她先前什么都没说,单这套话就可以叫安塞尔模把卡蜜拉当作贞洁的模范。卡蜜拉的话也配搭得好。她骂自己没胆量,既然厌世寻死,就该有点儿勇气,她却害怕了。她请教使女,要不要把这事告诉她亲爱的丈夫。蕾欧内娅劝她别告诉,否则他就有义务向罗塔琉报复,不免担受危险;贤德的女人该为丈夫尽量扫除引起事端的事,不惹他去和人家争斗。卡蜜拉说,她觉得这个主意很好,决计照办,不过她怕自己的创伤瞒不过安塞尔模,得设法解释。蕾欧内娅说,她可不会撒谎,就连开玩笑的撒谎也不会。

卡蜜拉说:"那么,妹妹啊,我怎么会撒谎呢?我即使性命交关,也不敢撒谎,连帮腔都不敢。咱们打不破这重难关,还是和盘托出吧,别说了谎给提出来。"

---

① 古罗马玛戈·布鲁多(Marco Bruto)的妻子。她预闻布鲁多和朋友谋弑凯撒大帝的机密;她刺伤了自己,表示自己吃得了痛苦,守得住秘密。布鲁多战死,她吞食燃烧着的煤炭自杀。

蕾欧内娅答道:"太太,你别着急。咱们跟他该怎么说,我从这会儿到明天还可以想想。你受伤的地方不显,也许可以遮着不让他看见。说不定天会保佑咱们的心胸皎洁。我的太太,你安静一下,别激动,免得我主人看出你神魂不定。你把事情都交给我,交给上帝;上帝对好心愿总是支持的。"

安塞尔模全神贯注地观看了这出断送他体面的悲剧,剧中人表演得惟妙惟肖,假扮的角色竟像真人的本相。他眼巴巴等天黑,好寻机会出去看他的好友罗塔琉。他证实了妻子贞洁,要在罗塔琉面前自庆得到了这样一颗宝珠。她们俩存心给他出门的机会和方便;他没错过,出去就找罗塔琉。他对罗塔琉的连连拥抱,他心满意足的话,他对卡蜜拉的赞美,这里简直无法叙述。罗塔琉听了脸上没一点喜色,因为想到朋友上了当,想到自己岂有此理地侮辱了他,实在内愧。安塞尔模瞧罗塔琉没精打采,以为他是因为卡蜜拉受了伤而引咎自责。他劝了一通,叫他别为卡蜜拉的事着急,她的伤一定很轻微,因为她们俩决定不告诉他,可见是不用担忧的,他倒是劝罗塔琉从此和自己一起行乐吧,因为他多亏好友出力充当了试验品,现在真是放心得意了。他不用别的消遣,只想作诗赞扬卡蜜拉,叫她流芳百世。罗塔琉赞成这个主意,说他也要来帮着树立这个光荣的模范。

安塞尔模就此成为上了当还欣然自得的大傻瓜,全世界找不到第二个。人家断送他的名誉,他却以为是为他赢得了光荣,把这人亲手拉回家去。卡蜜拉见了罗塔琉,面上待理不理,心里却含着微笑。事情一时上没闹破,直到几个月后,命运的轮子转了过来,掩盖得非常巧妙的丑事就传扬开了。安塞尔模为他不知分寸的追根究底,竟赔掉了性命。

第三十五章

堂吉诃德大战满盛红酒的皮袋；
《何必追根究底》的故事结束。

故事还剩不多点儿，忽然桑丘·潘沙慌慌张张从堂吉诃德睡觉的顶楼上出来喊道：

"各位先生，我主人在打仗呢！我从没见他打得那么拼死命的，你们快来帮忙！啊呀，跟咱们米戈米公娜公主作对的巨人给他挥手一剑，脑袋瓜就像个萝蔔似的齐根砍下来了！"

神父放下还没念完的故事，问道："老哥，你说什么？你疯了吗，桑丘？那个巨人在两千哩瓦以外呢，你这话不是活见鬼吗？"

这时他们听得那边屋里轰然巨响，堂吉诃德大叫道：

"站住！你这个贼！你这个强盗！恶棍！你现在可落在我手里了！你的弯刀子也不中用了！"

听声音他好像在狠砍那墙壁。桑丘说道：

"你们别待在这儿只顾听呀，倒是进那屋去劝劝架，或者帮我主人一手吧。不过现在也不用了，那巨人分明已经送了性命，向上帝招供一生的罪孽去了。我看见流得满地是血，砍下来的脑袋滚在一边，有大酒袋那么大呢。"

店主人一听这话，说道："那屋里床头边堆着些装满红酒的皮袋呢。我可以发誓,那位堂吉诃德或堂魔鬼准是在酒袋上砍了几剑,这位老兄把流出来的酒当作血了。"

他一面说,一面进那间屋去;大家都跟着他。他们看见堂吉诃德装束得非常古怪。他只穿一件不够长的衬衫,前襟遮不没大腿,后襟比前襟还短去六指宽。他两腿很瘦长,上面全是毛,一点不干净。他头上戴一只油腻的小红睡帽,那是店主人的;左手裹着一条毯子,那是桑丘见了就恼火的——什么缘故,桑丘肚里明白①。他右手拿一把出鞘的剑四下里乱挥,嘴里只顾叫嚷,仿佛真在跟什么巨人打架。妙的是他眼睛还没睁开,原来没睡醒,正做梦和巨人交战呢。他一心专注要去完成这桩大事,所以睡梦里已经到了米戈米公王国和敌人交手了。他自以为砍的是巨人,对那些酒袋连连挥剑,酒流得屋里满地都是。店主人看了怒不可遏,扑向堂吉诃德,捏紧拳头狠命地揍,要不是卡迪纽和神父把店主拉开,他就结束了这场和巨人的战斗。可怜的骑士到这地步仍然没醒过来。理发师拿了一大罐新汲的凉井水,对他没头没脸地浇,他才算醒了,不过也没有清醒,还不明白自己是怎么一回事。多若泰因为堂吉诃德衣不蔽体,没肯进来瞧她这位恩人和她的敌人交战。

桑丘满地找那巨人的脑袋,却找不到,就说:

"我现在明白了,这整个客店是着了魔道的。上次就在我这个地方,有人揍了我好多拳,打了我好多棍,可是不知是谁,始终没瞧见一个人。今天呢,这个脑袋又不知到哪里去了;我亲眼看着它砍下来的,那血呀,就像喷泉似的从脖子里直喷出来。"

---

① 指桑丘前番给兜在毯子里抛掷的事。

店主人道:"你这个背叛上帝和神灵的家伙,胡说些什么血呀,什么喷泉呀!你这个贼,你没瞧见吗,血和泉水不过是戳破了酒袋、泡在屋里的红酒啊!谁戳破我的酒袋,叫他的灵魂到地狱里泡着去!"

桑丘道:"我什么也不理会,只知道那个脑袋要是找不到,我那份伯爵的封地就好比盐着了水全化掉了,我就倒霉透顶了。"

清醒的桑丘比他那个做梦的主人还糟;他主人许他的报酬已经迷糊了他的心窍。店主人瞧这侍从痴呆懵懂,他主人又直闯祸,恼怒非常,发誓决不再像上次那样随他们赖账逃跑,这回他们骑士道的特权没用了,新账旧账都得清偿,连戳破酒袋的修补费也得要他们出账。

神父这时候捉住堂吉诃德双手。堂吉诃德自以为大事已了,正向米戈米公娜公主朝见报功呢。他对神父双膝跪下说:

"尊贵美丽的公主啊,你从此可以安生,那下贱的东西不能再为非作歹。你的事,我靠上帝帮助,靠我当作命根子的小姐保佑,已经圆满完成;我答应你的话就此取消了。"

桑丘听了说道:"可不是我说的吗?我并没有喝醉了酒呀!瞧!我主人不是已经把那巨人宰了而且腌上了吗!事情都妥当了!我的伯爵是现成的了!"

主仆俩疯疯傻傻,看了他们谁能不笑呢?大家都哈哈大笑,只有店主没好气。后来理发师、卡迪纽和神父费了不少事,出了不少力,把堂吉诃德扛上床。他就沉沉睡去,看来已经精疲力竭。他们随他睡觉,且到店门口去安慰桑丘·潘沙,因为他没找到巨人的脑袋。他们又要平店主的气,那就更费事了。他看到

自己的酒袋横遭不测,恼怒得不可开交。店主妇嚷道:

"这个游侠骑士到我们店里来,该是我们倒了霉!我但愿一辈子没碰见他!他害我赔了多少钱啊!上次他和一个侍从、一匹马、一头驴在这儿过了一夜,晚饭、床铺、稻草、麦子的账全没付就跑了。他说自己是冒险的骑士,一应花费都不用出钱,游侠骑士的收费章程①上这样规定的。但愿这些冒险的骑士倒尽了霉吧!这回又是为着他,这位先生跑来把我的尾巴拿走了,还来的尾巴又蚀了几文钱的价,毛都脱了,我丈夫要用也不中用了。这还不够,他又把我的酒袋戳破,酒都流光。我但愿流出来的是他的血呢!他别打错了主意,我凭我爸爸的骨头和我妈妈的灵魂起誓,一定要他把欠下的钱一一还清,要不,我不姓我的姓,不是我爸养的!"

店主妇气呼呼地数说,她的好佣人玛丽托内斯也从旁帮腔。她女儿不作声,有时微微地笑笑。神父答应尽力赔偿他们的损失,不仅酒袋和酒,更要紧的是那条稀罕的尾巴。他们这才满意了。多若泰安慰桑丘·潘沙说,他主人斫了巨人脑袋的事一经证实,她回国坐稳王位,准赏他个头等的伯爵封邑。桑丘听了很称心。他向公主一口咬定:那巨人的脑袋他确实看见的,而且看见上面的胡须直拖到腰部呢。他说,如果脑袋找不到,就是因为这家客店里的事都由魔法支使;他在这里住过,有经验。多若泰说,这些话她都相信,她叫桑丘别着急,事情一定顺手,他准会称心满意。大家都已经心平气和,神父瞧那个故事所余无几,想读完它。卡迪纽、多若泰和其他的人都请他读。神父乐得为大家

---

① 客店主妇不懂得骑士道的规则,她心目中的规则就是旅店收费的章程。

助兴,自己也有趣味,就继续读下去:

且说安塞尔模证实了卡蜜拉的贞节,日子就过得快活,无忧无虑。卡蜜拉故意对罗塔琉铁青了脸,让安塞尔模把她对罗塔琉的心意往错里捉摸。罗塔琉配合她的做作,要求安塞尔模答应他不再上门,因为卡蜜拉分明见了他讨厌。可是安塞尔模蒙在鼓里,怎么也不答应。他这样千方百计丢自己的脸,却以为是称了自己的心。这时蕾欧内妞觉得可以放胆偷情,非常乐意。她拿定女主人会为她掩盖,甚至还会教她怎样少担风险,所以肆无忌惮。结果有一天,安塞尔模听见蕾欧内妞屋里有脚步声。他要进去瞧瞧是谁;觉得有人顶着门,就越要把门推开。他下死劲推开门,进屋恰好看见一个男人从窗口往街上跳。他急要去追、或瞧瞧是谁,可是不行,蕾欧内妞抱住他不放,她说:

"我的先生,您放心,别着急,出去的人您也甭追。这全是我的事,他是我的丈夫。"

安塞尔模哪里肯听,他火得什么都不顾,拔出短剑要刺蕾欧内妞,一面对她说,如果不老实招供,就要她的命。蕾欧内妞吓昏了,也没理会自己说的是什么话,答道:

"您别杀我,先生,我有事奉告,您意想不到那事多么要紧。"

安塞尔模说:"快说,不然就杀了你。"

蕾欧内妞道:"我这会儿心上乱得慌,没法儿说。宽限我到明天早上,我告诉您一个惊人的消息。您只管放心,窗口跳出去的是本城的一个年轻人,和我订了婚的。"

安塞尔模这才平静下来,答应她放宽期限。他对卡蜜拉的品德没有丝毫疑虑,绝没想到蕾欧内妞会讲她什么坏话。他告诉这使女,如果她该说的不说,休想出这房间。他走出来,把她反锁在内。

他立刻去看卡蜜拉,把蕾欧内娅的事、她答应告诉他紧要大事等话都搬给她听。卡蜜拉的惊慌不消说得。蕾欧内娅准会把女主人失节的事据自己所知一一告诉安塞尔模,这是可想而知的。她吓得魂不附体,也不敢再等着瞧个究竟;当夜看安塞尔模已经睡熟,就收拾了自己最珍贵的首饰,又拿了些钱,瞒着家里,出门到罗塔琉家去了。她一五一十告诉了罗塔琉,求他或者窝藏她,或者和她一起逃到安塞尔模找不着的地方去。罗塔琉听了慌得一句话也说不出,更想不出什么主意。后来他决计把卡蜜拉送进一个修道院去,那院长是他的亲姊妹。卡蜜拉同意。事情很急迫,罗塔琉少不得连夜把她送去,安顿在那里;他自己马上出城,没让一人知觉。

第二天早上,安塞尔模并没理会卡蜜拉不在身边,他急要听蕾欧内娅说些什么,起床就到锁着她的屋里去。他开门进去一看,不见蕾欧内娅,只见窗口悬着一长串连接着的床单,分明她是缒着下楼逃走了。他一肚子懊恼,忙回去要告诉卡蜜拉;不料她不在床上,家里满处都找她不到。他着急得很,打听家里佣人,谁也不知究竟。他找卡蜜拉的时候忽见她的箱子都开着,珍贵首饰大半没了,这才知道家里出了丑事,而祸首不是蕾欧内娅。他不及穿着整齐,急急惶惶地出去找他的朋友罗塔琉,想把糟心事告诉他。罗塔琉却不在家,据佣人说,他昨夜就出门了,家里的现钱他都带走了。安塞尔模差点儿发疯。谁知没兴一齐来,他回家发现男女佣人已经逃跑一空,只剩了一宅空房子。

这是怎么一回事呢?该怎么说呢?怎么办呢?安塞尔模都

不知道,他神识逐渐迷乱了。他想想自己一下子妻子、朋友、佣人全都没有了,仿佛上天不再庇荫他了,尤其糟的是丧失了名誉体面,因为他从卡蜜拉的失踪,看到自己就此毁了。他过了好一会,决计到乡间的朋友家去;他当初就是在这个朋友家住,造成这番祸事。他锁上大门,骑了马,垂头丧气地上路。他半路上感慨万端,忍不住下地把马拴在树上,倒在树脚下放声哭叫,直耽搁到傍晚。忽见一人骑马从城里来,彼此打过招呼,他就问起弗罗伦西亚城里有什么新闻。那人说:

"出了些好久没听到的新奇事。传说住在圣胡安的阔少爷安塞尔模昨晚给好友罗塔琉拐走了老婆卡蜜拉,安塞尔模本人也不知去向。卡蜜拉的使女昨夜从安塞尔模家窗口用床单缒着下来,给市长逮住,事情全是她说出来的。详细情况我也不知道,只知道城里人都诧异,安塞尔模和罗塔琉是最要好不过的,向来叫作'朋友俩',这样的知心朋友中间,想不到会出这种事。"

安塞尔模说:"罗塔琉和卡蜜拉走哪儿去了,有人知道吗?"

城里来的人说:"市长正加紧缉访,还没找到他们俩的影踪。"

安塞尔模说:"再见吧,先生,上帝保佑你。"

城里来的人答道:"上帝保佑你。"说着就走了。

安塞尔模听了这个噩耗,气得发昏,简直活不下去了。他挣扎起身,到了乡间的朋友家。这个朋友还不知他的倒霉事,看他脸色灰黄,以为他害了什么大病。安塞尔模随就要个地方睡觉,又要些文房用具,还要求关上房门,独自休息。朋友一一依言。他孤孤单单,想到自己的不幸,心上沉重不堪,分明感觉到自己命在顷刻了。他打算留个字条,说明自己突然死亡的原因。他动笔写了几句,没写完就咽了气,他那点没分寸的好奇心害他气死了。主人家到天晚没听得安塞尔模呼唤,进去瞧瞧他是否病又加重;只见他半个身子在床上,半个身子趴在书桌上,前面摊着他留字的纸,一支笔还拿在手里。主人上去叫他,不见答理,就去拉他的手,摸着冰凉,才知道已经死了。这位朋友很惊慌,忙把家里佣人叫来做见证。他又看了留下的字条,认得是死者的笔迹,上面说:

"我愚蠢无聊的愿望断送了自己的性命。假如卡蜜拉听到我的死讯,我希望她知道我原谅她。因为她没有义务创造奇迹,我也没有必要这样要求她。我的耻辱是咎由自取,何必……"

安塞尔模只写到这里,可见他到此无话可说,就此死了。第二天,他朋友把他的死耗通知了他的亲属。他们已经知道他的丑事,也知道卡蜜拉躲在哪个修道院里。卡蜜拉差点儿跟着丈夫走了同一条路;这不是因为听说丈夫去世,而是因为听说情人出走了。据说她做了寡妇既不肯离开修道院,又不肯发愿做修女。过了不多几天,消息传来,罗塔琉打仗阵亡了。原来这位后悔无及的朋友逃到拿坡黎斯,参加了洛特瑞先生①和大元帅贡萨洛·艾南台斯·台·果都巴的战争②。卡蜜拉得了这个消息,才发愿进会。她悲伤太过,不久也死了。事情的开始这样荒

---

① 洛特瑞(Odet de Foix, Sieur de Lautrec)是法国的元帅,塞万提斯把法文的 Monsieur 写作 Monsiur。
② 这在历史上是错误的。大元帅贡萨洛·台·果都巴(见本书 323 页注②)于 1507 年离开意大利,1515 年死于西班牙的格拉那达;洛特瑞率领法军围攻拿坡黎斯是在 1527 年。

谬绝伦,只能落得这样结束。

神父说:"我觉得这故事不错,不过我不信真会有这种事。如果是编的呢,那就是编得不好,因为不能设想一个丈夫会像安塞尔模那么荒唐,不惜赔了身家性命,来试验妻子的贞操。情人之间还说得过去,夫妇之间总有点不合情理。至于叙事的方式,我没什么挑剔的。"

第三十六章

客店里发生的其他奇事。

这时候店主在客店门口喊道:

"好漂亮的一队过路客人呀!要是到这儿来,咱们可热闹了。"

卡迪纽问道:"什么样的人?"

店主说:"四个男人骑着短镫高鞍①的马,拿着长枪和盾牌,都戴着黑面罩。跟他们一起,还有个穿白衣服的女人乘马坐在横鞍上,也蒙着脸。另外还有两个步行的小厮。"

神父问道:"来得很近了吗?"

店主人说:"很近了,快到了。"

多若泰听到这话就戴上面罩,卡迪纽忙躲到堂吉诃德的屋

---

① 阿拉伯式的鞍镫。

里去。店主所说的一群人已经到了店门口。骑马的四人身材举止都很斯文，他们下了马就去搀扶坐横鞍的女人，其中一个张臂把她抱下。卡迪纽躲着的那间屋子门口有一只椅子①，那人就把女人放在椅子上。这时女人和四个男人都没有除下面罩，也没说一句话。女人坐下了才深深叹口气，耷拉着两条胳膊像个极虚弱的病人。那两个步行的小厮把几匹马都牵到马房去。

神父看了心上纳闷，不知这群衣服整齐、默不作声的人究竟是谁。他跟着那两个小厮，向其中一个探问。小厮说：

"天晓得！先生，我说不上他们是谁，只知道看样子很有身份，尤其是刚才把那位小姐抱下马的一个。另外几个都很尊敬他，什么都听他吩咐。"

神父问道："那位小姐是谁呢？"

小厮答道："这个我也没法说，一路上我没看见她的脸，只听到她经常唉声叹气，每次都仿佛要死过去似的。我只知道这么一点儿。这也怪不得，我和我这伙伴跟了他们才两天，因为是路上相逢的，他们连说带劝，许下重酬，叫我们跟到安达路西亚去。"

神父问道："你没听见他们称呼吗？"

小厮说："实在没听见。他们怪得很，一路上都不出声，只有那可怜的姑娘不时地叹气和哭；我们听了很难受。照我们猜想，她一定是给人押送到什么地方去。看她的装束，大概是修女，更可能是要去做修女的。也许她不愿意，所以好像很伤心。"

---

① 上文说堂吉诃德睡在顶楼上。但这里他的卧室却在平地上。

神父说:"都可能。"

他撇下两个小厮,回到多若泰那里。多若泰听了蒙面姑娘叹气很同情,就走到她身边说道:

"我的小姐,你有什么不舒服吗?如果是女人的常病,女人有经验会医治的,我甘心情愿服侍你。"

那伤心的姑娘只不作声。尽管多若泰热情关切,她还是一声不响。后来,一个蒙面的绅士——据小厮说是最受尊敬的那人,过来对多若泰说:

"小姐,你不用讨好这个女人,她对人家为她干的事向例不知感激。你也不用指望她回答,除非你愿意听她撒谎。"

一直默不作声的女人这时说道:"我从来不撒谎。就为我一片真诚、绝不撒谎,才遭到了现在的横祸。这话请你问问自己就知道。因为正是我的真诚,造成了你的欺诈。"

卡迪纽在堂吉诃德的卧房里,和说话的女人只隔着一重门,她的话听得清清楚楚。他立刻大叫道:

"天啊!谁在说话呀?我听到的是谁的声音呀?"

那位小姐听得喊声,大吃一惊,忙回过头去。她看不见叫喊的人,就站起来,要往那屋里跑。绅士见了就拦住她不许动。那小姐匆忙中蒙面的绸子掉下来,露出一张非常秀丽的脸,只是容颜惨淡,神色不安,骨碌碌转动着眼珠四面张望,着急得好像发了疯似的。多若泰等人看了她那样儿,虽然不知道是为什么,都觉得很可怜。那绅士还紧紧抱住她的肩膀,自己的面罩滑下来也顾不及扶,那面罩就整个儿掉了。多若泰正搂着那姑娘,她抬头一看,和自己同搂着这女郎的正是自己的丈夫堂费南铎。她一见之下,不由得从心底里发出"哎"一声无限伤心的长号,立即仰面晕倒,多亏理发师从旁扶住,她才没摔在地下。神父忙过来替她除下面罩,好往她脸上洒水。抱住那女人的绅士确是堂费南铎;多若泰一露脸,他就认出来了,顿时面如死灰。在他怀里挣扎的女人是陆莘达,堂费南铎到此还没肯放手。她已经听出是卡迪纽在叹气,卡迪纽也已经听出她的声音。他听到多若泰晕倒前的那一声"哎",以为是陆莘达喊的,立刻面无人色地从屋里冲出来。他第一眼就看见堂费南铎抱着陆莘达;堂费南铎也立刻看见了卡迪纽。陆莘达、卡迪纽和多若泰①三人都目瞪口呆,不知道这是怎么一回事。

大家一言不发,面面相觑:多若泰看着堂费南铎;堂费南铎看着卡迪纽;卡迪纽看着陆莘达;陆莘达看着卡迪纽。还是陆莘达第一个开口对堂费南铎说:

"堂费南铎先生,请你放了我吧。不为别的,你为了自己的品德也得放手。我是墙上的薜荔,得让我爬在墙上。你的纠缠和威胁,你许的愿、送的礼,都不能把我从自己依附的墙上拉下来。你瞧瞧,神奇的天道把我送到自己真正的丈夫面前来了。你付了不少代价,该从经验知道,我除非死了才会忘记他。我的话已经说得明明白白,你现在只好把爱变作恨,喜欢变作厌恶,就此杀了我。我能死在自己的好丈夫面前,死也不冤枉了;也许正好向他表明,我对他的忠心是至死不变的。"

多若泰这时清醒过来。陆莘达的话她全听见,由她话里,知道了她是谁。她瞧堂费南铎还抱住陆莘达不放,也不说话,她就鼓勇起身,向他双膝跪下,热泪莹莹地说道:

---

① 但上文她已晕倒,到以下第三节才说到她清醒。

"我的先生,你两臂环抱的太阳要是没耀花你的眼睛,你会看见跪在你脚边的是薄命的可怜人多若泰——你薄情到几时,我就薄命到几时。我原是出身低微的农家姑娘,你或者出于好心,或者出于一时高兴,抬举我做了你的人。我向来贞静,日子过得快活,直到我听了你的央求,看了你表面上正当热烈的情感,才败坏了操守,把身心交付给你。我落到目前的境地,又看到你这会儿的情况,知道你全没有把我放在心上。不过你别看错了,以为我出走是因为丢了脸,我只是因为给你抛弃了心上悲伤。你当初愿意和我结婚,而且已经照你的办法和我结了婚;现在即使后悔,也没法不做我的丈夫了。我的先生,你请想想:我对你的心意是独一无二的,抵得过你别处去追求的美貌和高贵的门第。你不能和美丽的陆莘达结婚,因为你是我的丈夫;她也不能和你结婚,因为她是卡迪纽的妻子。你知道,勉强爱一个崇拜你的人还容易,要叫嫌弃你的人转过来热爱你可就难了。你缠着我的时候,我是不懂事的;你央求我的时候,我是贞洁的。我的家境,你不是不知道;我怎样会一切依你,你自己很明白:你没有借口、没有理由说自己是受了欺骗。这是事实。而且你不仅是个上等人,还是个基督徒。你为什么有始无终,借故把婚礼拖延呢?我是你的正室妻子;你不愿意把我当妻子,至少也该收我做个奴隶。我只要是你的人,就觉得很幸福了。你别抛弃我,让街头巷尾把我的耻辱当作话柄;也别害得我父母老来痛苦。他们是你的好子民,向来对你府上忠心耿耿,不该受这样的报答。假如你觉得你的血搀了我的血就不纯,那么,你请看吧,世上贵族的血都经过掺杂,很少例外,也许竟没有例外。血统的高贵不高贵,不以女方的为准,况且真正的高贵还在于道德品性。

你如果剥夺我的名分,那么你道德有亏,就比不上我高贵了。反正,先生,我千句并一句:随你愿意不愿意,我总归是你的妻子。你瞧不起我,无非因为自己高贵;假如你自诩高贵,你的诺言就不该是谎话,你的诺言就保证我是你的妻子。你签的字①也是保证。你许愿的时候指天为誓,天也是保证。如果这许多保证都没用,你自己的良心在你欢乐的时候也一定会发出无声的呼吁,为我申诉,叫你在最称心快意之际内愧不安。"

受害的多若泰还说了些旁的话,说得伤心流泪,连堂费南铎的几个同伴和其他在场的人都陪着落泪了。堂费南铎只是听着,一句话不说。她讲完了又流泪叹气;除非铁石心肠的人,才能冷眼瞧她那悲苦的样儿。陆莘达在旁看着,既同情她的痛苦,又惊讶她的美貌慧心,想到她身边去安慰几句,却给堂费南铎抱住了不能动身。堂费南铎又惭愧,又惶恐,对多若泰看了好半天,才撒开手放了陆莘达,说道:

"你赢了,美丽的多若泰,你赢了。你举出这么大堆的真理,谁也没胆量抵赖。"

陆莘达身体很虚弱;堂费南铎一撒手,她差点儿跌倒。可巧卡迪纽在旁边;他不愿意给堂费南铎看见,正躲在堂费南铎背后。这时他撇开怕惧,不顾一切,赶上去扶住陆莘达,把她抱在怀里,说道:

"我的心坚貌美的小姐啊,如果慈悲的上天让你现在能休息一下,我相信我的怀里就是最安稳的地方;以前我有幸和你订了婚,你在我怀里休息过。"

---

① 但上文多若泰叙述她受骗经过,没说到堂费南铎签字立下笔据。

陆莘达听了这番话,眼睛转到卡迪纽身上。她已经听到他的声音,这时亲眼看见了他本人,一时忘情,竟撇开一切拘束,伸臂抱住卡迪纽的脖子,脸贴着他的脸说道:

"我的先生,你是我的命根子,尽管厄运还会作梗,我的生命还会受到威胁,你终归是你这个奴隶的真主人。"

堂费南铎和其他在场的人看到这等破天荒的事,大为惊奇。多若泰瞧堂费南铎脸色铁青,伸手按剑,好像是要和卡迪纽拼命的样子;她看出苗头,立即抱住堂费南铎的两膝,一面亲吻,一面紧紧抱住,不让他动。她眼泪始终没停,说道:

"我唯一的靠山啊,你在这个意想不到的当口上要干什么呀?你自己的妻子在你脚边;你图谋的妻子在她丈夫的怀抱里。你想想吧:你要拆散天配的姻缘,好不好呢?行不行呢?人家排除了一切障碍,证实了自己的忠贞,当着你的面,把自己甘露似的眼泪润湿了自己丈夫的脸颊和胸膛,你要把她拉来做自己的配偶,合适不合适呢?我求你看上帝和自己的人格分上,不要看见他们俩这样光明坦白的表示就此火冒三丈,倒是该息火平心,让这一对有情人终成眷属,白头偕老,别再去破人好事,这才见得你的高尚慷慨,大家也就知道你能够以智胜情。"

多若泰说话的时候,卡迪纽虽然抱着陆莘达,一双眼睛却盯在堂费南铎身上,瞧他如有危害自己的行动,决计不顾性命,尽力自卫,并向一切侵害他的人动手。堂费南铎的几个朋友、神父和理发师一直都在场,忠厚的桑丘·潘沙也在;他们这时就上去围住堂费南铎说情。他们说,该顾惜多若泰的眼泪;他们认为她说的分明都是真情,她的希望完全正当,不能欺骗她。他们叫他想想,彼此在这儿意外相逢,看似偶然,其实绝非偶然,是上天特意安排的。神父又提醒说:陆莘达和卡迪纽只有死别,没有生离,即使挥剑要把他们分开,他们准乐于就死。他说,到了无可奈何的境地,最聪明的办法还是勉力自制,表示心胸宽大,好心好意让他们享受天赐的幸福。神父叫堂费南铎端详一下多若泰的美貌,就知道比得上的都少有,别说更美的了;况且她又是低声下气、一片至诚地爱他。神父特别警诫他,如果以上等人和基督徒自居,就不得不履行诺言。他说,履行诺言,就顺从了上帝,也能得到有识之士的赞许。有识见的人都承认美人的特权;出身卑微的美人,只要品德好,不论地位多么高贵的男人都配得上,男人把她抬举到自己的地位,并不降低自己的身份。一个人受了爱情的摆布,只要没有非礼犯罪,就无可非议。

其他人也说了许多好话。堂费南铎毕竟有高贵的血统和大丈夫的胸怀,渐渐回心转意,承认了这些真情实事;他要抵赖也不行呀。他表示听从金玉良言,俯身抱起多若泰,对她说:

"我的夫人,起来吧!你是我心上的人,我不该让你跪在我脚边。我始终没向你表白这番意思,也许是上天要我看到你对我的真挚,叫我知道该怎样尊重你,才不亏负你。我求你不要责备我放浪,把你撇在脑后。我当初哄你上手,后来不肯娶你,居心是完全相同的。不信,你只消回脸瞧瞧快乐的陆莘达那双眼睛,就会原谅我的一切过错。她既已如愿以偿,我有了你也称心满意,我祝愿她和她的卡迪纽同享安乐,多福多寿;求上天保佑我和我的多若泰也和他们一样。"

他说完又抱住多若泰,脸偎着脸,把满腔热情强自抑制,不让爱怜和悔恨在眼泪里尽情流露。陆莘达和卡迪纽以及旁观的众人却不像他那样。他们有的因为自己快乐极了,有的因为瞧见别人那么快乐，都感动得涕泪横流，好像一齐遭了大祸。连桑丘·潘沙都哭了。不过据他后来说，他原以为多若泰是米戈米公娜公主，指望着她好大一份赏赐，不料她并非公主；他是为这个缘故才哭的。大家眼中流泪，心上震惊。过了一会，卡迪纽和陆莘达跑去跪在堂费南铎面前，感谢他的一番好意。他们说话非常得体，堂费南铎简直无言可对。他扶起两人，热情有礼地拥抱了他们。

堂费南铎随后问多若泰怎会远离家乡，跑到这个地方来。多若泰把告诉过卡迪纽的话简洁地讲了一遍。她叙说自己落难的经过，娓娓动听，堂费南铎和他的同伴都但愿她讲得再长些。她讲完，堂费南铎接着讲他在那城里的事。他在陆莘达怀里发现了一张字条，声明她已经和卡迪纽订婚，不能再和堂费南铎结婚。他就想杀掉陆莘达；要不是她父母拦住，他真会干出来。他羞愤交加，随即离开了陆莘达家，决计再等机会报复。第二天他听说陆莘达已经出走，不知下落。后来，过了几个月，风闻陆莘达在一个修道院里，发愿如不能和卡迪纽同生活，就一辈子不出修道院。他知道了这个情况，就邀集这三位绅士一起到修道院所在的地方。他没去会见陆莘达，怕修道院里知道了自己的行踪，加意防备。他等一天修道院开着大门，就留两人在外望风，自己带一人进修道院去找陆莘达。他看见陆莘达正在廊下和一个修女谈话，趁她猝不及防，把她挟持出门。他们带了她先到一个村里，置备了带着她上路必不可少的东西。他们这些事干来很顺当，因为那所修道院坐落乡间，离城很远。据他说，陆莘达瞧自己落在他手里，就晕死过去；清醒之后，只是淌眼抹泪，唉声叹气，没说过一句话。他们带着沉默和眼泪到了这个店里；在他，这就好比上了天堂，世间一切不幸在这里都结束了。

第三十七章

米戈米公娜贵公主的故事，以及其他趣事。

桑丘把那些话都听在耳里，心上很懊丧。他眼看着封爵的希望烟消云散，美丽的米戈米公娜公主变了多若泰，巨人变了堂费南铎，而他的主人却只顾睡大觉，对这些事都懵懵懂懂。多若泰拿不稳自己的幸福，只怕是做梦；卡迪纽的心思和她相仿，陆莘达也和他一样。堂费南铎觉得自己已经深入迷途，声名和灵魂险点儿断送；他感谢上天施恩，从中挽救了自己。总之，客店里所有的人看到这些不可分解的纠结变得有条有理，都很高兴。神父高明地指出此中都有天意，恭喜每个人转了好运。最欣喜的是店主妇，因为卡迪纽和神父答应赔偿堂吉诃德带累她的一切损失和负担。只有桑丘心上懊丧，闷闷不乐，上文已经讲过。他垂头丧气跑到他主人屋里，恰好他主人刚睡醒，他就说：

"哭丧着脸的先生啊，您只管睡个足吧，不用费心去杀什么巨人或者为公主恢复什么王国，这些事都已经完成了。"

堂吉诃德说："这话很对，因为我和那巨人恶狠狠地打了一仗，从来也没打得那么凶狠的。我反手一剑，嚓！把他的脑袋斫下地去，血就像水那样，流得满地开河。"

桑丘答道："您不如说像红酒那样呢。我告您吧，大概您还不知道：杀死巨人就是戳破了一个酒袋；血呢，就是皮袋里六个阿罗巴的红酒；砍下来的脑袋呢，……是生我的婊子，是他妈的活见鬼！"

堂吉诃德说："你疯了，说的什么话呀？你还有脑子吗？"

桑丘说："您起来吧，您就会知道自己干了什么好事，咱们还得赔多少钱。你也会看到公主变了一个名叫多若泰的民间女人；还有些别的事情，您知道了究竟，准会奇怪的。"

堂吉诃德说："这类的事我一点不奇怪。你可记得，上次咱们在这儿住的时候我不是跟你讲过吗？这里的事全都是魔法支使的。现在旧事重演，有什么稀奇呢。"

桑丘答道："假如我给人兜在毯子里抛掷也是这一类的事，我就信您的话了；可惜不是啊。我那件事千真万确；我看着这里的店主，扯着毯子，一个劲儿地把我往天上抛，笑得真爽朗，干得也真欢。我尽管是个可怜的傻瓜，我认识里面的人物，就知道绝不是什么着魔，不过是我倒霉，遭了好一场折磨罢了。"

堂吉诃德说："算了，上帝将来会补偿你。给我把衣服拿来，我好穿了出去；我要看看你说的那些事情和变故呢。"

桑丘伺候他穿衣。这时候，神父正向堂费南铎等人讲堂吉诃德的疯病：他怎么胡想自己受了意中人的冷淡，到荒山里去过活；他们又怎么用计把他骗回来。神父把桑丘讲给他听的事差不多都讲了。大家听了很诧异，也很好笑，他们和一切人一样，都觉得从来没见过他那么古怪的疯子。神父又说，多若泰夫人已经转了好运，原先的计策不便进行了，得另想办法，把堂吉诃德送回家乡去。卡迪纽主张把未了之事干完，多若泰串演的角色可以让给陆莘达。

堂费南铎说:"不,不用这样。我愿意多若泰把她的戏演下去,如果这位老先生的家乡离这儿不远,我乐于出一点儿力帮他治病。"

"至多两天的路程。"

"为了这样的好事,再远我也愿意走。"

这时堂吉诃德跑来了。他全副武装,曼布利诺头盔虽然砸得七凹八凸,也顶在脑瓜上,还挎着盾牌,拄着权当长枪的树枝。堂费南铎等人看见堂吉诃德的古怪模样都很惊奇。他的脸有半哩瓦长,又干又黄,身上是东拼西凑的盔甲,神态却很温和。大家一声不响,听他有什么话。他很严肃地看着美丽的多若泰,说道:

"美丽的公主啊,我听这位侍从说,你已经从宝座上跌下来,你的身份改掉了,你已经从女王和贵公主变成了平民家的姑娘。假如是您那位精通魔术的父王怕我不能给你适当的帮助,叫你这么变的,那么,我说他是外行,不熟悉游侠骑士的历史。他要是像我一样肯下功夫读书,随处都会读到那些远不如我有名的骑士,完成了更困难的事。个把小小的巨人,随他多么自高自大,杀死他没什么了不起。几个钟头以前,我和一个巨人交手。把他……我不多说,免得人家冤我撒谎;不过到了时候,自然水落石出,我这件事总会在意想不到的时候传播出来的。"

店主插嘴道:"和你交手的是两只酒袋,不是什么巨人。"

堂费南铎立即叫他住嘴,怎么也不准打断堂吉诃德的话。堂吉诃德接着说:

"被人篡夺了王位的贵公主啊,我干脆说吧:假如你父亲是为我说的那个缘故改变了你的身份,你千万别当真;因为不论处在多么凶险的境地,我的剑总可以杀出一条路来。我凭这把剑,不出几天,就可以把你冤家的头斫在地下,把王冠戴在你头上。"

堂吉诃德说完,等候公主回答。公主知道堂费南铎决计要她把这出戏演下去,把堂吉诃德哄回家乡,所以彬彬有礼、一本正经地回答说:

"英勇的哭丧着脸的骑士啊,谁跟你说我身份变了,他就是胡说八道,因为今天的我依然是昨天的我。我的确交了好运,我的境遇变得称心如意了,可是我的身份并没有变,我的心愿也没有变,还是要依仗你这位盖世英雄和无双的力士。所以,我的先生啊,请你仍旧尊重我的生身父亲,承认他有先见之明,凭他的学问,找到了这个千稳万妥的方法来挽救我的厄运。我相信我要不是靠了你,一辈子也不会碰上今天的好运。在场各位多半可以证明我这话千真万确。咱们今天已经走不了多远的路,且等明天吧;我指望的好下场,就依靠上帝的慈悲和你的勇敢了。"

聪明的多若泰一番话毕,堂吉诃德听了满面怒色,转向桑丘道:

"桑丘小子,我这会儿告诉你,你是西班牙最大的浑小子。我问你,你这贼流氓,你刚才不是对我说,这位公主变成了一个名叫多若泰的姑娘吗?不是还说我斫下的那个巨人的脑袋是生你的婊子吗?还一派胡言,弄得我一辈子也没那么样糊涂的。我发誓……"——他眼看着天,咬紧牙根——"得把你收拾一顿,叫游侠骑士的一切撒谎的侍从有所警戒。"

桑丘答道:"我的先生,您别生气。我说米戈米公娜公主变了身份也许是我弄错了。不过我说斫了巨人的脑袋——干脆说吧,戳破了酒袋,流出来的是红酒,不是血,这话一点儿没错。天晓得,戳破的酒袋就在您床头边;红酒把您那间屋子变成湖了。不信,煎鸡蛋的时候您就知道①——就是说:等这位店主先生叫您赔账的时候,您就知道了。至于女王娘娘的身份没变,我打心坎里高兴;这来人人都有好处,也有我的一份儿。"

堂吉诃德道:"我现在告诉你,桑丘,你是个傻瓜;对不起,这一句话就够了。"

堂费南铎说:"得了,这话不用再提。公主既然说这会儿天晚了,明日动身,那就照办吧。咱们今晚可以谈一宿话,明天清早,大家跟随堂吉诃德先生上路。他担当了这件大事,准会显出了不得的英雄身手,我们要好好见识一番呢。"

堂吉诃德答道:"该我来伺候你,跟随你。我多谢你的美意,也多承你看得起,我愿意舍生忘死,不负你的赏识;假如有比生命更大的牺牲,我也毫无顾惜。"

堂吉诃德和堂费南铎彼此恭维客套了一通。这时店里有客来,打断了他们的话。这旅客穿一件束腰的蓝布短外衣,半长袖,没有领子;裤子是同样的蓝布,便帽也是蓝色;脚上穿一双枣黄色的软皮靴;肩带上挂一把摩尔弯刀。凭他的装束看来,他好像是新从摩尔国家回来的基督徒。一个摩尔装束的女人坐一匹驴紧跟着。她蒙着脸,包着头巾,戴一只锦缎小

---

① 西班牙成语。意思是到了时候,自然会真相大白。据说来源是有个卖炭的卖了一筐炭给一个女人,随手把她扔在一边的煎锅偷偷放在空筐里。女人问炭是否橡木烧成的,好不好。卖炭人语带双关,回答说:"煎炒的时候,你就知道。"这句话成了民谚。

帽,披一件罩没全身的长外衣。男人身材俊健,四十多年纪,黑黝黝的脸,上唇胡须很长,颔下一部美髯。干脆说,他仪表不俗,假如穿上好衣服,一望而知是有身份、有家世的人。他进店要一间客房,听说没有,脸色很懊丧。他跑到摩尔装束的女人身边,把她抱下驴。陆莘达、多若泰、店主妇和女儿,以及玛丽托内斯从没见过摩尔服装,觉得新奇,都跑来围着她。多若泰向来和蔼,又很机灵,她瞧这女人和陪随的男人没有客房很扫兴,就对女的说:

"我的小姐,你别为这里设备简陋烦心,客店里照例就是这样的。只要你愿意,是不是就在这里和我们——"她一面指指陆莘达——"一起安置;说不定再往前去还找不到这样好的接待呢。"

蒙面女人一言不答,只从自己座位上站起身,两手交叉胸前,低头深深一鞠躬,表示感谢。他们瞧她默不作声,料想摩尔女人不会说基督教国家的语言。那个俘虏①直在忙别的事,这时进屋看见一群女客围着自己的女伴,她听了她们的话只不作声,就对她们说:

"诸位夫人小姐,这姑娘只会说本国话;我的话她勉强能懂。你们问什么,她不会回答,想必也没有回答。"

陆莘达说:"我们没问什么,只请她今晚和我们做伴儿,到我们屋里去歇,她就可以受用店里所有的方便。我们是一片诚心,看到外国人,尤其外国女人有什么需要,都愿意帮忙。"

那俘虏说:"我的小姐,我为她也为自己吻你的手。此时此

---

① 塞万提斯上文并未说明这人是俘虏。

地,你这样一位小姐表示这番美意,真是恩惠不浅,实在可感,我感激得很。"

多若泰道:"请问先生,这位小姐是基督徒还是摩尔人呀?我们瞧她这样装束,又不说话,但愿她不是我们猜想的那种人。"

"她的服装和外表是摩尔人,内心却是十足的基督徒,因为这是她最迫切的愿望。"

陆莘达说:"那么她还没有受洗礼吧?"

俘虏答道:"还没有机会。她要受洗先得学会圣教规定的各种仪节,除非命在呼吸,才能省免。她自从离开祖国阿尔及尔至今,并未有那个危险。可是上帝会保佑她不久按自己的身份举行体面的洗礼;她和我的服装是配不上她那身份的。"

大家听了都想知道摩尔女郎和俘虏的来历。不过当时谁也不愿意问,因为觉得是他们休息的时候,不该探问身世。多若泰搀着摩尔女郎的手,拉她坐在身边,请她揭掉面罩。摩尔女郎瞧着俘虏,好像要他解释人家问的话,并告诉她该怎么办。俘虏用阿拉伯语对她说:她们请她揭掉面罩,她不妨照办。她就把面罩脱下,露出一张极标致的脸。多若泰认为她比陆莘达美,陆莘达认为她比多若泰美;旁人都觉得这摩尔女郎是唯一能和她们俩比美的,甚至有人觉得她比她们俩还长得好些。美人向来享有特权,并且有令人一见倾心的魅力,所以大家马上都赶着向这位摩尔美人殷勤献好。

堂费南铎问俘虏,摩尔姑娘叫什么名字。俘虏说:她叫蕾垃·索赖达。她听见这个回答,知道人家问了基督徒什么话,满面娇嗔,急忙说:

"不！不索赖达！玛利亚！玛利亚！"她表示自己不叫索赖达，叫玛利亚。

旁人听了她的话，又瞧她那么恳切，不止一人流下泪来，尤其女人，因为她们天生心慈肠热。陆莘达很亲热地抱着她说：

"对！对！玛利亚！玛利亚！"

摩尔女郎答道：

"对！对！玛利亚！'马刚歇'索赖达！"——"马刚歇"指"不是"。

这时已经天黑，店主听了堂费南铎同伴的盼咐已经殷勤小心、极尽讨好地准备了晚饭。到时大家挨着一张狭长的餐桌坐下，因为店里没有圆桌，也没有方桌。他们不顾堂吉诃德推让，请他坐了上首第一席。堂吉诃德就叫米戈米公娜公主坐在旁边，因为她是自己保护的人。挨次下去是陆莘达和索赖达；对面是堂费南铎和卡迪纽，然后是俘房和其他几位绅士；神父和理发师坐在女客的一面。大家高高兴兴吃晚饭。他们瞧堂吉诃德不吃东西大发议论，越加起劲了。堂吉诃德像上次和牧羊人同吃晚饭时那样忽有所感，说道：

"各位先生，咱们仔细想来，干游侠骑士这一行的人，见识到的实在都是大事和奇事。不然的话，你们说吧，如果有人这会儿从这座堡垒的大门进来，看见咱们现在的情形，谁能想象咱们的身份呢？谁会说我旁边这位小姐就是鼎鼎大名的女王，而我就是大家传说的哭丧着脸的骑士呢？放定这一行是在世间一切行业之上；干起来危险愈大，这行业就愈加可贵。谁说拿笔杆子的行业比拿枪杆子的高，那就请他们滚开去！凭他们是谁，我都要骂他们胡说八道。他们根据的理由，往往是劳心胜于劳力；拿枪杆子只用体力。好像那是粗人的事，只需蛮力气就行。好像我们所谓用武的行业不包括那些苦心划策的防御。好像将士带领军队或防守围城，不是既劳力又劳心的。试问，要识透敌人的用意、打算、诡计和困境，要防止预料到的危险，光靠体力行吗？这都是费心思的事，体力是用不上的。咱们现在瞧瞧吧，文武两行都得劳心，哪一行更辛苦呢？这可先要看各方追求的目标。目标愈高，志向就愈可贵。不过我所谓拿笔杆子的职业，不包括教士的神圣职务；教士的目标是引导灵魂上天堂，这是超出一切的最高目标。我所说的拿笔杆子的行业，宗旨在于办好公平分配，各人给应得的一份，并督促大家遵守公正的法律。这个目标确实伟大，高尚，值得颂扬，可是比了拿枪杆子的目标就不如了。拿枪杆子的目标是和平；这是人类在这个世界上所能企望的最大幸福。世界和人类听到的最早的福音，是在我们见到光明的晚上①，天使在天空唱的：'在高天之上，荣耀归于上帝！大地之上，和平归于善意的人！'②人间和天上最好的导师教导他的信徒和门徒：无论到什么人家，先打招呼说，'愿你家里和睦平安！'③他又屡次向他们说：'我给你们和平；我把和平留给你们；我愿你们和平。'④和平就好像他亲手赐予的宝物；没有这件宝物，无论人间天上，都不能有什么幸福。和平是打仗的真正目标，而拿枪杆子的职业就是打仗。打仗的目标是和平就比拿笔杆子的目标高；这一点已经确定无疑了。咱们现在再瞧瞧，文武

---

① 指耶稣诞生之夜。
② 《新约全书·路加福音》第二章第十四节。
③ 《新约全书·路加福音》第十章第五节。
④ 《新约全书·约翰福音》第十四章第二十七节。

这两行哪一行更劳累身体。"

堂吉诃德侃侃而谈,说话很得当,听着他的议论,谁也不能说他是疯子。而且在场的多半是绅士,绅士和拿枪杆子的行业分不开①,听了这番议论格外入耳。他接着说:

"我现在谈谈书生的苦处。第一是穷。不是说他们个个都穷,我不过是按最穷的来说。我觉得说他们穷,就把他们的苦况说尽了,因为一切好东西,穷人全没份。他们从各方面尝到穷的滋味,或者挨饿,或者受冻,或者衣衫不周,或者又饿又冻又褴褛。不过他们尽管不能按时吃饭,或者吃的是财主们的残羹冷炙,还不至于没得吃;最不堪的无非他们所谓'吃施食'②。他们总可以在街坊的灶边炉旁待着,即使不能取暖,也可以挡挡寒气。他们晚上总可以在屋子里睡觉。他们还从许多细事领略穷的味道。譬如说吧:没替换的衬衫;没第二双鞋;衣服单薄敝旧;一旦有口福,人家请吃饭,就放量吃得撑肠拄肚。这些我就不一一列举了。他们在我形容的这条崎岖小道上行走,这里绊倒,那里摔跤,这里倒下,那里又爬起,终于得到了自己企求的学位。咱们看见许多人历尽艰难困苦,到了这一步,就飞黄腾达了;咱们看见他们坐在安乐椅里辖治世界,他们吃得好,住得暖,穿上鲜衣华服,睡在铺着细布和花缎的床上,再也不挨饿受冻、衣衫破烂、垫着草席子睡觉了。这是他们靠自己的才能,得到了应有的报酬。可是他们受的折磨,比起战士来就差得远了。我现在谈谈战士的苦处。"

---

① 绅士阶级都佩剑。
② 吃施食(andar a la sopa),就是去吃寺院门口施舍给穷人的羹汤。

第三十八章

堂吉诃德对于文武两行的奇论。

堂吉诃德接着说：

"咱们刚才谈到书生的穷和种种苦况，现在瞧瞧当兵的是否富裕些。咱们会看到当兵的比穷鬼还穷。他靠着活命的那几文钱军饷，不是迟迟不发，就是永远拖欠。动手抢劫吧，就难免送掉性命并丧尽良心。他简直穿不起衣服，满是绽口裂缝的上衣常时既充礼服，又充衬衫。严冬在荒野露宿，往往只靠嘴里呵气挡寒；而空心饿肚呵出来的气，准和物理相反，等于倒抽的冷气。他困顿了一天，想必盼望天黑，可以在现成的床上休息一下。他的床倒是绝不会窄——要是嫌窄，只怪他自己——因为他可以随意量出多宽的地皮，在上面称着心翻来翻去，不愁床单滑落。他过着这种日子，一旦打仗，就是他毕业获得学位的日子了。他头上包扎伤口的纱布就是他的学士帽。枪弹也许打穿了他的太阳穴，也许残废了他一条胳臂或一条腿。假如他没受伤残废，蒙上天慈悲，保全了身躯性命，那么，他大概还像原先一样穷，并且不免还要一次次上阵，一次次打仗。要每次都胜利，才会分到一星半点好处；这是千载难逢的奇迹。请问，各位先生，你们留意到吗：打仗立功而受赏的，比打仗阵亡的，人数相差多少？你们一定说，不能比，阵亡的数不胜数,活着拿到报酬的,计算起来不会满三个位数①。这就和拿笔杆子的情形相反了。笔杆子都可以靠薪水②过活,暗里的油水③还不算。可见战士吃的苦头大,报酬却小得多。不过这里也有个说法:酬报二千名文人,比酬报三万个武士来得容易。酬报文人,只要给个本行的职位;至于武士呢,除非他们效忠的主子把自己的私产赏赐他们,就无法酬报。既然无法酬报,就又证明我说的话不错。不过这笔糊涂账是算不清的,咱们不去谈它了。咱们还是再谈谈枪杆子比笔杆子优越吧。这事至今还无定论,因为各执己见。拿笔杆子的,除了以上的理由,还说:枪杆子没有笔杆子就维持不下去,因为战争也有它必须服从的法律,而法律是笔杆子制定的。枪杆子反驳说:法律不靠枪杆子就站不住;因为民主国家的自卫、王国的存在、城市的保障、公路的安全、海上盗寇的肃清,全靠枪杆子。一旦发生战争,暴虐和混乱就跟着来了,无论民主国家、王国、帝国、城市、海道、陆路,不靠枪杆子都要遭灾受祸;战争不停,横行霸道就是势所必然,灾难也就没完没了。按照颠扑不破的道理,代价愈高,换来的东西就愈宝贵。拿笔杆子的要出人头地,得赔工夫、熬夜、挨饿、衣衫不周、头昏、肚子胀,还有连带的许多苦处,刚才已经说过一些。可是,如要按规矩成为好战士,书生吃的苦他都得吃,而且苦上千万倍,因为一举足都是性命交关的。书生忧贫叹苦,哪里可以和

---

① 指不满一千。
② 原文 de faldas;faldas 是衣服的下摆,这里指正经收入或明的收入。
③ 原文 de mangas;mangas 是衣袖,这里指津贴、小账、贿赂、回扣等暗里的收入。

战士的遭受相比呢？战士在堡垒上站岗,如果知道敌人正朝他那里挖掘地道、埋设地雷,他怎么也不能擅离岗位,也不能躲开一触即发的爆炸;他只能把情形报告长官,让长官想办法也挖地道来对抗,自己还得守在那里,战战兢兢等着随时轰然一声、不用翅膀就飞上云霄,然后又掉到地底下去。这种危险也许不算什么。且设想汪洋大海上,两只兵船头对头拼死战斗的情况吧。还有比这个危险的吗？当时两只船难分难解,战士只能用船头二尺宽的撞角作立脚之地。他眼看面前不到一支长枪的距离,敌人的大炮正瞄着自己;一尊尊大炮就是一个个催命使者。他一不留神,就会掉入海波深处。可是他毫无畏惧,一心要立功争光,冲着炮火,狠命要跳过两船中间的距离,踏上敌船去。他一倒下,就要到天地末日才起得来。可是一个倒了,另一个立即填上他的空子。大海像冤家似的又在等着这一个;这个一跌到海里,后面一个接着一个冲向前去就死,没片刻停留。这是战争紧张时出现的最英勇无畏的精神,是最可歌可泣的景象①。古代还没有魔鬼的枪炮行凶逞暴,那真是幸福啊！谁首先制造这种魔鬼传授的武器,我相信他准在地狱受罪。自从有了枪炮,卑鄙的懦夫就能杀死勇敢的好汉。值得万世留名的勇士,也许正英气勃勃,施展豪杰身手呢,一颗流弹飞来,马上结果了他的性命,断送了他的雄心壮志;而那个放枪的家伙却可能是看见那种倒霉的枪里发出火光就吓得逃跑的。我这么一考虑,不禁要说:我在如今这个可恨的时代充当游侠骑士,心里实在懊恼。尽管什么危险都

---

① 塞万提斯这里描述了自己在雷邦多(Lepanto)战役(1571)身经的情况。

吓不倒我,可是现在有了火药和铅弹,我就没机会靠体力和剑锋在世界上扬名了;我想到这点,心上很不安。不过一切听天吧。如果我能遂心如愿,那么,我比古代的游侠骑士多担受几分风险,也就多得人家几分尊敬。"

堂吉诃德在大家吃晚饭的时候发了这通高论。桑丘·潘沙几次叫他吃,说饭后尽有功夫畅谈,堂吉诃德却把晚饭忘了,一口都没吃。在场的人瞧他对各种问题都识见高明、思路清楚,可是一讲到那倒霉的骑士道就荒唐无稽,不由得又对他添了几分怜悯之心。神父说堂吉诃德方才那套赞扬武士的议论很有道理,他本人虽然是文士,又是大学毕业生,所见也完全相同。

饭毕撤了杯盘,店主妇母女和玛丽托内斯就去布置堂吉诃德住的那间顶楼;大家决定当夜单让女客在那里休息。堂费南铎趁这时候请俘虏讲讲自己的经历,因为照他和索赖达跑进客店来的光景,料想那段经历一定娓娓动听。俘虏十分愿意,只说怕讲不好,使听者失望,但是不敢违命,还是讲吧。神父等人谢了他的美意,又敦促他讲。俘虏瞧那么许多人求他,就说不用求,只消吩咐就行。

"各位请听。我讲的是实在的经历。我这段真事,也许比往常精心编造的故事还妙。"

大家就坐安定了洗耳恭听。俘虏瞧大家静悄悄地等他开口,就用平和悦耳的声调讲了下面的事。

第三十九章

俘虏叙述他的身世和种种经历。

"我家是雷翁山区一个村里的世家。老天待我家不薄,命运却很无情。不过那个村子穷,连我父亲都有富翁之号。他如果把挥霍家产的精力用来经营家产,确实可以做富翁。他那种散漫使钱的习气是早年当兵养成的,因为这一行是个花钱的训练所,吝啬的人能学成慷慨,慷慨的人能学成浪费;军队里,吝啬的士兵是个稀罕的怪物。我父亲花钱的手笔不止慷慨,已经够得上浪费了;这对于结了婚、有孩子继承的人是有害无利的。我父亲有三个孩子,都是男的,都到了能就业的年龄。据我父亲说,他瞧自己积习难改,就想铲除病根,就是说,分散自己的财产;因为没有财产,随你豪爽得像亚历山大①,也会变得抠门儿的。所以他有一天把我们三个叫到一间屋里,大致说了以下一番话:'儿子啊,你们是我的亲骨血;这一句话就道出我对你们的热爱。可是我若不好好为你们保管财产,就显得我不关心你们的痛痒。我想了好多天,经过深思熟虑,要为你们办一件事。你们就知我确是爱护你们的亲爸爸,并不像毁掉你们的后爹。你们已经到了就业的年龄,至少也该挑选一门将来名利双收的

---

① 亚历山大大帝,纪元前四世纪马其顿王,以慷慨著称。

职业。我把家产分做四份;你们各得一份,我留一份养老。不过我要你们拿到了这份财产,就照我指出的道路各走各的。咱们西班牙有句老话:"或教堂,或海洋,或伺候君王";我觉得这话很对。老话都是多年经历的精华,句句真实。我引的这句话,注解起来就是说,求富贵有三条路:一是进教会;二是出海经商;三是进宫伺候国王。常言道:"帝王家的粒屑,胜似公侯家的赏赐"。我说这番话因为有个愿望,要你们三人各走一条路,一个读书,一个经商,一个为国王打仗;进王宫去伺候他是不容易的。打仗挣钱不多,得到的名望却往往很高。我不出八天,就把你们份里的财产用现金交付,不短一文钱,你们瞧我办事就知道。现在你们说说:我的主意你们采纳不采纳。'我是老大,他就叫我回答。我最初建议家产不要分,全由他随意花;我们是年轻小伙子,自己会赚钱。后来我表示顺从他的主意,打算当一名战士,为上帝和国王出力。我二弟开始也提了像我一样的建议;后来他选择的是到美洲去经商,把自己那份财产带去做本钱。最小的弟弟我看最聪明,他说愿意进教会,就是说,到萨拉曼咖去进修学业。

"大家商量停当,各人选定了职业,我父亲就一一拥抱我们。他在自己说的那几天里,把答应的事全办妥。我们有个叔叔不愿意祖宗基业落在外姓人手里,用现金买下我们三人的产业。我们各得一份现金,我记得是三千元银杜加。当天我们三人就辞别了我们的慈父。我觉得让父亲靠那几个钱养老于心不忍,就强他从我的三千杜加里扣下二千,因为余钱足够我当兵的费用了。我两个弟弟看了我的榜样,也各给他一千杜加。我父亲就有四千元银杜加,他自己的一份产业没卖掉,大约也值三千杜加。长话短说,我们向他和那个叔叔辞别,大家都伤心落泪。他们叮嘱我们得便务必把不论好歹的景况一一告诉他们。我们一口答应。他们拥抱了我们,又为我们祝福。我们三人一个到萨拉曼咖去;一个到塞维利亚去;我听说有热那亚的船从阿利冈德运羊毛回热那亚,我就到阿利冈德去。

"我离家已经二十二年,虽然写过几封家信,却从没有得到我父亲和两个弟弟一点消息。我且讲讲自己这几年的经历吧。我在阿利冈德上船,一路顺利,到了热那亚;从热那亚又到米兰,置备了武器和几件漂亮军装。我打算到庇亚蒙德去投军,可是我前往亚历山大·台·拉·巴利亚的路上,听说阿尔巴大公爵正要到弗兰德斯去。我就变计投奔了他,在他麾下打仗。艾格蒙伯爵和霍尔诺斯伯爵处死的时候①,我恰在场。我升职做了瓦达拉哈拉一位著名上尉狄艾果·台·乌比那②的旗手。我在弗兰德斯过了一程,听到消息说,那遗爱在民的教皇庇护五世与威尼斯和西班牙联盟去抵御公敌土耳其。当时土耳其海军刚占领了威尼斯管下的名岛塞浦路斯,这是个大损失,十分可惜。

"据确讯,堂胡安·台·奥地利大人——咱们圣明的堂斐利普国王的异母弟——要做联军总司令。盛传他正在大规模备战。我听了那些消息雄心勃勃,急要参与筹备中的这场战役。当时上级已经向我透露,也可说是切实许诺,说一有机会就升我做上尉。我却宁愿放弃这个前程,到了意大利。恰巧堂胡安·

---

① 这两人被阿尔巴大公爵判处斩刑,于1568年6月5日处决。
② 塞万提斯曾在他部下当兵。

台·奥地利大人到了热那亚,准备转往拿坡黎斯去会合威尼斯的舰队,他后来是在梅西那会合的。干脆说吧,我参与了那场辉煌的大战。我那时候已经升做步兵上尉。我并没有功劳,实在是靠运气升了这个体面的职位。世界各国一向相信土耳其人海上无敌。打破这个迷信的那天,就是说,土耳其帝国威风扫地的那天,真是基督教世界的好日子。不知多少基督徒在那天交了好运,为国捐躯的人运气更好,只有我一人倒足了霉。我本来梦想我能像罗马帝国时代的人戴上海战胜利者的桂冠,谁知道那天傍晚我只落得两脚带镣,双手加铐。我且讲讲那是怎么回事。阿尔及尔王艾尔·乌恰利是个有胆量又走好运的海盗。他打胜了马尔塔的旗舰,舰上的战士除了三个重伤的,全都打死了。胡安·安德瑞亚指挥的旗舰忙赶去援救;我带着自己的部下就在这只旗舰上。我做了当时该做的事,跳上敌舰。不料敌舰突然退却,我部下的兵来不及跟上,我就单身陷敌。他们人多,我独力难当,结果浑身受伤被俘。各位大概知道,艾尔·乌恰利带领全部舰队逃跑了,我就成了他的俘虏。那天土耳其舰队里划桨的一万五千名基督徒,都恢复了渴望的自由,欣喜欢乐;我却成了俘虏,独自愁苦。

"我被他们带到君士坦丁。我主人显示自己勇敢,曾夺得马尔塔武士团的旗帜;土耳其大皇帝塞林认为他打仗尽责,封他做了海军统帅。第二年是七二年,我在拿瓦利诺①,在一只悬着三盏灯②的旗舰上划桨。我看到咱们在那里错过了机会,

---

① 临爱琴海的一个港口。
② 海军统帅的旗舰上悬三盏灯作为标志。

没把港口停泊的土耳其舰队全部俘获。他们船上的海陆军战士个个拿定我们要进港袭击，都收拾好衣服和'巴杀马给'（土耳其话就是鞋）准备趁早上岸逃跑；他们对我们的舰队怕透了。上天却另有安排。这不是咱们海军统帅的错失，却是上帝有意要留着这些土耳其凶手，经常来惩罚我们基督徒的罪过。艾尔·乌恰利退到拿瓦利诺旁边的摩东岛，叫全军登陆，坚守港口，悄悄等堂胡安大人回国。他大人回国的路上，拿坡黎斯的'母狼'号旗舰俘获了敌方的'俘获'号战船。'母狼'的将领就是号称军士之父的战地霹雳、常胜福将、圣十字侯爵堂阿尔瓦洛·台·巴桑。这件事我得讲讲。'俘获'号的船长是著名海盗巴巴洛哈的儿子①。他凶暴无比，对俘虏没那么样的残忍。因此划桨的俘虏一看见'母狼'号旗舰追上来，立即一致放下桨，把船尾指挥台上喝令俘虏们加劲的船长一把抓住，从船尾挨座②向船头传送，一面咬他的肉。他没传过桅杆多远，灵魂就进了地狱。刚才说过他待俘虏残忍透顶，所以他们恨得咬肉。我们回到君士坦丁的又一年，那是七三年，听说堂胡安大人攻克突尼斯，从土耳其人手里夺下这个国家，交给缪雷·阿默德辖领。从此世界上最残暴勇敢的摩尔人阿米达没希望再回去统治了③。土耳其大皇帝丧失了这个属国很不乐意。他那族的人都很机灵，碰上威尼斯人求和的心比他更切，双方就讲和了。下一

---

① 这人是巴巴洛哈的侄儿，名穆罕默德·贝。
② 划桨的俘虏都是锁在座位上的。
③ "缪雷"不是姓氏，是"先生"之类的称号。阿默德和阿米达是兄弟，阿米达篡夺了父亲的王位，阿默德流亡到西西里。1573年，堂胡安·台·奥地利驱逐了阿米达。

年七四年,他就去攻打果雷塔①以及堂胡安大人在突尼斯附近才建成一半的堡垒。我始终在军舰上划桨,毫无自由的希望,至少不想花钱赎身,因为我打定主意,决不写信把自己的不幸告诉父亲。

"果雷塔到底失守了,堡垒也失守了。攻打这两处的土耳其正规军有七万五千人,从非洲各地来的摩尔人和阿拉伯人有四十多万。兵这么多,还带着大量的火药武器和大群的冲锋队,他们每人一撮土,就把果雷塔和那个堡垒埋没了。向来以为是攻打不破的果雷塔先失守。这不能怪守城的战士,他们是尽责尽力的。原来那边沙漠地上筑战壕非常容易,这是我们后来有了经验才知道的。一般掘地两拃深就见水,那里掘到两瓦拉②深都没水。所以他们可以用沙袋把壕壁筑得比我们的城墙还高。他们居高临下的扫射,谁也受不住,谁都无法抵抗。

"大家认为咱们的兵不该关在果雷塔城里困守,敌人登陆就该出郊迎战。这都是不切实的空话,不是经验之谈。守果雷塔和那个堡垒的战士加起来还不满七千;敌军压城,那几千人尽管骁勇,哪能又出城野战,又据城坚守呢?外无救兵,包围的敌军众多,攻势猛烈,而且孤立在敌人境内,一个城堡怎能不失陷呢?不过许多人对这件事有个看法,我也所见略同。他们认为果雷塔的失陷正是天佑西班牙。这座城堡是个祸根,它好比饕餮的妖魔,好比海绵,好比蠹虫,吞吸和消耗了无穷无尽的金钱,

---

① 突尼斯港口的一个要塞。
② 一瓦拉约合836厘米。

唯一的用处，无非纪念盖世英雄查理五世①征服了这个地方；好像他要万古留名，还得靠那几块石头！那座堡垒也失陷了，不过是土耳其人一寸一寸赢得的。守卫的战士浴血苦战，敌人大举进攻二十二次，二万五千人阵亡。堡垒里留下性命的三百名战士，没一个不是受了伤才被俘的。这就证明他们的坚强勇敢，守卫尽责。在那个咸水湖中央有个小小的炮台，或所谓碉堡，驻守的将官堂胡安·台·萨诺盖拉是威尼斯的绅士，也是有名的战士。这座碉堡是讲定了条件才投降的。驻守果雷塔的将官堂彼德罗·普艾多卡瑞洛力尽被俘，押送到君士坦丁去，半路上气愤而死。敌人还俘虏了堡垒的将官加布利欧·塞维利翁；这人是米兰的绅士，是个了不起的机械师，也是非常勇敢的战士。这两个据点上死掉好些有名人物，巴冈·台·奥利亚就是一个。他是圣胡安武士团的武士，和有名的胡安·安德瑞亚·台·奥利亚是亲兄弟。这人性情豪爽，从他对自己兄弟的慷慨就可见一斑。他死得尤其惨，是死在自己信任的几个阿拉伯人手里的。他瞧堡垒失守，听了他们的主意，化装成摩尔人，由他们带领到塔巴卡；那是热那亚采珊瑚的渔人设在海边的碉堡或驻屯所。那几个阿拉伯人砍了他的脑袋去献给土耳其舰队总司令。据说这位总司令因为没献上活人，下令把他们都绞死；这就应了咱们西班牙人的老话：'背叛尽管可喜，叛徒毕竟可恶'。②

"在堡垒里被俘的基督徒里，有一个叫作堂彼德罗·

---

① 西班牙国王(1500—1558)，1516年即位。
② 通常说："背叛的行为受欢迎，但叛徒并不受欢迎。"(La traición aplace, más no el que la hace.)

台·阿基拉。他是安达路西亚不知哪个地方的人。他是堡垒的旗手,是有名的战士;人很聪明,擅长作诗。我提起这人是因为他恰巧也到了我划桨的船上,和我同坐,同属一个主人。我们离开那个港口的时候,他作了两首十四行的哀歌,一首是为果雷塔,一首为那座堡垒。我真该背给你们听听;我背得出,并且相信你们听了一定喜欢,不会讨厌。"

俘虏一提到堂彼德罗·台·阿基拉的名字,堂费南铎就对他几个同伴瞧了一眼,三人都微笑。这时说到十四行诗,堂费南铎的一个同伴说:

"且慢着讲下去。我请问您,刚才讲的那个堂彼德罗·台·阿基拉后来下落如何。"

俘虏说:"据我知道,他在君士坦丁待了两年,扮成阿尔巴尼亚人,跟一个希腊间谍逃走了,不知他脱身没有;不过我相信他准恢复了自由,因为一年后我在君士坦丁碰见了那个希腊人,只是没能够问他那次逃跑的结果。"

那个绅士说:"他是自由了。这个堂彼德罗和我是亲兄弟,现在就住我们村上。他身体好也有钱,结了婚已经有三个孩子了。"

俘虏说:"感谢上帝给他这样的恩典,照我看,重获自由是天下最快意的事。"

那绅士说:"我兄弟作的那两首十四行诗,我也记得。"

俘虏说:"那么您背给我们听吧,您一定背得比我熟。"

绅士说:"好,他凭吊果雷塔的一首是这么说的:

第 四 十 章

俘虏续述身世。

十四行诗

　　脱离了凡躯浊骨的灵魂,
你们为国家效死尽忠,
由尘俗的下界上升天官,
有求能遂,这是何等幸运!
　　你们燃炽着满腔热忱和义愤,
英勇苦战直到精耗力穷,
把海水和沙岸染成一片殷红,
流尽自己的鲜血斫杀敌人。
　　你们生命已绝,勇气未消,
一息将尽时,力竭的双手,
从失败中终于取得胜利。
　　你们在枪炮前不幸跌倒,
可是在人间从此名垂不朽,
天上的荣耀更是光芒无际。"

俘虏说:"我记得那首诗正是这样的。"

绅士说:"要是我记得不错,他凭吊那座堡垒的一首是这么说的:

十 四 行 诗

凄凉满目、不见人烟的战场
还遗留着堡垒的废墟残基,
三千士卒的英魂曾从此地
抛却恶浊的尘世飞升天堂。

他们施展两臂的千钧力量,
寡不敌众又后无救济,
身疲力竭,个个遍体创痍,
终于在敌人的剑锋下死亡。

这一片土上的累累遗踪
感触古往今来的有心人,
使他们凭吊怀想,涕泪涟洏。

但在这个坚固的堡垒中
升天的是最无私的忠魂,
倒地的是最勇敢的健儿。"

大家觉得两首诗都不错。俘虏听他们讲了他伙伴的消息很高兴,他接着讲自己的事:

"果雷塔和堡垒失陷后,土耳其人下令拆毁果雷塔的围墙,那座堡垒早已是一片白地,无可拆除的了。他们干脆省事,埋上三处地雷把墙炸掉。可是看来最不坚固的老墙却没炸塌,而小修士①所

---

① 小修士(Fratín)是哈戈莫·巴雷阿罗(Jácomo Palearo)的绰号,他是西班牙查理五世和斐利普二世的军事建筑工程师。

筑的新墙未塌的部分却一轰就倒了。后来土耳其海军舰队得胜回君士坦丁,几个月以后,我的主人艾尔·乌恰利死了。他绰号乌恰利·法塔克斯,土耳其话就是'生癞疥的叛教徒'①,因为他就是这么个人。土耳其人惯把一个人的毛病或特征作为名字。缘故是他们只有奥土曼皇室繁衍出来的四个族姓;其他人就像我刚才说的,或从身体的毛病或从品性的特征来命名。这癞子原是土耳其大皇帝的奴隶,在军舰上划了十四年桨,他满三十四周岁那年,划桨吃了土耳其人的一下耳光,赌气企图报复才叛教的。土耳其大皇帝的宠幸多半靠卑鄙的途径爬上高位,他却不然;他勇猛无比,因此做了阿尔及尔国王,后来又做了海上的统帅,这在土耳其帝国就是第三把交椅了。他是加勒比亚人,很有道义,待俘虏非常宽厚。他共有三千名俘虏,死后照遗嘱一半归土耳其大皇帝(因为大皇帝承袭国内一切死人的遗产,和死者的儿子平分);另一半分给隶属于他的叛教徒。我落在一个威尼斯叛教徒手里。这人原是海船上当小厮的,给乌恰利俘虏后大受宠幸,成了主人最心爱的侍僮。他是叛教徒里最残酷的。他名叫阿桑·阿嘎,后来发了大财,做了阿尔及尔国王。我跟着他从君士坦丁到了阿尔及尔,觉得离西班牙不远了,有点高兴。我并不想写信把自己遭难的事告诉家人,只是指望到了阿尔及尔,运气会比在君士坦丁时好些。我在君士坦丁想尽方法要逃走,一次都没成功。我打算在阿尔及尔另找办法,了我心愿。我一直在希望重获自由,一个办法不行,我并不心死,马上又有新的图谋,虽然也

---

① 叛教徒,原是基督徒,被俘后改信伊斯兰教。

很渺茫，总可以鼓励自己。我就这样过日子。我关在土耳其人称为俘房营的监狱或营房里，被俘的基督徒都关在那里；有属于国王的；有属于私人的；还有一种工务局的奴隶是属于公家的，专为城市的公共事业和其他工程服役。这种奴隶很难恢复自由，因为属于公家，没有单独的主人，有了赎金也无从赎身。我曾说过，城里人常把私有的俘房安顿在俘房营里，尤其是那些等钱赎身的，因为在等待期间可以让他们闲散着，却又逃跑不了。国王的俘房，凡是等钱赎身的也不跟其他奴隶一起出去做苦工，除非赎金迟迟不来，要逼他们写信火急催钱，才叫他们做工，跟着别的奴隶去斫木材；这个活儿是相当重的。

"我算是等钱赎身的俘房，因为他们知道我是上尉。我声明自己穷困，也没有家产，可是他们满不理会，还是把我归在待赎的绅士一起。他们给我套上一条锁链；这不过为了标出我是这种俘房，要防我逃跑却没多大用处。我就在那个俘房营里过日子，一起还有好几个挑出来算是待赎的绅士和贵人。我们经常挨饿，衣衫也不周全，最苦的是时常耳闻目见我们主人对基督徒的虐待。这种虐待实在是从未见闻过的。他每天为了不足道的小事，或者竟平白无故，把自己的俘房有的绞杀，有的扦在尖刀上，有的割掉耳朵。土耳其人认为他以残杀为业，是天生的杀星。他只宽待一个名叫台·萨阿维德拉的西班牙战士；这位战士干了许多俘房中历久难忘的事，都是企图恢复自由的。我们都觉得他为了其中最小的事，也难免活活扦在尖刀上；他本人也屡次怕要受这个刑罚。可是我那位主人从没有打过他，也不叫人打他，也不骂他。可惜这会儿没工夫,不然,我可以讲讲他的那些作为,一定远比我自己的经历动听而且惊人①。

"挨着我们的监狱有一所房子,一排窗户正好俯临我们的院子;房主是有地位的摩尔富翁。这种摩尔人的窗,其实只是墙洞,上面还遮着又厚又密的百叶窗帘。有一天,我和三个同伴在监狱的阳台上消遣,练习戴着锁链跳。当时只我们四人,别的基督徒都出去做工了。我偶然抬眼,看见所说的那排窗子的一个窗口挑出一支竹竿,一头系着一块布。这支竹竿不住的挥动,好像示意叫我们去接。这来引起了我们注意。我们中间一人就跑到竹竿底下,瞧它是否掉下来还是怎么样。可是他一到那里,竹竿就往上一翘,来回摇摆,好像是摇头拒绝。这基督徒回到阳台上,竹竿又低下来像原先那样挥动。我另一个伙伴也跑到竹竿底下,遭遇和第一个相同。后来第三个又跑去,遭遇也和第一、二个一样。我看了忍不住也要去碰碰运气;我刚去站在竹竿底下,那支竹竿就一脱手掉入俘房营,落在我脚边。我忙去解那块布;原来挽成个疙瘩,里面有十个西亚尼。这是成色不高的摩尔金币,每一枚合咱们十个瑞尔。我得了这笔意外之财,快活自不必说。我非常诧异,不懂怎会有这般好运落到俘房们头上,尤其是我头上,因为那支竹竿显然是等我去了才松手的,可见是给我的好处。我拿了这笔来得正好的钱,折断竹竿,回到阳台上去望那个窗口,只见里面伸出一只雪白的手,摊开指掌,随即握成拳头。我们看了猜想这笔钱准是这家女眷给的,就对着窗子,把双

---

① 这位战士就是作者自己。塞万提斯在雷邦多大战后1575年回国途中被俘。他在阿尔及尔曾多次带领大批俘房一同逃亡,没有成功。他的主人正和这里讲的同样残酷,但慑于塞万提斯的正义,从未敢加害。

手交叉胸前,低头躬身行了个摩尔式的敬礼表示感谢。过一会,这窗口又挑出一个竹竿做的小十字架,一挑出来马上又收进去了。我们凭这点表记,料想这家准有被俘的女基督徒;是她对我们行了好事。可是那只手很白,我们看见腕上还戴着几个镯子,因此又觉得也许猜得不对。不过我们想她大概是个叛教徒,主人往往喜欢娶这种女奴作正式妻子,因为摩尔人把她们看得比本国女人稀罕。我们这些胡猜乱测都不符实情。此后我们唯一的消遣就是望着那个窗口,好比天上的星辰都围着北极转,窗里出现的竹竿就是我们的北极星。可是过了十五天没见竹竿,没见那只手,也没见任何别的信号。我们那几天千方百计打听那宅房子住些什么人,里面有没有女叛教徒。人家只说那里住的是个很有地位的摩尔富翁,名叫阿吉·莫拉陀,曾任巴塔①总督要职。我们绝不指望窗口再会撒下钱来,可是出乎意料,竹竿又出现了,上面还是系着一块布,挽成的疙瘩比前番的还大。当时正像上次一样,俘房营里只我们几人。我们照旧试探一番,我的三个同伴先一个个跑去,可是那支竹竿非我去不掉下来;我一到那里,竹竿就脱手落地。我解开结子,发现里面有四十元西班牙的金艾斯古多,还有一张字条,写的是阿拉伯文,末尾画着个大十字。我吻吻十字,拿了钱,回到阳台上。我们大家又行了一个摩尔式的敬礼;那只手又出现了一下;我做手势表示我一定恭读那张字条,窗子随后就关上了。这事弄得我们又着急,又快活。我们谁也不懂阿拉伯文,不知纸条上写些什么,都心痒难熬。可是要找个人来读更是难事。后来我决计把事情交托一个叛教

---

① 那是离奥朗(Orán)二哩瓦的一个堡垒。

徒。他是穆尔西亚人,和我很要好;他有把柄拿在我手里,不得不为我保守秘密。原来有些叛教徒存心要回到基督教国家去,身边往往带着有地位的俘虏为他们出的证书。证书不拘方式,只要证明某某叛教徒是好人,对基督徒常有照顾,并且立志一有机会就逃回本国。弄这种证书有的是出于诚心,有的是为应急或取巧的。他们到基督教国家去抢劫的时候,如果偶尔失散或被俘,就拿出证书为凭,说自己跟土耳其人来抢劫,是为了要回基督教国家居住。他们就免得吃眼前亏,可以丝毫无损地重入教会的怀抱;以后如有机会,还可以再回蛮邦做叛徒。有些叛教徒却是诚心弄了这种证书正当使用;他们回到基督教国家就居住下来。我这位朋友是这一类的;我的伙伴们都给他写过证书,上面一片赞扬,假如这些证书给摩尔人发现,准把他活活烧死。我知道他精通阿拉伯文,能说还能写。不过我没有和盘托出,只说偶尔在自己牢房的一个洞里发现了这张纸,请他读给我听。他展开细看,喃喃地辨认字迹。我问他是否看得懂,他说完全懂,如要逐字照翻,请把墨水和笔给他,就可以翻得更加精确。我们马上照办,他就逐句翻译,译完了说:

"'我这篇西班牙文,全是从摩尔文翻译的,没漏掉一个字。请注意,这里的"蕾妲·玛利安"就是我们的童贞圣母玛利亚。'

"我们读到了下面的译文:

"'我小时候,我爸爸有个女奴;她教我用本国语言作基督教的祈祷,还告诉我许多关于蕾妲·玛利安的事。这个基督徒已经死了。我知道她没有入地狱,却是和阿拉[①]在一起。因为

[①] 伊斯兰教的真主。通译"安拉"。

我后来见过她两次;她嘱咐我到基督教国家去找蕾啦·玛利安,蕾啦·玛利安很爱我。我不知道有什么办法到那边去。我从这窗口看到过许多基督徒,觉得只有你是绅士。我是个相貌很美的小姑娘,还有很多钱可以带走。你瞧瞧有什么办法咱们一起逃跑。到了那边,你如果愿意,可以做我的丈夫;如果不愿意,我也满不在乎,因为蕾啦·玛利安会给我找到丈夫。这个字条是我自己写的,你拿给别人看得小心,别相信什么摩尔人,他们都靠不住。我为此很担心,希望你对谁也别说,因为我父亲知道了马上会把我扔在井里,再投下石子来埋了我。下次我在竹竿上拴一条线,你可以把回信系在线上;如果没人替你用阿拉伯文写信,你可以做手势回答我,蕾啦·玛利安会叫我了解你。祝愿她和阿拉保佑你,我听了女奴的嘱咐常常亲吻的十字架也保佑你。'

"各位请想想,我们读了字条上的话当然又惊又喜,脸上全流露出来。那叛教徒一看就知道字条并非偶然拣来,实在是写给我们中间某一个人的。他央求我们,如果他的猜想不错,请我们信任他,把事情都告诉他,他愿意为我们的自由舍命。他一面从怀里拿出一个金属的十字架,流着眼泪说:他虽然是有罪的坏人,却一片虔诚,信仰这个十字架所象征的上帝;他凭这个上帝发誓,如果我们愿意告诉他什么秘事,他一定为我们效忠保密。他相信——他简直预知,写这个字条的人会帮他和我们这许多俘虏都重获自由,并帮他实现重皈圣教的大愿;当初都怪他自己无知作孽,背离了圣教,好比剁下的手脚,就此腐烂了。这叛教徒痛哭流涕,自悔自恨。我们瞧他那样,就一致同意,把详细情况全告诉他。我们把挑出竹竿的小窗指给他看;他认明那宅房子,决计特地去仔细打听谁住在那里。我们还记起该写个回信给摩尔姑娘。我们现成有这位叛教徒能写摩尔文,当场就由我口授写了回信。我可以一字一句背给你们听,因为这件事的重要关节,我都历历在心,一辈子不会忘记的。我回信说:

"'我的小姐,愿真主阿拉保佑你,圣母玛利安也保佑你。她因为很爱你,才叫你立志到基督教国家去。你该向她祈祷,求她教你怎样完成她嘱咐的事;她大慈大悲,一定会教你。我和我一起的基督徒都愿意尽力至死为你效力。你想干什么,务必写信告诉我们,我一定回信。伟大的阿拉给我们找到一个基督教的俘虏,精通你们的文字,能说能写,你看了这个字条就知道。你就不用害怕,有什么话尽管告诉我们。据你说,到了基督教国家你愿意做我的妻子,这话我凭一个好基督徒的身份和你一言为定。你知道,基督徒不比摩尔人,说到就得做到。愿阿拉和圣母玛利安保佑你,我的小姐。'

"我写完把纸叠好,等了两天,俘虏营里照例又是没人的日子,就到阳台上经常散步的地方,瞧有没有竹竿出现;一会儿果然出现了。我虽然看不见人,一见竹竿就把纸片扬扬,表示要她竿上拴线。可是线早已拴在上面,我就把纸片系上。过了一会,我们当作北极星瞻仰的竹竿又出现了;竿上系的小布包像和平的白旗。竹竿掉下地,我拣起一看,包里是各色各种金银币,至少值五十艾斯古多。我们增加了五十倍的快乐,拿定有希望恢复自由了。当晚我们那位叛教徒来说:他已经打听明白,那宅房子里住的正是上次说的摩尔首富阿吉·莫拉陀;他有个独生女是全部财产的承继人,城里一致认为她是蛮邦的绝世美人,附近地区好几个总督曾求她为妻,她始终不肯结婚。叛教徒还打听得这家从前有个基督教的女奴,现在已经死了。他说的都和信上一致。

"我们随后就和这个叛教徒商量怎么把摩尔姑娘带到基督教国家去。这位姑娘喜欢人家称她玛利亚,她原名是索赖达。我们后来决定且等着瞧瞧索赖达下一次通的信息。我们明白,除了她,谁也不能打破重重难关。我们商量停当,叛教徒叫我们别心焦,他拼着送掉性命,一定叫我们重获自由。接着四天俘房营里人很多,所以没见竹竿出现。第五天又是那里没人的日子,就看见竹竿上挑出一个鼓鼓的包裹,出产想必丰富。竹竿和包裹对着我落下来,我看见包里又有个字条,还有一百个清一色的金艾斯古多。叛教徒也在,我们到牢房里去叫他念信;信上说:

"'我的先生,我不知道咱们怎么设法到西班牙去;我问过蕾娅·玛利安,可是她没告诉我。有一个办法是可行的:我以后从窗口送你许多许多金钱,你用来为自己和朋友们赎身;你们中间一人先回基督教国家去买一只船,再回来接其余的人。我爸爸有个花园在巴巴松门①外海边上,我就要跟着爸爸和家里的佣人们到那里去过夏;你们可以去找我。你们到了晚上,可以大胆把我带出花园,送上船去。记着,你得做我的丈夫;要不,我求玛利安罚你。假如你不放心让别人去买船,你赎了身自己去;我知道你准回来,比别人可靠,因为你是绅士,又是基督徒。你得设法认明那个花园。我只要看见你在这里散步,就知道俘房营里没人,就送许多钱给你。阿拉保佑你,我的先生。'

"这是第二个字条上的话。大家看了都愿意做先赎身的一

---

① 巴巴松门(la puerta de Babazón),阿尔及尔的南城门,在海港附近。

个,答应去了一定回来。我也这样自告奋勇。叛教徒一律反对,他说:无论如何不能让一人先脱身,得大伙儿一起走;因为经验证明,一个人恢复了自由,就把做俘虏时许的愿都撇在脑后了。他说,一些有身份的俘虏多次用过这个办法,先让一人赎身,由他带着钱到巴伦西亚或马唷加去配备一只船,回来接那些为他出钱赎身的人;可是走掉了从没一个回来的。因为自己已经脱身,又怕再次被俘,就把一切义务都一笔勾销。这个叛教徒还举了当时那里几个基督教绅士的遭遇来证实自己的话;在那个常出奇事的地方,那件事是最出奇的。他后来说了一个切实可行的办法,就是把准备的赎金给他在阿尔及尔买一只船,借口在德土安和那一带海岸经商;他做了船主,想办法把我们都从俘虏营里救出来送上船是不难的。况且摩尔姑娘不是说要出钱为大伙儿赎身吗?我们恢复了自由,即使白天上船也很容易。他认为当前最大的困难是摩尔人不准叛教徒买船或做船主,只有出海抢劫的大船不在话下。他们怕叛教徒——尤其西班牙的叛教徒买船到基督教国家去。可是他说有办法打破这重难关;他可以和一个塔格利的摩尔人①合股买船,做买卖赚了钱两人分。他借这个幌子可以做船主;其余的事就好办了。我和我的伙伴觉得最好还是照摩尔姑娘的话,派人到马唷加去买船。可是我们不敢违拗叛教徒,怕他告发。如果他泄漏了索赖达的打算,我们就有送命的危险,而索赖达的生命是我们大家舍了命也要保全的。所以我们决计一切依靠上帝和叛教徒的安排。我当场给索赖达写了回信,说我们完全听从她的主意,说她讲得非常合理,

---

① 指阿拉贡的摩尔人,详见下章 414 页注②。

就像是蕾娜·玛利安教她的;事情或从长计议或立刻进行,全凭她做主。我重又声明一定做她的丈夫。信去后第二天,俘房营里恰又没人,她用竹竿和布包分几次送了我们两千个金艾斯古多,还有一个字条说:下一个'胡玛'①——就是星期五——她要到她父亲的花园里去,她走前还要送钱给我们;如果钱还不够,只消通知她,要多少都可以供给,她父亲的钱多得很,少了不会发觉,而且钥匙全都在她手里。我们马上把五百个金艾斯古多交给叛教徒买船。我又把八百个金艾斯古多交给当时在阿尔及尔的一个巴伦西亚商人,托他向国王赎我。他先向国王保证,等巴伦西亚一有船来,立刻交付赎金;这样就把我保出来。假如他马上付钱,保不定国王怀疑我的赎金早已送到阿尔及尔,而商人牟利,隐瞒不说。我这位主人实在挑剔得厉害,我怎么也不敢立即付钱。美丽的索赖达是星期五到那个花园去,她星期四又给了我们一千个金艾斯古多,并通知我们她就要走了,要求我如果已经赎身,赶快去认认她父亲的花园,不管怎样,找机会到那里去看看她。我没多说,只回答遵命,还请她别忘了念诵她女奴教的祷告,祈求蕾娜·玛利安保佑我们。我随后就设法为我的三个伙伴赎身,让他们顺顺当当离开俘房营;也防他们瞧我赎了身,有钱不赎他们,就给我捣乱,听了魔鬼的调唆陷害索赖达。我凭他们的为人,不必担这个心,可是我防万一出事,所以就用自己赎身的方法也为他们赎了身。我把所有的钱都交给那个商人,让他放心作保。我们防备万一,没把密谋告诉他。"

---

① "胡玛"(jumá),阿拉伯文,指集体做礼拜的日子,伊斯兰教徒在星期五集体做礼拜。

第四十一章

俘虏续述遭遇。

"不出十五天,那个叛教徒已经买到一只好船,能容三十人。他要事情办得地道,渲染得逼真,故意到撒黑尔去做了一趟买卖。那个镇离阿尔及尔三十哩瓦,在奥朗的那一面①;镇上无花果干的买卖很兴旺。他和上面说的塔格利人一起在这条路上来往了两三次。蛮邦把阿拉贡的摩尔人称为'塔格利'人②;把格拉那达的摩尔人称为'穆德哈'人③;费斯王国④又把'穆德哈'人称为'艾尔切'⑤;费斯国王大半用这种人为他打仗。且说离索赖达居住的花园不到两箭之地有个海湾,叛教徒每次船过那里就抛下锚,故意和划桨的摩尔小伙子待在那里,或做祷告,或把他认真要干的事当作游戏来预演。他曾到索赖达家的花园里去讨果子;她父亲给了他,并不知道他是什么人。据他后

---

① 撒黑尔(Sargel),现称塞尔塞利(Cerceli),在阿尔及尔以西二十哩瓦。奥朗在阿尔及尔的西面。
② 指边界的摩尔人。摩尔人所占领的西班牙以阿拉贡为最边远处。塔格利人往往也能说流利的基督教国家语言。
③ 指内地的摩尔人。
④ 费斯(Fez)在摩洛哥。
⑤ "艾尔切"(elche),阿拉伯文,指叛徒或逃亡者;叛教徒和他们的子孙都称为"艾尔切"。

来告诉我：他想找索赖达谈谈，说明自己是奉我派遣，打算带她到基督教国家去的，好叫她乐意放心，可是他总没机会。原来摩尔女人除非奉丈夫或父亲之命，不能让任何摩尔男人或土耳其男人看见，可是和基督教的俘虏却可以交谈，甚至可以纵情言笑。假如叛教徒和这位摩尔姑娘谈了话，我倒不免担心；她听到自己的私事在叛教徒嘴里说出来，也许要着急的。不过上帝另有安排，叛教徒空有好意，未得机会。当时，叛教徒从阿尔及尔到撒黑尔那段路上，来往很安全，不论何时何地或什么情况下抛锚，都由得他；和他一起的塔格利人全听他摆布。我呢，已经赎身。只需找几个划桨的基督徒，事情就全妥帖了。叛教徒估计了这个情势，对我说：准备带走的基督徒，除了已经赎身的几个，我得留心再找几个。他决计下星期五动身，叫我预先和他们约好。我听了就去找到十二个西班牙人，都是身强力壮的划手，可以自由出城的。我找到这许多人可不容易，因为有二十条船出海抢掠，把所有的划手都带走了。这十二个划手的主人有一条帆桨两用的海船还没完工，这个夏天不出海抢掠，否则这十二人就没处找去。我没对他们说别的，只嘱咐他们下星期五黄昏时分，一个一个悄悄到阿吉·莫拉陀的花园外面等着我。我是单独对每个人说的，还叮嘱他们如果到了那里看见别的基督徒，只说我叫他们在那儿等我，别的一概不讲。我办完这事，还得办一件更紧要的事：我得通知索赖达事情已经进行到什么地步，让她心中有数，早做准备；如果她没想到基督徒的船来了，我们突然跑去抢她，不免惊吓了她。所以我决计到花园去，瞧是否能和她谈话。我动身之前，有一天假装摘野菜跑到那个花园里。我第一个碰到的就是她父亲。在整个蛮邦，甚至在君士坦丁，俘虏和摩尔人之间通用一种语言,既不是摩尔话,也不是西班牙话,也不是任何别国话,却是各种语言的杂拌儿,大家都听得懂。他用这种语言问我在他的花园里找什么,又问我主人是谁。我确知他有个很要好的朋友名叫阿恼德·玛米①,就说自己是阿恼德·玛米的奴隶,要挑些野菜做凉拌生菜。他接着问我是否在等待赎金,我主人要我多少身价。恰在这时候,美丽的索赖达从花园的宅子里出来;她早已看见我了。我上面说过,摩尔女人见了基督徒毫不羞怯,也不回避,所以她满不在乎地跑向我们那儿来;她父亲瞧她走得慢,还喊着叫她过来。

"我无法形容我的心上人在我眼里风姿多么娴雅、服饰多么华贵,我只说,她美妙无比的脖子上、耳朵上和头上戴的珍珠,比她的头发还多。她按本国风俗光着脚踝,戴一对嵌满钻石的纯金脚镯或脚环——摩尔人所谓'哈尔哈尔'。她后来告诉我,据她父亲的估计,她那副'哈尔哈尔'值一万朵布拉②;她手腕上戴的一对镯子也值那么多。她浑身戴着珍珠,都是最值钱的。原来摩尔女人最富丽的装饰就是大珍珠和细珍珠。所以摩尔人的大小珍珠,比世界其他各国的加在一起还多。大家知道索赖达的父亲收藏的珍珠很多,都是阿尔及尔最上好的;他此外还有二十万西班牙艾斯古多。这份财产全是我这位女主人的。只要瞧她经历了多少风波辛苦还这样美,就可以想象她安居享福时的光景,不消再问她全副盛装多么动人了。大家知道,有些女人的美是有日子、有时期的,随着境遇增减。情感会把她们的美或

---

① 这人就是俘虏塞万提斯的船主,以残忍著称。
② 朵布拉(dobla),古代西班牙金币。

增加或减少,而通常是毁掉,这是自然之理。干脆说吧,她当时浑身珠光宝气,容华焕发,至少在我眼里是绝世美人。我想到她给我的恩惠,简直觉得面前是为我降福消灾而下凡的一位天仙。她父亲等她走过来,就用他们的语言告诉她,我是他朋友阿恼德·玛米的奴隶,到花园里来摘生菜的。她就和我交谈,用那种杂拌儿语言问我是否贵族,为什么不赎身。我说已经赎了,凭我的身价,就可见我的主人多么看重我,因为我出了一千五百索尔达尼①的赎金。她答道:

"'假如你是在我爸爸手里,再加两倍的身价我也不让他放你,因为你们基督徒老爱撒谎;你们装穷,骗我们摩尔人。'

"我说:'小姐,这种事也许有,可是我对自己的主人确是老实的;我对谁都老实,而且永远忠诚老实。'

"索赖达说:'你几时走呢?'

"我说:'大概明天,因为这里有一只法国船,明天开船,我想搭这只船走。'

"索赖达说:'法国人不是你们的朋友;等西班牙有船来,搭西班牙船走不更好吗?'

"我说:'不,明天走稳当,除非确实知道西班牙有船来,我才等呢。我急要回国和亲人团聚,别的机会尽管好,不是现成的,我可等不及。'

"索赖达道:'不用说,你一定在本国结过婚,所以急着要夫妻团聚。'

"我说:'我还没结婚,不过已经订婚,到了那边就结婚。'

---

① 索尔达尼(zoltanís),摩尔人通用的小金币,每个合三十六瑞尔。

"索赖达说：'和你订婚的小姐漂亮吗？'

"我说：'漂亮极了，我如要据实形容，只消说，她和你很像。'

"她父亲听了这话哈哈大笑，说道：

"'我凭上帝发誓，基督徒啊，假如她像我的女儿，她一定美得很。我女儿是全国第一美人；不信，你仔细瞧瞧就知道我这话是千真万确的。'

"索赖达的父亲懂的语言比较多，我和索赖达谈话多半靠他翻译。索赖达虽然能说当地通行的杂拌儿话，主要还靠做手势达意。我们正在闲谈，一个摩尔人急急跑来大喊：四个土耳其人跳进围墙，在花园里摘半生不熟的果子。老头儿大吃一惊，索赖达也很害怕。原来摩尔人简直都天生的怕土耳其人，尤其军人。土耳其军人对他们辖治的摩尔人强横霸道，把他们作践得不如奴隶。索赖达的父亲当时对他女儿说：

"'孩子，我和那群畜生打交道去，你回屋关上门。你这基督徒呢，摘你的野菜去吧；咱们再见了。阿拉保佑你回国一路顺利。'

"我鞠了一个躬；他就撇下我和索赖达去找那些土耳其人。索赖达好像是听从父亲的话要进屋去，可是她父亲刚给花园里的树木遮住，她立刻眼泪汪汪转向我说：

"'塔姆七七？基督徒，塔姆七七？'——那就是说，'你要走了吗？基督徒，你要走了吗？'

"我回答说：

"'小姐，我是要走了，不过无论如何，决不撇下你。下一个"胡玛"你等着我，见了我们不要害怕，咱们是确确实实的要到

基督教国家去了。'

"我设法把这番话说明白。她就一条胳膊勾着我的脖子,懒洋洋地向住宅走去。偏偏运气不作美,要不是天照应,可就糟了。我们俩正像刚才说的那样挨抱着慢慢走,恰好她父亲赶走了摩尔人回来,看见了我们这副模样;我们也自知落在他眼里了。索赖达很有主意,也很机灵,她不放下勾着我脖子的胳膊,却越加紧挨着我,把脑袋靠在我胸口,两膝微屈,好像要晕倒的样子。我就装得仿佛是不得已只好扶着她。她父亲急急赶来,看见女儿这副模样,忙问是怎么了;瞧她不回答,就说:

"'一定是闯来了那些畜生,把她吓得晕过去了。'

"他把女儿从我怀里接过去,抱在胸前。她吐了一口气,眼睛里还带着泪说:

"'阿梅七,基督徒,阿梅七。'——'你走,基督徒,你走。'

"她父亲听了说:

"'孩子,不用叫基督徒走,他不碍你。那些土耳其人已经走了。你没什么害怕的,谁也不能害你。我不是跟你讲了吗,那些土耳其人听了我好言劝告,已经从原路出去了。'

"我对她父亲说:'先生,你说得不错,是那些家伙把她吓坏了。不过她既然叫我走,我决不惹她厌。再见吧。承你许我到这儿来摘野菜,以后我要野菜还会来,因为据我主人说,这花园里的野菜,做生菜特好,别处的都比不上。'

"阿吉·莫拉陀说:'你要什么野菜,尽管再来。我女儿并不是讨厌你或任何基督徒,她是叫土耳其人走,却说了叫你走。也许她认为你这会儿该去摘野菜了。'

"我马上辞别了他们俩。她仿佛心碎肠断的样子,跟着她父亲走了。我借口摘野菜,悠闲自在地满园走了一转,留心观察出入的口道、房子的关防,以及一切可乘之隙;然后我回去把经过一一告诉那个叛教徒和我的伙伴们。我眼巴巴地只等有朝一日,可以无忧无虑享受命运给我的幸福,和美丽的索赖达同生活。一天天过去,居然那个渴望的日子到了。我们经过深思熟虑和仔细讨论,策划了一套办法;我们按计行事,步步顺利,都合我们的愿望。我和索赖达在花园谈话的下星期五傍晚,我们的叛教徒几乎就在绝世美人索赖达所在的花园对面抛锚停泊。

"那些划桨的基督徒已有准备,一个个躲在花园周围等着我,摩拳擦掌,打算去袭击在望的船只。原来他们不知道叛教徒的计策,以为要他们动手杀了船上的摩尔人,才获得自由。我和我的几个伙伴一到场,那些躲着的人看见了立即围上来。那时城门已经关闭,郊外不见一人。我们聚在一起,商量还是先去找索赖达呢,还是先去捉住船上那些划桨的摩尔人。正迟疑不决,那叛教徒跑来问我们干吗耽搁;他说这会儿正是时候,他船上的摩尔人毫无防备,多半已经睡了。我们告诉他为什么打不定主意。他说,最要紧的是先把船抢到手,这件事很容易办,并且毫无危险;随后就可以去找索赖达。大家觉得这话不错,不再踌躇,就由他带领上船。他头一个跳上去,拿着摩尔弯刀用摩尔话喊道:

"'要性命的待着别动!'

"这时候,基督徒差不多都上船了。摩尔人胆小,瞧船长这么说,吓得哆哆嗦嗦,一个也没拿起武器。他们没几件武器,简直都赤手空拳。他们不声不响地让基督徒捆住双手。基督徒捆得很快,一面恫吓他们如果嚷出什么声音,马上就把他们杀得一个不留。我们捆完,留半数看守,其余的就跟着叛教徒到阿吉·莫拉陀的花园去。运气真好,我们去开门,门应手而开,好像没关上似的。我们就悄悄地到了住宅外面,谁也没有发觉。

"美丽的索赖达正在一个窗口等着我们。她觉得有人,就低声问是否'尼撒拉尼';就是说,是否基督徒。我说是的,请她就下来。她听出是我,一刻也没耽搁,话都不说立即下来开了门,和我们见面。她相貌的娇艳,服饰的富丽,简直没法形容。我一见她,忙捧着她的手亲吻。叛教徒和我的两个伙伴也吻了她的手;其他的人不知是怎么回事,都学了我们的样。我们好像是感激她给了我们自由,向她致谢。叛教徒用摩尔话问她父亲是否在花园里。她说是的,正睡觉呢。

"叛教徒说:'那么得叫醒他,把他带走;这美丽的花园里所有的贵重东西都得带走。'

"她说:'不行,我父亲是怎么也不许碰的。这宅房子里除了我要带走的东西,就没什么了。我带的着实不少,可以叫你们人人富足。你们等一下,我给你们看。'

"她说罢又进屋去,说马上回来,叫我们悄悄儿等着,别出声。我问叛教徒刚才和她怎么讲的。叛教徒把她的话告诉了我。我吩咐他一切听从索赖达的意旨,不得擅作主张。她这时拿着一只小箱子回来,箱子里满满的都是金艾斯古多,她简直拿不动。不幸她父亲这时醒来,听到了花园里的声响。他从窗口探头一看,看见一群人全是基督徒,就一迭连声地狂叫大喊,用阿拉伯话说:'基督徒来了!基督徒来了!有贼!有贼!'我们听他这么叫喊,吓得慌了手脚。叛教徒一看情势紧急,得趁旁人没有惊醒赶紧逃跑,就飞也似的上楼找阿吉·莫拉陀,我们另有几人也跟了去。当时索赖达倒在我怀里,好像晕过去了,我不敢丢下她。上楼的那几人办事爽利,一会儿就架着阿吉·莫拉陀下楼。他们已经把他双手捆住,嘴里塞一块布,不让出声,还恐吓他如果叫喊,就要他的命。他女儿见到这个情景,掩目不看他。他还不知道自己女儿落在我们手里是自愿的,直吓得目瞪口呆。当时我们最要紧的是逃走,急忙架了他上船。留在船上的人怕我们出了岔子,直在盼望。

"入夜没到两个钟头,我们已经全都上船了。我们给索赖达的父亲解开捆手的绳,拿掉塞嘴的布。叛教徒重又叮嘱他不许出声,否则要他的命。他看见自己的女儿也上了船,就伤心叹气;又瞧她泰然自若,随我紧紧搂着,既不抵拒,也不愁苦,也不羞涩,越发气恼得连声长叹。可是他不忘叛教徒的恫吓,没敢开口。索赖达瞧自己已经上船,我们就要划桨开航,而她父亲还在船上,其他的摩尔人还捆在一旁,就叫叛教徒求我看她面上,放了那些摩尔人,并让她父亲回去;她宁可跳海,不能眼看慈父为她做了俘虏。叛教徒转达了这话,我说很愿意遵命。可是叛教徒说不行,如果放他们回去,他们立刻会唤起沿岸居民,惊动全城,派出快艇来追赶;海陆协力,我们就无路可逃。我们只可以在最先到达的基督教国家释放他们。大家都赞成。索赖达听我们讲了这个办法,和不能依从她的缘故,也觉满意。我们虔诚地祷告上帝保佑,勇敢的划手们欣喜无言,一个个轻快地拿起桨向马唷加岛划去;那是离我们最近的基督教国家。可是起了点北风,海上略有波浪,我们不能走马唷加的航路,只好沿着海岸往奥朗去。我们很担心,因为沿这条海岸离阿尔及尔六十海里就是撒黑尔,我们生怕给那里的居民看见。我们又怕这一带会碰到经常从德土安运货前往阿尔及尔的商船。可是我们大家心目中都有个打算:商船不比巡洋舰,我们如果碰到了,非但不会坏事,还可以俘获一只船;乘了这只船航行,就更加稳当。索赖达一路上把脑袋藏在我的两只手掌里,免得看见她父亲;我听见她直在祈祷蕾啦·玛利安保佑我们。

"我们大约走了三十海里,天渐渐亮了,发现船离岸只三箭之地。岸上满目荒凉,不会有人看见我们。我们还尽力往海上划,因为风浪已经稍稍平静。我们划了将近两哩瓦,就叫划手轮班歇歇,大家且吃些东西,船上带的很富足。可是划手们认为这会儿不是休息的时候,决不能放下桨,还是让不划桨的人喂给他们吃。这就照办了。当时起了一阵从斜里来的风,我们只好放下桨,扬帆向奥朗去,因为只有这条路可走。我们干事迅速,扯上帆一小时走了八海里还不止;当时别无顾虑,只怕撞到巡洋舰。我们也给摩尔划手们吃了些东西,叛教徒安慰他们说,他们不是俘虏,一有机会就释放他们。他对索赖达的父亲也这么说了,索赖达的父亲答道:

"'基督徒啊,你们出于慷慨正直,许我别的好处,我都会相信,也会指望;可是想要你们放我呀,我没那么傻!你们冒险抢了我来,难道就是要开恩放我吗?何况你们知道我是谁,也知道我的身价。你们要多少赎金,说个数吧。我为自己和这个倒霉的女儿,随你们要多少都答应。或者单放她一人也行;我心眼儿里只有她是宝贝,别的都放得下。'

"他一面说,一面痛哭,我们都恻然,索赖达也不得不回脸看他。她看了很感动,就从我脚边起来,过去抱住她父亲,脸偎着脸一起哭得好生悲切,许多在场的都陪着下泪了。可是她父

亲瞧她打扮得像欢庆佳节似的,而且浑身珠宝,就用本国话问她:

"'孩子,昨晚上咱们遭祸之前,我看见你是家常打扮。你现在穿的,是我最富的时候给你做得最讲究的衣服。你什么时候换的呢?我报了你什么喜讯,要你这样盛装庆祝呢?你说呀!我觉得这比咱们当前这场奇祸还来得奇怪啊。'

"他这番话是叛教徒解释给我们听的。他女儿一言不发。阿吉·莫拉陀忽又见他女儿平时放首饰的小箱子在一边搁着;他分明记得这只箱子在阿尔及尔城里,并没有带到花园里去,越发莫名其妙,就问他女儿:怎么这只箱子到了我们手里;箱子里装的是什么。叛教徒见问,不等索赖达开口,就回答说:

"'先生,这许多事你不用费神问你女儿,我一句话就说明白了。我告诉你吧,她是个基督教徒,我们靠她锄断了我们的锁链,解脱了俘虏生活。她在这里是自愿的。我看她对当前的情况非常乐意,好像是从黑暗投入光明,从死亡投入永生,从烦恼投入欢乐。'

"那摩尔人问道:'孩子,这话是真的吗?'

"索赖达说:'是真的。'

"老头儿说:'原来你是基督徒?原来是你把爸爸交给他的仇人了?'

"索赖达答道:

"'说我是基督徒呢,我是的;害你落到这个地步的可不是我。我绝不愿意离开你或损害你,我不过是为自己造福。'

"'孩子,你为自己造了什么福啊?'

"她答道:'这话,你问蕾拉·玛利安吧,她会回答你,还比

我回答得好。'

"那摩尔人听了这话,立刻踊身一跳,投进海里去,快得出人意料。亏得他身上的衣服又大又多,一时沉不下去,否则一定淹死了。索赖达大叫救命,我们赶紧抓住他的袍儿拖上来,他已经淹得半死,知觉全无。索赖达心痛得对着他悲悲切切地啼哭,仿佛他已经死了似的。我们把他翻过身,嘴朝下;他吐出大量海水,过两个钟头就苏醒过来。这时风已转向,我们只好向岸航行,而且得用力划桨,才免得撞上岸去。我们幸好开进一个海角环抱的海湾。摩尔人把那个海角称为'加瓦·如米亚角',用咱们的语言说,就是'基督教娼妇之角'。据摩尔传说,断送西班牙的'加瓦'葬在那里①。摩尔话'加瓦'是娼妇;'如米亚'是基督徒。摩尔人向来认为船在这里抛锚不吉利;除非迫不得已,决不在这里停泊。当时海上波涛汹涌,这个地方,在我们就不是娼妇的海湾,却成了我们的救星港。我们派几个人上岸望风,划桨的还是手不停划。大家吃了些叛教徒贮存的干粮,诚诚心心祷告上帝和我们的圣母保佑我们这桩开头很侥幸的事顺利完成。我们听了索赖达的要求,打算把她父亲和捆缚在一边的摩尔人都送上岸去,因为她心软,看不过父亲被绑、本国同胞成了俘虏。我们答应开船前干这件事;那里荒无人烟,放走他们没有危险。我们的祷告蒙上天垂听,有了应验。当时风势好转,海上平静,我们又可以愉快地继续航行。我们就解放那些摩尔划手,把他们一个个送上岸;他们很出乎意料。索赖达的父亲已经完全清

---

① 这个"加瓦"是胡良伯爵的女儿(一说妻子)莆萝林德,她受了西班牙国王堂罗德利果的奸骗,她父亲要为她报复,就引阿拉伯人入侵。

醒,他下船的时候说:

"'基督徒,你们可知道这贱丫头为什么一心要放我?出于孝心吗?不是!她是要遂自己的淫心恶念,怕我碍着她。她为什么改信你们的宗教?因为你们的宗教比我们的好吗?不是!她是知道在你们国家,干没廉耻的事比在本国自由。'

"我和另一个基督徒这时捉住他两臂,防他有什么疯狂的行动。他又转身对索赖达说:

"'哎,不要脸的丫头!错打了主意的孩子!你瞎了眼睛,迷了心窍!这群猪狗是咱们天生的仇人,你由他们摆布着往哪里去啊?我真是苦命呀!娇生惯养地培育了你真是冤枉呀!'

"我瞧他不肯甘休,赶紧把他送上岸。他大声咒骂哭喊,求穆罕默德转求阿拉毁灭我们。船已经扬帆开走;我们渐渐听不见他说话,却还看得见他的动作:他自己揪胡子,挦头发,趴伏在地下。他一度极力嘶号,我们听到了他的话:

"'亲爱的女儿啊,回来吧!回到岸上来,我全原谅你。咱们的钱反正已经落在那些人手里,送给他们就完了;你快回来安慰你伤心的爸爸!你要是扔下他,他就死在这片荒地上了!'

"索赖达都听见,句句话都使她伤心落泪。她无言可对,只说:

"'我的爸爸,我做基督徒是为了蕾娅·玛利安,但愿阿拉让蕾娅·玛利安来安慰你的痛苦吧。阿拉知道我干的事是不由自主的。我对基督徒行方便是上天注定的,即使我不愿意跟他们走,愿意待在家里,也办不到;亲爱的爸爸,你看来最坏的坏事,我却觉得是最好的好事,一心向往,非做到不可。'

"当时她父亲既听不见她这番话,我们也瞧不见她父亲了。

我安慰着索赖达,大家专心航行。顺风船走得很快,我们拿稳第二天清早就可到西班牙海岸了。可是一竿子到底的好运是绝无仅有的,好运总穿插着坏运,吉凶总相伴相随。不知是我们运气不好,还是摩尔人对女儿的咒诅应验了,因为父亲的咒诅总是可怕的,不管那父亲是怎样的人。且说,我们在大海上,约莫夜里三点以后,因为是顺风不用划桨,正拴上桨、扯足风帆航行,忽见晶莹的月光下,一艘方帆大船①驶近前来,船上张着大大小小的帆,偏着舵,绰着风,在我们前面斜穿过去。两船挨得很近,我们怕相撞,连忙收帆;那边也用力掌舵,放我们过去。有人就到船边上来问我们是什么人,从哪里来,往哪里去。叛教徒听他们说的是法国话,就说:

"'这些人一定是法国海盗;他们见什么抢什么,咱们谁也别回话。'

"我们听了这番警告,都一声儿不言语。我们开往前去,那只船就落在我们下风。猛不防那只船上双炮齐发,打的好像都是连锁弹②。一个炮弹把我们的桅杆从半中间折为两段;桅杆带着船帆都掉进海里去。另一门炮是同时放的,炮弹正中船心,别的没打坏,只把船身打穿了。我们眼看船要下沉,一齐大声呼救,要那只船收容我们,因为我们快要淹死了。他们就卸了帆,放下船上的小艇,十二个法国人带着火枪和燃着的火绳,下了小艇到我们船边。他们瞧我们人数不多,船又在下沉,就让我们上了小艇,一面说我们不答话太无礼,活该落到这个下场。我们的

---
① 当时一般船上的帆是三角形的。较大的船用方帆。
② 这是一个炮弹分作两半,用小链子连锁着;这种炮弹的破坏力较强。

叛教徒趁人不见,把索赖达的钱箱抛入海里。长话短说,我们都上了法国人的船。他们盘问得非常仔细,然后就像死冤家似的把我们的东西抢光。索赖达身上连脚镯都抢了。我瞧索赖达受惊,很为她担心;尤其怕他们抢了她贵重的珠宝不算,还剥夺她身上最贵重、心中最珍惜的宝贝。幸亏那些人要的只是钱。他们贪得无厌,假如我们穿的俘虏衣服值得几文钱,他们也会剥去。他们有人主张把我们用一幅船帆包了扔到海里去。原来他们冒充布列塔尼的商贩,要到几个西班牙港口去做买卖;假如饶了我们性命留在船上,他们抢劫的事就会败露,难逃惩罚。可是我心上人索赖达所有的东西,恰好是船长亲手抢的,他表示对这次俘获心满意足,不想再到任何西班牙港口去了。他准备趁夜里或别的机会过直布罗陀海峡到罗切拉去;他们原是从那儿出发的。当时他们讲明把船上的小艇给我们乘坐;我们还有个短程的航行,所需的东西也归他们供给。第二天西班牙的陆地在望,他们就如言照办了。我们一望见西班牙国土,把所有的愁苦穷困都忘得一干二净,好像没经历过一样;重获失去的自由真是天大的喜事啊!

"我们登上小艇已经将近中午,他们给了我们两桶水和一些饼干。船长在美人索赖达下船的时候,不知动了什么慈悲,竟给她四十个金艾斯古多,还禁止手下的兵剥掉她身上这套衣服。我们上小艇的时候谢他种种照顾,表示感恩而不怀恨。他们出海往海峡航行;我们只把眼前的陆地当作归宿。我们拼命划船,到太阳西落,已经离岸很近,估计不到夜深可以靠岸。当夜没有月亮,天色昏暗,我们不知道自己在什么地方,觉得向岸上撞去不妥。可是有许多人却主张把船撞上去;他们说,尽管沿岸尽是礁石,荒无人烟,上了岸就不用提心吊胆了。因为德土安的海盗船常在这一带出没;那些海盗在蛮邦过夜,早起照例到西班牙海岸来抢劫,然后回家睡觉。我们采取折中办法,打算慢慢傍岸,如果海上平静,能够登陆,就找个地方上去。将近半夜,我们到了一座极险恶的高山脚下。这座山并不直伸到海里,山边还有一片平地,上岸很方便。船撞上沙滩,大家跳下船,吻了陆地,含着欢欣的眼泪,感谢上帝的洪恩。我们把粮食全搬下船,把船拖上岸,大家登山,走了好一段路。我们还不放心,不信已经登上基督教国土。

"我觉得我们是盼了好久才天亮的。我们爬到山顶上,看看有没有村落或牧人的茅屋;极目四望,并不见一个村庄,也不见一个人,也没有山径,也没有大道。我们还是决计往内地走,料想不久总会碰到可以问询的人。我最难受的是瞧索赖达一脚高一脚低的登山越岭。我驮了她一回,她瞧我劳累,尽管自己省了脚步却心里不安,反而愈加觉得吃力,就不肯再让我驮。她很有能耐,和颜悦色和我搀手同走。我们走了不到四分之一哩瓦,听得铃铛声。分明附近有放牧的牛羊。大家留心寻找,只见大软木树下一个年轻牧人正悠闲自在地拿着把刀子削一根木棍。我们大声叫唤;他一抬头,立刻霍地跳起来。据我们后来知道,他第一眼看见了那个叛教徒和索赖达,瞧他们是摩尔装束,以为蛮邦人都来捉他了,就飞也似的逃进前面树林,大喊道:

"'摩尔人上岸了!摩尔人来了!快拿起武器!快拿起武器!'

"我们听他这样叫喊,都慌了手脚,不知怎么办。我们估计这牧人的叫喊会惊动当地居民,沿海巡逻队马上会赶来查看究竟,就想到该叫叛教徒脱掉土耳其服;我们中间一个人把俘虏的外衣脱给他穿,自己只穿衬衫。我们一面祷告上帝保佑,一面顺着牧人逃走的路往前走,随时准备沿海巡逻队来截住我们。我们的猜想果然不错。没过两个钟头,我们刚走出树林,到了一片平原上,就看见五十来个骑兵纵马驰来。我们忙站定了等待。他们跑近前来不见他们寻找的摩尔人,却看到一群穷困的基督徒,都莫名其妙。其中一人就问我们:刚才一个牧人喊拿起武器,是不是因为看见了我们。我说是的。我正要诉说自己的遭遇和我们的来历,我们同来的一个基督徒却认识问话的骑兵,他不等我多讲,就说:

"'各位先生,我们应该感谢上帝,把我们带到这个好地方来了!我要是没弄错,我们脚底下踩的该是维雷斯·玛拉加的土地呀!如果我做了几年俘虏没记忆模糊,你这位问话的先生是我舅舅贝德罗·台·布斯塔曼德呀!'

"被俘的基督徒话犹未了,那骑兵已经滚鞍下马,过来抱住这年轻人说:

"'我想着念着的外甥啊!我认识你呀!我和我姐姐——你的妈妈,和你现有的亲人直在哭你,以为你死了。多亏上帝让我们今生还能享到和你重逢的快乐。我们知道你是在阿尔及尔。瞧你和同伴的衣服,大概是意外逃回来的。'

"那年轻人说:'是啊,以后有工夫一一讲给你听。'

"那些骑兵听说我们是被俘的基督徒,连忙下马,一个个让出马来请我们骑着进城;维雷斯·玛拉加城离那儿还有一个半哩瓦。我们告诉他们有只小艇撇在什么地方,几个骑兵就去把小艇开到城里去。其他的骑兵让我们骑在他们鞍后;那个基督徒的舅舅鞍后带了索赖达。有人已经到城里去传了消息,大家都出来迎接。他们见了逃回的俘虏或被俘的摩尔人都不以为奇,因为这一带海边上常见这两种人。可是他们见了索赖达的美貌,大为惊讶。她到了基督教国家不再担惊受怕,心里舒畅,又加走路劳累了,这时两颊红晕,越显得妩媚。也许我是给爱情迷了眼睛,我敢说,世界上没有比她更美的人,至少我没见过。

"我们立刻上教堂去向上帝谢恩。索赖达一进教堂,就说那里有许多脸和蕾拉·玛利安的一样。我们告诉她,那都是蕾拉·玛利安的圣像。叛教徒尽力向她解释圣母像的意义,教她把每个圣像都当作和她说过话的蕾拉·玛利安真身那样崇拜。她心思灵敏,听了有关圣像的话马上就领会了。我们从教堂出来,就分派到城里各家去住。和我们同来的那个基督徒把叛教徒、索赖达和我带到他父母家里。他们是小康之家,对我们热情款待,像自己的儿子一样。

"我们在维雷斯住了六天。然后叛教徒打听了他需要办的手续,就到格拉那达城去准备由宗教法庭的媒介,重新皈依圣教。获得自由的其他基督徒选择了自己的道路各自走了,那里只剩下索赖达和我;我们所有的只不过是法国人好意给索赖达的几个艾斯古多。我用这笔钱买了她骑来的这头牲口;我一直是以父辈和侍者的身份伺候她,还不是她的丈夫。我打算去看看我父亲是否还在,我的兄弟是否有比我运气好的。不过天既然让我做了索赖达的伴侣,任何别的运道,随它多么好,我都不稀罕了。索赖达耐得了贫穷,顶得住艰苦,一片至诚要做基督徒,这都使我很敬佩,甘愿终身为她效劳。可是我不知道能否在国内为她找到个角落容身,也不知道我父亲和兄弟的生命财产有了什么变故;假如找不到他们,我就举目无亲了。这些忧虑不免搅扰了我和她相依为命的快乐。

"各位先生,我的经历讲完了;是否新奇有趣,凭你们高见酌定吧。我但愿还能讲得短些;我免得你们烦厌,已经略去好些事情。"

第四十二章

客店里接着发生的事,以及其他
需说明的情节。

俘虏讲完了,堂费南铎说:

"上尉先生,你那异常的经历很新鲜,你讲得也动听。事情从头到底都是少见罕闻的,情节都惊心动魄。我们听得津津有味,即使到天亮还讲不完,我们再听一遍也乐意。"

他说罢,卡迪纽等人都表示愿为俘虏出力;他们言辞恳切,上尉对这番好意非常感激。堂费南铎特地邀请俘虏随他回家,他可以叫袭侯爵的哥哥在索赖达受洗时做她的教父;他自己要资助俘虏像模像样地回乡,不失身份体面。俘虏很客气,对这番厚意表示心领,不过都谢绝了。

天已经夜了,黑暗里有一辆马车和几骑跟从的人马到客店借宿。客店主妇说,整个店里挤得连手掌大小的空隙都没有了。

进来的那几个人是骑马的,一人说:"随你怎么样,来客是大理院的审判官,总得留他。"

店主妇听到这个头衔就慌了,说道:

"先生啊,是店里没有床铺了。审判官大人一定是带着铺盖的;他要是随身有铺盖呢,请进来吧,欢迎得很,我和我丈夫的卧房可以让给他大人。"

那个侍从说:"好吧。"

这时车上出来一个人,一看他的装束,就知道他是什么官职。他穿着长袍,袖上打着大褶裥,显然是他佣人所说的大理院审判官①。他挽着一个十五六岁穿旅行服装的小姑娘;她非常秀丽高贵,大家见了都惊讶,如果没看见客店里的多若泰、陆莘达和索赖达,一定觉得这样的美人很难找到第二个。审判官带着这位姑娘进来的时候,堂吉诃德恰在旁边;他一见审判官,就说:

"您放心进堡垒休息休息吧。这里地方很小,也很简陋,可是不论多么小、多么简陋,来了文武两职的人,总有招待的余地。像您这样还有美人引导的,更不用说了。不但堡垒要开门延请,连岩石都要裂出道儿,山岭都要张开口子哈腰弓背来欢迎她呢。我说呀,您请进这个乐园来吧:这里许多美人像灿烂的星星和太阳,您这位姑娘好比晴丽的天,正可以和她们做伴儿;这里都是英雄盖世的武士和艳丽绝伦的美人。"

审判官听了这套话不胜诧异。他对堂吉诃德仔细端详,觉得这人的形状和谈吐同样古怪,正不知所对,忽见陆莘达、多若

---

① 西班牙斐利普二世命令枢密院的官员和大理院审判官等穿这种服装,显示不同于众。

泰和索赖达等进来，又大为惊讶。她们是听说到了新客，又听店主妇形容小姑娘美，特来瞧她和欢迎她的。堂费南铎、卡迪纽和神父也亲切欢迎，只是不像堂吉诃德那样说话古怪。这位审判官到了店里人地生疏，又见这群美人来欢迎他美丽的闺女，觉得莫名其妙。不过他看准这许多旅客都是有身份的人物，只有堂吉诃德的状貌举动叫人摸不着头脑。大家客套了一番，估计客店的设备，决定还是照原先的安排，让女眷在那间顶楼上安置，男客仿佛守卫她们似的在外间休息。那小姑娘是审判官的女儿；她跟其他女客一起很高兴，审判官也很满意。她们有客店的一张窄床，又拼上审判官带的半份铺盖，这一夜可以过得比预料的还舒服些。

那俘虏一见审判官，就怦然心动，觉得他是自己的弟弟。他向审判官的佣人打听他东家的姓名籍贯。那人说，主人是胡安·贝瑞斯·台·维德玛学士；听说他家乡在雷翁山区的一个村里。俘虏听了这话，又凭自己的观察，断定审判官就是听了父亲的主意选择了笔杆子那一行的弟弟。他又激动，又快活，就把堂费南铎、卡迪纽和神父叫过一边，把这事告诉他们，说这审判官准是自己的弟弟。据那个佣人说，他主人刚选上墨西哥的大理院审判官，正要到美洲上任去；又说那姑娘是他的女儿，她妈妈生下她就死了，他主人得了这位前妻遗下的陪嫁很有钱。俘虏请教他们用什么方法透露自己是谁，要不要先试探一下，瞧他弟弟会不会嫌他穷，怕丢自己的脸，还是踊跃认亲。

神父说："我来替你试探吧。上尉先生，我相信你弟弟一定骨肉情深。他面貌和善，准是有修养、有识见的，不像个傲慢没心肝的人。他对于人生的得意失意一定有适当的看法。"

上尉说:"可是我不愿意突然亮相,还是婉转点儿好。"

神父说:"我刚才说了,我有办法,准叫大家满意。"

这时开上晚饭①,男客除了俘虏,都围着桌子坐下;女眷在她们屋里吃。神父吃晚饭的时候说:

"审判官先生,我在君士坦丁做过几年俘虏;那时候我有个伙伴儿跟您同姓。他在西班牙步兵里是最勇敢的战士,最勇敢的上尉。他力气大、胆量大,可是倒的霉也一样大。"

审判官问道:"我的先生,那位上尉叫什么名字呢?"

神父答道:"他叫儒伊·贝瑞斯·台·维德玛,家乡在雷翁山区的一个村里。他和我讲过他父亲和他们兄弟的一件事;要不是他那么个老实人亲口讲的,我准当作老太太们冬日围炉说的故事呢。他说他父亲把家产分给三个儿子,还训诫了他们,训得比加东②还高明。我知道他选了从军的道路很成功:他胆大力大,单靠本领高强,一无依仗,不多几年就升作步兵上尉,而且看来不久就可以升作陆军中校。可是他走了背运。雷邦多大战那天是许多人获得自由的好日子,他却在那天失去了自由,他指望的前程全都吹了。我是在果雷塔被俘的,我们经历不同,却在君士坦丁碰到一处了。他后来到了阿尔及尔,又有一番奇遇。"

神父于是把审判官的哥哥和索赖达的事约略说了一遍。审判官留心听着,他听审都没这样全神贯注。神父只讲到法国人

---

① 塞万提斯好像是忘了上文他们已经吃过晚饭。
② 加东(Catón),古罗马的政治家,以严肃、明智著称,参见本书前言27页注④。

怎么洗劫了那艘船上的基督徒,以及他那位伙伴和摩尔美人落得多么穷困。他说不知道他们俩如何下落,是到了西班牙呢,还是给法国人带到了法国去。

神父讲话的时候,那位上尉只离开几步在旁听着,一面注意他弟弟的一举一动。他弟弟听神父讲完了,长叹一声,含泪说道:

"唉,先生,你不知道刚才讲的是多么重要的消息,和我关系多么深切!我是个不轻易流露声色的人,可是听着也不禁流泪。你说的那位勇敢的上尉是我哥哥。你不是听他讲故事似的讲过我们父亲提出的三条道路吗?他比我们两兄弟坚强,也比我们有志气。他走的是光荣伟大的当兵的道路。我选的是文职;靠上帝洪恩和我自己努力,挣到这个地位。我的弟弟①在比鲁。他很发财,他寄给我父亲和我的钱早超过了他带出去的款子。我父亲靠他供养,手里很有钱,尽够他照旧乱花;我也能比较宽裕地完成学业,得到了目前的官职。我父亲还奄奄一息地活着,只等着大儿子的音信,只在祷告上帝,让他能活着和大儿子见面。我只是奇怪,像我哥哥这样一个明白人,怎么经历了这许多吉凶甘苦,都不想告诉父亲。如果我父亲或我们随便哪个弟弟知道了他的光景,他又何必靠竹竿的奇迹才赎身呢。我现在着急得很,不知那些法国人究竟是释放了他呢,还是为了要掩盖他们的抢劫竟把他害死了。本来我这次出门很称心,可是听到他的消息,这一路去只为他焦愁了。唉,我的好哥哥,我要是能知道你在哪里,就可以来找你并解救你,即使自己受难也甘心

---

① 据本书第三十九章,学士出身的是最小的弟弟,经商的是老二。

情愿。唉,假如咱们老父得知你还活着,即使你在蛮邦最深的地窖里,凭他和我们弟兄的钱,总能救你出来。唉,貌美心慈的索赖达,但愿我能报答你对我哥哥的恩情!几时你的灵魂得庆重生,几时你们两人结婚,我们大家该多么快活呀!我真希望能亲来参与这些喜事!"

审判官听到他哥哥的消息十分悲伤,说了以上那些话。旁人都陪着伤心。神父觉得自己的目的和上尉的要求都达到了,不愿意延长人家的悲痛,就起身离开饭桌,跑到索赖达所在的房里,把她搀出来;陆莘达、多若泰和审判官的女儿都跟出来。上尉等着瞧神父怎么办事。神父另一手搀了上尉,带着两人走到审判官和其他那些客人前面,说道:

"审判官先生,收了你的眼泪吧,你已经如愿以偿了;你的好哥哥、好嫂子就在你面前。这是维德玛上尉,这是对他有大恩的摩尔美人。那些法国人害得他们这样狼狈,你正可以显示你的心胸多么慷慨了。"

上尉赶上去拥抱他的弟弟;他弟弟两手托住上尉的胸口,要远着点儿端详他。可是他认得是自己的哥哥,就紧紧相抱,快乐得热泪盈眶;旁人看着也忍不住落泪。这两兄弟说的话和流露的感情,想象都不容易,更无从描写了。他们约略讲了各自的经历,表达了骨肉至情。审判官拥抱了索赖达,并表示愿意把自己的全部财产供她使用,又叫自己的女儿去拥抱她。大家看了基督教美人和摩尔美人在一起,又洒了几点愉快的眼泪。堂吉诃德一言不发,在旁留心观看,把这许多奇事都归纳到骑士道的幻想里去。当时大家主张上尉和索赖达跟着他们的弟弟到塞维利亚去,一面把上尉的下落和他获得自由的事通知他们父亲;他们父亲如有可能就可以来参与索赖达的婚礼和洗礼。因为审判官的行程不能耽搁；他听说，结队的商船过一月从塞维利亚开往新西班牙①去，他不便错过。总之，大家都为俘虏交了好运称心快意。这时一夜三停已经过了两停，大家想在天亮前休息一下。堂吉诃德自告奋勇，愿意守卫这座堡垒，防有巨人或凶徒艳羡这里的美人而来袭击。凡是知道堂吉诃德的都向他表示谢意。他们把他的怪病告诉审判官，审判官听了很感兴趣。只有桑丘·潘沙瞧大家老晚还不休息，很不耐烦。当夜他垫着驴子的全副配备睡觉，比谁都舒服，下文要讲到他得为这套配备付出多大的代价。这时女眷们在房里休息，其余的人也都将就着安顿下来，堂吉诃德就照自己答应的话，跑出客店去守卫堡垒。

天快亮的时候，女客们忽听得悠扬婉转的歌声，不由得倾耳细听；尤其是多若泰，因为她正清醒。审判官的女儿克拉拉·台·维德玛在她旁边却睡得很熟。她们都想不出谁会有这样的好嗓子。那是没有乐器伴奏的清唱。她们一时觉得歌声在后院，一时又像在马房里，正留心捉摸，卡迪纽走到她们房门口说：

"谁要是没睡着，请听听，有个年轻的骡夫在唱歌，唱得简直迷人。"

多若泰说："先生，我们是在听呢。"

卡迪纽就走了。多若泰悉心倾听，唱的原来是这样的话：

---

① 指美洲的西班牙殖民地。

第四十三章

年轻骡夫的趣史以及客店里
发生的其他奇事。

　　我在情海航行，
四望一片汪洋；
能否到达港口，
胸中毫无希望。

　　我追求一颗星，
她在遥空放光，
巴利努罗①所见，
哪有那么明亮！

　　我探索着航路，
她要引我何往？
我故意装作无心，
却一心在她身上。

---

① 巴利努罗（Palinuro），维吉尔史诗《伊尼德》里的人物，他是舰队的舵手。

> 女孩儿的羞缩，
> 像云幕遮掩着星光，
> 我越是要看她，
> 她越在幕后躲藏。

> 明朗①灿烂的星！
> 我为你憔悴忧伤，
> 假如你隐没不见，
> 我也就命尽身亡。

多若泰听到这里，觉得这样悦耳的歌声不该让克拉拉错过，就把她来回摇撼醒了，对她说：

"对不起，小妹妹，把你弄醒了。我要你欣赏这个好嗓子，也许你一辈子也听不到的。"

克拉拉惺忪醒来，听了多若泰的话也没懂，还直问。多若泰又说了一遍，她才支棱起耳朵来。可是她刚听了接着唱的两句，就很奇怪地浑身发抖，好像突然害了三日疟的重症。她紧紧抱住多若泰说：

"哎，我的好姐姐！你干吗弄醒我呀？我能闭上眼睛封住耳朵，看不见听不见这歌唱的可怜人，就是我天大的福气了。"

"小妹妹，你这话什么意思？你知道，唱歌的据说是个年轻的骡夫呀。"

克拉拉答道："不是的。他是几个封邑的主人。他牢牢地霸占着我的心，他要是不撤退，我一辈子也赶不掉他。"

---

① 克拉拉(Clara)，他意中人的名字，意思是明朗。

多若泰听了小姑娘这套多情的话很惊奇,觉得她这点年纪还不会这样懂事,就说:

"克拉拉小姐,你说得我摸不着头脑了。你说的心呀,封邑呀,是什么意思?你听了那人的歌声这样神情不安,他究竟是谁?你再讲讲明白吧。不过你这会儿先别讲,因为我顾了你激动的心情,就不能欣赏他唱的歌了。他好像换了调子在唱一支新歌。"

克拉拉说:"随他唱去吧。"

她不愿听,把两手按住耳朵。这又使多若泰很奇怪。多若泰留心听他唱了以下的歌词:

　　　我的甜蜜的希望!
　　你不顾困难、突破障碍,
　　　在自己开辟的路上
　　毫不犹豫,一个劲儿地直往前迈!
　　　愿你不要消沉,
　　即使一步步都是向死亡逼近。

　　　懒汉不去争求,
　　就得不到任何光荣和胜利;
　　　如果随波逐流,
　　只图在安逸享乐中沉迷,
　　　不向命运反抗,
　　幸福和快乐不会从天而降。

　　　求爱情的幸福

怎又能计较代价昂贵,
    最珍异的宝物
莫过恋爱中领略的情味;
    如果得来容易,
看作等闲是自然之理。
    为爱情百折不挠,
最难的事也竟会成功,
    我要达到目标,
就顾不得当前险阻重重;
    即使难若登天,
我也决心努力、勇往直前。

歌声停止,克拉拉又哭起来。多若泰觉得奇怪,不懂怎么一个唱得这样好听,一个却哭得这样难过。她又探问克拉拉刚才没讲完的话。克拉拉怕陆莘达听见,紧紧抱住多若泰,把嘴贴着她耳朵,防有泄露。她说:

"我的姐姐,这唱歌的是一位阿拉贡绅士的儿子;这位绅士是两个封邑的主人。他在京城住,和我们家对门。照我爸爸的家法,我们家的窗口冬天总挂着幔子,夏天挂着百叶窗帘。可是我不知道怎么回事,这个正在上大学的儿子瞧见我了;不知是在教堂还是别处瞧见的。反正他就爱上我了。他老从他们家窗口对我做手势,流眼泪,表达他的心意。我就相信了他,爱上了他,自己也不明白是怎么回事。他对我做种种手势,有一个是把两手勾起来,表示愿意跟我结婚。跟他结婚我顶乐意,可是我独个儿没有妈妈,不知跟谁讲,所以事情就那么拖着,我也没表示什么。只是趁彼此爸爸都不在家的时候,把窗幔或百叶窗帘掀起一点,让他看得清我。他就快活得不可开交,好像发疯似的。后来我爸爸要离开那地方了。我从没机会和这位公子说话;我没告诉他这件事,不过他知道了消息。我猜他准是伤心得病了。所以我们动身那天我没看见他,想临别瞧他一眼都不能。我们走了两天,在离这儿有一天路程的一个城里,进客店的时候我在门口看见他了。他扮成个骡夫,扮得很像,要不是他在我心上的印象很深,一定认不出来。我认出了他又惊又喜。他避着我爸爸偷偷看我;他在路上或是在我们投宿的客店里碰见我总躲着我爸爸。我知道他的身份,想到他为了爱我步行跟随,吃这许多苦,我心疼得要死;他走到哪里,我的眼睛也跟到哪里。我不知道他跟来有什么打算,也不知道他怎么会背了自己的爸爸溜出来。他爸爸只有这么一个儿子,非常疼他;而且他也得人爱,你见了他就知道。我还可以告诉你,他唱的歌全是自己编的,我听说他学问很好,又有诗才。我还告诉你,我每次见了他,或听到他唱歌,就浑身发抖,心怦怦地跳,怕我爸爸识破他,并看出我们的爱情。我从来没跟他说过一句话,可是我爱得他呀,没了他我活不下去!我的姐姐,你欣赏的好嗓子就是这么个人,别的我也不知道了。不过单凭那嗓子也分明可见他不是你说的年轻骡夫,却是我说的封邑主人和霸占住我这颗心的人。"

多若泰说:"堂娜克拉拉小姐,你不用多讲了,"她一面连连吻着她,"我说呀,不用多讲了,等天亮再说吧。我希望上帝成全你们,这件事开头这样一片天真,结局该是圆满的。"

克拉拉道:"唉,小姐,哪里能指望什么结局呀!他爸爸那样富贵,准觉得我给他儿子当丫头都不配,别说嫁他做妻子了。如果要瞒着我爸爸去和他结婚,我是不干的。我只要这个小伙子回家去,别跟着我。我眼不见,和他离得老远,也许心上就不这么难受了。可是我知道,我想的这个办法对我不会有多大用处。我不知道这是什么见鬼的事,也不知道我对他的爱情是哪儿来的,因为我和他都很小呢。真的,我想他大概和我同年;我现在还不到十六,据我爸爸说,要到圣米盖尔节我才满十六岁。"

多若泰听堂娜克拉拉说话孩子气,忍不住笑了。她说:

"小姐,我看不久就要天亮了,咱们休息一会儿吧。感谢上帝,咱们过了今天,还有明天,事情总有希望,除非我这人毫无办法呢。"

她们就睡了。整个客店里寂无人声,只有店主妇的女儿和女佣玛丽托内斯没睡,她们知道了堂吉诃德的病,又知道他正披挂骑马在外面守卫,就决计要捉弄他一番,至少听他说说疯话,也可以解闷。

原来这客店的窗子都不临街,只有堆干草的屋子有个墙洞是朝外开的,干草可以从那里扔出去。这两个中小人家的姑娘就在这个墙洞口守着。只见堂吉诃德骑马挂枪,一声声的叹气,又痛苦又深长,好像连心肝都要吐出似的。还听得他柔声软语:

"哎,美丽聪明、有才有德的杜尔西内娅·台尔·托波索小姐呀!全世界敬爱的典范呀!你这会儿在干什么呢?听你驱使的骑士为了向你效劳,甘心冒险遭难,你想到他吗?变换着三副脸的月亮啊[1]!请把她的消息传报我!也许你忌妒她的相貌,这会儿正在端详她。她大概在自己宫殿的廊下散步或阳台上凭

---

[1] 因为月亮有时圆,有时亏,有时如钩。

栏,左思右想:我为她心碎肠断,她怎样按自己的身份体面,给我些安慰呢?我吃尽了苦,她给我什么幸福呢?我受足了累,她怎样让我休息呢?而且怎样叫我死里得生,怎样报酬我的功劳呢?她准是在想这些事吧?太阳啊!你这会儿准忙着驾马,赶大清早瞧我的意中人去。你见了她请替我问候。不过你招呼她的时候,千万别吻她的脸,我可要嫉妒的!我记不清你从前是在德沙利亚郊外还是在贝内欧河边,燃烧着情焰和妒火,汗流如雨,追赶那个两脚如飞的狠心女人①;反正我嫉妒得比你那时候还厉害。"

堂吉诃德这套情致缠绵的话刚说到这里,店主妇的女儿"唉唉"地喊他说:

"先生,劳驾请到这儿来。"

当时月色皎洁,堂吉诃德听见招呼和说话,回过头,月光下看见有人在墙洞口叫他。在他想象里,这客店是一座壮丽的城堡,这墙洞是窗,窗外当然还有镀金的栅栏。他疯疯癫癫的头脑立刻认为堡垒长官的漂亮女儿像上次那样痴情颠倒,又来纠缠。他不愿意显得无礼无情,就兜转辔头,来到墙洞边,见了那两个姑娘,说道:

"美丽的小姐,我可怜你:你所钟情的骑士只好辜负你的品貌和家世了。可是你不要怪这个苦恼的人;他对一位小姐一见倾心,奉她为唯一的心上人,他爱情专注,不能再顾念第二人了。好小姐,你原谅我吧;你请回屋去,别再和我谈情,免得我拿出更冷酷无情的

---

① 指河神的女儿达芙妮(Dafne)。按希腊神话,太阳神追求她,她如飞地逃跑,后来逃跑不了,变成一棵桂树。

嘴脸来。假如你出于爱慕,觉得我有什么中你意的,只要不问我索取爱情,都可以向我开口。我凭那位在我心上而不在我眼前的亲爱的冤家发誓,即使你问我要一绺根根都是活蛇的梅杜煞的头发①,甚至要一瓶太阳的光芒,我也立刻给你。"

玛丽托内斯插嘴道:"骑士先生,我们小姐不要这些东西。"

堂吉诃德说:"聪明的傅姆呀,请问你们小姐要的是什么呢?"

玛丽托内斯说:"只要你这双美手伸一只给她,来平息她燃烧着的情火。她给这股热情摆布得不惜声名,竟跑到窗口来了。要是给她父亲知道,至少也要割掉她一只耳朵呢!"

堂吉诃德答道:"这我倒要瞧瞧呢!如果他对多情的女儿下毒手,损伤她的嫩皮肉,那么他的下场就是一切父亲里最悲惨的!"

玛丽托内斯料想堂吉诃德一定答应她的要求,盘算一下,就下来跑到马房里,拿了桑丘·潘沙套驴子的缰绳,急急赶回窗洞口。这时堂吉诃德刚站上马鞍,因为他料想这位伤心的姑娘正隔着栅栏守在窗口,他得站在马鞍上才够得到那里。他伸手给她道:

"小姐,请你接受我这只手——这只清除世界上一切罪恶的手。我告诉你,这只手是任何女人的手都没碰过的;就连主宰我整个身心的小姐也没碰过。我不是伸给你亲吻,却是让你瞧瞧手上交错的筋、纠结的肌肉,和粗壮的血管,想一想这只手连着的胳膊该有多大的力量。"

---

① 希腊神话,梅杜煞是奇丑的女魔,一根根头发是一条条活蛇。任何人见到她那副可怕的面貌立刻变为石头。

玛丽托内斯说:"咱们这会儿瞧吧。"她把缰绳打个活扣,套在堂吉诃德的手腕上,然后下地把下半截缰绳牢牢拴在房门的插销上。堂吉诃德觉得腕上绳子勒得痛,说道:

"你好像不是在抚摩我的手,却是在刮皮磨肉。别这样虐待它呀。是我的心对你无情,怪不得这只手;况且也不该把你一腔怨愤全发泄在小小一只手上。你该知道,痴情人不这么毒辣地报复。"

可是谁也没听见堂吉诃德的话,因为玛丽托内斯把他拴缚停当,和她的同伴笑得要死,赶紧抽身跑了。堂吉诃德就这样拴在那里,无法脱身。

他就像上面讲的那样:两脚站在驽骍难得背上,整条胳膊伸在窗洞里,手腕给扣住了拴在门的插销上。他战战兢兢,只怕驽骍难得稍一移动,他就悬空吊在一条胳膊上了。所以他一动都不敢动。好在驽骍难得很有耐心,也很安详,尽可以站一百年也不动窝儿。堂吉诃德瞧自己给拴住了,两个女人都已经走了,就想到上次也是在这座堡垒里,一个魔法支使的摩尔骡夫把自己揍得浑身瘀伤。他认为这次又着了魔道,暗暗责怪自己冒失。照游侠骑士的规矩,一件事尝试不成,就证明是别人分内的,不必再去尝试。他前番在这座堡垒里吃过大亏,这次不该又莽莽撞撞自投罗网。他抽着胳膊,瞧是否能够脱手。这只手却扣得牢牢地,怎么也抽不脱。当然,他只能小心翼翼地抽,防驽骍难得动弹。他想坐在鞍上,又不行,只好站着,除非把手扯断。

瞧瞧这时节的堂吉诃德吧!他但愿有一把阿马狄斯的宝剑,可以破掉一切魔法。他嗟怨自己命运不好。他确信自己已被魔法镇住,深恐世界上没有他就不可收拾。他又记起心爱的杜尔西内娅·台尔·托波索。他叫喊酣睡在鞍垫上、连生身妈妈都记不起的好侍从桑丘·潘沙。他呼唤索尔冈斗和阿尔基菲两位博士来帮忙。他请求好友乌尔甘达来搭救。眼看快要天亮了,他毫无办法,急得像公牛似的直叫吼。他并不指望天亮以后可以脱离苦难,满以为自己受了魔法的禁咒,一辈子得这样受罪。他瞧驽骍难得岿然不动,愈觉得这是魔术的定身法。他相信自己和这匹马永远得这样不吃、不喝、也不睡,除非运转灾消,或有本领更高强的魔术家来破掉这个邪法。

谁知道事出意外。天刚透亮,来了四骑人马,装备和服饰很讲究,鞍旁都挂着火枪。店门还没开,他们就大声打门。堂吉诃德并没有放弃守哨的职务,他一见大声喝道:

"随你们是骑士,是侍从,或不管什么人,不准敲这座堡垒的大门。明摆着这会儿里面正睡觉呢,照规矩要等大天亮才开城门。你们走开点,等天亮了我们再瞧是否该为你们开门。"

一个客人说:"这是什么见鬼的堡垒或城堡,有这许多规矩条文?你如果是店主,快叫人开门。我们是过客,只要给牲口喂些麦子就走,我们赶路呢。"

堂吉诃德说:"各位骑士,你们瞧我像个客店主人吗?"

那人说:"我不知道你像什么,只知道你把客店叫作堡垒是胡说八道。"

堂吉诃德说:"堡垒就是堡垒!而且是全省最好的,里面还有手拿宝杖、头戴王冠的人物呢。"

旅客道:"还是倒过来说:宝杖落在头上,王冠捧在手里。大概有什么戏班子在这里吧?他们常有你所说的王冠和宝杖。这么一个小小的客店,店里又静悄悄的,我不信戴王冠拿宝杖的人会在这里住。"

堂吉诃德答道:"你不通世故,不知道游侠骑士经常遭遇的事。"

同来的旅客不耐烦听他们对话,又狠狠打门,把店主闹醒,住店的客人也都醒了。店主就起来问谁在敲门。这时,四匹马里有一匹过去闻闻驽骍难得。驽骍难得正垂头丧气,贴着耳朵,一动不动地驮着他那位直挺挺的主人。它虽然看似木马,究竟是血肉之躯,把持不住,也就去嗅嗅对它温存的那匹马。它这么一动,就和堂吉诃德的双脚错开;他滑下马鞍,要不是吊着一条胳膊,就跌下地去了。他痛楚难当,以为手腕断了,不然就是胳膊扯下来了。他离地很近,脚尖能触拂地面。这来却害苦了他。他活像受了吊刑①,脚和地若即若离,满以为往下挣挣可以着地,却是上当;因为狠命伸长肢体,越发加添了痛苦。

第四十四章

续叙客店里的奇闻异事。

堂吉诃德一迭连声地狂叫大喊;直闹得店主急急开了大门,

---

① 吊刑(garrucha),西班牙宗教法庭的一种酷刑,用绳子把犯人反剪两手高吊梁间,脚下悬一百斤左右的铁砣或石头。绳上装着滑车,逼供时可把犯人吊上或放下。这和作者所形容的不同。

忙忙跑出来瞧是谁；店外的几个过客也赶上去。玛丽托内斯醒来听见这片喊声，想起了是什么缘故，趁人不见，忙跑到堆干草的屋里，解下拴着堂吉诃德的那条缰绳。堂吉诃德立刻摔在地下。店主和那几个旅客看见他摔下来，就过去问他干吗大叫大嚷。他一言不答，脱去腕上的绳索，爬起身，骑上驽骍难得，挎着盾牌，绰枪放马往野外奔驰了好一段路，又兜转马缓步回来，说道：

"谁说我着魔是咎有应得，不管他是谁，只要我的女主人米戈米公娜公主准许，我就说他是胡说！就向他挑战！和他决斗！"

新到的几个旅客听了他的话非常诧怪。店主告诉他们：这人是堂吉诃德；是个疯子，不用理会他。他们才恍然。

他们打听店主，店里是否有个十五六岁、骡夫打扮的小伙子。照他们形容的模样，好像是堂娜克拉拉的情人。店主说，客人多，没注意到他们打听的人。可是他们中间有一人看见了审判官乘的马车，说道：

"一定在这里呢，据说他是跟着这辆车走的。咱们留下一人守门，三人到里面找他去；最好再留一人在周围巡逻，免得他爬后院围墙逃走。"

一个说："就这么办吧。"

两人进了客店，一个守在门口，一个在周围巡逻。店主全看在眼里，猜不透他们为什么要这样戒备，不过料想是要找刚才说的小伙子。

天已大亮，又经不起堂吉诃德刚才那番叫嚷，旅客都醒了，也都起来了。堂娜克拉拉和多若泰起得最早；一个是因为情人近在咫尺,心魂不定,一个是想要看看那个小伙子,两人都没睡好。堂吉诃德瞧那四个旅客都不理会他,也不回答他的挑衅,气恼得不可开交。他曾经答应那位公主:他应承的事没有完成,决不干别的事。若不是骑士道的规则不容许他失信,他早去找那四个人打架,强逼他们应战了。可是米戈米公娜还没恢复王位呢,他觉得不该再挑起新的事端。他只好闷声不响,在一边等着瞧他们找出谁来。一个旅客居然找到了那个年轻人;他正睡熟在一个骡夫身边,全不提防有人来找他,更没想到会找着他。

那旅客一把捉住他的胳膊说:

"堂路易斯少爷,你穿的这套衣裳和你的身份真是相称得很啊!你躺在这个铺上,也真不辜负你妈妈对你的娇养!"

那年轻人揉着没睡醒的眼睛,对抓住他的人细细一认,立刻认得是他父亲的佣人。他大吃一惊,好半天答不出一句话来。那佣人接着说:

"堂路易斯少爷,你现在没别的办法,只好乖乖地回家去,除非你愿意把你的爸爸、我们的主人赶出人世;他为你出走,伤心得只有死路一条了。"

堂路易斯说:"我爸爸怎会知道我走的是这条路、穿的是这套衣服呢?"

那佣人答道:"是你的知心同学说出来的;他瞧你爸爸为你出走悲伤得不可开交,心上过不去,就忍不住说了。你爸爸立即打发我们四个家人出来找你;我们都在这儿伺候你呢。我们真是喜出望外,居然能把这差使办妥,带你回去和日夜盼望着你的爸爸见面。"

堂路易斯答道:"这可要瞧我的愿望和上天怎么安排呢。"

"你只好答应回家,没别的办法。你还能有什么愿望啊?上天还能怎么安排啊?"

睡在堂路易斯旁边的骡夫把他们的话全听在耳里,就起身把经过告诉已装束整齐的堂费南铎、卡迪纽等人,说有人把年轻骡夫称为"堂",和他谈了些什么话,怎么要他回家他却不肯。他们领教过这小伙子的好嗓子,听了这番话,都很想知道他的底细;如果他受到压迫,还愿意帮他一把,所以就一起跑来。那年轻人还在和家里佣人争辩呢。多若泰恰好从她们屋里出来,堂娜克拉拉失魂落魄地跟着她。多若泰把卡迪纽叫过一边,三言两语讲了那唱歌的人和堂娜克拉拉的事。卡迪纽也把小伙子家佣人来找他的经过告诉多若泰。他说话的嗓门儿大了一点,给克拉拉听见了。她急得魂不附体,要没有多若泰扶住,就跌倒了。卡迪纽叫多若泰陪她回屋,他说这事他会设法圆转。她们俩就回屋去。

这时,来找堂路易斯的四名家人都在客店里围着堂路易斯,劝他别再扯皮,马上跟他们回家,好让他爸爸安心。堂路易斯说,他有一件有关性命体面的大事未了,怎么也不能回去。那几个佣人就胁逼说:他们无论如何不能撇了他走,不管他愿意不愿意,得带他回去。

堂路易斯说:"这可办不到,除非带了我的尸首回去;随你们怎么样儿带我,反正得等我死了才行。"

别的旅客都跑来看他们争吵,其中有卡迪纽、堂费南铎和他的同伴、审判官、神父、理发师和堂吉诃德。堂吉诃德认为这会儿不用他守卫堡垒了。卡迪纽已经知道这年轻人的身世,就问那几个要带他同走的人为什么强迫他。

其中一人说:"为的是要救他爸爸的命;他爸爸见不到这位少爷的面,只怕活不成了。"

堂路易斯打断他说:

"你不用在这里讲我的事情。我是自由的,我要是愿意,自己会回去;我不愿意呢,谁也不能强迫我。"

那佣人说:"您强不过一个'理'字,您不讲理,我们可得按理办妥这件事,尽我们的责任。"

审判官插嘴道:"让我们听听到底是怎么回事儿吧。"

那人认得这位街坊,就说:

"审判官大人,这位少爷是您街坊的儿子,您不认识吗?您瞧瞧,他穿了这样一套不像样的衣裳从家里逃走了。"

审判官当下对他仔细一看,原来认得,就拥抱他说:

"堂路易斯老弟,你穿了这样不合身份的衣裳,逃到这里来,是小孩子家胡闹呢,还是有什么重大的事故呀?"

小伙子满眶眼泪,无言可对。审判官叫那四人安心,事情总会有办法。他搀了堂路易斯的手,把他带过一边去,问他为什么逃出来。他正在盘问,忽听得客店门口大叫大嚷。原来当夜住店的两个旅客瞧大家只顾讲究那四人的来意,就想趁此赖账溜走。可是店主对切身的事究竟比闲事关心,两人刚要出门,他就抓住他们讨账,还臭骂他们存心卑鄙,直骂得他们挥拳相报。他们手下无情,可怜的店主只好大喊救命。店主妇和她女儿瞧只有堂吉诃德最闲,可以去帮打,店主妇的女儿就对他说:

"骑士先生,您凭上帝给您的本领,救救我可怜的爸爸吧。那两个坏蛋把他当石臼里的谷子那样狠命地舂呢。"

堂吉诃德不慌不忙,慢条斯理地答道:

"美丽的姑娘,你的要求不当景,因为我已经应承了一件事,还没完成,我在这个期间干别的事是不容许的。不过我可以教你个乖。你快跑去告诉你爸爸,叫他尽力对付,怎么也得顶住。我这会儿去求米戈米公娜公主准许我救他;她要是答应,我准会救他脱难,你可以放心。"

玛丽托内斯在旁说:"天可怜见!等您求得这个准许,我主人已经到了另一个世界去了。"

堂吉诃德答道:"小姐,请你容许我去求这个准许。等我求得准许,他到了另一个世界也不要紧,我可以打那儿救他回来,不怕那边不答应。至少我可以向送他命的人报仇,准叫你们称心满意。"

他不多说,就去跪在多若泰面前,照游侠骑士的口气说:这座堡垒的主人遭了大难,请求她的恩旨准许他去援救。公主惠然应允。堂吉诃德立即挎上盾牌,拿着剑,赶到店门口。两个旅客还直在狠揍店主。堂吉诃德到那里却呆住不动了。玛丽托内斯和店主妇问他为什么还不动手,她们一个求他帮帮主人,一个求他帮帮丈夫,可是堂吉诃德都不理会。

他说:"我拿剑和当侍从的人交战是不合规矩的,所以不动手。你们把我的侍从桑丘·潘沙叫来吧,保卫这位店主并为他出这口气是侍从分里的事。"

他们当时在客店门口。那里正打成一团,拳头巴掌一下都不落空,遭殃的是店主;玛丽托内斯、店主妇和她女儿气愤得要命。她们以为堂吉诃德懦怯,一个瞧丈夫挨打,一个瞧主人挨打,一个瞧爸爸挨打,都只好干着急。

咱们暂且撇下店主,反正总有人会救他;如果没有,那就让他捺下性子受罪吧,谁叫他冒冒失失不自量力呢。咱们拨转话头,谈谈离他五十步以外的事吧。刚才讲到审判官把年轻人拉过一边,问他为什么步行到这里来,为什么穿这套不像样的衣服。年轻人显然有非常苦恼的事压在心上;他紧握审判官的手,泪流满颊,说道:

"我的先生,我只好向你和盘托出了。我由上天注定,又加邻居的方便,见到了你的女儿、我身心的主人堂娜克拉拉小姐。我一见她,就完全由她摆布了。你是我的尊长,也是我的父辈,假如你不反对,她今天就可以和我结婚。我穿了这种衣裳从家里逃出来,都是为了她;我像射出来的箭飞向箭标,航海的人追随北极星那样追逐着她。她并不知道我的爱情,只有几次望见我流泪,也许猜到一点。先生,你知道我父母的富贵,而我是他们的独生子。假如你觉得这样的家境不错,而有意成全我的幸福,你就把我当作儿子吧。如果我父亲另有打算,我追求的幸福他不如意,慢慢儿事情都会变,人的心愿也不能固执一辈子。"

这少年情人不再多说。审判官听得怔住了;一方面因为堂路易斯把心事讲得这么委婉郑重,一方面也因为事情突如其来,出乎意料,一时没了主意。他没多说,只叫那青年人别着急,暂且稳住他家佣人不要当天回去,这样就有工夫商量个面面俱到的办法。堂路易斯坚要吻审判官的手,甚至把眼泪都滴在他手上。别说审判官,铁石人也会感动的。审判官很世故,知道这头亲事对他女儿多么有利;不过他尽可能总要征得对方父亲的同意。他还听说那位父亲正在为儿子谋取爵位呢。

两个旅客和店主已经妥协。因为堂吉诃德对他们的好言劝告比威胁有效,他们就把欠的账都付清了。堂路易斯的家人正等着审判官谈完话,听他们小主人怎么决策。可是魔鬼从来不休息。被堂吉诃德夺了曼布利诺头盔、又被桑丘·潘沙换去驴子全副配备的理发师受了魔鬼驱使,恰在这时候跑进客店来。他牵驴进马房,看见桑丘·潘沙正在修补驮鞍。他一见这个驮鞍,立刻认得是自己的,就大胆上来扭住桑丘,说:

"啊!贼爷爷!这会儿给我抓住了!把你抢去的盆儿、驮鞍和全副配备都还我来!"

桑丘猛不防被人扭住,又听他这般辱骂,就一手抓住驮鞍,另一手在理发师脸上打了一拳,打得他满口流血。可是理发师抓住驮鞍,并不就此放手,反而放声大叫,叫得店里的客人都赶来看。他喊道:

"快来维护国法!主持公道!这拦路打劫的强盗,抢了我的东西,还要害我的命!"

桑丘答道:"你胡说!我才不是拦路打劫的强盗!这些东西是我主人堂吉诃德由合法战争赢来的战利品。"

堂吉诃德这时在场,瞧他的侍从能守能攻,非常满意。他从此把桑丘看作有胆量的人,暗暗打算一有机会就封他做骑士,料想他做了骑士一定出色。那理发师喋喋争吵,还说:

"各位先生,这个驮鞍确实是我的,好比我们免不了一命归天那样确实;我一看就认得,仿佛是我肚子里生出来的。我的驴就在那边马房里,不容我撒谎。不信,可以检验;驮鞍要不是贴配那驴儿,我就是混蛋!我还声明,我一只簇新的铜盆儿,一次都没用过,值一个艾斯古多还不止,也是在抢掉驮鞍那天给他们抢了。"

堂吉诃德忍不住要反驳几句。他拦在桑丘和理发师中间,

把他们分开;又把驮鞍放在当地,让大家看明白究竟那是什么东西。他说:

"各位瞧吧,这位好侍从分明搞错了。他所说的盆儿,过去、现在、将来,一直是曼布利诺的头盔。那是我凭正义战争夺来的,按名分是我的东西。至于这个驮鞍,我管不着。不过我可以告诉你们,这脓包骑的马匹有些配备,我的侍从桑丘要求拿来装点自己的坐骑,经我准许,他就拿了。至于马鞍子怎么又变了驴子的驮鞍,我只有一个照常的解释:游侠骑士遭遇的事常有这种变化。桑丘儿子,快去把这位老哥当作盆儿的头盔拿来,做个证据。"

桑丘道:"嗐,先生,假如您只有这一个证据,那么,马利诺的头盔①分明是个盆儿,马鞍子也分明是这家伙的驮鞍呀。"

堂吉诃德说:"我吩咐什么,你就干去。这座堡垒里的东西不会都有魔法障掩。"

桑丘就去把盆儿拿来。堂吉诃德马上接在手里,说道:

"各位请瞧瞧,这侍从有什么脸说这是个盆儿而不是我说的头盔呢。我凭自己奉行的骑士道发誓:这只头盔就是我从他那里夺来的,原物分毫没变。"

桑丘接口道:"这是千真万确的。我主人得了这东西,至今只用来打过一次仗;就是释放一群带锁链的倒霉蛋那次。他挨了好一阵石子,要不亏这只盆儿盔②,就吃不消了。"

---

① 桑丘又把曼布利诺头盔说错了。
② 盆儿盔(baciyelmo),桑丘觉得这是一只盆儿,却又不敢违拗堂吉诃德,所以捏造了这个名称。

第四十五章

判明曼布利诺头盔和驮鞍的疑案，
并叙述其他实事。

新来的那个理发师说："这两位一口咬定的话，您几位听来怎么样？他们竟硬说这不是盆，倒是头盔呢。"

堂吉诃德道："哪个骑士说不是头盔，我就要他承认自己是撒谎！哪个侍从说这话，我就要他承认自己是一千个撒谎，一万个撒谎！"

我们熟悉的那位理发师也在场。他深知堂吉诃德的脾气，存心帮着他胡说，把这场笑话闹下去，让大家取乐。他就对那个理发师说：

"理发师先生，不问你是谁，请听我说。我和你是同行，我的营业执照已经领了二十多年，对于理发业的用具全都熟悉，没一件不知道的。我早年也当过一程子兵，懂得什么是头盔、高顶盔、带面甲的盔，和其他军用项目——我指各种武器。也许别人另有高见，不过我说呀，这位好先生手里的东西，非但不是理发师的盆儿，而且差得远着呢，好比白和黑、真和假那样不能混淆。我还有句话。这件东西虽然是头盔，却不完整了。"

堂吉诃德说："的确不完整了呀，因为缺了护脸颊和嘴巴的那一半儿。"

神父体会他这位朋友的用意,接口道:"是啊。"

卡迪纽、堂费南铎和他的同伴们都附和着这么说。审判官要不是记挂着堂路易斯的事,也会凑趣。不过他正为这事放心不下,没兴致胡闹。

受捉弄的理发师说:"上帝保佑我吧!哪有这种事呀?这许多体面人物都说不是盆儿,却是头盔!大学里头等聪明人碰到了这种事,也要莫名其妙的。好吧,假如这盆儿是头盔,那么,这个驮鞍也该是这位先生说的马鞍子了。"

堂吉诃德说:"我看像驴子的驮鞍。不过我刚才说了,这件事与我无干。"

神父说:"到底是驴子的驮鞍还是马鞍子,凭堂吉诃德先生一言为准。关于骑士或坐骑①的事,我们大家都由他说了算。"

堂吉诃德说:"各位先生,我老实说吧,我两次在这座堡垒里借宿,遭遇了不知多少稀奇古怪的事,搞得我在这里什么都拿不准了,觉得全都是妖法捣鬼。头一次,一个摩尔妖人把我狠揍了一顿;他一群同伙也没饶过桑丘。昨晚,我拴着一条胳膊吊了差不多两个钟头,也不知为什么遭了这场灾难。所以我现在如果来判决这个疑案,就不免鲁莽。谁说这是盆儿,不是头盔,我已经有话回驳。至于这件东西究竟是驮鞍还是马鞍,我却不敢妄下断语,只凭各位的高见来决定。你们不像我封过骑士,也许就不受堡垒里妖术的影响,耳目清醒,看到的不是幻象,可以如实判断。"

---

① 骑士或坐骑(caballería),指骑士,又指供坐骑的牲口;神父的话是双关的。

堂费南铎道:"没什么说的,堂吉诃德先生的一番话很有道理,这场争辩该由我们大家公断。我可以悄悄地收集了各位的意见,把结果照实公布,这样最踏实。"

知道堂吉诃德脾气的觉得这是绝妙的笑料;不知道的却觉得荒谬绝伦,尤其堂路易斯的四个佣人、堂路易斯本人和新来的三个过客。这三人看样子是神圣友爱团的巡逻人员。不过最气愤的是那个理发师。他眼看自己的铜盆变成了曼布利诺头盔,深信自己的驮鞍一定也会变成一个贵重的马鞍。大家都笑呵呵地瞧堂费南铎跟这个那个交头接耳,听取各人对这件你争我夺的宝贝作何看法,究竟是驴子的驮鞍呢,还是马鞍子。堂费南铎向许多人收集了意见,高声说:

"老哥,你听我说。我听了许多意见,觉得烦了,因为我请教的每个人都说,这是马鞍子,而且是一匹骏马的鞍子,当作驴子的驮鞍是荒谬。事情由不得你和你的驴儿,你得顺从大家,因为这是马鞍,不是驮鞍;你的说法是没有根据的。"

那可怜的理发师说:"你们各位都搞错了,要不然,叫我上不得天堂!但愿我的灵魂到了上帝眼里,就像驮鞍在我眼里是驮鞍不是马鞍。可是,法律总顺从……①我不多说了。我明明没有喝醉酒,我还没吃早点呢,除非我作了孽吧。"

理发师的死心眼儿和堂吉诃德的荒唐一样,逗得大家都笑了。堂吉诃德说:

"现在各人把自己的东西拿走就完事;上帝既肯成全,圣贝

---

① 西班牙谚语:法律总顺从帝王的心愿。

德罗也就赐福①。"

四个佣人之一说:

"这是存心开玩笑吧?在场这几位都是明白人——看来都是非常明白的人。我就不信他们会乱说这不是盆儿,那不是驮鞍。不过他们既然强词夺理,睁着眼睛说瞎话,其中必有奥妙。因为我可以赌咒——"他随就赌了个咒说:"全世界的人都不能叫我相信这盆儿不是理发师的盆儿,这驮鞍不是公驴的驮鞍。"

神父说:"很可能是母驴的。"

那人说:"那也一样;问题不在这里。我是要问,究竟这是驮鞍呢,还是像你们各位说的不是驮鞍。"

新来的一个巡逻队员直在听他们争辩,这会儿焦躁说:

"分明是驮鞍!就好比我爸爸是我爸爸!不管过去未来,谁说不是,准是喝醉了酒!"

堂吉诃德答道:"你这个混蛋!你胡说!"

他一支枪始终没有离手,这时就举枪对这个巡逻队员的脑袋狠狠打下来。要不是那人侧身躲过,准给他打倒。枪打在地下,折成几段。其他几个巡逻员瞧自己伙伴遭了毒手,就以神圣友爱团的名义大呼求救。

店主人也是这个团体的一分子,立刻进屋去拿了行使职权的杖和自己的剑去帮一手。堂路易斯的佣人忙围住堂路易斯,防他趁乱逃走。那个理发师瞧店里一片混乱,就去抢自己的驮鞍;桑丘也抢住不放。堂吉诃德拔剑在手,冲上去和巡逻队厮杀。卡迪纽和堂费南铎都帮着他。堂路易斯大声喊他家佣人快

---

① 西班牙成语。

舍了自己去支援他们。神父大声吆喝；店主妇尖声叫嚷；她女儿急得直叫苦；玛丽托内斯在旁啼哭；多若泰吓慌了；陆莘达打着哆嗦；堂娜克拉拉晕了过去。那个理发师拿棒打桑丘；桑丘捏着拳头把理发师一顿乱捶；堂路易斯的一个佣人怕主人逃跑，抓住他的胳膊，却被堂路易斯一拳打得满口鲜血；审判官在回护堂路易斯；堂费南铎把一个巡逻队员踢翻在地，两脚在他身上踩了个痛快；店主又以神圣友爱团的名义大叫求救。这时店里闹成一片：有哭的，有叫的，有惊慌的，有遭殃的；有的使剑，有的挥拳，有的举杖打，有的用脚踢，许多人皮破血流。堂吉诃德瞧大家乱成一团，觉得仿佛一头栽进阿格拉曼泰军营的一片混乱①里去了，就大喝一声，震动客店，说道：

"大家都住手！插剑入鞘！不要吵！谁是要性命的，听我说话！"

大家听他一喊，都停顿下来。他接着说：

"各位先生，我不是跟你们说过吗？这座堡垒是魔术控制着的，里面妖魔成群。你们睁眼看看吧，阿格拉曼泰军营里的混乱已经转移到咱们这儿来了，可见我的话没有错。你们瞧，那儿是为一把剑，这儿是为一匹马，那边是为老鹰，这边是为头盔②；你争我吵，其实都是着了迷。审判官先生，神父先生，请你们两位一个代表阿格拉曼泰王，一个代表索布利诺王③，为大家讲和

---

① 见阿利奥斯陀《奥兰陀的疯狂》第二十七篇。阿格拉曼泰是伊斯兰教国同盟军的领袖。"阿格拉曼泰军营的一片混乱"已沿用为成语。
② 剑指杜朗达尔宝剑，马指有名的骏马弗隆悌诺，老鹰指徽章上的白老鹰（见《奥兰陀的疯狂》二十七篇），头盔指曼布利诺头盔。
③ 和阿格拉曼泰同盟的一个伊斯兰教国王（见《奥兰陀的疯狂》）。

吧。我凭全能的上帝起誓,在场这许多有体面的人,为这点细事互相残杀,实在太荒唐了。"

那几个巡逻队员不懂堂吉诃德的一套话;他们吃了堂费南铎、卡迪纽和他们同伙的亏,不肯罢休。那个理发师却愿意,因为自己的胡子和驮鞍打架时都揪坏了。桑丘是个好佣人,听主人哼一声就立刻服从的。堂路易斯的四个佣人知道打下去自己毫无好处,也都住手。只有店主觉得堂吉诃德这疯子骄横无礼,在他店里时刻闹事,非罚他一下不可。到头来,吵嚷总算暂停,不过堂吉诃德的心目中,驮鞍还是马鞍,盆儿还是头盔,客店还是堡垒,要经过天地末日的审判才有分晓。

大家听了审判官和神父的劝解,都气平怒息。堂路易斯的佣人又逼小主人跟他们回家。审判官趁他们在谈判,把堂路易斯的话一一告诉堂费南铎、卡迪纽和神父,请教他们这事怎么处置。他们商量停当:堂费南铎就向堂路易斯的佣人透露了自己的身份,说要带堂路易斯到安达路西亚去见他那位袭侯爵的哥哥,他哥哥一定以礼相待;他这来是因为堂路易斯的主意很明显,即使把他的身体扯得七零八碎,他这会儿也决不肯回去见他父亲。那四个佣人得知堂费南铎的地位和堂路易斯的主意,决计先回去三人,把经过禀告东家,留一人伺候和看守着堂路易斯等待后命。这一场纠纷,凭阿格拉曼泰的威望和索布利诺王的智谋,居然排解开了。可是无事生非、唯恐天下不乱的那家伙①觉得受了冷淡和戏弄;而且白费心机挑动了一场纠纷,自己没有

---

① 指魔鬼。当时迷信,认为一提"魔鬼"这名字,魔鬼马上就来了,所以都避讳而用代称。

捞摸到什么,因此决计重新挑拨是非,显显本事。

却说那几个巡逻队员知道了对手的身份,就泄了气,觉得打下去不管怎么了局,吃亏的总是自己,所以都罢手了;可是挨堂费南铎踢打的那一个身边带着几张捉拿逃犯的拘票,有一张正是捉拿堂吉诃德的。原来桑丘忧虑得不错,神圣友爱团因为堂吉诃德释放了一队囚犯,下令逮捕他。那巡逻队员忽然记起这张拘票,就想核实一下。他从怀里掏出一张羊皮纸,找到有关的条款,一个字一个字地念,因为他阅读力不高。他念一个字,就对堂吉诃德看一眼,把拘票上描绘的相貌按着堂吉诃德的面目逐一核对。他断定这家伙分明就是要拘捕的人。他一核实,立即叠起羊皮纸,左手拿着这张纸,右手一把紧紧抓住堂吉诃德的衣领,抓得堂吉诃德回不过气来。他大嚷道:

"快来协助神圣友爱团!抓住这个拦路打劫的强盗!瞧瞧拘票上写着呢!这不是闹着玩儿!"

神父拿过拘票一看,描绘的果然正是堂吉诃德。堂吉诃德瞧这混蛋对自己撒野,火气冲天,浑身的骨头都要爆裂了。他拼命用两手卡住那巡逻队员的脖子,那家伙要没有同伙帮忙,不等堂吉诃德松手早送命了。店主对同僚团友理该救援,忙去帮一手。店主妇瞧丈夫又打架,就又大喊大叫;玛丽托内斯和店家女儿立即放声呼应,求上天保佑,又求在场的人帮忙。桑丘看了说道:

"老天爷啊!怪不得我主人说这座堡垒是着了魔道的,这话真没说错!待在这里没一个钟头的安静!"

堂费南铎分开了巡逻队员和堂吉诃德。他们俩一个揪住对方的衣领,一个卡住对方的脖子;堂费南铎拆开双方的手,两人都舒了一口气。巡逻队并不就此甘休,却要求大家帮着把犯人捆起来,交他们处理,说这是对国王和神圣友爱团应尽的责任。他们以神圣友爱团的名义再次责望大家帮着捉拿这一名拦路打劫的强盗。堂吉诃德听了这些话,微微一笑,非常镇静地说:

"听着!你们这起下贱的家伙!让带锁链的重获自由,释放囚犯,救苦、扶危、济困,你们把这个叫作拦路打劫吗?哎!卑鄙小人啊!你们凡夫俗子,老天爷没开你们的窍,你们既不懂骑士道的高尚,也看不到自己的罪恶和愚蠢!不尊敬游侠骑士的影子就是犯罪!何况你们冲撞了骑士本人呢!听着!什么巡逻队!你们是结队的强盗!借神圣友爱团的特权拦路打劫的!我问你们:哪个糊涂蛋竟签发拘票来逮捕我这样的骑士呀?游侠骑士不受法律制裁,他们奉行的法律是手里的剑,他们依仗的权力是浑身的勇气,他们服从的命令是自己的意志。谁连这点都不懂吗?再说吧,绅士只要封了游侠骑士,承担了骑士道的职责,不辞劳苦,那么,他享受的特权和豁免的义务就比贵族册封书上规定的还多。哪个没脑子的家伙连这个规矩都不知道吗?什么产业税呀,交易税呀,国王结婚税呀,皇家特税呀,通行税呀,摆渡税呀,等等,哪个游侠骑士付过呢?哪个裁缝给他做了衣裳收他工钱呢?哪个堡垒主人款待了他要他付账呢?哪个国王不请他同桌吃饭呢?哪个姑娘不爱上他而对他千依百顺呢?还有一句话,世界上不论过去、现在、将来,一个游侠骑士面对四百巡逻队员,要是没本领把他们打四百大棍,他还算得骑士吗?"

第四十六章

巡逻队经历的奇事和我们这位
好骑士堂吉诃德的狂怒。

神父在堂吉诃德发话的时候向那些巡逻队员疏通,说堂吉诃德有神经病,瞧他的言谈举动就知道,所以请他们别追究他干的事,即使捉到官府,少不得作为疯子马上释放。那个带着拘票的巡逻队员说:堂吉诃德疯不疯他管不着,他只执行上司派给他的职务;他把犯人捉到了,随人家释放三百次也可以。

神父道:"可是你们这回还是别押他走;照我看,他也决不肯让你们押走的。"

神父说了许多好话,堂吉诃德又干了许多疯事,那几个巡逻队员如果还瞧不透堂吉诃德是疯子,他们自己就是双料的疯子了。所以他们觉得多一事不如少一事,甚至愿居间调停理发师和桑丘·潘沙的争吵。长话短说,他们以警务人员的身份,公断了这个案子,驮鞍让双方对换,肚带和笼头物归原主。两人虽然不完全称心,也都不吵了。神父为那只曼布利诺的头盔瞒着堂吉诃德给了理发师八个瑞尔,偿还盆价;理发师写下收据,保证此后永无争执。这两件主要争端就此解决,只要堂路易斯的佣人同意先回去三个,留一个陪着小主人跟堂费南铎走①,客店里就平静无事了。这时店里的情人和勇士鸿运高照,困难渐次解决,事情都可望圆满收场。堂路易斯的几个佣人答应全听他吩咐。堂娜克拉拉因此喜形于色,只要看她的脸,就知道她心上多么快活。索赖达对目前许多事情虽然不甚了了,却在留心观看各人的脸色,一知半解地跟着同忧同乐。她尤其关心她的西班牙人,一双眼直盯着他,一片心也直围绕着他。店主注意到神父拿钱给那个理发师,他就索取堂吉诃德住店的花费,还要求赔偿损坏的酒袋和流掉的酒。他发誓说,如果这笔账不付清,驽骍难得和桑丘的灰驴休想出他的店门。神父又出面调停,审判官慷慨解囊,愿意代出这笔钱,不过还是由堂费南铎付了。客店里安安静静,堂吉诃德所谓阿格拉曼泰军营里的一团混乱,变了奥塔维欧朝代的一片太平景象②。大家认为这都亏神父热心,又有口才,也亏得堂费南铎无比的慷慨。

　　堂吉诃德一身轻松无事,他本人和他侍从的种种麻烦都已解除,觉得应该上路,把公主挑选他干的大事完成。他打定主意,跑去跪见多若泰。多若泰非要他起身才让他说话。他敬从遵命,就站起来说:

　　"美丽的公主啊,有句老话说:勤快是好运之母。一个人经历了许多大事,就知道只要认真干,没把握的事也能顺手。这点道理在军事上尤其明显。打仗的时候,敏捷可以先发制人,出其不意,打败敌人。尊贵的公主啊,我说这话有个缘故。我觉得咱

---

① 这里和上文有失照顾;前一章堂路易斯的佣人已经同意这个办法。
② 指古罗马奥古斯陀大帝(Octavio Augusto)的时代,那是常被称引的太平盛世。

们目前逗留在这座堡垒里没有好处,也许还有大害,将来自会知道。保不定和你为敌的巨人,靠他的奸细钻头觅缝,探知我要去歼灭他,就趁早修建了攻打不破的城堡,使我枉费心机,我的胳臂虽有使不完的力气,也徒劳无功。所以,我的公主啊,我刚才说了,咱们得防他这一着,赶紧动身去求取好运吧;等我和你那个仇敌一见面,你就可以称心享福。"

堂吉诃德说完,安心敬候美貌公主的玉音。她俨然以君王的身份,仿着堂吉诃德的口吻开言道:

"先生,你不愧是扶弱锄强的骑士,一片热忱,愿意帮我脱难,我不胜感激。愿上天保佑,你我都能如愿以偿;你就会看到世界上确有知感的女人。我的行期,还是趁早;这方面咱们所见略同。你要我怎么样,都随你安排。我既已把身体托你保护,把光复王国的事业交给你去完成,我就一切凭你高见酌定,决无异议。"

堂吉诃德说:"听凭上帝安排吧。公主这样谦逊,我一定不失时机,扶你重登世袭的宝座。咱们趁早动身为妙,常言道:拖拖延延,就有危险。我想到这句话就急着要上路。好在能使我畏惧的人,天上还没有诞生,地狱里也没有收容过。桑丘,给驽骍难得套上鞍辔,备好你自己的驴和女王的马,咱们辞别了堡垒主人和各位先生们,立刻动身吧。"

桑丘一直在他身边,这时摇着脑袋,说道:

"哎,主人啊,主人啊,村里的丑事,比传闻的还多[①]!这话请女客们别见怪。"

"你这傻瓜!世界上哪个村上、哪个城里会有坏我名头的

[①] 西班牙谚语。

丑闻呢?"

桑丘道:"我是个好侍从、好佣人,所以有些话应该告诉自己的主人。不过您要是生气,我就闭口不说了。"

堂吉诃德道:"你要说什么就说吧,只要不是存心吓唬我。你胆子小,是你的本色;我不知畏惧,也是我的为人。"

桑丘道:"哎唷!不是这个话!我只是说,这姑娘自称大米戈米公王国的女王,其实,她和我妈妈一样,不是什么女王,我知道得很清楚。要是女王的话,她不会瞧人家一转身,或者找个背人的地方,就和咱们这伙里的某一位偎着脸儿磨鼻子。"

桑丘这番话说得多若泰满面通红。原来她丈夫堂费南铎有几回趁人不见,用嘴唇向她索取了一点爱情的报酬。桑丘看在眼里,觉得她这样轻佻像个妓女,不像大国的女王。多若泰听了桑丘的话无言可对,也不想回答,随他说去。他接着说:

"先生,我这话有个道理。咱们东奔西走,黑夜受罪,白天更吃苦,劳累了一场,如果到头来却让这个客店里作乐的人去享现成,您何必催我去备马、套驴、装置娘儿们的坐骑呢?咱们还是安安静静地待着,让每个婊子纺她的线,咱们吃咱们的饭①。"

啊呀!我的天!堂吉诃德听了他侍从这一派胡言,生了好大的气呀!他喘吁吁地,舌头都僵了,眼里火星直冒,说道:

"啊!你这混蛋!你这蠢货!你好狂妄!你啥也不懂,却恶嘴毒舌,背地里胡说八道坑害人!你当着我的面,当着这许多贵妇人小姐,竟敢说出这种话来!你的糊涂心眼里都是这样下

---

① 西班牙谚语:"如果婊子纺线,她就糟了。"另一说:"让每个婊子纺线、绕线,并有饭吃;让乌龟吃面糊,或者绕线。"又一说:"如果婊子纺线,如果乌龟绕线,如果公证人问现在是几月,这三人都糟了。"桑丘掺杂了几种说法。

流无耻的想头！你给我滚！你这魔头！你这撒谎精、促狭鬼！你这诡计多端、造谣生事的家伙！你这不敬帝王的逆贼！你快滚！别站在我跟前！免得惹起我的火来！"

他一边说，一边皱紧眉头，鼓起腮帮子，瞪着四周的人，还使劲顿着一只右脚。瞧他这一腔怒火有多旺啊！桑丘听了他这番话，又瞧他满面怒容，吓得矮了半截，但愿脚底下立刻裂出个口子来，把他吞下去。他不知所措，只好转身躲开这位发火的主人。幸亏机灵的多若泰深知堂吉诃德的脾气，她要平平他的火，说道：

"哭丧着脸的骑士先生啊，你这位好侍从说那些混话也许不是无因，你别生气。他是很明白的，也有基督徒的良心，决不会捏造证据坑害人。分明还是你刚才说的那个缘故，骑士先生，这座堡垒里一切都由魔法摆布。我说呀，也许桑丘着了障眼法，真是看见了那些丢我脸的事。"

堂吉诃德听了说道："我凭全能的上帝发誓，公主这句话说在筋节上了。桑丘这糊涂虫准是着了障眼法，不然的话，决不会看见那些事。我深知这倒霉家伙是好心肠，也是死心眼儿，不会捏造证据冤枉人。"

堂费南铎说："是这么回事，保不定将来还会有这种事。所以，堂吉诃德先生啊，您得原谅他，和他言归于好，'依然如故'①，别让那些幻象迷糊了他。"

堂吉诃德同意；神父就去找桑丘回来。桑丘低声下气地跑来，跪下要求吻他主人的手。堂吉诃德伸手给他亲吻，然后祝福

---

① 原文是拉丁文。

了他,说道:

"桑丘儿子,我不是几次三番跟你说吗,这座堡垒里的事全都是魔法变幻出来的,你现在该知道我这话不错了吧。"

桑丘道:"这话我相信,不过毯子的事得除外,那是正常手法干出来的真事。"

堂吉诃德道:"你别这么想;要是真有那事,我早该替你报仇了,现在也会替你报仇。可是过去也罢,现在也罢,我都无从着手,不知找谁去报复呀。"

大家都问什么毯子的事①。店主就仔仔细细讲桑丘怎样在半空中翻滚。大家听了大笑;桑丘要不是主人再次保证那是魔法,一定大怒了。不过桑丘傻虽傻,却始终认为自己没着什么魔,确实是给一群有血有肉的人兜在毯子里耍弄了;他主人坚持那是如影如梦的鬼怪干的,他却并不相信。

这群贵宾在客店住了两天,觉得该动身了。他们打算让神父和理发师照他们的原意把堂吉诃德带回家乡治病,而多若泰和堂费南铎却不必借解救米戈米公娜女王的那套谎话一起奔走。他们就想了一个办法。恰巧有一辆牛车路过,他们和赶车的讲定,设法把堂吉诃德用牛车运走。他们用栅栏做成个笼子模样的东西,能容堂吉诃德宽宽舒舒地待在里面。堂费南铎和他的伙伴、堂路易斯的佣人、巡逻队员以及店主等人照神父的主意和安排,一个个蒙上脸,打扮得各式各样,叫堂吉诃德认不得。他那天打了几次架,正在睡觉休息;他们一声不响,进了他

---

① 这里又和上文有失照顾,第三十二章店主已经向大家讲过一遍,只有后到的几个客人不知道。

的屋。

堂吉诃德做梦也没想到这一着,睡得正酣。他们走到床前,使劲把他按住,牢牢缚定手脚。等他惊醒,已经动弹不得,只能瞪眼瞧着这群奇形怪状的东西发怔。他那牢不可破的观念又在他的疯癫的头脑里翻腾,认为这些就是这座魔堡里作祟的鬼怪,他自己分明是中了定身法,所以不能抵御。这都是神父定计的时候预料到的。当时在场的许多人里,只有桑丘是头脑正常而没有化装的。他虽然和主人疯得相差无几,却还认识这些乔装的人物。他要等着瞧他们把他主人捆住了怎么发落,一直没敢开口。堂吉诃德也一言不发,等着看他这场祸事的结局。他们把木笼抬来,把堂吉诃德关在里面,外面用木条钉得结结实实,即使狠狠地颠簸两下也不会开裂。

他们随就把笼子扛在肩上,正要扛出屋子的时候,理发师(不是驮鞍的主人而是咱们认识的那位)尽力装出令人毛骨悚然的声音,说道:

"哭丧着脸的骑士啊!你受了拘禁不要苦恼,因为你大力担当的事业,要这样才能早早完成。曼却的猛狮和托波索的白鸽要双双低垂他们高昂的脖子,接受婚姻的束缚,结合为一。那就是你功业圆满的日子。由这个破天荒的结婚,将生育出一群凶猛的小狮子来,他们要学着勇敢的爸爸张牙舞爪。追求达芙妮的太阳神在黄道带上跑不到两转[1],我的预言就会应验。至于你这位侍从啊,你是一切腰里挂剑、脸上留胡子、鼻孔里闻气

---

[1] 即两年。这里又引用了本书第四十三章太阳神追赶达芙妮的典故,见445页注①。

味的侍从里最高尚、最顺从的一个！你眼看游侠骑士的模范给人家这样押走,不要懊丧。只要上帝有意,你好主人许你的愿不会落空,你马上会做大官,高贵得连你本人都不认识自己。我凭撒谎圣姑①向你保证,你的工钱一定照付,你到时就知道。你一步步跟着这位英勇的、着了魔的骑士走吧,因为你们俩是同一个归宿。天机不可泄漏,我不便多说,愿上帝保佑你,我这就回到自己知道的地方去了。"

他这套预言说到末了几句,嗓门儿提得特高,然后渐渐低沉下去。同伙的人虽然明知是开玩笑,听来却好像是真的。

堂吉诃德从这番话里得到了安慰,因为他立刻领会了个中意义,知道自己注定要和心上人杜尔西内娅·台尔·托波索缔结神圣合法的婚姻,她蕴藏丰富的肚子里要出产一窝小狮子——也就是一群小吉诃德,使曼却的光辉照耀万世。他深信自己没有误会,就提高嗓子长叹一声,说道：

"预告我未来幸福的不知哪一位啊,请你转求主持这件事的大法师,在你这些可喜的、绝妙的预言一一应验之前,别让我死在他们关禁我的笼里！只要预言有准,我在牢笼受苦就是光荣；我戴着枷锁心上也舒服；我躺的硬板就不是挣命的场所,却是温柔乡！至于你对我侍从桑丘·潘沙的安慰呢,我也有句话。我相信他心地善良,为人规矩,不论我走好运坏运他都不会离开我。如果他和我都倒了霉,我许他的海岛之类竟不能到手,那么他的工资至少是不会落空的。我不能报答他的辛勤,可是尽我力之所及,他的工资,我在写好的遗嘱上已经列下一款了。"

---

① 撒谎圣姑原文 Mentironiana,是从"撒谎"(mentir)这字变出来的女巫名。

桑丘·潘沙恭恭敬敬地向他鞠躬,亲吻了他的双手,因为两手缚在一起,不能单吻一只。

那群鬼怪就把木笼扛出去,装在牛车上。

第四十七章

堂吉诃德出奇地着魔以及其他异事。

堂吉诃德瞧自己关在笼里,装上牛车,说道:

"我读过许多很正经的游侠骑士传记,可是用魔法把骑士像我这样摄走,我还从没读到、看到、听到过。而且牛这种又懒又笨的牲口一定走得很慢。照例,摄走的骑士是裹在乌云里的,或者乘一辆火焰车,再不然,骑一匹飞马之类的怪兽,忽的一下子就从天空走了。现在却把我装在牛车上拉走!天啊!真叫我莫名其妙!大概今非昔比,骑士道和魔法都换了样了。我是世界上新出的骑士,冒险的骑士道已经没人知道,由我第一个重新恢复,也许因此就另创了新样的魔术,别有新法摄走着魔的人了。桑丘儿子,你以为我这话怎么样?"

桑丘答道:"我不知道,我不像您读过那么许多游侠骑士的书。可是我敢保证,这一伙不完全是真正的妖魔鬼怪。"

堂吉诃德道:"真正的?我的爹呀,既然是鬼怪,怎么能是真正的呢?那是虚幻的形状,特来对我施行魔法的呀!你要瞧我这话对不对,只消把他们碰碰或摸摸,就知道他们没有实在的肉体,只是虚影子。"

桑丘说:"先生,老实说吧,我已经碰过他们了。这个鬼在这儿忙忙叨叨,他身上的肉很结实;而且还有一点古怪,我听说魔鬼身上都有硫黄气,还有别种臭味,可是这个鬼却远不是那样的,他身上的龙涎香半哩瓦以外就闻到了。"

桑丘指的是堂费南铎,他是一位贵公子,身上想必有桑丘说的这种香味。

堂吉诃德说:"桑丘朋友,这没什么稀奇。我告诉你,魔鬼是很调皮的。他们尽管熏染着些气味,他们是精灵,本身并没有气味;要有的话,就绝不是香,只能是恶臭。因为他们无论跑到哪里,总离不开地狱,他们的痛苦,丝毫不会减轻。香味是闻了舒服的,他们绝不会有香味。假如你觉得那个魔鬼有龙涎香味,不是你弄错了,就是魔鬼存心迷惑你,叫你不知他是魔鬼。"

主仆俩只顾谈论。堂费南铎和卡迪纽决计赶紧动身,免得桑丘识破他们的计策;桑丘已经猜透八九分了。他们把店主人叫过一边,吩咐他给驽骍难得套上鞍辔,给桑丘的驴儿装上驮鞍。店主人马上照办。这时神父已经和那几个巡逻队员讲好,请他们一路护送,每天给若干报酬。卡迪纽把堂吉诃德的盾牌和那只铜盆挂在驽骍难得的鞍架两侧,做手势示意,叫桑丘骑驴牵着驽骍难得,又叫两个巡逻员拿着火枪押在牛车两旁。店主妇和她女儿和玛丽托内斯在牛车临走的时候,出门和堂吉诃德告辞,假装为他遭难伤心流泪。堂吉诃德对她们说:

"好心的夫人小姐们请不要哭。干了我们这一行,这种灾难都是免不了的,否则我就不是个有名的游侠骑士了。名望不高的骑士从来没有这种遭遇,因为世界上谁也不理会他们。英勇的骑士就不同,他们的品德和功勋招来许多国王和骑士的嫉妒,那些人就使出卑鄙的手段来陷害好人。可是话又说回来,高尚的品德是压不倒的,单靠它本身的力量就足以抵制魔法祖师索罗阿斯德斯的全套邪术①,克服一切困难,像阳光一样照耀世界。美丽的夫人小姐们,如果我有什么失礼的地方开罪了你们,请不要见怪,我绝不是有意的。现在我给坏心眼儿的魔术家关进了这个笼子,请你们为我祷告上帝,救我出来。我决不忘记在这座堡垒里受到的优待;如有一天出得这个牢笼,一定尽力报答你们的厚爱。"

  堡垒里的女人和堂吉诃德谈话的时候,神父和理发师正在辞别店里的许多客人,其中有堂费南铎和他的伙伴,上尉和他的弟弟,还有多若泰和陆莘达等称心如意的小姐。他们彼此拥抱,约定互通消息。堂费南铎把自己的住址告诉神父,让神父把堂吉诃德的情况写信告诉他,因为他很关心。他答应也要把神父盼切的消息一一奉告,比如他自己的结婚呀,索赖达的受洗呀,堂路易斯的事呀,陆莘达的回家呀,等等。神父答应了堂费南铎的要求。他们又互相拥抱,重申前约。店主拿出些手稿给神父,说是从存放《何必追根究底》那篇故事的箱子夹层里找出来的。他说物主不会回来,不妨都拿去,反正自己不识字,不要这些东西。神父谢了他,打开一看,标题是《林果内德和郭塔迪琉的故事》②,才知道是一篇故事。他认为《何必追根究底》那篇很不错,料想这篇也是好的,因为可能都是一个人的手笔。他就收起来等有工夫再看。

---

① 索罗阿斯德斯(Zoroastes 或 Zoroastro),古波斯国王,据传说,他是魔法的祖师。
② 《林果内德和郭塔迪琉的故事》(*Rinconete y Cortadillo*)是塞万提斯《模范故事》(*Novelas ejemplares*)里的一篇。

他和理发师朋友防堂吉诃德立即识破他们,都戴着假面具;两人上了坐骑,跟在车后。一行人挨次出发。车辆打头,由车主带领。两旁是刚才说的两个带火枪的巡逻队员,随后是桑丘·潘沙骑驴牵着驽骍难得。神父和理发师各骑壮骡,像上文说的蒙着脸缓步押在队后;牛车走得很慢,他们不能超前去。堂吉诃德坐在笼里,捆住两手,伸直两腿,背靠着栅栏,默默地忍受一切,简直不像血肉之躯,却像一尊石像。他们就这么慢吞吞、静悄悄走了两哩瓦路,到一个山坳里。赶牛车的觉得这里可以让牛歇歇力,啃吃点青草,就向神父说了。理发师却主张再走一程,他知道附近有个山坡,转过山坡又有个山坳,那里的青草更茂盛,地方比这里还好。因此他们继续前行。

这时神父回头,看见背后来了六七骑旅客,行装都很漂亮。他们一会儿就赶上来了,因为他们不像牛走得滞缓,却像乘了教长的骡,急要赶往一哩瓦内已经在望的客店去打尖的样子。急急赶路的追上慢慢走路的,彼此叙过礼。赶来的一行人里有一个正是托雷都的教长,跟随的都是他的伴当。他看见牛车、巡逻队员、桑丘、驽骍难得、神父和理发师一队人行列整齐,尤其看到堂吉诃德关在笼里,忍不住就要打听为什么把人这样押解。不过他瞧见巡逻队员的标记①,料想那人准是抢劫或其他罪行的凶犯,给神圣友爱团逮捕了。他询问一个巡逻队员,那人答道:

"先生,我们不知道这位绅士为什么要这样走路,你叫他自己说吧。"

---

① 巡逻队员携带大弓和火枪,以及行使职权的短杖,通常每队三十二人,穿绿色制服。

堂吉诃德听见他们回答,接口说道:

"各位绅士先生熟悉游侠骑士的事吗?要是熟悉,我就把我的不幸向各位讲讲;不然呢,我就不白费唇舌了。"

神父和理发师看见赶路的和堂吉诃德·台·拉·曼却交谈,怕自己的计策败露,忙赶上前来随机应对。

教长听了堂吉诃德的话,答道:

"老兄,我对于骑士小说实在是熟悉得很,比维利亚尔邦多的《理论学大全》①还读得熟。你要是只有这点要求,那就尽管放心把你的话告诉我。"

堂吉诃德道:"好吧。绅士先生,你既然这么说,我就讲给你听。我受了恶法师的忌妒和欺骗,着了魔道,给关在笼子里押着走。美德虽有好人爱惜,更有恶人压制呢。我是个游侠骑士:不是默默无闻的那种,却是世世传名、人人效法的模范骑士,即使嫉妒性变成的嫉妒精,或者波斯的一切魔术家、印度的一切婆罗门、艾梯欧比亚的一切神秘家②全都和我为难,也奈何我不得。"

神父插嘴道:"这位堂吉诃德·台·拉·曼却先生说得不错,他着了魔道给装在车上运走,不是他有罪过,却是嫉贤忌能的家伙设计害他。先生,他就是那位'哭丧着脸的骑士',您也许听到过他的大名。他的丰功伟绩,将来要铭刻在青铜和大理石上,万古不磨,忌他的人用尽心机也消灭不了。"

教长听到笼子里外的人说话都是一个口吻,莫名其妙,惊

---

① 《理论学大全》(*Summa summularum*),1557 年出版,是学院里必修的课本,作者维利亚尔邦多(Gaspar Cardillo de Villalpando)是有名的神学家。
② 原文 ginosofistas,是印度的一派哲学家,不是艾梯欧比亚的。

异得几乎要在自己身上画十字;跟从的那些人也纳闷。桑丘·潘沙要听他们讲话,正挨在旁边,这时就想把事情摆一摆,说道:

"各位先生,随你们爱听不爱听,我这会儿讲的是真话。要说我主人堂吉诃德先生着了魔道呀,那就是我妈也着了魔道了!他头脑完全清楚,吃也吃,喝也喝,也像别人那样干他的水火事儿,和他昨天进笼以前一模一样。照这样子,怎能叫我相信他是着了魔呢?我听见许多人说过,着魔的人既不吃,也不睡,也不说话。我的主人要是没人管着,说起话来,比三十个律师还说得多呢。"

他随就转脸瞧着神父说:

"哎,神父先生啊!您以为我不认识您吗?这一套新魔法为的是什么缘故,您以为我瞧不透吗?那么我告诉您,您尽管遮着脸,我却认识您;我还告诉您,您尽管诡计多端,我也识得破。干脆一句话:嫉妒占上风,美德就倒霉;抠门儿的地方,就没有慷慨。魔鬼没有好下场!要没有您这位神父,我主人这会儿已经娶了米戈米公娜公主,我至少也是个伯爵了,因为无论凭我东家哭丧着脸的骑士的赏赐,或者凭我自己的功劳,这是拿稳了的。可是我现在看到老话说对了:命运的轮子比磨坊的轮子还转得快;昨天平步青云,今天就掉在泥里。我是为自己的老婆孩子懊恼:他们满可以指望做爸爸的当了海岛或王国的总督重返家门,可是他们得瞧爸爸当了马夫回家了。神父先生,我跟您说这番话,不过是要奉劝您神父先生:您这样虐待我主人,您摸摸自己的良心吧;您关禁着堂吉诃德先生不让他救人行好,小心将来见了上帝和您算账!"

理发师打断他道:"少胡说吧①!桑丘,你和你主人成了同道啦?老天爷!我看你该进笼去陪他;你也中了骑士道的迷,和他一鼻孔出气,正该和他一样的着魔。真糟糕,他许你的海岛你就那么贪图呀,竟在你脑壳子里结成胎了。"

桑丘答道:"谁也没叫我怀胎!就是国王也不能叫我怀胎的!我穷虽穷,却是老基督徒,对谁都没有亏欠;要说我贪图海岛,还有人贪图更坏的呢。干什么事,就成什么人②。只要是人,就能做到教皇③,别说一个海岛的总督!况且我主人赢来的海岛,多得没人可给呢。理发师先生,您说话小心,天下事不光是剃剃胡子,而且彼德罗和彼德罗之间,还有个分等④。我说这些话呀,因为咱们都是熟人,灌水银的骰子,别当着我掷⑤。我主人着魔的事,上帝知道真相,咱们还是不谈吧。因为少搅拌为妙⑥。"

理发师不愿意和桑丘多说,怕这家伙傻头傻脑,把他和神父极力遮掩的事全抖搂出来。神父也防到这层,所以请教长和他一起抢前几步,他可以解答人在笼中的谜,还告诉他其他趣事。教长依言带着佣人随神父前去,一面留心听神父讲堂吉诃德的性格、生平、他的疯病、习惯等等。神父把他发病的根源、连一接二的遭遇、直到关进这笼子,都说了个大概,还说他们打算带他回乡治疗。教长和他的佣人对堂吉诃德的怪事不胜惊诧。教长听完说道:

"神父先生,我实在觉得所谓骑士小说对国家是有害的。

---

① "少胡说吧"(adóbame esos candiles)按字面是"替我把这些灯剔剔亮吧",这是成语,如果有人说了荒谬可笑的话就用这句成语回答,叫他少胡说。
②③④⑤⑥　西班牙谚语。

我有时是无聊，有时是上当，几乎把这种小说每本都看过一个开头，可是总看不下去，因为千篇一律，没多大出入。我认为这种作品是所谓米雷西亚故事①之类，都荒诞不经，只供消遣，对身心没有好处，和那种既有趣又有益的故事大不相同。尽管这种书的宗旨是解闷消闲，可是连篇的胡说八道，我不懂能有什么趣味。人要从实际或想象的事物上看到或体味到完美、和谐，才会心赏神怡；一切丑陋、畸形的东西不会引起快感。如果小说里讲一个十六岁的孩子，挥剑把一个高塔似的巨人像杏仁糕那样切成两半，或者描写打仗，敌军有百万之众，而主人公匹马单枪，准获全胜，不管读者信不信，这种小说怎么能动人呢？各部分怎能合成彼此和谐的整体呢？或者写一个王后或女皇，见到素不相识的游侠骑士，就投身倒在他怀里，这样有失体统，我们还有什么说的呢？或者写一座挤满了骑士的高塔，简直就像一条顺风的船在海里航行，今晚在朗巴尔狄亚，明晨到了印度胡安长老②辖治的国土，或是托罗美欧③从未发现、马可波罗④从未到过的地方，这种故事，除了无知不学的粗坯，谁会读了满意呢？假如有人驳我，说这种小说原是凭空捏造的，不必计较情节的细致真实。那么我要反驳说：凭空捏造越逼真越好，越有或然性和

---

① 古希腊伊欧尼亚族人侨居小亚细亚，擅长编故事，称为米雷西亚故事。这类故事专供有闲阶级的消遣，多半荒诞无聊，或者讲不道德的爱情。古罗马也盛行这类故事。
② 传说里的人物：一说是土耳其东部一个信奉基督教的国王；一说是蒙古王；一说是阿比西尼亚王，古代阿比西尼亚的国王同时也是教会里的长老。参看本书前言26页注①。
③ 古希腊创天动论的天文学家。
④ 遍游亚洲各地的意大利旅行家(1254—1324)。

可能性,就越有趣味。编故事得投合读者的理智,把不可能的写成很可能,非常的写成平常,引人入胜,读来可惊可喜,是奇闻而兼是趣谈。要作品完美,全靠逼真模仿,否则刚才说的种种要求都办不到。小说的各部分要能构成一个整体:中段承接开头,结尾是头中两部一气连贯下来的。我读过的骑士小说,没一部是这样一气呵成的,都支离拉杂,好像不是想塑造完美的形象,却存心要出个怪物。而且文笔粗野,事迹离奇,写爱情很不雅,写礼貌失体,战事写得啰唆,议论发得无聊,旅程写得荒谬,总而言之,全不懂该怎么写作。所以基督教国家该把这种书像无用的人一样驱逐出境。"

神父洗耳恭听,觉得这位教长识见高明,一番议论都有道理,就告诉他自己所见略同,也厌恶骑士小说,所以把堂吉诃德所藏的许多都烧掉了。他讲自己怎样审查了那些书籍,哪几部判处极刑,投入火内,哪几部幸获赦免。教长听了大笑。他说自己虽然列举了这种小说的种种弊病,却发现有一个好处。它的题材众多,有才情的人可以借题发挥,放笔写去,海阔天空,一无拘束。譬如船只失事呀,海上的风暴呀,大大小小的战事呀,他都可以描写。他可以把勇将应有的才能一一刻画,比如说:有识见,能预料敌人的狡猾;有口才,能鼓励也能劝阻军士;既能深思熟虑,又能当机立断;无论待时出击,或临阵冲锋,都英勇无匹。他可以一会儿描述沉痛的惨事,一会儿叙说轻松的奇遇。他可以描摹德貌兼备的绝世美人,或文武双全的基督教绅士;或蛮横狠毒的匪徒,或慈祥英明的国君。他可以写出臣民的善良忠诚,君王的伟大慷慨。他可以卖弄自己是天文学家,或出色的宇宙学家,或音乐家,或熟悉国家大事的政论家,假如他要充魔术家也无不可。他可以写尤利斯的足智多谋,伊尼斯的孝顺,阿喀琉斯的勇敢,赫克托的倒霉,席侬的诈骗,欧利阿罗的友爱,亚历山大的慷慨,凯撒的胆略,特拉哈诺的仁慈和真实,索比罗的忠诚,加东的英明,等等,①一句话,凡是构成英雄人物的各种品质,无论集中在一人身上,或分散在许多人身上,都可以描写。如果文笔生动,思想新鲜,描摹逼真,那部著作一定是完美无疵的锦绣文章,正像我刚才说的那样,既有益,又有趣,达到了写作的最高目标。这种文体没有韵律的拘束②,作者可以大显身手,用散文来写他的史诗、抒情诗、悲喜剧,而且具备美妙的诗法和修辞法所有的一切风格。史诗既可以用韵文写,也可以用散文写。

---

① 尤利斯(Ulixes),荷马史诗里的希腊酋长。
伊尼斯(Eneas),维吉尔史诗《伊尼德》里的主人公。他是特洛亚王子,特洛亚城陷,他背着父亲逃亡,弃妻子不顾。
阿喀琉斯(Aquiles),荷马史诗《伊利亚特》里的英雄。赫克托(Héctor),《伊利亚特》里的特洛亚王子,被阿喀琉斯杀死。
席侬(Sinón),据维吉尔《伊尼德》,是希腊兵士,假意逃亡到特洛亚,劝特洛亚人开城接纳希腊人的木马,特洛亚城因此陷落。
欧利阿罗(Euríalo)是尼索斯的忠心朋友。见维吉尔《伊尼德》。
亚历山大,即古波斯亚历山大大帝(纪元前356—前323年在位)。
凯撒,即古罗马凯撒大帝(纪元前101—前44年在位)。
特拉哈诺(Trajano),古罗马皇帝(98—117年在位)。
索比罗(Zópiro),古波斯达利亚斯大帝手下的督军,曾用苦肉计自己割去耳鼻,助达利亚斯大帝攻克巴比伦。
加东(Catón),古罗马的监察官,已见本书前言。
② 原文"没有拘束的文体"(escritura desatada)指散文。古罗马修辞学把文体分为"有束缚的文体"(oratio ligata),即诗;和"没有束缚的文体"(oratio soluta),即散文。

第四十八章

教长继续讨论骑士小说,旁及一些
值得他思考的问题。

神父说:"教长先生,您说得对!现在还有人不讲求入情合理的想象,也不遵照艺术的法则,仍然写那种小说,真该严厉批评。照那样用散文写作,就休想有杰出的文豪,能和希腊拉丁的诗坛二霸①比美了。"

教长答道:"我有时也想照自己心目中的准则,试写一部骑士小说。老实说吧,我已经写了一百多页。我不知道对自己作品的估价是否恰当,拿出去请教过爱好这种小说的学识兼备之士,也请教过一味喜欢荒唐奇怪的不学无知之徒。他们都异口同声地赞美。可是我没有再写下去,因为觉得这件事不是我的本分,而且发现没头脑的人比有头脑的多。尽管几个高明人的赞赏,可以抵消大伙糊涂虫的嘲笑,我知道看这种书的多半是假充内行的俗物,不愿意挨他们七嘴八舌的批评。不过我中途搁笔,甚至拿定主意不写下去,主要还有个道理。我看了现在上演的戏,心上想:现在风行的戏,情节无论出于虚构或有历史根据,几乎全都是没头没尾的胡言乱语,远说不上好。可是观众看得

---

① 指荷马和维吉尔。

津津有味，齐声叫好。编剧和演戏的都说：戏剧就该这样，非如此不能投合观众的嗜好。那些情节紧凑、安排精密的戏，只有寥寥几个内行欣赏，一般人领会不到它的技巧。他们编戏、演戏的，最好还是随和着大众混饭吃，犯不着博取少数人的赞许。我按照上面说的艺术规律，精心费力写出来的书，也逃不了这样的遭遇，我就成为四岔路口的裁缝①了。我屡次劝告那些见解错误的演员们说：演出有艺术造诣的戏比荒谬无稽的更卖座、更走红。可是他们执迷不悟，随你说得头头是道，凿凿有据，他们都当耳边风。我记得有一天跟那么个成见很深的人说：不多几年前，西班牙演出了国内一位名作家的三个悲剧，你记得吗？那三个悲剧呀，不论智愚雅俗，看了个个赞赏；演员们单靠那三个戏赚的钱，比后来上演三十个头等好戏赚得还多。

"那个领班的演员说：'您说的准是《依萨贝拉》《斐丽斯》和《阿雷汉德拉》那三个戏吧②'。我说：'一点儿不错。你瞧瞧，那几出戏不是严格遵守艺术规律吗？遵守了规律，不还是人人欣赏的好戏吗？所以不能怪观众要求离奇荒诞，只怪演员们不演别的戏。真的，像《负心的报应》③呀，《努曼西亚》④呀，《痴情

---

① 西班牙谚语："四岔路口的裁缝，白赔了工夫，又倒贴了线。"（El sastre del cantillo, que cosía de balde y ponía el hilo.）指吃力不讨好。
② 《依萨贝拉》(*La Isabela*)，作者阿尔亨索拉（Lupercio Leonardo de Arigensola）。《阿雷汉德拉》(*La Alejandra*)，作者不详。《斐丽斯》(*La Filis*)已失传，其他二剧收入赛达诺（López de Sedano）编的《西班牙文艺作品选集》(*Parnaso Español*)，1772年出版。
③ 《负心的报应》(*La ingratitud vengada*)，洛贝·台·维咖著。
④ 《努曼西亚》(*La Numancia*)，塞万提斯著，1784年出版。

的商人》①呀,《欢喜冤家》②呀,都一点不荒谬。还有些行家编写的戏也不荒谬;编者由此得了名,演员们由此得了利。'我还发了些别的议论。我觉得他听了似信非信,没有心服,不肯抛除成见。"

神父道:"教长先生,您这番话,勾引了我往日对时新戏的厌恶;就像我对骑士小说一样的痛恨。按照图利欧③的见解,戏剧应该是人生的镜子,风俗的榜样,真理的造像。现在演出的戏却是荒谬的镜子,愚昧的榜样,淫荡的造像。假如戏里第一幕第一景出场一个穿抱裙的小娃娃,在第二景已经成了有胡子的大男人④,这不是荒谬绝伦吗?假如描摹老年人勇猛,小伙子懦弱,仆人满口掉文,小僮儿满腹智谋,国王像脚夫,公主像灶下婢,这不又是荒谬绝伦吗?剧情的演展应该遵守一定的时限⑤,写戏的人是否注意这点呢?我看到的戏,第一幕在欧洲,第二幕在亚洲,第三幕收场在非洲;如果还有第四幕,那么准在美洲结局了;一出戏里就遍历世界四大洲⑥。按说,戏剧的原则是模仿真实。可是有的戏演贝比诺王或者查理曼大帝时代的故事,却

---

① 《痴情的商人》(*El mercader amante*),伽斯巴·台·阿基拉(Gaspar de Aguilar)著。
② 《欢喜冤家》(*La enemiga favorable*),弗朗西斯哥·台·塔瑞伽(Francisco de Tárrega)教长著。
③ 即古罗马的修辞学家西塞罗(Tulio Cicerón)。
④ 这里指责洛贝·台·维咖的《乌尔松和瓦兰丁》(*Ursón y Valentín*)。
⑤ 塞万提斯这里把时间和地点的规律混为一谈,所以珂恩(J. M. Cohen)的英译本里添上"地点",但原文只说到"时间"。
⑥ 塞万提斯这套理论在他自己的实践上并未贯彻。他后来编写的剧本《幸运的流氓》(*El rufián dichoso*),地点一会儿在塞维利亚,一会儿又在墨西哥。他在这个戏的第二幕里借剧中人为自己不守规律辩护,把以前认为荒谬绝伦的说成理所当然。

把艾拉克刘大帝做主角,而他又像果多弗莱·台·布利翁那样捧着圣十字架进耶路撒冷,光复了圣陵。发生这些事情的各个时代相隔不知多少年呢①。或者基本是虚构的剧情,却掺上历史的真事,不管是哪个人物、哪个时代的事,都东扯西拉,混杂一起②。这种戏编得连真实的影子都没有,荒谬得刺人眼目,情理难容;稍有识见的人看了都不会满意的。糟的是,偏有那些瞎了眼、蒙了心的人,以为这已经十全十美,如果再要求改进,就是过于挑剔了。再说宗教戏吧。戏里捏造了多少虚假的奇迹呀!多少伪造和附会的事呀!这个圣人的奇迹竟会归到那个圣人身上去!就是在世俗的戏里,作者只要觉得来个奇迹或所谓奇观,可以轰动糊涂人,引他们来看戏,就不顾一切,大胆捏造。这都是歪曲事实、违反历史的,而且也有损西班牙作家的名誉,因为严守戏剧规律的外国人③看到咱们编的戏谬误荒唐,就把咱们看作野蛮无知了。也许有人说,治理得当的国家容许公开演戏的主要目标,就是供人民正当的娱乐,免得闲暇滋生邪念。一出戏不论好坏,都能达到这个目标。所以不必制定规律,也不必用规律去约束作家和演员。但是这话有漏洞。请听我反驳。好戏更善于贯彻这个目标,坏戏远不能比。在一出精心结构的戏里,诙谐的部分使观客娱乐,严肃的部分给他教益,剧情的发展使他惊奇,穿插的情节添他的智慧,诡计长他识见,鉴戒促他醒悟,罪恶

---

① 贝比诺王生在第八世纪,查理曼大帝生在第九世纪初叶,艾拉克刘大帝生在第七世纪初叶,十字军攻克耶路撒冷是1099年的事。
② 这里是指责洛贝·台·维咖在他的剧本《清白无玷》(*La limpieza no manchada*)里,把不同时代、不同地方的许多人物都混在一起。
③ 指意大利人。

激动他的义愤,美德引起他的爱慕。随他多蠢的人,看了一出好戏心里准有以上种种感受。如果说一出戏具备了这些因素,反不如不具备更能娱目快心,那就绝不可能。现在经常上演的戏,大半是不够格的。这不能怪剧作家。有些作家明知自己的毛病,也深知该怎样写,可是剧本已经成了买卖的货物,他们也说得不错,除了时行的那类剧本,戏班子不肯出钱买。戏班子是作家的主顾,演员有什么要求,作家总设法迎合。我们只要看看我国一位大才子所写的数不清的剧本,就知道确是这么回事。他笔下有文采,有风趣;他的曲词非常工致,思想新颖,有许多含意深长的箴言警句,总之,他文字很美,格调很高,所以他名满天下。可是他为了投合演员的喜好,只有几个剧本写得无懈可击,并非个个剧本都好①。还有些作家编剧漫不经心,戏里毁谤了某某国王,侮辱了某某豪门,演戏的屡次挨打,因此演完戏就得逃走。麻烦一时上还说不完,不过都是可以避免的。只要请一位有才有识的人常驻西班牙京城,把京城以及全国各地要上演的剧本预先审查一下;未经许可和批准,当地官府不准上演。这样一来,演员们会注意把剧本送上京城,以后演出可以平安无事;剧作家顾虑到作品要经行家法眼审阅,编写的时候就会细心多下功夫。这样就能写出好的剧本,戏剧的目标也就贯彻得完善:群众有了娱乐,西班牙的才子们出了名,戏班子赚了钱,并保险不出乱子,免除了戏班子受罚的祸事。如果新出的骑士小说也有人负责审查,或者就由审查剧本的兼任,那么,您所说的那样完美的骑士小说准会出现,使

---

① 指洛贝·台·维咖。

咱们的文章宝库增光生色,把旧的骑士小说直比下去。不仅闲人,就是最忙的人,读这种小说也是正当的消遣。因为弓弦不能老绷紧了不放,人是个软弱的东西,没一点适当的松散是支持不住的。"

教长和神父谈到这里,理发师跑来对神父说:

"硕士先生,这就是我说的好地方。咱们可以歇午;丰盛的草地上可以放牛啃青。"

神父说:"对,我赞成。"

他把这意思告诉教长。教长看见山坳里的景色,也愿意盘桓一下,跟着大伙儿休息。他一来是要欣赏风景,又加和神父谈得投机,还想仔细听听堂吉诃德干的事,所以打算在那里歇午,就打发几个佣人到前去不远的客店里替大家买饭。一个佣人说:他们的驮骡准已经到了前面客店了;驮骡带的吃食很多,他们只需向客店要些大麦,别的都不用买。

教长道:"照这么说,你们就把坐骑都赶到前面客店里去,把那匹驮骡牵回来。"

桑丘对时刻守着他主人的神父和理发师是有戒心的,他看到这时可以背着这两人和主人说话,就跑到笼前说道:

"先生,我对于您着魔的事,有句话要说,不说良心难受。我告诉您,跟咱们一起来的那两个蒙脸的人就是咱们村上的神父和理发师呀。我想他们就为了妒忌您干了些事大出风头,把他们比下去了,所以使诡计这样押着您走。假如我这话不错,您就并非着魔,不过上了当,做了傻瓜。我要找个凭据,想问您一句话。您的回答如果不出所料,他们捣的鬼就给我抓住了,可见您不是着魔,只是脑筋混乱。"

堂吉诃德说:"桑丘儿子,你要问什么,问吧。我一定好好回答,叫你满意。据你说,跟咱们走的那两人是咱们街坊上熟识的神父和理发师。可能看样子是他们俩,实际上并不是,你千万别当真。你该知道,那两人如果照你说的像神父和理发师,那一定是禁咒我的魔法师变成了他们的形状。魔术家要变什么就变什么,容易得很。他们变成了咱们朋友的模样,叫你以为真是咱们的朋友,你就胡思乱想,掉在迷魂阵里怎么也出不来了。他们借此还可以叫我捉摸不定,不知这场灾祸是从哪儿来的。你尽管说跟我一起的是咱们村上的神父和理发师;我呢,眼看自己关在笼里,心里明白,除非魔力,人力决计办不到。只能说,我着的魔道是从古到今独一无二的,打破了书上的框框;除此还能怎么解释呢?所以你可以拿定他们绝不是你说的那两个,好比我绝不是土耳其人一样。至于你要问我什么话,你就问吧;随你从现在问到明天,我也一一回答。"

桑丘大嚷道:"圣母保佑我吧!我跟您讲的全是真话。您这回倒了霉关在笼里,是着了人家的坏心眼儿,不是着了魔道。难道您脑壳子那么厚,那么没脑子,竟不能了解吗?不过随您这样,我还是要向您切实证明,您并不是着魔。但愿上帝解除您的魔难!但愿您忽然间投进了杜尔西内娅小姐的怀抱!我现在凭这些愿望向您请问。"

堂吉诃德说:"别对我赌咒了,你要问就问吧。我已经说过,一定照实回答。"

桑丘道:"这就是我的要求。您是以游侠骑士的名义拿枪杆子的,我要您按这种战士的本分,完全照实回答,一分不多也一分不少……"

堂吉诃德道:"我告诉你,我是什么谎也不撒的。你快问吧;这没完没了的赌咒呀,要求呀,拐弯儿抹角的,真叫我心烦了,桑丘。"

"哎,我拿定主人是好人,靠得住。那么,请不要见怪,我就问了,因为这和咱们讲的事是有关系的。自从您进了笼子,以为是着了魔道,您想不想干通常说的大小方便的事呀?"

"不懂什么方便的事,你要我直截了当的回答,就得说明白些。"

"难道您不懂大的方便或小的方便吗?学校里的儿童一断奶就这么说呀。好吧,我是要问问,您想不想干一件人身上省不了的事?"

"啊!我懂你的意思了,桑丘!好几回呢!现在就想!快让我脱了这个累吧!别弄得怪脏的!"

第四十九章

桑丘·潘沙向他主人讲了一番颇有识见的话。

桑丘说:"啊!我可抓住把柄了!这就是我一心要知道的事呀!您听我讲,先生,一个人心境不好,大家就议论说:'某人不知是怎么回事儿,不吃不喝,也不睡觉,问他什么,回答得牛头不对马嘴,准是着魔了。'这句话不错吧?可见着魔的人不吃不喝不睡觉,也不干我刚才说的那件生理上的要事。如果像您这样急着要干那事,如果喝就喝,吃就吃,问什么都回答,那就是没有着魔。"

堂吉诃德答道:"桑丘,你说得对。可是我跟你讲过,着魔有多种多样,说不定换了时代就改变了方式。尽管从前着了魔就不干我要干的事,现在却行得都干了。一时有一时的习惯,没什么可说的,也不能凭这个来论断。反正我心里有数,知道自己是着了魔,因此也就心安理得。如果我认为自己并没有着魔,却偷懒怕事,随人家关在笼里,对急等着我去救苦救难的可怜人不理不睬,我的良心就沉重得很了。"

桑丘答道:"可是我说呀,您最好试验一番,就证据确凿,死心塌地了。您试试走出这个笼子;我一定尽力帮忙,甚至拉您出来。您再试试骑上您这匹好马驽骍难得;照它这样垂头丧气,好像也着魔了。然后咱们俩再去探奇冒险,碰碰运气。碰上了钉子再回笼子也不迟。假如您倒足了霉,或者我糊涂透顶,我说的办法不成功,那么,我凭一个忠心好侍从的信义向您保证,我一定进笼来陪您。"

堂吉诃德答道:"桑丘老弟,你说的不错,我愿意照办;几时你找到机会让我脱身,我什么都听你的。不过,桑丘啊,你将来会知道,你没有明白我这番遭难是怎么回事。"

神父、教长和理发师已经下骡在前面等待;这位游侠骑士和那游而不侠的侍从说着话也到了。赶车的随就卸下拉车的几头牛,让它们在平静的油油绿野里随便跑。那里很清凉,尽管像堂吉诃德那样着魔的人不在乎,他侍从那样清醒的人就想歇歇了。他要求神父放他主人出笼走走,不然的话,弄脏了这个监牢,像他主人这样一位骑士耽在里头就不成体统。神父懂他指什么,表示很愿意答应他的要求,只是怕他主人一出来又犯老脾气,跑到不知哪里去。

桑丘说:"我保证他不跑。"

教长道:"我也保证;如果他以骑士的身份,答应非得到我们准许决不走开,那就更妥当了。"

堂吉诃德全听在耳里,答道:"我答应啊!况且像我这样着魔的人,身不由己。给定身法镇住的,三个世纪也脱不了身,即使逃走了,也能从天空摄回来。"他因此声明:不妨放他出来,对大家有利;否则他就要对不住大家的鼻子了,除非他们趁早走开。

教长不顾堂吉诃德双手还捆在一起,就握住一手让他发誓保证;他们随即开笼放他。他出了笼子快活得不可开交,先伸个大懒腰,然后跑到驽骍难得身边,在它臀上拍了两下,说道:

"马儿里的尖儿顶儿呀,我还是相信上帝和圣母会保佑咱俩不久都称心如愿的:你呢,能把主人驮在背上;我呢,能骑着你执行上帝派我到世上来担当的职务。"

堂吉诃德说完就和桑丘一起跑到个隐僻的地方去。他从那儿回来觉得轻松多了,越发急着要实行他侍从的计划。

教长在注视他。他疯得古怪,而谈吐应答却非常高明,只是上文屡次交代过,一提到骑士道,他就犯失心疯了。教长看着很惊奇。当时大家都坐在青草地上等待教长的那匹驮骡。教长动了怜悯之心,对堂吉诃德说:

"先生,您读了些拙劣无聊的骑士小说,怎么脑筋就糊涂了,竟自以为着了魔,还把这类分明虚假的事都信以为真呢?从前世界上会有那无穷无尽的阿马狄斯、那大群大群的著名骑士吗?什么特拉比松达皇帝呀,费丽克斯玛德·台·伊尔加尼亚呀,那么许多女人坐的马匹和游荡的姑娘呀,还有那么多的蛇和怪兽和巨人,那么多闻所未闻的奇遇和各种各样的魔法,那么多的打仗和凶狠的搏斗,那么华丽的服装,那么多的痴情公主、封为伯爵的侍从、滑稽的侏儒,那么多的情书和谈情说爱,那么多好斗的女郎——一句话,骑士小说里讲的那许多荒乎其唐的东西,稍有理性的人,哪里会信以为真呢?就说我自己吧,我读这种小说的时候,如果没想到那是一派胡言,读来也还有趣;可是想到了,哪怕是骑士小说里的杰作,我也恨得要把它往墙上摔,如果旁边有炉火,竟要扔到火里去。这种小说,叙述的是怪事,提倡的是邪说,迷惑了许多愚昧的人,该当受这种刑罚①。它们甚至把有身份、有学问的人都搞糊涂了。就像您先生吧,落得给人关在笼子里,装在牛车上拉走,仿佛狮子老虎一处处给人看来卖钱似的,不就是个明显的例子吗?哎,堂吉诃德先生,您该爱惜自己,从糊涂里清醒过来!别辜负上天的恩赐;您有这副好头脑,很可以读些对身心有益的书,对自己的名声也有好处。假如您癖爱英雄豪杰、丰功伟绩的故事,那么可以读《圣经》里的《士师记》。您读到的是伟大的现实,勇敢透顶而完全真实的事。卢西塔尼亚有个比利阿它;罗马有个凯撒;卡塔戈有个阿尼巴尔;希腊有个亚历山大;咖斯底利亚有个费尔南·贡萨雷斯伯爵;巴伦西亚有个熙德;安达路西亚有个贡萨洛·费尔南台斯;埃斯特瑞玛杜拉有个狄艾果·加西亚·台·巴瑞台斯;黑瑞斯

---

① 西班牙宗教法庭把大骗子、大流氓和倡立"邪说异教"的人判处极刑,投在火里活活烧死。

有个加尔西·贝瑞斯·台·巴尔咖斯;托雷都有个加尔西拉索;塞维利亚有个堂玛奴艾尔·台·雷翁①:他们那些英勇的事迹,卓越的才智,读来有趣有益,可敬可喜。我的堂吉诃德先生啊,您读这种书才对得住自己的好头脑;您就能熟悉古史,爱慕美德,修养了品性,改良了作风,使您胆大而又心细,敢作敢为,无畏无惧。这都是为了上帝的光荣、您自己的利益和您家乡拉·曼却的名声呀。"

堂吉诃德全神贯注,恭听教长的宏论,等他讲完,眼睛还盯了他半天才开言道:

"先生,照您这番话,世界上从来没有游侠骑士;骑士小说全是撒谎骗人的,对公众有害无益;我读这种小说就是错,读了信以为真更是大错,学着书上的榜样,选择了坚苦卓绝的游侠的职业,尤其错尽错绝;您认为世上压根儿没有咖乌拉的阿马狄斯,或希腊的阿马狄斯,或书上洋洋大观的全伙骑士。您是这个意思吧?"

---

① 比利阿它(Viriato)是卢西塔尼亚(即葡萄牙)反抗古罗马帝国的名将,纪元前140年被罗马人暗杀。
阿尼巴尔(Aníbal,纪元前247—前183)是反抗古罗马帝国的名将。
费尔南·贡萨雷斯(Fernán González),第十世纪建立了独立的咖斯底利亚。
熙德(Cid),西班牙的英雄,1094年收复摩尔人所占领的巴伦西亚。
贡萨洛·费尔南台斯(Gonzálo Fernández)即上文第三十二章绰号"大元帅"的艾南台斯(Hernández),他的战友狄艾果·加西亚·台·巴瑞台斯亦见三十二章。
加尔西·贝瑞斯·台·巴尔咖斯(Garci pérez de Vargas)即上文第八章绰号"大棍子"的巴尔咖斯。
加尔西拉索(Garcilaso),是十五世纪围攻(摩尔人占领的)格拉那达的勇将。
玛奴艾尔·台·雷翁(Manuel de León)是十五世纪西班牙有名的绅士。他钟情的贵妇把手套落在关闭狮子的圈里,他持剑入圈拾取手套,毫无畏惧。这事成为后世歌咏的题目,德国诗人席勒就有一首歌咏这事的诗。

教长说:"确实就是这个意思。"

堂吉诃德道:

"您还说,这种书害苦了我,搞得我头脑糊涂,给关进了笼子;您说我该改过自新,另换读物,看些真实而有趣有益的书。"

教长说:"是啊。"

堂吉诃德说:"那么,我看呀,头脑糊涂而着了魔道的,正是您先生自己!您满口咒骂的是世界上人人相信、个个认为千真万确的事呀!您读了那种小说生气,主张判处极刑,投入火里;其实,该受这种刑罚的,恰恰是您这种人。谁想证明世界上从来没有阿马狄斯,小说里那许多游侠骑士都是从来没有的,那就仿佛要人相信太阳不放光,冰霜不寒冷,大地不滋育万物一样。譬如菲萝丽贝斯公主和吉·台·博尔果尼亚的事,或查理曼大帝时代,大力士和曼底布雷大桥的事①,请问世界上谁有本领叫人怀疑那是假的呢?我可以发誓,这些事就好比此时此刻是白天一样的千真万确啊。假如是捏造的,那么像赫克托呀,阿喀琉斯呀,特洛亚的战争呀,法兰西的十二武士呀,英吉利的阿瑟王呀,都该是捏造的了。那位英吉利的阿瑟王变了乌鸦,至今还活着,他国内还时刻等待着他呢。假如照您的话,那么,就像古阿利诺·梅斯基诺②的事,寻求圣爵的事③,也可以胡说是骗人的了;堂

---

① 菲萝丽贝斯公主是大力士的妹妹(大力士和他的"神油"见本书92页注①),吉·台·博尔果尼亚的妻子。据《查理曼大帝传》曼底布雷大桥曾由土耳其人所支持的巨人加拉弗雷把守,查理曼大帝手下的大力士杀死巨人,夺下这座大桥。
② 十三世纪出版的意大利骑士小说的英雄;这部小说十六世纪译成西班牙文。
③ 这是阿瑟王传说中的故事。"圣爵"是耶稣末一次晚餐时用的酒爵,后来又盛过耶稣圣血,以后就失踪了,后来阿瑟王和他的圆桌骑士找到了"圣爵"。

特利斯丹和伊塞欧王后的恋爱、希内布拉和朗赛洛特的恋爱①也可以胡说是捏造的了。可是有人还约略记得见过金塔尼欧娜②傅姆,她是大不列颠呱呱叫的斟酒女人。这是确实的;我还记得我祖母每看到披着长头纱的傅姆就说:'孙孙啊,这个傅姆就像金塔尼欧娜。'所以我知道她老人家准见过这位傅姆,至少看过她的画像。再说吧,庇艾瑞斯和美人玛加隆娜的故事③,谁能说不是真的呢?勇敢的庇艾瑞斯曾骑着木马在天空飞行,开动木马的转轴比车杠略大些,至今还在皇家军械博物馆里,陈列在巴比艾加④的鞍旁。罗尔丹的号角有梁木那么大⑤,还保存在隆塞斯巴列斯。可见十二武士确实是有的;像庇艾瑞斯呀,熙德呀,这种到处冒险的骑士都真有其人。勇敢的卢西塔尼亚人胡安·台·梅尔罗到过博尔果尼亚,在拉斯城和大名鼎鼎的查尔尼郡王庇艾瑞斯师傅⑥交过手;后来又在巴西雷亚城和安利给·台·瑞梅斯丹师傅较量过武艺,两次比武都是他得胜,威震天下。难道可以说这位游侠骑士不是真的吗?⑦ 勇敢的西班牙人贝德罗·巴尔巴,和我家男系嫡派祖宗谷帖艾瑞·吉哈达,在博尔果尼亚战胜了圣保禄伯爵的几个儿子,那一次次的决斗和冒险难

---

① 阿瑟王传说中的故事;堂特利斯丹和朗赛洛特都是圆桌骑士。
② 希内布拉王后的侍女。
③ 十二世纪法国传奇故事,十六世纪初译成西班牙文。
④ 熙德的马名。
⑤ 据传说,这是一只象牙做成的。
⑥ 原文 mosen,阿拉贡和巴伦西亚人对教士的尊称。
⑦ 梅尔罗是西班牙胡安二世时代的骑士,见《西班牙国王胡安二世本纪》(*Crónica del Rey Don Juan II de Castilla*);胡安·台·梅纳(Juan de Mena)《命运的迷宫》(*Laberinto de Fortuna*)里歌颂了他一生的事迹。

道不是真的吗？① 堂费南铎·台·贵瓦拉到阿雷玛尼亚②去冒险，和奥地利公爵同族的霍尔黑先生③决斗，这件事您也能否认吗？④ 苏威罗·台·吉牛内斯在'过道口'的枪术比赛⑤，路易斯·台·法尔塞斯师傅和西班牙骑士堂贡萨罗·台·古斯曼的武功⑥，咱们国内外基督教骑士的种种丰功伟绩，难道都可以说是骗人的吗？这都是千真万确的事啊。我再说一遍，谁把这种事情都一口否认，就是心上蒙了脂油，脑子里灌满浆糊了。"

教长瞧堂吉诃德真假混淆，而对骑士道的事知道得原原本本，暗暗惊佩。他回答说：

"堂吉诃德先生，我不能否认您讲得有点道理，尤其关于西班牙游侠骑士的事。我也承认法兰西十二武士确是有的。可是杜尔宾大主教所写的那许多事，我却不能都信以为真⑦。他们原是法兰西国王挑选的武士，并称十二武士，因为本领、身份、胆量彼此相等。实际上也许有个高低，但按理是一律平等的；而且也像现在的圣悌亚果会团或加拉特拉瓦会团的成员那样，按理

---

① 巴尔巴和吉哈达也是胡安二世时代的骑士。比武指1435年在博尔果尼亚举行的武术比赛。亦见《西班牙国王胡安二世本纪》。
② 即德国。
③ 原文 micer，阿拉贡人所用的尊称。
④ 贵瓦拉也是胡安二世时代的骑士，见《西班牙国王胡安二世本纪》。
⑤ "过道口"（Paso）指"光荣的过道口"（Paso honroso），在奥比果（Orbigo）桥堍。1434年在这地方举行了三十天的枪术比赛是中世纪有名的。苏威罗和其他九名骑士在桥堍过道口连战三十日。
⑥ 法尔塞斯师傅和古斯曼参加的比武是1428年在瓦拉多利举行的，胡安二世亲自在场主持。
⑦ 见本书64页注①。

一律是本领高、胆量大、出身好的人。现在称为圣胡安会团的骑士，或阿尔冈塔拉会团的骑士，从前就叫作十二武士团的骑士，因为团里选的是十二个同等的武士。至于熙德是历史上的人物，贝那尔都·台尔·咖比欧也是，都没什么说的；不过他们干的那许多功绩我觉得很靠不住。您还说，庇艾瑞斯开动木马的转轴至今还在皇家军械博物馆里，陈列在巴比艾加的鞍旁；可是，对不起，我太糊涂，或者太近视了，尽管您说那根转轴很大，我却只看见那个马鞍，没看见转轴。"

堂吉诃德答道："可是转轴的确是在那里。我再举个凭据吧。我听说为了防它霉烂，外面还包着个牛皮套子呢。"

教长说："都可能，不过我可以凭自己的教职发誓，我实在没有看见。就算那里确实有个转轴，我不能因此就相信那许多阿马狄斯的故事是真事，书上成群的骑士是真人。像您这么有声望，有才能，又天生一副好头脑，也不能因此就把荒唐的骑士小说上那么许多狂妄的事都信以为真实不虚呀。"

第 五 十 章

堂吉诃德和教长的滔滔雄辩以及其他事情。

堂吉诃德说："笑话！这种书是审查合格，有国王特准才出版的。不论老少、贫富、雅俗、贵贱，或各种各样身份、性格的人，读了都津津有味，一致赞赏。书上每讲一个骑士，总把他的父母呀、籍贯呀、亲属呀、时代呀、地点呀一一交代,把骑士干的事,一举一动、逐天逐日地细细描述,可见都是真人实事。这种书会撒谎吗?您住嘴吧,别说这种侮蔑的话,还是聪明点儿,听从我的劝告。您读读这种小说,就知道多么有趣了。不信,我举个例,您听了试想,还有什么事更引人入胜的。譬如讲,这会儿咱们眼前,忽见一个大湖,湖里是沸滚的柏油,许多蛇虫蜥蜴和其他种种恶毒可怕的动物在里面游泳。湖当中传来个凄厉的声音说:'唉!哪位骑士在看这可怕的湖呀?你如要得到埋在黑水底下的幸福,得奋身投进这墨乌、滚热的油里来。这黑漆也似的湖面覆盖着七个魔女的七座宫殿,没胆量下来就不配见识到这里的奇观。'骑士听了不假思索,不计性命,连压在身上的坚固的盔甲都没脱下,只祷告了上帝和意中人,立即跳进沸腾的湖心。当时他全不知这下子身落何地,不料却掉在万花如锦的草茵上;风景比仙境福地还美好。那里的天特别青,光特别亮。前面有个幽静的树林,绿树葱茏,怡人心目。许多彩羽缤纷的小鸟在枝叶丛中飞来飞去,啼声婉转可听。一泓清溪,像流动的水晶;水底的细黄沙和白石子像筛出来的金屑和莹润的珍珠。那边是一座用苍玉和大理石精工细筑的喷泉。那边另有个喷泉很别致,用细贝壳和黄的、白的蜗牛壳砌成,配合得错落有致,还镶嵌着闪亮的水晶和仿造的翡翠。这种艺术模仿天然而巧夺天工。喷泉对面巍峙着一座壮丽的宫殿。墙壁是整块的黄金,塔尖是金刚钻,门是紫蓝色的玉石。一句话,这座建筑瑰丽无比,材料尽是金刚钻呀,红水晶呀,红宝石呀,珍珠呀,黄金呀,翡翠呀,等等,构造又精巧绝伦。还有更妙的呢。殿门开处,涌出了成群的少女。她们的衣饰光华夺目,假如我现在像书上那样一一叙说,那就一辈子也说不完。少女里有一个像是领队的,她一声儿不言语,搀着投入沸湖的勇士,一同走进这座宝殿。她把这位骑士脱得像刚出娘胎那样一丝不挂,用温水给他洗完澡,浑身敷上香膏,给他穿上一件喷香透软的丝衬衫。另有个姑娘跑来给他披上一件袍子,据说至少抵得上一个城的价值,甚至还不止。更有妙的。她们把这位骑士带进另一间屋,里面已经摆上酒席,桌面好整齐呀,简直叫人看得眼珠子都瞪出来。她们浇水给他洗手,水是用麝香和各种香花蒸滤的。她们请他坐在象牙椅上,这群姑娘鸦雀无声地在旁伺候,送上的菜都是山珍海味,烹调得法,这位骑士竟不知吃了哪一样好。他好像听到歌声,却不知谁在唱,也不知从哪儿来的。骑士吃完饭斜靠在椅里,也许照当时的习惯正在食后剔牙,忽然又来了一位美人,比先出来的那群姑娘美得多。她坐在骑士身边,告诉他那是什么宫殿,她是怎么着了魔法的禁咒等等。骑士听了非常诧异,谁读到这个故事也都说不尽的惊奇。我不想再讲下去,反正不论是谁,读了随便哪一本骑士小说的随便哪一段,都会又惊又喜。我决不骗您,您且听我刚才的话,读读这种小说,就会知道,有烦恼可以消释,心里不痛快可以转为舒畅。譬如我自己吧,我可以大胆说,自从做了游侠骑士,就变得勇敢、文雅、有气度、有教养、慷慨、有礼、胆大、温和,而且耐心好,不论劳苦吧,关禁吧,魔道吧,都能忍受。尽管我不久前给人家当作疯子关在笼里,只要上天保佑,时运不捣乱,我希望凭自己的力气,不出几天就可以做到一个王国的国王。到时就可以显显我是知道感激、待人慷慨的。因为说老实话,先生,穷人尽管慷慨透顶,也表达不出来;这种感激之情,好比不见行动的内心信仰,都是死的东西。所以我希望赶快交运,做个皇帝,就可以表明自己的心胸,对朋友们做点好事,尤其对我这位可怜的侍从桑丘·潘沙。他是天下的头等好人,我想封他做个伯爵。我已经许了他好久,我只怕他没本领辖治自己的封邑。"

桑丘听到他主人末了几句话,就说:

"堂吉诃德先生,这个伯爵的封邑呀,我直在巴望,您直在许我;您且使出劲来封我吧,我保证有本领治理我的封地。如果没本领,我听说有人专租用领主的封地,每年上缴多少钱,地方上全归他们管理,领主什么都不用操心,只需伸着大腿安坐享受;我也可以照这么办。我不打小算盘,只把事情一股脑儿推卸干净,像公爵那样享用自己的地租,那边的事随人家管去。"

教长说:"桑丘老哥,你不妨照你说的那样去享用租金,可是地方上的司法行政却得封地主人自己经心呀。这就得有本领,有头脑,而首先得有明辨是非的诚意;如果根本没有这份诚意,就不免一着错、满盘错了。上帝往往成全老实人的好意,阻挠狡猾家伙的坏心。"

桑丘答道:"我不懂这套高深的道理,只知道伯爵的封地几时到手,我就会管理。我和别人一样有个灵魂,也和别人一样有个肉体;别人会在自己的封地上做王,我照样儿也会。我做了王,爱干什么就干什么;我能这样就称心了;我称了心就满足了;满足的人就没有要求了;没有要求,事情就完了;到这地步,就要用两个瞎子的话说:上帝保佑你,咱们再见吧①。"

"桑丘,你这套哲学倒是不错,不过伯爵的封邑等等,还大有问题呢。"

---

① 西班牙谚语。瞎子看不见,而告别的套语是再见,双关打趣。

堂吉诃德插嘴道：

"我不懂还有什么问题。伟大的阿马狄斯·台·咖乌拉封他的侍从做了斐尔美岛的伯爵，我不过是学他的样。桑丘·潘沙是游侠骑士的侍从里最出色的，封做伯爵完全可以胜任愉快。"

教长想不到堂吉诃德的一套疯话竟言之成理；他描叙骑士在湖底冒险也娓娓可听；他读了书上编的谎话都牢记在心；又见桑丘傻头傻脑，一门心思想封授伯爵，觉得真是奇事。这时他的几个佣人已经从客店牵了驮骡回来。他们在青草地上铺个毯子，摆上吃食，大家就坐在树荫下打尖，让赶车的趁此放他的牛。他们正吃呢，忽听得附近灌木丛中一阵骚乱，夹着铃铛声，随即看见那里跳出一只很好看的母羊，浑身是黑、白、黄三色的斑点。一个牧羊人叫喊着追来，用他们惯用的话叫它站住或回去。那只逃走的母羊慌慌张张冲着人跑来，仿佛求救，到了人前就站住了。牧羊人赶来一把抓住双角，当它有灵性似的对它说：

"哎，花花儿！花花儿！你这个野姑娘！这几天你真是满处的踮儿呀！我的姑娘，是豺狼吓着你了吗？美丽的花花儿，你到底为什么缘故，你不告诉我吗？可是你有什么缘故啊，你无非因为是个姑娘家，不能安静罢了！只怪你不学好样！你们姑娘家都是一样的脾气！回来吧，朋友啊，回来吧！你待在羊圈里或者和你的女伴们一起，即使不很称心，至少是安稳的。你该管着她们、带领她们；你如果这样晕头转向地乱跑，叫她们更怎么得了呢？"

大家听了牧羊人的话觉得很妙，尤其是教长，他就对牧羊人说：

"哎，老兄啊，我劝你歇歇，别急着把这头羊立刻赶回去。既然照你说它是个姑娘家，那就勉强不来，得尽着她天生的性情。你吃口东西，喝点酒，平平火气吧；让这只羊也借此喘口气。"

他一面用刀尖扦了一块熟兔的里脊递给他。牧羊人道谢一声，拿来吃了，又喝些酒，定定神，然后说：

"我希望您几位别因为我对畜生讲道理，就把我当作傻子。我是话里有话的。我是个粗人，可是还不至于辨不清人和畜生。"

神父说："这点我是明白的。我凭经验知道：山林出文士，牧人的茅屋里有哲学家。"

牧羊人答道："先生啊，至少有上过当、学了乖的人。我这话，只怕各位听了不信又不懂，所以我想冒昧讲一桩实实在在的事，各位如果不厌烦，肯费点工夫听听，就会明白这位先生"——他指指神父，"和我的话都是不错的。"

堂吉诃德说道：

"我觉得这件事有那么一点点骑士冒险的情味，所以凭我自己来说，老哥，我很愿意听你讲。我想你讲的事一定新鲜，听着准会又惊心、又开心的。在场诸君都是很有风趣的人，并且喜欢这种新闻奇事，他们保准也愿意听你讲。所以，朋友，你讲吧；咱们大家都听着！"

桑丘说："别把我算在里面！我拿了这个肉饼子要到水边去大吃一顿，把肚子填满，三天也不用吃东西。因为我听我们堂吉诃德先生说，游侠骑士的侍从有吃的就得尽量吃，吃不下才罢。他们常会闯进深林，六七天也出不来；假如肚里没吃饱，或者粮袋里没带足粮食,就死在那里变成木乃伊了。当侍从的常有这种事。"

堂吉诃德说:"桑丘,你这话很对。你要到哪儿去就去吧;吃得下多少就尽量吃。我身体已经饱满,只是心神上还有点欠缺,听听这位老兄讲故事正合我的需要。"

教长说:"我们大家都要借此消遣呢。"

他请牧羊人开场讲故事。牧羊人抓着羊角,在它背上拍了两下,说道:

"花花儿,挨着我躺下,咱们不忙着回羊圈呢。"

母羊仿佛懂话,等他主人坐下,就很安静地躺在旁边,瞧着主人的脸,好像也在等他开口。牧羊人就讲了以下的故事。

第五十一章

牧羊人对押送堂吉诃德的一行人讲的事。

"离这山坳三哩瓦有个村子,地方虽小,却是这一带最富庶的。村上有个很体面的农民。尽管有钱就有体面,大家尊敬他却因为他的人品好,有钱还在其次。不过据他自己说,他最得意的是有个非常美貌聪明、文雅贞静的女儿。凡是认识她或见过她的,都惊叹老天爷给她这样好的品貌。她从小就长得端正,越大越出挑得标致,到十六岁竟成了绝世美人。她的美名传到了四周的村上。可是何止四周村上呢!老远的城市里,甚至王宫里,各式各等人都知道她。他们从各地跑来看她,好像是什么稀罕东西,或是大显神通的偶像。她父亲把她看管得很紧,她自己也很检点。年轻姑娘自己不谨慎,随你锁着她,监视着她或把她关起来都管不住的。

"爸爸的财产和女儿的美貌打动了不少人,本村外地的都来求亲。那个爸爸要处置这件无价之宝却没了主意;求亲的人多得数不清,他不知许了谁好。我也是个求亲的。人家认为我大有希望,因为她爸爸知道我这个人;我是本村的,家世清白,年纪正轻,家里很富足,人也不蠢不笨。本村还有个求亲的和我资格相仿,因此那个爸爸拿不定主意,觉得两人都配得过她女儿。那位害苦了我的有钱姑娘名叫蕾安德拉。她父亲免得为难,就把这两个求婚人的情况告诉她;因为我们两人既然不相上下,他认为最好还是让本人自己挑选。要为女儿成家的爸爸可以学学这个办法。我不是主张随她们挑选卑鄙下流的人,只主张把好的摆在面前,随她们从中挑个如意郎君。我不知道蕾安德拉选的是谁,只知她爸爸稳住了我们两人,说女儿年纪还小,又说些不着边际的话,也没答应,也不拒绝。我的情敌名叫安塞尔模,我叫欧黑纽——我是向你们介绍这个悲剧里的人物。事情至今还悬着呢,不过可以料想结局准是悲惨的。

"这时我们村上来了个人,名叫维山德·台·拉·洛加。他是本村贫农家出身的。这人当了兵到过意大利和许多别的地方。他是幼年十二岁的时候,有个大尉带着军队路过我们村子,把他带走的;过了十二年,他穿着五颜六色的军装,浑身戴着玻璃和金属的装饰品还乡了。他的新衣服脱一套、换一套,天天改装;不过都是质料单薄、颜色显亮、不结实、不值钱的。乡村的人本来刻薄,有了闲暇越发尖嘴薄舌。他们注意到他的衣饰,仔细统计一下,发现他的衣服连绑腿和袜子共有三套,颜色各个不同。他把那三套变来换去地配搭着穿;假如你心中无数,就以为他穿出来的衣服有十多套,羽毛有二十多枝。别以为我讲的是不相干的闲话,这都是有关紧要的。

"我们广场上一棵大杨树下有条石凳;他坐在那里谈自己的生平事迹,叫我们听了嘴巴张着都合不拢。地球上没一处他没到过;没一次打仗他没参加过。他杀死的摩尔人,比摩洛哥和突尼斯所有的摩尔人还多。他跟人决斗的遭数,据他说来,多得压倒了甘德呀,卢拿呀,狄艾果·加西亚·台·巴瑞台斯呀①,以及他提出名字的上千个人;而且百战百胜,不流一滴血。他却又卖弄自己的伤疤,说是历次战役里中弹留下的痕迹;可是我们什么斑点也瞧不见。再加他没那么样的狂妄,对地位平等或相识的人,就'你'呀'你'的称呼②。他还说:他不认得生他的爸爸,只认得自己这条胳膊;他没有家世,只有生平立下的功绩;他'当了战士,对国王也不输什么'③。这不可一世的人还懂得些音乐,会弹弹吉他琴,据说他能挥拨得轻快,弦上传出心里的话。他的才能还说不完。他能作诗;村上每有芝麻绿豆的细事,他就能编个足有一个半哩瓦长的歌谣。

"蕾安德拉家有个窗子面临广场,她常在窗口窥望我形容

---

① 甘德(Gante)和卢拿(Luna)是当代好斗的大力士;狄艾果·加西亚·台·巴瑞台斯见323页注②,他生性好斗。
② 据西班牙语法,对平等的或交情不深的人称"您"(vuestra merced)不称"你"(vos);对地位较低或亲密的人才称"你"。参看萨拉沙(Ambrosio de Sallazar)《对话的语法》(*Espexo general de la gramática en diálogos*)1614年鲁安(Rouen)版175页。
③ 西班牙谚语:"一个绅士只在上帝之下,他什么也不输国王。"

的维山德·台·拉·洛加这位战士、大力士、风流人物、音乐家和诗人。他那鲜亮的服饰中了她的意。他每编个歌谣总散发二十份抄本;那些故事迷了她的心窍。他演说的生平事迹也传到了她耳里。反正是魔鬼安排的吧,男的还没敢妄想高攀,女的已经爱上他了。恋爱的事只要女方有意,很容易成功。蕾安德拉和维山德就这么顺顺当当地同心合意了。许多求婚的人还没一个看出蕾安德拉的心愿,她已经把自己的心愿兑现。她妈妈早已去世;她抛下亲爱的爸爸,跟着那当兵的逃出了村子。维山德这个胜利,比他自吹自唱的许多功勋都真实。村上人和别处传闻的人都骇然。我简直不知所措,安塞尔模也目瞪口呆,她爸爸伤心,亲戚们愤慨,法院关怀,神圣友爱团也出动了。他们守住街道,又在树林里和各处搜寻。三天之后,他们在一个山洞里找到了这个任性的蕾安德拉。她身上只脱剩一件衬衣;她从家里卷走的一大笔钱和贵重首饰都没有了。他们把她送还那伤心的爸爸,并盘问她这桩丢脸的事。她不用人家追究,就承认上了维山德·台·拉·洛加的当。他要哄她从家里逃出来,答应娶她为妻,带她到天下最富丽豪华、穷奢极欲的城市拿坡黎斯去。她心眼糊涂,更糟的是着了迷,都信以为真。她偷了爸爸的钱财,出走的当夜都交给维山德了。他带她到了一座险陡的山里,把她关在人家找到她的那个山洞里。她说那个兵没有玷污她的身体,只抢劫了她的东西,就撇下她跑了。这又使大家很诧异。先生,那小子竟能那么克制自己,叫人不好相信。可是她一口咬定,非常恳切,这倒使伤心的爸爸有点安慰。他女儿失去了贞操就无法挽回;既然这件宝贝还在,抢掉些财物也不计较了。他找到蕾安德拉的那天,没让我们见她,就把她送进附近的修道院去关起来,指望人家对她丢脸的事会渐渐淡忘。蕾安德拉年纪轻,她的过失情有可原;至少对她品行好坏不很关切的人会这么想。不过有人知道她很聪明伶俐,觉得她不是错在不懂事,而是错在轻佻任性。女人家多半是没头脑、欠稳重的。①

"蕾安德拉关起来以后,安塞尔模眼里没了光亮,至少看不见乐意的东西了;我也举目无欢,面前一片昏黑。我们没了她,苦恼一天天加多,耐心一天天减少。我们咒骂那位战士衣服鲜明,也咒骂蕾安德拉的爸爸防范疏忽。后来,我和安塞尔模一起离开了那个村子,跑到这个山坳里来。他在这里放他自己的一大群绵羊;我放我自己的一大群山羊。我们就在树林里过日子,随着自己的情兴,对美人蕾安德拉或者共同赞美,或共同咒骂,或为她各自叹息,各自对天诉苦。向蕾安德拉求亲的许多别人学着我们的样,也跑到山里来牧羊。来了好多人,满处都是牧羊人和羊群,处处都能听到美人蕾安德拉的名字,简直把这里变成了牧羊人避世的地方。有人咒诅她,说她杨花水性;有人怪她贱坯子、轻骨头;有人为她开脱,又有人把她责骂;有人称赞她的相貌,又有人鄙薄她的品行。一句话,人人瞧她不起,却又爱她不舍。这股痴狂的风气越来越盛,有人从没跟她讲过话,却怨她冷淡了自己;甚至还有人害了妒忌的疯病,悲恨苦恼。其实蕾安德拉从没挑起任何人的嫉妒,因为我说过,人家还没知道她对谁钟情,就看到了她的丑行。这儿的山洞里、溪水边、树荫下,处处都有牧羊人向天诉说自己的不幸。哪里激荡出回声,重复的是蕾安德拉的名字:山里交响着'蕾安德拉',水声呜咽着'蕾安德

---

① 参看本书 336 页注①。

拉'。我们眷恋着她,迷醉于她;心死犹存希望,无故忽又生愁。我的情敌在这许多疯子里显得最没有道理,也最有道理①。他满可以埋怨,可是他只诉说和意中人拆散的苦恼。他弹一手绝妙的六弦琴,做的诗也很有才情;他弹着琴唱唱自己的诗,凄凄切切。我另走一径,比他省力,我觉得也比他恰当。我骂女人见异思迁,口是心非,背约负信,而且滥用情感,不知好歹。各位先生,我跑来的时候和这只山羊说那些话,讲那些理,就是这个缘故。它尽管是我羊群里最好的一只,我却不稀罕它,因为它是个姑娘家。这就是我所要讲的真情实事。我对你们讲得详细,我招待你们的心意也一样周至。我的茅屋不远,那儿有新鲜羊奶,美味的干酪,还有种种甜熟的果子,非但好吃,还很好看。"

第五十二章

堂吉诃德和牧羊人打架;又冲犯一队
苦行人,出了一身大汗圆满收场。

大家听了牧羊人讲的事很感兴趣,尤其那位教长。他听那牧羊人叙事文雅,不像个粗野的牧人,非常诧异。他因此说,神父所谓山林出文士确是不错的。大家都愿意为欧黑纽效劳,堂

---

① 按当时牧歌故事的说法,没有道理是因为他不责备女人用情不专;有道理是因为他善于歌颂自己的意中人。

吉诃德尤显得慷慨,他说:

"牧羊老哥,我真恨不得立刻动身去为你出力。不用说,蕾安德拉待在修道院里是不愿意的。我不怕修道院长和所有扣住她的人,我准救了她出来交给你,随你处置;只要你遵守骑士道的规则,不侮辱姑娘家。可惜啊,我现在不能去冒险了。不过我相信上帝的保佑,不论作恶的魔术家法力多大,早晚得输给行善的魔术家。到那时候,我可以答应你,一定帮你的忙;这是我义不容辞的,扶弱济困是我的职责。"

牧羊人端详着堂吉诃德,瞧他衣服破旧,形容憔悴,觉得奇怪,就问身边的理发师说:

"先生,这人的模样儿和说话都这么怪,是谁啊?"

理发师答道:"还有谁呢!就是大名鼎鼎的堂吉诃德·台·拉·曼却呀!他除强暴,申冤屈,扶助童女,镇伏巨人,是一位百战百胜的好汉。"

牧羊人道:"我觉得您这话就像骑士小说上的一套;您说的那些都是游侠骑士的事呀。我想您大概是说笑话,或者呢,这位先生的脑袋大概是空的。"

堂吉诃德接口道:"你是个头号大混蛋!你的脑袋才是空的!你才是个没脑子!你那个臭婊子养的婊子妈妈的肚子也从来不如我这个脑袋饱满!"

他口说就动手,抓起旁边一个面包,使蛮劲向牧羊人劈面摔去,把他鼻子都砸扁了。牧羊人不懂得开玩笑,瞧人家认真伤害他,就不顾地毯上的杯盘和围坐吃饭的人,跳起来直扑堂吉诃德,两手卡住他的脖子。牧羊人稳可以把堂吉诃德卡死,幸亏桑丘·潘沙及时赶来,抓住牧羊人两肩,把他推倒在席面上,把盘儿砸破、杯子打碎,吃的东西泼的泼、滚的滚。堂吉诃德脱出身来,就去骑在牧羊人身上。牧羊人给桑丘踢得浑身青紫,满面流血,趴在地上打算摸索一把刀子,索性来个白刀子进、红刀子出。教长和神父劝住了他。理发师却做个手脚,让牧羊人把堂吉诃德压在身下。牧羊人的拳头雨点似的向堂吉诃德脸上打来,这位可怜的骑士就和牧羊人一样的满脸是血了。教长和神父差点儿笑破肚皮,几个巡逻队员也兴高采烈;他们好像看狗打架,挑拨它们互咬。只有桑丘·潘沙急得没办法,因为教长的一个佣人抓住了他不让他去帮主人。

当时除了两个打架的相扭着对抓,旁人都在取笑作乐。忽听得一声号角,音调非常凄楚,大家不由得寻声转脸看去。最激动的是堂吉诃德。他这时压在牧羊人身下,做不得主,而且挨了好一顿打,可是他对牧羊人说:

"你有勇气和有力量压倒我,想必是魔鬼吧?魔鬼老哥,我要和你停战一会儿,不出一小时。因为我觉得准又出了要我去冒险的事,这凄厉的角声是喊我的。"

牧羊人已经懒得相打,立即放开手。堂吉诃德站起身,也寻声瞭望。只见顺着山坡下来许多穿白的人,装束像苦行赎罪的。

原来那年久旱不雨,各村居民纷纷结成祈祷和苦行赎罪的队伍,求上帝开恩,普降甘霖。所以附近村人结队去朝拜山坡上一个圣人的茅庵。堂吉诃德看见苦行赎罪的人衣服古怪,忘了曾多次见过,却以为来了奇险之事,专等他这位游侠骑士去承当的。他们抬着一尊披丧服的偶像;这越加证实了他的疯想,以为这群强徒抢走了一位贵家女子。他一动念立即如飞地赶向正在啃青的驽骍难得,从鞍框里拿了辔头和缰绳,一转眼备好马,问

桑丘要了剑,就上了坐骑,挎着盾牌,大声向在场的许多人喊道:

"诸位,这会儿可以瞧瞧名副其实的游侠骑士在世界上多么紧要!我说呀,等我释放了这位抢走的贵妇人,你们就知道该不该尊敬游侠骑士了。"

他靴上没有马刺,说着话,就用两腿夹夹驽骍难得的肚子;这匹马在这部信史里从未脚不沾地地飞奔,这时却撒腿快步向苦行赎罪的队伍跑去。神父、教长和理发师想拦也拦不住,桑丘大声喊也喊不住;桑丘说:

"堂吉诃德先生,您往哪儿去呀?什么魔鬼附在您身上,叫您去反抗咱们的正教呀?真糟糕!您可知道这是苦行赎罪的队伍,座上抬的是圣洁童女的神像呀!先生,您干什么得小心!这回的事可说您是不在行的了!"

桑丘喊破了嗓子也没用。堂吉诃德一心要赶上那队穿白衣的人,去解救那位披丧服的女人,所以压根儿没听见桑丘的话;即使听见,哪怕是国王的命令,他也不肯回头的。他赶上队伍,驽骍难得已经走不动了;他勒住马,喘吁吁地厉声喝道:

"你们大概不是好人,所以蒙着脸。你们站住听着,我有话跟你们说!"

抬偶像的先停下。一起有四个诵经的教士,其中一个瞧堂吉诃德一副怪相,骑着那匹皮包骨头的瘦马,说不尽的可笑,就说:

"老兄啊,你有什么话,快说吧。这些弟兄们把自己鞭挞得皮开肉绽①,除非你说两句就完,我们不能站住了听你,没这个

---

① 中世纪起,基督徒悔过赎罪的苦行里有鞭打自己这一项。所以这群人一面走,一面把自己抽打。

道理的。"

堂吉诃德答道:"我一句就完。我要你们立刻释放这位美人!她这样愁眉苦脸,眼泪双流,分明是给你们抢走的,而且还受了你们极大的侮辱。我活在世上就是要遏止这种暴行。这位女子是要求她所应得的自由,你们要是不放她,我决不准你们前走一步!"

大家听了堂吉诃德这一套话,知道他准是个疯子,都哈哈大笑。这一笑,给堂吉诃德的火上撒了炸药。他一声不言语,拔剑直向担架冲去。一个抬担架的把担子丢给伙伴们,挥舞着休息时支撑担架的丫杈来迎战。堂吉诃德向他猛斫一剑,斫在叉上,削去两个丫角,只剩了一个木桩子。那人就用木桩对着堂吉诃德的肩膀狠命打来,正打在拿剑的那一边。堂吉诃德的盾牌挡不住这股蛮力,可怜他滚鞍落马,跌翻在地。桑丘·潘沙气呼呼赶来,瞧他倒了,忙大声叫使木桩的住手,因为这是一位着了魔道的骑士,一辈子没害过人。那村夫并不理会桑丘的话,可是瞧堂吉诃德直僵僵地挺着,以为死了,忙撩起长袍,掖在腰带里,像一头鹿似的落荒逃走了。

这时押送堂吉诃德的一行人都赶来了。朝圣的那队人见他们跑来,中间还有带着大弓的巡逻队员,怕事情不妙,就团团簇拥着那尊偶像。苦行赎罪的掀掉兜帽,握紧鞭子,教士也拿好了长柄烛台,都准备等对方冲上来就抵挡,如有余力,还要打过去。可是他们没料到命运另有更好的安排。原来桑丘以为主人死了,什么都顾不及,只扑在主人身上放声号哭,哭得没那么样的悲切,也没那么样的可笑。堂吉诃德一行的神父认识朝圣队里的神父;这就打消了两名巡逻队员所引起的怕惧。这个神父对

那个神父三言两语介绍了堂吉诃德,那神父和一群苦行人就去看这可怜的骑士是否死了;只听得桑丘·潘沙噙着眼泪在数说:

"哎呀,骑士道的模范,你大有作为的一辈子,就给这一棍子断送了呀!哎,你是你一家子的体面!你为整个拉·曼却也为全世界增添了名望和光荣!世界上没了你,为非作歹的家伙没人惩罚,就到处横行了!哎,你比所有的亚历山大都慷慨,我才伺候了你八个月,你已经把海里最好的海岛许给我了!哎,你对骄傲的人谦虚,对谦虚的人骄傲①;你冲锋冒险,忍受侮辱,莫名其妙地恋爱,你专学好样,专打坏人,和卑鄙的人作对——干脆一句话把你说尽了吧,你不愧是一位游侠骑士呀!"

桑丘的哭号唤醒了堂吉诃德。他开口第一句就说:

"最甜蜜的杜尔西内娅,我现在的痛苦,还比和你别离的情味好受些。桑丘朋友,你扶我上魔车吧,我整个肩膀打得脱臼脱节,坐不稳马鞍了。"

桑丘答道:"我的主人,您说得对,我就照办。咱们和这几位存心为您好的先生一起回乡吧;以后再设法出来,准会名利双收的。"

堂吉诃德道:"说得好!桑丘!咱们还是等待这步坏运过去了再说;这是上策。"

教长、神父和理发师都说他这办法好得很。他们听了桑丘·潘沙的傻话非常好笑,一面照旧把堂吉诃德放在车上,一行人重整队伍,准备出发。牧羊人辞别了他们大伙;巡逻队员不愿再往前去,神父付钱打发了他们。教长也辞别分手;他关心堂吉

---

① 桑丘伤心得把话说颠倒了。

诃德的病情,要求神父告知以后的状况。大家各走各的,那里只剩了神父、理发师、堂吉诃德、潘沙和驯良的驽骍难得;它和主人家一样耐心,一样逆来顺受。

赶车的套上他的几头牛,给堂吉诃德垫上一捆干草,又照旧慢吞吞随着神父的指引前行;六天之后,到了堂吉诃德的家乡。他们进村正是中午,又恰逢礼拜日;村里人都在堂吉诃德车辆经过的广场上,大家都拥上来看。他们认得这位街坊,大为惊奇。一个孩子跑去通知堂吉诃德家里说:管家妈的主人、外甥女的舅舅面黄肌瘦地躺在牛车的干草堆上回来了。两个好女人号哭着自打耳光,重又咒骂倒霉的骑士小说;瞧她们那样真是可怜。堂吉诃德进门的时候,她们又号哭咒骂,并自打耳光。

桑丘·潘沙的老婆听说堂吉诃德回乡,知道自己的丈夫是跟出去做侍从的,忙赶到场上去。她一见桑丘,开口先问驴儿好不好。桑丘说,驴儿比它主人还好。

她说:"感谢上帝的恩典。可是你这会儿跟我说说吧,大哥啊,你做了侍从,到手了什么好处呢?你给我带了裙子回来吗?你给孩子们带了鞋回来吗?"

桑丘说:"我的老伴啊,我没带这些东西,可是我带回来的,比这些更贵重。"

他老婆说:"那我很高兴。大哥你把那更贵重的东西给我瞧瞧吧。自从你走了,长年累月的,我愁闷得慌;我要看看你带来的东西,让我快活快活。"

桑丘道:"老伴啊,我到了屋里给你看,你这会儿且安心。只要上帝让我们再一次出门冒险,你瞧着,我一转眼就成了伯爵,做了海岛的总督。还不是一般的海岛呢,那是最呱呱叫的!"

"我的老伴,但愿天保佑能有这等事,咱们正用得着。可是我问你,海岛是什么呀?我不懂啊。"

桑丘答道:"蜜不是喂驴的①。老伴啊,到了时候你就懂了;你听见臣民一片声的称你夫人,还要奇怪呢。"

华娜·潘沙问道:"桑丘啊,你说的夫人呀,海岛呀,臣民呀,都是些什么呢?"华娜·潘沙是桑丘老婆的名字;他们俩不是本家,不过按拉·曼却的习惯,女人用丈夫的姓氏。

"华娜,你别忙,这许多事不能一下子都问明白。反正我说的是真话就行了,你可以闭上嘴巴。不过我顺便告诉你,世上最乐的事,就是跟一位探奇冒险的游侠骑士,做个有体面的侍从。当然,事情往往不会称着我们的心,一百次的遭遇里,九十九次的下场是倒霉别扭的。这是我亲身的体会;因为我有时给人家兜在毯子里抛弄,有时挨打挨揍。不过话又说回来,我们没事找事的时候,穿深山,入丛林,爬岩石,访问堡垒,随意住客店,他妈的一个子儿也甭花,这都是很美的。"

桑丘·潘沙和他老婆华娜·潘沙谈话的时候,堂吉诃德的管家妈和外甥女把堂吉诃德接到屋里,给他脱掉衣服,扶他躺在日常睡觉的床上。堂吉诃德斜眼看着她们,不知自己在什么地方。神父诉说这回费了多少事才把他带回家来,嘱咐外甥女好好调护他,又叫她们时刻小心,别再让他跑掉。两个女人听了又大哭大喊,咒骂骑士小说,又祷告上帝把那些撒谎捏造、胡说乱道的作者一个个都摔到地狱深处去。总之,她们不知怎么办,又担心将来,怕这位东

---

① 西班牙谚语。

家、这位舅舅一旦觉得好些了,又跑得不知去向。这果然给她们料中了。

但是本传作者尽管钻头觅缝,探索堂吉诃德第三次出门干的事,却找不到什么报道;至少没找到真实的记载。不过据拉·曼却保留的传说,堂吉诃德第三次出门到了萨拉果萨,参与了那里举办的几场有名的比武。他干的事不愧他的胆略和卓越的识见。至于他怎么结局,怎么去世,本传作者一无所知,要不是凑巧碰到了一位老医生,就永远不会知道了。这医生有一只铅皮箱,据他说是有一次翻造隐士的破屋,从废墟里发现的。箱子里有些羊皮纸的手稿,字是戈斯体①,诗却是西班牙文。诗里叙说了堂吉诃德的许多事迹,还提到杜尔西内娅·台尔·托波索的美貌、驽骍难得的形状、桑丘·潘沙的忠心、堂吉诃德的坟墓和有关他生平和习惯的种种墓铭和挽诗。这部新奇故事的作者真实可信,把可以辨认誊清的几首附录于下。他搜求了拉·曼却的全部文献,一一考证,费了好大心力写成这部书,不求别的,只要读者看了,也像高明人士对骑士小说那样信以为真。那么,他就觉工夫费得不冤枉,可以心满意足,并有兴再去寻找新的记载;即使不能都像这部一样真实,至少是一样新奇有趣的。

以下是铅皮箱里羊皮纸上的诗。

英勇的堂吉诃德·台·拉·曼却生荣死哀
拉·曼却阿加玛西利亚城诸院士赋诗悼念

---

① 戈斯体(letras góticas)是一种粗黑体的字。

阿加玛西利亚城的摩尼冈果①院士吊堂吉诃德墓

这位狂人照耀曼却的事迹,
压倒了哈松·台·克瑞塔;
他的头脑灵活得就像那
风信鸡,只可惜于己无益;

他名传异域、威力所及
从开泰伊直到加埃它;
他天开的异想以及盖世才华
不朽的大作家也难与匹敌。

他靠勇敢和一往情深,
压倒了阿马狄斯之流,
使加拉奥尔等不足挂念,

贝利阿尼斯等湮没无闻,
他生前骑着驽骍难得遨游,
如今在冰冷的石板下长眠。

阿加玛西利亚城的台尔·巴尼瓦多②院士赞杜尔西内娅·台尔·托波索十四行诗

这位姑娘粗眉大眼、宽盘儿大脸,

---

① 摩尼冈果(Monicongo),意思是冈果人。院士的名字都是胡闹取笑的。
② 巴尼瓦多(Paniaguado),意思是阔人家的食客。

胸脯高耸,气昂昂、雄赳赳,

她是杜尔西内娅,托波索的王后,

伟大的堂吉诃德曾为她颠倒迷恋。

　　他踏遍了黑山岭的南北两边,

在有名的蒙帖艾尔郊外奔走,

在芳草芊芊的阿朗惠斯平原逗留①,

为她这样徒步跋涉,劳瘁不堪。

　　这都是他坐骑驽骍难得的过失!

哎,运命对他们俩何其不仁,

曼却的姑娘青春美貌忽而殒殁,

　　而我们这位战无不胜的游侠骑士,

虽然大理石上铭刻着他的姓名,

却也未能摆脱爱情的痴狂和迷惑。

阿加玛西利亚城大才子台尔·咖普里丘索②院士
赞堂吉诃德的坐骑驽骍难得
十七行诗

　　这金刚石的宝座坚润光泽,

战神血污的双足曾肆加践踏;

拉·曼却的疯子凭他勇敢泼辣,

敢把他的旗帜高张在这座侧。

　　他的兵器一件件在这里陈设,

---

① 可是在这部小说里堂吉诃德并没有在阿朗惠斯平原奔波,也没有因为驽骍难得的过失而徒步行走。
② 咖普里丘索(Caprichoso),意思是轻浮多变的人。

那锋利的剑曾用来斫削刺杀。
他显出了稀罕的本领,少见的豪侠!
艺术为新的骑士创出了新的风格。

　　从前阿马狄斯为咖乌拉增光,
他勇敢的子孙又屡次为希腊立功,
把他们祖先的名气四方传播;

　　如今贝隆那①的朝廷把王冠奖赏
给堂吉诃德;拉·曼却靠这位英雄,
自豪的事比希腊和咖乌拉的还多。

　　他的盖世英名永远不会湮没,
但看驽骍难得都超群绝伦,
布利阿多罗②和巴亚多③不如它神骏。

阿加玛西利亚城的台尔·布尔拉多④院士
吊桑丘·潘沙
十四行诗

　　桑丘·潘沙在此,他躯干虽小,
胆量却大,这来真是稀奇!
我敢担保,在一切侍从里,
他最老实,最不使乖弄巧。

　　他差点就能到手伯爵的封号,

---

① 贝隆那,指战神。
② 布利阿多罗是奥兰陀的骏马。
③ 巴亚多是瑞那尔多斯·台·蒙答尔班的骏马。
④ 布尔拉多(Burlador),指嘲笑者。

可惜生在这个罪恶的世纪,
陷害他的势力伙同一气,
就对他的灰驴儿也没肯轻饶。
　　骑着毛驴(恕我用词不雅),
这侍从随着驯良的驽骍难得
驯良地跟他主人奔走西东。
　　哎,人世的希望全都虚假!
满以为从此可以坐享安乐,
原来这不过是影、是烟、是梦!

阿加玛西利亚城的台尔·咖契狄亚布洛①院士
吊堂吉诃德墓

　　在这里长眠的骑士
挨足了打,走尽背运,
他遍尝道途艰辛,
和驽骍难得同行同止。
　　桑丘·潘沙那大傻子
长眠之地也在附近,
向来以侍从为业的人,
唯他最忠厚诚挚。

---

① 咖契狄亚布洛(Cachidiablo),意思是魔鬼的假面具。

阿加玛西利亚城的台尔·悌基托克①院士
吊杜尔西内娅·台尔·托波索墓

  这是杜尔西内娅之墓；
随她多么结实胖大，
死确是狰狞可怕，
已使她肉销骨枯。
  她颇有高贵的气度
原出身清白世家，
吉诃德爱上了她，
就此光耀了她的乡土。

  以上是能辨认的几首诗，其余给虫蛀得字迹模糊，只好委托一位院士凭推测来考订原文。据说他熬了许多夜，费了不少心血，已经大功告成，打算和堂吉诃德第三次出门的记载一起公之于世。

  也许别人能用更好的"拨"来弹唱②。

〔第一部四卷终〕

---

① 悌基托克（Tiquitoc），教堂的钟声，指教堂打钟的人。
② 原文 Forse altri canterá con miglior plettro，plettro 是弹弦乐用的小薄片，用角、木或象牙做成，即我国的"拨"。阿利奥斯陀用这行诗结束了安杰丽咖的故事（见《奥兰陀的疯狂》第三十篇第十六节），塞万提斯借用来结束这个故事的第一部。